ŚWIAT LODU I OGNIA

NIEZNANA HISTORIA WESTEROS ORAZ

GRY O TRON

GEORGE R.R. MARTIN

ELIO M. GARCÍA JR I LINDA ANTONSSON

Świat Lodu i Ognia

Nieznana historia Westeros oraz

Gry o Tron

George R.R. Martin

Elio M. García Jr i Linda Antonsson

przełożył

Michał Jakuszewski

Czwarta Strona

Tytuł oryginału
The World of Ice and Fire

Redakcja
Karolina Borowiec

Korekta
Joanna Pawłowska

Łamanie
Mateusz Czekała

Opracowanie okładki do polskiego wydania
Dawid Czarczyński

Opracowanie map do polskiego wydania
Mariusz Mamet

Opracowanie indeksu
Dariusz Nowacki

Wydanie I

ISBN 978-83-7177-926-8

CZWARTA STRONA
Grupa Wydawnictwa Poznańskiego sp. z o.o.
ul. Fredry 8, 61-701 Poznań
tel.: 61 853-99-10
fax: 61 853-80-75
redakcja@czwartastrona.pl
www.czwartastrona.pl

WYKLEJKA | *Smocza Skała* PO PRAWEJ | *Koniec Burzy*

Spis treści

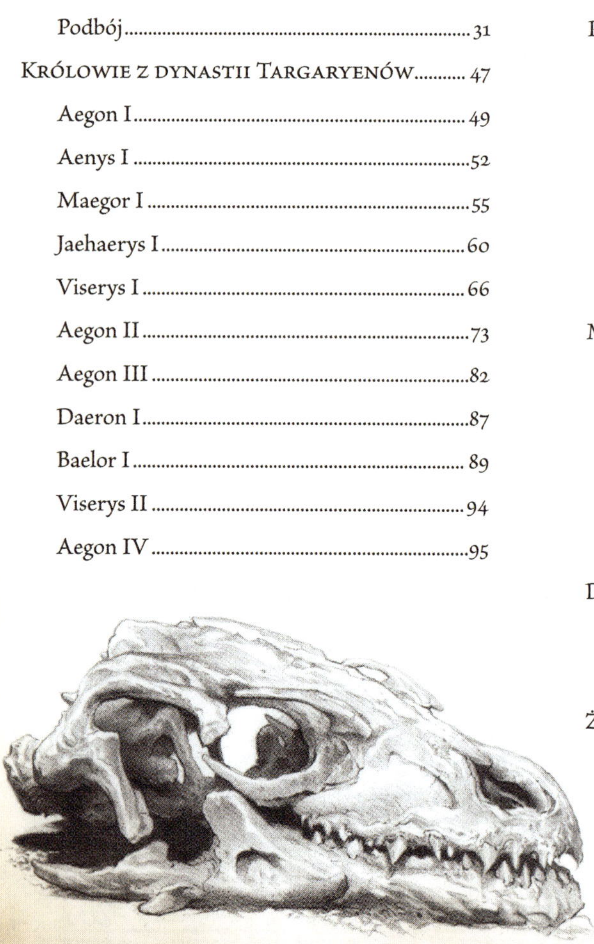

Najszanowniejszemu

i Najłaskawszemu Panu,

Tommenowi,

Pierwszemu Tego Imienia, królowi

Andalów, Rhoynarów i Pierwszych

Ludzi, władcy Siedmiu Królestw

i protektorowi królestwa, Yandel,

skromny maester z Cytadeli, życzy

po tysiąckroć pomyślności,

teraz i na wieki,

a także mądrości niezrównanej.

Przedmowa

Jak słusznie powiadają, każdy gmach wznoszony jest kamień po kamieniu; to samo można rzec o wiedzy, zdobywanej i kompilowanej przez wielu uczonych, bez wyjątku opierających się na dziełach tych, którzy byli przed nimi. To, czego nie wie jeden, jest znane drugiemu, i jeśli poszukiwania sięgną wystarczająco głęboko, tylko niewiele spraw spowija nieprzenikniona tajemnica. A teraz ja, maester Yandel, podejmuję się roli murarza, kształtując z tego, co wiem, kolejny kamień, który dołożę do bastionu wiedzy, wznoszonego od stuleci zarówno w Cytadeli, jak i poza nią. Ów bastion jest dziełem niezliczonych rąk tych, którzy byli przede mną, a w przyszłości niewątpliwie dalej będą go wznosić kolejni niezliczeni budowniczowie.

Przyszedłem na świat w dziesiątym roku panowania ostatniego króla z dynastii Targaryenów. Byłem znajdą, podrzuconym pewnego poranka na pustym straganie w Domostwie Skrybów, gdzie akolici oferowali pisarskie usługi tym, którzy ich potrzebowali. Mój przyszły los rozstrzygnął się owego dnia, ponieważ znalazł mnie akolita, który zaniósł mnie do arcymaestera Edgerrana, pełniącego w owym roku funkcję seneszala. Edgerran, którego pierścień, laska i maska były zrobione ze srebra, przyjrzał się mojej zaczerwienionej od krzyku buzi i orzekł, że mogę się przydać. W wieku chłopięcym, gdy opowiedziano mi o tym po raz pierwszy, pomyślałem, że przewidział, iż czeka mnie przyszłość maestera. Dopiero znacznie później dowiedziałem się od arcymaestera Ebrose'a, że Edgerran pisał wówczas traktat o używaniu powijaków i pragnął sprawdzić na mnie pewne teorie.

Choć można by to uznać za zły znak, w rezultacie oddano mnie pod opiekę służbie; od czasu do czasu przyciągałem również uwagę maesterów. Dorastałem jako sługa w korytarzach, komnatach i bibliotekach Cytadeli, ale arcymaester Walgrave ofiarował mi dar czytania i pisania. Tak oto poznałem i pokochałem Cytadelę oraz rycerzy umysłu strzegących jej drogocennej mądrości. Niczego nie pragnąłem bardziej, niż stać się jednym z nich – czytać o dalekich miejscach i dawno zmarłych ludziach, patrzeć w gwiazdy albo mierzyć rytm zimy i lata.

Osiągnąłem ten cel. Pierwsze ogniwo wykułem w wieku trzynastu lat, a za nim podążyły następne. Ukończyłem łańcuch i złożyłem śluby w dziewiątym roku panowania króla Roberta, Pierwszego Tego Imienia, a potem pobłogosławiono mnie szansą pozostania w Cytadeli, gdzie służyłem arcymaesterom i pomagałem im we wszelkich ich poczynaniach. To był wielki zaszczyt. Najbardziej jednak pragnąłem stworzyć własne dzieło, które nisko urodzeni, lecz piśmienni mężczyźni mogliby studiować, a także czytać na głos swym żonom i dzieciom, celem zdobycia wiedzy o rzeczach dobrych i złych, sprawiedliwych i niesprawiedliwych, wielkich i małych, co pozwoliłoby im posiąść mądrość tak, jak ja ją zdobyłem dzięki nauce w Cytadeli. Tak oto znowu przystąpiłem do pracy w swej kuźni, by stworzyć coś nowego i godnego umieszczenia wśród arcydzieł dawno zmarłych maesterów, którzy żyli przede mną. To, co spisałem poniżej, zrodziło się z owego pragnienia – oto historia czynów rycerskich i niegodziwych, ludów znanych i nieznanych oraz krain bliskich i dalekich.

POWYŻEJ | *Aegon Zdobywca na Balerionie, Czarnym Strachu*

ŚWIAT LODU I OGNIA

NIEZNANA HISTORIA WESTEROS ORAZ

GRY O TRON

Historia starożytna

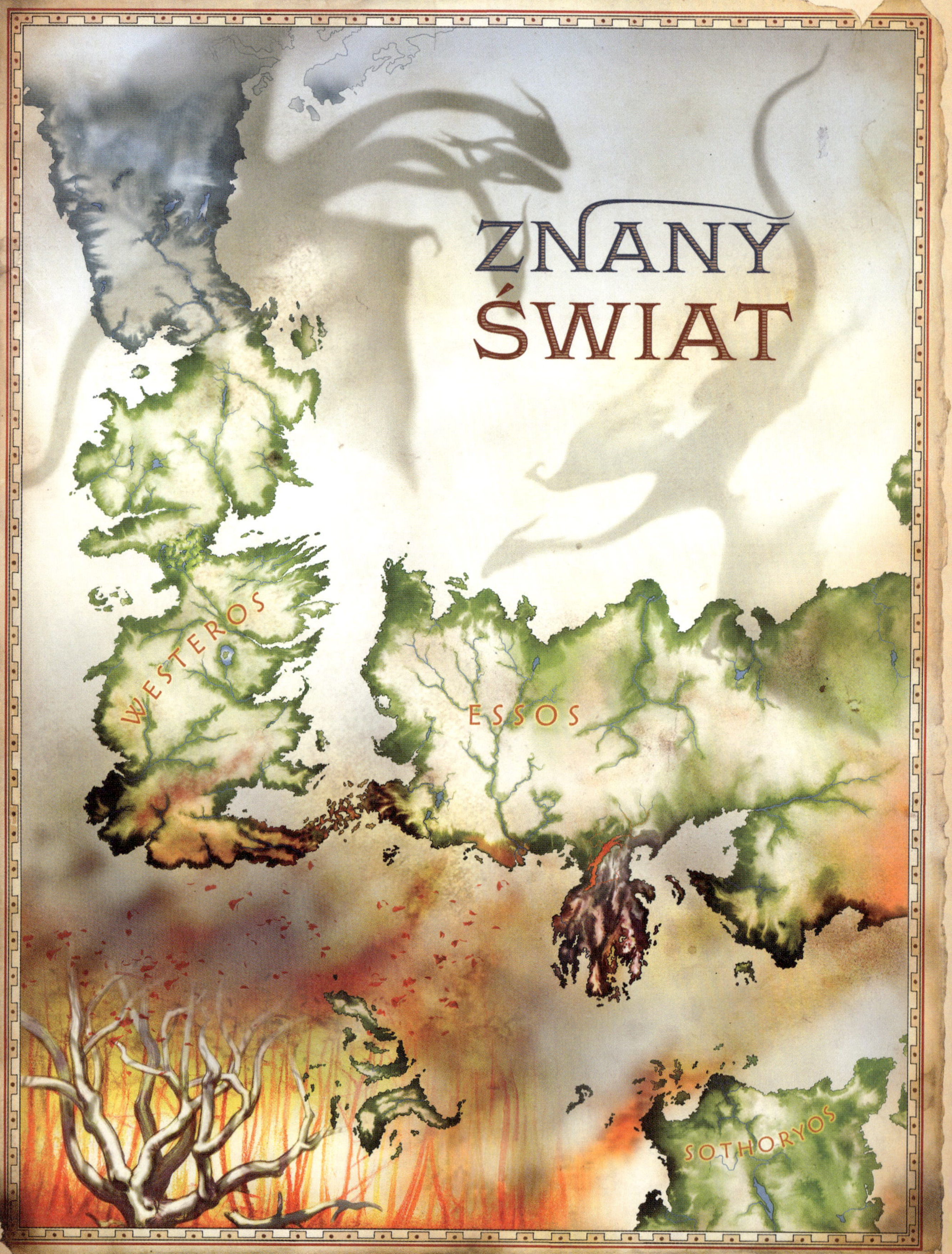
ZNANY
ŚWIAT
WESTEROS
ESSOS
SOTHORYOS

Era Świtu

NIKT NIE WIE NA PEWNO, kiedy powstał świat, co nie powstrzymało jednak wielu maesterów i innych uczonych przed poszukiwaniem odpowiedzi na to pytanie. Czy liczy on sobie czterdzieści tysięcy lat, jak twierdzą niektórzy, czy może aż pięćset tysięcy, albo nawet więcej? Nie zapisano tego w żadnej znanej nam księdze, albowiem w pierwszej erze świata, Erze Świtu, ludzie nie umieli pisać.

Możemy być natomiast pewni, że świat był wówczas znacznie bardziej prymitywny i barbarzyński. Plemiona żyły z darów ziemi, nie znając sztuki obróbki metalu ani oswajania zwierząt. Nieliczne okruchy wiedzy o owych czasach zachowały się w najstarszych tekstach: historiach spisanych przez Andalów, Valyrian, Ghiscarczyków, a nawet odległych mieszkańców legendarnego Asshai. Choć jednak owe piśmienne rasy zaliczają się do starożytnych, w Erze Świtu nie były jeszcze nawet dziećmi, dlatego wydobycie z ich opowieści prawdy jest trudne jak oddzielenie ziarna od plew.

Co możemy z największą pewnością powiedzieć o Erze Świtu? We wschodnich krainach roiło się wtedy od rozmaitych plemion – niecywilizowanych, podobnie jak cały świat w owej epoce, ale licznych. Jednakże w Westeros, od Krain Wiecznej Zimy aż po brzegi Morza Letniego, żyły tylko dwa ludy: dzieci lasu oraz rasa istot zwanych olbrzymami.

O olbrzymach z Ery Świtu możemy powiedzieć bardzo niewiele, jako że nikt nie spisał ich opowieści, legend ani historii. Ludzie ze Straży mówią, że dzicy znają legendy o olbrzymach, które żyły w trudnym sąsiedztwie z dziećmi, wędrowały, dokąd je nogi poniosły, i brały sobie wszystko, czego tylko zapragnęły. Wszystkie relacje zgadzają się co do tego, że były to stworzenia wielkie i potężne, ale niezbyt bystre. Wiarygodne meldunki zwiadowców z Nocnej Straży, którzy jako ostatni widzieli olbrzymy, gdy te jeszcze żyły, mówią, że porastało je gęste futro i że nie były one po prostu bardzo dużymi ludźmi, jak w bajkach dla dzieci.

Istnieje sporo dowodów na to, że olbrzymy grzebały swych zmarłych. Pisze o tym maester Kennet w *Przejściach umarłych*, studium dotyczącym pól kurhanowych, mogił oraz grobowców północy, napisanym przez niego, gdy służył w Winterfell podczas długiego panowania Cregana Starka. Na podstawie kości odnalezionych na północy i wysłanych do Cytadeli niektórzy maesterzy oceniają, że największe olbrzymy osiągały wzrost czternastu stóp, inni jednak twierdzą, że bardziej realistyczną oceną byłoby dwanaście. Wszystkie relacje dawno zmarłych zwiadowców, spisane przez maesterów ze Straży, zgadzają się co do tego, że olbrzymy nie budowały domostw, nie nosiły ubrań ani nie znały broni i narzędzi lepszych niż zerwane z drzew gałęzie.

Olbrzymy nie miały królów ani lordów. Nie budowały domów, co najwyżej szukały schronienia w jaskiniach lub pod wysokimi drzewami. Nie znały metalu ani nie uprawiały ziemi. Pozostały stworzeniami z Ery Świtu, choć wieki mijały, a ludzie stawali się coraz liczniejsi i ujarzmili lasy, które zaczęły się kurczyć. W dzisiejszych czasach olbrzymy zniknęły nawet w krainach za Murem. Ostatnie meldunki o spotkaniach z nimi pochodzą sprzed z górą stu lat, a nawet ich wierność prawdzie wydaje się wątpliwa; zakrawają na historie, jakie zwiadowcy ze Straży mogą sobie opowiadać przy cieple ogniska.

Dzieci lasu pod wieloma względami były przeciwieństwem olbrzymów. Drobne jak ludzkie dzieci, ciemnoskóre i piękne, żyły na sposób, który może się nam dziś wydawać prymitywny, lecz miały mniej barbarzyńskie zwyczaje niż olbrzymy. Nie używały metalu, ale doskonale opanowały sztukę obróbki obsydianu (zwanego przez prostaczków smoczym szkłem, Valyrianom zaś znanego pod określeniem „zamarznięty ogień"), z którego wytwarzały narzędzia oraz broń do polowania. Nie znały tkanin, za to zręcznie produkowały stroje z liści i kory. Nauczyły się też wykonywać łuki z czardrewna i splatać latające sidła z trawy. Obie płcie używały ich podczas łowów.

Ich pieśni oraz muzyka były ponoć równie piękne, jak same dzieci, ale z tego, o czym śpiewały, przetrwały jedynie drobne urywki, przekazywane od starożytnych czasów. Dzieło maestera Childera, *Królowie zimy albo legendy*

W archiwach Cytadeli znajduje się list od maestera Aemona, powstały we wczesnych latach panowania Aegona V, zawierający relację zwiadowcy imieniem Redwyn, spisaną w czasach króla Dorrena Starka. Mówi ona o podróży na Zapomniany Przylądek i Lodowy Brzeg. Zwiadowca oraz jego towarzysze walczyli tam ponoć z olbrzymami i handlowali z dziećmi lasu. Aemon zapewniał w swym liście, że badając archiwa Straży przechowywane w Czarnym Zamku, odnalazł wiele podobnych doniesień i uważa je za wiarygodne.

POPRZEDNIE STRONY | *Budowa Muru*

i genealogia Starków z Winterfell zawiera fragment ballady opowiadającej o czasach, gdy Brandon Budowniczy poprosił dzieci lasu o pomoc przy budowie Muru. Zaprowadzono go w tajemne miejsce, gdzie spotkał się z nimi, lecz w pierwszej chwili nie potrafił zrozumieć ich mowy, brzmiącej ponoć jak pieśń kamieni w potoku albo wiatr poruszający liśćmi, czy może niczym deszcz padający na wodę. To, w jaki sposób Brandon zdołał opanować ten język, jest odrębną opowieścią, której nie warto tu przytaczać. Wydaje się jednak jasne, że język dzieci lasu powstał z dźwięków, które słyszały na co dzień, a przynajmniej czerpał z nich inspirację. Zapewne zachował też znaczną część piękna owych brzmień.

Dzieci oddawały cześć bezimiennym bogom, którzy mieli w przyszłości stać się bóstwami Pierwszych Ludzi – niezliczonym władcom potoków, lasów i kamieni. To właśnie dzieci lasu wyrzeźbiły twarze w czardrzewach, być może pragnąc dać swym bogom oczy, by mogli zobaczyć oddających im cześć. Inni utrzymują, że zieloni jasnowidze – mędrcy dzieci lasu – widzieli przez oczy wyrzeźbione w pniach czardrzew, ale nie ma na to przekonujących dowodów, poza faktem, że wierzyli w to Pierwsi Ludzie; to właśnie strach przed podobną obserwacją skłonił ich do wycięcia wielu rzeźbionych drzew, a nawet całych czardrzewowych gajów. Jednakże Pierwsi Ludzie byli mniej uczeni od nas i pokładali wiarę w wielu rzeczach, w które powątpiewają ich współcześni potomkowie. Rozważmy na przykład dzieło maestera Yorricka *Zaślubieni morzu, czyli opisanie historii Białego Portu od jego najwcześniejszych dni*, notujące praktyki składania krwawych ofiar starym bogom. Według relacji poprzedników maestera Yorricka służących w Białym Porcie podobne zwyczaje utrzymywały się jeszcze przed zaledwie pięciuset laty.

Nie znaczy to, że mędrcy dzieci lasu nie znali zapomnianych sztuk zaliczanych do wyższych tajemnic, takich jak umiejętność widzenia odległych wydarzeń czy porozumiewania się z drugim końcem królestwa (Valyrianie, którzy nadeszli znacznie później, również to potrafili). Niemniej niewykluczone, że część opowieści o czynach zielonych jasnowidzów ma więcej wspólnego z głupimi bajaniami niż z prawdą. Wbrew twierdzeniom niektórych, nie potrafili się zmieniać w zwierzęta, wydaje się jednak prawdą, że umieli porozumiewać się z nimi na sposób obecnie dla nas niedostępny. Stąd właśnie biorą się legendy o „zmiennoskórych" czy „zwierzoludach".

Prawda wygląda tak, że legend o zmiennoskórych jest wiele, ale najpospolitsze z nich – te, które ludzie z Nocnej Straży przynieśli zza Muru, by zapisali je służący w niej septonowie i maesterzy z dawnych czasów – mówią, że zmiennoskórzy nie tylko umieli porozumiewać się ze zwierzętami, lecz również panowali nad nimi poprzez połączenie ducha. Nawet wśród dzikich owi zmiennoskórzy budzą lęk jako ci, którzy opanowali nienaturalną sztukę przywoływania zwierzęcych sojuszników. Według niektórych opowieści niekiedy zatracają się oni w swych zwierzętach; inne historie twierdzą zaś, że stworzenia opanowane przez zmiennoskórych potrafią mówić ludzkim głosem. Wszystkie przekazy zgadzają się jednak co do tego, że najczęściej spotykaną odmianą zmiennoskórych są ludzie panujący nad wilkami, a nawet wilkorami. Wśród dzikich noszą oni specjalną nazwę: wargowie.

Legenda mówi też, że mędrcy dzieci lasu potrafili widzieć przeszłość i zaglądać w daleką przyszłość. Wszystkie nasze studia wskazują jednak, że ci, którzy poznali wyższe tajemnice dające ponoć tę moc, utrzymują, że ich wizje przyszłości są niejasne i często wprowadzają w błąd. Fakt ten

Choć w dzisiejszych czasach *Historia nienaturalna* septona Bartha nie cieszy się zbyt dobrą reputacją, stała się przyczyną kontrowersji w salach Cytadeli. Opierając się ponoć na tekstach przechowywanych w Czarnym Zamku, septon Barth utrzymuje, że dzieci lasu potrafiły rozmawiać z krukami i skłonić je do powtarzania powiedzianych im słów. Według niego Pierwsi Ludzie nauczyli się tej wyższej tajemnicy od dzieci lasu i umożliwiła im ona przekazywanie wiadomości na wielką odległość. W „zdegradowanej" formie umiejętność owa dotarła do współczesnych maesterów, ci jednak nie potrafią już rozmawiać z ptakami. Jest prawdą, że nasz zakon rozumie mowę kruków, ale właściwie wyłapujemy tylko zasadniczy sens ich krakania i skrzeczenia, znamy oznaki strachu i gniewu, choroby i gotowości do parzenia się.

Kruki należą do najbystrzejszych ptaków, ale nie są mądrzejsze od maleńkich dzieci, a do tego posiadają znacznie mniej predyspozycji do wytwarzania prawdziwej mowy, bez względu na to, w co mógł wierzyć septon Barth. Kilku maesterów gorąco pragnących wykuć ogniwo z valyriańskiej stali zapewniało, że Barth miał rację, ale nikomu nie udało się udowodnić prawdziwości jego twierdzeń dotyczących rozmów ludzi z krukami.

bywa użyteczny dla tych, którzy próbują nabrać nieostrożnych za pomocą wróżb. Choć dzieci z pewnością opanowały pewne sztuki, prawdę zawsze trzeba oddzielać od przesądów, a wiedzę poddawać testom, by była pewna. Wyższe tajemnice, sztuki magii, zawsze pozostawały i nadal pozostają dla śmiertelników niesprawdzalne.

Bez względu na to, jak wyglądała prawda na ten temat, zieloni jasnowidze władali dziećmi lasu, i nie ulega też wątpliwości, że lud ten można było ongiś spotkać na ziemiach od Krain Wiecznej Zimy aż po brzegi Morza Letniego. Dzieci lasu znały tylko proste domostwa, nie budowały warowni, zamków ani miast. Mieszkały w lasach, na śródjeziornych wyspach, na bagnach i moczarach, a nawet w jaskiniach i wewnątrz wydrążonych wzgórz. Powiadają, że w lasach, na gałęziach drzew kleciły sobie schronienia z liści i wikliny – sekretne, nadrzewne „miasteczka".

Od dawna powtarzano, że czyniły to dla ochrony przed drapieżnikami, takimi jak wilkory i cieniokoty, przed którymi nie mogła ich uratować prosta kamienna broń ani nawet sławetni zieloni jasnowidze. Inne źródła podważają jednak tę tezę, zapewniając, że najgroźniejszym wrogiem dzieci lasu były olbrzymy, jak sugerują powtarzane na północy opowieści. Być może udowodnił to maester Kennet, który odkrył w kurhanie nieopodal Długiego Jeziora pochowane ciało olbrzyma z obsydianowymi grotami strzał między zachowanymi żebrami. Przywodzi to na myśl zapis pieśni dzikich w *Historii królów za Murem* autorstwa maestera Herryka, opowiadającej o braciach Gendelu i Gornie. Poproszono ich o mediację w sporze o jaskinię między klanem dzieci a rodziną olbrzymów. Gendel i Gorne rozstrzygnęli ponoć konflikt podstępem, przekonując obie strony do wyrzeczenia się wszelkich pretensji do jaskini, po tym, jak sami odkryli, że jest ona częścią wielkiego łańcucha grot, docierającego na drugą stronę Muru. Biorąc jednak pod uwagę fakt, że dzicy nie znają pisma, na wszelkie ich podania należy spoglądać ze sceptycyzmem.

Z czasem do leśnych zwierząt oraz olbrzymów dołączyły inne, groźniejsze niebezpieczeństwa.

Wspomina się też o możliwości istnienia innej, trzeciej rasy zamieszkującej Siedem Królestw w Erze Świtu, są to jednak tylko czyste spekulacje i wystarczy poświęcić im krótką wzmiankę.

Wśród żelaznych ludzi istnieją opowieści mówiące, że gdy Pierwsi Ludzie dotarli na Żelazne Wyspy, znaleźli na Starej Wyk sławny Tron z Morskiego Kamienia; same wyspy były zaś niezamieszkane. Jeśli to prawda, natura oraz pochodzenie twórców tronu pozostają tajemnicą. Maester Kirth w zbiorze legend żelaznych ludzi *Pieśni, które śpiewają utopieni* sugeruje, że tron pozostawili tam przybysze z drugiego brzegu morza zachodzącego słońca, to jednak wyłącznie pozbawione dowodów przypuszczenia.

PO LEWEJ | *Olbrzym* POWYŻEJ | *Dziecko lasu*

Przybycie Pierwszych Ludzi

Według najbardziej wiarygodnych relacji przechowywanych w Cytadeli gdzieś między ośmioma a dwunastoma tysiącami lat temu na południowych krańcach Westeros pojawił się nowy lud, który przeszedł przez pas lądu przecinający wąskie morze i łączący położone na wschodzie krainy z ojczyzną dzieci oraz olbrzymów. Pierwsi Ludzie dotarli do Dorne przez Złamane Ramię, które wówczas nie było jeszcze Złamanym. Na temat tego, dlaczego opuścili oni rodzinne strony, nie zachowała się żadna wiedza, gdy jednak nadeszli, dosłownie zalali te tereny – tysiące Pierwszych Ludzi dotarło do nowego lądu i zaczęło się tam osiedlać. Z upływem dziesięcioleci parli coraz dalej na północ. Opowieści o owej migracji, które zachowały się po dziś dzień, nie zasługują na zaufanie, sugerują bowiem, że Pierwsi Ludzie przekroczyli Przesmyk i dotarli na północ w ciągu zaledwie kilku lat. W rzeczywistości potrzeba by na to dziesięcioleci, a nawet stuleci.

Jedno w tych legendach brzmi jednak prawdziwie – Pierwsi Ludzie wkrótce zaczęli toczyć wojnę z dziećmi lasu. W przeciwieństwie do dzieci uprawiali ziemię i budowali wioski oraz forty pierścieniowe. Z tego powodu wycinali czardrzewa, także te, w których wyrzeźbiono twarze. Dzieci zaczęły ich atakować, co doprowadziło do trwającej stulecia wojny. Pierwsi Ludzie sprowadzili ze sobą obcych bogów, konie, bydło oraz broń z brązu, byli też więksi i silniejsi od dzieci lasu, stanowili zatem poważne zagrożenie.

Myśliwi dzieci lasu, puszczańscy tancerze, stali się również ich wojownikami; choć jednak znali tajniki drzew i liści, mogli jedynie opóźniać marsz Pierwszych Ludzi. Zieloni jasnowidze także robili użytek ze swej sztuki. Według opowieści potrafili oni przywoływać zwierzęta z bagien, borów i z powietrza – wilkory i straszliwe śnieżne niedźwiedzie, lwy jaskiniowe i orły, mamuty, węże oraz wiele innych – by walczyły za nich. Pierwsi Ludzie okazali się jednak zbyt potężni i dzieci uciekły się ponoć do desperackiego czynu.

Legenda mówi, że wielki potop, który zniszczył lądowy most, przekształcając go w Złamane Ramię, wywołali mędrcy dzieci lasu, zgromadzeni w miejscu zwanym obecnie Fosą Cailin. Nie wszyscy zgadzają się z tą opinią. W końcu gdy doszło do kataklizmu, Pierwsi Ludzie przebywali już w Westeros, więc przerwanie potoku napływającego ze wschodu mogło co najwyżej ich spowolnić. Co więcej, podobna moc wykraczałaby nawet poza możliwości tradycyjnie przypisywane zielonym jasnowidzom... a i zachowane relacje sprawiają wrażenie przesadzonych. Złamanie Ramienia najprawdopodobniej było naturalnym kataklizmem, być może spowodowanym wielkim trzęsieniem ziemi albo nagłym osunięciem się terenu. Wszyscy wiedzą, jaki los spotkał Valyrię; również na Żelaznych Wyspach zamek Pyke wznosi się na kamiennym stosie, który był ongiś częścią większej wyspy, nim jej pozostałe fragmenty osunęły się do morza.

Tak czy inaczej, dzieci lasu walczyły w obronie swego życia równie zaciekle, co Pierwsi Ludzie. Wojna trwała nieprzerwanie przez pokolenia, aż wreszcie dzieci uświadomiły sobie, że nie mają szans na zwycięstwo. Pierwsi Ludzie, być może zmęczeni wojną, również pragnęli położyć kres walkom. Najmędrsi przedstawiciele obu ras zdobyli w końcu posłuch wśród swoich, dzięki czemu wielcy bohaterowie oraz władcy walczących stron spotkali się na wyspie na Oku Boga, by zawrzeć Pakt. Dzieci oddały Pierwszym Ludziom

POWYŻEJ | *Rzeźbione czardrzewo* PO PRAWEJ | *Dzieci lasu i Pierwsi Ludzie zawierają Pakt*

wszystkie ziemie Westeros poza najgłębszymi puszczami i w zamian uzyskały od nich obietnicę, że ci nie będą już ścinali czardrzew. We wszystkich czardrzewach na wyspie wyrzeźbiono twarze, by bogowie byli świadkami zawarcia Paktu. Później powołano zakon zielonych ludzi, którzy mieli opiekować się drzewami i strzec wyspy.

Z chwilą zawarcia Paktu skończyła się Era Świtu i zaczęła Era Herosów.

Nie jest jasne, czy zieloni ludzie nadal istnieją na swej wyspie, choć od czasu do czasu słyszy się, że jakiś młody, lekkomyślny lord z dorzecza popłynął tam łodzią i ujrzał ich przelotnie, nim rozszalał się wicher albo przegnało go stamtąd stado kruków. W bajkach opisuje się ich jako rogatych i zielonoskórych, co zapewne stanowi wypaczenie prawdy wyglądającej tak, że nosili zielone szaty oraz ozdobione rogami nakrycia głowy.

Era Herosów

Era Herosów trwała tysiąclecia. Królestwa powstawały i upadały, szlacheckie rody rozkwitały i więdły, dokonano też mnóstwa wielkich czynów. W gruncie rzeczy o tych starożytnych czasach wiemy jednak niewiele więcej niż o Erze Świtu. Znane obecnie opowieści są dziełem septonów oraz maesterów, którzy spisali je tysiące lat później. Niemniej, w przeciwieństwie do dzieci lasu i olbrzymów, Pierwsi Ludzie z Ery Herosów pozostawili po sobie trochę ruin i starożytnych zamków, mogących potwierdzić niektóre z pradawnych legend. Zachowały się też pokryte runami kamienne pomniki na polach kurhanowych i w innych miejscach. Dzięki tym pozostałościom możemy podjąć próbę dokopania się do prawdy kryjącej się za owymi opowieściami.

Powszechnie uznaje się, że Era Herosów zaczęła się od Paktu i trwała tysiąclecia, podczas których Pierwsi Ludzie i dzieci lasu żyli w pokoju obok siebie. Pierwszym Ludziom oddano bardzo rozległe ziemie i w końcu zyskali miejsce, by się rozwijać. Ich władztwo, wsparte fortami pierścieniowymi, rozciągało się od Krain Wiecznej Zimy aż po brzegi Morza Letniego. Pomniejszych królów i potężnych lordów przybywało. Z czasem niektórzy z nich okazali się silniejsi od innych; stworzyli oni podwaliny państw będących przodkami dzisiejszych Siedmiu Królestw. Imiona panów owych najwcześniejszych królestw spowiły legendy, głoszące między innymi, iż władali oni przez stulecia. To oczywiście błędy i wymysły późniejszych autorów.

Postaci takie jak Brandon Budowniczy, Garth Zielonoręki, Lann Sprytny, Durran Smutek Bogów i ser Artys Arryn zapisały się w legendach, najprawdopodobniej jednak w krążących o nich opowieściach więcej jest zmyśleń niż prawdy. W innych miejscach podejmę próbę oddzielenia ziaren od plew, na razie wystarczy tylko wspomnieć o tych historiach.

Poza legendarnymi królami oraz setkami królestw, z których z czasem zrodziło się siedem, podania wspominają też o bohaterach takich jak Symeon Gwiezdnooki, Serwyn od Zwierciadlanej Tarczy oraz inni. Owe klechdy stały się pożywką zarówno dla septonów, jak i pieśniarzy. Czy podobni bohaterowie istnieli naprawdę? Może i tak, lecz gdy minstrele zwą Serwyna od Zwierciadlanej Tarczy rycerzem Gwardii Królewskiej – instytucji, którą założono dopiero za czasów Aegona Zdobywcy – uświadamiamy sobie, dlaczego tylko nieliczne z owych legend zasługują na zaufanie. Septonowie, którzy je spisywali, wykorzystywali pasujące im do koncepcji szczegóły i dodawali inne, minstrele zaś zmieniali je niekiedy nie do poznania, jeśli tylko miało im to pomóc zdobyć miejsce w ciepłej komnacie jakiegoś lorda. W taki oto sposób dawno zmarły Pierwszy Człowiek stał się rycerzem, wyznawcą Siedmiu i strażnikiem królów z dynastii Targaryenów, którzy żyli tysiące lat po nim (zakładając, że sam Serwyn istniał naprawdę). Nie sposób zliczyć legionów chłopców i młodzieńców, których głowy te głupie bajania wypełniły fałszywymi wyobrażeniami na temat historii Westeros.

Dobrze jest pamiętać, że gdy mówimy o tych legendarnych założycielach królestw, mamy na myśli wczesne domeny, z reguły okalające centralną siedzibę (taką jak Casterly Rock albo Winterfell), które z czasem pochłaniały coraz więcej obszarów i rosły w siłę. Jeśli nawet Garth Zielonoręki rzeczywiście władał tym, co zwał Królestwem Reach, należy wątpić, by jego dekrety miały jakiekolwiek znaczenie, poza czysto hipotetycznym, w odległości większej niż dwa tygodnie jazdy od jego siedziby. Z podobnych niewielkich domen powstały jednak większe królestwa, mające zdominować Westeros w następnych tysiącleciach.

Długa Noc

GDY PO ZAWARCIU PAKTU Pierwsi Ludzie ustanowili swe królestwa, zagrażało im niewiele niebezpieczeństw poza bratobójczymi wojnami i wendetami. Tak przynajmniej mówią nam przekazy, z których dowiedzieliśmy się także o Długiej Nocy – zimie, która trwała przez całe pokolenie. Pokolenie, podczas którego ludzie rodzili się, dorastali, a często również umierali, nigdy nie widząc wiosny. W gruncie rzeczy niektóre z opowieści starych wieśniaczek mówią, iż zima, która zapadła nad światem, była tak głęboka, że ludzie ci nie widzieli nawet światła dnia. Choć to ostatnie może być zwykłym bajdurzeniem, wydaje się pewne, że przed wieloma tysiącleciami wydarzył się jakiś kataklizm. Lomas Obieżyświat w swych *Cudach stworzonych przez człowieka* opisuje spotkanie z potomkami Rhoynarów w Festiwalowym Mieście Chroyane. Znają oni historie o ciemności, podczas której Rhoyne skurczyła się i zniknęła, skuta lodem aż po miejsce, gdzie łączy swe wody z Selhoru. Według tych historii słońce wróciło dopiero wtedy, gdy pewien bohater przekonał liczne dzieci Matki Rhoyne – pomniejszych bogów, takich jak Król Krab czy Starzec z Rzeki – by zapomnieli o swarach i połączyli siły, by wyśpiewać tajemną pieśń, która z powrotem przywoła dzień.

Napisano też, że w Asshai istnieją roczniki opowiadające o podobnej ciemności oraz o bohaterze, który walczył z nią z czerwonym mieczem w ręku. Ponoć dokonał on swych czynów jeszcze przed powstaniem Valyrii, w najwcześniejszej erze, gdy Stare Ghis dopiero tworzyło swe pierwsze imperium. Legenda dotarła z Asshai na zachód. Wyznawcy R'hllora utrzymują, że ów bohater zwał się Azorem Ahai, i przepowiadają jego powrót. W *Nefrytowym kompendium* Colloquo Votar przytacza interesującą legendę z Yi Ti, głoszącą, że słońce odwróciło twarz od ziemi na czas trwania ludzkiego życia, wstydząc się czegoś, choć nikt nie potrafił odkryć czego, i katastrofie zapobiegły jedynie czyny kobiety z ogonem małpy.

Jeśli rzeczywiście doszło kiedyś do tak srogiej zimy, jak opisują to owe przekazy, musiała ona doprowadzić do straszliwych cierpień. Podczas najsroższych mrozów najstarsi i najbardziej chorzy spośród ludzi północy mają w zwyczaju oznajmiać bliskim, że wyruszają na polowanie, świetnie wiedząc, że już nie wrócą, dzięki czemu więcej żywności zostanie dla tych, którzy mają większe szanse przetrwania. Również podczas Długiej Nocy podobne praktyki z pewnością były powszechne.

Istnieją też inne historie, mniej wiarygodne, lecz zajmujące centralne miejsce w opowieściach o owych czasach. Mówią one o istotach znanych jako Inni. Według tych relacji przybyli oni ze skutych lodem Krain Wiecznej Zimy, przynosząc ze sobą zimno i mrok, mające im umożliwić zniszczenie wszelkiego światła oraz ciepła. Inni dosiadali ponoć

Choć w Cytadeli od dawna próbowano poznać metody pozwalające przepowiadać zmiany poszczególnych sezonów oraz długość ich trwania, wszystkie nasze wysiłki kończyły się niepowodzeniem. Septon Barth w zachowanym we fragmentach traktacie zdaje się utrzymywać, że ich nieregularność wiąże się z magiczną sztuką i nie ma nic wspólnego z godną zaufania wiedzą. *Miara dni* maestera Nicola – pod innymi względami znakomite dzieło, w którym spisano wiele użytecznych faktów – również pozostaje pod wpływem tego poglądu. Opierając się na własnych pomiarach ruchów gwiazd na firmamencie, Nicol argumentuje nieprzekonująco, że sezony mogły kiedyś mieć regularną długość, zależną wyłącznie od tego, którą stroną glob zwraca się ku słońcu podczas swej niebiańskiej wędrówki. Myśl, że zmiany długości trwania dnia i nocy, gdyby były bardziej regularne, prowadziłyby do bardziej ustabilizowanych sezonów, wydaje się prawidłowa, lecz Nicol nigdzie poza najdawniejszymi legendami nie znalazł dowodów świadczących, że kiedykolwiek tak właśnie bywało.

PO LEWEJ | *Ruiny fortu Pierwszych Ludzi* POWYŻEJ | *Inni dosiadający lodowych pająków i martwych koni, jak opisują ich w legendach*

monstrualnych lodowych pająków oraz koni umarłych, które wskrzeszali, by im służyły, podobnie jak przywracali do życia martwych, każąc im walczyć po swojej stronie.

Koniec Długiej Nocy należy do królestwa legend, podobnie jak wszystkie wydarzenia z tak odległych czasów. Na północy opowiada się o ostatnim bohaterze, który postanowił poszukać wsparcia u dzieci lasu. Towarzysze opuszczali go kolejno bądź ginęli jeden po drugim w walce z wygłodniałymi olbrzymami, sługami zimna oraz samymi Innymi. Ostatni bohater, pomimo wysiłków białych wędrowców, dotarł w pojedynkę do dzieci. Wszystkie opowieści zgadzają się, że właśnie to był punkt zwrotny. Dzięki dzieciom lasu Pierwsi Ludzie z Nocnej Straży zjednoczyli się i byli w stanie stanąć do Bitwy Świtu oraz odnieść w niej zwycięstwo. To ostatnie starcie położyło kres niekończącej się zimie, zmuszając Innych do ucieczki na lodowatą północ. Obecnie, po sześciu tysiącach lat (albo ośmiu tysiącach, jak twierdzi *Prawdziwa historia*), Muru nadal strzegą zaprzysiężeni bracia z Nocnej Straży, a ani Innych, ani dzieci lasu nie widziano już od wielu stuleci.

Dzieło arcymaestera Fomasa *Łgarstwa starożytnych* nie cieszy się obecnie zbyt dobrą opinią z uwagi na fałszywe tezy dotyczące założenia Valyrii oraz pewne twierdzenia na temat kwestii dynastycznych w Reach i w krainach zachodu. Warto jednak wspomnieć, iż Fomas spekuluje w nim, że legendarni Inni byli po prostu plemieniem Pierwszych Ludzi, przodkami dzikich, którzy osiedlili się na dalekiej północy. Długa Noc zmusiła owo plemię do kolejnych inwazji na południe. Fakt, że w późniejszych opowieściach jego członkowie zmienili się w potwory, dowodzi (zdaniem Fomasa), że Nocna Straż oraz Starkowie pragnęli stworzyć bardziej heroiczny obraz samych siebie jako zbawców ludzkości, a nie zwykłych zwycięzców w walce o panowanie nad krainą.

Powstanie Valyrii

GDY WESTEROS odzyskiwało równowagę po Długiej Nocy, w Essos pojawiła się nowa potęga. Najprawdopodobniej to właśnie na owym ogromnym kontynencie, ciągnącym się od wąskiego morza aż po opiewane przez poetów Morze Nefrytowe i dalekie Ulthos, powstały najstarsze cywilizacje. Pierwsza z nich (pomijając wątpliwe pretensje Qarthu, yitijskie legendy o Wielkim Cesarstwie Świtu oraz opowieści o baśniowym Asshai, w których trudno jest oddzielić ziarna od plew) zakorzeniła się w Starym Ghis, mieście zbudowanym na niewolnictwie. Jego legendarnego założyciela, Grazdana Wielkiego, do dziś otacza się szacunkiem tak ogromnym, że chłopcom urodzonym w rodzinach właścicieli niewolników często nadaje się jego imię. Według najstarszych ghiscarskich zapisków to właśnie Grazdan stworzył maszerujące w zwartym szyku legiony, których żołnierze nosili wysokie tarcze oraz po trzy włócznie. Były to pierwsze oddziały walczące jako zdyscyplinowane jednostki. Dzięki swej armii Stare Ghis skolonizowało otaczające je ziemie, a następnie ruszyło na podbój sąsiadów. Tak oto narodziło się pierwsze imperium. Przez wiele stuleci jego dominacji nic nie zagrażało.

Wreszcie na wielkim półwyspie położonym po drugiej stronie Zatoki Niewolniczej pojawili się ci, którzy zniszczyli imperium Starego Ghis, aczkolwiek nie położyli kresu wszystkim jego zwyczajom. Ukrywający się na owym półwyspie, otoczonym potężnymi wulkanami znanymi jako Czternaście Płomieni, Valyrianie nauczyli się oswajać smoki i uczynili z nich najpotężniejszą broń, jaką kiedykolwiek widział świat. Utrzymywali, że sami pochodzili od smoków i byli kuzynami tych, nad którymi obecnie panowali.

Często powtarza się, że niezwykła uroda Valyrian – jasne włosy barwy srebra lub złota oraz oczy w różnych odcieniach fioletu, niespotykane u innych ras – jest dowodem na to, że ich krew nie jest do końca taka sama jak ta, która płynie w żyłach pozostałych ludzi. Niektórzy maesterzy wskazują jednak, że również przez staranną hodowlę zwierząt można osiągnąć pożądane rezultaty, w izolowanych populacjach często zaś widuje się uderzające odchylenia od tego, co uchodzi za typowe. To wyjaśnienie tajemnicy pochodzenia i urody Valyrian może być bardziej prawdopodobne, choć nie tłumaczy powinowactwa ze smokami, jakim z całą pewnością wykazywali się ci, w których żyłach płynęła valyriańska krew.

Valyrianie nie mieli królów. Zwali swój kraj Włościami, ponieważ każdy właściciel ziemski miał tam prawo głosu. Niekiedy powoływano archontów, by pomagali w rządzeniu, ale lordowie posiadacze wybierali ich spośród siebie i tylko na określony czas. Rzadko się zdarzało, by jedna rodzina właścicieli ziemskich zdobyła przewagę nad pozostałymi, ale słyszano i o takich przypadkach.

Pięć wielkich wojen między Włościami a Starym Ghis, stoczonych w czasach, gdy świat był jeszcze młody, opiewają legendy. Owe straszliwe pożogi zawsze kończyły się zwycięstwem Valyrian. Dopiero podczas piątej, ostatniej wojny Włości postanowiły się upewnić, że szóstej już nie będzie. Starożytne ceglane mury Starego Ghis, wzniesione w pradawnych czasach przez Grazdana Wielkiego, zrównano

Sądząc po ocalałych fragmentach *Historii nienaturalnej*, septon Barth z pewnością badał różne legendy dotyczące pochodzenia smoków oraz tego, jak Valyrianie nauczyli się nad nimi panować. Oni sami twierdzili, że smoki zrodziły się z Czternastu Płomieni. Natomiast według qarthańskich legend na niebie wisiał ongiś drugi księżyc, który pewnego dnia pękł jak jajo, wypalony przez słońce, i wyłonił się z niego milion smoków. W Asshai znają wiele sprzecznych opowieści; pewne teksty – wszystkie z nich niewiarygodnie starożytne – utrzymują jednak, że smoki wyłoniły się z Cienia, miejsca, w którym cała nasza wiedza zawodzi. Według owych spisanych przez Asshai'i historii smoki udomowił w Cieniu lud tak starożytny, że aż nienazwany, który następnie sprowadził je do Valyrii, nauczył tubylców swojej sztuki i zniknął z kart kronik.

Jeśli jednak smoki udomowili najpierw mieszkańcy Cienia, dlaczego nie zostali zdobywcami, jak Valyrianie? Opowieść tych ostatnich brzmi w tym kontekście bardziej przekonująco, niemniej nasze historie i legendy mówią, że w Westeros również żyły kiedyś smoki, i to na długo przed przybyciem Targaryenów. Jeśli rzeczywiście wyłoniły się z Czternastu Płomieni, musiały przed udomowieniem rozprzestrzenić się po znacznej części znanego świata. W rzeczy samej, są na to dowody, albowiem kości tych stworzeń znaleziono na położonej na dalekiej północy wyspie Ib oraz w dżunglach Sothoryos. Nie ulega jednak wątpliwości, że to Valyrianie oswoili je i podporządkowali sobie, co nie udało się nikomu innemu.

PO LEWEJ | *Smoczy lordowie z Valyrii*

Z dumnego ongiś imperium Starego Ghis pozostały obecnie żałosne resztki: kilka miast przylepionych niczym wrzody do brzegów Zatoki Niewolniczej oraz jeszcze jedno, które udaje, że jest Starym Ghis narodzonym na nowo. Gdy bowiem na Valyrię spadła Zagłada, miasta Zatoki Niewolniczej były w stanie zrzucić pozostałości jarzma i odzyskać prawdziwą niezależność, w miejsce dotychczasowych pozorów. Pozostali przy życiu Ghiscarczycy szybko wrócili do handlu niewolnikami, choć zamiast zdobywać ich drogą podboju, jak kiedyś, kupują ich i rozmnażają.

„Z cegieł i krwi jest Astapor, i z cegieł i krwi lud jego" – tak brzmi stare powiedzenie odnoszące się do zbudowanych z czerwonych cegieł murów miasta oraz krwi tysięcy niewolników, którzy żyli, pracowali i umierali przy ich wznoszeniu. Ludzie władający Astaporem każą się zwać Dobrymi Panami. Miasto słynie przede wszystkim z eunuchów, niewolnych żołnierzy zwanych Nieskalanymi. Od dzieciństwa wychowuje się ich na nieustraszonych wojowników, którzy nie czują bólu. Astaporczycy udają, że Nieskalani są odrodzonymi legionami Starego Imperium, ale w przeciwieństwie do Nieskalanych tamci żołnierze byli wolnymi ludźmi.

O Yunkai, żółtym mieście, nie warto mówić zbyt wiele, albowiem to właśnie je otacza największa niesława. Władający nim ludzie, nakazujący się zwać Mądrymi Panami, są do cna zepsuci. Handlują nałożnicami i chłopięcymi kurwami, a nawet gorzej.

Najpotężniejszym z miast położonych nad Zatoką Niewolniczą jest starożytne Meereen. Podobnie jak pozostałe, również ono sypie się jednak w gruzy, a liczba jego ludności jest tylko ułamkiem tej, którą osiągnęło u szczytu potęgi Starego Imperium. Mury z różnobarwnych cegieł kryją niezliczone cierpienia, albowiem Wielcy Panowie z Meereen szkolą niewolników, którzy walczą i giną dla ich rozrywki na zbroczonych krwią arenach.

Wszystkie trzy miasta płacą od czasu do czasu daninę przechodzącym obok *khalasarom*, chcąc uniknąć stawiania im czoła w otwartej bitwie. Dothrakowie są ponadto dla Ghiscarczyków ważnymi dostarczycielami niewolników, których zdobywają podczas swych najazdów, a następnie oferują na targach Meereen, Yunkai oraz Astaporu. Mieszkańcy miast nad zatoką szkolą ich następnie i sprzedają.

Najwitalniejsze z ghiscarskich miast jest także najmniejszym i najnowszym, lecz i ono pretenduje do wielkości: to Nowe Ghis, pozostawione samemu sobie na wyspie. Jego panowie stworzyli nowe legiony, naśladujące oddziały Starego Imperium, lecz w przeciwieństwie do Nieskalanych złożone z wolnych żołnierzy, jak w dawnych czasach.

z ziemią. Kolosalne piramidy, świątynie i domy mieszkalne oddano na pastwę smoczego ognia. Pola obsiano solą, wapnem i czaszkami. Wielu Ghiscarczyków zabito, inni zaś stali się niewolnikami i do śmierci trudzili się dla zdobywców. Ghiscarczycy zostali kolejną częścią nowego, valyriańskiego imperium. Z czasem zapomnieli języka, którym mówił Grazdan, i zaczęli się posługiwać starovalyriańskim.

Tak oto giną mocarstwa, ustępując miejsca nowym.

Dzieci Valyrii

Valyrianie przejęli od Ghiscarczyków jedną godną ubolewania tradycję: niewolnictwo. Podbici przez nich dawni panowie stali się ich pierwszymi niewolnikami, nie byli jednak ostatnimi. Ogniste góry Czternastu Płomieni były bogate w złoża rud, których Valyrianie pożądali – najpierw miedzi i cyny do produkcji brązu na broń i pomniki, później żelaza na stal ich legendarnych mieczy, zawsze zaś złota i srebra, którymi za to wszystko płacili.

Nikt nie potrafi ocenić, ilu ludzi umarło, trudząc się w valyriańskich kopalniach; liczba ofiar była tak wielka, że wykracza poza wszelkie pojmowanie. W miarę poszerzania się imperium zapotrzebowanie na rudy rosło, co prowadziło do kolejnych podbojów, niezbędnych, by zaopatrzyć kopalnie w niewolników. Valyria rozrastała się na wszystkie strony, sięgając na wschodzie poza ghiscarskie miasta, na zachodzie zaś aż po same brzegi Essos, do których nie dotarli nawet Ghiscarczycy.

Ta pierwsza ekspansja nowego imperium miała fundamentalne znaczenie dla Westeros i przyszłych Siedmiu Królestw, bo gdy Valyria podbijała wciąż nowe krainy i ludy, niektórzy uciekali przed falą najeźdźców, szukając bezpiecznych miejsc.

Na brzegach Essos Valyrianie zbudowali grody zwane obecnie Wolnymi Miastami. Ich pochodzenie jest różne.

Qohor i Norvos powstały w efekcie religijnych schizm. Inne miasta, jak Stare Volantis oraz Lys, były w pierwszej kolejności koloniami handlowymi, założonymi przez bogatych kupców albo szlachciców, którzy kupili sobie prawo władania nimi jako klienci Włości, a nie zwykli poddani. Owe miasta same wybierały swych przywódców, zamiast słuchać rozkazów archontów przysyłanych z Valyrii, często na smoczym grzbiecie. Niektóre zapiski podają, że Pentos i Lorath należały do trzeciego typu – istniały już przed podbojem; ich władcy zapłacili trybut Valyrii i w zamian zachowali prawo do samodzielnych rządów. W owych miastach napływ valyriańskiej krwi ograniczał się do imigrantów z Włości albo małżeństw politycznych, mających wzmocnić więzy łączące je z Valyrią. Większość piszących o tym autorów powołuje się na dzieło Gessio Hatarisa *Przed smokami*. Hataris pochodził z Pentos i w jego czasach Volantis podejmowało próby odbudowy valyriańskiego imperium pod swoją hegemonią. Myśl o niezależnym Pentos, mogącym się pochwalić przedvalyriańskimi początkami, była więc bardzo dogodna politycznie.

Tak czy inaczej, nie ulega wątpliwości, że wyjątkiem pośród Wolnych Miast jest Braavos, jako że nie powstało z woli Włości albo ich obywateli – założyli je niewolnicy. Według braavoskich opowieści pośród ogromnej floty handlarzy niewolników, zbierającej daninę w ludziach na Morzu Nefrytowym oraz Wyspach Letnich, wybuchł bunt, z pewnością zawdzięczający sukces faktowi, że Valyrianie często używali niewolników jako wioślarzy, a nawet marynarzy, i ci ludzie przyłączyli się do rebelii. Buntownicy przejęli panowanie nad flotą, ale uświadomili sobie, że nigdzie w pobliżu nie znajdą kryjówki przed Włościami. Dlatego postanowili poszukać jakiegoś miejsca leżącego daleko od Valyrii oraz jej poddanych. Swoje miasto założyli w ukryciu. Według legendy to Księżycowe Śpiewaczki przepowiedziały, że flota musi popłynąć daleko na północ, do opuszczonego zakątka Essos, gdzie odnajdzie zalewane przez przypływ błotne równiny, słonawą wodę oraz mgły. Tam właśnie niewolnicy położyli fundamenty swego miasta.

Braavosowie przez stulecia ukrywali się przed światem w swej odległej lagunie i nawet gdy już się ujawnili, ich miasto nadal zwano sekretnym. Jego mieszkańcy stanowili lud, który nie był ludem: dziesiątki różnych ras, sto narzeczy, setki bogów… Łączył ich jedynie valyriański, który stał się wspólnym językiem handlowym Essos, oraz fakt, że kiedyś byli niewolnikami, a teraz zdobyli wolność. Księżycowe Śpiewaczki otaczano szacunkiem za to, że doprowadziły

---

Właściwości valyriańskiej stali są powszechnie znane. Biorą się one zarówno z wielokrotnego sklepywania żelaza dla osiągnięcia równowagi i usunięcia zanieczyszczeń, jak i z zaklęć – a przynajmniej użycia nieznanej nam sztuki – nadających ostatecznemu produktowi ponadnaturalną siłę. Umiejętność jej obróbki obecnie zaginęła, choć kowale z Qohoru twierdzą, że nadal władają magią pozwalającą przekuwać valyriańską stal tak, by nie stawała się słabsza i zachowała nadzwyczajną odporność na tępienie. Na świecie mogły zachować się tysiące valyriańskich mieczy, ale według *Inwentarzy* arcymaestera Thurgoda w Siedmiu Królestwach jest ich zaledwie 227; niektóre z nich mogły zaś od czasu spisania tego dzieła zaginąć lub zniknąć z kart historii.

---

po lewej | *Upadek Starego Ghis*

zbiegów do miasta, ale najmędrsi z osadników doszli do wniosku, że dla zachowania jedności Braavosowie muszą uznać wszystkich bogów, których byli niewolnicy przynieśli tu ze sobą, i żadnego z nich nie stawiać wyżej od pozostałych.

Mówiąc krótko, nazwy ludów podbitych przez Valyrię oraz ich liczebność w większej części nie są nam dziś znane. Mnóstwo zapisków o podbojach prowadzonych przez Włości pochłonęła Zagłada, a tylko bardzo nieliczne z owych ludów dokumentowały swe dzieje w sposób zdolny przetrwać dominację Valyrii.

Kilka nacji – takich jak Rhoynarzy – opierało się naporowi przez stulecia, a nawet tysiąclecia. Owi założyciele wielkich miast na brzegach Rhoyne ponoć jako pierwsi opanowali sztukę wytapiania żelaza. Również konfederacja miast nazwana później królestwem Sarnoru przetrwała valyriańską ekspansję dzięki oddzielającej ją od Włości wielkiej równinie... Ale po Zagładzie ta sama równina i lud, który ją opanował – dothraccy władcy koni – stały się przyczyną upadku Sarnoru.

Ci, którzy nie chcieli zostać niewolnikami, ale nie byli w stanie oprzeć się potędze Valyrii, wybrali ucieczkę. Wielu się nie udało i popadli w zapomnienie. Jednakże pewien wysoki, jasnowłosy lud, odważny i niezłomny dzięki swej wierze, zdołał uciec przed Valyrianami. Ów lud nosił nazwę Andalów.

Na temat tego, co obecnie wiemy o historii Valyrii, w ciągu stuleci napisano wiele tomów. Szczegółami dotyczącymi podbojów Valyrian, kolonizacji, wendet między smoczymi lordami, bogów, którym oddawali cześć, i innych spraw można by wypełnić całe biblioteki, a i tak nie byłoby to jeszcze wszystko, o czym można napisać. Za najbardziej kompletne dzieło dotyczące dziejów Valyrii powszechnie uważa się *Ognie nad Włościami* Galendra, ale nawet w jego przypadku w Cytadeli brakuje dwudziestu siedmiu zwojów.

Przybycie Andalów

ANDALOWIE WYWODZILI SIĘ z Topora, ziem położonych na północny wschód od miejsca, gdzie obecnie leży Pentos, lecz przez wiele stuleci pozostawali wędrownym ludem i nie zatrzymywali się zbyt długo w jednym miejscu. Z serca Topora – wielkiej ostrogi lądu otoczonej ze wszystkich stron Morzem Dreszczy – powędrowali na południe i na zachód, by stworzyć Andalos: starożytne królestwo, którym władali przed przeprawą przez wąskie morze.

Andalos rozciągało się od Topora po ziemie będące obecnie Braavoskim Wybrzeżem, na południu zaś sięgało aż po Równiny i Aksamitne Wzgórza. Andalowie znali metalowy oręż i zbroje płytowe, przeciwko którym zamieszkujące te ziemie plemiona nie mogły wiele zdziałać. Jednym z tubylczych plemion byli włochaci ludzie. Ich nazwa zaginęła w pomroce dziejów, ale nadal wspomina się o nich w niektórych pentoshijskich kronikach. (Pentoshijczycy są przekonani, że byli oni kuzynami ludzi z Ib; źródła przechowywane w Cytadeli z reguły zgadzają się z tą opinią, choć jedni twierdzą, że włochaci ludzie zasiedlili Ib, inni zaś utrzymują, że stamtąd przybyli).

Fakt, że Andalowie wytapiali żelazo, jest przez niektórych uważany za dowód na to, że prowadziło ich Siedmiu – że sam Kowal nauczył ich owej sztuki – i tak właśnie nauczają święte teksty. Jednakże już Rhoynarzy stworzyli w owych czasach zaawansowaną cywilizację, i oni również znali żelazo. Wystarczy przyjrzeć się mapie, by uświadomić sobie, że Andalowie od samego początku musieli mieć kontakty z Rhoynarami. Ciemna Woda oraz Noyne znajdują się na drodze andalskiej migracji, a według norvoshijskiego historyka Doro Golathisa w Andalos zachowały się pozostałości rhoynarskich placówek. Nie byłby to pierwszy przypadek, gdy inny lud nauczył się od Rhoynarów sztuki obróbki żelaza. Powiadają, że również Valyrianie przejęli ją właśnie od nich, choć z czasem prześcignęli swych mistrzów.

Andalowie mieszkali w Andalos przez tysiąclecia i ich liczebność rosła. W najstarszej ze świętych ksiąg, *Siedmioramiennej gwieździe*, napisano, że Siedmiu zstąpiło między swój lud w Andalos i sami bogowie ukoronowali Hugora ze Wzgórza. Obiecali też jemu oraz jego potomkom wielkie królestwa w dalekim kraju. Septonowie i septy nauczają, że

PO LEWEJ | *Ognie Czternastu Płomieni widoczne nad Valyrią, paliwo dla magii piromantów*

Stara legenda opowiadana w Pentos mówi, że Andalowie zabili łabędziewy wabiące wędrowców ku zgubie pośród Aksamitnych Wzgórz, położonych na wschód od Wolnego Miasta. Andalami władał wówczas bohater zwany przez pentoshijskich minstreli Hukkiem. Ponoć to właśnie on zabił siedem łabędzich panien, nie za ich zbrodnie, lecz jako ofiarę dla swych bogów. Wschodnie legendy są jednak jeszcze mniej godne zaufania niż te z Siedmiu Królestw. Zbyt wiele ludów wędrowało po owych ziemiach; ich legendy oraz opowieści mieszały się ze sobą. Niektórzy maesterzy zwrócili uwagę na fakt, że słowo Hukko może być formą imienia Hugor. Nawet gdyby tak było, pentoshijska legenda mogła po prostu wykorzystać andalskie opowieści do własnych celów.

właśnie z tego powodu Andalowie opuścili Essos i wyruszyli na zachód, do Westeros. Przekazy historyczne odkrywane w ciągu stuleci przez Cytadelę mogą nam przedstawić lepszy powód.

Przez kilkaset lat Andalowie żyli spokojnie wśród wzgórz Andalos i nikt ich zbytnio nie niepokoił. Po upadku Starego Ghis rozpoczęła się jednak wielka fala valyriańskich podbojów i kolonizacji. Włości powiększały swoje terytorium, poszukując wciąż nowych niewolników. Z początku Rhoyne i Rhoynarzy zapewniali Andalom osłonę, gdy bowiem Valyrianie dotarli do olbrzymiej rzeki, przekonali się, że trudno im przeprawić się przez nią większymi siłami. Smoczym lordom to nie przeszkadzało, ale piechota i konnica miały poważne trudności, zwłaszcza w obliczu oporu Rhoynarów, wówczas równie silnych, jak Ghis u szczytu swej potęgi. Przez długie lata zawarty między Valyrianami a Rhoynarami rozejm zapewniał Andalom ochronę. Do czasu...

U ujść Rhoyne Valyrianie założyli pierwszą ze swych kolonii – Volantis. Zbudował je jeden z najzamożniejszych ludzi we Włościach, pragnąc zagarnąć bogactwa transportowane w dół rzeki. Tam właśnie potężne oddziały zdobywców przeprawiły się w końcu na drugi brzeg. Niewykluczone, że Andalowie z początku próbowali walki, a Rhoynarzy mogli im nawet pomagać, ale fali nie powstrzymano. Wydaje się prawdopodobne, że Andalowie woleli uciec, niż zaakceptować nieuniknioną niewolę towarzyszącą podbojowi przez Valyrian. Wycofali się do Topora – krainy, z której się wywodzili – a gdy to ich nie uratowało, ruszyli dalej na północny zachód, aż wreszcie dotarli do morza. Niektórzy z nich mogli dać tam za wygraną i pogodzić się z losem, inni być może stanęli do ostatniej walki, bardzo wielu zbudowało zaś statki i pożeglowało na drugi brzeg wąskiego morza, do zamieszkiwanego przez Pierwszych Ludzi Westeros.

Valyrianie nie pozwolili Andalom zrealizować obietnicy Siedmiu w Essos, ale w Westeros przybysze byli wolni. Konflikt i ucieczka rozpaliły w nich żarliwą wiarę. Andalscy wojownicy wycinali sobie na ciele siedmioramienną gwiazdę i przysięgali na swoją krew oraz na bogów, że nie spoczną,

POWYŻEJ | *Andalscy poszukiwacze przygód w Dolinie, w oddali widoczne Góry Księżycowe*

dopóki nie wyrąbią dla siebie domen w Królestwach Zachodzącego Słońca. Ich późniejszy sukces sprawił, że Westeros nadano nową nazwę: *Rhaesh Andahli* – Ziemia Andalów, jak zwą ją obecnie Dothrakowie.

Septonowie, minstrele i maesterzy zgadzają się co do tego, że Andalowie najpierw wylądowali na Paluchach w Dolinie Arrynów. Na skałach i kamieniach w tej okolicy wyryto niezliczone siedmioramienne gwiazdy. Ten zwyczaj popadł potem w zapomnienie podczas kolejnych andalskich podbojów.

Andalowie zdobyli Dolinę ogniem i mieczem, rozpoczynając podbój Westeros. Ich żelazna broń i zbroje przewyższały walory brązu, którym nadal posługiwali się Pierwsi Ludzie. Wielu tubylców zginęło w wojnie – czy może serii wojen – która zapewne trwała dziesięciolecia. W końcu niektórzy Pierwsi Ludzie skapitulowali. W Dolinie nadal istnieją rody chełpiące się pochodzeniem od nich, na przykład Redfortowie i Royce'owie.

Minstrele powiadają, że andalski bohater, ser Artys Arryn, dosiadł sokoła, by zabić Króla Gryfów na Kopii Olbrzyma. Sokoła możemy odrzucić jako wytwór wyobraźni śpiewaka, gryf jednak reprezentuje zapewne herb ostatniego rodu Pierwszych Ludzi tytułującego się królami Doliny.

Podporządkowawszy sobie Dolinę, Andalowie zwrócili oczy na resztę Westeros i przez Krwawą Bramę ruszyli na jego podbój. Podczas wojen, do których doszło później, andalscy poszukiwacze przygód wykroili dla siebie z królestw Pierwszych Ludzi niewielkie domeny, walcząc ze sobą nawzajem równie często, jak z tubylcami.

Podczas wojen nad Tridentem aż siedmiu andalskich królów połączyło ponoć siły w walce z ostatnim władcą rzek i wzgórz, Tristiferem Czwartym, wywodzącym się z Pierwszych Ludzi, i pokonali go w bitwie, która zdaniem minstreli była jego setną. Jego spadkobierca, Tristifer Piąty, nie był w stanie obronić dziedzictwa ojca i królestwo wpadło w ręce Andalów.

W tych właśnie czasach pewien Andal, zapamiętany w legendzie jako Erreg Zabójca Krewnych, natrafił na wielkie wzgórze, zwane Wysokim Sercem. To właśnie tam pozostające pod opieką królów Pierwszych Ludzi dzieci lasu opiekowały się ogromnymi rzeźbionymi czardrzewami, wieńczącymi szczyt wzniesienia (według rękopisu arcymaestera Laurenta *Stare miejsca nad Tridentem* było ich tam trzydzieści jeden). Ponieważ Tristifer, Młot Sprawiedliwości, padł na polu bitwy, a jego syn cofał się przed naporem Andalów, nie było nikogo, kto obroniłby dzieci, gdy wojownicy Errega zaczęli rąbać drzewa. Choć dzieci lasu dzielnie broniły swego gaju, wszystkie poległy. Bajarze opowiadają, że duchy zabitych także i dziś straszą nocami na wzgórzu.

Podobnie jak Pierwsi Ludzie przed nimi, Andalowie okazali się bezwzględnymi wrogami ocalałych dzieci lasu. Ich zdaniem dzieci czciły obcych bogów i miały dziwaczne zwyczaje, dlatego wygnali je ze wszystkich puszcz, które oddał im Pakt. Osłabione i z biegiem wieków coraz bardziej zacofane dzieci utraciły zdolności pozwalające im ongiś przeciwstawić się Pierwszym Ludziom. To, czego ci nigdy nie dokonali – całkowitą eksterminację rdzennych mieszkańców tych terenów – Andalom udało się osiągnąć w krótkim czasie. Nieliczne dzieci mogły uciec na Przesmyk i odnaleźć bezpieczeństwo pośród wysp oraz moczarów, ale jeśli nawet tak się stało, nie pozostał po nich żaden ślad. Niewykluczone, że garstka dzieci lasu żyje nadal na Wyspie Twarzy, jak o tym pisali niektórzy, pod opieką zielonych ludzi, których Andalom nie udało się zniszczyć. Nigdy jednak nie odnaleziono na to przekonującego dowodu.

Klany z Gór Księżycowych z pewnością są potomkami Pierwszych Ludzi, którzy nie ugięli kolan przed Andalami i zostali wyparci na górskie tereny. Co więcej, istnieją pewne analogie między ich zwyczajami a obyczajami dzikich zza Muru – kradzież żon, nieustępliwe pragnienie swobody i tak dalej. Nie ulega przy tym wątpliwości, że dzicy pochodzą od Pierwszych Ludzi.

POWYŻEJ | *Wymordowanie dzieci lasu przez andalskiego wojownika Errega Zabójcę Krewnych*

Tak czy inaczej, garstka żyjących jeszcze na południu dzieci uciekła albo zginęła, Pierwsi Ludzie zaś przegrywali wojnę po wojnie; królestwo po królestwie przechodziło w ręce andalskich najeźdźców. Bitew i wojen było bez liku, aż w końcu wszystkie południowe królestwa padły. Podobnie jak w Dolinie, niektóre poddawały się zdobywcom, przyjmując nawet wiarę w Siedmiu. W wielu przypadkach Andalowie poślubiali żony albo córki pokonanych królów, umacniając w ten sposób swe prawa do tronu, bowiem mimo wszystko Pierwsi Ludzie byli od nich znacznie liczniejsi i nie można ich było po prostu przegnać. Fakt, że w sercach wielu południowych zamków nadal można znaleźć boże gaje z rzeźbionymi czardrzewami, zawdzięczamy ponoć wczesnym andalskim królom, którzy przeszli od podbojów do umacniania swej władzy, starając się unikać wszelkich konfliktów na tle różnic religijnych.

Nawet żelaźni ludzie – gwałtowni morscy wojownicy, początkowo niewątpliwie sądzący, że są bezpieczni na swych wyspach – ulegli andalskiemu podbojowi. Choć upłynął tysiąc lat, nim Andalowie skierowali swą uwagę na Żelazne Wyspy, wreszcie uczynili to pod wpływem nowej fali religijnego zapału. Zalali je, kładąc kres dynastii Urrona Czerwonorękiego, która władała od tysiąclecia, opierając swe panowanie na mieczu i toporze.

Haereg pisze, że na początku andalscy królowie próbowali zmusić żelaznych ludzi do oddawania czci Siedmiu, ale mieszkańcy Żelaznych Wysp nie chcieli o tym słyszeć. Pozwolili jednak, by andalska wiara współistniała z ich kultem Utopionego Boga. Podobnie jak na kontynencie, zdobywcy poślubiali żony bądź córki tubylców i mieli z nimi dzieci. Na Wyspach jednak Wiara nigdy się nie zakorzeniła. Co więcej, nie utrzymała się nawet wśród rodzin wywodzących się z andalskiej krwi. Z czasem cała władza nad Żelaznymi Wyspami wróciła do Utopionego Boga i tylko garstka rodów nadal pamiętała o Siedmiu.

Wyłącznie północ była w stanie oprzeć się Andalom, dzięki nieprzebytym bagnom Przesmyku oraz starożytnej twierdzy zwanej Fosą Cailin. Trudno zliczyć, jak wiele andalskich armii rozbito na Przesmyku. Królowie zimy obronili swą niezależność na wiele kolejnych stuleci.

Dziesięć tysięcy okrętów

Ostatnia wielka migracja do Westeros miała miejsce długo po nadejściu Pierwszych Ludzi oraz Andalów. Gdy wojny ghiscarskie wreszcie się skończyły, smoczy lordowie z Valyrii zwrócili wzrok na zachód, gdzie wzrost potęgi Włości oraz ich kolonii doprowadził do konfliktu z ludami znad Rhoyne.

Rhoyne jest najpotężniejszą rzeką na świecie i jej liczne dopływy rozlewają się na większą część zachodniego Essos. Nad ich brzegami zrodziły się cywilizacja oraz kultura starożytna opiewane w legendach w równym stopniu, co Imperium Ghis.

Rhoynarzy wzbogacali się dzięki swej rzece, którą zwali Matką Rhoyne. Byli rybakami, kupcami, nauczycielami i uczonymi, obrabiali drewno, kamień oraz metal i budowali swe pełne gracji miasta od górnego biegu Rhoyne aż po jej ujścia, a każde z nich było piękniejsze od poprzedniego: Ghoyan Drohe z Aksamitnych Wzgórz, ze swymi gajami i wodospadami; Ny Sar, miasto fontann tętniące pieśnią; Ar Noy nad Qhoyne, o komnatach z zielonego marmuru; blade Sar Mell od kwiatów; otoczone morzem Sarhoy, z mnóstwem kanałów i słonowodnych ogrodów; i wreszcie Chroyane, najwspanialsze z nich, Festiwalowe Miasto z wielkim Pałacem Miłości.

W miastach nad Rhoyne rozkwitały sztuka i muzyka. Powiadają też, że ich mieszkańcy władali odrębnym rodzajem magii – wodną, zupełnie różną od czarów Valyrii, utkanych z krwi i ognia. Choć rhoynarskie miasta łączyło pokrewieństwo mieszkańców, kultura i rzeka, z której się zrodziły, poza tym zaciekle strzegły swej niezależności. Każde miało własnego księcia… albo księżną, ponieważ wśród rzecznego ludu kobiety uważano za równe mężczyznom.

Rhoynarzy z reguły byli nastawieni pokojowo, ale jeśli ich rozgniewano, stawali się groźni, o czym – ku swojemu żalowi – przekonało się wielu andalskich kandydatów na zdobywców. Rhoynarskiego wojownika, ze zbroją ze srebrnych łusek, hełmem w kształcie rybiej głowy, długą włócznią i tarczą ze skorup żółwi, szanowali i bali się wszyscy, którzy stawili mu czoło w bitwie. Powiadano, że sama Matka Rhoyne szeptem ostrzegała swe dzieci przed wszelkimi zagrożeniami, że książęta Rhoynarów władali niezwykłymi, niesamowitymi mocami, ich kobiety walczyły równie zaciekle, co mężczyźni, a miast strzegły „wodne mury", mogące wezbrać i zatopić każdego wroga.

Przez wiele stuleci Rhoynarzy żyli w pokoju. Choć pośród wzgórz i lasów otaczających Matkę Rhoyne mieszkało wiele dzikich plemion, wszystkie one wiedziały, że z rzecznym ludem lepiej nie zadzierać. Sami Rhoynarzy nie wykazywali większego zainteresowania ekspansją; rzeka była ich domem, matką oraz boginią, i tylko nieliczni z nich pragnęli mieszkać tam, gdzie nie docierała jej wieczna pieśń.

Po zakończeniu piątej wojny ghiscarskiej poszukiwacze przygód, wygnańcy oraz kupcy z Włości zaczęli się zapuszczać poza Krainy Długiego Lata. Początkowo rhoynarscy książęta witali ich z radością, kapłani zaś ogłosili, że wszyscy ludzie mogą się dzielić darami Matki Rhoyne.

Gdy jednak pierwsze valyriańskie placówki przerodziły się w miasteczka, a potem w miasta, niektórzy Rhoynarzy zaczęli żałować wyrozumiałości swych przodków. Przyjaźń przerodziła się we wrogość, zwłaszcza na dolnym odcinku rzeki, gdzie ponad wodami spoglądały na siebie starożytne miasto Sar Mell i otoczona murem valyriańska osada Volon Therys, a także na brzegach Morza Letniego, gdzie Wolne Miasto Volantis szybko wyrosło na rywala opiewanego przez minstreli portu Sarhoy. Oba władały jednym z czterech ujść Matki Rhoyne.

Dysputy między obywatelami konkurencyjnych miast stawały się coraz częstsze i bardziej gniewne, aż wreszcie doprowadziły do serii krótkich, krwawych wojen. Sar Mell i Volon Therys jako pierwsze stoczyły ze sobą bitwę. Legenda mówi, że starcie sprowokowało złapanie w sieci przez Valyrian i poćwiartowanie jednego z wielkich żółwi, zwanych przez Rhoynarów Starcami z Rzeki, uważanych za świętych małżonków samej Matki Rhoyne. Pierwsza wojna żółwiowa trwała niespełna cykl księżyca. Sar Mell, splądrowane i puszczone z dymem, odniosło jednak zwycięstwo, gdy rhoynarscy wodni czarodzieje przywołali moc rzeki i zatopili Volon Therys. Jeśli wierzyć opowieściom, wody uniosły ze sobą połowę miasta.

Doszło jednak do kolejnych konfliktów: wojny trzech książąt, drugiej wojny żółwiowej, wojny rybaka, wojny solnej, trzeciej wojny żółwiowej, wojny na Jeziorze Sztyletów, wojny przyprawowej oraz wielu innych, zbyt licznych, by je tu wymieniać. Miasta palono albo zalewano wodą, a następnie odbudowywano. Tysiące ludzi zabito bądź zniewolono. W owych konfliktach częściej górą byli Valyrianie. Książęta Rhoyne, szalenie dumni ze swej niezależności, walczyli oddzielnie, podczas gdy valyriańskie kolonie wspierały się nawzajem, a gdy sytuacja robiła się groźna, prosiły o pomoc same Włości. *Historia wojen rhoynarskich* Beldecara nie ma sobie równych, jeśli chodzi o opis tych zbrojnych starć, ciągnących się przez prawie dwa i pół stulecia.

Kres konfliktom położyła przed tysiącleciem druga wojna przyprawowa. Trzej smoczy lordowie z Valyrii połączyli siły ze swymi kuzynami z Volantis, by zdobyć, złupić i zniszczyć Sarhoy, wielki rhoynarski port na brzegach Morza Letniego. Sarhoyskich wojowników okrutnie wymordowano, ich dzieci wzięto do niewoli, a dumne różowe miasto puszczono z dymem. Volanteńczycy obsiali potem solą dymiące ruiny, by Sarhoy nigdy już się nie odrodziło.

Całkowite zniszczenie jednego z najbogatszych i najpotężniejszych miast znad Rhoyne oraz uczynienie niewolników z jego mieszkańców wstrząsnęło pozostałymi rhoynarskimi władcami i przeraziło ich. „Wszyscy staniemy się niewolnikami, jeśli nie połączymy sił, by położyć kres tej groźbie" – oznajmił najpotężniejszy z nich, Garin z Chroyane. Wojowniczy książę zwołał swych pobratymców, by zawrzeć z nimi wielki sojusz i zmyć z brzegów Rhoyne wszystkie valyriańskie miasta.

Sprzeciwiła mu się tylko księżniczka Nymeria z Ny Sar. „Tej wojny nie mamy szans wygrać" – ostrzegła, ale pozostali ją zakrzyczeli i zaprzysięgli swe miecze Garinowi. Nawet wojownicy z jej Ny Sar pragnęli walczyć i Nymeria nie miała innego wyboru, jak przyłączyć się do wielkiego sojuszu.

W Chroyane wkrótce zgromadziła się największa armia, jaką widziano w dziejach Essos. Dowodził nią książę Garin. Według Beldecara składała się ona z ćwierci miliona ludzi. Od źródeł Rhoyne aż po jej liczne ujścia każdy zdolny do walki mężczyzna chwycił za miecz i tarczę, a potem wyruszył do Festiwalowego Miasta, by przyłączyć się do wielkiej kampanii. Książę oznajmił, że dopóki armia będzie się trzymała blisko brzegów Rhoyne, nie musi się obawiać valyriańskich smoków: wodni czarodzieje obronią ją przed ogniami Włości.

Garin podzielił swój ogromny zastęp na trzy części. Pierwsza pomaszerowała na południe wschodnim brzegiem Rhoyne, druga zachodnim, potężna flota złożona z wojennych galer dotrzymywała im zaś kroku, oczyszczając po drodze rzekę z nieprzyjacielskich okrętów. Książę Garin powiódł swe siły z Chroyane ku morzu, niszcząc po drodze wszystkie wioski, miasteczka i placówki oraz rozbijając siły przeciwnika.

Pod Selhorys odniósł swe pierwsze zwycięstwo, pokonując valyriańską armię złożoną z trzydziestu tysięcy żoł-

POPRZEDNIE STRONY | *Rhoynarzy stawiają czoła potędze Włości* PO PRAWEJ | *Stos zabitych na brzegach Rhoyne*

nierzy i zdobywając miasto szturmem. Taki sam los spotkał Valysar. Pod Volon Therys napotkał sto tysięcy wrogów, sto słoni bojowych oraz trzech smoczych lordów. Tam również zwyciężył, choć wielkim kosztem. Tysiące ludzi spłonęło, ale tysiące innych skryło się na rzecznych płyciznach, podczas gdy czarodzieje księcia rzucili przeciwko smokom potężne trąby wodne. Rhoynarscy łucznicy strącili dwa smoki; trzeci uciekł, raniony. Po bitwie Matka Rhoyne wezbrała gniewnie i pochłonęła Volon Therys. Ludzie zaczęli zwać zwycięskiego księcia Garinem Wielkim i w Volantis wielcy lordowie drżeli ponoć trwożliwie na wieść o zbliżaniu się jego armii. Zamiast stawić mu czoło w otwartej bitwie, Volanteńczycy skryli się za Czarnym Murem i poprosili o pomoc Włości.

I smoki przybyły. Nie trzy, jak pod Volon Therys, lecz trzysta albo i więcej, jeśli wierzyć opowieściom, które dotarły do nas z minionych wieków. Ich ogniom Rhoynarzy nie byli w stanie się oprzeć. Dziesiątki tysięcy spłonęło, inni zaś umknęli do rzeki (w nadziei, że objęcia Matki Rhoyne zapewnią im ochronę przed smoczym płomieniem), tylko po to, by w niej utonąć. Niektórzy kronikarze zapewniają, iż ogień był tak gorący, że wody zawrzały, zamieniając się w parę. Księcia Garina wzięto żywcem i zmuszono do przyglądania się, jak jego ludzie cierpią za swą śmiałość. Jego wojownikom nie okazano podobnej łaski. Volanteńczycy i ich valyriańscy kuzyni wycięli wszystkich w pień – tak wielu, że ponoć wielka zatoka poczerwieniała od ich krwi daleko jak okiem sięgnąć. Zwycięzcy zebrali potem swe siły i ruszyli na północ, wzdłuż rzeki. Złupili okrutnie Sar Mell, a potem pomaszerowali ku Chroyane, ku poddanym Garina. Zamkniętego w złotej klatce na rozkaz smoczych lordów księcia zaniesiono do Festiwalowego Miasta, by był świadkiem jego zagłady.

Po dotarciu na miejsce klatkę zawieszono na murach, żeby Garin widział, jak idą w niewolę kobiety i dzieci, których ojcowie i bracia zginęli w jego odważnej, straceńczej kampanii. Książę przeklął ponoć zwycięzców, błagając Matkę Rhoyne, by pomściła swe dzieci, i jeszcze tej samej nocy Rhoyne wystąpiła z brzegów, a żyjący wówczas ludzie nie pamiętali, by kiedykolwiek zrobiła to z większą siłą, choć nie była to pora powodzi. Nadeszła gęsta mgła, pełna złowrogich oparów, i valyriańscy zdobywcy zaczęli umierać na szarą łuszczycę. (Ta opowieść ma w sobie przynajmniej tyle prawdy: w późniejszych stuleciach Lomas Obieżyświat opisywał zatopione ruiny Chroyane, ich cuchnące mgły i skażoną wodę. Wspomniał też o fakcie, że obecnie grasują tam zagubieni wędrowcy zarażeni szarą łuszczycą, zagrażający tym, którzy przepływają pod ukruszonym łukiem Mostu Marzenia).

Do księżniczki Nymerii, przebywającej w położonym wyżej nad Rhoyne Ny Sar, szybko dotarły wieści o druzgocącej klęsce Garina oraz wzięciu do niewoli mieszkańców Chroyane i Sar Mell. Uświadomiła sobie, że ten sam los czeka jej miasto. Dlatego zebrała wszystkie statki pływające jeszcze po Rhoyne, wielkie i małe, a następnie wsadziła na nie tyle kobiet i dzieci, ile tylko mogły pomieścić (prawie wszyscy zdolni do walki mężczyźni pomaszerowali z Garinem i zginęli). Nymeria powiodła swą pośpiesznie skleconą flotę w dół rzeki, mijając zburzone, dymiące miasta oraz pola usiane trupami. Na wodzie również unosiło się mnóstwo rozdętych, gnijących ciał. Kondukt statków ominął Volantis i jego zastępy, wybierając starą rzeczną odnogę, i wypłynął na Morze Letnie w miejscu, gdzie kiedyś wznosiło się Sarhoy.

Legenda mówi, że Nymeria zabrała na morze dziesięć tysięcy okrętów, by odnaleźć dla swego ludu nowy dom, położony poza zasięgiem długich łap Valyrii i jej smoczych lordów. Beldecar utrzymuje jednak, że liczba ta jest znacznie przesadzona, być może nawet dziesięciokrotnie. Inni kronikarze podają odmienne dane, w rzeczywistości jednak nikt dokładnie nie policzył tych statków. Większość jednostek stanowiły rzeczne łodzie, skify i popychane tyczkami barki, galery kupieckie, łodzie rybackie, barki wycieczkowe, a nawet tratwy. Ich pokłady i ładownie gęsto wypełniały kobiety, dzieci i starcy. Beldecar zapewnia, że tylko jedna łódź na dziesięć choć marginalnie nadawała się do morskiej żeglugi.

Wędrówka Nymerii była długa i koszmarna. Już pierwszy sztorm zatopił z górą sto jednostek. Co najmniej drugie tyle zawróciło ze strachu, by następnie wpaść w łapska handlarzy niewolników z Volantis. Inne zostały z tyłu albo się oddaliły i nie widziano ich już nigdy więcej.

Reszta floty wlokła się przez Morze Letnie, aż wreszcie dotarła do Wysp Bazyliszkowych, gdzie zatrzymała się, by

uzupełnić zapasy świeżej wody i żywności; ci przyciągnęli atak korsarskich królów z Wyspy Toporowej, Szponu oraz Wyjącej Góry, którzy odłożyli na bok swary i uderzyli na Rhoynarów ogniem i mieczem. Puścili z dymem czterdzieści statków, wzięli do niewoli setki ludzi, a następnie zaproponowali, że pozwolą Rhoynarom osiedlić się na Wyspie Ropuch, pod warunkiem, że ci oddadzą swe statki i co rok będą wysyłać każdemu z królów po trzydzieści dziewic i ładnych chłopców w charakterze trybutu.

Nymeria odmówiła i ponownie wypłynęła z flotą na morze, w nadziei, że znajdzie azyl w parnych dżunglach Sothoryos. Część jej ludzi osiedliła się na Przylądku Bazyliszkowym, inni zaś nad lśniącymi zielonym blaskiem wodami Zamoyos, pośród ruchomych piasków, krokodyli oraz butwiejących, na wpół utopionych drzew. Sama księżniczka pozostała ze swymi statkami w Zamettar, ghiscarskiej kolonii opuszczonej przed tysiącem lat. Jeszcze inni popłynęli natomiast w górę rzeki, do cyklopowych ruin Yeen, nawiedzanych przez ghule i pająki.

W Sothoryos można było odnaleźć bogactwa – złoto, drogie kamienie, rzadkie rodzaje drewna, egzotyczne futra, dziwaczne owoce i niezwykłe przyprawy – ale Rhoynarom nie wiodło się tam dobrze. Od posępnego, wilgotnego upału upadali na duchu, a roje kąśliwych much przynosiły jedną chorobę po drugiej: zieloną gorączkę, tańczącą zarazę, krwawe czyraki, płaczące wrzody i słodką zgniliznę. Młodzi i najstarsi okazali się szczególne podatni na tego typu infekcje. Nawet kąpiel w rzece groziła śmiercią, ponieważ w Zamoyos można było napotkać ławice drapieżnych ryb oraz maleńkie robaki składające jaja w ciałach pływaków. Na dwie z nowych osad na Przylądku Bazyliszkowym napadli łowcy niewolników. Wszystkich mieszkańców wycięto w pień albo zakuto w łańcuchy, natomiast ci, którzy zamieszkali w Yeen, musieli odpierać ataki cętkowanych ghuli z głębin dżungli.

Rhoynarzy przez z górą rok walczyli w Sothoryos o przetrwanie, aż wreszcie nadszedł dzień, gdy łódź z Zamettar przypłynęła do Yeen i jej załoga odkryła, że wszyscy mężczyźni, kobiety i dzieci mieszkający w nawiedzanych ruinach zniknęli w przeciągu jednej nocy. Wtedy Nymeria wezwała swych ludzi z powrotem na statki i wypłynęła w dalszą drogę.

Przez trzy następne lata Rhoynarzy wędrowali po morzach południowych, szukając nowego domu. Na Naath, Wyspie Motyli, pokojowo nastawieni tubylcy powitali ich bardzo miło, ale broniący tej niezwykłej krainy bóg zaczął powalać dziesiątki intruzów śmiertelną chorobą bez nazwy, zmuszając ich do odwrotu. Na Wyspach Letnich zatrzymali się na niezamieszkanej skalistej wysepce nieopodal wschodnich brzegów Walano, którą wkrótce przezwano Wyspą Kobiet, ale jej jałowa, kamienista gleba dawała marne plony i wielu głodowało. Gdy znowu podniesiono żagle, niektórzy opuścili Nymerię i podążyli za kapłanką imieniem Druselka, która twierdziła, że słyszała głos Matki Rhoyne, wzywającej swe dzieci do powrotu… ale kiedy Druselka i jej zwolennicy wrócili do swych dawnych miast, przekonali się, że wrogowie wciąż na nich czekają. Większość wytropiono i zabito bądź zakuto w łańcuchy.

POWYŻEJ | *Księżniczka Nymeria prowadzi dziesięć tysięcy okrętów*

Wysłużone, sfatygowane pozostałości dziesięciu tysięcy okrętów pożeglowały z Nymerią na zachód. Tym razem księżniczka dotarła do Westeros. Po tak długiej tułaczce jej flota nadawała się do żeglugi jeszcze mniej niż z chwilą opuszczenia Matki Rhoyne. Nie dotarła też do Dorne w komplecie. Do dziś na Stopniach mieszkają izolowane grupki Rhoynarów, podających się za potomków rozbitków. Inne statki, zniesione z kursu przez sztormy, dopłynęły do Lys albo Tyrosh, przedkładając niewolę nad podwodny grób. Reszta floty wylądowała na brzegach Dorne, nieopodal ujścia Zielonej Krwi, w niewielkiej odległości od starożytnych murów z piaskowca, otaczających Słoneczną Włócznię, siedzibę rodu Martellów.

Suche, pustynne i niezbyt gęsto zaludnione Dorne było w owych czasach ubogą krainą, w której może ze dwudziestu swarliwych lordów i pomniejszych królów toczyło nieustanne wojny o każdą rzekę, strumień, studnię czy skrawek żyznej ziemi. Większość owych dornijskich wielmożów uznało Rhoynarów za niepożądanych intruzów, najeźdźców o dziwnych cudzoziemskich zwyczajach, oddających cześć obcym bogom, i pragnęła zepchnąć ich z powrotem do morza, z którego przybyli. Jednakże Mors Martell, lord Słonecznej Włóczni, ujrzał w przybyszach szansę... a jeśli wierzyć minstrelom, jego lordowska mość oddał też serce Nymerii, wojowniczej i pięknej królowej, która zaprowadziła swój lud na drugi koniec świata, by ocalić jego wolność.

Powiadają, że na dziesięcioro Rhoynarów, którzy przybyli do Dorne z Nymerią, osiem było kobietami, ale co czwarta z nich była wojowniczką, zgodnie z rhoynarską tradycją, zaś nawet te, które nie walczyły, stały się twardsze po długich podróżach i wielu trudach. Co więcej, tysiące tych, którzy byli chłopcami, gdy uciekali znad Rhoyne, zmieniło się w mężczyzn i nauczyło władać włócznią podczas lat tułaczki. Łącząc swe siły z przybyszami, Martellowie dziesięciokrotnie zwiększyli liczebność swych zastępów.

Gdy Mors Martell pojął Nymerię za żonę, setki jego rycerzy, giermków oraz lordów chorążych podążyło za jego przykładem, a wielu tych, którzy mieli już żony, uczyniło rhoynarskie kobiety swymi faworytami. Tak oto dwa ludy połączyły krew, a związki wzbogaciły i wzmocniły ród Martellów oraz jego dornijskich sojuszników. Rhoynarzy przywieźli ze sobą znaczne bogactwa, zaś ich rzemieślnicy, kowale i kamieniarze znacznie przewyższali umiejętnościami swych westeroskich odpowiedników. Rhoynarscy płatnerze wkrótce zaczęli produkować miecze, włócznie i zbroje łuskowe oraz płytowe, którym nie potrafiłby dorównać wyrób żadnego kowala z Westeros. Co jeszcze ważniejsze, rhoynarskie wodne czarownice znały ponoć zaklęcia, dzięki którym wyschnięte strumienie znowu wypełniały się wodą, a pustynie rozkwitały...

Dla uczczenia zawartych związków, a także po to, by się upewnić, że jej lud nie wróci już na morze, Nymeria spaliła swą flotę. „Nasze wędrówki dobiegły końca – oznajmiła. – Odnaleźliśmy nowy dom. Tu będziemy żyli i tu umrzemy".

(Niektórzy z Rhoynarów opłakiwali stratę statków i zamiast osiedlić się na nowym lądzie, zaczęli pływać po Zielonej Krwi, choć była ona dla nich jedynie bladym cieniem Matki Rhoyne, której nadal oddawali cześć. Ich potomkowie robią to po dziś dzień i są znani jako sieroty z Zielonej Krwi).

Płomienie oświetliły brzeg na odcinku stu pięćdziesięciu mil. Setki przeciekających, przechylających się łajb spłonęło i obróciło się w popiół. W blasku tego pożaru księżniczka Nymeria ogłosiła Morsa Martella księciem Dorne, w rhoynarskim stylu proklamując jego panowanie nad „czerwonymi i białymi piaskami, i nad wszystkimi ziemiami oraz rzekami, od gór aż po wielkie słone morze".

Łatwiej jednak było to ogłosić, niż uczynić rzeczywistością. Nadeszły lata wojen. Martell i jego rhoynarscy towarzysze podporządkowywali sobie jednego pomniejszego króla po drugim. Nie mniej niż sześciu pokonanych monarchów Nymeria i jej książę wysłali na Mur w złotych łańcuchach, aż wreszcie został tylko najpotężniejszy z wrogów: Yorick Yronwood, Królewska Krew, Piąty Tego Imienia, lord Yronwood, strażnik Kamiennego Szlaku, Rycerz Studni, król Czerwonego Pogranicza, król Zielonego Pasa i król Dornijczyków.

Przez dziewięć lat Mors Martell i jego sojusznicy (wśród nich ród Fowlerów ze Skyreach, ród Tolandów ze Wzgórza Duchów, ród Dayne'ów ze Starfall i ród Ullerów z Hellholtu) walczyli z Yronwoodem oraz jego chorążymi (Jordayne'ami z Tor, Wylami z Kamiennego Szlaku, a także Blackmontami, Qorgyle'ami i innymi) w bitwach zbyt licznych, by je tu wymieniać. Gdy Mors Martell padł pod ciosem miecza w trzeciej bitwie na Kamiennym Szlaku, Nymeria przejęła samodzielne dowództwo nad armiami. Walki trwały jeszcze dwa lata; w końcu Yorick Yronwood ugiął kolan przed Nymerią i to ona władała odtąd krajem ze Słonecznej Włóczni. Choć wyszła za mąż jeszcze dwa razy (najpierw za starego lorda Ullera z Hellholtu, a potem za przystojnego ser Davosa Dayne'a ze Starfall, Miecz Poranku, pozostała niekwestionowaną władczynią Dorne przez dwadzieścia siedem lat, a mężowie byli tylko jej towarzyszami i doradcami. Przeżyła kilkanaście zamachów na swoje życie, stłumiła dwa bunty i odparła dwa najazdy króla burzy Durrana III oraz jeden króla Greydona z Reach.

Gdy w końcu umarła, władzę przejęła najstarsza z jej czterech córek poczętych z Morsem Martellem, a nie syn ze związku z Davosem Dayne'em, albowiem Dornijczycy zaadaptowali już wówczas wiele rhoynarskich praw i zwyczajów, choć wspomnienia o Matce Rhoyne i dziesięciu tysiącach okrętów przechodziły stopniowo w sferę legend.

Zagłada Valyrii

Po zniszczeniu Rhoynarów Valyria wkrótce osiągnęła całkowitą dominację nad zachodnią połową Essos, od wąskiego morza po Zatokę Niewolniczą i od Morza Letniego po Morze Dreszczy. Niewolnicy napływający do Włości szybko trafiali pod Czternaście Płomieni, by wydobywać cenne złoto i srebro, które tak bardzo kochali smoczy lordowie. Być może przygotowując się do przekroczenia wąskiego morza, około dwustu lat przed Zagładą Valyrianie założyli na wyspie, która miała być potem znana jako Smocza Skała, swą najdalej wysuniętą na zachód placówkę. Żaden król się temu nie sprzeciwił, a choć miejscowi lordowie z wąskiego morza próbowali stawiać opór, potęga Valyrii była zbyt wielka. Korzystając z tajemnych sztuk, Valyrianie zbudowali na Smoczej Skale cytadelę.

Minęły dwa stulecia, w trakcie których powszechnie pożądana valyriańska stal zaczęła napływać do Siedmiu Królestw szybciej niż przedtem – lecz niewystarczająco szybko dla wszystkich lordów i królów, którzy pragnęli ją posiadać. I choć widok smoczego lorda lecącego wysoko nad Czarną Zatoką nigdy nie był czymś nieznanym, z biegiem czasu bestie oraz ich jeźdźców oglądało się coraz częściej. Valyria była przekonana, że jej placówce nic nie zagraża, smoczy lordowie ponownie zajęli się więc planami i intrygami na swym rodzinnym kontynencie.

Wreszcie, niespodziewanie dla wszystkich (poza być może Aenarem Targaryenem i jego dziewiczą córką Daenys Marzycielką), na Valyrię spadła Zagłada.

Do dziś nikt nie wie, co ją spowodowało. Większość uważa, że był to naturalny kataklizm – gigantyczna eksplozja wywołana przez erupcję wszystkich Czternastu Płomieni jednocześnie. Niektórzy septonowie, mniej mądrzy, twierdzą, że Valyrianie sami ściągnęli na siebie katastrofę swą heterogeniczną wiarą w stu, a nawet więcej bogów, a także dlatego, że w swej bezbożności kopali zbyt głęboko i wypuścili na Włości ognie siedmiu piekieł. Garstka maesterów, pozostających pod wpływem zachowanych fragmentów dzieła septona Bartha, uważa, że Valyrianie przez tysiąclecia panowali nad Czternastoma Płomieniami za pomocą zaklęć, a ich nieustanny głód niewolników i bogactw służył nie tylko rozszerzaniu władzy, lecz również podtrzymywaniu tych czarów. Gdy zaklęcia w końcu utraciły moc, kataklizm stał się nieunikniony.

Niektórzy z tych maesterów sądzą, że to klątwa Garina Wielkiego w końcu się wypełniła. Inni mówią, że to kapłani R'hllora przywołali ogień swego boga w osobliwych rytuałach. Jeszcze inni, łączący fantazyjne wyobrażenia o valyriańskiej magii z realnymi ambicjami wielkich rodów Włości, twierdzą, że nieustanny taniec konfliktów i podstępów między owymi rodami mógł doprowadzić do tego, że zbyt wielu szanowanych magów, podtrzymujących i odnawiających rytuały trzymające w ryzach ognie Czternastu Płomieni, padło ofiarą skrytobójczych zamachów.

Jedno możemy powiedzieć z pewnością: świat nigdy dotąd nie widział podobnego kataklizmu. Starożytne, potężne Włości – ojczyzna smoków oraz czarnoksiężników o niezrównanych umiejętnościach – rozpadły się i zniknęły z powierzchni Ziemi w kilka godzin. Napisano, że wszystkie wzgórza w promieniu pięciuset mil rozszczepiły się, wypełniając powietrze popiołem, dymem i ogniem tak żarłocznym, że pochłonął nawet krążące wysoko smoki. W ziemi pojawiły się wielkie rozpadliny, które połknęły pałace, świątynie i całe miasteczka. Jeziora zawrzały albo wypełniły się kwasem, góry eksplodowały, ogniste fontanny ciskały stopioną skałą na tysiąc stóp w górę, a z czerwonych chmur padał na ziemię deszcz smoczego szkła oraz czarnej krwi demonów. Na północy ziemia pękła i zapadła się, a powstałą czeluść wypełniło gniewne, kipiące morze.

Najdumniejsze miasto na całym świecie zniknęło w jednej chwili; legendarne imperium zawaliło się w jeden dzień. Krainy Długiego Lata – ongiś najżyźniejsze na świecie – spłonęły, zatonęły i obróciły się wniwecz, a liczby ofiar kataklizmu nie uświadomiono sobie w pełni przez całe stulecie.

Nagłą pustkę wypełnił chaos. Smoczy lordowie skupiali się w Valyrii, jak mieli to w zwyczaju… poza tylko Aenarem Targaryenem, jego dziećmi i smokami, którzy uciekli na Smoczą Skałę i w ten sposób uniknęli Zagłady. Według niektórych relacji garstka innych również przetrwała – przez pewien czas. Opowiadają, że valyriańscy archontowie Tyrosh i Lys ocaleli, ale podczas politycznego zamieszania, które nastąpiło po Zagładzie, obywatele tych Wolnych Miast zabili ich razem z ich smokami. Kroniki z Qohoru podają, że odwiedzający miasto smoczy lord Aurion powołał oddziały złożone z qohorickich kolonistów i ogłosił się pierwszym cesarzem Valyrii. Następnie odleciał z miasta na grzbiecie wielkiego smoka, a trzydzieści tysięcy ludzi podążyło za nim na piechotę. Pragnął zagarnąć to, co pozostało z Valyrii, i odbudować Włości. Jednakże ani cesarza Auriona, ani jego zastępu nigdy już nie widziano.

Czasy smoków w Essos dobiegły końca.

Volantis, najpotężniejsze z Wolnych Miast, szybko ogłosiło się spadkobiercą Valyrii. Mężczyźni i kobiety pochodzący od szlachetnych valyriańskich panów, choć niebędący smoczymi lordami, wypowiedzieli wojnę innym miastom. Tygrysy, jak nazwano tych, którzy popierali podbój, wciągnęły Volantis w wielki konflikt z innymi Wolnymi Miastami. Z początku odnosili spektakularne sukcesy, ich floty oraz

W rezultacie tych wszystkich wojen oraz trwających do dziś walk na Spornych Ziemiach zrodziła się i zapuściła korzenie plaga wolnych kompanii. Początkowo te bandy najemników po prostu walczyły dla tych, którzy im zapłacili. Niektórzy utrzymują jednak, że gdy tylko pojawiła się groźba zawarcia pokoju, kapitanowie owych wolnych kompanii starali się prowokować nowe konflikty, by zapewnić sobie utrzymanie i wzbogacić się na łupach.

armie panowały nad Lys i Myr, a także południowym biegiem Rhoyne. Nowo założone imperium zawaliło się dopiero wtedy, gdy posunęli się za daleko i spróbowali podbić również Tyrosh. Zaniepokojone volanteńską agresją Pentos poparło stawiających opór Tyroshijczyków, w Myr i Lys wybuchły bunty, a morski lord Braavos wysłał Lys na pomoc flotę złożoną ze stu okrętów. Również westeroski król burzy Argilac Arogancki poprowadził swą armię na Sporne Ziemie – w zamian za obietnicę złota oraz chwały – i pokonał volanteńskie oddziały próbujące odzyskać Myr.

Gdy zbliżał się koniec, do konfliktu włączył się nawet przyszły Zdobywca, młody jeszcze wówczas Aegon Targaryen. Jego przodkowie od dawna spoglądali na wschód, ale sam Aegon już od wczesnych lat kierował swą uwagę na zachód. Mimo to, gdy Pentos i Tyrosh zwróciły się do niego z prośbą o przyłączenie się do wielkiego sojuszu przeciwko Volantis, wysłuchał tej prośby i z nieznanych do dziś powodów postanowił ją spełnić... do pewnego stopnia. Dosiadł ponoć Czarnego Strachu i poleciał na wschód, by spotkać się z księciem Pentos oraz magistrami tego Wolnego Miasta. Następnie skierował Baleriona do Lys i dotarł tam akurat na czas, by podpalić volanteńską flotę, szykującą się do ataku.

Volantis poniosło też inne porażki – na Jeziorze Sztyletów, gdzie brandery z Qohoru i Norvos zniszczyły większą część volanteńskiej floty panującej nad Rhoyne, a także na wschodzie, gdzie Dothrakowie wyłonili się ze swych stepów i uderzyli na osłabione Volantis, zostawiając za sobą zniszczone miasta i miasteczka. W końcu słonie – volanteńska frakcja zwolenników pokoju, opierająca się głównie na bogatych kupcach, którzy ponosili największe straty z powodu wojny – odebrały władzę tygrysom i położyły kres walkom.

Jeśli zaś chodzi o Aegona Targaryena, kronikarze piszą, że wkrótce po tym, jak przyczynił się do pokonania Volantis, utracił wszelkie zainteresowanie wschodnimi sprawami. Upewniwszy się, że potęgę Volantis złamano, wrócił na Smoczą Skałę. Essoskie wojny nie odwracały już jego uwagi i mógł skierować wzrok na zachód.

Zagłada zniszczyła Włości Valyriańskie oraz ich imperium, ale spustoszony półwysep istnieje po dziś dzień. Krążą o nim niezwykłe opowieści, wspominające też o demonach grasujących po Dymiącym Morzu, które zalało Czternaście Płomieni. Droga przebiegająca przez Mantarys jest zwana szlakiem demonów i unikają jej wszyscy rozsądni podróżnicy, a ci, którzy wypływają na Dymiące Morze, już stamtąd nie wracają, o czym przekonano się w Volantis podczas Stulecia Krwi, kiedy to miasto wysłało flotę mającą przejąć władzę nad zniszczoną wyspą. Szepcze się też o ludziach nadal żyjących pośród ruin Valyrii oraz sąsiednich miast, Orosu i Tyrii. Inni jednak przeczą prawdziwości tych opowieści, twierdząc, że Zagłada nadal trzyma Valyrię w uścisku.

Garstka położonych dalej od jej serca miast, założonych przez Włości bądź też im podległych, pozostaje jednak zamieszkana. Najbardziej złowieszczym z nich jest Mantarys, gdzie ludzie rodzą się wypaczeni i monstrualni. Niektórzy sądzą, że winne temu jest położenie miasta na szlaku demonów. Tolos, gdzie można znaleźć najsławniejszych procarzy na świecie, oraz Elyria mają mniej złowrogą reputację, lecz również nie zasługują na większą uwagę, ponieważ zawarły sojusz z ghiscarskimi miastami w Zatoce Niewolniczej i unikają wszelkich prób penetracji płonącego serca Valyrii.

POWYŻEJ | *Smok płonący podczas Zagłady*

Królestwo
smoków

OTO POCZĄTEK RELACJI z panowania dynastii Targaryenów, od Aegona Zdobywcy aż po Aerysa Obłąkanego Króla. O tych sprawach pisało wielu maesterów i zgromadzona przez nich wiedza wpływa na wiele z tego, co zawarłem poniżej. W jednej kwestii pozwoliłem sobie jednak na odrobinę swobody – sprawozdanie z Podboju Aegona nie jest moim dziełem, lecz odnalezionym niedawno w archiwach Cytadeli dokumentem, zapomnianym od czasów smutnego końca Aegona, Piątego Tego Imienia. Ten fragment – część większej całości, najwyraźniej zaplanowanej jako historia królów z dynastii Targaryenów – odnaleziono podczas odkurzania papierów należących do arcymaestera Gerolda, historyka, którego dzieła dotyczące historii Starego Miasta zyskały w swoim czasie spore uznanie. Nie on jest jednak jego autorem; zdradza to sam styl. Pewne notatki znalezione w papierach wskazują, że tekst pochodzi spod pióra arcymaestera Gyldayna, ostatniego maestera służącego w Summerhall podczas panowania Aegona Niespodziewanego, Piątego Tego Imienia. Niewykluczone, że wysłał go on Geroldowi z prośbą o komentarze i aprobatę.

Zawartą w tekście historię Podboju można uznać za kompletną. Dlatego właśnie umieściłem ją tutaj, by oczy inne niż moje i zmarłego arcymaestera Gerolda mogły ją docenić i czerpać z niej nauki. Odkryłem też inne manuskrypty spisane tym samym charakterem pisma, ale wiele stronic zaginęło lub uległo zniszczeniu, inne zaś zostały uszkodzone przez zaniedbanie i ogień. Być może pewnego dnia odnajdzie się ich więcej i wtedy to zaginione arcydzieło będzie można skopiować i oprawić, przekonałem się bowiem, że wywołało ono w Cytadeli wielkie podniecenie.

Nim ta chwila nadejdzie, jego fragmenty będą służyły jako jedno z wielu źródeł wiedzy o panowaniu królów z dynastii Targaryenów, od Aegona Zdobywcy aż po Aerysa Drugiego – ostatniego Targaryena, który zasiadał na Żelaznym Tronie.

Podbój

Maesterzy z Cytadeli, prowadzący kroniki dziejów Westeros, wykorzystują datę Podboju Aegona jako punkt wyjściowy historii minionych trzystu lat. Daty narodzin, śmierci, bitew oraz innych wydarzeń opatruje się skrótami o.P. (od Podboju) albo p.P. (przed Podbojem).

Prawdziwi uczeni zdają sobie sprawę, że podobnemu datowaniu daleko do precyzji. Podbój Siedmiu Królestw przez Aegona Targaryena nie dokonał się w jeden dzień. Od wylądowania Aegona do jego koronacji w Starym Mieście minęły z górą dwa lata… a nawet wtedy Podbój jeszcze się nie skończył, ponieważ Dorne pozostało nieposkromione. Próby wcielenia Dornijczyków do królestwa podejmowano sporadycznie przez cały okres panowania króla Aegona, a także jego synów, co uniemożliwia ustalenie precyzyjnego czasu końca wojen podbojowych.

Nawet wokół daty początku istnieją pewne nieporozumienia. Wielu błędnie uważa, że panowanie Aegona I Targaryena zaczęło się w dniu, gdy wylądował on u ujścia Czarnego Nurtu, pod trzema wzgórzami, na których później zbudowano Królewską Przystań, ale to nieprawda: choć dzień Lądowania Aegona czcił sam król oraz jego potomkowie, tak naprawdę Zdobywca liczył czas swego panowania od chwili, gdy Wielki Septon Wiary koronował go i namaścił w Gwiezdnym Sepcie Starego Miasta. Koronacja odbyła się dwa lata po Lądowaniu Aegona, długo po tym, jak wszystkie trzy wielkie bitwy wojen podbojowych zakończyły się zwycięstwem. Wynika z tego, że większa część właściwego Podboju wydarzyła się w latach 2–1 p.P. – przed Podbojem.

W żyłach Targaryenów płynęła czysta krew Valyrian, smoczych lordów ze starożytnego rodu. Dwanaście lat przed Zagładą Valyrii (114 p.P.) Aenar Targaryen sprzedał swe ziemie we Włościach i w Krainach Długiego Lata, po czym przeniósł się z całym swym bogactwem, wszystkimi żonami, niewolnikami, smokami, braćmi, siostrami i kuzynami na Smoczą Skałę, posępną wyspiarską cytadelę zbudowaną u stóp dymiącej góry na wąskim morzu.

U szczytu swej potęgi Valyria była największym miastem w całym znanym świecie, centrum cywili-

POPRZEDNIE STRONY | *Aegon Zdobywca na Balerionie, Czarnym Strachu* PO LEWEJ | *Smocza Skała*

zacji. W obrębie jej błyszczących murów czterdzieści potężnych rodów rywalizowało o władzę i chwałę na dworze i w radzie, na przemian rosnąc w siłę i tracąc je w bezkresnej, subtelnej, lecz często gwałtownej walce o dominację. Targaryenowie z pewnością nie zaliczali się do najpotężniejszych rodów smoczych lordów i rywale uznali ich ucieczkę za kapitulację oraz dowód tchórzostwa. Jednakże dziewicza córka lorda Aenara, późniejszym znana jako Daenys Marzycielka, przewidziała, że Valyrię zniszczy ogień. Gdy po dwunastu latach Zagłada rzeczywiście nadeszła, ze wszystkich smoczych lordów ocaleli jedynie Targaryenowie.

Smocza Skała przez dwa stulecia była najdalej wysuniętą za zachód placówką Valyrii. Położenie pośrodku Gardzieli umożliwiało jej lordom blokadę Czarnej Zatoki i pozwalało zarówno Targaryenom, jak i ich bliskim sojusznikom, Velaryonom z Driftmarku (pomniejszemu rodowi wywodzącemu się z Valyrii), wypełniać skarbce mytem pobieranym od przepływających tamtędy kupców. Okręty Velaryonów, a także innego sprzymierzonego z nimi valyriańskiego rodu, Celtigarów ze Szczypcowej Wyspy, dominowały nad środkową częścią wąskiego morza, podczas gdy Targaryenowie władali niebem dzięki smokom.

Mimo to w ciągu pierwszego stulecia po Zagładzie Valyrii (słusznie zwanego Stuleciem Krwi), ród Targaryenów z reguły spoglądał na wschód, nie na zachód, i nie wykazywał większego zainteresowania sprawami Westeros. Gaemon Targaryen, brat i mąż Daenys Marzycielki, został lordem Smoczej Skały

POWYŻEJ | *Aegon Zdobywca podczas bitwy*

po Aenarze Wygnańcu i stał się znany jago Gaemon Wspaniały. Po śmierci Gaemona władzę objęli jego syn Aegon i córka Elaena. Kolejnymi lordami byli ich syn Maegon, jego brat Aerys, a następnie synowie Aerysa – Aelyx, Baelon i Daemion. Potem władzę nad Smoczą Skałą objął Aerion, syn Daemiona, najmłodszego z trzech braci.

Aegon Targaryen, znany historii jako Aegon Zdobywca i Aegon Smok, przyszedł na świat na Smoczej Skale w roku 27 p.P. Był jedynym synem i drugim dzieckiem lorda Smoczej Skały Aeriona i lady Valaeny z rodu Velaryonów, która po matce również pochodziła od Targaryenów. Aegon miał dwie siostry z prawego łoża, starszą – Visenyę, i młodszą – Rhaenys. Smoczy lordowie z Valyrii od dawna mieli w zwyczaju zawierać małżeństwa między rodzeństwem, celem zachowania czystości krwi, Aegon jednak wziął za żony obie swe siostry. Zgodnie z tradycją powinien poślubić tylko starszą, Visenyę; zawarcie ślubu również z Rhaenys było czymś niezwykłym, choć nie bezprecedensowym. Niektórzy powiadają, że Aegon z Visenyą ożenił się z obowiązku, z Rhaenys zaś z pożądania.

Jeszcze przed zawarciem małżeństwa wszyscy troje okazali się smoczymi lordami. Z pięciu smoków, które przyleciały z Valyrii z Aenarem Wygnańcem, tylko jeden dożył czasów Aegona – ogromna bestia zwana Balerionem Czarnym Strachem. Dwa pozostałe, które żyły w tym okresie – Vhagar i Meraxes – były młodsze, wykluły się już na Smoczej Skale.

Według pospolitej legendy, często powtarzanej przez ignorantów, zanim Aegon wyruszył na Podbój, nigdy nie postawił stopy na westeroskiej ziemi; to jednak nie może być prawdą. Wiele lat przedtem na jego rozkaz wyrzeźbiono i udekorowano Malowany Stół: potężnemu drewnianemu blatowi, długiemu na jakieś pięćdziesiąt stóp, nadano kształt Westeros i namalowano na nim wszystkie lasy, rzeki, miasta oraz zamki Siedmiu Królestw. Aegon z pewnością interesował się ziemiami zachodnimi już na długo przed wydarzeniami, które doprowadziły do wybuchu wojny. Istnieją też wiarygodne świadectwa potwierdzające, że Aegon i jego siostra Visenya odwiedzili w młodości Cytadelę w Starym Mieście, a także polowali z sokołami na Arbor, jako goście lorda Redwyne'a. Mogli zawitać również do Lannisportu, ale w tej sprawie relacje są sprzeczne.

Westeros w czasach młodości Aegona było podzielone na siedem swarliwych królestw. Bardzo rzadko się zdarzało, by dwa albo trzy spośród nich nie toczyły ze sobą wojny. Rozległą, zimną i kamienistą północą władali Starkowie z Winterfell. Nad pustyniami Dorne panowali książęta z rodu Martellów. Bogate w złoto krainy zachodu należały do Lannisterów z Casterly Rock, natomiast żyzne Reach do Gardenerów z Wysogrodu. Dolina, Paluchy i Góry Księżycowe były domeną rodu Arrynów. Jednakże najbardziej wojowniczymi królami byli w czasach Aegona dwaj, których ziemie były położone najbliżej Smoczej Skały: Harren Czarny i Argilac Arogancki.

Ze swej wielkiej cytadeli, zwanej Końcem Burzy, królowie burzy z rodu Durrandonów władali ongiś całą wschodnią połową Westeros, od Przylądka Gniewu aż po Zatokę Krabów; ich potęga słabła jednak już od stuleci. Od zachodu ich ziemie podskubywali królowie Reach, od południa nękali Dornijczycy, od strony Tridentu i terenów położonych na północ od Czarnego Nurtu napierał zaś Harren Czarny ze swymi żelaznymi ludźmi. Król Argilac, ostatni z Durrandonów, powstrzymał na pewien czas schyłek swojego państwa. Odparł najazd Dornijczyków, jeszcze jako chłopiec przepłynął wąskie morze, by dołączyć do wielkiego sojuszu przeciwko imperialistycznym tygrysom z Volantis, dwadzieścia lat później zabił zaś Garse'a VII Gardenera, króla Reach, w bitwie na Letnim Polu. Argilac zestarzał się jednak: sławna czarna grzywa jego włosów posiwiała i opuściła go biegłość we władaniu bronią.

Położonym na północ od Czarnego Nurtu dorzeczem władał krwawą ręką Harren Czarny z rodu Hoare'ów, król wysp i rzek. Dziadek Harrena, Harwyn Twardoręki, odebrał Trident dziadkowi Argilaca, Arrecowi, którego przodkowie przed wiekami obalili ostatnich rzecznych królów. Ojciec Harrena poszerzył swe władztwo dalej na wschód, aż po Duskendale i Rosby. Sam Harren większą część swego długiego, blisko czterdziestoletniego panowania poświęcił na budowę gigantycznego zamku nieopodal Oka Boga, ale ponieważ Harrenhal był już prawie ukończony, żelaźni ludzie mogli poszukać nowych terenów do podboju.

Żadnego króla w Westeros nie bano się bardziej niż Harrena Czarnego. Jego okrucieństwo stało się legendarne we wszystkich Siedmiu Królestwach. Żaden władca Westeros nie czuł się też bardziej zagrożony niż król burzy Argilac, ostatni z Durrandonów – starzejący się wojownik, niemający żadnego dziedzica poza dziewiczą córką. Dlatego król Argilac zwrócił się do Targaryenów ze Smoczej Skały, oferując lordowi Aegonowi rękę córki, wraz ze wszystkimi ziemiami na wschód od Oka Boga aż po Czarny Nurt w charakterze posagu.

Aegon Targaryen wzgardził propozycją króla burzy. Przypomniał mu, że ma już dwie żony i nie potrzebuje trzeciej. Natomiast krainy oferowane jako posag już od z górą pokolenia należały do Harrenhal i Argilac nie mógł mu ich oddać. Stary król burzy najwyraźniej zamierzał wykorzystać Targaryenów jako ciągnący się wzdłuż Czarnego Nurtu bufor, oddzielający jego ziemie od posiadłości Harrena Czarnego.

Lord Smoczej Skały przedstawił inną ofertę. Przyjmie wymienione przez Argilaca ziemie, jeśli król burzy odda mu również Hak Masseya oraz lasy i równiny ciągnące się na południe od Czarnego Nurtu, aż po Wendwater i górny bieg Manderu. Pakt przypieczętowałoby małżeństwo córki króla Argilaca z Orysem Baratheonem, który od dziecka był przyjacielem i obrońcą lorda Aegona.

Argilac Arogancki z gniewem odrzucił te warunki. Szeptano, że Orys Baratheon jest przyrodnim bratem lorda Aegona, pochodzącym z nieprawego łoża. Król burzy nie pohańbi córki, oddając jej rękę bękartowi – sama sugestia sprawiła, że wpadł w furię. Argilac kazał uciąć ręce posłańcowi Aegona i odesłał mu je w skrzynce. „To są jedyne ręce, które otrzyma ode mnie twój bękart" – napisał.

Zamiast wysłać odpowiedź, Aegon wezwał na Smoczą Skałę swych przyjaciół, chorążych i najważniejszych sojuszników. Nie było ich wielu. Wierność Targaryenom przysięgli Velaryonowie z Driftmarku oraz Celtigarowie ze Szczypcowej Wyspy. Z Haka Masseya przybyli lord Bar Emmon z Ostrego Przylądka oraz lord Massey ze Stonedance. Obaj byli zaprzysiężeni Końcowi Burzy, ale silniejsze więzi łączyły ich ze Smoczą Skałą. Lord Aegon i jego siostry naradzili się z nimi, a następnie udali do zamkowego septu, by pomodlić się do westeroskich Siedmiu, choć Aegona nigdy dotąd nie uważano za zbyt pobożnego.

Siódmego dnia z wież Smoczej Skały wyfrunęła chmara kruków, mających zanieść słowa lorda Aegona Siedmiu Królestwom Westeros. Ptaki wysłano do siedmiu władców, do Cytadeli w Starym Mieście, do lordów wielkich i małych. Wszystkie niosły tę samą wiadomość: od dzisiaj w Westeros będzie tylko jeden król. Ci, którzy ugną kolan przed Aegonem z rodu Targaryenów, zachowają swe ziemie i tytuły. Ci, którzy staną przeciwko niemu z bronią w ręku, zostaną obaleni, upokorzeni i zniszczeni.

Na temat tego, ilu ludzi pożeglowało ze Smoczej Skały z Aegonem i jego siostrami, istnieją różne relacje. Niektórzy twierdzą, że było ich trzy tysiące, inni piszą tylko o setkach. Skromny zastęp Targaryenów wylądował u ujścia Czarnego Nurtu, na jego północnym brzegu, gdzie nad małą wioską rybacką górowały trzy lesiste wzgórza.

W czasach Stu Królestw wielu pomniejszych królów ubiegało się o władzę nad ujściem rzeki. Byli wśród nich Darklynowie z Duskendale, Masseyowie ze Stonedance, a także dawni rzeczni królowie – Muddowie, Fisherowie, Brackenowie, Blackwoodowie czy Hookowie. W różnych epokach na szczytach trzech wzgórz wznoszono forty i wieże, które następnie niszczono w kolejnych wojnach. Gdy przybyli Targaryenowie, przywitały ich jedynie zwietrzałe kamienie oraz porośnięte zielskiem ruiny. Choć pretensje do ujścia rościły sobie zarówno Koniec Burzy, jak i Harrenhal, nikt go nie bronił, a najbliższe zamki należały do pomniejszych lordów, którzy nie dysponowali zbyt wielkimi siłami i nigdy nie wsławili się w walce, a co ważniejsze, nie mieli zbyt wielu powodów, by darzyć miłością swego tytularnego władcę, Harrena Czarnego.

Aegon Targaryen szybko wzniósł wokół szczytu najwyższego z trzech wzgórz palisadę z połączonych ziemią kłód i wysłał siostry do najbliższych zamków, by uzyskały ich kapitulację. Rosby bez walki poddało się Rhaenys i złotookiej Meraxes. W Stokeworth do Visenyi próbowało strzelać kilku kuszników, ale płomienie Vhagar podpaliły dach donżonu i zamek skapitulował.

Pierwszą prawdziwą przeszkodą dla Zdobywcy okazali się lord Darklyn z Duskendale i lord Mooton ze Stawu Dziewic, którzy połączyli swe siły i poprowadzili trzy tysiące ludzi na południe, by zepchnąć najeźdźców z powrotem do morza. Aegon rozkazał Orysowi Baratheonowi zaatakować prze-

POWYŻEJ | *Odpowiedź Argilaca Aroganckiego na propozycję Aegona*

ciwników z marszu, podczas gdy sam opadł na nich z góry na grzbiecie Czarnego Strachu. Obaj lordowie polegli w jednostronnej bitwie, a syn Darklyna oraz brat Mootona poddali potem swe zamki i zaprzysięgli miecze rodowi Targaryenów. Duskendale było w owych czasach najważniejszym westeroskim portem na wąskim morzu i wzbogaciło się na towarach, które przez nie przechodziły. Visenya nie pozwoliła złupić miasteczka, choć nie zawahała się przed skonfiskowaniem jego bogactw, które znacznie powiększyły skarbiec najeźdźców.

Być może to właśnie jest odpowiedni moment, by omówić różnice charakterologiczne między Aegonem Targaryenem a jego siostrami-królowymi.

Visenya, najstarsza z rodzeństwa, była wojowniczką w tym samym stopniu, co sam Aegon, i czuła się w kolczudze równie swobodnie, jak w jedwabiach. Nosiła u pasa valyriański miecz, Mroczną Siostrę, i nauczyła się nim biegle władać, od dziecka ćwicząc u boku brata. Choć miała srebrnozłote włosy i fioletowe oczy Valyrian, cechowała się szorstką, surową urodą. Nawet ci, którzy najbardziej kochali Visenyę, uważali ją za srogą, poważną i nieprzejednaną. Niektórzy mówili też, że bawiła się truciznami i parała mroczną magią.

Rhaenys, najmłodsza z trojga Targaryenów, była przeciwieństwem siostry: figlarna, ciekawa, impulsywna i skłonna do ulegania kaprysom. Nie była prawdziwą wojowniczką – uwielbiała muzykę, tańce i poezję, i utrzymywała wielu minstreli, komediantów oraz lalkarzy. Powiadają jednak, że spędzała na smoczym grzbiecie więcej czasu niż jej brat i siostra razem wzięci, ponieważ nade wszystko kochała latać. Słyszano kiedyś, jak powiedziała, że przed śmiercią pragnie przelecieć na Meraxes nad morzem zachodzącego słońca, by sprawdzić, co leży na jego zachodnich brzegach. Nikt nigdy nie kwestionował tego, że Visenya pozostaje wierna bratu i mężowi, natomiast Rhaenys otaczała się przystojnymi młodymi mężczyznami i szeptano, że przyjmuje niektórych z nich w swej sypialni w te noce, które Aegon spędzał z jej starszą siostrą. Mimo to dworscy obserwatorzy nie mogliby przeoczyć faktu, że na każdą noc z Visenyą król spędza dziesięć z Rhaenys.

O dziwo, sam Aegon Targaryen był dla współczesnych sobie równie wielką zagadką, co dla nas. Władającego wykutym z valyriańskiej stali Blackfyre'em króla uważano za jednego z największych wojowników epoki, ale nie znajdował w boju przyjemności. Nigdy nie stawał w szranki ani nie uczestniczył w walce zbiorowej. Jego wierzchowcem był Balerion Czarny Strach, ale dosiadał go tylko przed bitwą albo po to, by przemieszczać się szybko nad lądem i morzem. Przyciągał ludzi pod swe chorągwie imponującą charyzmą, lecz nie miał bliskich przyjaciół – poza Orysem Baratheonem, towarzyszem z lat młodości. Kobiety go pożądały, on jednak zawsze był wierny siostrom. Jako król głęboko ufał małej radzie, pozostawiając jej większość codziennego trudu rządzenia; nie wahał się jednak przejąć dowództwa, kiedy uważał to za konieczne. Choć surowo traktował buntowników i zdrajców, okazywał łaskę dawnym wrogom, którzy ugięli przed nim kolan.

Po raz pierwszy okazał tę cechę charakteru w Aegonforcie, prostym zamku z drewna i ziemi, który rozkazał zbudować na szczycie wzniesienia od tej pory zawsze zwanego Wielkim Wzgórzem Aegona. Po zdobyciu kilkunastu zamków i skonsolidowaniu władzy nad ujściem Czarnego Nurtu po obu stronach rzeki wezwał do siebie pokonanych lordów. Wszyscy złożyli miecze u jego stóp, a Aegon kazał im wstać i zatwierdził ich tytuły oraz prawa do należących do nich ziem. Swym najdawniejszym zwolennikom przyznał nowe zaszczyty. Daemona Velaryona, Lorda Przypływów, mianował starszym nad okrętami, głów-

POWYŻEJ | *Kruki niosące proklamację Aegona do wszystkich zakątków Westeros*

nodowodzącym floty królewskiej. Tristona Masseya, lorda Stonedance, uczynił starszym nad prawami, Crispiana Celtigara zaś starszym nad monetą. Orysa Baratheona ogłosił natomiast „moją tarczą, moim dzielnym namiestnikiem, moją silną prawą ręką". Dlatego właśnie maesterzy uważają Orysa za pierwszego królewskiego namiestnika.

Lordowie z dawnej Valyrii nigdy nie używali chorągwi heraldycznych, co od wieków było tradycją wśród lordów Westeros. Gdy więc rycerze Aegona rozwinęli jego wielki, czarny sztandar bojowy z czerwonym, trójgłowym, ziejącym ogniem smokiem, lordowie uznali to za znak, że Aegon naprawdę stał się jednym z nich i będzie godnym najwyższym królem dla Westeros. Kiedy królowa Visenya włożyła bratu na głowę diadem z valyriańskiej stali, wysadzany rubinami, a królowa Rhaenys ogłosiła go „Aegonem, Pierwszym Tego Imienia, królem całego Westeros i Tarczą Swego Ludu", smoki ryknęły, a lordowie i rycerze głośno wyrazili swoją aprobatę… Najgłośniej jednak krzyczeli prostaczkowie – rybacy, parobkowie oraz ich żony.

Siedmiu królów, których Aegon Smok zamierzał pozbawić korony, nie okazywało jednak radości. W Harrenhal i Końcu Burzy Harren Czarny oraz Argilac Arogancki zwołali już swoje hufce. Na zachodzie król Mern z Reach ruszył traktem oceanicznym do Casterly Rock, by spotkać się z królem Lorenem z rodu Lannisterów. Księżna Dorne wysłała kruka do Smoczej Skały, proponując, że wesprze Aegona w walce z królem burzy Argilakiem… ale jako równoprawna sojuszniczka, nie poddana. Drugą propozycję sojuszu przysłał młodociany król Orlego Gniazda Ronnel Arryn, czy raczej jego matka, która w zamian za pomoc Doliny w walce z Harrenem Czarnym zażądała wszystkich ziem położonych na wschód od Zielonych Wideł Tridentu. Nawet król Torrhen Stark z Winterfell debatował na północy ze swymi lordami chorążymi oraz doradcami do późnych godzin, rozważając, co począć w sprawie tego kandydata na zdobywcę. Cały kraj czekał niespokojnie na to, co teraz uczyni najeźdźca.

Już kilka dni po koronacji Aegon ponownie ruszył w pole ze swymi armiami. Największa część jego zastępu przekroczyła Czarny Nurt, zmierzając na południe – na Koniec Burzy – pod dowództwem Orysa Baratheona. Towarzyszyła jej królowa Rhaenys, dosiadająca Meraxes o złotych oczach i srebrnych łuskach. Flota Targaryenów, prowadzona przez Daemona Velaryona, opuściła Czarną Zatokę i zawróciła na północ, w stronę Gulltown oraz Doliny. Leciała z nią królowa Visenya na Vhagar. Sam król pomaszerował na północny wschód, w kierunku Oka Boga i Harrenhal, kolosalnej fortecy będącej dumą i obsesją Harrena Czarnego, który ukończył ją i wprowadził się do niej tego samego dnia, w którym Aegon wylądował w miejscu mającym kiedyś stać się Królewską Przystanią.

Wszystkie trzy natarcia Targaryenów spotkały się z zaciekłym oporem. Lordowie Errol, Fell i Buckler, chorążowie Końca Burzy, zaskoczyli przednią straż oddziału Orysa Baratheona podczas przeprawy przez Wendwater, zabijając ponad tysiąc ludzi, a potem uciekając pomiędzy drzewa. Pośpiesznie zgromadzona flota Arrynów, wzmocniona przez tuzin braavoskich okrętów, starła się z flotą Targaryenów nieopodal Gulltown i pokonała ją. Wśród zabitych był admirał Aegona, Daemon Velaryon. Samego Aegona zaatakowano na południowym brzegu Oka Boga, i to nie raz, lecz dwukrotnie. Bitwa Trzcin zakończyła się zwycięstwem Targaryenów, ale ponieśli oni ciężkie straty pod Łkającymi Wierzbami, gdzie dwaj synowie króla Harrena przeprawili się przez jezioro w drakkarach o wyciszonych wiosłach i uderzyli na nich od tyłu.

Owe porażki okazały się jednak tylko drobnymi przeszkodami. W ostatecznym rozrachunku nieprzyjaciele Aegona nie potrafili znaleźć odpowiedzi na jego smoki. Ludzie z Doliny zatopili jedną trzecią okrętów Targaryenów i przechwycili niemalże drugie tyle, ale kiedy królowa Visenya opadła na nich z nieba, ich własne jednostki spłonęły. Lordowie Errol, Fell i Buckler ukrywali się w znanych sobie lasach aż do chwili, kiedy królowa Rhaenys spuściła z uwięzi Meraxes i przez puszczę przemknęły ściany ognia, obracające drzewa w pochodnie. Zwycięzcy spod Łkających Wierzb, wracający do Harrenhal przez jezioro, byli zaś kiepsko przygotowani na atak Baleriona, który opadł na nich z porannego nieba. Drakkary Harrena spłonęły, a razem z nimi jego synowie.

Wrogów Aegona nękali z kolei ich nieprzyjaciele. Gdy Argilac Arogancki zgromadził swych ludzi w Końcu Burzy, piraci ze Stopni wykorzystali ich nieobecność, atakując brzegi Przylądku Gniewu, a z Gór Czerwonych wylegly dornijskie hufce, by zlupić Pogranicze. Natomiast w Dolinie młody król Ronnel musiał stawić czoło rebelii na Trzech Siostrach, Siostrzanie odrzucili bowiem zwierzchnictwo Orlego Gniazda i ogłosili swą królową lady Marlę Sunderland.

Wszystko to jednak były tylko drobne utrapienia w porównaniu z tym, co spotkało Harrena Czarnego. Choć ród Hoare'ów władał dorzeczem od trzech poko-

PO PRAWEJ | *Visenya i Vhagar palą flotę Arrynów*

leń, ludzie z Tridentu nie darzyli miłością władających nimi żelaznych ludzi. Harren Czarny doprowadził do śmierci tysięcy z nich podczas budowy wielkiego zamku Harrenhal, a do tego złupił dorzecze w poszukiwaniu surowców; swym apetytem na złoto doprowadził do ruiny zarówno lordów, jak i prostaczków. Dlatego dorzecze, pod dowództwem lorda Edmyna Tully'ego z Riverrun, powstało teraz przeciwko niemu. Gdy Tully'ego wezwano do obrony Harrenhal, opowiedział się po stronie rodu Targaryenów, wciągnął na wieżę zamku smoczą chorągiew i wyruszył ze swymi rycerzami oraz łucznikami, by połączyć siły z Aegonem. Jego bunt dodał odwagi innym rzecznym lordom. Panowie Tridentu jeden po drugim wyrzekali się Harrena, by poprzeć Aegona Smoka. Blackwoodowie, Mallisterowie, Vance'owie, Brackenowie, Piperowie, Freyowie, Strongowie... wszyscy oni zwołali pospolite ruszenie i skierowali się na Harrenhal.

Król Harren Czarny nagle zorientował się, że przeciwnicy mają przewagę liczebną, i poszukał schronienia w swej niezdobytej ponoć twierdzy. Harrenhal, największy zamek, jaki kiedykolwiek zbudowano w Westeros, mógł się poszczycić pięcioma gigantycznymi wieżami, niewyczerpalnym źródłem słodkiej wody, ogromnymi podziemnymi kryptami pełnymi zapasów oraz potężnymi murami z czarnego kamienia, wyższymi niż jakakolwiek drabina i zbyt grubymi, by można je było rozbić taranem czy pociskami z trebusza. Harren zamknął bramy i wraz z ocalałymi synami oraz resztą stronników przygotowywał się do przetrzymania oblężenia.

Aegon ze Smoczej Skały miał jednak inne plany. Gdy tylko połączył siły z Edmynem Tullym i innymi rzecznymi lordami, by otoczyć zamek pierścieniem, wysłał pod bramę maestera z chorągwią pokoju, proponując rokowania. Harren wyszedł mu na spotkanie; był już stary i siwy, lecz w swej czarnej zbroi nadal wyglądał groźnie. Obu królom towarzyszyli niosący chorągiew oraz maester. Dzięki temu wypowiedziane przez nich słowa zapamiętano do dziś.

– Poddaj się – zaczął Aegon – a będziesz mógł zachować tytuł lorda Żelaznych Wysp. Poddaj się teraz, a twoi synowie przeżyją i będą władali po tobie. Mam pod twoimi murami osiem tysięcy ludzi.

– Nie dbam o to, co jest pod nimi – odparł Harren. – Te mury są mocne i grube.

– Ale nie aż tak wysokie, by mogły powstrzymać smoki. Smoki umieją latać.

– Budowałem z kamienia – ripostował Harren. – Kamień się nie pali.

– Po zachodzie słońca twoja dynastia wygaśnie – odrzekł mu Aegon.

Powiadają, że Harren splunął tylko w odpowiedzi na te słowa i wrócił do zamku. Gdy znalazł się w środku, posłał wszystkich swych ludzi, uzbrojonych we włócznie, łuki i kusze, na mury, obiecując ziemie i bogactwa każdemu, kto strąci smoka.

– Gdybym miał córkę, smokobójca otrzymałby również jej rękę – oznajmił Harren Czarny. – Zamiast tego dam mu jedną z córek Tully'ego, albo wszystkie trzy, jeśli tego zapragnie. Będzie też mógł wybrać którąś z dziewuch Blackwoodów, Strongów albo córkę innego z tych zdrajców znad Tridentu, tych lordów żółtego błota.

Potem Harren Czarny wycofał się do swej wieży, otoczony strażnikami domowymi, by zjeść kolację z ocalałymi synami.

Kiedy zgasły ostatnie promienie słońca, ludzie Harrena Czarnego wlepili spojrzenia w otaczającą ich ciemność, ściskając włócznie i kusze. Gdy smok się nie zjawiał, niektórzy zaczęli myśleć, że groźby Aegona były puste. Targaryen wzbił się jednak na Balerionie wysoko nad chmury, aż smok stał się maleńki jak mucha widoczna na tle księżyca. Dopiero wtedy opadł, daleko za ochronnym pierścieniem murów. Balerion, o skrzydłach czarnych jak smoła, runął z nocy, a gdy pojawiły się pod nim potężne wieże Harrenhal, dał rykiem wyraz swej furii i skąpał je w czarnym ogniu, usianym wirami czerwieni.

Kamień nie płonie, zgodnie z przechwałką Harrena, ale jego zamku nie wzniesiono wyłącznie z tego surowca. Drewno i wełna, konopie i słoma, chleb, solona wołowina i zboże – wszystko to stanęło w płomieniach. Żelaźni ludzie starego króla również nie byli z kamienia. Dymiący, krzyczący, lizani językami ognia, biegali po dziedzińcach i spadali z murów, by rozbić się o ziemię. Zresztą i kamień popęka i stopi się, jeśli płomień jest wystarczająco gorący. Rzeczni lordowie

obozujący pod murami opowiadali później, że wieże Harrenhal żarzyły się czerwonym blaskiem na tle nocy jak pięć ogromnych świec… i że świece te zaczęły się wykręcać i topić, a po ich murach ciekły strużki płynnego kamienia.

Harren i jego ostatni synowie zginęli w pożarze, który pochłonął owej nocy jego monstrualną fortecę. Ród Hoare'ów umarł razem z nim; tym samym kresu dobiegła władza Żelaznych Wysp nad dorzeczem. Następnego dnia pod dymiącymi ruinami Harrenhal król Aegon przyjął hołd lenny Edmyna Tully'ego, lorda Riverrun, i mianował go Najwyższym Lordem Tridentu. Inni lordowie dorzecza również złożyli hołdy – Aegonowi jako królowi oraz Edmynowi Tully'emu jako swemu seniorowi. Gdy popioły ostygły już na tyle, że ludzie mogli bezpiecznie wejść do zamku, miecze poległych, często połamane, stopione albo powyginane w stalowe wstążki pod wpływem smoczego ognia, zebrano, załadowano na wozy i wysłano do Aegonfortu.

Na południowym wschodzie chorążowie króla burzy okazali się zdecydowanie bardziej lojalni od tych króla Harrena. Argilac Arogancki zgromadził w Końcu Burzy liczny zastęp. Siedziba Durrandonów była potężną fortecą, a jej wielki mur kurtynowy przewyższał grubością nawet mury Harrenhal. Ją również uważano za niezdobytą. Jednakże wieści o końcu, jaki spotkał króla Harrena, szybko dotarły do uszu jego starego wroga, Argilaca. Lordowie Fell i Buckler, cofający się przed nadciągającym nieprzyjacielem (lorda Errola zabito), zawiadomili go o królowej Rhaenys i jej smoku. Stary wojowniczy król ryknął, że nie zamierza zginąć jak Harren, upieczony we własnym zamku niczym prosię z jabłkiem w pysku. Wiedział, co to walka, i zamierzał sam rozstrzygnąć o własnym losie, z mieczem w dłoni. Tak oto Argilac Arogancki po raz ostatni wyruszył z Końca Burzy, by stawić czoło wrogom w otwartej bitwie.

Widok oddziałów króla burzy nie zaskoczył Orysa Baratheona i jego ludzi; królowa Rhaenys ujrzała z grzbietu Meraxes, jak Argilac opuszczał Koniec Burzy, i mogła zdać namiestnikowi dokładną relację z liczebności oraz rozmieszczenia nieprzyjacielskich oddziałów. Orys zajął silną pozycję na wzgórzach na południe od Spiżowej Bramy i okopał się tam, czekając na przybycie wojsk Argilaca.

Gdy armie w końcu się spotkały, krainy burzy dowiodły, że zasługują na swą nazwę. Rankiem zaczęło miarowo padać, a w południe ulewa przerodziła się w wyjącą nawałnicę. Lordowie chorążowie Argilaca nakłaniali go do odłożenia ataku na następny dzień, w nadziei, że deszcz minie, ale król burzy miał nad najeźdźcami blisko dwukrotną przewagę liczebną, a do tego prowadził prawie cztery razy więcej rycerzy i ciężkiej jazdy. Widok chorągwi Targaryenów powiewających nad jego wzgórzami wprawił go w furię. Stary, doświadczony wojownik nie mógł też nie zauważyć, że wiatr wieje z południa, ciskając deszcz prosto w twarze nieprzyjaciół na wzgórzach. Dlatego Argilac Arogancki wydał rozkaz ataku i zaczęła się bitwa znana historii jako Ostatnia Burza.

Walki trwały do późna w nocy, były krwawe i znacznie mniej jednostronne niż w Harrenhal. Argilac Arogancki trzykrotnie wiódł swych rycerzy do szarży na pozycje Baratheona, ale stoki były strome, a grunt od deszczu zrobił się miękki i błotnisty. Rumaki grzęzły w nim i przewracały się, aż wreszcie szarże traciły wszelką spójność i impet. Ludzie z krain burzy radzili sobie lepiej, gdy wysyłali do ataku na wzgórza pieszych włóczników. Oślepieni deszczem najeźdźcy nie widzieli wspinających się ku nim wrogów, dopóki nie było za późno, a mokre cięciwy czyniły ich łuki bezużytecznymi. Padło jedno wzgórze, a po nim drugie. Czwarta i ostatnia szarża króla burzy oraz jego rycerzy przebiła się przez centrum szyków Baratheona… po to tylko, by nadziać się na królową Rhaenys i Meraxes. Nawet na ziemi smok wyglądał straszliwie. Dickona Morrigena i Bękarta z Czarnej Przystani, dowodzących strażą przednią, pochłonął smoczy płomień, podobnie jak rycerzy straży osobistej króla Argilaca. Rumaki wpadły w panikę i uciekły przerażone, tratując podążających za nimi jeźdźców. Szarżę pochłonął chaos. Sam król burzy spadł z siodła.

Argilac nie zaprzestał jednak walki. Gdy Orys Baratheon ruszył w dół błotnistego stoku ze swymi ludźmi, ujrzał, że stary władca walczy z sześcioma mężczyznami, a u jego stóp leży drugie tyle trupów.

„Odsuńcie się!" – rozkazał Baratheon. Zsiadł z konia, by zmierzyć się z królem burzy w równej walce, a potem zaoferował mu ostatnią szansę poddania się. Argilac przeklął go w odpowiedzi. Tak oto stanęli do konfrontacji: stary, wojowniczy król o białych włosach powiewających na wietrze oraz gwałtowny, czarnowłosy namiestnik Aegona. Obaj ponoć zadali sobie wzajem po jednej ranie, ale na koniec życzenie ostatniego z Durrandonów się spełniło: zginął z mieczem w dłoni i przekleństwem na ustach. Śmierć króla odebrała ludziom z krain burzy wszelką wolę walki. Gdy tylko wieści o upadku Argilaca się rozeszły, jego lordowie oraz rycerze rzucili miecze i uciekli.

PO LEWEJ | *Zniszczenie Harrenhal*

Przez kilka następnych dni obawiano się, że Koniec Burzy może czekać ten sam los, co Harrenhal, albowiem córka Argilaca, Argella, zamknęła bramy przed Orysem Baratheonem oraz zastępem Targaryenów, a następnie ogłosiła się królową burzy. Gdy Rhaenys przeleciała na Meraxes nad murami zamku, by rozpocząć rokowania, Argella oświadczyła jej, że obrońcy Końca Burzy prędzej zginą do ostatniego człowieka, niż ugną kolan przed kimkolwiek. „Możesz zdobyć mój zamek, ale zyskasz w ten sposób tylko kości, krew i popioły" – oznajmiła.

Jednakże żołnierze z jej garnizonu nie mieli tak wielkiej ochoty umierać. Nocą wznieśli chorągiew pokoju, otworzyli bramę i zaprowadzili lady Argellę – zakneblowaną, nagą i zakutą w łańcuchy – do obozu Orysa Baratheona.

Powiadają, że Baratheon własnymi rękami zdjął z dziewczyny łańcuchy, otulił ją płaszczem, nalał wina i przemówił do niej łagodnie, opowiadając o odwadze i śmierci jej ojca. Potem, by uczcić poległego króla, przyjął herb i dewizę Durrandonów za własne. Jeleń w koronie stał się jego znakiem, Koniec Burzy siedzibą, a lady Argella – żoną.

Gdy Aegon Smok wraz z sojusznikami podporządkował sobie dorzecze i krainy burzy, pozostali królowie Westeros jasno sobie uświadomili, że teraz koniec przyszedł także na nich. W Winterfell król Torrhen zwołał chorągwie wcześnie, wiedząc, że z uwagi na wielkie odległości na północy zebranie wojsk będzie wymagało czasu. Królowa Sharra z Doliny, władająca jako regentka w imieniu swego syna, Ronnela, schroniła się w Orlim Gnieździe, zadbała o umocnienia i wysłała armię do Krwawej Bramy, wrót Doliny Arrynów. W latach młodości królowej Sharry wysławiano ją jako „Kwiat z Góry", najpiękniejszą pannę w całych Siedmiu Królestwach. Być może licząc na to, że zwabi Aegona urodą, wysłała mu swój portret i zaproponowała, że go poślubi, pod warunkiem, że Aegon mianuje jej syna, Ronnela, swym następcą. Choć portret w końcu dotarł do Aegona, nie wiemy, czy kiedykolwiek odpowiedział na jej propozycję. Miał dwie własne królowe, a Sharra Arryn, dziesięć lat od niego starsza, była już wówczas zwiędłym „kwiatem".

Tymczasem dwaj wielcy królowie zachodu zawarli sojusz i zebrali własne armie, pragnąc raz na zawsze skończyć z Aegonem. Z Wysogrodu wymaszerował Mern IX z rodu Gardenerów, król Reach, prowadząc potężny zastęp. Pod murami zamku Goldengrove, siedziby rodu Rowanów, spotkał się z Lorenem I Lannisterem, królem Skały, który wiódł swe wojska z krain zachodu. Dwaj władcy na spółkę dowodzili największą armią, jaką dotąd widziano w Westeros: pięćdziesiąt pięć tysięcy ludzi, w tym około sześciuset lordów, wielkich i małych, oraz ponad pięć tysięcy konnych rycerzy.

„To nasza żelazna pięść" – przechwalał się król Mern. Czterej synowie jechali u jego boku, a dwóch młodych wnuków służyło mu w charakterze giermków.

Dwaj panowie nie mitrężyli czasu w Goldengrove; tak wielka armia musiała cały czas pozostawać w ruchu, by nie zjeść wszystkiego w okolicy. Sojusznicy natychmiast wymaszerowali, zmierzając w kierunku północ, północny wschód przez wysokie trawy i pola porośnięte złotą pszenicą.

Gdy tylko obozujący u brzegów Oka Boga Aegon dowiedział się o nowych wrogach, zebrał armię i ruszył im na spotkanie. Miał pięć razy mniej ludzi niż dwaj królowie, a większość z nich przysięgła wierność lordom dorzecza, których lojalność wobec rodu Targaryenów była świeża i niewypróbowana. Mając mniejszy zastęp, Aegon mógł jednak poruszać się szybciej od nieprzyjaciela. W miasteczku zwanym Kamiennym Septem dołączyły do niego dwie królowe na swych smokach – Rhaenys przyleciała z Końca Burzy, Visenya zaś ze Szczypcowego Przylądka, gdzie odebrała wiele pośpiesznych przysięg lennych od miejscowych lordów. Troje Targaryenów wspólnie obserwowało spod nieba swoje wojska, które przeprawiły się przez Czarny Nurt w jego górnym odcinku i popędziły na południe.

Dwie armie spotkały się na szerokich, otwartych równinach na południe od Czarnego Nurtu, nieopo-

POWYŻEJ | *Orys Baratheon, pierwszy lord Końca Burzy*

dal miejsca, gdzie w przyszłości miał biec Złoty Trakt. Obaj królowie wielce się uradowali, gdy zwiadowcy poinformowali ich o liczebności i rozmieszczeniu armii Targaryenów. Najwyraźniej mieli pięciu ludzi na jednego człowieka Aegona, a gdy chodziło o rycerzy, ich przewaga była jeszcze większa. Teren był szeroki i otwarty, jak okiem sięgnąć porośnięty trawą oraz pszenicą – idealny dla ciężkiej jazdy. Aegon Targaryen nie mógł zająć wyżej położonej pozycji, jak Orys Baratheon przed Ostatnią Burzą, grunt był zaś twardy, nie błotnisty. Wiedzieli, że nie będzie im też przeszkadzał deszcz. Dzień był bezchmurny, choć wietrzny. Od ponad dwóch tygodni nie padało.

Król Mern przyprowadził na bitwę o połowę więcej ludzi niż Loren i dlatego zażądał dla siebie zaszczytu dowodzenia centrum. Jego synowi i dziedzicowi, Edmundowi, powierzono prowadzenie straży przedniej. Król Loren i jego rycerze sformowali prawe skrzydło, natomiast lewe przypadło lordowi Oakheartowi. Nie było tu naturalnych barier, na których mogłaby się wesprzeć linia Targaryenów, dwaj królowie zamierzali więc otoczyć Aegona z obu flank, a następnie uderzyć od tyłu, podczas gdy ich „żelazna pięść", potężny klin zakutych w zbroje rycerzy i wielkich lordów, rozbije centrum armii przeciwnika.

Aegon Targaryen ustawił swych ludzi w szyku przypominającym z grubsza półksiężyc, najeżony włóczniami i pikami. Łuczników i kuszników ulokował tuż za nim, lekką jazdę zaś na obu skrzydłach. Dowództwo nad swym zastępem przekazał Jonowi Mootonowi, lordowi Stawu Dziewic, jednemu z pierwszych wrogów, którzy przeszli na jego stronę. Sam zamierzał toczyć walkę z nieba, razem ze swymi królowymi. Aegon również zauważył brak deszczu. Trawa i pszenica otaczające armie były wysokie i dojrzałe do żniw... a także bardzo suche.

Targaryenowie zaczekali, aż dwaj władcy rozkażą zadąć w trąby i ruszą naprzód pod morzem chorągwi. Król Mern na swym złocistym ogierze osobiście prowadził szarżę na środek nieprzyjacielskich szyków, a jego syn, Gawen, jechał obok, trzymając sztandar z wielką zieloną dłonią na białym polu. Z krzykiem i wrzaskiem furii, popędzani przez dźwięk rogów i trąb, Gardenerowie i Lannisterowie pędzili na wrogów, nie zważając na deszcz strzał. Odepchnęli na boki szeregi włóczników, złamali ich szyki... Ale wtedy Aegon i jego siostry byli już w górze.

Aegon unosił się nad szeregami wrogów na Balerionie, przemykając przez sztorm włóczni, kamieni i strzał, i opadał raz po raz, rażąc nieprzyjaciela płomieniami. Rhaenys i Visenya roznieciły pożary pod wiatr od szyków dwóch królów oraz na ich tyłach. Suche trawy i pola pszenicy zajęły się natychmiast. Podmuchy wiatru wznieciły dodatkowo płomienie, kierując obłoki dymu prosto w twarze atakujących. Konie wpadły w panikę, czując smród ognia. Obłoki dymu szybko gęstniały, oślepiając jeźdźców i ich wierzchowce. Szyki armii dwóch królów zaczęły się załamywać, gdy ze wszystkich stron otoczyły ich ściany ognia. Ludzie lorda Mootona, którzy zajęli bezpieczną pozycję pod wiatr od pożogi, czekali gotowi z łukami i włóczniami, szybko rozprawiając się z poparzonymi, płonącymi ludźmi, wyłaniającymi się na chwiejnych nogach z tego piekła.

Później bitwę tę nazwano Polem Ognia.

W płomieniach zginęły z górą cztery tysiące ludzi. Kolejny tysiąc padł od mieczy, włóczni i strzał. Dziesiątki tysięcy ucierpiały od poparzeń, niektórzy tak poważnie, że przez całe życie nosili blizny. Wśród poległych znalazł się król Mern IX, podobnie jego synowie, wnuki, bracia, kuzyni oraz powinowaci. Jeden z jego bratanków przeżył trzy dni, a kiedy wreszcie skonał, ród Gardenerów wygasł. Król Loren ze Skały ocalił życie, bo gdy tylko się zorientował, że bitwa jest przegrana, przez ścianę płomieni i dymu przedarł się na koniu w bezpieczne miejsce.

Targaryenowie stracili niespełna stu ludzi. Królowa Visenya oberwała strzałą w bark, ale wkrótce wróciła do zdrowia. Gdy już smoki nasyciły się ciałami poległych, Aegon rozkazał zebrać z pola bitwy miecze i wysłać je w dół rzeki.

Lorena Lannistera pojmano następnego dnia. Król Skały złożył swój miecz i koronę u stóp Aegona, ugiął przed zwycięzcą kolan i złożył mu hołd. Aegon, zgodnie z obietnicami, pomógł wstać pokonanemu wrogowi, potwierdził jego prawa do ziem i mianował lordem Casterly Rock oraz namiestnikiem zachodu. Chorążowie Lorena podążyli za jego przykładem, podobnie jak wielu lordów z Reach – tych, którzy umknęli przed smoczym ogniem.

Jednakże podbój zachodu nie był jeszcze ukończony, król Aegon rozłączył się więc z siostrami i pomaszerował na Wysogród, pragnąc uzyskać jego kapitulację, nim jakiś inny pretendent zdąży zagarnąć Reach dla siebie. Zamek był w rękach zarządcy, Harlana Tyrella, którego przodkowie od stuleci służyli Gardenerom. Tyrell bez walki oddał Zdobywcy klucze do twierdzy i zaprzysiągł mu poparcie. W nagrodę Aegon przyznał mu Wysogród ze wszystkimi ziemiami, mianował go namiestnikiem południa oraz Najwyższym Lordem Manderu i uczynił seniorem wszystkich dawnych wasali Gardenerów.

Król Aegon miał zamiar pomaszerować dalej na południe, by zmusić do kapitulacji Stare Miasto, Arbor oraz Dorne, ale gdy przebywał w Wysogrodzie, dobiegły go wieści o nowym wyzwaniu. Torrhen Stark, król północy, przekroczył Przesmyk i wtargnął na teren dorzecza, prowadząc trzydzieści tysięcy swych barbarzyńskich wojowników. Aegon natychmiast ruszył mu na spotkanie, mknąc przed swoją armią na grzbiecie Baleriona Czarnego Strachu. Wysłał też wiadomość do obu swych królowych, a także do wszystkich lordów i rycerzy, którzy zaprzysięgli mu lojalność po Harrenhal i Polu Ognia.

Gdy Torrhen Stark dotarł do brzegów Tridentu, przekonał się, że na południe od rzeki czeka na niego zastęp o połowę liczniejszy od jego armii. Lordowie z dorzecza, ludzie z zachodu, z krain burzy i z Reach… wszyscy stawili się na wezwanie Aegona. A nad ich obozem Balerion, Meraxes i Vhagar zataczały na niebie coraz szersze kręgi.

Zwiadowcy Torrhena widzieli ruiny Harrenhal, gdzie pod gruzami nadal żarzył się powolny, czerwony ogień. Król północy słyszał też wiele relacji z Pola Ognia. Wiedział, że jeśli spróbuje sforsować rzekę, taki sam los może spotkać i jego. Niektórzy z lordów chorążych namawiali go, by mimo to zaatakował, zapewniając, że męstwo ludzi z północy zatriumfuje. Inni nalegali, by zawrócił do Fosy Cailin i stanął do walki na północnej ziemi. Bękarci brat króla, Brandon Snow, zaproponował, że przeprawi się w pojedynkę przez Trident pod osłoną ciemności i zabije smoki, gdy te będą spały.

Król Torrhen wysłał Brandona Snow na drugi brzeg Tridentu w towarzystwie trzech maesterów, ale nie po to, by zabijał, lecz żeby rokował. Przez całą noc w obie strony przekazywano wiadomości. Rankiem Torrhen Stark sam przeprawił się przez Trident, a na jego południowym brzegu uklęknął, położył staro-

żytną koronę królów zimy u stóp Aegona i przysiągł, że zostanie jego człowiekiem. Wstał już nie jako król, lecz lord Winterfell i namiestnik północy. Od tego dnia Torrhena Starka pamięta się jako Króla, Który Klęknął... ale żaden człowiek z północy nie pozostawił swych spalonych kości nad brzegiem Tridentu, a miecze, które Aegon otrzymał od lorda Starka i jego wasali, nie stopiły się, nie wypaczyły ani nie wygięły.

Potem Aegon Targaryen i jego królowe raz jeszcze się rozstali. Aegon ponownie skierował się na południe, maszerując na Stare Miasto, natomiast jego siostry dosiadły smoków. Visenya miała podjąć drugą próbę zdobycia Doliny Arrynów, natomiast Rhaenys skierowała się ku Słonecznej Włóczni i pustyniom Dorne.

Sharra Arryn wzmocniła fortyfikacje Gulltown, przesunęła spory zastęp pod Krwawą Bramę i trzykrotnie zwiększyła liczebność garnizonów w Kamieniu, Śniegu i Niebie, zamkach strażniczych ulokowanych na drodze wiodącej do Orlego Gniazda. Wszystkie te umocnienia na nic się jednak zdały przeciwko Visenyi Targaryen, która przeleciała nad nimi na skórzastych skrzydłach Vhagar i wylądowała na wewnętrznym dziedzińcu Orlego Gniazda. Gdy regentka Doliny wypadła na zewnątrz, by stawić jej czoło, prowadząc tuzin strażników, zobaczyła... że Ronnel Arryn siedzi na kolanach Visenyi i gapi się z zachwytem na smoka.

„Mamo, czy mogę się przelecieć z panią?" – zapytał młodziutki król. Nie wypowiedziano żadnych gróźb, nie padły gniewne słowa. Obie królowe uśmiechnęły się tylko do siebie i wymieniły uprzejmości. Potem lady Sharra posłała po trzy korony (diadem regentki, który nosiła, małą koronę syna oraz Sokolą Koronę Góry i Doliny, noszoną od tysiąclecia przez królów z rodu Arrynów) i oddała je królowej Visenyi razem z mieczami garnizonu. Powiadają, że mały król trzykrotnie okrążył na smoku szczyt Kopii Olbrzyma, a po wylądowaniu był już małym lordem. Tak oto Visenya Targaryen zdobyła Dolinę Arrynów dla królestwa brata.

Rhaenys Targaryen nie poszło tak łatwo. Książęcego Wąwozu, przejścia przez Góry Czerwone, strzegł oddział dornijskich włóczników, ale królowa ich nie zaatakowała. Przeleciała górą nad czerwonymi i białymi piaskami i opadła na Vaith, by zażądać jego kapitulacji. Przekonała się jednak, że zamek porzucono. W miasteczku pod jego murami zostały tylko kobiety, dzieci i starcy. Gdy ich pytała, gdzie się podziali lordowie, odpowiadali tylko: „Tu ich nie ma". Rhaenys podążyła wzdłuż rzeki do Bożej Łaski, siedziby rodu Allyrionów, lecz ją również opuszczono. W miejscu ujścia Zielonej Krwi do morza natrafiła na Miasto z Desek, gdzie setki popychanych tyczkami łodzi, skifów rybackich, barek, łodzi mieszkalnych oraz wraków prażyło się w promieniach słońca, połączone sznurami, łańcuchami i trapami w pływające miasto. Na krążącą w górze Meraxes spoglądała tylko garstka dzieci i starych kobiet…

W końcu smok zaniósł królową do Słonecznej Włóczni, starożytnej siedziby rodu Martellów, gdzie

POPRZEDNIE STRONY | *Hołd Torrhena Starka, Króla, Który Klęknął* POWYŻEJ | *Spotkanie Merii Martell z Rhaenys Targaryen* znalazła księżną Dorne, czekającą na nią w opuszczonym zamku. Meria Martell miała osiemdziesiąt lat, jak mówią nam maesterzy, i władała Dornijczykami od sześćdziesięciu. Była bardzo gruba, ślepa i prawie łysa, skórę miała pożółkłą i obwisłą. Argilac Arogancki zwał ją „Żółtą Ropuchą z Dorne", ale ani wiek, ani ślepota nie stępiły jej umysłu.

– Nie będę z tobą walczyła – oznajmiła – ani nie uklęknę przed tobą. Dorne nie ma króla. Powtórz to bratu.

– Zrobię to – odparła Rhaenys – ale wrócimy tu, księżno, i następnym razem przyniesiemy ze sobą ogień i krew.

– To wasze słowa – skwitowała księżna Meria. – Nasze brzmią „Niezachwiani, Nieugięci, Niezłomni". Możecie nas spalić, pani... ale nas nie ugniecie, nie złamiecie ani nie zdołacie nami zachwiać. Tu jest Dorne. Nie jesteście u nas mile widziani. Wracajcie na własne ryzyko.

Tak oto królowa i księżna się rozstały, a Dorne pozostało niezdobyte.

Na zachodzie Aegon Targaryen spotkał się z cieplejszym powitaniem. Stare Miasto – największy gród w całym Westeros – otaczały potężne mury, a władali nim Hightowerowie z Wysokiej Wieży, najstarszy, najbogatszy i najpotężniejszy ze szlacheckich rodów Reach. Stare Miasto było zarazem centrum Wiary. Mieszkał tam Wielki Septon, Ojciec Wiernych, głos nowych bogów na Ziemi, którego słuchały miliony wyznawców we wszystkich królestwach (poza północą, nadal pozostającą pod władaniem starych bogów). Miał też na swe rozkazy bojowników Wiary Wojującej, wojenne zakony zwane przez prostaczków Gwiazdami i Mieczami.

Gdy jednak Aegon Targaryen zbliżył się do Starego Miasta ze swym zastępem, zastał otwarte bramy oraz lorda Hightowera czekającego, by złożyć mu hołd. Okazało się, że gdy do miasta dotarły pierwsze wieści o Lądowaniu Aegona, Wielki Septon zamknął się w Gwiezdnym Sepcie na siedem dni i siedem nocy, szukając przewodnictwa bogów. Siedział tam ponoć tylko o chlebie i wodzie, a przez wszystkie spędzone na jawie godziny modlił się bezustannie przed kolejnymi ołtarzami. Siódmego dnia Starucha uniosła w końcu swą złotą lampę i oświetliła przed nim drogę. Jego Wielka Świątobliwość zobaczył, że jeśli Stare Miasto stawi Aegonowi zbrojny opór, z pewnością strawią je płomienie, a Wysoka Wieża, Cytadela i Gwiezdny Sept legną w gruzach.

Manfred Hightower, lord Starego Miasta, był ostrożnym i pobożnym człowiekiem. Jeden z jego młodszych synów służył w Synach Wojownika, inny zaś złożył niedawno śluby septona. Gdy Wielki Septon opowiedział lordowi o wizji zesłanej mu przez Staruchę, ten zdecydował, że nie będzie stawiał oporu Zdobywcy. Dlatego ludzie ze Starego Miasta nie spłonęli na Polu Ognia, mimo że Hightowerowie byli chorążymi Gardenerów z Wysogrodu. Również z tego powodu lord Manfred wyjechał na spotkanie zbliżającemu się Aegonowi Smokowi i ofiarował mu swój miecz, swoje miasto i swoją przysięgę. (Niektórzy powiadają, że ofiarował mu też rękę najmłodszej córki, ale Aegon odmówił uprzejmie, by nie obrazić swych dwóch królowych).

Trzy dni później w Gwiezdnym Sepcie Jego Wielka Świątobliwość osobiście namaścił Aegona siedmioma olejami i ogłosił go Aegonem z rodu Targaryenów, Pierwszym Tego Imienia, królem Andalów, Rhoynarów i Pierwszych Ludzi, władcą Siedmiu Królestw oraz protektorem królestwa. (Wspomniano o „Siedmiu Królestwach", mimo że Dorne nie skapitulowało – ani wtedy, ani jeszcze przez z górą stulecie).

Przy pierwszej koronacji Aegona, u ujścia Czarnego Nurtu, była obecna tylko garstka lordów, na drugiej jednak stawiły się ich setki. Dziesiątki tysięcy gapiów wznosiło okrzyki na jego cześć, kiedy przejeżdżał na grzbiecie Baleriona ulicami Starego Miasta. Wśród świadków drugiej koronacji Aegona byli też maesterzy i arcymaesterzy z Cytadeli. Być może właśnie dlatego tę chwilę, a nie pierwszą koronację w Aegonforcie, odprawioną w dzień Lądowania, uważa się za początek panowania Aegona.

Tak oto z Siedmiu Królestw Westeros wola Aegona Zdobywcy i jego sióstr wykuła jedno wielkie państwo.

Wielu sądziło, że po zakończeniu wojen król Aegon uczyni Stare Miasto swą królewską siedzibą, inni zaś myśleli, że będzie władał ze Smoczej Skały, starożytnej wyspiarskiej cytadeli rodu Targaryenów. Król zaskoczył jednak wszystkich, oznajmiając, że zamierza wznieść swój zamek w nowym mieście, powstającym już u stóp trzech wzgórz położonych przy ujściu Czarnego Nurtu, w miejscu, gdzie wraz ze swymi siostrami pierwszy raz postawił stopę na ziemi Westeros. Miasto to nazwano Królewską Przystanią. Stamtąd właśnie Aegon Smok władał swym królestwem, zasiadając na wielkim, metalowym tronie wykonanym ze stopionych, pogiętych, przekutych mieczy wszystkich jego poległych wrogów. To niebezpieczne krzesło cały świat wkrótce poznał jako Żelazny Tron Westeros.

Królowie z dynastii Targaryenów

Aegon I

KRÓL AEGON, Pierwszy Tego Imienia, podbił Siedem Królestw w wieku dwudziestu siedmiu lat, ale potem stanęło przed nim straszliwie trudne zadanie władania nowo wykutym państwem. Siedem wojowniczych królestw rzadko znało pokój w obrębie swych granic, nie wspominając już o pokoju z sąsiadami. Tylko ktoś nadzwyczajny potrafiłby zjednoczyć je pod swoją władzą. Tak się szczęśliwie złożyło, że Aegon był takim właśnie człowiekiem, mającym wizję i mnóstwo determinacji. Choć zrealizowanie owej wizji zjednoczonego Westeros okazało się trudniejsze, niż mogło mu się początkowo wydawać – a należy też dodać, że znacznie bardziej kosztowne – to właśnie ona ukształtowała bieg historii na następne stulecia.

Aegon widział, jak z jego małego Aegonfortu wyrasta wielka królewska stolica, która dorówna Lannisportowi i Staremu Miastu, a potem je prześcignie. Choć Królewska Przystań mogła z początku być tłoczna, błotnista i śmierdząca, zawsze panowała w niej gorączkowa aktywność. Nisko urodzonym służył prowizoryczny sept, zbudowany na Czarnym Nurcie z kadłuba kogi, ale wkrótce za pieniądze przysłane przez Wielkiego Septona na wzgórzu Visenyi zbudowano drugi, znacznie wspanialszy. (Później dołączył do niego Sept Pamięci, wzniesiony na wzgórzu Rhaenys jako pomnik królowej). Tam, gdzie ongiś widywano tylko rybackie łodzie, zaczęły teraz zawijać kogi i galery ze Starego Miasta, Lannisportu, Wolnych Miast, a nawet z Wysp Letnich. Królewska Przystań stopniowo przejmowała strumień towarów płynący dotąd przez Duskendale i Staw Dziewic. Sam Aegonfort również się rozrastał, aż wreszcie wyrwał się ze swej palisady i objął większą część Wielkiego Wzgórza Aegona. Postawiono nową drewnianą warownię, o ścianach wysokich na pięćdziesiąt stóp. Stała aż do roku 35 o.P., gdy Aegon kazał ją rozebrać, by zbudować na jej miejscu Czerwoną Twierdzę, zamek godny Targaryenów i ich dziedziców.

W roku 10 o.P. Królewska Przystań przerodziła się w prawdziwe miasto, a w roku 25 przerosła Biały Port i Gulltown, stając się trzecim pod względem wielkości miastem w królestwie. Mimo to nadal nie miała murów. Być może Aegon i jego siostry sądzili, że nikt nie odważy się zaatakować grodu, w którym mieszkają smoki. Ale oto w roku 19 o.P. pojawiły się wieści o pirackiej flocie, która złupiła Miasto Wysokich Drzew na Wyspach Letnich, zabierając ze sobą tysiące niewolników oraz łupy warte fortunę. To zaniepokoiło Aegona. Uświadomił sobie, że on i Visenya nie zawsze przebywają w stolicy, i wreszcie rozkazał zbudować mury. Kierowanie projektem zlecono wielkiemu maesterowi Gawenowi oraz królewskiemu namiestnikowi, ser Osmundowi Strongowi. Aegon zarządził, że mury mają zostawić wystarczająco wiele miejsca na rozwój miasta i że dla uczczenia Siedmiu mają mieć siedem bram, bronionych przez siedem potężnych wież. Prace rozpoczęto w następnym roku, by je ukończyć w roku 26 o.P.

Miasto rosło i bogaciło się, a wraz z nim wzrastał dobrobyt całego królestwa. Po części zawdzięczano to podejmowanym przez Zdobywcę próbom zdobycia szacunku wasali, a także prostaczków. Często pomagała mu w nich królowa Rhaenys (dopóki jeszcze żyła), której los biedaków był szczególnie bliski. Była też mecenasem minstreli i bardów. Jej siostra Visenya uważała wspieranie ich za marnotrawstwo, ale ci tworzyli pieśni wysławiające Targaryenów, a następnie roznosili je po całym królestwie. Królowa nie miała nic przeciwko temu, by owe pieśni zawierały też bezczelne kłamstwa, dzięki którym Aegon i jego siostry wydawali się jeszcze wspanialsi… choć maesterzy mogli być innego zdania.

Królowa Rhaenys zrobiła też dużo dla zjednoczenia królestwa, aranżując małżeństwa między odległymi rodami. Dlatego jej śmierć w Dorne, w roku 10 o.P., i Gniew, jaki wywołała, były ciosem dla całego królestwa, które kochało tę piękną królową o dobrym sercu.

Choć jednak panowanie Aegona było pełne chwały, pierwsza wojna dornijska odbija się na tym tle jako jego jedyna wielka porażka. Walki zaczęły się z wielkim rozmachem w czwartym roku od Podboju, a skończyły w trzynastym, po latach pełnych tragedii i przelewu krwi. Śmierć Rhaenys, lata Gniewu Smoka, zamordowani lordowie, próby skrytobójczych zamachów w Królewskiej Przystani i w samej Czerwonej Twierdzy… to były mroczne czasy.

Ze wszystkich tych tragedii zrodziło się jednak coś wspaniałego – Zaprzysiężone Bractwo Gwardii Królewskiej. Gdy

---

Kronika arcymaestera Gyldayna podaje, że na dworze sugerowano, by Aegon zlecił kierowanie budową Czerwonej Twierdzy królowej Visenyi. W ten sposób nie musiałby znosić jej obecności na Smoczej Skale. Nigdy nie byli sobie bliscy, ale w późniejszych latach oddalili się od siebie jeszcze bardziej.

POPRZEDNIE STRONY | *Żelazny Tron* PO LEWEJ | *Aegon Zdobywca koronowany przez Wielkiego Septona*

Aegon i Visenya wyznaczyli nagrody za głowy dornijskich lordów, wielu z nich zamordowano. Dornijczycy w odpowiedzi wynajęli własnych sługusów oraz zabójców. W jednym przypadku, w roku 10 o.P., Aegona i Visenyę zaatakowano na ulicach Królewskiej Przystani, i gdyby nie Visenya oraz Mroczna Siostra, król mógłby stracić życie. Mimo to nadal uważał, że jego osobiści strażnicy stanowią wystarczającą ochronę. Visenya przekonała go, że się myli. (Zapisano, że gdy Aegon wskazał na swych strażników, Visenya wydobyła Mroczną Siostrę i drasnęła go w policzek, nim ci zdążyli zareagować.

„Twoi strażnicy są powolni i leniwi" – rzekła ponoć wtedy, i król był zmuszony się z nią zgodzić).

To Visenya, a nie Aegon, określiła naturę Gwardii Królewskiej: siedmiu obrońców władcy Siedmiu Królestw, i wszyscy muszą być rycerzami. Oparła śluby gwardzistów na tych składanych przez Nocną Straż, co oznaczało, że muszą się wyrzec wszystkiego poza obowiązkiem wobec króla. Kiedy Aegon wspomniał o urządzeniu wielkiego turnieju, który miałby wyłonić pierwszych gwardzistów królewskich, Visenya wybiła mu to z głowy, mówiąc, że by skutecznie go chronić, będzie potrzeba nie tylko umiejętności biegłego władania bronią, lecz również niezachwianej lojalności. Król powierzył jej zadanie wyłonienia pierwszych członków zakonu i historia wykazała, że postąpił mądrze: dwóch zginęło w obronie jego życia, a wszyscy aż po kres swych dni

„Zasadę sześciu", nowy element zwyczajowego prawa, ustanowiła królowa Rhaenys, zasiadająca na Żelaznym Tronie, gdy król Aegon dokonywał jednego z objazdów królestwa. Chodziło o petycję złożoną przez braci kobiety pobitej na śmierć przez męża, który przyłapał ją z innym mężczyzną. Bronił się on następnie, słusznie zauważając, że prawo pozwala mężowi karcić cudzołożną żonę (co było prawdą, nie licząc obszaru Dorne, gdzie sprawy miały się inaczej) pod warunkiem, że kij, którego używa, nie jest grubszy od kciuka. Niemniej bracia zmarłej zapewniali, że uderzył ją nim sto razy, a on temu nie przeczył. Po skonsultowaniu się z maesterami i septonami Rhaenys ogłosiła, że choć bogowie stworzyli kobiety po to, by słuchały swych mężów, i w związku z tym wolno im je bić, można zadać tylko sześć uderzeń – po jednym dla każdego z Siedmiu, poza Nieznajomym, który jest śmiercią. Z tego powodu orzekła, że dziewięćdziesiąt cztery zadane przez męża ciosy były bezprawne, i zgodziła się, by bracia zabitej w odwecie wymierzyli mu taką samą liczbę kijów.

służyli mu z honorem. Ich imiona zapisano w *Białej Księdze*, podobnie jak imiona i czyny każdego rycerza, który złożył śluby. Byli to: ser Corlys Velaryon, pierwszy lord dowódca; ser Richard Roote; ser Addison Hill, bękart z Cornfield; ser Gregor Goode i ser Griffith Goode, dwóch braci; ser Humfrey Komediant, rycerz wędrowny; a także ser Robin Darklyn, zwany Mrocznym Robinem, pierwszy z wielu Darklynów, którzy nosili biały płaszcz.

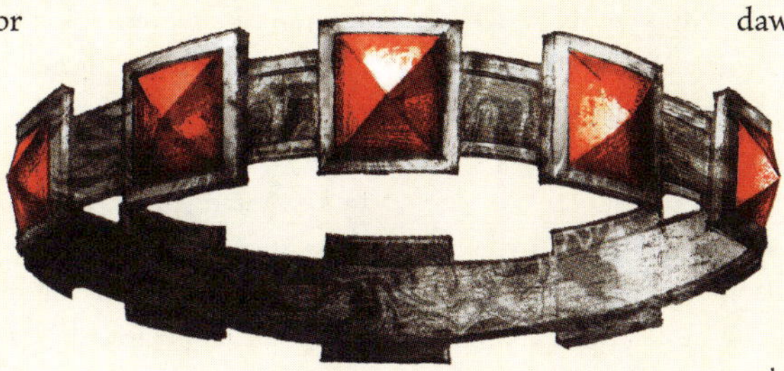

Aegon Zdobywca szybko mianował doradców – którzy za panowania Jaehaerysa I mieli utworzyć małą radę, wspierającą władcę – i często pozostawiał codzienne problemy rządzenia królestwem siostrom oraz tym zaufanym ludziom. Sam zaś zajmował się łączeniem kraju w całość za pomocą swych wizyt, które zachwycały poddanych, a gdy było to konieczne, również ich przerażały. Przez połowę roku krążył między Królewską Przystanią a Smoczą Skałą, choć bowiem miasto było jego królewską siedzibą, to cuchnąca siarką i słonym morzem wyspa była miejscem, które kochał najbardziej. Drugą połowę roku poświęcał jednak na królewskie objazdy. Podróżował po królestwie przez resztę życia – aż do swego ostatniego objazdu w roku 33 o.P. – pamiętając, by przy każdych odwiedzinach w Starym Mieście złożyć wyrazy uszanowania Wielkiemu Septonowi w Gwiezdnym Sepcie. Nocował pod dachami lordów z wielkich rodów (nawet w Winterfell, podczas ostatniego objazdu), a także pod dachami wielu pomniejszych lordów, rycerzy i prostych oberżystów. Za królem zawsze podążał pyszny orszak; podczas jednej takiej wyprawy składał się on z całego tysiąca rycerzy, a także licznych lordów i dam dworu.

W objazdach uczestniczyli jednak nie tylko dworacy, lecz również maesterzy i septonowie. Często Aegonowi towarzyszyło aż sześciu maesterów, udzielających mu rad w kwestii miejscowych praw i tradycji dawnych królestw, by mógł sądzić i wydawać wyroki podczas posłuchań, których udzielał. Zamiast podjąć próbę narzucenia królestwu jednolitych praw, wolał szanować różnorodne tradycje poszczególnych regionów i sądzić tak, jak robiliby to ich dawni królowie. (Dopiero jeden z jego następców ujednolicił prawa królestwa). Od zakończenia pierwszej wojny dornijskiej aż po śmierć Aegona w roku 37 o.P. w królestwie panował pokój. Rządy Zdobywcy były mądre i wyrozumiałe. Jego dwie żony dały królestwu „dziedzica pierwszego i zapasowego". Matką starszego, księcia Aenysa, była dawno nieżyjąca Rhaenys, a młodszego, księcia Maegora, Visenya.

Aegon zmarł tam, gdzie się narodził, na swej umiłowanej Smoczej Skale. Wszystkie relacje zgadzają się co do tego, że przebywał wówczas w Komnacie Malowanego Stołu, opowiadając wnukom, Aegonowi i Viserysowi, historie o swych podbojach, gdy nagle zająknął się i upadł. Maesterzy mówią, że to był udar i śmierć Smoka była szybka i spokojna. Jego ciało spalono na dziedzińcu cytadeli Smoczej Skały, zgodnie ze zwyczajem przyniesionym przez Targaryenów z Valyrii. Aenys, książę Smoczej Skały i następca Żelaznego Tronu, w momencie, w którym dowiedział się o śmierci ojca, przebywał w Wysogrodzie. Dosiadł swego smoka i szybko poleciał po koronę. Jednakże wszyscy, którzy obejmowali Żelazny Tron po Aegonie Zdobywcy, przekonali się, że królestwo jest znacznie mniej zadowolone z ich rządów.

PO LEWEJ | *Wczesna Królewska Przystań i Aegonfort* POWYŻEJ | *Korona Aegona Zdobywcy*

Aenys I

SMOK ZMARŁ w wieku sześćdziesięciu czterech lat. Jego rządom nie sprzeciwiał się wówczas już nikt poza Dornijczykami. Władał mądrze: podczas królewskich objazdów prezentował się z korzystnej strony, okazywał należny szacunek Wielkim Septonom, nagradzał tych, którzy dobrze mu służyli, i pomagał tym, którzy tego potrzebowali. Jednakże pod powierzchnią jego z reguły pokojowych rządów kipiał kocioł niezgody. Wielu poddanych Aegona w głębi swych serc nadal kochało dawne czasy, gdy wielkie rody suwerennie władały własnymi domenami. Inni pragnęli zemsty za bliskich, którzy polegli w wojnach. Jeszcze inni uważali Targaryenów za plugastwo: bracia żenili się z siostrami, a z tych kazirodczych związków rodziło się wynaturzone potomstwo. Siła Aegona i jego sióstr – a także ich smoki – wystarczały, by poskromić tych, którzy im się sprzeciwiali. Władzy takiej nie mieli jego dziedzice.

W roku 37 o.P. na tronie zasiadł Aenys, pierworodny syn Aegona z jego umiłowaną Rhaenys. Miał wtedy trzydzieści lat. Ukoronowano go bardzo uroczyście w Czerwonej Twierdzy, której budowa ciągle trwała. Włożył na głowę zdobną złotą koronę zamiast diademu z valyriańskiej stali, noszonego przez poprzednika.

Jego ojciec, a także brat, Maegor (syn Visenyi), byli urodzonymi wojownikami, Aenysa ulepiono jednak z innej gliny. Przyszedł na świat jako słabe i chorowite dziecko, i takim też pozostawał przez pierwsze lata swego życia. Krążyły pogłoski, że nie może być prawdziwym synem Aegona Zdobywcy, który jako wojownik nie miał sobie równych. Powszechnie wiedziano, że królowa Rhaenys uwielbiała przystojnych minstreli i dowcipnych komediantów. Być może ojcem dziecka był któryś z nich? Plotki te przycichły jednak, gdy chorowitemu dziecku dano świeżo wyklutego smoka imieniem Żywe Srebro. Bestia rosła, a chłopak razem z nią.

Niemniej Aenys pozostał marzycielem. Parał się alchemią, był mecenasem minstreli, komediantów i mimów. Co więcej, zbyt mocno pragnął aprobaty innych i z tego powodu często się wahał, nie potrafiąc podjąć decyzji, w obawie, że rozczaruje jedną albo drugą ze stron. Ta właśnie wada najbardziej zaszkodziła jego panowaniu i przywiodła go do przedwczesnego, haniebnego końca.

Od śmierci Zdobywcy nie upłynęło zbyt wiele czasu, nim pojawili się ludzie gotowi rzucić wyzwanie rządom Targaryenów. Pierwszym z nich był wyjęty spod prawa bandyta zwany Harrenem Czerwonym, który podawał się za wnuka Harrena Czarnego. Korzystając z pomocy zamkowego sługi, Harren Czerwony zdobył Harrenhal i wziął do niewoli jego aktualnego władcę, osławionego lorda Gargona (zapamiętanego przez historię jako Gargon Gość, ponieważ miał w zwyczaju zjawiać się na każdym weselu w swej domenie, by korzystać z prawa pierwszej nocy). Lorda Gargona wykastrowano w zamkowym bożym gaju, a następnie porzucono tam, by wykrwawił się na śmierć, Czerwony Harren ogłosił się zaś lordem Harrenhal i królem rzek.

Wszystko to działo się w czasie, gdy król bawił w Riverrun, siedzibie rodu Tullych. Kiedy jednak Aenys i lord Tully ruszyli w pole, by stawić czoło tej groźbie, zastali pusty zamek. Wiernych Gargonowi ludzi wycięto w pień, a Harren Czerwony i jego zwolennicy wrócili do bandytyzmu.

Wkrótce w Dolinie i na Żelaznych Wyspach pojawili się nowi buntownicy. Również Dornijczyk zwący się Sępim Królem zgromadził tysiące zwolenników i rzucił wyzwanie Targaryenom. Wielki maester Gawen pisał, że wieści o tym oszołomiły króla, Aenys wyobrażał sobie bowiem, że lud go kocha. Władca ponownie okazał brak zdecydowania. Z początku rozkazał, by jego zastęp pożeglował do Doliny i policzył się z uzurpatorem Jonosem Arrynem, który uwięził swego brata, lorda Ronnela, lecz potem nagle odwołał ten rozkaz, w obawie, że Harren Czerwony i jego ludzie mogą zinfiltrować Królewską Przystań. Król postanowił nawet, że zwoła Wielką Radę, by przedyskutować sposoby uporania się z tymi zagrożeniami. Na szczęście dla królestwa inni wykazali się większą stanowczością.

Lord Royce z Runestone zgromadził siły, które rozbiły buntowników Jonosa Arryna i zamknęły go razem z jego zwolennikami w Orlim Gnieździe, choć doprowadziło to do śmierci uwięzionego lorda Ronnela. Jonos zamordował

PO LEWEJ | *Król Aenys I na Żelaznym Tronie*

brata, wyrzucając go przez Księżycowe Drzwi. Okazało się jednak, że Orle Gniazdo nie zapewnia bezpiecznego schronienia. Książę Maegor przybył tam na grzbiecie Baleriona Czarnego Strachu – smoka, którego zawsze pragnął i którego po śmierci ojca mógł wreszcie zdobyć dla siebie. Książę własnoręcznie założył pętle na szyje Jonosa i jego zwolenników.

Tymczasem na Żelaznych Wyspach człowieka podającego się za narodzonego na nowo króla Lodosa szybko uśmiercił lord Goren Greyjoy, który następnie wysłał jego zamarynowaną głowę królowi Aenysowi. W nagrodę Aenys przyznał mu łaskę, którą lord Goren wykorzystał, by wygnać Wiarę z Żelaznych Wysp – ku przerażeniu reszty królestwa.

Jeśli zaś chodzi o Sępiego Króla, Martellowie właściwie ignorowali niewielkie powstanie, do którego doszło na obszarze ich państwa. Choć księżna Deria zapewniała Aenysa, że jej ród pragnie pokoju i robi, co tylko w jego mocy, by stłumić bunt, owo zadanie w pierwszej kolejności przypadło lordom z Pogranicza. Z początku wyglądało na to, że tak zwany Sępi Król okaże się dla nich za trudnym przeciwnikiem. Wczesne zwycięstwa przyciągały do niego kolejnych zwolenników, aż wreszcie ich liczba sięgnęła około trzydziestu tysięcy. Dopiero gdy podzielił swój wielki zastęp – zarówno z uwagi na brak zapasów, jak i dlatego, że był przekonany, iż każdy z jego oddziałów pokona wrogów, jacy mogliby przeciwko niemu stanąć – zaczęły się jego kłopoty. Teraz były namiestnik Orys Baratheon mógł je wycinać jeden po drugim, prowadząc siły lordów z Pogranicza – zwłaszcza Straszliwego Sama Tarly'ego, którego miecz, Jad Serca, krew pokryła ponoć od rękojeści aż po sztych po tym, jak powalił dziesiątki Dornijczyków podczas Polowania na Sępa (bo tak nazwano pościg za Sępim Królem).

Pierwszy buntownik okazał się zarazem ostatnim. Harrena Czerwonego, który nadal pozostawał na wolności, osaczył w końcu lord Alyn Stokeworth, namiestnik Aenysa. Doszło do walki, podczas której Harren zabił lorda Alyna, ale potem zginął z ręki jego giermka.

Po przywróceniu pokoju król podziękował najważniejszym spośród lordów i rycerzy, którzy pokonali buntowników i wrogów tronu. Najwspanialsza nagroda przypadła jego bratu, księciu Maegorowi, którego Aenys mianował nowym królewskim namiestnikiem. Wydawało się wówczas, że to najrozsądniejszy wybór, ale wtedy właśnie następca Aegona zasiał ziarno własnej zguby.

Valyrianie od dawien dawna zwykli zawierać śluby w rodzinie, by zachować czystość królewskiej krwi. Tego zwyczaju nie znano jednak w Westeros, a Wiara uważała go za plugastwo. Smoka i jego siostry zaakceptowano bez słowa sprzeciwu, nie robiono też problemów, gdy w roku 22 o.P. książę Aenys poślubił Alyssę Velaryon, córkę królewskiego starszego nad okrętami i lorda admirała. Choć Alyssa po matce wywodziła się z rodu Targaryenów, była tylko kuzynką księcia. Gdy jednak zaczęło zanosić się na powrót do tradycji, konflikt nagle się zaognił.

Królowa Visenya zaproponowała, by Maegor poślubił pierwsze dziecko Aenysa, Rhaenę. Wielki Septon zaprotestował gwałtownie i Maegor zamiast tego ożenił się z bratanicą głowy Wiary, lady Ceryse z rodu Hightowerów. To małżeństwo okazało się jednak bezpłodne, podczas gdy żona Aenysa wydawała na świat kolejne potomstwo. Po Rhaenie urodził się syn i dziedzic króla, Aegon, po nim zaś kolejno Viserys, Jaehaerys i Alysanne. Być może kierując się zazdrością, po dwóch latach pełnienia funkcji namiestnika, podczas których jego brat doczekał się kolejnej córki, Vaelli, zmarłej w wieku niemowlęcym, w roku 39 o.P. Maegor przyprawił królestwo o szok, ogłaszając, że potajemnie wziął sobie drugą żonę – Alys z rodu Harrowayów. Ponieważ żaden septon

Z KRONIKI ARCYMAESTERA GYLDAYNA:

Wśród Targaryenów tradycja zawsze nakazywała małżeństwa między krewnymi. Za ideał uważano związek między bratem a siostrą. Gdy takowego nie można było zawrzeć, dziewczyna mogła poślubić wuja, kuzyna albo siostrzeńca, chłopak zaś kuzynkę, ciotkę bądź bratanicę. Owe praktyki wywodziły się z dawnej Valyrii, gdzie były powszechne wśród wielu starożytnych rodzin, zwłaszcza tych, które hodowały smoki i jeździły na nich. „Krew smoka musi pozostać czysta", głosiła tamtejsza mądrość. Niektórzy z książąt-czarnoksiężników brali sobie też więcej niż jedną żonę, jeśli mieli na to ochotę, choć zdarzało się to rzadziej niż kazirodcze małżeństwa. Mędrcy piszą, że przed Zagładą w Valyrii oddawano cześć tysiącu bogów, ale nie bano się żadnego z nich, dlatego tylko nieliczni ważyli się krytykować owe zwyczaje.

Nie było to jednak normalne w Westeros, gdzie Wiara sprawowała niekwestionowaną władzę. Kazirodztwo – czy to pomiędzy ojcem a córką, matką a synem, czy bratem a siostrą – potępiano tu jako obmierzły grzech, a owoce podobnych związków uważano za plugastwo w oczach bogów i ludzi. Spoglądając wstecz, można sobie uświadomić, że konflikt między Wiarą a rodem Targaryenów był nieunikniony.

nie chciał pobłogosławić tego związku, książę urządził valyriańską ceremonię, którą celebrowała królowa Visenya. Publiczne oburzenie było tak wielkie, że Aenys był w końcu zmuszony wygnać brata.

Król wolałby na tym poprzestać, ale Wielki Septon nadal nie był usatysfakcjonowany. Nawet nominacja septona Murmisona, który ponoć czynił cuda, na nowego królewskiego namiestnika, nie załagodziła w pełni konfliktu z Wiarą. W roku 41 o.P. Aenys pogorszył dodatkowo sytuację, gdy postanowił wydać swą najstarszą córkę, Rhaenę, za swego syna i dziedzica, Aegona, którego mianował księciem Smoczej Skały w miejsce Maegora. Z Gwiezdnego Septu przysłano oskarżycielski list, jakiego nie otrzymał dotąd żaden monarcha. Aenysa nazwano w nim „królem-Plugastwem" i nagle pobożni lordowie, a nawet prostaczkowie, którzy ongiś kochali władcę, zwrócili się przeciwko niemu.

Septona Murmisona wygnano z szeregów Wiary za odprawienie ceremonii, a gorliwi Bracia Ubodzy złapali za broń i porąbali go na drobne kawałeczki dwa tygodnie później, gdy niesiono go w lektyce przez miasto. Co więcej, niektórzy z Braci Ubogich próbowali zamordować króla i jego bliskich w samym zamku, wdrapując się na mury i zakradając do królewskich komnat. Aenys i jego rodzina ocaleli tylko dzięki jednemu z rycerzy z Gwardii Królewskiej.

W obliczu tego wszystkiego władca zbiegł z najbliższymi z miasta, szukając bezpieczeństwa na Smoczej Skale. Tam Visenya poradziła mu, by użył smoków, by zanieść ogień i krew zarówno do Gwiezdnego Septu, jak i do Septu Pamięci. Zamiast to zrobić, król, niezdolny do podjęcia stanowczej decyzji, zachorował. Dręczyły go bolesne skurcze żołądka oraz biegunka. Pod koniec roku 41 o.P. większa część królestwa zwróciła się już przeciwko niemu. Na traktach grasowały setki Braci Ubogich, zagrażających zwolennikom władcy. Dziesiątki lordów chwyciły za broń, występując przeciwko Żelaznemu Tronowi. Choć Aenys miał ledwie trzydzieści pięć lat, wyglądał ponoć raczej na sześćdziesiąt. Wielki maester Gawen utracił już nadzieję na to, że król może odzyskać zdrowie.

Opiekę nad nim przejęła królowa wdowa Visenya i na pewien czas Aenys poczuł się lepiej. Potem jednak jego stan załamał się nagle, kiedy dowiedział się, że jego syna i córkę oblężono w Crakehall, gdzie się schronili, gdy bunt przeciwko tronowi przerwał ich coroczny objazd. Aenys umarł po trzech dniach i – podobnie jak ojca – spalono go na Smoczej Skale, na modłę dawnych Valyrian.

W późniejszych czasach, po śmierci Visenyi, sugerowano, że to ona odpowiadała za nagły zgon króla Aenysa. Niektórzy zwali ją królobójczynią i zabójczynią krewnych. Czyż pod każdym względem nie wolała Maegora od Aenysa? Czyż nie pragnęła, by to jej syn zasiadł na tronie? Dlaczego więc opiekowała się pasierbem i siostrzeńcem, choć wyraźnie budził w niej niesmak? O Visenyi można powiedzieć wiele, nikt jednak nigdy nie zwał jej litościwą. Trudno te pytania zlekceważyć… i równie trudno jest na nie odpowiedzieć.

Maegor I

Maegor, pierwszy tego imienia, zasiadł na tronie po nagłej śmierci brata, króla Aenysa, w roku 42 o.P. Zapamiętano go głównie jako Maegora Okrutnego i dobrze sobie zasłużył na ten przydomek. Na Żelaznym Tronie nigdy bowiem nie zasiadał bardziej bezlitosny monarcha. Jego panowanie zaczęło się od rozlewu krwi i rozlewem krwi również się zakończyło. Kroniki opowiadają, że lubił wojnę i walkę, nie sposób jednak wątpić, że to przemocy pragnął najbardziej – przemocy, zadawania śmierci i absolutnej władzy nad wszystkim, co uważał za swoje. Jaki demon go opętał? Nikt nie potrafił tego odgadnąć. Po dziś dzień niektórzy wznoszą dzięki za to, że jego tyrania trwała tak krótko, któż bowiem wie, ile szlacheckich rodów mogłoby zniknąć na zawsze, by zaspokoić jego pragnienia?

Powiadają, że Aenys nieźle władał mieczem i kopią; wystarczająco dobrze, by nie okryć się wstydem, ale niewiele więcej. Natomiast Maegor zwyciężał doświadczonych rycerzy w walce zbiorowej, już gdy miał trzynaście lat, i wkrótce okrył się sławą na królewskim turnieju w roku 28 o.P., kiedy to pokonał w szrankach trzech rycerzy Gwardii Królewskiej pod rząd, a następnie zwyciężył w walce zbiorowej. Kiedy miał szesnaście lat, król Aegon pasował go, tym samym czyniąc Maegora najmłodszym rycerzem w całym królestwie.

Gdy tylko spalono ciało Aenysa, Visenya dosiadła Vhagar i poleciała do Pentos, by sprowadzić swego syna z wygnania. Maegor przeleciał na Balerionie nad wąskim morzem, zatrzymując się na chwilę na Smoczej Skale, gdzie dał się ukoronować diademem z valyriańskiej stali, noszonym przez jego ojca; wolał takie insygnium władzy od bardziej zdobnej korony brata.

Wielki maester Gawen sprzeciwił się powrotowi Maegora, zauważając, że zgodnie z prawami dziedziczenia królem powinien zostać książę Aegon, najstarszy syn Aenysa. W odpowiedzi Maegor ogłosił maestera zdrajcą, skazał go na śmierć i ściął mu głowę jednym uderzeniem Blackfyre'a. Od tej chwili niewielu ważyło się wspierać prawa Aegona. Wysłano kruki z wiadomością, że ukoronowano nowego króla, który będzie sprawiedliwie traktował wiernych stronników, a tych, którzy mu się sprzeciwią, ukarze śmiercią jako zdrajców.

Najważniejszym z wrogów Maegora była Wiara Wojująca – zakony Synów Wojownika oraz Braci Ubogich – i wojna z nimi trwała przez całe jego panowanie. Zakony wojujące zawładnęły Septem Pamięci w Królewskiej Przystani oraz nieukończoną jeszcze Czerwoną Twierdzą. Maegor – nieustraszony na grzbiecie Baleriona – poleciał jednak prosto do miasta i zatknął chorągiew z czerwonym smokiem rodu Targaryenów na szczycie wzgórza Visenyi, by zwołać stronników. Dołączyły do niego tysiące ludzi.

Następnie Visenya rzuciła wyzwanie każdemu, kto przeczy prawom Maegora do tronu. Odpowiedział na nie kapitan Synów Wojownika. Ser Damon Morrigen, zwany Damonem Pobożnym, zgodził się na próbę siedmiu na starożytną modłę: on i sześciu Synów Wojownika przeciwko królowi i sześciu jego rycerzom. W tej walce stawką było samo królestwo. Relacje i opowieści na jej temat są liczne i często sprzeczne. Wiemy tylko, że król Maegor był ostatnim z walczących, który trzymał się na nogach, ale pod sam koniec zadano mu potężny cios w głowę i po chwili zwalił się na ziemię, już po śmierci ostatniego z Synów Wojownika.

Przez dwadzieścia siedem dni Maegor był martwy dla świata. Dwudziestego ósmego z Pentos przybyła królowa Alys (Maegor nadal nie miał potomstwa) w towarzystwie pentoshijskiej piękności zwanej Tyanną z Wieży. Nie ulegało wątpliwości, że kiedy Maegor przebywał na wygnaniu, Tyanna została jego kochanką, a niektórzy szeptali, że również królowej Alys. Po spotkaniu z Tyanną królowa wdowa oddała władcę pod jej wyłączną opiekę – fakt ten zaniepokoił stronników Maegora.

Trzydziestego dnia po próbie siedmiu król ocknął się o wschodzie słońca i wyszedł na mury. Tysiące ludzi przywitało go radosnymi okrzykami, choć nie wznoszono takich w Sepcie Pamięci, gdzie setki Synów Wojownika zebrało się na poranne modlitwy. Maegor dosiadł Baleriona i poleciał ze wzgórza Aegona na wzgórze Rhaenys, gdzie bez ostrzeżenia uwolnił ogień Czarnego Strachu. Sept Pamięci stanął w płomieniach. Niektórzy próbowali uciekać, ale powalili ich łucznicy oraz włócznicy towarzyszący Maegorowi. Krzyki płonących, konających ludzi wypełniły ponoć swym echem całe miasto. Uczeni mówią, że całun dymu wisiał nad Królewską Przystanią przez siedem dni.

PO LEWEJ | *Spalenie Septu Pamięci*

To był jednak dopiero początek konfliktu Maegora z Wiarą Wojującą. Wielki Septon nadal nieustępliwie sprzeciwiał się jego władzy, król zaś przeciągał na swoją stronę coraz więcej lordów. W bitwie na Kamiennym Moście padły tłumy Braci Ubogich i Mander zrobił się ponoć czerwony od krwi na odcinku sześćdziesięciu mil. Most i dominujący nad nim zamek nazwano potem Gorzkim Mostem.

Do jeszcze większej bitwy doszło przy Wielkich Widłach Czarnego Nurtu, gdzie do walki z królem stanęło trzynaście tysięcy Braci Ubogich, a także setki rycerzy z kapituły Synów Wojownika w Kamiennym Sepcie oraz kolejne setki, służące zbuntowanym lordom z dorzecza i krain zachodu, którzy do nich dołączyli. Zaciekła bitwa trwała aż do zmierzchu, ale król Maegor odniósł zdecydowane zwycięstwo. Poleciał do boju na grzbiecie Baleriona i choć deszcz tłumił płomienie Czarnego Strachu, smok i tak zostawiał za sobą śmierć.

Wiara Wojująca przez cały okres panowania Maegora pozostawała najbardziej nieprzejednanym z jego wrogów; niechęć ta była odwzajemniona. Nawet tajemnicza śmierć Wielkiego Septona w roku 44 o.P. tylko w nieznacznym stopniu złagodziła szalejącą przemoc, choć jego następca był znacznie bardziej skłonny do ustępstw i próbował nawet rozwiązać Miecze i Gwiazdy. Konflikt Maegora z zakonami podsycały dodatkowo jego liczne małżeństwa. Król próbował spłodzić dziedzica, lecz bez względu na to, ile kobiet poślubił – i z iloma sypiał – pozostawał bezdzietny. Żenił się z kobietami, które uprzednio uczynił wdowami i które dowiodły już swej płodności, lecz z jego nasienia rodziły się wyłącznie potworki: pokraczne, bezokie, pozbawione kończyn bądź mające części męskie i kobiece jednocześnie. Niektórzy powiadają, że zaczął popadać w szaleństwo od chwili narodzin pierwszego takiego plugastwa.

Panowanie Maegora zaowocowało jednym osiągnięciem: ukończeniem budowy Czerwonej Twierdzy w roku 45 o.P. Prace nad tym projektem rozpoczęto za panowania króla Aegona i kontynuowano za rządów Aenysa, ale to Maegor doprowadził do ich sfinalizowania. Wyszedł poza plany ojca i brata, tworząc otoczony fosą zamek pośrodku większego. W późniejszych latach znano go jako Warownię Maegora. Władca jako pierwszy rozkazał zbudować w zamku tunele oraz tajne przejścia. Rozmieszczono w nich fałszywe mury oraz zapadnie; Wielkie Wzgórze Aegona przeszywały zaś wciąż nowe tunele. Maegor rzucił się w wir prac nad nadzorowaniem budowy, najwyraźniej nie przejmując się zbytnio brakiem dziedziców. Mianował swego dobrego ojca, lorda Harrowaya, nowym namiestnikiem i pozwolił mu przez pewien czas rządzić królestwem, skupiając się na ukończeniu budowy zamku.

Co jednak typowe dla panowania Maegora, nawet to wielkie osiągnięcie zakończyło się tragedią. Gdy twierdzę wreszcie zbudowano, Maegor wydał huczną ucztę dla murarzy, kamieniarzy oraz innych rzemieślników, którzy pomagali przy wznoszeniu zamku. Jednakże po trzech dniach zabawy na koszt króla wszystkich gości wymordowano, by nikt poza Maegorem nie znał tajemnic warowni.

Do zguby Maegora doprowadziło w końcu połączenie sił Wiary oraz jego własnej rodziny. W roku 43 o.P. bratanek króla, książę Aegon, podjął próbę odzyskania tronu, który prawnie mu się należał. Doszło do starcia znanego później jako wielka bitwa nad Okiem Boga. Aegon poległ,

Z KRONIKI ARCYMAESTERA GYLDAYNA:

Gdy tylko na budowie Czerwonej Twierdzy położono ostatni kamień, Maegor rozkazał usunąć ze szczytu wzgórza Rhaenys ruiny Septu Pamięci, a wraz z nimi kości oraz popioły Synów Wojownika, którzy tam zginęli. Zadekretował, że w miejscu tym zbuduje się wielką, kamienną „stajnię dla smoków", leże godne Baleriona, Vhagar oraz ich potomstwa. Tak oto rozpoczęto budowę Smoczej Jamy. Być może nie powinno nas dziwić, że trudno było znaleźć budowniczych, kamieniarzy oraz robotników chętnych do pracy nad tym projektem. Tak wielu z nich uciekło, że król był w końcu zmuszony wykorzystać więźniów z miejskich lochów. Ich pracami kierowali budowniczowie sprowadzeni z Myr i Volantis.

pozostawiając żonę i siostrę Rhaenę oraz bliźniacze córki. Jego smok, Żywe Srebro, również zginął.

Następnie, pod koniec roku 45 o.P., Maegor rozpoczął nową kampanię przeciwko buntownikom z Wiary Wojującej, którzy nie odłożyli mieczy na rozkaz nowego Wielkiego Septona. Zgodnie z inwentarzem sporządzonym w owych czasach, w następnym roku król przywiózł jako trofea dwa tysiące czaszek, pochodzących według niego od wyjętych spod prawa Synów Wojownika oraz Braci Ubogich, choć wielu uważało, że zapewne były to głowy prostaczków, którzy po prostu znaleźli się w niewłaściwym miejscu o niewłaściwym czasie. Z każdym dniem królestwo coraz silniej zwracało się przeciwko swemu władcy.

Śmierć królowej wdowy Visenyi w roku 44 o.P. była pamiętnym wydarzeniem, aczkolwiek Maegor nie sprawiał wrażenia, by zbytnio się nią przejął. Odkąd przyszedł na świat, matka była jego największą sojuszniczką i służyła mu najsilniejszym wsparciem w działaniach przeciwko starszemu bratu, Aenysowi, robiąc, co tylko w jej mocy, by uczynić jego dziedzictwo bezpiecznym. Podczas zamieszania, które nastąpiło po śmierci Aenysa, wdowa po nim, królowa Alyssa, wymknęła się ze Smoczej Skały razem z dziećmi, zabierając Mroczną Siostrę, miecz z valyriańskiej stali należący do Visenyi. Drugiego po Aegonie syna Alyssy i Aenysa, księcia Viserysa, przetrzymywano jednak w Czerwonej Twierdzy jako królewskiego giermka i to on

PONIŻEJ | *Bitwa na Kamiennym Moście*

ucierpiał z powodu jej ucieczki. Umarł po dziewięciu dniach przesłuchiwania przez Tyannę z Wieży. Król cisnął jego ciało niczym padlinę na zamkowy dziedziniec, gdzie leżało przez dwa tygodnie. Liczył na to, że wieści o tym zmuszą królową Alyssę do próby odzyskania ciała – ale królowa nie wróciła.

Viserys w chwili śmierci miał piętnaście lat.

W roku 48 o.P. septon Moon i ser Jeffrey Doggett – znany też jako Czerwony Pies ze Wzgórz – poprowadzili Braci Ubogich przeciwko królowi. Riverrun opowiedziało się po ich stronie. Kiedy lord Daemon Velaryon, admirał królewskich flot, również zbuntował się przeciwko władcy, przyłączyły się do niego liczne wielkie rody. Królestwo nie mogło już dłużej znosić tyrańskich rządów Maegora i powstało, by położyć im kres. Wszystkich zjednoczyły pretensje zgłoszone przez młodego księcia Jaehaerysa – jedynego ocalałego syna Aenysa i Alyssy, który miał już całe czternaście lat – wsparte przez lorda Końca Burzy, mianowanego przez Jaehaerysa protektorem królestwa oraz królewskim namiestnikiem. Gdy królowa Rhaena, którą Maegor poślubił po śmierci Aegona, dowiedziała się o proklamacji brata, dosiadła swego smoka – Dreamfyre'a – i uciekła, kradnąc Blackfyre'a, gdy jej król i mąż spał. Maegora porzucili nawet dwaj rycerze Gwardii Królewskiej, którzy przyłączyli się do Jaehaerysa.

Król reagował na te wydarzenia powoli i niezdecydowanie. Wygląda na to, że seria zdrad – i być może również utrata przewodnictwa matki – spowodowała, że na swój sposób był równie zdruzgotany jak Aenys. Zwołał wiernych sobie lordów do Królewskiej Przystani, ale zjawili się tylko pomniejsi panowie z krain korony, którzy nie mogli przeciwstawić licznym wrogom króla zbyt wielkich sił. Późną nocą, o godzinie wilka, wierni Maegorowi lordowie opuścili komnatę rady i przygnębiony król został sam. Rankiem znaleziono go martwego na tronie. Jego szaty nasiąkły krwią, a żyły rąk przecięły żelazne ostrza.

Tak zakończył życie król Maegor Okrutny. Wokół przyczyny jego śmierci krążą liczne spekulacje. Choć minstrele próbują nas przekonać, że uśmiercił go sam Żelazny Tron, niektórzy podejrzewają jego Gwardię Królewską, inni zaś jakiegoś murarza, którego król nie zdołał zabić i który znał tajemnice Czerwonej Twierdzy. Być może prawdopodobniejsza jest jednak teoria, że władca wolał odebrać sobie życie, niż znieść gorycz porażki. Jakkolwiek wygląda prawda, po sześciu latach terroru, jaki Maegor zaprowadził w królestwie, jego rządy nie mogły się skończyć inaczej. Panowanie jego bratanka miało jednak uczynić wiele dla zagojenia głębokich ran zadanych przez Okrutnego Siedmiu Królestwom.

POWYŻEJ | *Maegor I martwy na Żelaznym Tronie* PO PRAWEJ | *Żony Maegora Okrutnego (po lewej, od góry: Ceryse Hightower, Tyanna z Wieży, Alys Harroway; po prawej od góry: Elinor Costayne, Jeyne Westerling, Rhaena Targaryen)*

Żony Maegora Okrutnego

Ceryse z rodu Hightowerów

Ceryse była córką Martyna Hightowera, lorda Starego Miasta. Jej kandydaturę wysunął stryj, Wielki Septon, po tym, jak sprzeciwił się zaręczynom trzynastoletniego księcia Maegora z jego nowo narodzoną bratanicą, księżniczką Rhaeną. Ceryse i Maegor zawarli małżeństwo w roku 25 o.P. Książę przechwalał się, że w noc poślubną dwunastokrotnie skonsumował małżeństwo, ale z tego związku nie narodzili się żadni synowie. Maegor szybko znudził się Ceryse, która nie dała mu dziedzica, i zaczął brać sobie inne żony.

Ceryse zmarła w roku 45 o.P., powalona nagłą chorobą; krążyły też plotki, że zabito ją na rozkaz króla.

Alys z rodu Harrowayów

Alys była córką Lucasa Harrowaya, nowego lorda Harrenhal. Potajemny ślub odbył się w roku 39 o.P., w czasach, gdy Maegor był namiestnikiem, i doprowadził do wygnania go do Pentos. Kiedy Maegor sprowadził ją ze sobą do Westeros, Alys została królową. W roku 48 o.P. jako pierwsza kobieta zaszła z władcą w ciążę, ale wkrótce potem poroniła. Z jej macicy wyłoniło się monstrum, bezokie i wypaczone. Maegor wpadł w furię. Oskarżył położne, septy oraz wielkiego maestera Desmonda i kazał wszystkich stracić. Tyanna z Wieży przekonała króla, że dziecko było owocem potajemnych romansów Alys, co doprowadziło do śmierci królowej, jej towarzyszek, ojca (królewskiego namiestnika), lorda Lucasa, oraz wszystkich Harrowayów i ich kuzynów, jakich król Maegor zdołał odnaleźć między Królewską Przystanią a Harrenhal. Namiestnikiem mianowano następnie lorda Celtigara.

Tyanna z Wieży

Spośród wszystkich żon króla Maegora Tyanna budziła największy strach. Powiadano, że jest naturalną córką pentoshijskiego magistra. Była tancerką z tawerny, która awansowała do pozycji kurtyzany. Ponoć parała się czarami i alchemią. Poślubiła króla w roku 42 o.P., ale ich małżeńskie łoże okazało się równie jałowe, jak w poprzednich wypadkach.

Niektórzy zwali Tyannę królewskim krukiem. Obawiano się jej z powodu zdolności odkrywania tajemnic. Służyła królowi jako starsza nad szeptaczami. W końcu wyznała, że to ona jest odpowiedzialna za plugastwa zrodzone z nasienia Maegora, bo truła jego poprzednie królowe. Maegor zabił ją własnoręcznie w roku 48 o.P. Wyciął jej serce Blackfyre'em i rzucił je na pożarcie psom.

Czarne Żony

W roku 47 o.P. Maegor poślubił trzy kobiety w trakcie jednej ceremonii. Wszystkie dowiodły już swej płodności i wszystkie były wdowami, których mężowie polegli w prowadzonych przez Maegora wojnach bądź też zostali zgładzeni na jego rozkaz. Były to:

Elinor z rodu Costayne'ów

Elinor była najmłodszą z Czarnych Żon, lecz choć miała dopiero dziewiętnaście lat, dała już swemu mężowi, ser Theo Bollingowi, troje dzieci. Ser Theo został aresztowany przez rycerzy Gwardii Królewskiej, oskarżony o spiskowanie z królową Alyssą celem osadzenia na Żelaznym Tronie jej syna, księcia Jaehaerysa, i stracony – a wszystko to tego samego dnia. Po siedmiodniowej żałobie Elinor rozkazano poślubić Maegora. Ona również zaszła w ciążę i – podobnie jak Alys przed nią – wydała na świat martwe plugastwo. Ponoć urodziło się ono bez oczu, za to z małymi skrzydłami. Elinor uszła z życiem z monstrualnego porodu i była jedną z dwóch żon Maegora, które go przeżyły.

Rhaena z rodu Targaryenów

Gdy książę Aegon zginął z ręki króla w bitwie nad Okiem Boga, Rhaena skryła się na Pięknej Wyspie pod opieką lorda Farmana, który ukrył ją i jej bliźniacze córki. Tyanna znalazła jednak dziewczynki i Rhaenę zmuszono do poślubienia Maegora. Król uczynił jej córkę, Aereę, swoją dziedziczką, wydziedziczając jednocześnie ocalałego syna królowej Alyssy, Jaehaerysa. Elinor i Rhaena były jedynymi królowymi, które przeżyły Maegora.

Jeyne z rodu Westerlingów

Wysoka i smukła lady Jeyne była żoną lorda Alyna Tarbecka, który zginął, walcząc po stronie buntowników w bitwie nad Okiem Boga. Urodziła mu pogrobowca, dowodząc w ten sposób swej płodności. Zalecał się do niej syn lorda Casterly Rock, ale wkrótce posłał po nią sam król. W roku 47 o.P. zaszła w ciążę, ale na trzy księżyce przed wyznaczonym terminem wydała na świat martwego potworka i wkrótce potem zmarła.

Jaehaerys I

JAEHAERYS ZASIADŁ NA TRONIE w roku 48 o.P., tuż po tym, gdy królestwo rozdarły ambicje zbuntowanych lordów, furia Wielkiego Septona oraz okrucieństwo stryja nowego władcy, Maegora I. Miał czternaście lat, kiedy Wielki Septon włożył mu na głowę koronę jego ojca, Aenysa. Panowanie Jaehaerysa rozpoczęło się od regencji jego babci, królowej wdowy Alyssy. W owych wczesnych latach przewodnictwem służył mu lord Robar z rodu Baratheonów, lord protektor królestwa oraz królewski namiestnik. Po osiągnięciu pełnoletności król poślubił swą siostrę, Alysanne. Ich małżeństwo okazało się płodne.

Choć Jaehaerys objął tron w młodym wieku, szybko udowodnił, że jest prawdziwym królem. Był dobrym wojownikiem, biegle władał kopią oraz łukiem i miał talent do jazdy konnej. Dosiadał Vermithora – potężnej bestii o jasnobrązowej i spiżowej barwie, trzeciego pod względem wielkości z żyjących smoków, po Balerionie i Vhagar. Zdecydowany w myśli i czynie Jaehaerys był mądry ponad swoje lata i zawsze szukał najbardziej pokojowego rozwiązania.

Jego królową, Alysanne, również powszechnie kochano, jako że była piękna i pełna życia, a także urocza i bardzo inteligentna. Niektórzy powiadają, że władała królestwem w równym stopniu, co jej mąż, i jest w tym trochę prawdy. Na jej prośbę król Jaehaerys zniósł wreszcie prawo pierwszej nocy, zazdrośnie strzeżone przez wielu lordów. Nocna Straż na jej cześć zmieniła nazwę Śnieżnej Bramy na Bramę Królowej. Było to podziękowanie za warte majątek klejnoty, które ofiarowała na budowę nowego zamku, Głębokiego Jeziora, mającego zastąpić ogromny i straszliwie kosztowny w utrzymaniu Nocny Fort, a także za rolę odegraną przez nią w przyznaniu Straży Nowego Daru, który wzmocnił jej słabnące siły.

Stary Król i Dobra Królowa Alysanne byli małżeństwem przez czterdzieści sześć lat i przez większość czasu byli ze sobą szczęśliwi. Doczekali się też mnóstwa dzieci i wnuków.

Kroniki wspominają o dwóch sporach w ich małżeństwie, ale żaden nie trwał dłużej niż rok czy dwa, nim oboje znowu zbliżyli się do siebie. Druga Kłótnia zasługuje jednak na uwagę, ponieważ wywołała ją podjęta przez Jaehaerysa decyzja pominięcia jego wnuczki Rhaeny – córki zmarłego najstarszego syna i spadkobiercy, księcia Aemona – i przyznania Smoczej Skały oraz tytułu dziedzica tronu drugiemu synowi, Baelonowi Odważnemu. Alysanne nie widziała powodu, by mężczyzna miał lepsze prawa od kobiety... a jeśli Jaehaerys uważał, że kobiety są mniej użyteczne, jej również nie potrzebował. Z czasem się pogodzili. Stary Król przeżył swą ukochaną małżonkę i w ostatnich latach jego panowania żałoba wisiała ponoć nad całym dworem niby całun.

Alysanne była wielką miłością Jaehaerysa, ale jego najbliższym przyjacielem był septon Barth. Żaden nisko urodzony człowiek nigdy nie zaszedł tak wysoko, jak ten duchowny, który zawsze przemawiał prostymi słowami, lecz umysł miał nadzwyczaj bystry. Był synem prostego kowala i w dzieciństwie oddano go Wierze. Zasłynął jednak z wielkiej inteligencji i z czasem powierzono mu opiekę nad biblioteką w Czerwonej Twierdzy, gdzie zajmował się księgami i kronikami należącymi do króla. Tam właśnie poznał go Jaehaerys, który wkrótce mianował go królewskim namiestnikiem. Wielu lordów z wielkich rodów patrzyło na to z ukosa, a Wielki Septon ponoć jeszcze bardziej niepokoił się kwestią prawowierności nowego namiestnika, lecz Barth z nawiązką dowiódł swej wartości.

Dzięki jego radom i pomocy król Jaehaerys uczynił więcej dla zreformowania królestwa niż jakikolwiek monarcha

Z KRONIKI ARCYMAESTERA GYLDAYNA:

Wielki turniej urządzony w Królewskiej Przystani w roku 98 o.P. dla uczczenia pięćdziesiątej rocznicy panowania króla Jaehaerysa z pewnością uradował też serce królowej, albowiem wszystkie jej żyjące dzieci, wnuki i prawnuki zjawiły się na nim, by wziąć udział w ucztach i uroczystościach.

Powiadano, zgodnie z prawdą, że od czasów Zagłady Valyrii nigdy nie widziano tak wielu smoków w jednym miejscu i o jednym czasie. Ostatnią walkę, w której rycerze Gwardii Królewskiej – ser Ryam Redwyne i ser Clement Crabb – złamali trzydzieści kopii, nim wreszcie król Jaehaerys ogłosił ich współzwycięzcami, uznano zaś za najwspanialszą, jaką kiedykolwiek widziano w Westeros.

PO PRAWEJ | *Wielki turniej w roku 98 o.P.*

przedtem czy potem. Jego dziadek, król Aegon, zdał prawa Siedmiu Królestw na łaskę i niełaskę miejscowych zwyczajów oraz tradycji, i dopiero Jaehaerys stworzył pierwszy jednolity kodeks, by całym królestwem – od północy aż po Dornijskie Pogranicze – rządziły takie same prawa. Podjęto również zakrojone na szeroką skalę prace nad poprawą warunków życia w Królewskiej Przystani – zwłaszcza nad rynsztokami, kanałami oraz studniami, Barth bowiem wierzył, że świeża woda i sprawne usuwanie nieczystości mają wielkie znaczenie dla zdrowia mieszkańców miasta. Pojednawca rozpoczął też budowę wielkiej sieci traktów, które pewnego dnia miały połączyć Królewską Przystań z Reach, krainami burzy, krainami zachodu, dorzeczem, a nawet północą, ponieważ zdawał sobie sprawę, że jeśli pragnie zjednoczyć królestwo, musi ułatwić podróżowanie między jego regionami. Największą z owych dróg był królewski trakt, ciągnący się wiele setek mil, aż po Czarny Zamek i Mur.

Niektórzy twierdzą jednak, że najważniejszym osiągnięciem rządów Jaehaerysa i septona Bartha było pojednanie z Wiarą. Na Braci Ubogich i Synów Wojownika nie polowano już jak za czasów Maegora. Ich liczebność znacznie spadła. Oficjalnie (za sprawą poprzedniego władcy) byli wyjęci spod prawa, lecz nadal istnieli, niespokojni. Pragnęli odbudować swe zakony. Co ważniejsze, przysługujące tradycyjnie Wierze prawo do sądzenia duchownych okazało się kłopotliwe: wielu lordów uskarżało się na pozbawione skrupułów septory oraz septonów zagarniających bogactwa i ziemie sąsiadów bądź wiernych.

Niektórzy doradcy nalegali, by Stary Król stanowczo rozprawił się z niedobitkami Wiary Wojującej, zniszczył je raz na zawsze, nim ich gorliwość ponownie wywoła chaos w królestwie. Innym bardziej zależało na tym, by septonowie podlegali tym samym prawom, co reszta królestwa. Jaehaerys jednak wysłał Bartha do Starego Miasta,

by porozmawiał z Wielkim Septonem. We dwójkę zaczęli wykuwać trwałe porozumienie. W zamian za to, że garstka ocalałych Gwiazd i Mieczy odłoży oręż i zgodzi się zaakceptować zewnętrzną sprawiedliwość, Wielki Septon otrzymał od króla Jaehaerysa przysięgę, że Żelazny Tron na zawsze pozostanie obrońcą Wiary. Tak oto wielki rozłam między koroną a Wiarą zamknięto na dobre.

Największym problemem ostatnich lat panowania Jaehaerysa stała się liczebność rodu Targaryenów i związany z nią nadmiar potencjalnych dziedziców tronu. Zły los pozbawił króla oczywistego spadkobiercy nie jeden raz, lecz dwukrotnie; drugi raz po śmierci Baelona Odważnego w roku 101 o.P. Chcąc raz na zawsze rozstrzygnąć kwestię dziedzictwa, Jaehaerys zwołał w tym samym roku pierwszą Wielką Radę. Lordowie królestwa zjechali się ze wszystkich stron. Żaden zamek poza Harrenhal nie mógłby pomieścić tak wielu, dlatego wszyscy zebrali się właśnie tam. Lordom wielkim i małym towarzyszyły orszaki złożone z chorążych, rycerzy, giermków, stajennych oraz sług. Za nimi ciągnęły zaś markietanki i praczki, sokolnicy, kowale i woźnice. W ciągu kilku księżyców rozbito tam tysiące namiotów, aż wreszcie zamkowe miasteczko Harrenton stało się czwartym pod względem wielkości miastem królestwa.

Podczas rady wysłuchano dziewięciu pomniejszych pretendentów i odrzucono ich pretensje, pozostawiając tylko dwóch głównych kandydatów do tronu: Laenora Velaryona, syna księżniczki Rhaenys – najstarszej córki najstarszego syna Jaehaerysa, Aemona – oraz księcia Viserysa, najstarszego syna Baelona Odważnego i księżniczki Alyssy. Obaj mieli za sobą pewne argumenty, jako że prawo pierworództwa przemawiało za Laenorem, natomiast bliskość pokrewieństwa za Viserysem, ostatnim księciem z rodu Targaryenów, który dosiadał Baleriona przed śmiercią smoka w roku 94 o.P. Laenor dopiero niedawno pozyskał własną

Dzieci Jaehaerysa I Pojednawcy i Dobrej Królowej Alysanne, które dożyły wieku dorosłego:

Książę Aemon
Zabity w bitwie z myrijskimi piratami, którzy zagarnęli wschodnią część Tarthu.

Książę Baelon
(zwany Wiosennym Księciem – z uwagi na porę narodzin – oraz Baelonem Odważnym)
Gdy septon Barth umarł we śnie w roku 99 o.P., namiestnikiem uczyniono sławnego rycerza Gwardii Królewskiej, ser Ryama Redwyne'a. Okazało się jednak, że jego talenty do rządzenia nie dorównują jego odwadze oraz umiejętnościom władania mieczem i kopią. Po niespełna roku jego miejsce zajął Baelon, który spisywał się znakomicie. Jednakże w roku 101 o.P. książę Baelon zaczął się uskarżać na ból w boku i po kilku dniach umarł z powodu pęknięcia brzucha.

Arcymaester Vaegon
Vaegona o przydomku Bez Smoka w młodym wieku oddano do Cytadeli. Gdy został arcymaesterem, nosił pierścień, maskę i laskę z żółtego złota.

Księżniczka Daella
Daella, poślubiona lordowi Rodrikowi Arrynowi w roku 80 o.P., umarła w połogu, wydając na świat córkę, Aemmę.

Księżniczka Alyssa
Alyssa była żoną swego brata, Baelona Odważnego; obaj jej synowie mieli w przyszłości nosić korony.

Księżniczka Viserra
Viserrę wydano za lorda Manderly'ego z Białego Portu, ale wkrótce potem zginęła w nieszczęśliwym wypadku. Ta dzika, pełna życia dziewczyna spadła z konia, ścigając się po pijanemu ulicami Królewskiej Przystani.

Septa Maegelle
Oddana Wierze Maegelle została septą słynącą ze współczucia i daru uzdrawiania. Głównie dzięki niej doszło do pojednania między Starym Królem a królową Alysanne w roku 94 o.P., po Drugiej Kłótni. Opiekowała się dziećmi cierpiącymi na szarą łuszczycę. W końcu sama zapadła na tę chorobę i zmarła w roku 96 o.P.

Księżniczka Saera
Choć Saerę oddano Wierze, podobnie jak Maegelle, różniła się od siostry usposobieniem. Podczas nowicjatu uciekła z domu Matki za wąskie morze. Przez pewien czas przebywała w Lys, a potem w Starym Volantis, gdzie dożyła swych dni jako właścicielka słynnego domu rozkoszy.

Księżniczka Gael
(zwana Zimowym Dzieckiem)
Gael, słaba na umyśle, lecz mająca słodkie usposobienie, była ulubienicą królowej. Zniknęła z dworu w roku 99 o.P. Oficjalnie zmarła na letnią gorączkę, lecz w rzeczywistości utopiła się w Czarnym Nurcie po tym, jak wędrowny minstrel uwiódł ją i porzucił, nie zostawiając jej nic poza rosnącym brzuchem… †

† *Pogrążona w żalu królowa Alysanne po niespełna roku podążyła za córką do grobu.*

bestię, cudowne stworzenie, które nazwał Morskim Dymem. Dla wielu lordów królestwa najważniejsze było to, by męska linia miała pierwszeństwo przed żeńską, nie wspominając już o fakcie, że Viserys był dwudziestoczteroletnim księciem, a Laenor ledwie siedmioletnim chłopcem.

Temu wszystkiemu Laenor mógł przeciwstawić jedną swą imponującą zaletę: był synem lorda Corlysa Velaryona, Węża Morskiego, najbogatszego człowieka w Siedmiu Królestwach. Imię nadano mu na cześć ser Corlysa Velaryona, pierwszego lorda dowódcy Gwardii Królewskiej, sławy nie zawdzięczał jednak biegłości we władaniu mieczem, kopią i tarczą, lecz rejsom po morzach całego świata w poszukiwaniu nowych horyzontów. Pochodził z rodu Velaryonów, starej rodziny szczycącej się valyriańskim pochodzeniem, która przybyła do Westeros przed Targaryenami, jak zgadzają się wszyscy historycy, i której okręty często składały się na większą część królewskiej floty. Tak wielu Velaryonów służyło jako lordowie admirałowie i starsi nad okrętami, że urząd ten niekiedy uważano niemal za dziedziczny.

Lord Corlys dotarł w trakcie swych wypraw daleko na północ i na południe. Raz próbował nawet odnaleźć legendarne przejście morskie na północ od Westeros, musiał jednak zawrócić swój statek, „Lodowego Wilka", znalazłszy tylko zamarznięte morze i ogromne góry lodowe. Najsławniejsze podróże odbył na „Wężu Morskim", statku, któremu zawdzięczał swój przydomek. Wielu kupców z Westeros docierało do Qarthu w poszukiwaniu korzeni i jedwabiu, on jednak odważył się popłynąć dalej, aż do legendarnych krain Yi Ti oraz Leng. Jeden taki rejs wystarczył, by podwoić majątek rodu Velaryonów.

„Wąż Morski" odbył dziewięć sławnych rejsów. Podczas ostatniego lord Corlys wypełnił ładownię statku złotem i kupił w Qarthu dwadzieścia następnych jednostek, by załadować na nie korzenie, słonie i najcenniejsze jedwabie. Niektóre statki utracono w drodze powrotnej, a według dzieła maestera Mathisa *Dziewięć rejsów* słonie nie przeżyły morskiej podróży, ale to, co dotarło na miejsce, wystarczyło, by uczynić Velaryonów najbogatszym rodem w królestwie. Na pewien czas wyprzedzili nawet Lannisterów i Hightowerów.

Po śmierci dziadka Corlys Velaryon został lordem i wykorzystał swe bogactwa do budowy nowej siedziby, Wysokiej Wody, mającej zastąpić ciasny, zawilgocony zamek Driftmark, w którym dotąd stał starożytny Tron z Wyrzuconego na Brzeg Drewna – siedzisko rodu Velaryonów, według legendy otrzymane przez nich od króla merlingów dla przypieczętowania paktu. Przez Driftmark przepływało tak wiele towarów, że nowo powstałe miasteczka Hull i Spicetown na pewien czas stały się głównymi portami handlowymi na Czarnym Nurcie, przerastając nawet samą Królewską Przystań.

Sława, reputacja i bogactwo Węża Morskiego bardzo pomogły pretensjom jego syna Laenora. Wsparł je Boremund Baratheon, a także lord Ellard Stark oraz lordowie Blackwood, Bar Emmon i Celtigar. Było ich jednak za mało. Fala obróciła się przeciwko nim, a choć maesterzy liczący głosy nigdy nie zdradzili ich liczby, krążyły pogłoski, że Wielka Rada opowiedziała się za księciem Viserysem w stosunku dwadzieścia do jednego. Król, nieobecny przy ostatnich debatach, mianował Viserysa księciem Smoczej Skały.

W ostatnich latach życia król Jaehaerys wyznaczył na swego namiestnika ser Ottona Hightowera. Ser Otto sprowadził do Królewskiej Przystani swych krewnych. Była wśród nich młoda Alicent – bystra, piętnastoletnia dziewczyna, która stała się towarzyszką starego Jaehaerysa. Czytała mu, przynosiła posiłki, a nawet pomagała kąpać go i ubierać. Powiadają, że król niekiedy brał ją za jedną ze swych córek. Bardziej złośliwe plotki głosiły, że stała się jego kochanką.

Król Jaehaerys, Pierwszy Tego Imienia – znany jako Pojednawca i Stary Król (ponieważ jako jedyny z władców z rodu Targaryenów dożył tak sędziwego wieku) – zmarł spokojnie w swym łożu w roku 103 o.P., podczas gdy lady Alicent czytała mu fragmenty *Historii nienaturalnej*, dzieła jego przyjaciela, septona Bartha. Miał w chwili śmierci sześćdziesiąt dziewięć lat, a władał, dobrze i mądrze, przez pięćdziesiąt pięć. Całe Westeros pogrążyło się w żałobie, niektórzy twierdzili, że nawet w Dorne mężczyźni płakali, a kobiety rozdzierały szaty z żalu za tak dobrym i sprawiedliwym władcą. Jego popioły pochowano razem z popiołami jego ukochanej żony, Dobrej Królowej Alysanne, pod Czerwoną Twierdzą. Królestwo nigdy już nie widziało takich władców jak oni.

GLOSA ARCYMAESTERA GYLDAYNA:

W oczach wielu Wielka Rada z roku 101 o.P. ustanowiła żelazny precedens w sprawach sukcesji: bez względu na starszeństwo, Żelazny Tron Westeros nie mógł przypaść kobiecie ani za jej pośrednictwem jej męskim potomkom.

POPRZEDNIE STRONY | *Wielka Rada z roku 101 o.P.* PO LEWEJ | *Król Jaehaerys I i Dobra Królowa Alysanne z synem, księciem Aemonem*

Viserys I

Po długim i pokojowym panowaniu Jaehaerysa I Viserys odziedziczył bezpieczny tron, pełny skarbiec oraz zasób sympatii zgromadzony przez jego dziadka w ciągu ponad pięćdziesięciu lat. Ród Targaryenów nigdy potem nie był już tak potężny, jak za rządów Viserysa. Żyło wówczas więcej książąt i księżniczek krwi niż w jakimkolwiek czasie po Zagładzie. Nigdy też w Westeros nie widziano jednocześnie więcej smoków niż w latach od 103 do 129 o.P.

Jednakże wielki wstrząs, jakim był Taniec Smoków, również miał swe korzenie w latach panowania Viserysa, i w pierwszej kolejności winę zań ponosili książęta krwi. W początkowych latach rządów Viserysa I życie najbardziej utrudniał mu rodzony brat, książę Daemon Targaryen. Daemon miał zmienny temperament i łatwo go było urazić, był też jednak przystojny, śmiały i niebezpieczny. Pasowano go w wieku szesnastu lat, jak Maegora I. Jaehaerys I osobiście dał Daemonowi miecz z valyriańskiej stali, Mroczną Siostrę, w nagrodę za dzielność. Przed Wielką Radą Daemon zaliczał się do najgłośniejszych zwolenników Viserysa, zgromadził nawet niewielką armię zbrojnych oraz zaprzysiężonych mieczy, gdy rozeszły się wieści, że Corlys Velaryon zbiera flotę mającą wesprzeć prawa jego syna, Laenora. Król Jaehaerys uniknął rozlewu krwi, ale wielu zapamiętało fakt, że Daemon gotów był uciec się do przemocy, by ostatecznie rozstrzygnąć sprawę.

Z KRONIKI ARCYMAESTERA GYLDAYNA:

Choć podczas panowania Starego Króla, w roku 97 o.P., Daemon poślubił panią Runestone, małżeństwo nie było udane. Dolina Arrynów wydała się księciu nudna. (Napisał: „W Dolinie mężczyźni ruchają owce. Trudno mieć o to do nich pretensje. Te zwierzaki są tam ładniejsze od kobiet"). Wkrótce poczuł też antypatię do swej pani żony, którą zwał „moją spiżową suką", z powodu ozdobionej runami zbroi ze spiżu, noszonej przez lordów z rodu Royce'ów.

W roku 97 o.P. Daemon poślubił Rheę Royce, dziedziczkę starożytnego zamku Runestone, położonego w Dolinie. To był korzystny związek, ale Daemonowi Dolina nie przypadła do gustu, a żonę polubił jeszcze mniej, i wkrótce doszło do separacji.

Związek okazał się również bezdzietny, a choć Viserys I odrzucił prośby brata o rozwiązanie małżeństwa, wezwał go na dwór, by Daemon wziął na swe barki brzemię władzy. Służył swemu bratu najpierw jako starszy nad monetą, a potem starszy nad prawami, aż wreszcie jego główny rywal, namiestnik królewski ser Otto Hightower, zdołał przekonać Viserysa do usunięcia Daemona ze stanowiska. W roku 104 o.P. Viserys uczynił brata dowódcą Straży Miejskiej.

Książę Daemon udoskonalił uzbrojenie oraz szkolenie strażników, dał im też złote płaszcze, którym zawdzięczają noszoną do dziś nazwę. Często patrolował miasto ze swymi ludźmi i szybko poznali go wszyscy, od najbardziej niepoprawnych uliczników aż po najbogatszych kupców. Zdobył też mroczną reputację w spelunkach i burdelach, gdzie często kosztował za darmo tego, co tam oferowano. Niemniej do przestępstw w mieście dochodziło znacznie rzadziej, choć według niektórych wyłącznie dlatego, że Daemon uwielbiał wymierzać surowe kary. Ci, którzy korzystali na jego rządach, darzyli go jednak miłością i Daemon szybko stał się znany jako „lord Zapchlonego Tyłka". Jeszcze później, gdy Viserys odmówił mu tytułu księcia Smoczej Skały, Daemona przezwano go „księciem miasta". Właśnie w burdelach znalazł sobie faworytę – bardzo bladą lyseńską tancerkę imieniem Mysaria, której wygląd i reputacja sprawiły, że znające ją prostytutki przezywały ją Mizerią albo Białym Robakiem. Później służyła Daemonowi jako starsza nad szeptaczami.

Niektórzy powiadają, że Daemon poparł brata podczas Wielkiej Rady dlatego, iż był przekonany, że zostanie jego następcą. Viserys uważał jednak, że ma już następczynię – Rhaenyrę, jedyną córkę z jego małżeństwa z kuzynką, królową Aemmą z rodu Arrynów. Rhaenyra urodziła się w roku 97 o.P. W dzieciństwie ojciec ją rozpieszczał, zabierając ze sobą wszędzie, nawet do komnaty rady, gdzie zachęcał ją, by obserwowała i słuchała z uwagą. Z tego powodu dwór również jej pobłażał, a wielu składało księżniczce hołdy. Minstrele przezwali Rhaenyrę Radością Królestwa, była bowiem bystra i nad wiek dojrzała – piękne dziecko, które w wieku siedmiu lat zostało smoczym jeźdźcem, dosiadając Syrax, noszącej imię jednego z bóstw dawnej Valyrii.

W roku 105 o.P. jej matka wydała w końcu na świat syna, którego pragnęła królewska para, ale Aemma umarła w połogu, a chłopczyk – nazwany Baelonem – przeżył ją tylko o jeden dzień. Viserys I miał już wówczas po dziurki w nosie ciągłego zawracania mu głowy sprawą sukcesji i – lekceważąc precedensy stworzone w roku 92 o.P. oraz w roku 101 o.P. przez Wielką Radę – oficjalnie ogłosił, że to

Rhaenyra jest księżniczką Smoczej Skały i jego następczynią. Urządzono huczną uroczystość, podczas której setki lordów uklękło przed siedzącą u stóp ojca księżniczką. Nie było wśród nich księcia Daemona.

W roku 105 o.P. doszło też do innego ważnego wydarzenia. W szeregi Gwardii Królewskiej przyjęto ser Cristona Cole'a. Ser Criston urodził się w roku 82 o.P. jako syn Dondarrionów z Czarnej Przystani i przyciągnął uwagę dworu podczas turnieju w Stawie Dziewic, urządzonego dla uczczenia koronacji Viserysa. Zwyciężył wówczas w walce zbiorowej, a w szrankach padł jako przedostatni.

Czarnowłosy, zielonooki i przystojny rycerz zachwycił wszystkie damy dworu, a szczególnie księżniczkę Rhaenyrę, która zapałała do niego dziecięcym afektem, zwąc go „moim białym rycerzem". Błagała ojca, by uczynił ser Cristona jej zaprzysiężoną tarczą, a on spełnił jej życzenie. Od tej pory Cole zawsze jej towarzyszył i gdy stawał w szranki, nosił jej wstążkę. W późniejszych latach powiadano, że księżniczka nie patrzyła na nikogo poza ser Cristonem, są jednak powody, by wątpić, że to prawda.

Sprawy skomplikowały się jeszcze bardziej, gdy za namową ser Ottona Hightowera król Viserys oznajmił, że zamierza poślubić lady Alicent, córkę ser Ottona i dawną opiekunkę Starego Króla. Większą część królestwa ucieszyły te wieści. Również Rhaenyra, czując się bezpiecznie jako dziedziczka, miło przywitała nową żonę ojca, obie bowiem już dawno poznały się na dworze. Nie wszyscy jednak rado-

PO LEWEJ | *Król Viserys I na Żelaznym Tronie* POWYŻEJ | *Daemon Targaryen, „książę miasta", ze swymi złotymi płaszczami* wali się na Smoczej Skale, gdzie książę Daemon rozkazał ponoć wychłostać sługę, który przyniósł mu wieści o tym małżeństwie, czy w Driftmarku, gdzie lord Corlys i księżniczka Rhaenys pamiętali, że król odrzucił rękę ich córki, Laeny.

Jednym z owoców małżeństwa króla Viserysa z Alicent okazał się sojusz między księciem Daemonem a Wężem Morskim. Daemon, zmęczony oczekiwaniem na koronę, która coraz bardziej się od niego oddalała, był zdeterminowany, by wykroić dla siebie własne królestwo. W tej sprawie on i Corlys Velaryon mogli połączyć swe siły, z uwagi na łupieżcze ataki Królestwa Trzech Córek, niekiedy zwanego Triarchią – unii Lys, Myr i Tyrosh, zrodzonej ze Stulecia Krwi, które nastało po Zagładzie Valyrii. W pierwszej chwili sojusz Velaryona i Daemona przywitano w Siedmiu Królestwach z radością, wkrótce jednak – gdy piraci i korsarze zostali już pokonani – sytuacja uległa pogorszeniu.

Walki rozpoczęły się w roku 106 o.P. Wąż Morski wniósł do sojuszu flotę, natomiast Daemon miał do zaoferowania Caraxes oraz swe talenty dowódcze, które pozwoliły mu prowadzić Drugich Synów oraz rycerzy bez włości, napływających pod jego chorągwie. Król Viserys również wsparł ich wojnę, wysyłając złoto mające umożliwić opłacenie najemników oraz zakup niezbędnych zapasów.

W ciągu następnych dwóch lat sojusznicy odnieśli wiele zwycięstw. Książę Daemon zmierzył się z myrijskim księciem-admirałem Craghasem Draharem, zwanym Karmicielem Krabów, i zabił go własnoręcznie. (Kiedy w roku 109 o.P. do króla Viserysa doszły słuchy, że Daemon ogłosił się królem wąskiego morza, władca powiedział ponoć, że jego brat może sobie zatrzymać koronę, o ile „uchroni go to przed kłopotami".) Okazało się jednak, że zwycięstwo otrąbiono przedwcześnie. W następnym roku Triarchia wysłała nową flotę oraz armię. Do wojny przeciwko dopiero co powstałemu niewielkiemu królestwu Daemona przyłączyło się też Dorne.

W roku 107 o.P. Alicent urodziła Viserysowi chłopca, Aegona. Król wreszcie miał syna. Potem na świat przyszła siostra Aegona, Helaena, która później została jego żoną, oraz kolejny syn, nazwany Aemondem. Narodziny syna oznaczały jednak, że sukcesję ponownie zaczęto kwestionować. Robiła to sama królowa, a także jej ojciec, królewski namiestnik, pragnący, by jego krew zyskała pierwszeństwo nad krwią Aemmy. Ser Otto posunął się jednak zbyt daleko i w roku 109 o.P. zastąpiono go lordem Lyonelem Strongiem, który do tej pory dobrze służył jako starszy nad prawami. W oczach króla Viserysa sprawa była od dawna rozstrzygnięta. Jego dziedziczką była Rhaenyra i nie chciał słuchać żadnych argumentów podważających tę decyzję, mimo że w roku 101 Wielka Rada zadekretowała, że mężczyzna zawsze ma pierwszeństwo przed kobietą.

Zapiski i listy zachowane z owych czasów zaczynają wspominać o „stronnictwie królowej" i „stronnictwie księżniczki". Po turnieju urządzonym w roku 111 o.P. nadano im prostsze nazwy – zieloni i czarni. Pisma mówią nam, że podczas tego turnieju królowa Alicent nosiła piękną, zieloną suknię, natomiast Rhaenyra nie pozwoliła nikomu zapomnieć o swym dziedzictwie, odziewając się w czerń ozdobioną czerwienią – barwy chorągwi rodu Targaryenów. Na turnieju zjawił się również Daemon Targaryen, wracający ze swych wojen król wąskiego morza. Zsiadając z Caraxes, miał na głowie koronę, ale klęknął przed bratem, zdjął ją i ofiarował Viserysowi na znak hołdu. Król podniósł go na nogi, oddał mu koronę i ucałował w oba policzki. Bez względu na wszelkie spory między nimi, naprawdę kochał brata. Zebrany na turnieju tłum zareagował donośnym aplauzem, nikt jednak nie cieszył się głośniej niż Rhaenyra, która bardzo lubiła przystojnego stryja. A być może nawet więcej niż lubiła… choć relacje na ten temat są sprzeczne.

Po zaledwie kilku księżycach Daemona wygnano. Z jakiego powodu? Źródła podają różne odpowiedzi. Niektórzy autorzy, jak Runciter i Munkun, sugerują, że król Viserys i król Daemon pokłócili się (jako że braterska miłość rzadko zapobiega sporom) i dlatego Daemon postanowił się oddalić. Inni utrzymują, że to Alicent (być może za namową ser Ottona) przekonała Viserysa, iż jego brat musi opuścić Królewską Przystań. Tylko dwóch autorów mówi nam nieco więcej na ten temat.

Dzieło septona Eustace'a *Panowanie króla Viserysa, Pierwszego Tego Imienia, oraz Taniec Smoków, który nastąpił później* zostało napisane wkrótce po zakończeniu wojny. Choć styl Eustace'a jest suchy i ciężki, nie ulega wątpliwości, że był on powiernikiem Targaryenów i zdaje nam dokładną relację z wielu spraw. *Świadectwo Grzyba* to jednak zupełnie inna sprawa. Jego autor – karzeł o wzroście trzech stóp, mający ogromną głowę i (jeśli wierzyć jego słowom) równie wielki członek – był nadwornym błaznem i powszechnie uważano go za półgłówka. Z tego powodu dworscy wielmoże często mówili w jego obecności otwarcie. *Świadectwo* jest ponoć relacją z lat, które spędził na dworze, spisaną przez skrybę, którego imienia nie znamy. Pełno w niej opowieści Grzyba o spiskach, morderstwach, schadzkach, nierządnych czynach i tego typu sprawach, a wszystkie z nich opisane są z najdrobniejszymi szczegółami. Relacje septona Eustace'a i Grzyba często są sprzeczne, ale czasami można w nich znaleźć zaskakujące zgodności.

PO PRAWEJ | *Daemon Targaryen ofiaruje swą koronę Viserysowi I*

Eustace twierdzi, że ser Arryk Cargill przyłapał Daemona i księżniczkę Rhaenyrę w łożu, i to właśnie skłoniło Viserysa do wygnania brata z dworu. Grzyb przekazuje nam jednak inną opowieść. Zapewnia, że Rhaenyrę obchodził jedynie ser Criston Cole, który odrzucał jej awanse. Wówczas stryj zaproponował, że wyszkoli ją w sztuce miłosnej, by mogła skłonić cnotliwego ser Cristona do złamania ślubów. Gdy jednak Rhaenyra uznała, że jest już gotowa, rycerz – Grzyb przysięga, że był on czysty i cnotliwy jak stara septa – zareagował przerażeniem i niesmakiem. Viserys wkrótce się o tym dowiedział. Bez względu na to, która z wersji opowieści jest prawdziwa, wiemy, że Daemon poprosił o rękę Rhaenyry; był gotów zostać jej mężem pod warunkiem, że Viserys zgodzi się rozwiązać jego małżeństwo z lady Rheą. Król odmówił i wygnał brata z Siedmiu Królestw, zabraniając mu powrotu pod groźbą śmierci. Daemon wrócił na Stopnie, by kontynuować swą wojnę.

W roku 112 o.P. zmarł ser Harrold Westerling i ser Cristona Cole'a uczyniono lordem dowódcą Gwardii Królewskiej na jego miejsce. W roku 113 o.P. księżniczka Rhaenyra osiągnęła pełnoletność. W poprzednich latach zalecało się do niej wielu mężczyzn (między innymi dziedzic Harrenhal, ser Harwin Strong, zwany Łamignatem, uważany za najsilniejszego rycerza w królestwie), którzy obsypywali ją darami (jak bliźniacy ser Jason i ser Tyland Lannisterowie robili to w Casterly Rock), układali pieśni wysławiające jej urodę, a nawet pojedynkowali się o jej względy (jak zrobili synowie lorda Blackwooda i lorda Brackena). Rozmawiano nawet o wydaniu jej za księcia Dorne, by w ten sposób wreszcie zjednoczyć oba kraje. Królowa Alicent (oraz jej ojciec, ser Otto) wspierali, rzecz jasna, kandydaturę syna królowej, księcia Aegona, choć był on znacznie młodszy od księżniczki. Przyrodnie rodzeństwo nigdy jednak nie przepadało za sobą i Viserys wiedział, że królowa pragnie tego związku z uwagi na własne ambicje dotyczące Aegona, a nie jego uczucia wobec Rhaenyry.

Viserys zignorował wszystkie te propozycje i zwrócił się do Węża Morskiego i księżniczki Rhaenys. Ich syn, Laenor, był rywalem króla podczas Wielkiej Rady w roku 101. Chłopak po obojgu rodzicach odziedziczył krew smoka i miał nawet własną bestię – wspaniałe, szarobiałe stworzenie, które nazwał Morskim Dymem. Co więcej, ten związek zjednoczyłby dwie frakcje, które rywalizowały ze sobą na Wielkiej Radzie. Był jednak pewien problem: dziewiętnastoletni Laenor wolał towarzystwo równych sobie wiekiem giermków; ponoć nigdy nie dzielił łoża z kobietą i nie spłodził żadnych bękartów. Wielki maester Mellos zbył jakoby te zastrzeżenia słowami: „I co z tego? Ja na przykład nie lubię ryb, ale kiedy podadzą rybę, zjem ją."

Księżniczka Rhaenyra była zupełnie odmiennego zdania. Być może nadal miała nadzieję poślubić księcia Daemona, jak twierdzi Eustace, albo zwabić do swego łoża Cristona Cole'a, jak radośnie sugeruje Grzyb. Viserys nie chciał jednak słuchać sprzeciwów córki. Wystarczyło, że wspomniał, że jeśli Rhaenyra nie zgodzi się na ślub, on ponownie rozważy sprawę sukcesji. Potem doszło do ostatecznego zerwania ser Cristona z Rhaenyrą, choć po dziś dzień nie wiemy, które z nich je zainicjowało. Czy Rhaenyra znowu próbowała go uwieść? Czy, gdy wyglądało na to, że księżniczka wyjdzie za mąż, wyznał jej w końcu swą miłość i próbował ją namówić, by z nim uciekła?

Nie wiemy tego. Nie potrafimy też określić, czy jest jakieś ziarno prawdy w opowieściach o tym, że gdy Cole w końcu opuścił Rhaenyrę, ta oddała dziewictwo (zakładając, że jeszcze była nietknięta) ser Harwinowi Strongowi – rycerzowi, który miał znacznie mniej skrupułów. Grzyb twierdzi, że osobiście przyłapał ich w łożu, ale połowie jego słów nie możemy ufać, w drugą połowę zaś często wolelibyśmy nie wierzyć. Na pewno można powiedzieć tyle, że w roku 114 o.P. księżniczka Rhaenyra i świeżo pasowany na rycerza ser Laenor wzięli ślub. Zgodnie ze zwyczajem, dla jego uczczenia urządzono turniej. Rhaenyra miała na nim nowego rycerza w osobie Łamignata, podczas gdy ser Criston po raz

POWYŻEJ | *Księżniczka Rhaenyra, Radość Królestwa*

pierwszy nosił wstążkę królowej Alicent. Relacje zgadzają się co do tego, że Cole walczył jak prawdziwy furiat i pokonał wszystkich przeciwników. Strzaskał Łamignatowi obojczyk i łokieć (wskutek czego Grzyb zmienił jego przydomek na Połamanygnat), najgorsze obrażenia zadał jednak faworytowi Laenora, przystojnemu ser Joffreyowi Lonmouthowi, zwanemu Rycerzem Pocałunków. Ser Joffreya zniesiono z pola zakrwawionego i nieprzytomnego. Trzymał się życia jeszcze przez sześć dni, nim w końcu skonał. Laenor płakał z żalu gorzkimi łzami.

Następnie ser Laenor wyjechał do Driftmarku. Niektórzy zadawali sobie pytanie, czy małżeństwo w ogóle zostało skonsumowane. Rhaenyra i jej mąż większość czasu spędzali z dala od siebie – ona na Smoczej Skale, a on w Driftmarku. Jeśli jednak ludzie niepokoili się o dziedziców, nie musieli czekać długo. Pod koniec roku 114 o.P. Rhaenyra powiła zdrowego chłopca, któremu nadała imię Jacaerys (nie Joffrey, jak tego pragnął ser Laenor). Przyjaciele i rodzina zwali go Jace'em. Niemniej... Rhaenyra pochodziła z krwi smoka, ser Laenor również miał orli nos, szlachetne rysy, srebrnozłote włosy i fioletowe oczy świadczące o valyriańskim dziedzictwie. Dlaczego zatem Jacaerys miał brązowe oczy i włosy oraz płaski nos? Wielu zadawało sobie to pytanie, spoglądając na jego buzię, a potem na lico potężnie zbudowanego ser Harwina Stronga, który stał się przywódcą czarnych i nieodłącznym towarzyszem Rhaenyry.

Będąc żoną Laenora Velaryona, Rhaenyra urodziła jeszcze dwóch synów – Lucerysa (zwanego Luke'em) oraz Joffreya. Chłopcy urodzili się wielcy i zdrowi, mieli ciemne włosy i płaskie nosy, których nie mogli odziedziczyć po Rhaenyrze ani po Laenorze. Wśród zielonych powiadano, że z pewnością są synami Łamignata. Wielu wątpiło, czy chłopcy będą mogli zostać smoczymi jeźdźcami. Mimo to na rozkaz Viserysa włożono im do kołysek smocze jaja i ze wszystkich trzech wykluły się smoki: Vermax, Arrax oraz Tyraxes. Król ignorował plotki, wyraźnie pragnąc, by to Rhaenyra pozostała jego dziedziczką.

W roku 120 o.P. doszło do czterech tragedii, z powodu których nazwano go Rokiem Krwawej Wiosny (nie należy mylić tego okresu z Krwawą Wiosną roku 236 o.P.). Położyły one podwaliny pod Taniec Smoków. Pierwszą z owych tragedii była śmierć Laeny Velaryon, siostry Laenora. Kiedyś była ona kandydatką na żonę Viserysa, w końcu jednak w roku 115 o.P. poślubiła księcia Daemona, po tym, jak jego żona, lady Rhea, zginęła na polowaniu w Dolinie. (Daemon tymczasem znudził się Stopniami i wyrzekł korony. Królami wąskiego morza było po nim jeszcze pięciu ludzi, nim to stworzone przez najemników „królestwo" upadło raz na zawsze).

Laena urodziła Daemonowi bliźniacze córki, Baelę i Rhaenę. Choć zawarte bez jego pozwolenia małżeństwo z początku rozgniewało Viserysa, w roku 117 o.P. król pozwolił Daemonowi przedstawić córki na dworze, pomimo sprzeciwów małej rady. Nadal kochał brata i być może liczył na to, że dzięki ojcostwu Daemon się ustatkuje. W roku 120 o.P. Laena znowu poczęła. Tym razem wydała na świat syna, którego zawsze pragnął jej mąż. To, co wyszła z jej łona, było jednak wypaczone i zdeformowane. Chłopiec zmarł wkrótce po narodzinach, a Laena niedługo podążyła za nim.

To jednak jej rodzice, lord Corlys i księżniczka Rhaenys, mieli owego roku najwięcej powodów do żalu. Nie przestali jeszcze opłakiwać córki, gdy utracili również syna. Wszystkie relacje zgadzają się co do tego, że Laenor wybrał się na jarmark w Spicetown i tam go zamordowano. Eustace jako mordercę wymienia jego przyjaciela i towarzysza (a według niektórych również kochanka), ser Qarla Correya, twierdząc, że pokłócili się, ponieważ Laenor pragnął zastąpić Qarla nowym faworytem. Wyciągnięto miecze i Laenor zginął. Ser Qarl zbiegł i nigdy więcej go nie widziano. Grzyb sugeruje jednak mroczniejszą opowieść. Utrzymuje, że książę Daemon zapłacił Correyowi za zamordowanie Laenora, by móc poślubić Rhaenyrę.

Trzecią tragedią była paskudna kłótnia między synami Alicent a synami Rhaenyry, która rozpoczęła się, gdy niemający smoka Aemond Targaryen spróbował zdobyć dla siebie wierzchowca zmarłej Laeny, Vhagar. Przepychanki i szarpanina przeszły w uderzenia pięści, aż wreszcie Aemond zaczął drwić z synów Rhaenyry, nazywając ich Strongami. Wtedy młody książę Lucerys wyciągnął nóż i wbił go w oko kuzyna,

---

Nim Laena wyszła za Daemona, przez prawie dziesięć lat była zaręczona z synem byłego morskiego lorda Braavos. Młodzieniec utracił jednak cały majątek oraz wpływy ojca i stał się zwykłym pieczeniarzem w Wysokiej Wodzie, przynoszącym wstyd lordowi Corlysowi. Nie było wielką niespodzianką, że gdy Daemon, odwiedzając zamek po śmierci żony, ujrzał Laenę, która ponoć była wyjątkowo piękna, na osobności porozmawiał z Wężem Morskim o małżeństwie. Wkrótce potem sprowokował braavoskiego narzeczonego Laeny tak brutalnie, że młodzieniec wyzwał go na pojedynek.

Tak zakończył się żywot marnotrawnego syna morskiego lorda.

którego od tej pory zwano Aemondem Jednookim. Aemond zdołał jednak zdobyć Vhagar. (W późniejszych latach miał też okazję pomścić utratę oka, lecz królestwo złożyło z tego powodu wielką daninę krwi.)

Na koniec Viserys podjął próbę zawarcia pokoju, ogłaszając, że wszystkim, którzy będą kwestionowali prawowite pochodzenie dzieci Rhaenyry, wyrwie się język. Następnie rozkazał Alicent i swym synom wrócić do Królewskiej Przystani, podczas gdy Rhaenyra ze swymi potomkami miała pozostać na Smoczej Skale, by w ten sposób zapobiec dalszym niesnaskom. Również ser Erryk Cargill pozostał na Smoczej Skale jako zaprzysiężona tarcza Rhaenyry, zajmując miejsce ser Harwina Stronga, który wrócił do Harrenhal.

Ostatnią tragedią – niektórzy mogliby powiedzieć, że najmniej ważną – był pożar w Harrenhal, który kosztował życie lorda Lyonela oraz jego syna i dziedzica, ser Harwina. Ci, którzy lekceważą znaczenie tego wydarzenia, są jednak ignorantami. Viserys, stary, znużony i w coraz większym stopniu tracący zainteresowanie sprawowaniem rządów, został bez namiestnika, Rhaenyra zaś straciła męża, a według niektórych również faworyta. Część autorów twierdzi, że był to jedynie wypadek, inni jednak sugerują bardziej złowrogie możliwości. Są tacy, którzy wierzą, że to Larys Szpotawa Stopa – jeden z królewskich śledczych i najmłodszy syn lorda Lyonela – mógł wywołać pożar, by zostać samodzielnym władcą Harrenhal. Inni historycy sugerują, że za tym wydarzeniem mógł stać nawet sam książę Daemon.

Zamiast mianować nowego namiestnika, król uległ prośbom Alicent i przywołał ze Starego Miasta ser Ottona, przywracając go do tej pozycji. Rhaenyra natomiast zapomniała o żałobie po zmarłym mężu i wreszcie wyszła za swego stryja, księcia Daemona. W ostatnich dniach roku 120 o.P. urodziła mu pierwszego syna, którego nazwała Aegonem, na cześć Zdobywcy. (Gdy królowa Alicent się o tym dowiedziała, ponoć była wściekła, albowiem jej najstarszy syn również nosił to imię. Dwaj Aegonowie byli później znani jako Aegon Starszy i Aegon Młodszy). W roku 122 o.P. na świat przyszedł drugi syn Rhaenyry i Daemona, Viserys. Chłopiec nie był tak silny, jak jego starszy brat czy przyrodni bracia noszący nazwisko Velaryonów, lecz szybko okazał się nad wiek dojrzały. Z jaja włożonego do jego kołyski nie wykluł się jednak smok i niektórzy uznali to za omen.

Sprawy toczyły się dalej swoim torem aż do pamiętnego dnia roku 129 o.P., w którym to Viserys I wreszcie zmarł. Jego syn, Aegon Starszy, poślubił swą siostrę Helaenę, która urodziła mu bliźnięta, Jaehaerysa i Jaehaerę (ta druga była dziwnym dzieckiem, dorastała powoli i nigdy nie płakała ani się nie uśmiechała jak inne dzieci), a w roku 127 o.P. kolejnego syna, któremu nadano imię Maelor. W Driftmarku Wąż Morski tracił już siły i wiele czasu spędzał w łożu. Viserys, nadal silny, choć wkroczył już w zimę żywota, w roku 128 o.P. zranił się o Żelazny Tron zaraz po rozstrzygnięciu jakiegoś sporu. Rana zapaskudziła się niebezpiecznie i maester Orwyle (który w poprzednim roku zastąpił maestera Merlosa) był zmuszony amputować mu dwa palce. Okazało się to jednak niewystarczające i z początkiem roku 129 stan zdrowia Viserysa zaczął się pogarszać.

Trzeciego dnia trzeciego księżyca leżący w łożu król opowiadał Jaehaerysowi i Jaehaerze historię o tym, jak ich pradziadek i jego królowa walczyli za Murem z olbrzymami, mamutami oraz straszliwymi dzikimi, aż nagle poczuł się zmęczony. Dokończył opowieść, odesłał wnuki i zapadł w sen, z którego już się nie obudził. Władał przez dwadzieścia sześć lat. Podczas jego panowania Siedem Królestw osiągnęło szczyt rozkwitu; władca zasiał też jednak ziarna katastrofalnego schyłku swego rodu i śmierci ostatnich smoków.

POWYŻEJ PO LEWEJ | *Synowie księżniczki Rhaenyry (od lewej): Jacaerys, Joffrey i Lucerys*
POWYŻEJ PO PRAWEJ | *Synowie króla Viserysa (od lewej): Aegon, Daeron i Aemond*

Aegon II

NIGDY NIE BYŁO wojny okrutniejszej i bardziej krwawej niż ta, którą minstrele i Munkun postanowili nazwać Tańcem Smoków. Był to najgorszy z możliwych konfliktów – wojna między rodzeństwem. Choć Viserys do samego końca niezachwianie wspierał Rhaenyrę, książę Aegon dał się przekonać matce oraz małej radzie do sięgnięcia po koronę, nim jeszcze trup jego ojca zdążył ostygnąć. Gdy tylko Rhaenyra, księżniczka Smoczej Skały, o tym usłyszała, ogarnął ją szał. Leżała wówczas w łożu, oczekując na narodziny swego trzeciego dziecka z księciem Daemonem.

Kiedy Rhaenyra wstała z połogu, natychmiast rozpoczęła przygotowania do wojny. Zarówno ona, jak i Alicent miały wielu stronników pośród krewnych, a także między wielkimi lordami królestwa. Obie strony miały też smoki. To musiało prowadzić do katastrofy – i rzeczywiście do niej doprowadziło. Królestwo krwawiło jak nigdy przedtem, i miały minąć lata, nim wszystkie rany się zagoją.

Niektórzy twierdzą, że zmarł z zimna w ciemnicy, inni zaś zapewniają, że ser Criston Cole – lord dowódca Gwardii Królewskiej, którego wkrótce miano nazwać Twórcą Królów – własnym sztyletem poderżnął mu gardło przy stole obrad. Grzyb jest innego zdania – sugeruje, że Cole wyrzucił Beesbury'ego przez okno. Należy jednak pamiętać, że błazen przebywał wówczas na Smoczej Skale, razem z Rhaenyrą. Nie było to bynajmniej jedyne morderstwo, jakie popełniono we wczesnych dniach Tańca. Z pewnością za najtragiczniejsze należy uznać zabójstwa młodych książąt – Lucerysa Velaryona, syna Rhaenyry, oraz Jaehaerysa, syna i dziedzica Aegona.

Śmierć Luke'a Velaryona widziało na własne oczy wielu obecnych na dworze w Końcu Burzy i ich świadectwa zgadzają się ze sobą w najważniejszych punktach. Lucerys, wysłany przez matkę do Końca Burzy, gdzie miał zdobyć poparcie lorda Borrosa, po przybyciu na miejsce przekonał się, że książę Aemond Targaryen dotarł tam przed nim. Aemond był starszy, silniejszy i okrutniejszy od kuzyna, a do tego nienawidził go wściekle, ponieważ to właśnie Lucerys pozbawił go oka przed dziewięciu laty. Lord Borros nie pozwolił Aemondowi zemścić się pod swoim dachem, oznajmił jednak, że nie obchodzi go, co się stanie na zewnątrz. Tak oto Aemond dosiadł Vhagar i doścignął Lucerysa,

Z KRONIKI ARCYMAESTERA GYLDAYNA:

Na Smoczej Skale nie słyszano radosnych okrzyków. W komnatach i klatkach schodowych Wieży Morskiego Smoka niosło się echem wycie bólu, docierające z komnat przeznaczonych dla królowej. Rhaenyra Targaryen drżała i wytężała mięśnie podczas trwającego już trzeci dzień porodu. Dziecko miało przyjść na świat dopiero za cykl księżyca, ale wieści z Królewskiej Przystani wprawiły księżniczkę w złowrogi szał i ów gniew najwyraźniej przyśpieszył poród, jakby dziecko w jej łonie również się wściekło i pragnęło jak najszybciej wydostać na świat. Księżniczka przez cały czas porodu wykrzykiwała przekleństwa, przywołując gniew bogów na głowy swych przyrodnich braci oraz ich matki, królowej, a także szczegółowo opisując męczarnie, którym wszystkich podda, zanim pozwoli im umrzeć. Przeklinała również dziecko w swym łonie.

– Wyłaź! – wrzeszczała, szarpiąc wielki brzuch, choć maester i położna próbowali ją powstrzymać. – Potworze, potworze, wyłaź, wyłaź, WYŁAŹ!

Gdy dziecko wreszcie wyszło na świat, okazało się, że rzeczywiście jest potworem, martwo urodzoną dziewczynką, pokraczną i zniekształconą. Miała dziurę w piersi tam, gdzie powinno być serce, oraz ogon, krótki, gruby i pokryty łuskami. Tak przynajmniej opisuje ją Grzyb. Karzeł mówi nam też, że to on wyniósł dziecko na dziedziniec, by je spalono. Następnego dnia, gdy makowe mleko złagodziło już jej ból, księżniczka Rhaenyra oznajmiła, że nadała martwej dziewczynce imię Visenya. „Była moją jedyną córką, a oni ją zabili. Ukradli mi koronę i zamordowali córkę. Odpowiedzą za to" – zagroziła.

Rewelacje Grzyba, utrzymującego, że królowa Alicent przyśpieszyła zgon męża za pomocą „szczypty trucizny" dosypanej do wina, można zapewne zlekceważyć. Nikt jednak nie przeczy, że pierwszą ofiarą Tańca był wiekowy starszy nad monetą, lord Beesbury, który upierał się, że prawowitą dziedziczką Viserysa jest Rhaenyra i to ją należy koronować. Relacje o tym, jak pozbyto się dysydenta, są sprzeczne.

Z chwilą rozpoczęcia wojny najważniejszymi zwolennikami Aegona II byli lordowie Hightower i Lannister. Wkrótce dołączył do nich lord Baratheon. Lord Tully również pragnął walczyć za króla, ale był już stary i nie wstawał z łoża, a wnuk sprzeciwił się jego woli. Najważniejszymi stronnikami Rhaenyry byli natomiast jej dobry ojciec lord Velaryon, jej kuzynka lady Jeyne Arryn oraz lord Stark (choć jego pomoc przybyła późno, ponieważ nie pozwolił swym ludziom wyruszyć, nim nie zebrali z pól wszystkich plonów przed nadejściem północnej zimy). Lord Greyjoy zaatakował krainy zachodu w imię Rhaenyry, co wstrząsnęło królem Aegonem, który zabiegał o jego poparcie. Również Tully'owie wsparli po pewnym czasie jej sprawę, sprzeciwiając się woli swego zmarłego lorda. Z kolei Tyrellowie nie wzięli udziału w wojnie, podobnie jak Dornijczycy.

uciekającego na swym młodym smoku o imieniu Arrax. Syn Rhaenyry i jego smok, którym ucieczkę utrudniała szalejąca wówczas burza, zginęli w zasięgu wzroku od Końca Burzy i runęli do morza.

Rhaenyra, według wszystkich relacji, zemdlała, usłyszawszy te wieści. Ojczym Lucerysa, książę Daemon Targaryen, zareagował inaczej. Gdy wiadomość do niego dotarła, wysłał na Smoczą Skałę następujące słowa: „Oko za oko, syn

POWYŻEJ | *Śmierć księcia Lucerysa i jego smoka, Arraxa*

za syna. Lucerys zostanie pomszczony". Daemon był „księciem miasta" i nadal miał wielu przyjaciół w spelunkach i burdelach Królewskiej Przystani. Najważniejszym z nich była jego dawna faworyta, Mysaria zwana Białym Robakiem. To ona zaaranżowała jego zemstę, wynajmując osiłka oraz szczurołapa, znanych historii jako Jucha i Twaróg. Dzięki swej profesji szczurołap znał wszystkie tajemnice tuneli zbudowanych przez Maegora. Jucha i Twaróg zakradli się do Czerwonej Twierdzy, pojmali królową Helaenę wraz z jej dziećmi... a potem postawili żonę Aegona II przed okrutnym wyborem: który z jej synów ma umrzeć? Płakała, błagała, oferowała własne życie, lecz nic to nie dało. Na koniec wymieniła Maelora, najmłodszego, sądząc, że jest za mały, by cokolwiek rozumieć. Jucha i Twaróg zabili jednak księcia Jaehaerysa, a jego matka krzyczała z przerażenia. Następnie zabójcy uciekli z głową zamordowanego. Dotrzymali słowa, odbierając życie tylko jednemu z synów Aegona.

Nie były to jedyne morderstwa popełnione podczas tej długiej i brutalnej wojny. Śmierć Jaehaerysa budzi współczucie, ale jeszcze gorszy los czekał małego Maelora, który nie przeżył brata o zbyt długo. Ser Rickardowi Thorne'owi z Gwardii Królewskiej rozkazano przewieźć chłopca w tajemnicy do Starego Miasta, gdzie byłby bezpieczny w Wysokiej Wieży, ale w Gorzkim Moście zatrzymała go i powaliła tłuszcza. Młodego księcia rozdarto na strzępy; mężczyźni i kobiety z tłumu wyrywali go sobie, próbując zagarnąć chłopczyka jako łup. Lord Hightower w akcie zemsty zrównał miasteczko z ziemią, a potem przybył do zamku, by wymierzyć sprawiedliwość lady Caswell. Ta wybłagała łaskę dla swych dzieci, a potem powiesiła się na murach.

Nawet gwardziści królewscy przyłączyli się do walki. Ser Criston Cole wysłał ser Arryka Cargilla na Smoczą Skałę, nakazując mu, by zinfiltrował cytadelę, udając swego bliźniaczego brata, ser Erryka. Potem miał zabić Rhaenyrę (albo jej dzieci, źródła różnią się w tej kwestii). Tak się jednak złożyło, że ser Erryk i ser Arryk spotkali się przypadkowo w jednej z komnat. Minstrele utrzymują, że zanim szczęknęła stal, obaj bracia przysięgli, że się kochają. Obaj walczyli przez całą godzinę, z sercami wypełnionymi miłością i obowiązkiem, nim wreszcie skonali, płacząc, w swych ramionach. Relacja Grzyba, który zapewnia, że widział pojedynek na własne oczy, sugeruje, że rzeczywistość wyglądała znacznie brutalniej: oskarżyli się nawzajem o zdradę i w parę chwil zadali sobie nawzajem śmiertelne rany.

Po tych wydarzeniach ser Criston Cole postanowił ukarać „czarnych lordów" – tych chorążych z krain korony, którzy dochowali wierności Rhaenyrze. Rosby, Stokeworth i Duskendale padły pod jego ciosami, ale lorda Stauntona z Gawroniego Gniazda w porę ostrzeżono. Zamiast walczyć, zabarykadował się w zamku i wysłał kruka na Smoczą Skałę, błagając o pomoc.

I pomoc przybyła, w osobie księżniczki Rhaenys – która miała już wówczas pięćdziesiąt pięć lat, lecz pozostała równie nieustraszona i zdeterminowana jak w latach młodości – dosiadającej swej smoczycy Meleys, zwanej Czerwoną Królową. Jednakże Cole również miał smoki. Aegon II osobiście stanął do walki na grzbiecie Sunfyre'a, jego brat, Aemond Jednooki, przybył zaś na Vhagar, największej z żyjących bestii.

Powiadają, że księżniczka Rhaenys, Niedoszła Królowa, nie zlękła się na widok wrogów. Z radosnym okrzykiem strzeliła z bata, każąc Meleys zerwać się do lotu. Tylko Aemond i Vhagar wyszli z walki bez szkody. Sunfyre został okaleczony, a król Aegon II ledwie uszedł z życiem. Połamał sobie żebra i biodro, doznał także poparzeń połowy ciała. Najgorzej wyglądała jego lewa ręka. Smoczy ogień stopił zbroję króla i metal na stałe połączył się z ciałem. Zwłoki Rhaenys znaleziono po kilku dniach pośród szczątków Czerwonej Królowej. Ogień zniszczył je nie do poznania.

Następny rok swego panowania Aegon spędził w izolacji, zdrowiejąc ze straszliwych ran. Ale wojna nie przestawała szaleć. Choć wiele czynników zapewniało królowi przewagę nad siostrą, liczba smoków do nich nie należała. Na początku wojny Aegon miał tylko cztery bestie wystarczająco duże, by mogły walczyć, podczas gdy jego siostra dysponowała ośmioma i mogła zdobyć kolejne. Trzy starsze smoki – Srebrnoskrzydła, dawny wierzchowiec królowej Alysanne; Morski Dym, który był ongiś dumą ser Laenora Velaryona; oraz Vermithor, na którym nikt nie jeździł od czasu śmierci króla Jaehaerysa – nie miały jeszcze nowych jeźdźców. Aegon dysponował także trzema dzikimi smokami, które można było oswoić, jeśli znaleźliby się dla nich jeźdźcy. Były to: Kanibal, według prostaczków kryjący się na Smoczej Skale już od

---

Na Smoczej Skale, gdzie od dawna władali Targaryenowie, prości ludzie uważali swych pięknych, cudzoziemskich władców niemalże za bogów. Wiele dziewcząt rozdziewiczonych przez jednego z nich było przekonanych, że spotkało je błogosławieństwo, jeśli „smocze nasienie" wydało owoc w ich łonie. Dlatego na wyspie było sporo takich, którzy mogli słusznie twierdzić, że w ich żyłach płynie odrobina krwi Targaryenów, albo przynajmniej to podejrzewać.

czasów poprzedzających przybycie Targaryenów (choć Munkun i Barth powątpiewają w te opowieści); Szary Duch, bojący się ludzi i żywiący się złowionymi w morzu rybami; oraz Owcokrad, brzydki i brązowy, wolący porwane z zagród owce. Książę Jacaerys oznajmił (za namową Grzyba, jeśli wierzyć jego *Świadectwu*), że każdy – mężczyzna czy kobieta – kto zdoła dosiąść jednej z tych bestii, zostanie nobilitowany.

Wielu próbowało dosiąść żyjących na wyspie smoków. Najbardziej niebezpieczne były te dzikie, trudno się więc dziwić, że te, który nosiły już przedtem jeźdźców, szybciej znalazły nowych. Jednym z nich był Addam z Hull – odważny i szlachetny młodzieniec, przyprowadzony przez matkę, Marildę z Hull, razem z bratem, Alynem. Marilda zdradziła, że chłopcy są synami Laenora Velaryona. Wielu wydało się to osobliwe, lecz lord Corlys nie kwestionował tej opowieści i adoptował obu chłopaków, uznając ich za Velaryonów.

Addam zdobył smoka Laenora, Morski Dym. Jego brat, Alyn, miał mniej szczęścia z Owcokradem i aż po kres życia nosił na plecach i nogach ślady smoczych płomieni.

Owcokrada poskromiła w końcu Nettles – prosta dziewczyna o wątpliwej reputacji, zrodzona z nieprawego łoża. Dzień po dniu karmiła smoka baraniną, aż wreszcie się do niej przyzwyczaił. Owcokrad i jego jeździec mogli odegrać w wojnie pewną rolę, lecz lojalność dziewczyny nie była tak niekwestionowana, jak wierność dzielnego ser Addama. Ona i książę Daemon zostali kochankami, co doprowadziło do ostatecznego zerwania Rhaenyry z jej panem mężem. Nettles – pieszczotliwie zwana przez księcia Netty – przeżyła Daemona i jego żonę. Dziewczyna i jej smok zniknęli pod koniec wojny i przez wiele lat nikt nie miał pojęcia, gdzie mogli się podziać.

Najgorszymi z nowych smoczych jeźdźców byli jednak moczymorda zwany Ulfem Pijanicą, który po pasowaniu na rycerza stał się znany jako Ulf Biały, oraz potężnie zbudowany kowalski bękart Hugh Młot, zwany też Twardym Hugh. Zostawszy rycerzem, zaczął używać przydomka „Młot" jako nazwiska. Tym dwóm nie wystarczył zaszczyt dosiadania Srebrnoskrzydłej i Vermithora. Pożądali bogactw i tytułów lordowskich. Z początku walczyli dla Rhaenyry, ale podczas pierwszej bitwy pod Tumbleton zdradzili ją w zamian za obietnicę tytułów. Od tego czasu przeklina się ich jako Dwóch Zdrajców. Obaj zginęli haniebną śmiercią, zabici przez ludzi, których uważali za swych stronników. Pierwszemu podano truciznę w winie, drugiego zaś uśmiercił John Roxton Śmiały swym mieczem, Twórcą Sierot.

Trudno jest zliczyć wszystkie bitwy stoczone podczas Tańca. Było ich mnóstwo. Konflikt rozdarł większą część

Grzyb podaje bardziej prawdopodobną wersję. Według niego ojcem Addama i Alyna był sam lord Corlys, który w młodszych latach wiele czasu spędzał w stoczniach Hull, gdzie ojciec Marildy pracował jako cieśla okrętowy. Dopóki żyła słynąca z porywczego temperamentu Niedoszła Królowa, Corlys nie przyznawał się do ojcostwa i kazał chłopakom trzymać się z dala od dworu, ale po jej śmierci wykorzystał szansę, by ich uznać – na swój sposób.

POWYŻEJ I PO PRAWEJ | *Księżniczka Rhaenys na Meleys atakuje króla Aegona II dosiadającego Sunfyre'a*

Gdy Rhaenyra dowiedziała się o zdradzie Hugh Młota i Ulfa Białego pod Tumbleton, gdzie zwrócili swe smoki przeciwko jej siłom, jej gniew był tak straszliwy, że próbowała aresztować inne smocze nasiona, które dosiadły smoków na jej życzenie. Był wśród nich Addam Velaryon, ale Wąż Morski go ostrzegł i chłopak zdążył uciec.

Młody ser Addam poległ, okazując odwagę, w drugiej bitwie pod Tumbleton, dowodząc w ten sposób swej wierności, podanej w wątpliwość przez czyny Dwóch Zdrajców. W roku 138 o.P. jego kości odesłano z Raventree Hall do Driftmarku. Epitafium, które lord Alyn kazał umieścić na jego grobowcu, składało się tylko z jednego słowa: „WIERNY".

królestwa. Ludzie wznosili chorągwie w imię króla, zbierając się pod złotym trójgłowym smokiem, którego uczynił swym herbem Aegon, tylko po to, by się przekonać, że ich sąsiedzi wybrali czerwonego smoka Rhaenyry, umieszczonego na czwórdzielnej tarczy, wraz z księżycem i sokołem matki królowej, wywodzącej się z rodu Arrynów, oraz konikiem morskim jej nieżyjącego męża. Brat walczył z bratem, ojciec z synem, a całe królestwo krwawiło.

Rozmaici lordowie zwołali wiele zastępów w imię króla bądź dla królowej, jeśli jednak ktokolwiek miał posłuch u wszystkich sił walczących po jednej ze stron, byli to książęta Daemon Targaryen i Aemond Targaryen. Gdy Aegon II i Sunfyre zostali poważnie ranni pod Gawronim Gniazdem w walce z Rhaenys i Meleys, Aemond przybrał tytuły protektora królestwa oraz księcia regenta. Nosił nawet insygnium brata – koronę Aegona Zdobywcy z valyriańskiej stali, wysadzaną rubinami; nie kazał jednak zwać się królem.

Dla zielonych okazało się to niefortunnym posunięciem. Aemond był zbyt młody i miał za mało doświadczenia, by skutecznie dowodzić. Książę Daemon panował wówczas nad Harrenhal, Aemond zaplanował więc nieprzezorny atak, chcąc odebrać zamek rywalowi; sprawiło to, że ogołocił Królewską Przystań z obrońców. Zastał pusty zamek i triumfował aż do chwili, gdy się dowiedział, dlaczego obrońcy opuścili Harrenhal. Kiedy Aemond maszerował na zamczysko, Daemon wraz z królową Rhaenyrą i jej smoczymi jeźdźcami dosiedli swych bestii i wrócili do Królewskiej Przystani. Wielu ludzi z szeregów złotych płaszczy nadal dochowywało wierności Daemonowi, dlatego zdradzili oficerów mianowanych przez Aegona i poddali miasto. Rozlew krwi był niewielki, przelano ją jednak podczas egzekucji, do których doszło później. Głowy stracili ser Otto Hightower, lord Jasper Wylde (starszy nad prawami, zwany Żelaznym Prętem z uwagi na swój zasadniczy charakter) oraz lordowie Rosby i Stokeworth, którzy byli kiedyś stronnikami Rhaenyry, lecz potem ją zdradzili. Królową wdowę Alicent uwięziono, ale Aegon II, który nadal nie wrócił do zdrowia po obrażeniach odniesionych pod Gawronim Gniazdem, jego królowa i ocalałe rodzeństwo oraz ser Larys Strong wymknęli się z zamku tajnymi przejściami.

Podczas Tańca Smoków całym królestwem zawładnęło prawdziwe szaleństwo, najwięcej smoków zginęło jednak w Królewskiej Przystani. Dzięki sprytowi Daemona stolica wpadła w ręce Rhaenyry bezkrwawo, ale po pierwszej bitwie pod Tumbleton w mieście zaczęły się niepokoje. Odległe o zaledwie sto osiemdziesiąt mil Tumbleton splądrowano w nadzwyczaj brutalny sposób: tysiące ludzi spłonęło, kolejne tysiące utonęły, próbując uciec za rzekę, dziewczęta i kobiety gwałcono tak długo, aż wreszcie umierały, a pośród zgliszcz żerowały smoki. Zwycięstwo odniesione przez lorda Hightowera dzięki pomocy księcia Daerona oraz Dwóch Zdrajców napawało miasto przerażeniem. Mieszkańcy Królewskiej Przystani byli przekonani, że teraz przyjdzie kolej na nich. Ludzie Rhaenyry polegli bądź poszli w rozsypkę; miasta mogły bronić już tylko smoki.

To właśnie strach przed ich obecnością doprowadził do narodzin Pasterza. Nie wiemy, kim był naprawdę; historia nie zapamiętała jego imienia. Niektórzy sądzą, że zwykłym żebrakiem, inni zaś przypuszczają, że mógł być jednym z Braci Ubogich, którzy wciąż uparcie działali w królestwie, mimo że wyjęto ich spod prawa. Kimkolwiek był, zaczął głosić kazania na Placu Szewskim, powtarzając, że smoki są demonami, pomiotem bezbożnej Valyrii i zgubą ludzi. Słuchały go dziesiątki, potem setki, a wreszcie tysiące. Ze strachu zrodził się gniew, a z gniewu żądza krwi. Pasterz ogłosił, że miasto może ocaleć tylko wtedy, gdy pozbędzie się smoków, a ludzie go wysłuchali.

Dwudziestego drugiego dnia piątego księżyca roku 130 o.P. Aemond Jednooki i Daemon Targaryen stoczyli swą ostatnią walkę. Tego samego dnia Królewską Przysta-

WYKAZ NAJWAŻNIEJSZYCH BITEW TAŃCA SMOKÓW – CHOĆ W KRÓLESTWIE STOCZONO ICH NIEPORÓWNANIE WIĘCEJ

BITWY ROKU 129 O.P.

BITWA POD PŁONĄCYM MŁYNEM, podczas której książę Daemon i Blackwoodowie pokonali Brackenów i zdobyli Kamienny Płot.

BITWA W GARDZIELI, podczas której flota Corlysa Velaryona została pokonana przez okręty Triarchii, sojusznika Aegona. Zginęli w niej Jacaerys, książę Smoczej Skały, oraz jego smok – Vermax, a także Chmura, smok księcia Aegona Młodszego.

BITWA NAD MIODOWINĄ, w której młodszy brat Aegona Starszego, książę Daeron, zdobył ostrogi, ratując zastęp lorda Hightowera przed lordami Rowanem, Tarlym i Costayne'em.

BITWY ROKU 130 O.P.

BITWA NAD CZERWONYMI WIDŁAMI, podczas której ludzie z zachodu rozbili lordów dorzecza i wtargnęli na ich ziemie po tym, jak lord Jason Lannister poległ, śmiertelnie raniony przez giermka Pate'a z Długiego Liścia.

BITWA NAD JEZIOREM (zwana Karmieniem Ryb), najkrwawsza z lądowych bitew Tańca Smoków, stoczona na brzegach Oka Boga, podczas której ludzie Lannisterów zostali zepchnięci do jeziora przez lordów dorzecza i utonęli w nim tysiącami.

BAL RZEŹNIKA, w trakcie którego namiestnik Aegona II, ser Criston Cole, rzucił wyzwanie ser Garibaldowi Greyowi, lordowi Roderickowi Dustinowi (zwanemu Niszczycielem) oraz ser Pate'owi z Długiego Liścia, ale spotkał się z odmową. Cole zginął nieprzynoszącą zaszczytu śmiercią, zabity strzałą z łuku, nie zaś mieczem; jego zastęp potem rozbito.

PIERWSZA BITWA POD TUMBLETON, podczas której Dwaj Zdrajcy (smoczy jeźdźcy Ulf Biały i Hugh Młot) przeszli na stronę wroga, a niedobitki Wilków Zimy (starych wojowników z północy, którzy podążyli na wojnę za lordem Dustinem) przebiły się przez szyki dziesięciokrotnie liczniejszego wroga. Doprowadziło to do śmierci lorda Ormunda Hightowera, który dowodził siłami zielonych, a także jego sławnego kuzyna, ser Brendyna. Obaj zginęli z ręki lorda Rodericka Dustina, który również poległ. Tumbleton potem okrutnie złupiono.

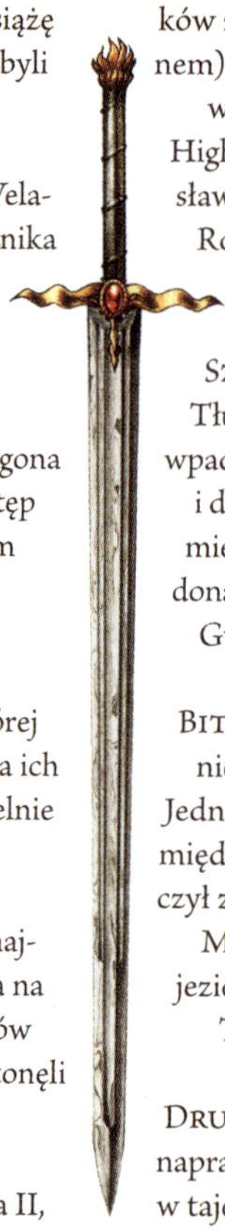

SZTURM NA SMOCZĄ JAMĘ nie był prawdziwą bitwą. Tłuszcza, której przewodził człowiek znany jako Pasterz, wpadła w amok. Doprowadziło to do śmierci pięciu smoków i do utraty ser Willuma Royce'a oraz jego valyriańskiego miecza, zwanego Lamentem; a także do śmierci ser Glendona Goode'a, który przez jeden dzień był lordem dowódcą Gwardii Królowej, oraz Joffreya, księcia Smoczej Skały.

BITWA POWYŻEJ OKA BOGA, podczas której doszło do niesławnego pojedynku między księciem Aemondem Jednookim a księciem Daemonem Targaryenem – a także między Vhagar a Caraxes. Powiadają, że Daemon przeskoczył z grzbietu Caraxes na grzbiet Vhagar i zabił Aemonda Mroczną Siostrą, podczas gdy obie bestie spadały do jeziora. Vhagar i Caraxes zginęły, podobnie jak Daemon Targaryen, choć jego kości nigdy nie odnaleziono.

DRUGA BITWA POD TUMBLETON, podczas której smoki naprawdę zatańczyły. Książę Daeron Dzielny zginął w niej w tajemniczych okolicznościach, ser Addam Velaryon zaś poległ odważnie. Życie postradały również Morski Dym, Tessarion i Vermithor.

BITWY ROKU 131 O.P.

BITWA NA KRÓLEWSKIM TRAKCIE, przezwana przez jej uczestników „bijatyką w błocie". Była ostatnią potyczką tej wojny i doprowadziła do śmierci lorda Borrosa Baratheona z rąk młodego lorda Tully'ego.

nią zawładnęły chaos i śmierć. Królowa Rhaenyra uwięziła Corlysa Velaryona, oskarżając go o to, że pomógł w ucieczce swemu wnukowi, który przeszedł na stronę wroga. Niektórzy z zaprzysiężonych mieczy Węża Morskiego przyłączyli się do zbuntowanej tłuszczy na Placu Szewskim, inni zaś wdrapali się na mury, próbując uwolnić swego lorda, ale złapano ich i powieszono. Królowa Helaena wypadła przez okno na spotkanie śmierci i nadziała się na kolce otaczające Warownię Maegora. Niektórzy uważali, że popełniła samobójstwo, inni jednak nazwali zdarzenie morderstwem. Nocą miasto stanęło w płomieniach; dowodzony przez Pasterza tłum pomaszerował na Smoczą Jamę, chcąc zgładzić wszystkie mieszkające w niej smoki.

Młody Joffrey Velaryon, książę Smoczej Skały, spróbował dosiąść bestii swej matki, Syrax, i polecieć do Smoczej Jamy, by ocalić własnego smoka, Tyraxesa, ale spadł z jej

POWYŻEJ | *Mroczna Siostra*

grzbietu i zabił się. Żaden ze smoków nie ocalał. Na temat ich śmierci krążyły szalone pogłoski i opowieści: niektóre ponoć powalili ludzie, inne Pasterz, a jeszcze inne sam Wojownik. Bez względu na to, jak wyglądała prawda, owej krwawej nocy zabito pięć tych stworzeń. Tłuszcza wtargnęła do ogromnej kopuły i zastała tam przykute łańcuchami bestie. Mnóstwo ludzi straciło życie. Do owej chwili zginęła już połowa smoków, które rozpoczęły Taniec, a wojna jeszcze się nie skończyła. Wkrótce potem Rhaenyra wymknęła się z miasta.

Wojna wreszcie się skończyła; do kresu walk nie doprowadziła jednak śmierć smoków czy książąt, lecz królowej i króla, za których zginęły dziesiątki tysięcy ludzi. Pierwsza dokonała żywota królowa Rhaenyra. Po śmierci jej męża, księcia Daemona, ród Velaryonów zwrócił się przeciwko niej. Nad Królewską Przystanią znowu panowali jej wrogowie, a ona uciekła stamtąd bez grosza i była zmuszona sprzedać koronę, by wrócić na Smoczą Skałę. Kiedy jednak tam dotarła, przekonała się, że ranny król Aegon II i jego konający smok Sunfyre trafili tam przed nią.

Po ucieczce Rhaenyry Królewską Przystanią zawładnęło szaleństwo, objawiające się na najróżniejsze sposoby. Najdziwniejszym z nich było pojawienie się dwóch pretendentów do tronu, którzy władali przez okres znany jako Księżyc Trzech Królów.

Pierwszym z nich był Trystane Truefyre, giermek wędrownego rycerza o wątpliwej reputacji, zwanego ser Perkinem Pchłą. Ser Perkin ogłosił, że Trystane jest naturalnym synem Viserysa I. Po zdobyciu Smoczej Jamy i ucieczce Rhaenyry większą częścią miasta władali Pasterz i jego tłuszcza, ale ser Perkin ulokował Trystane'a w opuszczonej Czerwonej Twierdzy i zaczął wydawać dekrety. Gdy Aegon II w końcu odzyskał miasto, Trystane błagał, by przed egzekucją pasowano go na rycerza, i przyznano mu tę łaskę.

Drugiego króla należy uznać za jeszcze bardziej osobliwego. Był dzieckiem przezwanym Gaemonem Jasnowłosym, czteroletnim synem kurwy. Ogłoszono go synem Aegona II (co mogło się wydawać prawdopodobne, zważywszy na rozwiązłą młodość króla). Zasiadł na tronie w Domu Pocałunków, na szczycie wzgórza Visenyi. Zgromadził tysiące zwolenników i wydawał dekrety. Jego matka, zanim ją powieszono, wyznała, że naprawdę był synem srebrnowłosego wioślarza z Lys. Gaemonowi darowano jednak życie i przyjęto go w poczet domowników króla. Zaprzyjaźnił się potem z Aegonem III i przez kilka lat był jego nieodłącznym towarzyszem oraz kosztującym potrawy, nim w końcu zabiła go trucizna, przeznaczona być może dla samego króla.

POWYŻEJ | *Szturm na Smoczą Jamę*

Prawdziwa opowieść Munkuna, oparta na relacji Orwyle'a, mówi nam, że po upadku Królewskiej Przystani Larys Strong zadbał o to, by króla wywieziono w bezpieczne miejsce. Sprytny Strong wysłał go na Smoczą Skałę, słusznie sądząc, że Rhaenyra nigdy nie wpadnie na to, by szukać brata we własnej twierdzy. Aegon przez pół roku zdrowiał z ran w odludnej wiosce rybackiej, podczas gdy Rhaenyra przebywała w Królewskiej Przystani z większością swych dworzan. W tym czasie ze Szczypcowego Przylądka przybył Sunfyre, mimo że okaleczone skrzydło utrudniało mu lot. W ukryciu obaj odzyskali siły. (Sunfyre zabił tam płochliwego dzikiego smoka, zwanego Szarym Duchem, o co niektórzy błędnie oskarżali Kanibala).

Król Aegon znalazł na wyspie wielu ludzi mających żal do Rhaenyry z powodu śmierci ich synów, mężów i braci, którzy polegli w jej wojnie, bądź też jakichś wyimaginowanych zniewag. Dzięki ich pomocy zdobył Smoczą Skałę. Trwało to niespełna godzinę, ponieważ niemal nikt nie stawiał mu oporu – poza córką księcia Daemona, Baelą Targaryen, i jej młodą smoczycą, Księżycową Tancerką. Baela uciekła ludziom próbującym ją pojmać i dotarła do smoczycy. Gdy Aegon II spróbował wylądować na dziedzińcu na grzbiecie Sunfyre'a, przekonany, że odniósł już zwycięstwo, smoczyca i księżniczka wyleciały mu na spotkanie.

Księżycowa Tancerka była znacznie mniejsza od Sunfyre'a, lecz również szybsza i zwrotniejsza. Ani smoczycy, ani dosiadającej jej dziewczynie nie brakowało przy tym odwagi. Bestia zataczała kręgi wokół Sunfyre'a, atakując go zębami i pazurami, szarpiąc i zadając rany, aż wreszcie oślepił ją jego płomień. Splecione ze sobą smoki runęły na ziemię, podobnie jak ich jeźdźcy. Aegon II zdołał w ostatniej chwili zeskoczyć z grzbietu Sunfyre'a, łamiąc sobie obie nogi; Baela natomiast została z Księżycową Tancerką aż do gorzkiego końca. Alfred Broome wydobył miecz, chcąc dobić ranną, nieprzytomną księżniczkę, ale ser Marston Waters wyrwał mu oręż i zaniósł Baelę do maestera.

Rhaenyra nic nie wiedziała o tej wielkiej bitwie; nie miało to jednak znaczenia. Aegon II, który nigdy nie mógł znieść siostry, dodatkowo rozwścieczony zbliżającą się śmiercią jego smoka, oddał Rhaenyrę Sunfyre'owi na pożarcie, na oczach jej jedynego (jak sądzili wszyscy w Siedmiu Królestwach) ocalałego syna, Aegona Młodszego. Tak oto dwudziestego drugiego dnia dziesiątego księżyca roku 130 o.P. dokonała żywota Radość Królestwa, Półroczna Królowa.

Brat nie przeżył jej o zbyt długo. Choć Rhaenyra nie żyła, a Aegon Młodszy był jego więźniem, Aegon II wciąż miał wielu wrogów, którzy nie złożyli broni. Kontynuowali walkę nie tylko w imię Rhaenyry, lecz również z obawy przed karą. Niezależnie od powodu, walczyli nadal – i to oni okazali się najgroźniejszymi przeciwnikami. Gdy lord Borros Baratheon wreszcie wyruszył w pole ze swymi siłami i pomaszerował przeciwko buntownikom, pojawiła się szansa odwrócenia fali. Jednakże lord Borros padł w bitwie na królewskim trakcie, a jego zastęp rozbito. Młodzi lordowie z dorzecza, znani jako Niedorostki, których wojska go pokonały, byli już o rzut kamieniem od miasta, podczas gdy lord Stark maszerował królewskim traktem, prowadząc własne oddziały.

Wtedy właśnie lord Corlys Velaryon – uwolniony z lochów, ułaskawiony i zasiadający teraz w małej radzie

POWYŻEJ | *Rhaenyra w obliczu śmierci*

króla – poradził Aegonowi, by poddał się i przywdział czerń. Król jednak odmówił i oznajmił, że każe obciąć siostrzeńcowi ucho, w ramach ostrzeżenia dla jego zwolenników. Wgramolił się do lektyki i kazał się zanieść do swych komnat. Po drodze podano mu kielich wina.

Gdy eskorta przybyła z lektyką na miejsce i uniesiono zasłonę, władca już nie żył. Na wargach miał krew. Tak oto dokonał żywota Aegon II, otruty przez ludzi, którzy mu służyli – oni bowiem rozumieli, że to koniec, nawet jeśli on nie chciał tego dostrzec.

Podzielone, zdruzgotane Westeros cierpiało jeszcze przez pewien czas, ale Taniec Smoków dobiegł końca. Królestwo czekały teraz Fałszywy Świt, Godzina Wilka, rządy regentów i Złamanego Króla.

SMOKI UCZESTNICZĄCE W TAŃCU

SMOKI KRÓLA AEGONA II:

Sunfyre (król Aegon): wspaniała, choć młoda bestia, okaleczona pod Gawronim Gniazdem, a potem padła z ran otrzymanych w walce z Księżycową Tancerką na Smoczej Skale.

Vhagar (książę Aemond Jednooki): ostatni z trzech smoków Aegona Zdobywcy, stara, lecz ogromna i potężna. Zabita w walce z Caraxes powyżej Oka Boga.

Dreamfyre (królowa Helaena): dawniej wierzchowiec siostry Jaehaerysa I, Rhaeny, zmiażdżona przez zawaloną kopułę podczas szturmu na Smoczą Jamę.

Tessarion (książę Daeron): Niebieska Królowa, najmłodsza ze zdolnych do walki smoków należących do stronników Aegona, zabita w drugiej bitwie pod Tumbleton.

Morghul (księżniczka Jaehaera): za młody, by walczyć, zabity przez Płonącego Rycerza podczas szturmu na Smoczą Jamę.

Shrykos (książę Jaehaerys): za młoda, by walczyć, zabita przez Hobba Rębacza podczas szturmu na Smoczą Jamę.

SMOKI KRÓLOWEJ RHAENYRY:

Syrax (królowa Rhaenyra): ogromna i straszliwa, zabita podczas szturmu na Smoczą Jamę.

Caraxes (książę Daemon): Krwawa Żmija, ogromna i straszliwa, zabita w walce z Vhagar powyżej Oka Boga.

Vermax (książę Jacaerys): młody, ale silny, zabity razem z jeźdźcem podczas bitwy w Gardzieli.

Arrax (książę Lucerys): młody, ale silny, zabity razem z jeźdźcem przez Vhagar ponad Zatoką Rozbitków.

Tyraxes (książę Joffrey): młody, ale silny, zabity podczas szturmu na Smoczą Jamę.

Meleys (księżniczka Rhaenys): Czerwona Królowa, stara i sprytna, leniwa, lecz straszna w gniewie, zabita pod Gawronim Gniazdem razem ze swym jeźdźcem, Niedoszłą Królową.

Księżycowa Tancerka (księżniczka Baela): smukła i piękna, ledwie osiągnęła rozmiary wystarczające, by unieść dziewczynę; zabita przez Sunfyre'a na Smoczej Skale, po tym, jak zadała mu śmiertelną ranę.

Srebrnoskrzydła (ser Ulf Biały): smoczyca Dobrej Królowej Alysanne, zdobyta przez zdradzieckie smocze nasienie, przeżyła swego jeźdźca i cały Taniec, ale potem zdziczała i urządziła sobie leże na wyspie na Czerwonym Jeziorze.

Morski Dym (Addam z Hull): dawniej smok ser Laenora Velaryona, zdobyty przez smocze nasienie, zabity przez Vermithora w drugiej bitwie pod Tumbleton.

Vermithor (ser Hugh Młot): stary smok, wierzchowiec Starego Króla, zdobyty przez zdradzieckie smocze nasienie, zabity w walce z Morskim Dymem i Tessarion w drugiej bitwie pod Tumbleton.

Owcokrad (Nettles): dziki smok oswojony przez smocze nasienie, zniknął pod koniec wojny.

Szary Duch: dziki smok, obawiający się ludzi, nigdy nie dał się oswoić, zabity przez Sunfyre'a na Smoczej Skale.

Kanibal: dziki smok, padlinożerca i pożeracz smocząt, nigdy nie dał się oswoić; zniknął pod koniec wojny.

Blask Jutrzenki (księżniczka Rhaena): za młody, by walczyć; przeżył Taniec.

Aegon III

GDY W ROKU 131 o.P. Aegon Młodszy zasiadł na Żelaznym Tronie jako Aegon III po śmierci wuja, Aegona II, mieszkańcy królestwa mogli pomyśleć, że ich kłopoty wreszcie się skończyły. Stronnicy Aegona III pokonali ostatnie oddziały Aegona II w bitwie na królewskim trakcie i całkowicie panowali nad Królewską Przystanią. Flota Velaryonów ponownie służyła Żelaznemu Tronowi; spodziewano się też, że Wąż Morski z pewnością będzie służył radą młodemu władcy. Te nadzieje zbudowano jednak na piasku i ów okres wkrótce stał się znany jako Fałszywy Świt. Aegon II wysłał ludzi za wąskie morze w poszukiwaniu najemników i nikt nie wiedział, czy ci lada moment nie wrócą, by pomścić swego króla. Na zachodzie Czerwony Kraken i jego łupieżcy splądrowali Piękną Wyspę oraz całe zachodnie wybrzeże. W krainie nastała też straszliwa, surowa zima – jej nadejście Konklawe w Starym Mieście ogłosiło w Dzień Dziewicy roku 130 o.P. – mająca trwać przez sześć okrutnych lat.

Nigdzie w Siedmiu Królestwach zima nie miała większego znaczenia niż na północy. Strach przed jej nadejściem zwabił Wilki Zimy do zgromadzenia się pod chorągwią lorda Rodericka Dustina, by poszukać śmierci w walce za Rhaenyrę. Za nimi maszerowała jednak większa armia, złożona z bezdzietnych i bezdomnych, nieżonatych i starych, a także drugich synów. Wiódł ją lord Cregan Stark. Ludzie z północy chcieli wojny. Pragnęli przygód i łupów, a także chwalebnej śmierci, dzięki której ich rodziny na północ od Przesmyku miałyby o jedną gębę mniej do wyżywienia.

Otrucie króla Aegona II odebrało im tę szansę. Lord Stark i tak pomaszerował ze swą armią do Królewskiej Przystani, ale skutki tej kampanii były zupełnie inne. Stark planował ukarać Koniec Burzy, Stare Miasto i Casterly Rock za popieranie króla; lord Corlys wysłał już jednak emisariuszy na Skałę i do Końca Burzy z propozycją zawarcia pokoju. Dwór przez sześć dni czekał na odpowiedź, a całe królestwo drżało na myśl o dalszej wojnie. Na dworze zaś władał lord Cregan Stark. Ten czas nazwano później Godziną Wilka.

W jednej sprawie lord Stark nie zamierzał jednak ustąpić: zdrajcy i truciciele musieli zapłacić za swój czyn. Zabójstwo okrutnego i niesprawiedliwego króla w honorowej walce to jedno, ale podłe morderstwo to coś całkiem innego. Użycie trucizny równało się zdradzie bogów, którzy namaścili króla. W imię Aegona III Cregan rozkazał aresztować dwadzieścia dwie osoby, między innymi Larysa Szpotawą Stopę i Corlysa Velaryona. Zastraszony król – miał wtedy jedenaście lat – zgodził się mianować lorda Starka swym namiestnikiem.

Cregan Stark pełnił ten urząd tylko przez jeden dzień, nadzorując procesy i egzekucje. Większość oskarżonych zgodziła się przywdziać czerń (podążając za przykładem sprytnego ser Perkina Pchły). Tylko dwaj wybrali śmierć – ser Gyles Belgrave z Gwardii Królewskiej, który nie chciał przeżyć swego króla, i Larys Szpotawa Stopa, ostatni ze starożytnego rodu Strongów.

Następnego dnia po egzekucjach lord Stark zrezygnował z pozycji namiestnika. Nikt nigdy nie sprawował tego urzędu

---

Lord Corlys uniknął procesu dzięki machinacjom Baeli i Rhaeny Targaryen, które przekonały Aegona do wydania edyktu przywracającego mu tytuły oraz zaszczyty, a następnie dzięki Czarnej Aly Blackwood, która ofiarowała Creganowi Starkowi swoją rękę w zamian za zatwierdzenie edyktu Aegona.

POWYŻEJ | *Młody król Aegon III*

tak krótko i tylko niewielu opuściło go z równą radością. Cregan wrócił do domu, ale pozostawił na południu wielu wojowniczych ludzi z północy. Niektórzy ożenili się z wdowami z dorzecza, inni zostali najemnikami bądź zaprzysiężonymi ludźmi, garstka zaś zajęła się bandytyzmem. Godzina Wilka się skończyła i nadszedł czas regentów.

W okresie regencji – trwającym od roku 131 o.P., gdy Aegon odziedziczył tron, do 136 o.P., kiedy osiągnął pełnoletność – władzę sprawowała rada siedmiu. Tylko jeden z regentów – wielki maester Munkun – służył przez cały ten okres. Pozostali zmarli, zrezygnowali, bądź też zastępowano większą część królewskiego skarbca Aegona II. W roku 133 zabrała go jednak zimowa gorączka.

Sytuacja pogorszyła się jeszcze bardziej, gdy regentem, a potem namiestnikiem, został mianowany Unwin Peake, lord Starpike, Dunstonbury i Białego Gaju. Lord Peake odegrał znaczną rolę podczas pierwszej i drugiej bitwy pod Tumbleton i to, że nie znalazł się wśród pierwszych regentów, uznał za zniewagę. Szybko ją jednak sobie wynagrodził, gromadząc coraz większą władzę. Zadbał o to, by jego kuzyni objęli wiele ważnych stanowisk, po domniemanym samobójstwie królowej Jaehaery próbował wydać córkę za króla

REGENCI KRÓLA AEGONA III:

W PIERWSZEJ RADZIE SIEDMIU ZASIADALI:

Lady Jeyne Arryn, Dziewica z Doliny
Zmarła z powodu choroby w Gulltown w roku 134 o.P.

Lord Corlys Velaryon, Wąż Morski
Zmarł ze starości w roku 132 o.P., w wieku siedemdziesięciu dziewięciu lat.

Lord Roland Westerling z Turni
Zmarł na zimową gorączkę w roku 132 o.P.

Lord Royce Caron z Nocnej Pieśni
Zrezygnował w roku 132 o.P.

Lord Manfryd Mooton ze Stawu Dziewic
Zmarł z powodu starości i choroby w roku 134 o.P.

Ser Torrhen Manderly z Białego Portu
Zrezygnował w roku 132 o.P., po śmierci jego ojca i brata na zimową gorączkę.

Wielki maester Munkun
Jako jedyny dzierżył urząd od roku 131 do 136 o.P.

POZOSTALI:

Lord Unwin Peake
Zajął miejsce lorda Corlysa w roku 132 o.P. i zrezygnował w 134 o.P.

Lord Thaddeus Rowan
Otrzymał miejsce w radzie w roku 133 o.P., po śmierci lorda Westerlinga, usunięty z urzędu w roku 136 o.P.

Ser Corwyn Corbray
Mąż Rhaeny Targaryen, zastąpił lorda Mootona w roku 134 o.P., w tym samym roku zabity przez kusznika w Runestone.

William Stackspear
Wybrany drogą losowania podczas Wielkiej Rady w roku 136 o.P.

Marq Merryweather
Wybrany drogą losowania podczas Wielkiej Rady w roku 136 o.P.

Lorent Grandison
Wybrany drogą losowania podczas Wielkiej Rady w roku 136 o.P.

ich w razie potrzeby. Najwybitniejszym z nich był Wąż Morski, który opuścił ten padół łez w roku 132 o.P., w wieku siedemdziesięciu dziewięciu lat. Jego ciało przez siedem dni leżało wystawione na widok publiczny pod Żelaznym Tronem. Całe królestwo płakało.

Lata regencji cechowały się ciągłym zamieszaniem. Ser Tyland Lannister – jeden z ludzi, którzy wrócili z pustymi rękami z Wolnych Miast, ponieważ wolne kompanie otrzymywały wysokie opłaty podczas wojen, które nastąpiły po upadku Królestwa Trzech Córek – służył dobrze jako królewski namiestnik, mimo że oślepili go i okaleczyli oprawcy królowej Rhaenyry, gdy nie chciał im zdradzić, gdzie ukrył Aegona III i na wszelkie sposoby starał się osłabić pozycję swych rywali.

Najważniejszym z przeciwników namiestnika był lord Alyn Velaryon, syn Węża Morskiego. Nie pozwolono mu przejąć stanowiska regenta po ojcu, a następnie rozkazano pożeglować na wojnę na Stopniach. Odniósł tam wielkie zwycięstwo na morzu, zdobywając przydomek Oakenfist, ale gdy wrócił do Królewskiej Przystani, jego świeżo zdobyta sława stała się przyczyną podziałów. Namiestnik zamierzał opanować Stopnie, by położyć kres pirackiemu królestwu Racallio Ryndoona, ale szybka akcja Velaryona spowodowała, że większa część floty nie mogła nawet wysadzić na

Ostatnia z żyjących dzieci Aegona II, Jaehaera Targaryen, miała osiem lat, gdy poślubiła swego kuzyna, Aegona III, i dziesięć, kiedy rzuciła się z Warowni Maegora na kolce wypełniające suchą fosę. Przeżyła jeszcze pół godziny, cierpiąc straszliwie, nim wreszcie skonała.

Niektórzy jednak wątpią w tę wersję. Czy rzeczywiście było to samobójstwo? Krążyły szepty, że ją zamordowano. Wymieniano wielu podejrzanych, między innymi ser Mervyna Flowersa z Gwardii Królewskiej, bękarciego brata lorda Unwina Peake'a. Flowers trzymał straż pod drzwiami Jaehaery w chwili jej śmierci. Nawet Grzyb uważa jednak za mało prawdopodobne, by ser Mervyn był człowiekiem zdolnym zadać powierzonemu jego opiece dziecku tak okrutną śmierć. Błazen sugeruje inną możliwość – że Flowers nie popełnił tego czynu sam, lecz usunął się na bok, pozwalając, by zrobił to ktoś inny, na przykład pozbawiony skrupułów najemnik z Wolnych Miast, Tessario Tygrys, przyjęty na służbę przez lorda Unwina.

Choć nigdy nie poznamy prawdy o wydarzeniach owego dnia, wydaje się prawdopodobne, że lord Peake miał coś wspólnego ze śmiercią Jaehaery.

ląd sił potrzebnych, by osiągnąć ten cel. Sława i reputacja Oakenfista wzrosły tylko po jego triumfie; pomimo protestów lorda Peake'a regenci przyznali mu zaszczyty oraz nagrody. W końcu jednak, kiedy lord Dalton Greyjoy odmówił zwrócenia łupów i zaprzestania łupieżczych ataków, namiestnik przekonał ich, by wysłali Oakenfista do krain zachodu, by uporał się z drakkarami Czerwonego Krakena. To było niebezpieczne zadanie, niemal z pewnością mające doprowadzić do klęski bądź śmierci lorda Alyna. Jednakże Oakenfist uczynił tę ekspedycję pierwszą ze swych sześciu wielkich wypraw.

Podczas wszystkich tych wydarzeń Aegon III – za młody, by władać – był jedynie pionkiem. Ponurego, melancholijnego młodzieńca interesowało bardzo niewiele spraw. Zawsze ubierał się na czarno i niekiedy całymi dniami nie odzywał się do nikogo ani słowem. Jego jedynym towarzyszem w tych wczesnych dniach był Gaemon Jasnowłosy, dawny samozwaniec, a obecnie przyjaciel i sługa króla. Gdy władzę objął lord Peake, Gaemonowi przydzielono nową rolę. Służył Aegonowi jako chłopiec do bicia i musiał cierpieć kary, jakich nie można było wymierzyć królewskiej osobie. Później Gaemon Jasnowłosy zmarł w wyniku nieudanej próby otrucia króla oraz jego młodej, pięknej królowej, Daenaery Velaryon.

Lady Daenaera była krewną Alyna Oakenfista, córką jego kuzyna Daerona, który zginął na Stopniach, walcząc pod jego rozkazami. Daenaera była niezwykle pięknym dzieckiem. Miała tylko sześć lat, gdy księżniczki Rhaena i Baela przedstawiły ją królowi jako ostatnią z tysiąca dziewcząt, które zaprezentowały się mu podczas wielkiego balu w roku 133 o.P. Bal urządził namiestnik, lord Peake, po tym, jak regenci powstrzymali jego plany wydania za króla własnej córki. Nie zrezygnował jednak z tej ambicji i wybór, jakiego w końcu dokonał król, przyprawił go o wielką frustrację.

Próbował uchylić tę decyzję, lecz sprzeciwili się temu zarówno Aegon, jak i pozostali regenci. Rozwścieczony lord Unwin zagroził, że zrezygnuje z tytułu namiestnika, próbując nagiąć regentów do swej woli, przekonał się jednak, że z radością się na to zgodzili i mianowali nowym namiestnikiem jednego ze swych szeregów, lorda Thaddeusa Rowana.

W owych latach Aegonowi radość sprawiło tylko jedno: powrót jego młodszego brata, lorda Viserysa. Wszyscy uważali, że zginął on w bitwie w Gardzieli i król nigdy nie wybaczył sobie tego, że opuścił brata, uciekając na swym smoku, Chmurze. Oakenfist jednak uwolnił w końcu Viserysa z Lys, gdzie przetrzymywali go w tajemnicy magnaci handlowi, mający nadzieję skorzystać na okupie albo na jego śmierci. Suma, jaką lord Velaryon zgodził się za niego zapłacić, była olbrzymia i wkrótce stała się przyczyną sporów. Mimo to uwolnienie księcia – oraz jego nowej żony, pięknej Larry Rogare, siedem lat od niego starszej – uradowało Aegona, który aż do końca życia w pełni ufał wyłącznie Viserysowi.

W ostatecznym rozrachunku to właśnie Larra Rogare ze swą bogatą i ambitną rodziną pomogła złamać władzę regentów – i niemal na pewno również lorda Peake'a. Jej ród odegrał tę rolę mimo woli, angażując się w Lyseńską Wiosnę. W owych czasach Bank Rogare przerósł nawet sam Żelazny Bank i z tego powodu Rogare'owie padli ofiarą spisków mających na celu przejęcie kontroli nad królem. Zarzucano im rozmaite czyny, w tym wiele takich, których nie popełnili. Lorda Rowana, wówczas namiestnika i jednego z ostatnich regentów, oskarżono o współudział w zbrodniach i poddano torturom, by wyciągnąć z niego zeznania. Ser Marston Waters, który w jakiś sposób został królewskim namiestnikiem na jego miejsce (Munkun, jedyny wówczas regent oprócz Rowana, unika pisania o tym w swej *Prawdziwej opowieści*), aresztował braci lady Larry, a potem wysłał ludzi i po nią. Król i jego brat odmówili jednak jej wydania,

PO PRAWEJ | *Aegon III dymisjonuje regentów oraz namiestnika, lorda Manderly'ego*

więc Waters ze swymi zwolennikami oblegał ich w Warowni Maegora przez osiemnaście dni. Spiskowcy w końcu zwrócili się przeciwko sobie, gdy ser Marston – być może przypomniawszy sobie o swych obowiązkach – wykonał rozkaz króla i spróbował aresztować tych, którzy fałszywie oskarżyli Rogare'ów i lorda Rowana. Marston Waters zginął z ręki swego zaprzysiężonego brata, ser Mervyna Flowersa, podczas próby aresztowania go.

Przywrócono porządek. Munkun służył jako namiestnik i regent do końca roku, kiedy to mianowano nowych regentów i powołano kolejnego namiestnika. Czas regencji skończył się z nadejściem szesnastego dnia imienia króla. Aegon wszedł wtedy do sali małej rady, odesłał regentów i zwolnił ze stanowiska ówczesnego namiestnika, lorda Manderly'ego.

Panowanie Aegona nie było szczęśliwe, był on bowiem złamanym człowiekiem. Aż po kres swych dni pozostał melancholikiem, niemal w niczym nie znajdował przyjemności i zamykał się w swych komnatach, by na całe dni pogrążać się w ponurych rozmyślaniach. Z czasem coraz mniej też lubił, kiedy ktoś go dotykał – w tym również jego piękna królowa. Nawet gdy już zakwitła, minęło wiele czasu, nim wezwał ją do swego łoża… z czasem jednak ich małżeństwo zostało pobłogosławione dwoma synami i trzema córkami. Najstarszego z chłopców, Daerona, mianowano księciem Smoczej Skały i dziedzicem tronu.

Choć Aegon III starał się zapewnić zranionemu przez Taniec królestwu pokój i dobrobyt, nie chciał zabiegać o względy poddanych ani lordów. Jego panowanie mogłoby wyglądać zupełnie inaczej, gdyby nie ta jedna wada – chłód w stosunku do tych, którymi władał. Jego brat, książę Viserys, który w ostatnich latach panowania służył mu jako namiestnik, miał wiele uroku osobistego, lecz on również zrobił się nieprzystępny po tym, jak jego żona opuściła jego i dzieci, wracając do rodzinnego Lys.

Mimo to Aegon i Viserys sprawnie poradzili sobie ze zdarzeniami, do jakich nadal niekiedy dochodziło w Westeros. Jednym z incydentów było kłopotliwe pojawienie się kilku pretendentów do tronu, podających się za księcia Daerona Dzielnego, najmłodszego brata Aegona II. Daeron zginął w drugiej bitwie pod Tumbleton, ale jego ciała nigdy

Z RELACJI WIELKIEGO MAESTERA MUNKUNA. SŁOWA WYPOWIEDZIANE PRZEZ KRÓLA DO LORDA MANDERLY'EGO W CHWILI ZAKOŃCZENIA REGENCJI:

„Zamierzam dać prostaczkom pokój, jedzenie i sprawiedliwość. Jeśli to nie wystarczy, by zdobyć ich miłość, niech Grzyb urządzi objazd. Albo wyślemy tańczącego niedźwiedzia; ktoś mi kiedyś mówił, że nisko urodzeni je uwielbiają. Możesz też odwołać tę dzisiejszą ucztę. Odeślij lordów z powrotem do ich twierdz, a jedzenie rozdaj głodnym. Pełne brzuchy i tańczące niedźwiedzie, tak będzie wyglądała moja polityka".

nie zidentyfikowano, co stworzyło możliwości pozbawionym skrupułów ludziom, gotowym zgłaszać fałszywe pretensje. (Od owego czasu udowodniono jednak niezbicie, że owi rzekomi książęta byli samozwańcami). Bracia próbowali nawet odtworzyć ród smoków Targaryenów, pomimo obaw Aegona, o które trudno mieć do niego pretensje, biorąc pod uwagę fakt, że był świadkiem tego, jak jego matka została pożarta żywcem. Bał się nawet samego widoku smoków, tym bardziej nie zamierzał jeździć na którymś z nich, dał się jednak przekonać, że bestie zastraszą tych, którzy mu się sprzeciwiają. Zgodnie z sugestią Viserysa, posłał po dziewięciu magów z Essos, pragnąc wykorzystać ich talenty, by doprowadzić do wyklucia się smocząt z jaj. Próba zakończyła się katastrofalnym niepowodzeniem.

Na początku panowania Aegona III żyły jeszcze tylko cztery smoki – Srebrnoskrzydła, Blask Jutrzenki, Owcokrad i Kanibal. Mimo to Aegon na zawsze zostanie zapamiętany jako Zguba Smoków, ponieważ ostatnia bestia należąca do rodu Targaryenów dokonała żywota za jego panowania, w roku 153 o.P.

Panowanie Złamanego Króla – znanego też jako Aegon Pechowy – zakończyło się jego śmiercią na suchoty w wieku trzydziestu sześciu lat. Wielu poddanych myślało, że jest znacznie starszy, ponieważ jego dzieciństwo zakończyło się przedwcześnie. Tego melancholijnego władcy nie wspomina się miło, a jego dziedzictwo miało zblednąć na tle dziedzictwa jego synów.

Daeron I

AEGON III ZMARŁ w dwudziestym szóstym roku swego panowania, 157 lat po koronacji Zdobywcy, pozostawiając dwóch synów i trzy córki. Starszy z jego synów, Daeron, miał tylko czternaście lat, gdy zasiadł na tronie. Książę Viserys nie upierał się przy regencji, mimo że król był małoletni; być może ze względu na urok i geniusz chłopaka, a może dlatego, że pamiętał, co się działo, gdy regenci władali w imieniu Aegona. Viserys nadal służył jako namiestnik, sam król Daeron władał zaś biegle i kompetentnie.

Niewielu przewidywało, że Daeron, Pierwszy Tego Imienia, okryje się chwałą jak jego przodek, Aegon Zdobywca, którego koronę nosił (jego ojciec wolał prosty diadem). Owa chwała jednak niemal równie szybko obróciła się w popiół. Gdy Daeron – młodzieniec cechujący się niezwykłym umysłem i siłą osobowości – zaproponował „dokończenie Podboju" poprzez wcielenie Dorne do królestwa, początkowo spotkał się z oporem ze strony stryja, doradców oraz wielkich lordów, którzy przypomnieli mu, że w przeciwieństwie do Zdobywcy i jego sióstr nie ma smoków. Daeron udzielił im odpowiedzi, która wkrótce stała się sławna: „Macie smoka. Stoi przed wami".

W końcu okazało się, że króla nie sposób powstrzymać. Gdy ujawnił swe plany – sformułowane ponoć przy współudziale Alyna Velaryona, Oakenfista, niektórzy zaczęli sądzić, że dokończenie Podboju rzeczywiście jest możliwe, strategia była bowiem lepsza od przyjętej przez Aegona.

Daeron I wykazał się niezwykłymi uzdolnieniami na polach Dorne, od stuleci opierającego się najazdom Reach, lordów burzy, a nawet smokom rodu Targaryenów. Młody król podzielił swój zastęp na trzy części. Pierwszą dowodził lord Tyrell, który przeszedł przez Książęcy Wąwóz, położony na zachodnim krańcu dornijskich Gór Czerwonych; drugą kuzyn króla i jego starszy nad okrętami, Alyn Velaryon, który dotarł do celu drogą morską; trzecią zaś sam Daeron, który pomaszerował zdradziecką drogą zwaną Szlakiem Kości, wykorzystując wydeptane przez kozy ścieżki (uważane przez innych za zbyt niebezpieczne), by ominąć dornijskie wieże strażnicze i uniknąć pułapek, w które wpadł Orys Baratheon. Następnie młody król rozbił wszystkie oddziały próbujące stanąć mu na drodze. Zdobyto Książęcy Wąwóz. Co ważniejsze, również Miasto z Desek wpadło w ręce królewskiej floty, która mogła potem popłynąć w górę rzeki.

Lord Alyn panował nad Zieloną Krwią i w ten sposób w praktyce podzielił Dorne na pół: dornijskie siły na wschodnim i zachodnim brzegu nie mogły się bezpośrednio wspierać. Potem nastąpiła seria śmiałych bitew, których pełne opisy zajęłyby cały wolumin. Można odnaleźć wiele relacji z tej wojny, najlepszą jednak jest *Podbój Dorne* autorstwa samego Daerona, słusznie uważany za cud eleganckiej prostoty, zarówno gdy chodzi o prozę, jak i opisywaną strategię.

Przed upływem roku najeźdźcy stanęli u bram Słonecznej Włóczni i przedzierali się przez tak zwane miasto cieni. W roku 158 o.P. książę Dorne i czterdziestu najpotężniej-

PO LEWEJ | *Wszystko, co pozostało dziś po smokach Targaryenów: czaszka Baleriona, Czarnego Strachu* POWYŻEJ | *Król Daeron I, Młody Smok*

Dornijskie listy cytowane w *Czerwonych piaskach* maestera Garetha sugerują, że Qorgyle, lord Piaskowca, osobiście zaaranżował zgładzenie lorda Tyrella. Jego motywy stały się jednak w późniejszych latach tematem spekulacji. Niektórzy mówią, że rozgniewał się, gdy jego wczesna demonstracja lojalności – położył kres działaniom jednego z osławionych buntowniczych lordów – spotkała się z bardzo niewielką wdzięcznością Tyrella, inni zaś utrzymują, że pomoc, jakiej początkowo udzielał najeźdźcom, była tylko elementem zdradzieckiego planu, który uknuł ze swym kasztelanem, by zdobyć zaufanie króla i lorda Tyrella.

szych dornijskich lordów ugięło kolan przed Daeronem podczas Hołdu Słonecznej Włóczni. Młodemu Smokowi udało się osiągnąć to, czego nie dokonał Aegon Zdobywca.

Na pustyniach i w górach nadal kryli się buntownicy – szybko uznani za banitów – ale nigdy nie było ich zbyt wielu. Król szybko umocnił panowanie nad Dorne, rozbijając buntowników, gdy tylko zdołał ich znaleźć. Napotkał jednak pewne trudności. Czarną sławą okrył się incydent, podczas którego kuzyn Daerona, książę Aemon (młodszy syn księcia Viserysa) oberwał zatrutą strzałą przeznaczoną dla króla i trzeba go było odesłać drogą morską do domu, by wyzdrowiał. Niemniej w roku 159 interior spacyfikowano i Młody Smok mógł wrócić w triumfie do Królewskiej Przystani, pozostawiając w Dorne lorda Tyrella, by pilnował pokoju. Dla zapewnienia lojalności i dobrego zachowania Dornijczyków, władcy do stolicy towarzyszyło czternaścioro szlachetnie urodzonych synów i córek niemal wszystkich wielkich rodów krainy.

Ta taktyka okazała się jednak mniej skuteczna, niż mógł na to liczyć Daeron. Choć zakładnicy pomogli zapewnić lojalność swych krewnych, król nie docenił wojowniczości dornijskich prostaczków, na których nie miał żadnego wpływu. W wojnie o Dorne zginęło ponoć dziesięć tysięcy ludzi, lecz w ciągu trzech następnych lat życie postradało czterdzieści tysięcy następnych. Nisko urodzeni Dornijczycy stawiali ludziom króla nieustępliwy opór.

Lord Tyrell, któremu Daeron powierzył dowództwo nad swymi siłami w Dorne, śmiało próbował stłumić ogień rebelii, przenosząc się z zamku do zamku z każdym cyklem księżyca. Wszystkich stronników rebelii karał stryczkiem, palił wioski, w których ukrywali się banici, i tak dalej. Prostaczkowie rewanżowali się: codziennie kradziono bądź niszczono zapasy Tyrella, podpalano jego obozy i zabijano konie. Liczba poległych żołnierzy i zbrojnych nie przestawała rosnąć. Ginęli w zaułkach miasta cieni, wpadali w zasadzki na wydmach, mordowano ich we własnych obozach.

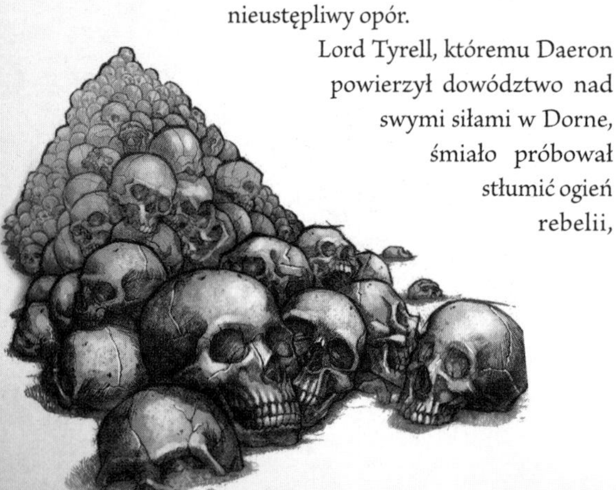

Prawdziwa rebelia zaczęła się jednak dopiero wtedy, gdy lord Tyrell dotarł ze swymi ludźmi do Piaskowca, gdzie zamordowano go, rzucając mu skorpiony do łoża. Kiedy wieści o jego śmierci się rozeszły, całe Dorne ogarnął pożar buntu.

W roku 160 o.P. Młody Smok był zmuszony osobiście wrócić do Dorne, by położyć kres rebelii. Odniósł kilka drobnych zwycięstw na Szlaku Kości, podczas gdy lord Alyn Oakenfist raz jeszcze uderzył na Miasto z Desek i Zieloną Krew. Z pozoru rozbici Dornijczycy zgodzili się na spotkanie, celem odnowienia hołdu oraz wynegocjowania warunków kapitulacji. Nie planowali jednak zawarcia pokoju, lecz wiarołomstwo i morderstwo. W akcie krwawej zdrady zaatakowali Młodego Smoka i jego świtę pod chorągwią pokoju. Trzej rycerze Gwardii Królewskiej zginęli, próbując bronić króla (czwarty, ku swej wiecznej hańbie, odrzucił miecz i poddał się). Książę Aemon Smoczy Rycerz został ranny i dostał się do niewoli, wpierw jednak powalił dwóch zdrajców. Sam Młody Smok zginął z Blackfyre'em w dłoni, otoczony przez kilkunastu wrogów.

Panowanie Daerona I trwało zatem tylko cztery krótkie lata; jego ambicje sięgały zbyt daleko. Chwała może być wieczna, ale jest również ulotna i szybko się o niej zapomina, nawet po najsławniejszych zwycięstwach, jeśli prowadzą one do jeszcze większych klęsk.

POWYŻEJ | *Czaszki zabitych w Dorne* PO PRAWEJ | *Pokuta króla Baelora I na pustyniach Dorne*

Baelor I

Wieści o śmierci króla Daerona i klęsce jego oddziałów szybko dotarły do Królewskiej Przystani. Oburzenie, jakie wywołały, wkrótce skierowało się przeciwko dornijskim zakładnikom. Na rozkaz królewskiego namiestnika, księcia Viserysa, zamknięto ich w lochach, by czekali na powieszenie. Najstarszy syn namiestnika, książę Aegon, wydał ojcu nawet dornijską dziewczynę, którą uczynił swą metresą, żeby i ją stracono.

Młody Smok nigdy się nie ożenił ani nie spłodził dzieci. W związku z tym tron przypadł jego bratu, Baelorowi, który był siedemnastoletnim młodzieńcem. Baelor okazał się najbardziej pobożnym królem w dziejach dynastii Targaryenów, a niektórzy powiadają, że nawet całych Siedmiu Królestw. Pierwszą decyzją, jaką podjął, było ułaskawienie dornijskich zakładników. Całe dziesięcioletnie panowanie Baelora było pełne podobnych aktów bogobojności i wybaczenia. Choć jego lordowie i rada głośno domagali się zemsty, Baelor publicznie darował winę zabójcom brata i oznajmił, że pragnie „opatrzyć rany" wyrządzone przez wojnę Daerona i zawrzeć pokój. Dodał, że na znak swej pobożności uda się do Dorne „bez miecza i armii", by zwrócić zakładników i poprosić o pokój. Tak też uczynił. Poszedł boso z Królewskiej Przystani do Słonecznej Włóczni, odziany jedynie w pokutny worek, podczas gdy zakładnicy jechali za nim na pięknych koniach.

Wiele pieśni o wędrówce Baelora do Dorne wyciekło z septorów i domów Matki, by spływać potem z ust minstreli. Baelor wkroczył na Kamienny Szlak i wkrótce dotarł do miejsca, gdzie Wylowie przetrzymywali jego kuzyna, księcia Aemona. Zastał Smoczego Rycerza nagiego, w klatce. Baelor błagał ponoć o jego uwolnienie, lecz lord Wyl nie chciał się zgodzić, zmuszając Jego Miłość, by odmówił modlitwę za kuzyna i przysiągł, że wróci. Od wielu pokoleń ludzie zastanawiają się nad tym, co pomyślał książę Aemon, widząc, jak jego szczupły kuzyn o piskliwym głosie, wychudły i o krwawiących stopach, składa tę obietnicę. Baelor ruszył jednak w dalszą drogę i przeżył wędrówkę Szlakiem Kości, który tysiące ludzi przed nim doprowadził do zguby.

Przejście piechotą pustyni ciągnącej się między północnym podgórzem a Plagą właściwie w pojedynkę omal nie zabiło i jego. Mimo to nie dawał za wygraną. Podróż była żmudna, ale przeżył i spotkał się z księciem Dorne, co niektórzy uważają za pierwszy cud czasów panowania Baelora Błogosławionego. Za drugi cud można uznać fakt, że udało mu się wynegocjować pokój, który przetrwał do końca jego dni. W ramach porozumienia Baelor zgodził się, by jego młody kuzyn Daeron – wnuk namiestnika Viserysa, syn najstarszego syna Viserysa, księcia Aegona – zaręczył się z księżniczką Myriah, najstarszą córką księcia Dorne. Oboje byli wówczas dziećmi i ślub miał się odbyć dopiero wtedy, gdy osiągną pełnoletność.

Gdy Baelor wypoczął w Starym Pałacu w Słonecznej Włóczni, książę Dorne zaproponował, że da mu galerę, która odwiezie go do Królewskiej Przystani. Młody król upierał się jednak, że Siedmiu nakazało mu iść na piechotę. Niektórzy na dornijskim dworze obawiali się, że kiedy (nie: jeśli) Baelor

umrze po drodze, namiestnik uzna to za pretekst do wznowienia wojny, książę Dorne dołożył więc wszelkich starań, by jego lordowie okazali królowi gościnność. Wkroczywszy na Szlak Kości, Baelor skupił się na kwestii wydostania Aemona z więzienia. Poprosił dornijskiego księcia, by w kategoryczny sposób rozkazał uwolnić Smoczego Rycerza. Lord Wyl przyjął ten rozkaz, jednakże zamiast własnoręcznie wypuścić Aemona z klatki, wręczył Baelorowi klucz i oznajmił, że pozwala władcy zrobić z niego użytek. Książę Aemon nadal był nagi i wystawiony na gorące promienie słońca za dnia i na zimne wichry nocą. To jednak nie wszystko: dodatkowo pod klatką wykopano dół, do którego wpuszczono mnóstwo żmij. Smoczy Rycerz błagał ponoć Baelora, by go tam zostawił i udał się po pomoc na Dornijskie Pogranicze, lecz król uśmiechnął się tylko i zapewnił, że bogowie go obronią. A potem wszedł do dołu.

Minstrele twierdzili później, że żmije pochyliły głowy przed przechodzącym Baelorem, lecz prawda wyglądała inaczej. Ukąsiły go kilkakrotnie po drodze do klatki, a choć zdołał przekręcić klucz w zamku, omal nie zemdlał, nim Smoczy Rycerz był w stanie otworzyć drzwi i wyciągnąć kuzyna z dołu. Gdy książę Aemon wyłaził z klatki, przerzuciwszy sobie Baelora przez plecy, Wylowie zawierali ponoć zakłady i być może to właśnie ich okrucieństwo skłoniło Smoczego Rycerza do wspięcia się na szczyt klatki i przeskoczenia dołu.

Książę Aemon sam dźwigał Baelora przez połowę Szlaku Kości, nim wioskowy septon z dornijskich gór podarował mu ubranie oraz osła, który od tej chwili niósł pogrążonego w śpiączce króla. W końcu Smoczy Rycerz dotarł do wież strażniczych Dondarrionów, gdzie miejscowy maester udzielił królowi pomocy na miarę swych możliwości, a potem odesłał go do Końca Burzy na dalszą terapię. Powiadają, że Baelor cały ten czas marniał coraz bardziej, nadal ślepy na świat.

Odzyskał przytomność dopiero w drodze do Końca Burzy, i nawet wtedy tylko mamrotał modlitwy. Minęło z górą pół roku, nim poczuł się wystarczająco dobrze, by wrócić do Królewskiej Przystani. Przez cały ten czas książę Viserys rządził królestwem jako namiestnik, przestrzegając traktatu pokojowego zawartego przez Baelora z Dornijczykami.

Kiedy Baelor wrócił wreszcie na Żelazny Tron, w królestwie zapanowała radość. Jednakże zainteresowania władcy nadal skupiały się na Siedmiu, a pierwsze wydane przez niego edykty z pewnością zdumiały tych, którzy przywykli do chłodnych rządów Aegona III, dobrodusznej obojętności Daerona czy sprytnego zarządzania Viserysa. W roku 160 o.P. król poślubił swą siostrę Daenę, potem jednak przekonał Wielkiego Septona do unieważnienia małżeństwa, twierdząc, że zaaranżowano je, nim jeszcze został królem, i nigdy nie zostało skonsumowane.

Po rozwiązaniu tego związku Baelor posunął się jeszcze dalej, zamykając Daenę oraz jej młodsze siostry, Rhaenę i Elaenę, w „Dworze Piękna", który potem nazwano Kryptą Dziewic. Król oznajmił, że pragnie uchronić ich niewinność przed niegodziwym światem i żądzami bezbożnych mężczyzn, niektórzy zadawali sobie jednak pytanie, czy nie bał się, że sam ulegnie pokusie ich urody.

Pomimo sprzeciwów Viserysa, samych księżniczek oraz reszty dworu, dokonano owego czynu: księżniczki zostały zamknięte w sercu Czerwonej Twierdzy, mając za towarzystwo jedynie dziewczęta przysłane przez lordów i rycerzy pragnących wkupić się w łaski Baelora.

POWYŻEJ | *Baelor naraża się na ukąszenia żmij, żeby uratować księcia Aemona Smoczego Rycerza*

PO PRAWEJ | *Siostry króla Baelora I (od lewej): Elaena, Rhaena i Daena*

Siostry Baelora I

Daena była najsławniejszą z trzech sióstr i ją też kochano najbardziej – zarówno za urodę, jak i za gwałtowną odwagę. Doskonale jeździła konno, ze śmiertelną skutecznością władała małym dornijskim łukiem, który Daeron przywiózł jej z wojen, świetnie też radziła sobie z trafianiem kopią w pierścienie (choć nigdy nie pozwolono jej stanąć w szranki, mimo że o to zabiegała). Daena wkrótce otrzymała przydomek Zbuntowana, albowiem najgorzej z trzech sióstr znosiła uwięzienie i trzykrotnie uciekała w przebraniu służki albo nisko urodzonej kobiety. Pod koniec panowania Baelora udało jej się nawet zajść w ciążę. Niektórzy mogliby powiedzieć, że lepiej by było, gdyby była mniej zbuntowana, jej syn przysporzył bowiem królestwu wielu kłopotów.

Jeśli chodzi o pozostałe siostry Baelora, Rhaena niemalże dorównywała bratu pobożnością i w swoim czasie została septą, natomiast Elaena, najmłodsza, była bardziej samowolna, lecz ustępowała obu siostrom urodą. Powiadają, że podczas pobytu w Krypcie Dziewic ścięła swą „koronę chwały" – długie, jasnoplatynowe włosy z pasemkiem złota – i wysłała je bratu, wspierając błaganie o wolność argumentem, że teraz jest zbyt brzydka, by skusić jakiegokolwiek mężczyznę. Król jednak pozostał głuchy na jej prośby.

Elaena przeżyła resztę rodzeństwa i po uwolnieniu z krypty wiodła burzliwe życie. Podążając za przykładem Daeny, urodziła Alynowi Velaryonowi, lordowi Oakenfistowi, bękarcie bliźniaki: Jona i Jeyne Watersów. Według źródeł miała nadzieję poślubić Oakenfista, ale rok po jego zniknięciu na morzu utraciła nadzieję i wyszła za innego.

Miała trzech mężów. Pierwsze małżeństwo zawarła w roku 176 o.P. z bogatym, lecz wiekowym Ossiferem Plummem, który ponoć zmarł w chwili jego konsumowania. Mimo to Elaena poczęła, lord Plumm spełnił bowiem przed śmiercią swój małżeński obowiązek. Później pojawiły się ordynarne plotki, sugerujące, że w rzeczywistości lorda Plumma zabił sam widok jego nagiej żony (wyrażano to w najbardziej wulgarnych słowach, które z pewnością rozśmieszyłyby Grzyba, my jednak nie musimy ich tu powtarzać) i ojcem poczętego owej nocy dziecka był w rzeczywistości kuzyn Elaeny, Aegon (znany potem jako Aegon Niegodny).

Drugie małżeństwo zawarła na prośbę następcy Aegona Niegodnego, króla Daerona Dobrego. Daeron wydał ją za swego starszego nad monetą i ten związek doprowadził do narodzin dwójki kolejnych dzieci, a także do tego, że to Elaena stała się prawdziwą starszą nad monetą, jej mąż był bowiem dobrym i szlachetnym lordem, ale ponoć nie miał głowy do rachunków. Szybko zdobyła wielkie wpływy, a król Daeron ufał jej we wszystkich sprawach, przy których pracowała dla niego i dla królestwa.

Trzeciego męża wybrała sobie sama. Zakochała się w lordzie Michaelu Manwoodym, Dornijczyku, który był dworzaninem księżniczki Myriah. Manwoody w młodości studiował w Cytadeli i był kulturalnym mężczyzną, bystrym i wykształconym. Po ślubie Daerona z królową Myriah stał się on jego zaufanym sługą. Kilkakrotnie wysyłano go do Braavos, by negocjował z Żelaznym Bankiem, zachowały się też listy dotyczące owych negocjacji, które wymieniał z klucznikami banku (zapieczętowane herbem Manwoody'ego i podpisane jego nazwiskiem, lecz najwyraźniej napisane ręką Elaeny).

Elaena poślubiła lorda Manwoody'ego – wszystko wskazuje na to, że z błogosławieństwem Daerona – wkrótce po śmierci drugiego męża. Później mówiła, że zakochała się w nim nie przez wzgląd na jego inteligencję, lecz dlatego, że kochał muzykę. Wiemy, że grał dla niej na harfie, a po jego śmierci Elaena kazała przedstawić go na figurze nagrobnej z tym instrumentem, nie zaś z mieczem i rycerskimi ostrogami, jak nakazuje zwyczaj.

Kolejne protesty nastąpiły, gdy Baelor postanowił zakazać prostytucji w całej Królewskiej Przystani. Nikt nie potrafił mu wytłumaczyć, jak wielkie kłopoty to spowoduje. Zatrzymano ponoć ponad tysiąc kurew i razem z dziećmi wygnano je wszystkie z miasta. Król Baelor postanowił zignorować niepokoje, do których doszło, i zajął się nowym projektem – budową wielkiego septu na wzgórzu Visenyi. Ponoć ujrzał ów budynek w wizji. Tak oto rozpoczęła się budowa Wielkiego Septu, którą miano ukończyć dopiero wiele lat po śmierci króla.

Z czasem niektórzy zaczęli zadawać sobie pytanie, czy incydent w Dorne, podczas którego król ledwie uniknął śmierci, nie wpłynął w jakiś sposób na jego umysł, albowiem z upływem lat religijny zapał Baelora narastał, a jego decyzje stawały się coraz bardziej nieprzewidywalne. Choć prostaczkowie go kochali, bo regularnie opróżniał skarbiec w intencji swych dobroczynnych akcji, a pewnego roku kazał wydawać codziennie po bochnie chleba wszystkim mężczyznom i kobietom w mieście, lordowie królestwa zaczynali się niepokoić. Król nie tylko zakończył swe małżeństwo z Daeną,

lecz także uniemożliwił sobie zawarcie kolejnego, składając śluby, przyjęte i zatwierdzone przez Wielkiego Septona, którego wpływy w państwie rosły z każdą chwilą. Edykty Baelora w coraz większym stopniu dotyczyły spraw duchowych, kosztem materialnych. Na przykład zażądał od Cytadeli, by używała do przenoszenia wiadomości gołębi zamiast kruków (tę katastrofę szczegółowo opisuje Walgrave w swym dziele *Czarne skrzydła, szybkie słowa*), a także chciał zwolnić z podatków tych, którzy zadbają o dziewictwo swych córek przez rozsądne użycie pasów cnoty.

W końcowym okresie swego panowania Baelor coraz więcej czasu poświęcał na posty i modlitwy, próbując zadośćuczynić za wszystkie grzechy i zniewagi wobec Siedmiu, jakich – swoim zdaniem – dopuszczał się codziennie wraz ze swymi poddanymi. Po śmierci Wielkiego Septona oznajmił Najpobożniejszym, że bogowie objawili mu tożsamość jego następcy. Ci bezzwłocznie wybrali wskazanego przez Baelora nisko urodzonego człowieka imieniem Pate. Był on biegłym kamieniarzem, ale miał słaby umysł, nie umiał czytać ani pisać i nie był w stanie zapamiętać choćby jednej modlitwy. Być może należy uznać za błogosławieństwo, że Wielki Septon półgłówek pożył tylko rok, nim zabrała go gorączka.

Z drugiej strony mogło to nie być błogosławieństwem, ponieważ po jego śmierci Baelor wbił sobie do głowy, że bogowie dali pewnemu ośmioletniemu chłopcu – nie-

którzy twierdzili potem, że był on zwykłym ulicznikiem, najprawdopodobniej zaś synem kupca bławatnego – moc czynienia cudów. Król zapewniał, że widział, jak chłopiec rozmawiał z gołębiami, które odpowiadały mu głosami mężczyzn i kobiet. Głosami Siedmiu, jak twierdził Baelor. Oznajmił, że chłopiec ma zostać następnym Wielkim Septonem. Najpobożniejsi ponownie spełnili jego życzenie i wybrali najmłodszego Wielkiego Septona, jaki kiedykolwiek nosił kryształową koronę.

Narodziny Daemona Watersa, naturalnego syna Daeny Targaryen i mężczyzny, którego tożsamości nie chciała ujawnić (potem jednak królestwo dowiedziało się, że był nim nie kto inny, jak jej kuzyn Aegon, który był wówczas tylko księciem), skłoniły Baelora do kolejnej serii głodówek. Król przed kilku laty omal nie doprowadził się w ten sposób do śmierci, poszcząc przez cały księżyc po tym, jak bliźnięta jego kuzynki, księżniczki Naerys, zmarły wkrótce po narodzinach. Tym razem Baelor posunął się jeszcze dalej, nie przyjmując niczego poza wodą i odrobiną chleba, mającego uciszyć krzyki jego żołądka. Przestrzegał tego reżimu przez czterdzieści dni, aż wreszcie czterdziestego pierwszego znaleziono go nieprzytomnego pod ołtarzem Matki.

Wielki maester Munkun uczynił, co tylko leżało w jego mocy, by uzdrowić króla. Młodociany Wielki Septon również, ale czas jego cudów dobiegł końca. Król odszedł do Siedmiu w roku 171 o.P. – dziesiątym roku swych rządów.

Jednym z niefortunnych aspektów gorliwości króla Baelora był jego zwyczaj palenia książek. Choć niektóre z nich mogły zawierać niewiele wartościowych treści, inne zaś były zapewne nawet niebezpieczne, niszczenie wiedzy zawsze niesie szkodę. To, że Baelor kazał spalić *Świadectwo Grzyba*, nie jest zbyt wielkim zaskoczeniem, biorąc pod uwagę sprośną i skandalizującą zawartość tej księgi. Jednakże *Historia nienaturalna* septona Bartha, nawet jeśli niektóre z jej tez należy uznać za błędne, była dziełem jednego z najwybitniejszych umysłów w dziejach Siedmiu Królestw. Fakt, że Barth studiował wyższe sztuki i ponoć nawet je praktykował, wystarczył jednak, by wywołać niechęć Baelora i doprowadzić do zniszczenia dzieła, mimo że *Historia nienaturalna* zawiera wiele treści, w których nie ma nic złego ani kontrowersyjnego. Mamy szczęście, że ocalały choć fragmenty i nie cała zgromadzona w księdze wiedza przepadła.

Złośliwe plotki, które zaczęły krążyć po wstąpieniu na tron Viserysa, zrodziły się według niektórych pod piórem lady Mai z rodu Stokeworthów. Szeptano, że Viserys otruł króla, by wreszcie objąć stery państwa po z górą dziesięcioletnim oczekiwaniu. Inni sugerowali, że dokonał tego czynu dla dobra królestwa, ponieważ król-septon zaczął wierzyć, że Siedmiu powołało go do nawrócenia wszystkich niewiernych w Westeros. To oznaczałoby wojnę z północą i Żelaznymi Wyspami, co z pewnością doprowadziłoby do wielkich perturbacji.

PO LEWEJ | *Wielki Sept Baelora*

Viserys II

Choć obaj synowie króla Aegona III nie żyli, jego trzy córki pozostały przy życiu i niektórzy prostaczkowie – a nawet garstka lordów – uważali, że Żelazny Tron powinien teraz przypaść księżniczce Daenie. Było ich jednak niewielu: dziesięć lat odosobnienia w Krypcie Dziewic pozbawiło Daenę i jej siostry potężnych sojuszników, a pamięć o nieszczęściach, jakie spadły na Siedem Królestw, gdy na Żelaznym Tronie zasiadła kobieta, pozostawała świeża. Co więcej, wielu lordów uważało Daenę Zbuntowaną za zuchwałą i nieokiełznaną… a także rozwiązłą, jako że przed rokiem wydała na świat bękarta, którego nazwała Daemonem, a przy tym uparcie nie chciała zdradzić imienia jego ojca.

Odwołano się zatem do precedensów stworzonych przez Wielką Radę z roku 101 o.P. oraz przez Taniec Smoków i odrzucono pretensje sióstr Baelora. Korona przypadła jego stryjowi, księciu Viserysowi, który był królewskim namiestnikiem.

Pisze się, że Daeron wojował, Baelor pościł, a Viserys władał. Przez czternaście lat służył jako namiestnik swym bratankom, a przed nimi swemu bratu, królowi Aegonowi III. Powiadają, że był najbardziej błyskotliwym namiestnikiem od czasów septona Bartha, choć skuteczność jego rzetelnych starań cierpiała za panowania Złamanego Króla, który nie próbował zadowolić poddanych ani nie pragnął ich miłości. W swych *Żywotach czterech królów* wielki maester Kaeth wyraża bardzo niewiele opinii na temat Viserysa, czy to pochlebnych, czy nie… są jednak tacy, którzy sądzą, że księga powinna opowiadać o pięciu królach, w tym również o Viserysie. Kaeth pominął go jednak, przechodząc bezpośrednio do omówienia panowania jego syna, Aegona Niegodnego.

Po Tańcu Viserys spędził kilka lat jako zakładnik w Lys, skąd wrócił z piękną lyseńską żoną, Larrą Rogare, wywodzącą się z bogatego i wpływowego rodu szlacheckiego. Wysoka i smukła Larra o srebrnozłotych włosach i fioletowych oczach, świadczących o valyriańskiej krwi (nadal często spotykanej w Lys), była siedem lat od niego starsza. Nigdy nie czuła się częścią królewskiego dworu i nie była tu szczęśliwa, lecz nim wróciła do rodzinnego Lys, dała Viserysowi troje dzieci.

Najstarszym z nich był Aegon, urodzony w Czerwonej Twierdzy w roku 135 o.P., po powrocie Viserysa z Lys. Silny chłopak wyrósł na przystojnego, pełnego uroku mężczyznę, okazał się jednak kapryśny, nieodpowiedzialny i zainteresowany wyłącznie przyjemnościami. Kosztował ojca mnóstwo kłopotów, Siedmiu Królestwom przyniósł zaś wiele bólu.

W roku 136 o.P. przyszedł na świat drugi syn Viserysa, Aemon. W dzieciństwie był równie krzepki jak Aegon, a także równie piękny, nie podzielał jednak jego wad. Z czasem stał się największym szermierzem i rycerzem turniejowym epoki, godnym tego, by otrzymać Mroczną Siostrę, noszoną przed nim przez księcia Daemona, królów Jaehaerysa I i Maegora I oraz królową Visenyę. Zasłynął jako Smoczy Rycerz, z uwagi na trójgłową bestię, wykutą z białego złota, którą nosił na hełmie. Do dziś niektórzy uważają go za najszlachetniejszego rycerza w dziejach; jest też jednym z najsławniejszych gwardzistów królewskich.

Ostatnim z dzieci Viserysa była jego jedyna córka, Naerys, urodzona w roku 138 o.P. Skórę miała ponoć tak bladą, że wydawała się niemal przezroczysta. Była kruchej budowy (a brak apetytu czynił ją jeszcze drobniejszą) i miała bardzo delikatne rysy. Minstrele tworzyli pieśni wysławiające jej oczy – ciemnofioletowe i bardzo wielkie, osłonięte jasnymi rzęsami.

Ze swych braci bardziej kochała Aemona – potrafił bowiem ją rozśmieszyć i (w przeciwieństwie do Aegona) choć w części podzielał jej pobożność. Kochała bowiem Siedmiu równie mocno jak brata, a może nawet mocniej, i mogłaby zostać septą, gdyby jej pan ojciec na to pozwolił. Viserys nie zgodził się jednak i w roku 153 o.P. wydał ją za swego syna Aegona, z błogosławieństwem króla Aegona III. Minstrele śpiewają, że zarówno Aemon, jak i Naerys płakali podczas ceremonii, historycy mówią nam jednak, że bracia pokłócili się podczas wesela, a Naerys płakała podczas pokładzin, nie zaś ślubu.

Są tacy, którzy utrzymują, że szaleństwom Młodego Smoka oraz Baelora Błogosławionego winny był książę Viserys, inni jednak twierdzą, że starał się on w miarę możliwości temperować ich najgorsze obsesje. Choć jego panowanie trwało niewiele dłużej niż rok, warto pamiętać o wprowadzonych przez niego reformach królewskiego dworu oraz jego funkcji, o utworzeniu nowej mennicy królewskiej, o wysiłkach zmierzających do zwiększenia wymiany handlowej z drugim brzegiem wąskiego morza oraz zmianach, jakie wprowadził w kodeksie praw spisanym podczas długich rządów Jaehaerysa Pojednawcy.

Viserys mógłby stać się nowym Pojednawcą, nigdy bowiem nie było króla zdolniejszego i sprytniejszego niż on. Jego śmierć na nagłą chorobę w roku 172 o.P. była prawdziwą tragedią.

Nie potrzeba dodawać, że niektórzy uznali tak szybki zgon za podejrzany, nikt jednak nie ważył się wówczas powiedzieć tego na głos. Miało minąć z górą dziesięciolecie, nim po raz pierwszy przelano na papier oskarżenie, że Viserysa otruł nie kto inny, jak jego następca i syn, Aegon.

Czy w tych podejrzeniach jest ziarno prawdy? Nie wiemy, jednakże biorąc pod uwagę wszystkie nieprawe, haniebne czyny popełnione przez Aegona Niegodnego przed koronacją i po niej, nie można wykluczyć takiej możliwości.

Aegon IV

PO ŚMIERCI SWEGO OJCA w roku 172 o.P. Aegon, Czwarty Tego Imienia, zasiadł wreszcie na tronie, którego pożądał już jako chłopiec. W młodych latach był przystojny, biegle władał kopią i mieczem, uwielbiał tańczyć i polować z psami albo sokołami. Był też najbystrzejszym z książąt w swym pokoleniu i powszechnie podziwiano jego dowcip. Miał jednak jedną wielką wadę: nie potrafił panować nad sobą. Chuć, obżarstwo, pragnienia – wszystko to władało nim bez reszty. Gdy już zasiadł na Żelaznym Tronie, zaczął od sprawiania sobie drobnych przyjemności, ale z czasem w swych żądzach przekroczył wszelkie granice, a zepsucie doprowadziło go do czynów, których skutki prześladowały królestwo przez całe pokolenia. Kaeth pisze: „Aenys był słaby, Maegor okrutny, a Aegon II chciwy, ale żaden król przedtem ani potem nie wyrządził świadomie tak wielu szkód".

Aegon szybko wypełnił dwór mężczyznami wybranymi nie dla ich szlachetności, uczciwości bądź mądrości, lecz wyłącznie dlatego, że bawili go i schlebiali mu. Większość kobiet na jego dworze znalazła się tam z tych samych powodów, a także dlatego, że pozwalały, by ich ciała służyły zaspokojeniu jego chuci. Często pod wpływem kaprysu zabierał coś jednemu szlachetnemu rodowi i oddawał drugiemu – na przykład Brackenom odebrał wzgórza zwane Cyckami, by sprezentować je Blackwoodom. Dla zaspokojenia swych żądz rozdawał bezcenne przedmioty; swemu namiestnikowi, lordowi Butterwellowi, oferował smocze jajo w zamian za dostęp do wszystkich trzech jego córek. Pozbawiał ludzi prawowitego dziedzictwa, gdy tylko zapragnął ich bogactw; według pogłosek tak właśnie postąpił po śmierci lorda Plumma w dzień jego ślubu.

Dla prostaczków jego panowanie mogło być źródłem plotek i rozrywki. Lordom królestwa, którzy nie przebywali na dworze i nie chcieli, by Aegon dobierał się do ich córek, mógł się wydawać silny i zdecydowany, frywolny, lecz w sumie nieszkodliwy. Jednakże zdaniem tych, którzy odważyli się wkroczyć do jego kręgu, był tak zmienny, chciwy i okrutny, że trzeba go było uważać za niebezpiecznego.

Powiadano o nim, że nigdy nie sypiał sam i nie uważał nocy za udaną, jeśli nie wlał swego nasienia w kobietę. Zaspokajał cielesne żądze z kobietami wszelkiego autoramentu, od najwyżej urodzonych księżniczek aż po najnędzniejsze kurwy, najwyraźniej też nie dostrzegał między nimi żadnej różnicy. W ostatnich latach życia oznajmił, że miał około dziewięciuset kobiet (nie pamiętał dokładnej liczby), ale naprawdę kochał tylko dziewięć (i nie było wśród nich jego siostry, królowej Naerys). Jego dziewięć metres pochodziło z różnych miejsc, bliskich i dalekich. Niektóre dały mu dzieci, ale wszystkie (poza tylko ostatnią) odsyłał, gdy już się nimi znudził. Jednego z potomków wydała jednak na świat kobieta niezaliczana do jego metres: księżniczka Daena Zbuntowana.

Nadała chłopcu imię Daemon, po księciu Daemonie, który w swoim czasie był zachwytem i postrachem królestwa. W późniejszych czasach uznano to za ostrzeżenie przed tym, kim miał się stać chłopak. Gdy się urodził, w roku 170 o.P., jego pełne nazwisko brzmiało Daemon Waters. Daena nie chciała wówczas zdradzić, kto jest jego ojcem, ale już od początku podejrzewano o to Aegona. Daemon, przystojny młodzieniec, wychowywał się w Czerwonej Twierdzy, pobierał nauki u najmędrszych maesterów, władania bronią uczyli go zaś najlepsi rycerze na dworze, w tym również ser Quentyn Ball, gwałtowny wojownik zwany Kulą Ognistą. Daemon niczego nie lubił bardziej od walki i był w niej prawdziwym mistrzem. Wielu widziało w nim wojownika, który stanie się w przyszłości drugim Smoczym

POWYŻEJ | *Młody książę Aegon z rodzicami: księciem Viserysem i Larrą Rogare*

Rycerzem. Król Aegon pasował go w dwunastym roku jego życia, kiedy chłopak zwyciężył w turnieju giermków (w ten sposób Daemon stał się najmłodszym rycerzem pasowanym za czasów Targaryenów, wyprzedzając nawet Maegora I) i przyprawił o szok dworzan, rodzinę oraz radę, oddając mu miecz Aegona Zdobywcy, Blackfyre'a, razem z ziemiami i zaszczytami. Od tej pory Daemon nosił nazwisko Blackfyre.

Królowa Naerys – jedyna kobieta, która nie sprawiła Aegonowi przyjemności w łożu – była pobożna, łagodna i krucha. Wszystkie te cechy nie podobały się władcy. Poród okazał się dla niej trudny, była bowiem drobna i delikatna. Po narodzinach księcia Daerona w ostatnim dniu roku 153 o.P. wielki maester Alford ostrzegł, że następny poród może ją zabić. Naerys ponoć zwróciła się wówczas do brata słowami: „Wykonałam już swój obowiązek wobec ciebie, dając ci dziedzica. Błagam, żyjmy odtąd jak brat z siostrą". Mówią, że Aegon odparł jej wówczas: „Przecież to właśnie robimy". Król nie ustąpił, aż do końca życia Naerys nalegając, by spełniała obowiązki żony.

Konflikt między nimi zaognił dodatkowo ich brat, książę Aemon, od młodych lat nieodłącznie towarzyszący Naerys. Wszyscy wyraźnie dostrzegali, że król zazdrości szlachetnemu, wysławianemu przez wszystkich bratu, uwielbiał bowiem przy każdej okazji znieważać Aemona i Naerys. Choć w następnym roku Smoczy Rycerz zginął w jego obronie, a królowa Naerys zmarła w połogu, Aegon IV zrobił bardzo niewiele dla uczczenia ich pamięci.

Konflikty króla z bliską rodziną zaostrzyły się jeszcze, gdy jego syn Daeron dorósł na tyle, by mógł wyrażać własne zdanie. W *Żywotach czterech królów* Kaeth jasno pisze, że fałszywe oskarżenie królowej o cudzołóstwo, wysunięte przez ser Morgila Hastwycka, było inspirowane przez króla, choć Aegon wówczas temu przeczył. Zarzuty obaliła śmierć ser Morgila, zabitego przez Smoczego Rycerza w próbie walki. Z pewnością nie był przypadkiem fakt, że wysunięto je w chwili, gdy Aegon i książę Daeron pokłócili się o plany króla, zamierzającego rozpocząć niesprowokowaną wojnę z Dorne. Wtedy też Aegon po raz pierwszy (choć nie ostatni) zagroził, że dziedzicem – w miejsce Daerona – uczyni któregoś ze swych bękartów.

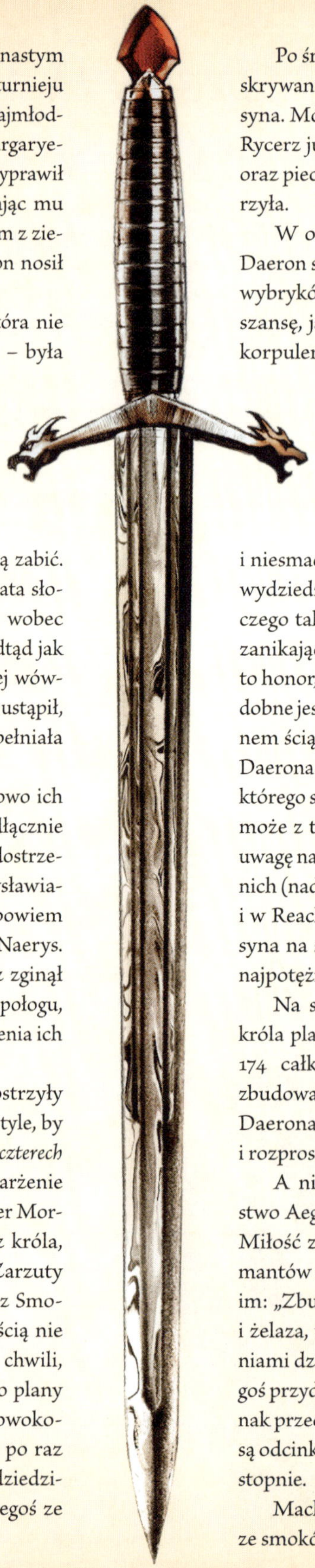

Po śmierci rodzeństwa król zaczął czynić ledwie skrywane aluzje na temat domniemanego bękarctwa syna. Mógł się na to ważyć tylko dlatego, że Smoczy Rycerz już nie żył. Słowa króla powtarzali dworacy oraz pieczeniarze... i w ten sposób kalumnia się szerzyła.

W ostatnich latach panowania Aegona książę Daeron stał się najpoważniejszą przeszkodą dla jego wybryków. Niektórzy lordowie królestwa dostrzegli szansę, jaką stwarzał im żarłoczny, coraz bardziej korpulentny król, którego można było przekonać do rozdawania zaszczytów, urzędów i ziem w zamian za obietnicę przyjemności. Inni, potępiający zachowanie króla, zaczęli się skupiać wokół księcia Daerona, ponieważ pomimo wszystkich swych gróźb, kalumnii i niesmacznych drwin król nigdy oficjalnie syna nie wydziedziczył. Przekazy różnią się co do tego, dlaczego tak się nie stało: niektórzy sugerują, że jakaś zanikająca część jaźni Aegona nadal pamiętała, co to honor, a przynajmniej wstyd. Bardziej prawdopodobne jest jednak, że król wiedział, iż podobnym czynem ściągnie na Westeros wojnę, jako że sojusznicy Daerona – najpotężniejszym z nich był książę Dorne, którego siostrę poślubił – będą bronili jego praw. Być może z tego właśnie powodu Aegon skierował swą uwagę na Dornijczyków, wykorzystując nienawiść do nich (nadal płonącą na Pograniczu, w krainach burzy i w Reach), by przeciągnąć niektórych sojuszników syna na swoją stronę i zwrócić ich przeciwko jego najpotężniejszym stronnikom.

Na szczęście dla królestwa, stworzony przez króla plan najazdu na Dorne zakończył się w roku 174 całkowitym niepowodzeniem. Jego Miłość zbudował potężną flotę, pragnąc powtórzyć sukces Daerona Młodego Smoka, ale sztormy rozbiły ją i rozproszyły po drodze do celu.

A nie było to bynajmniej największe szaleństwo Aegona IV podczas tej nieudanej inwazji. Jego Miłość zwrócił się również do podejrzanych piromantów ze starożytnego Cechu Alchemików i rzekł im: „Zbudujcie mi smoki". Owe monstra z drewna i żelaza, wyposażone w pompy tryskające strumieniami dzikiego ognia, mogłyby się być może do czegoś przydać podczas oblężenia, Aegon zamierzał jednak przeciągnąć je przez cały Szlak Kości, na którym są odcinki tak strome, że Dornijczycy wykuli na nich stopnie.

Machiny nie dotarły nawet tak daleko. Pierwszy ze smoków stanął w płomieniach już w Królewskim

POWYŻEJ | *Blackfyre, miecz królów z dynastii Targaryenów* PO PRAWEJ | *Pasowanie Daemona Blackfyre'a przez jego ojca, króla Aegona IV*

Lesie, w wielkiej odległości od Dorne. Wkrótce płonęło już wszystkie siedem. Pożary pochłonęły setki ludzi, a także ćwierć Królewskiego Lasu. Król wyrzekł się potem swych ambicji i nigdy więcej nie wspominał o Dorne.

Panowanie owego niegodnego monarchy dobiegło końca w roku 184 o.P., gdy król Aegon miał czterdzieści dziewięć lat. Był tak straszliwie gruby, że ledwie mógł chodzić. Niektórzy zastanawiali się, jak jego ostatnia metresa – Serenei z Lys, matka Shiery Morskiej Gwiazdy – była w stanie znieść jego objęcia. Król skonał straszliwą śmiercią. Jego ciało zrobiło się tak otyłe i obrzękłe, że nie mógł wstać z leżanki, a po gnijących kończynach łaziły robaki. Maesterzy twierdzili, że nigdy nie widzieli czegoś takiego, septonowie zaś ogłosili, że to kara bogów. Aegonowi podano makowe mleko dla złagodzenia bólu, ale poza tym niewiele można było dla niego zrobić.

Wszystkie relacje zgadzają się co do tego, że jego ostatnim uczynkiem było spisanie testamentu. Pozostawił w nim królestwu najstraszliwszą truciznę, jaką kiedykolwiek poznano: zalegitymizował wszystkie swe naturalne dzieci, od nisko urodzonych aż po Wielkich Bękartów – synów i córki – jakie spłodził ze szlachetnie urodzonymi kobietami. Dziesiątków swych nieprawo urodzonych dzieci nigdy jednak nie uznał i dla nich przedśmiertna deklaracja Aegona nie miała znaczenia. Dla uznanych bękartów znaczyła jednak bardzo wiele, Siedmiu Królestwom na pięć pokoleń miała zaś przynieść krew i ogień.

Dziewięć metres Aegona IV Niegodnego

Lady Falena Stokeworth

dziesięć lat starsza od króla

W roku 149, gdy Aegon miał czternaście lat, lady Falena „uczyniła go mężczyzną". Kiedy w roku 151 gwardzista królewski przyłapał ich w łożu, ojciec Aegona wydał Falenę za dowódcę swych zbrojnych, Lucasa Lothsona, i przekonał króla, by mianował Lothsona lordem Harrenhal, chcąc pozbyć się Faleny z dworu. Mimo to w ciągu dwóch następnych lat Aegon często odwiedzał ten zamek.

Dzieci z Faleną Stokeworth: nie było uznanych.

Megette (Wesoła Meg)

młoda, piersiasta żona kowala

Gdy w roku 155 Aegon przejeżdżał nieopodal Fairmarket, jego koń zgubił podkowę. Młoda żona miejscowego kowala wpadła mu w oko, więc kupił ją za siedem złotych smoków (wspartych groźbą, jaką stanowił ser Joffrey Staunton z Gwardii Królewskiej). Dla Megette znaleziono dom w Królewskiej Przystani; wzięli nawet z Aegonem potajemny „ślub". Ceremonię odprawił komediant przebrany za septona. Megette w ciągu czterech lat dała swemu księciu cztery córki. Książę Viserys położył kres temu związkowi, odsyłając Megette do męża, a dziewczynki oddając Wierze, by wykształcono je na septy. Przed upływem roku kowal zatłukł odzyskaną żonę na śmierć.

Dzieci z Wesołą Meg: Alysanne, Lily, Willow, Rosey.

Lady Cassella Vaith

córka dornijskiego lorda

Po Hołdzie Słonecznej Włóczni Aegon eskortował do Królewskiej Przystani zakładników przekazanych królowi przez dornijskich lordów. Była wśród nich Cassella Vaith, smukła dziewczyna o zielonych oczach i jasnych, białoblond włosach. Aegon uczynił ją „zakładniczką" we własnych komnatach. Gdy Dornijczycy się zbuntowali i zamordowali króla Daerona, zakładników miano zabić i Aegon ponownie zamknął Cassellę, którą już się znudził, razem z jej towarzyszami. Nowy król, Baelor, ułaskawił jednak wszystkich zakładników i osobiście odprowadził ich do Dorne. Cassella nigdy nie wyszła za mąż i na starość uroiła sobie, że była jedyną prawdziwą miłością Aegona, który wkrótce po nią pośle.

Dzieci z Cassellą Vaith: nie było żadnych.

Bellegere Otherys (Czarna Perła z Braavos)

przemytniczka, handlarka, a niekiedy również piratka, kapitan „Wdowiego Wichru", zrodzona ze związku córki braavoskiego kupca z posłem z Wysp Letnich

Gdy w roku 161 Naerys zaszła w ciążę i omal nie umarła, król Baelor wysłał Aegona do Braavos z misją dyplomatyczną. Zachowane z owych czasów relacje sugerują, że chodziło o to, by Aegon zostawił Naerys w spokoju, pozwalając jej wrócić do zdrowia po nieudanym porodzie. Tam właśnie przyszły władca poznał Bellegere Otherys. Jego związek z Czarną Perłą przetrwał dziesięć lat, choć Bellegere miała ponoć męża w każdym porcie i Aegon był tylko jednym z wielu. W ciągu tego dziesięciolecia urodziła troje dzieci, dwie dziewczynki i jednego chłopca o wątpliwym ojcostwie.

Dzieci z Czarną Perłą: Bellenora, Barha, Balerion.

Lady Barba Bracken

pełna życia, ciemnowłosa córka lorda Brackena z Kamiennego Płotu, towarzysząca trzem księżniczkom w Krypcie Dziewic

Po śmierci Baelora w roku 171 na tron wstąpił Viserys II i księżniczkom znowu pozwolono widywać się z mężczyznami. Szesnastoletnia Barba oczarowała Aegona, wówczas księcia Smoczej Skały i dziedzica królestwa. Kiedy sam objął władzę w roku 172, mianował jej ojca swym namiestnikiem i otwarcie uczynił Barbę metresą. Powiła mu bękarta ledwie na dwa tygodnie przed tym, nim królowa Naerys wydała na świat kolejne bliźniaki: martwo urodzonego

chłopca oraz dziewczynkę, Daenerys, która przeżyła. Królowa była bliska śmierci i namiestnik – ojciec Barby – otwarcie mówił, że wyda córkę za króla. Naerys wróciła jednak do zdrowia i skandal, jaki wówczas wybuchł, zniszczył pozycję Barby. Młody książę Daeron i jego stryj, książę Aemon Smoczy Rycerz, zmusili Aegona do odesłania jej razem z bękartem. Chłopiec, wychowywany przez Brackenów w Kamiennym Płocie, nosił nazwisko Aegor Rivers, ale potem stał się znany jako Bittersteel.

Dzieci z Barbą Bracken: Aegor Rivers (Bittersteel).

Lady Melissa (Missy) Blackwood

najbardziej lubiana z metres króla

Młodsza i ładniejsza od lady Barby (choć miała znacznie mniejsze piersi), a także skromniejsza Missy miała dobre serce i szczodrą naturę, dzięki czemu zaprzyjaźniła się z nią nawet sama królowa Naerys, podobnie jak Smoczy Rycerz i książę Daeron. Podczas pięciu lat swego „panowania" Missy urodziła królowi troje bękartów. Najważniejszym z nich był chłopak, Brynden Rivers (ur. 175), nazwany potem Bloodravenem.

Dzieci z Melissą Blackwood: Mya, Gwenys, Brynden (Bloodraven).

Lady Bethany Bracken

młodsza siostra lady Barby

Ojciec i siostra celowo wyszkolili Bethany po to, by zdobyła względy króla i zastąpiła Missy Blackwood. W roku 177 wpadła w oko Aegonowi, który przybył do Kamiennego Płotu, by odwiedzić swego bękarta, Aegora. Król był już wtedy otyły i skłonny do wybuchów gniewu, ale zachwycił się Bethany i zabrał ją ze sobą do Królewskiej Przystani. Królewskie objęcia nie przypadły jednak do gustu dziewczynie, która poszukała pocieszenia u rycerza Gwardii Królewskiej, ser Terrence'a Toyne'a. W roku 178 parę przyłapał w łożu sam Aegon. Ser Terrence'a zamęczono na torturach, a lady Bethany i jej ojca stracono. Bracia ser Terrence'a próbowali pomścić jego śmierć; wówczas to książę Aemon Smoczy Rycerz zginął, broniąc życia króla Aegona.

Dzieci z Bethany Bracken: nie było żadnych.

Lady Jeyne Lothston

córka lady Faleny, pierwszej kochanki króla, albo z lordem Lucasem Lothstonem, albo z samym Aegonem

Matka sprowadziła Jeyne na królewski dwór w roku 178, gdy dziewczyna miała czternaście lat. Aegon mianował lorda Lothstona swym nowym namiestnikiem. Powiadają (choć nigdy tego nie udowodniono), że w swoim łożu zabawiał się z matką i córką jednocześnie. Wkrótce zaraził Jeyne francą, złapaną od kurew, z którymi sypiał po straceniu lady Bethany. Potem Lothstonów ponownie odesłano z dworu.

Dzieci z Jeyne Lothston: nie było żadnych.

Serenei z Lys (Słodka Serenei)

lyseńska piękność ze starożytnego, lecz zubożałego rodu, sprowadzona na dwór przez lorda Jona Hightowera, nowego namiestnika

Serenei była najpiękniejszą z metres Aegona, uważano ją również za czarodziejkę. Umarła w połogu, wydając na świat ostatnią z bękartów króla, dziewczynkę zwaną Shierą Morską Gwiazdą, która miała zostać największą pięknością w Siedmiu Królestwach, kochaną przez dwóch przyrodnich braci, Bittersteela i Bloodravena. Ich rywalizacja z czasem przerodziła się w nienawiść.

Dzieci z Serenei: Shiera.

PO LEWEJ | *(od lewej:) lady Melissa Blackwood, Serenei z Lys, lady Falena Stokeworth, Bellegere Otherys*

POWYŻEJ | *(od lewej): lady Bethany Bracken, lady Barba Bracken, Megette (Wesoła Meg), lady Cassella Vaith, lady Jeyne Lothston*

Daeron II

W ROKU 184 od Podboju Aegona Zdobywcy Aegon IV Niegodny dokonał wreszcie żywota.

Jego syn i dziedzic, książę Daeron, opuścił Smoczą Skałę przed upływem dwóch tygodni od chwili, gdy doszły go wieści o śmierci ojca, i Wielki Septon szybko koronował go w Czerwonej Twierdzy. Daeron postanowił nosić koronę ojca – zapewne chcąc w ten sposób położyć kres krążącym jeszcze gdzieniegdzie pogłoskom o swym nieprawym pochodzeniu. Następnie szybko zaczął naprawiać wiele spraw popsutych przez Aegona, zaczynając od usunięcia wszystkich członków królewskiej małej rady i mianowania nowych. Większość z nich okazała się mądrymi i utalentowanymi ludźmi. Minął z górą rok, nim udało się w podobny sposób naprawić Straż Miejską, ponieważ król Aegon często nagradzał tych, którzy zdobyli jego uznanie, awansami w jej szeregach, oni zaś dbali o to, by burdele – a nawet porządne kobiety z miasta – zawsze były gotowe zaspokajać żądze króla.

Daeron nie poprzestał jednak na tym w wysiłkach naprawienia wszystkiego, co jego ojciec zdeprawował bądź też doprowadził do rozkładu złośliwym zaniedbaniem. Pilnie wykonywał obowiązki wobec królestwa i starał się zaprowadzić stabilizację, pomimo efektów wydanego przez Aegona na łożu śmierci dekretu, legitymizującego całe przyrodnie rodzeństwo nowego króla. Choć nie mógł odwołać ostatnich życzeń ojca – i nie chciałby tego zrobić – starał się trzymać Wielkich Bękartów blisko siebie, traktował ich honorowo i nie odebrał im przyznanych przez swego poprzednika dochodów. Zapłacił też posag obiecany przez Aegona archontowi Tyrosh i dopilnował w ten sposób, by jego przyrodni brat Daemon Blackfyre poślubił Rohanne z Tyrosh, zgodnie z pragnieniem Aegona, mimo że ser Daemon miał dopiero czternaście lat. W dniu ślubu król przyznał Daemonowi ziemie nad Czarnym Nurtem, wraz z prawami do zbudowania zamku. Niektórzy mówią, że robił takie rzeczy, by wzmocnić swą władzę i potwierdzić prymat nad Wielkimi Bękartami, inni zaś zapewniają, że był dobry i sprawiedliwy. Jakkolwiek wygląda prawda, wszystkie te wysiłki poszły, niestety, na marne.

Rządy Daerona nie skupiały się wyłącznie na sprawie Wielkich Bękartów, czy nawet na likwidacji skutków panowania Aegona. Jego małżeństwo z Myriah z Dorne, która stała się teraz królową Siedmiu Królestw, okazało się szczęśliwe i płodne. Jednym z najwcześniejszych posunięć nowego władcy zaraz po wstąpieniu na tron było rozpoczęcie rokowań z księciem Maronem – jego dobrym bratem – mających doprowadzić do zjednoczenia Dorne z pozostałymi królestwami pod władzą Targaryenów. Po dwóch latach rokowań osiągnięto porozumienie. Książę Maron zgodził się ożenić z księżniczką Daenerys, gdy tylko osiągnie ona odpowiedni wiek. Ślub zawarto w następnym roku, po czym książę Maron ukląkł przed Żelaznym Tronem i złożył hołd lenny.

Król Daeron pomógł dornijskiemu księciu wstać, przy akompaniamencie głośnego aplauzu. Obaj razem opuścili Czerwoną Twierdzę i udali się do Wielkiego Septu, by złożyć złoty wieniec u stóp posągu Baelora Błogosławionego i oznajmić: „Baelorze, twoje dzieło się dokonało". To była wielka chwila. Całe Westeros – od Muru aż po Morze Letnie – zostało wreszcie zjednoczone, zgodnie z marzeniem Aegona Zdobywcy. Co więcej, cel ten osiągnięto bez straszliwej ceny krwi, którą zapłacił imiennik Daerona II, Młody Smok.

Następnego roku Daeron wzniósł dla upamiętnienia zawartego przez siebie pokoju wielką siedzibę na Dornijskim Pograniczu, nieopodal miejsca, gdzie spotykały się granice Reach, krain burzy i Dorne. Nazwał ją Summerhall i była raczej pałacem niż zamkiem, w najlepszym razie lekko ufortyfikowanym. W przyszłych latach wielu synów władców z rodu Targaryenów miało nosić tytuł księcia Summerhall.

Książę Maron uzyskał jednak w traktacie kilka ustępstw i od tej pory lordowie Dorne cieszyli się pewnymi znaczącymi prawami i przywilejami, które nie przysługiwały innym wielkim rodom. Przede wszystkim zachowali książęcy tytuł, mogli też utrzymać autonomiczne prawa, określać wysokość podatków należnych Żelaznemu Tronowi i pobierać je przy tylko nieregularnym nadzorze Czerwonej Twierdzy

W późniejszych latach, po tym, jak Daemon Blackfyre okazał się zdrajcą, powiadano, że jego nienawiść do Daerona zaczęła się wcześnie. Aegon chciał, by Daemon poślubił Rohanne z Tyrosh, on jednak pragnął czegoś innego: zrodziła się w nim namiętność do siostry Daerona, młodej księżniczki Daenerys. Jeśli wierzyć minstrelom, tylko dwa lata młodsza od bękarciego księcia Daenerys odwzajemniała jego afekt, ale ani Aegon IV, ani Daeron II nie chcieli pozwolić, by podobne uczucia rządziły sprawami państwowymi. Aegon uważał związek z Tyrosh za korzystniejszy, być może dlatego, że tyroshijska flota byłaby użyteczna podczas kolejnej próby podboju Dorne.

Brzmi to wiarygodnie. Inna opowieść twierdzi, że Daemon nie tyle sprzeciwiał się ślubowi z Rohanne z Tyrosh, ile był przekonany, że może podążyć w ślady Aegona Zdobywcy oraz Maegora Okrutnego i mieć więcej niż jedną żonę. Aegon mógł nawet obiecać, że spełni to jego życzenie (niektórzy stronnicy Blackfyre'ów zapewniali później, że tak właśnie było), ale Daeron był zupełnie innego zdania. Nie tylko nie pozwolił bratu wziąć sobie dwóch żon, lecz obiecał rękę Daenerys Maronowi Martellowi w umowie, która w końcu połączyła Dorne z resztą Siedmiu Królestw.

Któż wie, czy Daenerys rzeczywiście kochała Daemona, jak potem twierdzili ci, którzy powstali, opowiadając się za Czarnym Smokiem? W późniejszych latach Daenerys zawsze była wierną żoną księcia Marona, a jeśli nawet opłakiwała Daemona Blackfyre'a, nie pozostały po tym żadne ślady w przekazach.

i tak dalej. Niezadowolenie z tych ustępstw stało się jednym z powodów pierwszego buntu Blackfyre'ów, podobnie jak przekonanie, że Dornijczycy mają zbyt wielki wpływ na króla – Daeron II sprowadził bowiem na dwór wielu ludzi z Dorne, a niektórzy z nich dzierżyli ważne urzędy.

Tak czy inaczej, rządy Daerona szybko zaprowadziły stabilizację w królestwie, i zarówno prostaczkowie, jak i wielcy lordowie wkrótce zaczęli zwać króla Daeronem Dobrym. Powszechnie przyznawano, że jest sprawiedliwy i ma czułe serce, nawet jeśli niektórym nie podobało się to, jakimi wpływami cieszyła się jego dornijska żona. Choć nie był wojownikiem – opisy z owych czasów zgadzają się, że był drobnej postury, miał wątłe ręce, garbił się i z usposobienia był uczonym – dwaj z jego czterech synów mieli wszystko, czego można oczekiwać od rycerza, lorda bądź dziedzica. Najstarszy, książę Baelor, zdobył przydomek Złamana Włócznia w wieku siedemnastu lat, po sławnym zwycięstwie na turnieju dla uczczenia ślubu księżniczki Daenerys, gdzie w ostatniej walce pokonał Daemona Blackfyre'a. Najmłodszy syn Daerona, książę Maekar, zapowiadał się na podobnie wielkiego wojownika.

Zbyt wielu jednak było takich, którzy widząc ciemne włosy i oczy Baelora, szeptali, że jest raczej Martellem niż Targaryenem, mimo że książę z łatwością zdobywał szacunek innych i był równie hojny i sprawiedliwy, jak jego ojciec. Rycerze i lordowie z Dornijskiego Pogranicza przestali z czasem ufać Daeronowi, a także Baelorowi, coraz częściej tęskniąc do „dawnych dni", gdy Dornijczycy byli wrogami, z którymi walczyło się na polu bitwy, nie konkurentami w rywalizacji o królewskie uznanie i hojność. W takich chwilach spoglądali na Daemona Blackfyre'a – który wyrósł wysoki i silny, niczym półbóg pośród śmiertelników, a do tego nosił miecz Zdobywcy – i w ich głowach rodziły się pewne myśli.

Ziarno buntu zasiano, minęły jednak lata, nim wydało ono owoce. Nie było żadnej ostatecznej zniewagi czy wielkiej krzywdy, która skłoniłaby Daemona Blackfyre'a do zwrócenia się przeciwko królowi Daeronowi. Jeśli rzeczywiście chodziło o miłość do Daenerys, jak to możliwe, że minęło osiem lat, nim bunt wreszcie wybuchł? Trudno przez tak długi czas pamiętać o zawodzie miłosnym, zwłaszcza biorąc pod uwagę fakt, że Rohanne urodziła w tym okresie Daemonowi siedmioro synów i córek, Daenerys zaś dała kilkoro dziedziców księciu Maronowi.

Prawda wygląda tak, że ziarno padło na żyzną glebę z winy Aegona Niegodnego. Aegon nienawidził Dornijczyków i toczył z nimi wojny, a popierający Daemona lordowie pragnęli powrotu owych dni – bez względu na wszystkie towarzyszące im wybryki – i nigdy nie byliby zadowoleni z rządów pokojowo nastawionego króla. Wielu sławnych wojowników z trwogą spoglądało na spokój panujący w królestwie; wrogowie Dornijczyków przebywający na królewskim dworze zaczęli szukać kontaktu z Daemonem.

Niewykluczone, że Daemon Blackfyre z początku tolerował podobne gadanie, ponieważ łechtało jego próżność. W końcu między chwilą, gdy pierwsi podżegacze zgłosili się do niego, a wybuchem buntu minęły lata. Co zatem skłoniło Daemona do sięgnięcia po tron? Wydaje się prawdopodobne, że bezpośrednio winny był inny Wielki Bękart:

PO LEWEJ | *Daeron II i książę Maron Martell pod posągiem króla Baelora*

ser Aegor Rivers, zwany Bittersteelem. Być może to płynąca w jego żyłach krew Brackenów uczyniła Aegora tak drażliwym i cholerycznym. A może chodziło o haniebną utratę przez ten ród łask Aegona IV, co doprowadziło do wygnania Aegora z dworu? Albo po prostu o jego rywalizację z przyrodnim bratem, Bryndenem Riversem, który zdołał zachować wpływy w Królewskiej Przystani? Matkę Bryndena wszyscy kochali przez całe jej życie i czule ją wspominano. Dlatego Blackwoodowie nie ucierpieli tak jak Brackenowie, gdy król oddalił metresę pochodzącą z ich rodu.

Bez względu na przyczyny, Aegor Rivers wkrótce zaczął naciskać na Daemona Blackfyre'a, namawiając go do sięgnięcia po tron. Te naciski wzmocniły się jeszcze, gdy Daemon zgodził się wydać za Aegora swą najstarszą córkę, Callę. Bittersteel biegle władał mieczem, lecz jeszcze groźniejszy był jego język. Sączył jad do uszu Daemona, a wspierali go inni lordowie i rycerze zgłaszający swe żale.

Lata podobnego gadania wydały w końcu owoce i Daemon Blackfyre podjął decyzję. Uczynił to jednak zbyt pochopnie. Do Daerona szybko dotarły wieści, że Daemon zamierza pod koniec cyklu księżyca ogłosić się królem. (Nie wiemy, kto mu je powtórzył, choć niedokończone dzieło Meriona *Smok czerwony i czarny* sugeruje, że miał z tym coś wspólnego inny Wielki Bękart, Brynden Rivers). Daeron rozkazał Królewskiej Gwardii aresztować Blackfyre'a, nim ten zdoła zrealizować swe zdradzieckie plany. Ktoś jednak ostrzegł Daemona, któremu udało się uciec z Czerwonej Twierdzy dzięki pomocy słynącego z porywczego temperamentu rycerza, ser Quentyna Balla, zwanego Kulą Ognistą. Sojusznicy Daemona Blackfyre'a wykorzystali tę próbę aresztowania, twierdząc, że Daeron wystąpił przeciwko przyrodniemu bratu, kierując się wyłącznie bezpodstawnym strachem. Inni nadal zwali go Daeronem Fałszywie Zrodzonym, powtarzając kalumnię puszczoną ponoć w obieg przez samego Aegona Niegodnego w późnych latach jego panowania – jakoby ojcem Daerona nie był król, lecz jego brat, Smoczy Rycerz.

Tak oto w roku 196 o.P. zaczął się pierwszy bunt Blackfyre'ów. Rebelianci odwrócili tradycyjne kolory herbu Targaryenów, biorąc sobie za godło czarnego smoka w czerwonym polu, i ogłosili bękarta księżniczki Daeny Daemonem Blackfyre'em, Pierwszym Tego Imienia, oznajmiając, że jest on najstarszym prawowitym synem króla Aegona IV, a jego przyrodni brat Daeron to bękart. Stoczono potem wiele bitew między czarnym a czerwonym smokiem – w Dolinie, w krainach zachodu, w dorzeczu i w innych miejscach.

Bunt zakończył się na Polu Czerwonej Trawy, niemalże rok później. Niektórzy pisali o męstwie ludzi, którzy walczyli po stronie Daemona, inni zaś zwali ich zdrajcami. Bez względu jednak na całą odwagę i niechęć do Daerona, ich sprawa była przegrana. Daemon oraz jego dwaj najstarsi synowie, Aegon i Aemon, padli pod gradem strzał wypuszczonych przez Bryndena Riversa oraz jego prywatną straż, Zęby Kruka. Potem nastąpiła szalona szarża Bittersteela, który z Blackfyre'em w dłoni próbował poderwać do walki siły Daemona. W połowie szarży spotkał się z Bloodravenem. Doszło do zaciekłego pojedynku, podczas którego Bloodraven stracił oko, ale Bittersteel został zmuszony do rejterady.

Bitwa zakończyła się jednak dopiero wtedy, gdy nadciągnął książę Baelor Złamana Włócznia z zastępem lordów burzy i Dornijczyków. Baelor uderzył na tyły wroga, podczas gdy książę Maekar zebrał niedobitki straży przedniej lorda Arryna i uczynił z nich niewzruszone kowadło, o które roztrzaskały się wojska buntowników. Dziesięć tysięcy ludzi zginęło w imię próżności Daemona Blackfyre'a, a jeszcze więcej zostało rannych i okaleczonych. Podejmowane przez Daerona próby zaprowadzenia pokoju legły w gruzach, choć nie było w tym jego winy, poza być może faktem, że zbyt łaskawie traktował zazdrosnego przyrodniego brata.

Po zwycięstwie król Daeron okazał surowość, jakiej niewielu się spodziewało. Wielu lordów i rycerzy, którzy poparli Czarnego Smoka, utraciło ziemie, zamki i przywileje. Byli też zmuszeni dać zakładników. Daeron im zaufał, uczynił wszystko, co w jego mocy, by rządzić sprawiedliwie, a oni i tak zwrócili się przeciwko niemu. Ocalali synowie Daemona Blackfyre'a zbiegli do Tyrosh, miasta ich matki. Towarzyszył im Bittersteel. Królestwo jeszcze przez cztery pokolenia miały nękać ambicje pretendentów z rodu Blackfyre'ów, dopóki ostatniego potomka Daemona w linii męskiej nie wysłano do grobu.

Król Daeron w końcu uporał się z przyrodnimi braćmi, ponadto wspierała go siła synów, wielu sądziło więc, że zagwarantował, iż królestwo na długie wieki pozostanie

pod władzą dynastii Targaryenów. Niewielu mogło wątpić w to, że Baelor Złamana Włócznia okaże się wielkim królem, był bowiem sercem rycerskości i duszą mądrości, dobrze służył także ojcu jako namiestnik. Żaden człowiek nie zna jednak woli bogów. Baelor Złamana Włócznia padł w sile wieku, zabity przez własnego brata Maekara na turnieju w Ashford w roku 209 o.P. Nie doszło do tego w szrankach ani w walce zbiorowej, lecz podczas próby siedmiu – pierwszej od stulecia – w której Baelor walczył w obronie nisko urodzonego wędrownego rycerza. Jego śmierć niemal z pewnością była przypadkowa, pisze się też, że książę Maekar zawsze gorzko żałował zgonu brata i przez lata obchodził rocznicę jego śmierci. Niemniej Baelor zginął i Maekar – a wraz z nim całe królestwo – z pewnością zadawał sobie pytanie, czy jeden wędrowny rycerz był wart życia księcia Smoczej Skały i królewskiego namiestnika. (Rzecz jasna nie mogli wiedzieć, jak wysoko zajdzie ów wędrowny rycerz, ale to już inna historia).

Baelor miał synów, Valarra i Matarysa. Maekar również, sam król spłodził jeszcze dwóch innych, choć ludzie w królestwie mieli mniej przekonania do Aerysa – mola książkowego z obsesją na punkcie wiedzy tajemnej – oraz Rhaegela, słodkiego chłopaka dotkniętego szaleństwem. Potem jednak nadeszła wielka wiosenna zaraza, która dotarła do wszystkich krain poza Doliną i Dorne, gdzie zamknięto porty oraz przejścia przez góry. Najbardziej ucierpiała Królewska Przystań. Zmarł Wielki Septon, głos Siedmiu na Ziemi, a wraz z nim jedna trzecia Najpobożniejszych i niemal wszystkie milczące siostry w mieście. Trupy ciskano do Smoczej Jamy, aż ich stos osiągnął wysokość dziesięciu stóp. Wreszcie Bloodraven rozkazał piromantom palić ciała. Ćwierć miasta spłonęła razem z nimi, nie było jednak innego wyjścia.

Co gorsza, wśród ofiar byli też synowie Baelora Złamanej Włóczni, a także Daeron II, przez wielu zwany Dobrym. Władał przez dwadzieścia pięć lat i przez większość tego czasu w królestwie panowały pokój i dostatek.

Po dotarciu do Essos Bittersteel zwołał wygnanych lordów i rycerzy oraz ich potomków. W roku 212 o.P. założył Złotą Kompanię, która wkrótce stała się najważniejszą wolną kompanią na Spornych Ziemiach. Jej bojowy okrzyk „Pod złotymi płaszczami, ostra stal" zasłynął w całym Essos. Po Bittersteelu kompanią dowodzili potomkowie Daemona Blackfyre'a, aż wreszcie ostatniego z nich, Maelysa Monstrualnego, zabito na Stopniach.

PO LEWEJ | *Bittersteel prowadzi Złotą Kompanię* POWYŻEJ | *Daemon Blackfyre dowodzi szarżą na Polu Czerwonej Trawy*

Aerys I

Drugi syn Daerona, Aerys, wstąpił na tron w roku 184 o.P. Nigdy sobie nie wyobrażał, że zostanie królem, i wyjątkowo kiepsko nadawał się do zasiadania na Żelaznym Tronie. Aerys był na swój sposób wykształcony, choć jego zainteresowania skupiały się głównie na zakurzonych tomach mówiących o starożytnych proroctwach i wyższych tajemnicach. Ożenił się ze swą siostrą Aelinor, lecz nigdy nie wykazywał zainteresowania spłodzeniem z nią dziecka. Pogłoski mówią, że nawet nie skonsumował małżeństwa. Jego mała rada, nie potrafiąc wymyślić nic lepszego, miała nadzieję, że król po prostu z jakiegoś powodu nie lubi Aelinor, dlatego jej członkowie zachęcali go, by ją oddalił i wziął sobie inną żonę. Aerys jednak nie chciał nawet o tym słyszeć.

Syn Daerona włożył na głowę koronę podczas wielkiej zarazy wiosennej i od początku miał do czynienia z królestwem ogarniętym chaosem. Gdy tylko epidemia zaczęła słabnąć, Dagon Greyjoy, lord Żelaznych Wysp, wysłał swe drakkary na wyprawy łupieżcze wzdłuż brzegów morza zachodzącego słońca, podczas gdy w Essos Bittersteel knuł spiski z synami Daemona Blackfyre'a. Niewykluczone, że właśnie z powodu tych trudności Aerys mianował swym namiestnikiem Bryndena Riversa.

Bloodraven okazał się kompetentnym namiestnikiem, lecz również starszym nad szeptaczami na miarę lady Myserii. Byli tacy, którzy uważali, że Rivers i jego przyrodnia siostra oraz faworyta, Shiera Morska Gwiazda, posługują się czarami dla zdobywania tajemnic. Zaczęto mówić, że Bloodraven ma „tysiąc oczu i jedno". Ludzie, zarówno wysoko, jak i nisko urodzeni, przestali ufać sąsiadom w obawie, że mogą się oni okazać szpiegami na jego usługach. Aerys potrzebował zaś szpiegów z uwagi na trudności, które nastąpiły po wielkiej zarazie wiosennej. Nadeszło lato, a wraz z nim susza trwająca ponad dwa lata. Wielu obwiniało o nią króla, a jeszcze więcej było takich, którzy oskarżali Bloodravena. Niektórzy Bracia Ubodzy jawnie nawoływali do zdrady, podobnie jak rycerze i lordowie. W niektórych przypadkach owa zdrada przybierała określoną postać: żądania, by Czarny Smok wrócił zza wąskiego morza i zajął należne mu miejsce.

W samym centrum wysiłków mających doprowadzić do nowego powstania stał lord Gormon Peake. Z powodu roli, jaką odegrał w pierwszym buncie Blackfyre'ów, odebrano mu dwa z trzech zamków od stuleci należących do jego rodu. Po suszy i wielkiej zarazie wiosennej lord Gormon przekonał najstarszego żyjącego syna Daemona Blackfyre'a, Daemona Młodszego, do przybycia zza wąskiego morza i podjęcia próby sięgnięcia po tron.

Spiskowcy spotkali się w roku 211 o.P. na weselnym turnieju w Białych Murach, wielkiej siedzibie wzniesionej przez lorda Butterwella nad brzegiem Oka Boga. Był to ten sam Butterwell, który służył jako namiestnik Daeronowi aż do chwili, gdy król zastąpił go lordem Hayfordem, z uwagi na podejrzany brak skuteczności, jakim Butterwell wykazał się w reagowaniu na poczynania Daemona Blackfyre'a we wczesnych dniach buntu. Pod pozorami uczestnictwa w weselu oraz turnieju w Białych Murach zgromadziło się wielu lordów i rycerzy połączonych pragnieniem posadzenia Blackfyre'a na tronie.

Niektórzy sugerowali, że bardziej prawdopodobnym powodem mianowania Bloodravena był fakt, że podzielał on fascynację króla wiedzą tajemną i starożytną historią. Powszechnie wówczas wiedziano, że Rivers studiuje wyższe tajemnice. Już wcześniej zdobył wpływy na dworze, ale tylko nieliczni spodziewali się, że Aerys mianuje go namiestnikiem. Tą decyzją sprowokował kłótnię ze swym bratem, księciem Maekarem, który spodziewał się, że ów zaszczyt przypadnie jemu. Książę Maekar opuścił potem Królewską Przystań, wyjeżdżając na wiele lat do Summerhall.

PO PRAWEJ | *Aresztowanie Daemona II Blackfyre'a*

Powszechnie wiadomo, że Daemon Młodszy marzył o zostaniu królem, znany jest również fakt, że Bittersteel nie poparł jego próby sięgnięcia po tron. Pytanie, dlaczego Aegor Rivers pomagał ojcu, lecz odmówił wsparcia synowi, nadal wywołuje niekiedy dyskusje w komnatach Cytadeli. Wielu utrzymuje, iż Daemon Młodszy i lord Gormon nie zdołali go przekonać, że ich plan może się udać. Prawdę mówiąc, to dobry argument. Żądza zemsty i pragnienie odzyskania zamków uczyniły Peake'a głuchym na głos rozsądku, Daemon zaś żywił przekonanie, że powiedzie mu się bez względu na wszelkie przeszkody. Inni sugerują natomiast, że Bittersteel był twardym mężczyzną, nie interesowało go zbytnio nic, co nie służyło wojnie, i dlatego nie ufał snom Daemona oraz jego miłości do muzyki i pięknych rzeczy. Jeszcze inni nadal ściągają brwi, wspominając bliski związek łączący Daemona z młodym lordem Cockshaw, i sugerują, że Aegon Rivers mógł być nim zaniepokojony w stopniu wystarczającym, by odmówić chłopakowi pomocy.

Gdyby nie fakt, że Bloodraven miał wśród spiskowców swych informatorów, Daemonowi Młodszemu mogłoby się udać wywołanie kłopotliwej rebelii w samym sercu dorzecza. Jednakże jeszcze przed zakończeniem turnieju namiestnik pojawił się pod murami zamku ze swymi wojskami i drugi bunt Blackfyre'ów skończył się, nim zdążył się na dobre rozpocząć. Gormon Peake był jednym z tych, których potem stracono, podczas gdy inni, jak lord Butterwell, utracili ziemie i siedziby. Jeśli zaś chodzi o Daemona, żył jeszcze przez pewien czas jako zakładnik w Czerwonej Twierdzy. Niektórzy kwestionowali decyzję króla, lecz jej mądrość była oczywista: następny z braci, Haegon, nie mógł zgłaszać pretensji do tronu, dopóki żył jego starszy brat.

Drugi bunt Blackfyre'ów zakończył się kompromitacją, ale nie zawsze dało się uniknąć walk. W roku 219 o.P. Haegon Blackfyre i Bittersteel rozpoczęli trzeci bunt. Czyny, które wówczas popełniono – zarówno szlachetne, jak i niegodziwe – są nam dobrze znane: przywództwo Maekara, zachowanie Aeriona Jasnego Płomienia, odwaga najmłodszego syna Maekara oraz drugi pojedynek między Bloodravenem a Bittersteelem... Pretendent Haegon I Blackfyre zginął po bitwie, zabity zdradziecko po tym, jak oddał miecz, ale ser Aegor Rivers, Bittersteel, dostał się do niewoli i wrócił do Czerwonej Twierdzy w łańcuchach. Wielu po dziś dzień uparcie twierdzi, że gdyby zabito go natychmiast, jak radzili książę Aerion i Bloodraven, mogłoby to położyć szybki kres ambicjom Blackfyre'ów.

Tak się jednak nie stało. Choć Bittersteela osądzono i uznano za winnego zdrady, król Aerys darował mu życie i rozkazał wysłać go na Mur, by spędził tam resztę życia jako człowiek z Nocnej Straży. Okazanie mu łaski było głupią decyzją; Blackfyre'owie nadal mieli na dworze wielu przyjaciół i niektórzy z nich z chęcią podejmowali się roli szpiegów. Statek wiozący Bittersteela i kilkunastu innych jeńców przechwycono na wąskim morzu po drodze do Wschodniej Strażnicy. Aegor Rivers odzyskał wolność i wrócił do Złotej Kompanii. Nim rok się skończył, koronował w Tyrosh najstarszego syna Haegona na króla Daemona III Blackfyre'a, i wrócił do spiskowania przeciwko monarsze, który darował mu życie.

Król Aerys zasiadał na Żelaznym Tronie jeszcze przez blisko dwa lata, nim w roku 121 o.P. zmarł z przyczyn naturalnych.

Podczas swego panowania Jego Miłość zatwierdził serię dziedziców, lecz żaden z nich nie był jego dzieckiem. Aerys umarł bezpotomnie, a jego małżeństwo do końca pozostało nieskonsumowane. Jego brat Rhaegel, trzeci syn Daerona Dobrego, umarł przed nim; w roku 215 udławił się podczas uczty pasztetem z minoga. Nowym księciem Smoczej Skały został jego syn Aelor. Dwa lata później zginął on jednak z ręki swej bliźniaczej siostry i żony Aelory w groteskowym wypadku, w wyniku czego oszalała ona z żalu.

Kiedy natomiast Aelora odebrała sobie życie po tym, jak na balu maskowym zaatakowali ją trzej mężczyźni, znani historii jako Szczur, Jastrząb i Świnia, pozostał tylko jeden możliwy dziedzic – ostatni żyjący brat króla, książę Maekar.

Maekar I

MAEKAR BYŁ PEŁNYM ENERGII władcą i sławnym wojownikiem, był też jednak surowy, łatwo osądzał i potępiał ludzi. Nigdy nie posiadał daru łatwego zdobywania przyjaciół i sojuszników, jakim cechował się Baelor, a po tym, jak zabił brata podczas turnieju – choć zrobił to nieumyślnie – stał się jeszcze bardziej srogi i nieprzejednany. Pragnął odciąć się od przeszłości tak bardzo, że kazał wykonać nową koronę o groźnym wyglądzie – kolce z czarnego żelaza na obręczy z czerwonego złota – jako że korona Aegona Zdobywcy zaginęła na wiele lat po śmierci Daerona I w Dorne. Niemniej panowanie Maekara przypadło na stosunkowo spokojny okres między dwoma buntami Blackfyre'ów, i jeśli nawet w królestwie dochodziło do rozruchów, wywoływali je głównie synowie króla.

Najważniejszym problemem panowania Maekara była kwestia jego dziedziców. Miał sporo synów i córek, niektórzy mieli jednak powody, by wątpić, czy nadają się oni na władców. Najstarszy, książę Daeron, zasłynął znany pod przydomkiem Pijany i wolał, by tytułowano go księciem Summerhall, ponieważ Smocza Skała wydawała mu się bardzo ponurym domostwem. Drugim był książę Aerion, znany jako Jasny Płomień albo Jasny Ogień. Był walecznym rycerzem, ale miał kapryśny i okrutny charakter, a do tego parał się mrocznymi sztukami. Obaj ci książęta umarli przed ojcem, ale pozostawili potomstwo. Książę Daeron spłodził w roku 222 córkę, Vaellę; niestety, dziewczyna była słaba na umyśle. Syn Aeriona przyszedł na świat w roku 232 i ojciec nadał mu złowróżbne imię Maegor; sam Jasny Książę dokonał żywota w tym samym roku, wypiwszy puchar dzikiego ognia w przekonaniu, że pozwoli mu to zamienić się w smoka.

Trzeci syn Maekara, Aemon, był molem książkowym i w młodości wysłano go do Cytadeli, gdzie został zaprzysiężonym, noszącym łańcuch maesterem. Najmłodszym z synów króla był książę Aegon, który w wieku chłopięcym służył jako giermek wędrownemu rycerzowi, temu samemu, w którego obronie zginął Baelor Złamana Włócznia, i zdobył przydomek „Jajo". Jakiś dworski dowcipniś rzekł: „Daeron budzi śmiech, a Aerion strach, zaś Aegon to więcej niż w połowie wieśniak".

Gdy król Maekar zginął w walce w roku 233 o.P., prowadząc wojska przeciwko zbuntowanemu lordowi z Dornijskiego Pogranicza, kwestia sukcesji wywołała spore zamieszanie. Nie chcąc ryzykować następnego Tańca Smoków, królewski namiestnik, Bloodraven, postanowił zwołać Wielką Radę, by rozstrzygnęła tę kwestię.

W roku 233 o.P. setka lordów wielkich i małych zebrała się w Królewskiej Przystani. Ponieważ obaj starsi synowie Maekara nie żyli, pozostało czworo możliwych kandydatów. Wielka Rada bezzwłocznie zdyskwalifikowała słodką, lecz słabą na umyśle córkę księcia Daerona, Vaellę. Tylko nieliczni poparli kandydaturę syna Aeriona Jasnego Płomienia, Maegora. Niemowlę na tronie oznaczałoby długą, pełną swarów regencję, zgłaszano też obawy, że chłopiec mógł odziedziczyć szaleństwo i okrucieństwo po ojcu. Oczywistym kandydatem był książę Aegon, ale niektórzy lordowie jemu również nie ufali, obawiając się, że podróże z wędrownym rycerzem uczyniły go „w połowie wieśniakiem". Prawdę mówiąc, tak wielu z nich go nienawidziło, że postanowiono sprawdzić, czy będzie można zwolnić ze ślubów jego starszego brata, maestera Aemona. Aemon jednak odmówił i nic z tego nie wyszło.

Kiedy Wielka Rada obradowała, w Królewskiej Przystani pojawił się inny pretendent – nie kto inny jak Aenys Blackfyre, piąty z siedmiu synów Czarnego Smoka. Gdy dotarły do niego wieści o zwołaniu Rady, wysłał list z wygnania w Tyrosh i zgłosił swą kandydaturę, w nadziei, że słowa pozwolą mu zdobyć Żelazny Tron, po który jego bracia trzykrotnie bezskutecznie sięgali za pomocą mieczy. Bloodraven, królewski namiestnik, dał mu w odpowiedzi list żelazny, by pretendent mógł przybyć do Królewskiej Przystani i osobiście przedstawić swe argumenty.

Aenys nierozsądnie przyjął tę propozycję, ale gdy tylko przybył do miasta, złote płaszcze aresztowały go i zawlekły do Czerwonej Twierdzy, gdzie bezzwłocznie ścięto mu głowę; zaprezentowano ją lordom zasiadającym w Wielkiej Radzie jako ostrzeżenie dla tych, którzy mogli jeszcze wspierać sprawę Blackfyre'ów.

Wkrótce potem Wielka Rada większością głosów wybrała „Księcia, Który był Jajem". Aegon V, czwarty syn czwartego syna, stał się szeroko znany jako Aegon Niespodziewany, z uwagi na to, że w młodych latach znajdował się tak daleko w linii sukcesji.

POWYŻEJ | *Korona króla Maekara I* PO PRAWEJ | *Król Aegon Niespodziewany (stoi z tyłu) oraz jego synowie (od lewej): Duncan, Jaehaerys i Daeron*

Aegon V

Pierwszym posunięciem Aegona po objęciu tronu było aresztowanie Bryndena Riversa, królewskiego namiestnika, za zamordowanie Aenysa Blackfyre'a. Bloodraven nie przeczył, że celowo zwabił pretendenta w pułapkę, oferując mu list żelazny, utrzymywał jednak, że poświęcił osobisty honor dla dobra królestwa.

Choć wielu się z nim zgadzało i cieszyło się ze śmierci kolejnego z synów Czarnego Smoka, król Aegon uznał, że nie ma innego wyboru, jak skazać namiestnika, by słowo Żelaznego Tronu nie utraciło wszelkiej wartości. Ofiarował Bloodravenowi szansę przywdziania czerni i wstąpienia do

W roku 239 o.P. Bloodraven zdobył pozycję lorda dowódcy Nocnej Straży. Piastował to stanowisko do roku 252 o.P., kiedy to zaginął podczas wyprawy zwiadowczej.

Nocnej Straży. Ser Brynden Rivers z niej skorzystał i pod koniec roku 233 pożeglował na Mur. Nikt nie przechwycił jego statku. Bloodravenowi towarzyszyło dwustu ludzi, w tym wielu łuczników z jego osobistej straży, Zębów Kruka. Był z nimi także brat króla, maester Aemon.

Panowanie Aegona było pełne wyzwań. Zaczęło się w samym środku zimy, która trwała już trzy lata i nie miała zamiaru się skończyć. Na północy ludzie cierpieli głód oraz niedostatek, jak przed stu laty, podczas długiej zimy trwającej od roku 130 do 135 o.P. Król Aegon, zawsze dbający o ubogich i słabych, zrobił, co tylko w jego mocy, by zwiększyć ilość napływającego na północ zboża oraz innych zapasów. Niektórzy uważali, że uczynił w tej sprawie wręcz zbyt wiele.

Jego władzę szybko poddali próbie również ci, w których sprawy zbyt często mieszał się jako książę, próbując ograniczyć ich prawa i przywileje. Śmierć Aenysa Blackfyre'a nie położyła też bynajmniej kresu zagrożeniu, jakie stanowili potomkowie Czarnego Smoka. Haniebna zdrada Bloodravena zaostrzyła jeszcze wrogość mieszkających za wąskim morzem wygnańców. W roku 236 o.P., gdy okrutna, sześcioletnia zima miała się już ku końcowi, doszło do czwartego buntu Blackfyre'ów. Samozwańczy król Daemon III Blackfyre, syn Haegona i wnuk Daemona I, przepłynął przez wąskie morze z Bittersteelem i Złotą Kompanią, by podjąć kolejną próbę zdobycia Żelaznego Tronu.

Najeźdźcy wylądowali na Haku Masseya, na południe od Czarnej Zatoki, ale pod ich chorągwie napłynęło niewielu ludzi. Król Aegon V osobiście ruszył im na spotkanie. Towarzyszyło mu trzech synów. W bitwie pod Wendwater Bridge Blackfyre'owie ponieśli druzgocącą klęskę. Daemon III zginął z ręki rycerza Gwardii Królewskiej, ser Duncana Wysokiego, tego samego wędrownego rycerza, któremu

„Jajo" służył ongiś jako giermek. Bittersteel ponownie uniknął pojmania i uciekł, po to tylko, by po kilku latach znowu pojawić się na Spornych Ziemiach i przyłączyć się ze swymi najemnikami do pozbawionej znaczenia wojenki między Tyrosh a Myr. Ser Aegor Rivers padł w boju, licząc sobie sześćdziesiąt dziewięć lat. Ponoć zginął tak samo, jak żył, z mieczem w dłoni i przekleństwem na ustach. Jego dziedzictwo przetrwało jednak w Złotej Kompanii oraz rodzie Blackfyre'ów, któremu służył i którego bronił.

Podczas panowania Aegona V stoczono też inne bitwy. Przez większość czasu swych rządów niespodziewany król był zmuszony nosić zbroję, tłumiąc jedno powstanie po drugim. Prostaczkowie go kochali, ale wśród lordów królestwa miał wielu wrogów, jako że starał się ograniczyć ich władzę. Wprowadził liczne reformy i przyznał nisko urodzonym prawa, jakich nigdy dotąd nie znali, każda z tych decyzji spotykała się zaś z zaciekłym oporem lordów, a niekiedy nawet ich otwartym sprzeciwem. Najbardziej nieprzejednani wrogowie Aegona V posuwali się wręcz do tego, że zwali go „tyranem o krwawych rękach, pragnącym pozbawić nas przyznanych przez bogów praw i swobód".

Powszechnie wiedziano, że ten ciągły opór wystawiał na próbę cierpliwość Aegona – zwłaszcza że kompromisy, jakie król musiał zawierać, by dobrze władać, często odsuwały realizację jego najgorętszych nadziei w coraz dalszą przyszłość. Jeden sprzeciw następował po drugim i Jego Miłość musiał się kłaniać krnąbrnym lordom częściej, niżby tego pragnął. Aegon V był znawcą historii i kochał książki. Często słyszano, jak mawiał, że gdyby tylko miał smoki, jak pierwszy Aegon, mógłby ukształtować królestwo na nowo, zapewniając wszystkim pokój, dostatek i sprawiedliwość.

Nawet synowie sprawiali owemu królowi o dobrym sercu kłopoty, zamiast być jego siłą. Aegon V ożenił się z miłości, biorąc sobie za żonę lady Bethę Blackwood, pełną werwy (niektórzy powiadali nawet, że samowolną) córkę lorda Raventree Hall, która stała się znana jako Czarna Betha, z powodu swych ciemnych oczu i kruczych włosów. Gdy w roku 220 o.P. wzięli ślub, miała dziewiętnaście lat, a Aegon dwadzieścia. Był wówczas tak daleko w linii sukcesji, że nikt nie sprzeciwiał się temu związkowi. Z upływem lat Czarna Betha dała Aegonowi trzech synów (Duncana, Jaehaerysa i Daerona) oraz dwie córki (Shaerę i Rhaelle).

W rodzie Targaryenów od dawna panował zwyczaj zawierania małżeństw między rodzeństwem, dla zachowania czystości krwi smoka. W Aegonie V z jakiegoś powodu zrodziło się jednak przekonanie, że z takich związków więcej jest szkody niż pożytku. Postanowił, że zamiast tego połączy swe dzieci węzłem małżeńskim z synami i córkami niektórych z największych lordów Siedmiu Królestw. Miał nadzieję, że zdobędzie w ten sposób ich poparcie dla planowanych reform i wzmocni swe rządy.

Przy pomocy Czarnej Bethy w roku 237 o.P. – gdy dzieci Aegona były jeszcze małe – udało się zaaranżować kilka korzystnych zaręczyn, co stało się przyczyną wielkiej radości. Gdyby do tych małżeństw doszło, mogłoby z nich wyniknąć wiele dobrego... ale Jego Miłość nie wziął pod uwagę krnąbrności płynącej we krwi własnych dzieci. Dzieci Bethy Blackwood okazały się równie uparte jak ich matka, a gdy chodziło o wybór małżonków, postanowiły kierować się sercem, podobnie jak ich ojciec.

Najstarszy syn Aegona, Duncan, książę Smoczej Skały i następca tronu, był pierwszym, który mu się sprzeciwił. Choć od dawna był zaręczony z panną z rodu Baratheonów z Końca Burzy, w roku 239 o.P., podróżując po dorzeczu, zakochał się w niezwykłej, pięknej i tajemniczej dziewczynie, która przedstawiła mu się jako Jenny ze Starych Kamieni. Choć wiodła na wpół dzikie życie pośród ruin i utrzymywała, że pochodzi od dawno zapomnianych królów Pierwszych Ludzi, prostaczkowie z okolicznych wiosek drwili z tych opowieści, mówiąc, że jest tylko nieco pomieszaną na umyśle wieśniaczką, a być może nawet czarownicą.

Jest prawdą, że Aegon był przyjacielem prostaczków i w znacznej mierze wychowywał się pośród nich, ale nawet on nie chciał zatwierdzić małżeństwa następcy tronu z nisko urodzoną dziewczyną o niepewnym pochodzeniu. Jego Miłość zrobił wszystko, co tylko mógł, by unieważnić małżeństwo, i domagał się, by Duncan oddalił Jenny. Książę był jednak równie uparty jak ojciec, i odmówił mu. Nawet gdy Wielki Septon, wielki maester i mała rada wspólnie zażądali, by król Aegon zmusił syna do wyboru między Żelaznym Tronem a tą dziką kobietą z lasu, Duncan nie ustąpił. Zamiast odesłać Jenny, wyrzekł się praw do korony na rzecz brata, Jaehaerysa, i zrezygnował z tytułu księcia Smoczej Skały.

Nawet to jednak nie wystarczyło, by przywrócić pokój i odzyskać przyjaźń Końca Burzy. Ojciec wzgardzonej dziewczyny, lord Lyonel Baratheon zwany Roześmianą Burzą, nie zaliczał się do ludzi, którzy łatwo zapominają o zranionej dumie. Wybuchł krótki, lecz krwawy bunt, który zakończył się dopiero wtedy, gdy ser Duncan z Gwardii Królewskiej pokonał lorda Lyonela w pojedynku, a król Aegon dał solenne słowo, że jego najmłodsza córka, Rhaelle, poślubi dziedzica Końca Burzy. Dla przypieczętowania tej umowy Rhaelle wysłano do siedziby Baratheonów, by służyła tam jako podczaszy oraz towarzyszka pani żony lorda Lyonela. Jenny ze Starych Kamieni – lady Jenny, jak zwano ją przez uprzejmość – w końcu zaakceptowano na dworze, a prostaczkowie w całych Siedmiu Królestwach darzyli ją szczególną miłością. Jenny i jej książę – zawsze odtąd znany jako Książę Ważek – na wiele lat stali się ulubionym tematem minstreli.

Następny był Jaehaerys, który został teraz księciem Smoczej Skały. Choć podczas lat spędzonych wśród prostaczków

Jenny ze Starych Kamieni pojawiła się na dworze w towarzystwie karłowatej albinoski, która ponoć była leśną wiedźmą z dorzecza. Sama lady Jenny w swej ignorancji twierdziła, że kobieta jest dzieckiem lasu.

król Aegon nauczył się spoglądać z niesmakiem na valyriański zwyczaj kazirodczych małżeństw, książę Jaehaerys miał bardziej tradycyjne poglądy. Od bardzo wczesnego wieku kochał swą siostrę Shaerę i marzył o poślubieniu jej zgodnie z dawnym zwyczajem Targaryenów. Gdy król Aegon i królowa Betha dowiedzieli się o tych pragnieniach, po raz kolejny zrobili, co tylko mogli, by rozdzielić dwoje zakochanych, ale rozłąka najwyraźniej jeszcze bardziej rozpaliła wzajemną namiętność księcia i księżniczki.

Książę Jaehaerys nie był tak samowolny jak jego brat, ale gdy Duncan sprzeciwił się ojcu, idąc za głosem serca, a król i cały dwór zgodzili się spełnić jego pragnienia, młodszy książę nie omieszkał tego zauważyć. W roku 240 o.P., rok po ślubie księcia Duncana, książę Jaehaerys i księżniczka Shaera wymknęli się swym strażnikom i pobrali potajemnie. Jaehaerys miał wówczas piętnaście lat, a Shaera czternaście. Gdy król i królowa dowiedzieli się, co się stało, małżeństwo już skonsumowano. Aegon ponownie musiał się uporać ze głębiej, gdy w roku 251 o.P. poległ w bitwie, prowadząc armię przeciwko Szczurowi, Jastrzębiowi i Świni. Ser Jeremy zginął u jego boku, ale bunt stłumiono, a jego przywódców zabito w walce bądź powieszono.

W roku 258 o.P. w Essos pojawiło się nowe zagrożenie dla władzy Aegona. Dziewięciu banitów, wygnańców, piratów i kapitanów kompanii najemników spotkało się pod „Drzewem Koron", by zawrzeć złowrogi sojusz. Banda Dziewięciu poprzysięgła wspierać się nawzajem w próbach wykrojenia królestw dla każdego z jej członków. Jednym z nich był Maelys Monstrualny, dowódca Złotej Kompanii, a królestwem, które przysięgli dla niego zdobyć, było Westeros. Książę Duncan skomentował tę wiadomość sławnymi słowami, że korony sprzedaje się teraz po dziewięć groszy sztuka. Od tej pory Bandę Dziewięciu znano w Westeros jako „dziewięciogroszowych królów". Z początku uważano, że Wolne Miasta Essos z pewnością połączą swe siły i położą kres owym pretensjom, niemniej rozpoczęto przygotowania,

Jaehaerys i Shaera mieli dwoje dzieci, Aerysa i Rhaellę. Pod wpływem słów towarzyszącej Jenny ze Starych Kamieni leśnej wiedźmy książę Jaehaerys postanowił, że rodzeństwo musi wziąć ślub – tak przynajmniej mówią nam relacje z jego dworu. Sfrustrowany król Aegon tym razem umył ręce, pozwalając księciu postąpić, jak zechce.

zranioną dumą i gniewem znieważonych wielkich rodów, Jaehaerys był bowiem zaręczony z Celią Tully, córką lorda Riverrun, Shaera zaś z Luthorem Tyrellem, dziedzicem Wysogrodu.

Nawet najmłodszy syn króla Aegona, książę Daeron – zepsuty przykładem braci – sprzeciwił się ojcu w podobny sposób. Mimo że zaręczono go z lady Olenną Redwyne z Arbor, kiedy oboje mieli dziewięć lat, książę Daeron odrzucił ten związek w roku 246, gdy miał lat osiemnaście... choć w jego przypadku najwyraźniej nie było innej kobiety, albowiem Daeron pozostał bezżenny przez resztę swego krótkiego życia. Książę był urodzonym żołnierzem, uwielbiał turnieje i bitwy, i wolał towarzystwo ser Jeremy'ego Norridge'a, młodego, przystojnego rycerza, który zawsze trwał u jego boku, od czasu, gdy obaj byli giermkami w Wysogrodzie. Książę Daeron zasmucił też ojca znacznie na wypadek gdyby Maelys i jego sojusznicy zwrócili się przeciwko Siedmiu Królestwom. Sprawa nie wydawała się jednak pilna i król Aegon nadal skupiał się na rządzeniu krajem.

I na jeszcze jednym: smokach. Starzejąc się, król zaczął marzyć o tym, że znowu będą one latały nad Westeros. Pod tym względem nie różnił się od poprzedników, którzy sprowadzali septonów, by modlili się nad ostatnimi zachowanymi jajami, magów rzucających na nie zaklęcia oraz maesterów, którzy nad nimi ślęczeli. Mimo że przyjaciele i doradcy próbowali wybić mu to z głowy, Aegon żywił coraz głębsze przekonanie, że tylko dzięki smokom może zdobyć władzę wystarczającą, by wprowadzić w Siedmiu Królestwach zmiany, których pragnął, i zmusić dumnych, upartych lordów do zaakceptowania jego dekretów.

Ostatnie lata panowania Aegona wypełniły poszukiwania starożytnej valyriańskiej wiedzy dotyczącej hodowli smoków. Król wysyłał ponoć ludzi do miejsc tak dalekich, jak Asshai przy Cieniu, w nadziei, że odnajdą tam teksty oraz wiedzę, które nie przetrwały w Westeros.

Marzenie o smokach doprowadziło do straszliwej tragedii, która nadeszła w chwili radości. W pamiętnym roku 259 o.P. król wezwał wielu spośród tych, którzy byli mu najbliżsi, do Summerhall, swego ulubionego zamku, by uczcić nadchodzące narodziny swego pierwszego prawnuka, chłopca imieniem Rhaegar, syna Aerysa i Rhaelli oraz wnuka księcia Jaehaerysa.

Tak się pechowo składa, że pozostało bardzo niewielu świadków tragedii w Summerhall, a ci, którzy przeżyli, nie chcieli o niej opowiadać. Sugestywna stronica kroniki Gyldayna – z pewnością jedna z ostatnich, które napisał przed śmiercią – insynuuje wiele, lecz rozlany przypadkiem inkaust zamazał większą część tekstu:

...krew smoka skupiona w jednym...

...siedem jaj, dla uczczenia siedmiu bogów, mimo że królewski septon ostrzegał...

...piromanci...

...dziki ogień...

...płomienie wyrwały się spod kontroli... wzbiły się wysoko... tak gorące, że...

...zginąłby, gdyby nie odwaga lorda dow...

Jaehaerys II

TRAGEDIA W SUMMERHALL sprawiła, że w roku 259 o.P. na Żelaznym Tronie zasiadł Jaehaerys, Drugi Tego Imienia. Ledwie zdążył włożyć na głowę koronę, gdy do Siedmiu Królestw znów zawitała wojna. Dziewięciogroszowi królowie zdobyli i łupili Wolne Miasto Tyrosh, a następnie zagarnęli Stopnie, z których mogli rozpocząć atak na Westeros.

Jaehaerys wiedział, że Banda Dziewięciu zamierza zdobyć Żelazny Tron dla Maelysa Monstrualnego, który ogłosił się królem Maelysem I Blackfyre'em. Nowy król, podobnie jak jego ojciec Aegon, miał jednak nadzieję, że sojusz łotrów ugrzęźnie w Essos, bądź też zada mu klęskę jakieś przymierze Wolnych Miast. Teraz chwila inwazji nadeszła. Król Aegon V zginął, podobnie jak Książę Ważek. Książę Daeron, ten wspaniały rycerz, poległ już przed laty. Pozostał tylko Jaehaerys, najmniej wojowniczy z trzech synów Aegona.

Nowy król miał trzydzieści cztery lata w chwili, gdy zasiadł na Żelaznym Tronie. Nikt z pewnością nie nazwałby go groźnym. W przeciwieństwie do swych braci Jaehaerys II Targaryen był chudy i wątły, a do tego przez całe życie dokuczały mu rozmaite choroby. Nie brakowało mu jednak odwagi ani inteligencji. Jego Miłość odłożył żałobę na później i – opierając się na planach ojca – zwołał swych lordów chorążych, by spotkać się z dziewięciogroszowymi królami na Stopniach. Wolał zanieść im wojnę, zamiast czekać, aż wylądują na brzegach Siedmiu Królestw.

Król Jaehaerys zamierzał osobiście poprowadzić atak na dziewięciogroszowych królów, ale jego namiestnik, lord Ormund Baratheon, przekonał go, że byłoby to nierozsądne. Zauważył, że król nie jest przyzwyczajony do rygorów kampanii i nie włada biegle bronią, a do tego – dowodził – byłoby szaleństwem, gdyby narażał się na śmierć w boju tak krótko po tragedii w Summerhall. Jaehaerys ustąpił, zgadzając się pozostać w Królewskiej Przystani ze swą królową. Dowodzenie zastępem przydzielono lordowi Ormundowi, jako królewskiemu namiestnikowi.

W roku 260 o.P. jego lordowska mość wylądował z armiami Targaryenów na trzech Stopniach i w wojnie dziewięciogroszowych królów polała się pierwsza krew. Walki na wyspach i w dzielących je od siebie kanałach trwały przez większą część roku. *Relacja z wojny dziewięciogroszowych królów* autorstwa maestera Eona, jedno z najlepszych dzieł w swym rodzaju, jest znakomitym źródłem opisującym szczegóły licznych bitew na lądzie i na morzu, stoczonych podczas tej wojny, a także bohaterskich czynów, których wówczas dokonano. Lord Ormund Baratheon, dowódca westeroskich armii, zginął jako jeden z pierwszych. Powalił go Maelys Monstrualny; lord Ormund skonał w ramionach swego syna i dziedzica, ser Steffona Baratheona.

Dowodzenie nad siłami Targaryenów przeszło w ręce nowego, młodego lorda dowódcy Gwardii Królewskiej, ser Gerolda Hightowera zwanego Białym Bykiem. Highto-

NAZWISKA I TYTUŁY BANDY DZIEWIĘCIU, KTÓRA WYWOŁAŁA TAK WIELE ZAMIESZANIA W ESSOS I NA STOPNIACH

Stara Matka: królowa piratów.

Samarro Saan, Ostatni Valyrianin: osławiony pirat z rodziny osławionych piratów z Lys, w jego żyłach płynęła valyriańska krew.

Xhobar Qhoqua, Hebanowy Książę: wygnany książę z Wysp Letnich, zdobył fortunę na Spornych Ziemiach i dowodził kompanią najemników.

Liomond Lashare, Lord Bitew: sławny kapitan najemników.

Cętkowany Tom Rzeźnik: pochodził z Westeros, był kapitanem wolnej kompanii na Spornych Ziemiach.

Ser Derric Fossoway, Zgniłe Jabłko: wygnaniec z Westeros, był rycerzem o złowrogiej reputacji.

Dziewięciooki: Kapitan Wesołych Towarzyszy.

Alequo Adarys, Srebrny Język: Tyroshijski magnat handlowy, bogaty i ambitny.

Maelys Blackfyre, zwany Monstrualnym: kapitan Złotej Kompanii, zawdzięczał przydomek groteskowo olbrzymiemu tułowiowi oraz ramionom, straszliwej sile i gwałtownej naturze. Z szyi wyrastała mu druga głowa, nie większa od pięści. Zdobył pozycję kapitana w pojedynku z kuzynem, Daemonem Blackfyre'em. Najpierw zabił jego rumaka jednym uderzeniem pięści, a następnie wykręcał Daemonowi głowę tak długo, aż oderwał ją od ramion.

PO LEWEJ | *Zagłada Summerhall*

wer i jego ludzie mieli przez pewien czas kłopoty, ale gdy ważyły się losy kampanii, młody rycerz Barristan Selmy zabił w walce Maelysa, okrywając się nieśmiertelną chwałą i jednym uderzeniem rozstrzygając całą sprawę, jako że pozostali dziewięciogroszowi królowie nie interesowali się zbytnio Westeros i wkrótce wrócili do swoich domen. Maelys Monstrualny był piątym i ostatnim z pretendentów z rodu Blackfyre'ów; po jego śmierci klątwa, którą Aegon Niegodny rzucił na Siedem Królestw, oddając swój miecz bękartowi, ostatecznie utraciła moc.

Zawzięte walki trwały jeszcze pół roku, nim wreszcie oczyszczono Stopnie i Sporne Ziemie z sił Bandy Dziewięciu. Minęło sześć dodatkowych lat, nim Alequo Adarysa, tyrana Tyrosh, otruła jego własna królowa i władza wróciła w ręce archonta. Dla Siedmiu Królestw było to wielkie zwycięstwo, choć nie uniknięto ofiar ani cierpień.

W królestwie zapanował potem pokój. Choć Jaehaerys II nigdy nie był silny, okazał się utalentowanym królem. Przywrócił porządek w Westeros i pogodził się z licznymi wielkimi rodami, skonfliktowanymi z Żelaznym Tronem z powodu prób reform podjętych przez Aegona V. Jego panowanie okazało się jednak krótkie. W roku 262 o.P. król Jaehaerys II poczuł się źle i zmarł w łożu po krótkiej chorobie, uskarżając się na nagły brak tchu w piersiach. Miał w chwili śmierci trzydzieści siedem lat i zasiadał na Żelaznym Tronie przez zaledwie trzy.

Aerys II

AERYS TARGARYEN, Drugi Tego Imienia, miał tylko osiemnaście lat, gdy w roku 262 o.P. objął Żelazny Tron po śmierci ojca, Jaehaerysa. Aerys był przystojnym młodzieńcem i dzielnie walczył na Stopniach podczas wojny dziewięciogroszowych królów. Choć nie zaliczał się do najbardziej pracowitych ani najinteligentniejszych książąt, posiadał niezaprzeczalny urok, który pozwolił mu zdobyć wielu przyjaciół. Był też jednak próżny, dumny i skłonny do zmiennych nastrojów. Owe wady uczyniły go dogodnym celem dla pochlebców i lizusów, ale w chwili jego wstąpienia na tron większość ludzi nie dostrzegała ich jeszcze wyraźnie.

Nawet najmędrsi nie mogliby przewidzieć, że Aerys II będzie w przyszłości znany jako Obłąkany Król, a jego panowanie doprowadzi do końca trwających prawie trzy stulecia rządów dynastii Targaryenów. Jednakże w tym samym pamiętnym roku 262 o.P., gdy Aerys włożył na głowę koronę, w Końcu Burzy kuzynowi króla, Steffonowi Baratheonowi, i jego pani żonie urodził się pełen wigoru ciemnowłosy syn, nazwany Robertem; na dalekiej północy, w Winterfell, lord Rickard Stark świętował zaś narodziny syna, Brandona. Przed upływem roku narodził się kolejny Stark, Eddard. Wszyscy ci trzej chłopcy mieli w swoim czasie odegrać kluczową rolę w upadku rodu smoków.

Nowy monarcha dał już królestwu dziedzica, Rhaegara, który narodził się pośród płomieni w Summerhall. Aerys oraz jego królowa i siostra, Rhaella, byli młodzi, przewidywano więc, że będą mieli jeszcze wiele dzieci. Ta kwestia miała wówczas kluczowe znaczenie, ponieważ tragedie, do których doszło za panowania Aegona Niespodziewanego, odrąbały większość konarów szlachetnego drzewa rodu Targaryenów, pozostawiając tylko dwie samotne gałęzie.

Aerysowi II nie brakowało ambicji. W chwili koronacji oznajmił, że pragnie zostać największym władcą w historii Siedmiu Królestw. Niektórzy z przyjaciół zachęcali go do podobnych myśli, sugerując, że historia może go zapamiętać jako Aerysa Mądrego albo nawet Aerysa Wielkiego.

Dwór jego ojca składał się głównie ze starszych, doświadczonych ludzi. Wielu z nich służyło już za panowania króla Aegona V. Aerys II odesłał wszystkich, zastępując ich lordami ze swego pokolenia. Przede wszystkim zaś zwolnił z urzędu postarzałego i przesadnie ostrożnego Edgara Sloane'a, który był królewskim namiestnikiem od czasu tragedii w Summerhall, i mianował na jego miejsce ser Tywina Lannistera, dziedzica Casterly Rock. Dwudziestoletni ser Tywin był najmłodszym królewskim namiestnikiem w całej historii Siedmiu Królestw. Wielu maesterów do dziś utrzymuje, że jego nominacja była najmądrzejszym uczynkiem w całym życiu „Aerysa Mądrego".

Aerys i Tywin znali się od dziecka. W wieku chłopięcym Tywin Lannister służył w stolicy jako królewski paź. On i książę Aerys, a także młodszy paź, królewski kuzyn Steffon Baratheon z Końca Burzy, stali się nierozłącznymi towarzyszami. Podczas wojny dziewięciogroszowych królów trzej przyjaciele walczyli u swego boku; Tywin jako świeżo pasowany rycerz, a Steffon i książę Aerys jako giermkowie. Gdy w wieku szesnastu lat książę Aerys zdobył ostrogi, przyznał ser Tywinowi wielki zaszczyt pasowania go na rycerza. W roku 261 o.P. Tywin Lannister dowiódł swych talentów dowódczych, tłumiąc bunt dwóch najpotężniejszych wasali swego ojca, lorda Tarbecka i lorda Reyne'a, czym położył kres ich starożytnym rodom. Choć niektórzy ganili brutalność jego metod, nikt nie mógł przeczyć, że ser Tywin, po rządach swego ojca, pełnych chaosu i konfliktów, przywrócił porządek w krainach zachodu.

Trzeba przyznać, że Aerys Targaryen i Tywin Lannister tworzyli dziwną parę przyjaciół. Młody król był we wczesnych latach panowania aktywny i pełen życia. Kochał muzykę, taniec i bale maskowe, a zwłaszcza młode kobiety. Wypełniał swój dwór pięknymi pannami ze wszystkich zakątków królestwa. Niektórzy utrzymują, że miał tyle kochanek, co jego przodek Aegon Niegodny (bardzo mało prawdopodobne, biorąc pod uwagę to, co wiemy o owym monarsze). W przeciwieństwie do Aegona IV, Aerys II szybko jednak tracił zainteresowanie swymi kobietami. Wiele z nich popadało w niełaskę przed upływem dwóch tygodni, a tylko nieliczne zachowały pozycję przez pół roku.

Jego Miłość snuł też wspaniałe plany. Wkrótce po koronacji oznajmił, że zamierza podbić Stopnie i na zawsze uczynić je częścią Siedmiu Królestw. W roku 264 o.P. Królewską Przystań odwiedził lord Rickard Stark, budząc w Aerysie zainteresowanie północą. Król stworzył plan budowy nowego Muru, trzysta mil na północ od obecnego, i wcielenia do Siedmiu Królestw ziem położonych między nimi. W roku 265, oburzony „smrodem Królewskiej Przystani", zaczął mówić o wzniesieniu na południowym brzegu Czarnego Nurtu „białego miasta", zbudowanego wyłącznie z marmuru. W roku 267, po dyspucie z Żelaznym Bankiem z Braavos, dotyczącej pewnych sum pożyczonych przez jego ojca, zapragnął zbudować największą flotę w historii świata, by „rzucić Tytana na klęczki". W roku 270, podczas wizyty w Słonecznej Włóczni, zapewnił księżną Dorne, że „sprawi, iż dornijska pustynia zakwitnie", kopiąc wielki podziemny kanał pod górami, by sprowadzić wodę z Deszczowego Lasu.

PO LEWEJ | *Ser Barristan Selmy i Maelys Monstrualny podczas walki*

Żaden z tych górnolotnych planów nigdy nie został zrealizowany. O większości z nich zapomniano przed upływem cyklu księżyca, entuzjazm bowiem opuszczał Aerysa II równie szybko, jak namiętność do kochanek. Mimo to przez pierwsze dziesięć lat jego rządów w Siedmiu Królestwach panował wielki dostatek, dzięki temu, że królewski namiestnik posiadał wszystkie istotne cechy, których brakowało królowi – był pracowity, zdecydowany, niestrudzony, bardzo inteligentny, sprawiedliwy i surowy. „Bogowie stworzyli i ukształtowali tego człowieka na władcę", napisał o Tywinie Lannisterze wielki maester Pycelle w liście do Cytadeli, po tym, jak przez dwa lata służył z nim w małej radzie.

I Tywin rzeczywiście władał. W miarę, jak zachowanie króla stawało się coraz bardziej nieobliczalne, codzienne zadania związane ze sprawowaniem rządów przypadały namiestnikowi. Królestwo kwitło pod ręką Tywina Lannistera – do tego stopnia, że ciągłe kaprysy króla Aerysa nie wydawały się aż tak złowieszcze. Wielu Targaryenów przed nim zachowywało się podobnie; zachcianki władcy nie spowodowały zbyt wielkich kłopotów. Od Starego Miasta aż po Mur ludzie zaczęli mawiać, że Aerys może nosić koronę, ale rządy w Siedmiu Królestwach sprawuje Tywin Lannister.

To właśnie on rozstrzygnął spór korony z Braavosami (choć ku niezadowoleniu króla nie „rzucił Tytana na klęczki"), spłacając dług zaciągnięty przez Jaehaerysa II złotem z Casterly Rock i uznając, że osobiście jest za niego odpowiedzialny. Tywin zdobył też aprobatę wielu wielkich lordów, odwołując te z wprowadzonych przez Aegona praw mających ograniczyć ich władzę, które nadal zachowały ważność. Zmniejszył cła i podatki na towary przepływające przez Królewską Przystań, Lannisport oraz Stare Miasto, co dało mu poparcie wielu bogatych kupców. Budował nowe trakty i naprawiał stare, organizował w całym królestwie mnóstwo wspaniałych turniejów, ku zachwytowi zarówno rycerzy, jak i prostaczków, dbał o rozwój handlu z Wolnymi Miastami, a także surowo karał piekarzy przyłapanych na dodawaniu trocin do chleba oraz rzeźników sprzedających koninę jako wołowinę. We wszystkich tych wysiłkach wsparciem służył mu wielki maester Pycelle, którego relacje z panowania Aerysa II dają nam najdokładniejszy obraz owych czasów.

Mimo tych wszystkich osiągnięć, Tywina Lannistera nie darzono miłością. Rywale oskarżali go, że brak mu poczucia humoru, jest pamiętliwy, nieugięty, dumny i okrutny. Jego lordowie chorążowie szanowali go i służyli mu wiernie pod-

POWYŻEJ | *Król Aerys, Drugi Tego Imienia*

czas wojny i pokoju, ale nikogo nie można było zwać jego prawdziwym przyjacielem. Tywin gardził ojcem, bezwolnym, grubym i nieudolnym lordem Tytosem Lannisterem, a jego stosunki z dwoma braćmi, Tygettem i Gerionem, były wyjątkowo burzliwe. Więcej szacunku okazywał trzeciemu bratu, Kevanowi, który od dzieciństwa był jego bliskim powiernikiem i nieodłącznym towarzyszem, a także siostrze, Gennie, lecz nawet w tych przypadkach sprawiał wrażenie, że kieruje nim raczej obowiązek niż uczucia.

W roku 263 o.P., rok po objęciu funkcji namiestnika, ser Tywin poślubił swą piękną i młodą kuzynkę, Joannę Lannister, która przybyła do Królewskiej Przystani w roku 259, na koronację króla Jaehaerysa II, i została tam jako dama dworu księżniczki (a potem królowej) Rhaelli. Joanna i Tywin poznali się jako dzieci w Casterly Rock. Choć Tywin nie należał do ludzi publicznie demonstrujących uczucia, powiadają, że jego miłość do pani żony była głęboka i trwała. Wielki maester Pycelle w liście do Cytadeli pisał: „Tylko lady Joanna naprawdę zna człowieka kryjącego się pod zbroją, a wszystkie jego uśmiechy należą wyłącznie do niej. Widziałem nawet, jak skłoniła go do śmiechu, i to nie jeden raz, lecz przy trzech odrębnych okazjach!".

W roku 270 o.P. Aerys doszedł do wniosku, że królowa go zdradza. „Bogowie nie dopuszczą, by na Żelaznym Tronie zasiadł bękart" – rzekł swej małej radzie, oznajmiając, że żadne z dzieci, które nie przeżyły, nie było jego. Od tej pory zabronił królowej opuszczać Warownię Maegora i nakazał, by co noc towarzyszyły jej w łożu dwie septy, „by się upewnić, że zachowa czystość".

Nie ma informacji, co sądził na ten temat Tywin Lannister. W roku 266 o.P. lady Joanna powiła w Casterly Rock bliźnięta – dziewczynkę i chłopca, „zdrowych i pięknych, o włosach barwy kutego złota". Te narodziny zwiększyły jeszcze napięcie między Aerysem II Targaryenem a jego namiestnikiem. „Wygląda na to, że poślubiłem niewłaściwą kobietę" – rzekł ponoć Jego Miłość na wiadomość o szczęśliwym wydarzeniu. Niemniej wysłał obojgu dzieciom tyle złota, ile ważyły, w charakterze podarunku na dzień imienia, i nakazał Tywinowi przedstawić je na dworze, gdy już będą wystarczająco duże, by podróżować. „Przywieź też ich matkę, bo minęło już zbyt wiele czasu, odkąd ostatnio widziałem jej urodziwą twarz" – nalegał.

W następnym roku, 267 o.P., lord Tytos Lannister zmarł w wieku czterdziestu sześciu lat. Serce jego lordowskiej mości pękło ponoć, gdy wspinał się po stromych serpentynowych schodach do komnaty swej kochanki. Po jego śmierci ser Tywin Lannister został lordem Casterly Rock i namiestnikiem zachodu. Gdy powrócił w ojczyste strony, by wziąć udział w pogrzebie ojca i zaprowadzić ład w krainach zachodu, król Aerys postanowił mu towarzyszyć. Choć Jego Miłość zostawił w stolicy Rhaellę (królowa spodziewała się dziecka, które miało się okazać martwo urodzoną księżniczką Rhaeną), zabrał ze sobą ośmioletniego syna Rhaegara, księcia Smoczej Skały, i więcej niż połowę dworu. Przez większą część następnego roku Siedmioma Królestwami władano z Lannisportu i Casterly Rock, gdzie rezydowali król oraz jego namiestnik.

Dwór powrócił do Królewskiej Przystani w roku 268 o.P. i wszystko wyglądało jak przedtem... nie ulegało

---

Ordynarne plotki, mówiące, że Joanna Lannister oddała dziewictwo księciu Aerysowi w noc koronacji jego ojca i cieszyła się krótkimi rządami jako jego faworyta, gdy już zasiadł na Żelaznym Tronie, możemy bezpiecznie odrzucić. Jak zapewnia w swych listach Pycelle, gdyby były prawdą, Tywin z pewnością nie poślubiłby kuzynki, „ponieważ zawsze był dumny i nie zwykł karmić się resztkami po innym mężczyźnie".

Istnieją jednak wiarygodne relacje mówiące, że król Aerys pozwolił sobie na zbyt wiele podczas pokładzin lady Joanny, ku niezadowoleniu Tywina. Wkrótce potem królowa Rhaella pozbawiła Joannę Lannister pozycji damy dworu. Nigdy nie podano powodów tej decyzji, ale lady Joanna natychmiast wyjechała do Casterly Rock i od tej pory rzadko odwiedzała Królewską Przystań.

Niestety, małżeństwo między Aerysem II Targaryenem a jego siostrą Rhaellą nie było tak szczęśliwe. Mimo że królowa przymykała oczy na zdrady męża, nie była z nich zadowolona; mawiała: „Robi z moich dam dworu swoje kurwy". (Joanna Lannister nie była pierwszą damą nagle odesłaną przez Jej Miłość, i nie była też ostatnią). Napięcie między królem a królową rosło, ponieważ Rhaella nie była w stanie dać Aerysowi kolejnych dzieci. Po poronieniach w latach 263 i 264, w roku 267 powiła martwo urodzoną córkę. Książę Aeron, wydany na świat w roku 269, przeżył tylko pół roku. Potem było kolejne martwo urodzone dziecko w roku 270, poronienie w roku 271 oraz książę Aegon, który urodził się dwa cykle księżyca za wcześnie w roku 272 i umarł rok później.

Z początku Jego Miłość pocieszał Rhaellę w jej żalu, ale z czasem jego współczucie zmieniło się w podejrzliwość.

jednak wątpliwości, że przyjaźń między królem a jego namiestnikiem słabnie. Poprzednio Aerys popierał Tywina Lannistera w większości istotnych spraw, teraz zaś zaczęły się między nimi spory. Podczas wojny handlowej między Wolnymi Miastami – po jednej stronie stały Myr i Tyrosh, po drugiej zaś Volantis – lord Tywin zalecał neutralność, ale król Aerys doszedł do wniosku, że korzystniej będzie wesprzeć Volanteńczyków złotem i bronią. Gdy Tywin Lannister rozstrzygnął spór graniczny między Blackwoodami i Brackenami na korzyść rodu Blackwoodów, Jego Miłość odwołał jego decyzję, przyznając sporny młyn lordowi Brackenowi.

Wbrew zdecydowanym sprzeciwom namiestnika król podwoił opłaty portowe w Królewskiej Przystani i Starym Mieście, a potroił je w Lannisporcie oraz w innych portach i przystaniach królestwa. Kiedy jednak delegacja pomniejszych lordów i bogatych kupców stanęła przed Żelaznym Tronem, by poskarżyć się na tę decyzję, Aerys obciążył winą namiestnika, mówiąc: „Lord Tywin sra złotem, ale ostatnio miał zaparcie i musiałem poszukać innego sposobu zapełnienia skarbca". Następnie Jego Miłość obniżył opłaty portowe i cła do poprzedniego poziomu, zdobywając wielkie uznanie dla siebie i wywołując niechęć do Tywina Lannistera.

Pogłębiający się konflikt między królem a jego namiestnikiem dawał się odczuć również w kwestii nominacji. Poprzednio Jego Miłość zawsze słuchał rad lorda Tywina, przyznając urzędy, zaszczyty i dziedzictwa zgodnie z jego rekomendacjami, natomiast po roku 270 o.P. zaczął odrzucać kandydatów wysuwanych przez jego lordowską mość na rzecz własnych. Wielu ludzi z zachodu zwolniono z królewskiej służby wyłącznie dlatego, że podejrzewano, iż mogą być „ludźmi namiestnika". Król Aerys mianował na ich miejsce swych ulubieńców… ale sympatia króla szybko stała się ryzykowna, gdyż łatwo było obudzić jego nieufność. Nawet kuzyni namiestnika nie byli bezpieczni przed królewskim niezadowoleniem. Kiedy lord Tywin zapragnął mianować swego brata, ser Tygetta Lannistera, dowódcą zbrojnych Czerwonej Twierdzy, król Aerys przyznał tę pozycję ser Willemowi Darry'emu.

W owym czasie król uświadomił już sobie, że większość ludzi uważa go tylko za pozbawioną znaczenia marionetkę, a Tywina Lannistera za prawdziwego władcę Siedmiu Królestw. Te opinie wielce go rozgniewały. Jego Miłość postanowił udowodnić ich fałszywość, upokorzyć „sługę, który wyrósł za wysoko" i „pokazać mu, gdzie jest jego miejsce".

Przy okazji wielkiego turnieju rocznicowego w roku 272 o.P. – urządzonego dla uczczenia dziesiątej rocznicy wstąpienia Aerysa na Żelazny Tron – Joanna Lannister przywiozła z Casterly Rock swe sześcioletnie bliźnięta – Jaimego i Cersei – by przedstawić je na dworze. Król (mocno pijany) zadał jej następujące pytanie: „Czy karmienie popsuło twoje cycki, które kiedyś sterczały tak dumnie?". Te słowa wielce rozbawiły rywali lorda Tywina, którzy zawsze się cieszyli, gdy go poniżano albo z niego drwiono, ale lady Joanna czuła się upokorzona. Tywin Lannister już następnego dnia próbował zwrócić łańcuch namiestnika, ale król nie przyjął jego rezygnacji.

Aerys II mógł, rzecz jasna, w każdej chwili odwołać Tywina Lannistera i mianować królewskim namiestnikiem wybranego przez siebie człowieka, ale z jakiegoś powodu wolał trzymać przyjaciela z dzieciństwa blisko i kazać mu pracować dla siebie, mimo że zaczął podważać jego pozycję na różne sposoby, wielkie i małe. Zniewagi i drwiny stawały się coraz częstsze; dworacy pragnący się wkupić w jego łaski przekonali się, że najłatwiej można zdobyć aprobatę króla, kpiąc z jego poważnego, pozbawionego poczucia humoru namiestnika. Przez cały ten czas Tywin Lannister cierpiał w milczeniu.

Jednakże w roku 273 o.P. lady Joanna ponownie zległa w połogu w Casterly Rock i umarła, dając lordowi Tywinowi drugiego syna. Tyrion, jak nazwano chłopca, okazał się zniekształconym karłem, z krótkimi nogami, nadmiernie wielką głową i różnobarwnymi, demonicznymi oczami. (Niektóre relacje sugerowały też, że dziecko miało ogon, który ucięto mu na rozkaz pana ojca). Prostaczkowie nazwali owo pokraczne stworzenie Zgubą Lorda Tywina. Gdy król Aerys usłyszał o jego narodzinach, z jego ust padły niesławne słowa: „Bogowie nie tolerują podobnej arogancji. Wyrwali mu z ręki piękny kwiat i dali na jego miejsce monstrum, by wreszcie nauczyć go pokory".

Nie minęło wiele czasu, nim wieści o wypowiedziach króla dotarły do uszu Tywina, obchodzącego żałobę w Casterly Rock. Od tej pory wszelkie ślady sympatii między oboma mężczyznami zniknęły bez śladu. Lord Tywin, który nie zwykł okazywać uczuć, nadal pełnił funkcję królewskiego namiestnika, borykając się z nudną codziennością władania Siedmioma Królestwami, król zaś stawał się coraz bardziej nieobliczalny, gwałtowny i podejrzliwy. Aerys zaczął otaczać się donosicielami, wypłacał ludziom o wątpliwej reputacji hojne nagrody za szepty, kłamstwa i opowieści o zdradach, prawdziwych bądź wyimaginowanych. Gdy jeden z takich ludzi poinformował Aerysa, że słyszano, jak kapitan osobistej straży namiestnika, rycerz znany jako ser Ilyn Payne, przechwalał się, że to lord Tywin naprawdę włada Siedmioma Królestwami, Jego Miłość rozkazał Gwardii Królewskiej aresztować Payne'a, któremu następnie wyrwano język rozżarzonymi do czerwoności szczypcami.

Postępy obłędu Aerysa przyhamowały na chwilę w roku 274 o.P., gdy królowa Rhaella urodziła syna. Radość Jego Miłości była tak wielka, że wydawało się, iż wróciła jego dawna osobowość... ale książę Jaehaerys umarł jeszcze w tym samym roku i Aerys popadł w rozpacz. Oszalały z gniewu, doszedł do wniosku, że winna była mamka księcia, i rozkazał ją ściąć. Wkrótce potem zmienił jednak zdanie i oznajmił, że Jaehaerysa otruła królewska kochanka, ładna, młoda córka jednego z jego domowych rycerzy. Dziewczynę zamęczono na śmierć na torturach, razem z całą rodziną. Podczas męczarni wszyscy ponoć przyznali się do popełnienia morderstwa, choć szczegóły ich zeznań bardzo się między sobą różniły.

Król Aerys pościł potem przez dwa tygodnie i odbył „marsz skruchy", idąc przez miasto do Wielkiego Septu, by pomodlić się razem z Wielkim Septonem. Po powrocie oznajmił, że odtąd będzie sypiał wyłącznie z prawowitą żoną, królową Rhaellą. Jeśli wierzyć kronikom, Aerys pozostał wierny tej przysiędze i od owego dnia w roku 275 o.P. utracił wszelkie zainteresowanie wdziękami innych kobiet.

Niespodziewana wierność Jego Miłości najwyraźniej uradowała Matkę na Górze, albowiem w następnym roku królowa Rhaella dała królowi drugiego syna, o którego się modlił. Książę Viserys – urodzony w roku 276 o.P. – był drobny, ale zdrowy. Królewska Przystań nigdy nie widziała piękniejszego dziecka. Choć książę Rhaegar w wieku siedemnastu lat był wszystkim, czego można pragnąć od dziedzica tronu, całe Westeros ucieszyło się na wieść o narodzinach jego brata, kolejnego Targaryena, który uczyni linię sukcesji bezpieczniejszą.

Mimo to pojawienie się księcia Viserysa uczyniło Aerysa II jeszcze bardziej lękliwym i skłonnym do ulegania obsesjom. Nowe książątko sprawiało wrażenie zdrowego, króla przerażała jednak myśl, że mogłoby podzielić los braci. Rycerzom Gwardii Królewskiej rozkazano strzec dziecka dniem i nocą, by nikt nie mógł go dotykać bez pozwolenia króla. Nawet samej królowej nie pozwalano zostać z nim sam na sam. Gdy jej mleko wyschło, Aerys uparł się, że jego kosztujący potrawy musi ssać cycki mamki księcia, by się upewnić, że kobieta nie posmarowała ich trucizną. Kiedy przybyły dary dla młodego księcia od wszystkich lordów Siedmiu Królestw, król rozkazał zebrać je na stos na dziedzińcu i spalić, w obawie, że niektóre mogą być zaczarowane albo przeklęte.

Później tego samego roku lord Tywin Lannister, być może nierozsądnie, urządził w Lannisporcie wielki turniej dla uczczenia narodzin Viserysa. Zapewne miał to być gest zmierzający ku pojednaniu, turniej miał też jednak zademonstrować całym Siedmiu Królestwom bogactwo i potęgę rodu Lannisterów. Król Aerys początkowo nie chciał na niego przybyć, ale potem zmienił zdanie. Królowa i jej niedawno narodzony syn pozostali jednak w zamknięciu w Królewskiej Przystani.

W cieniu Casterly Rock król zasiadł na tronie w otoczeniu setek notabli i reagował głośnym aplauzem, gdy jego syn, książę Rhaegar, świeżo pasowany na rycerza, wysadził z siodła Tygetta i Geriona Lannisterów, a nawet dzielnego ser Barristana Selmy'ego, by dopiero w ostatniej walce przegrać ze sławnym rycerzem Gwardii Królewskiej, ser Arthurem Dayne'em, Mieczem Poranku.

Być może pragnąc wykorzystać dobry humor Jego Miłości, lord Tywin postanowił tej właśnie nocy zasugerować, że już najwyższy czas, by królewski dziedzic ożenił się i sam spłodził dziedzica. Zaproponował na żonę dla niego swą córkę, Cersei. Aerys odrzucił brutalnie tę propozycję, oznajmiając lordowi Tywinowi, że jest dobrym i cennym sługą, ale nikim więcej. Jego Miłość nie zgodził się też uczynić syna lorda Tywina, Jaimego, giermkiem księcia Rhaegara. Ów zaszczyt przypadł synom kilku jego ulubieńców, ludzi, o których powszechnie wiedziano, że nie są przyjaciółmi rodu Lannisterów ani namiestnika.

Stało się już wówczas oczywiste, że Aerys II Targaryen szybko popada w szaleństwo. Dopiero jednak w roku 277 Jego Miłość nieodwracalnie runął w otchłań, czego przyczyną była rebelia w Duskendale.

To starożytne miasteczko portowe było w dawnych dniach Stu Królestw siedzibą władców. Było też najważniejszym portem nad Czarną Zatoką, ale zubożało po zbudowaniu Królewskiej Przystani i jej rozkwicie, a jego młody lord, Denys Darklyn, pragnął powstrzymać ten upadek. Wielu od dawna spierało się o to, co skłoniło lorda Darklyna do uczynienia tego, co uczynił, większość jednak zgadza się, że pewną rolę w tym odegrała jego myrijska żona, lady Serala. Jej przeciwnicy uważają nawet, że wina leżała wyłącznie po jej stronie. Utrzymują, że Żmija w Koronkach, jak ją

PO LEWEJ | *Lord Tywin Lannister, królewski namiestnik*

nazwali, zatruła lorda Darklyna szeptanymi w łożu słowami. Jej obrońcy zapewniają jednak, że winien szaleństwa był sam lord Denys, a jego żony nienawidzono wyłącznie dlatego, że była cudzoziemką i modliła się do obcych Westeros bogów.

Lord Denys pragnął uzyskać dla Duskendale specjalne przywileje, zapewniające mu większą autonomię wobec korony, podobne do tych, które przed laty przyznano Dorne. Właśnie owo pragnienie stało się przyczyną kłopotów. Na pierwszy rzut oka nie wydaje się ono zbyt zuchwałe. Po drugiej stronie wąskiego morza często przyznawano podobne ulgi i lady Serala z pewnością mu o tym powiedziała. Możemy też jednak zrozumieć, dlaczego lord Tywin jako namiestnik stanowczo odrzucał prośby Darklyna, nie chcąc stwarzać niebezpiecznego precedensu. Rozwścieczony tymi odmowami lord Denys uknuł nowy plan, mający dać mu pożądane przywileje (a wraz z nimi obniżenie opłat portowych oraz ceł, co pozwoliłoby Duskendale znowu rywalizować z Królewską Przystanią). Ów plan był czystym szaleństwem.

Rebelia w Duskendale zaczęła się spokojnie. Lord Denys, widząc, że nieobliczalne zachowanie Aerysa doprowadziło do napięć w stosunkach z lordem Tywinem, odmówił zapłacenia podatków i zaprosił króla do przybycia do Duskendale, celem wysłuchania jego petycji. Wydawało się bardzo nieprawdopodobne, by król Aerys przyjął owo zaproszenie… ale lord Tywin odradził mu to w najmocniejszych możliwych słowach, w związku z czym król postanowił się zgodzić. Poinformował wielkiego maestera Pycelle'a i małą radę, że pragnie rozstrzygnąć tę sprawę osobiście i zmusić zbuntowanego Darklyna do posłuchu.

Wbrew radom lorda Tywina król udał się do Duskendale z nieliczną eskortą, dowodzoną przez ser Gwayne'a Gaunta z Gwardii Królewskiej. Zaproszenie okazało się pułapką i władca z rodu Targaryenów wkroczył w nią na oślep. Pojmano go razem z jego ludźmi. Niektórzy z nich – przede wszystkim ser Gwayne – zginęli, broniąc monarchy.

Pierwszą reakcją na wieści z Duskendale był szok, po którym nadeszło oburzenie. Byli tacy, którzy radzili bezpośredni szturm na miasto, by uwolnić króla i ukarać rebeliantów za ich straszliwy czyn. Duskendale miało jednak mocne mury obronne, a Brunatny Fort, starożytna siedziba rodu Darklynów, górująca nad portem, była jeszcze lepiej ufortyfikowana. Szturm nie byłby łatwym zadaniem.

Lord Tywin rozesłał jeźdźców i kruki, by zebrać siły; jednocześnie rozkazał Darklynom uwolnić króla. Zamiast go posłuchać, lord Denys wysłał wiadomość, że jeśli zacznie się szturm na mury, rozkaże stracić Jego Miłość. Niektórzy członkowie małej rady powątpiewali w prawdziwość groźby, twierdząc, że żaden syn Westeros nie odważyłby się popełnić tak ohydnej zbrodni; lord Tywin wolał jednak nie ryzykować. Zebrał spory zastęp i otoczył miasteczko od lądu i od morza.

Gdy pod murami lorda Darklyna stanęły królewskie wojska i odcięto mu dopływ zaopatrzenia, jego determinacja zaczęła słabnąć. Kilkakrotnie próbował negocjacji, ale lord Tywin nie chciał go wysłuchać. Ponawiał tylko żądania

całkowitej, bezwarunkowej kapitulacji miasteczka i zamku oraz uwolnienia króla.

Rebelia trwała pół roku. W Duskendale nastroje szybko się pogorszyły, gdy tylko opustoszały magazyny i spiżarnie. Kryjący się w Brunatnym Forcie lord Denys był jednak przekonany, że jest tylko kwestią czasu, nim lord Tywin złagodnieje i zaproponuje lepsze warunki.

Ci, którzy znali zdecydowanie lorda Tywina, wiedzieli jednak lepiej. Serce namiestnika utwardziło się jeszcze bardziej. Przedstawił lordowi Duskendale ostateczne żądanie kapitulacji, dodając, że jeśli znowu spotka się z odmową, weźmie miasteczko szturmem i każe wyrżnąć wszystkich mężczyzn, kobiety i dzieci. (Wedle często powtarzanej historii lord Tywin wysłał z ultimatum swego barda, każąc mu zaśpiewać lordowi Denysowi i Żmii w Koronkach *Deszcze Castamere*. Ten barwny szczegół opowieści nie znajduje, niestety, potwierdzenia w zapiskach).

Większość członków małej rady przebywała wówczas pod Duskendale razem z Tywinem. Niektórzy z nich sprzeciwiali się jego planowi, argumentując, że podobny atak niemal z pewnością sprowokuje lorda Darklyna do stracenia króla Aerysa. Tywin Lannister rzekł im ponoć: „Może to zrobi, a może nie. A jeśli tak, będziemy mieli lepszego króla". Uniósł wtedy rękę i wskazał na księcia Rhaegara.

Uczeni od owego czasu nie przestają debatować, jakie były prawdziwe intencje lorda Tywina. Czy rzeczywiście wierzył, że lord Darklyn ustąpi? A może w istocie był gotów pozwolić na śmierć Aerysa, a nawet jej pragnął, w nadziei, że na Żelaznym Tronie zasiądzie książę Rhaegar?

Nikt nigdy się tego nie dowie, dzięki odwadze ser Barristana Selmy'ego z Gwardii Królewskiej. Ser Barristan zaproponował, że zakradnie się do Duskendale w tajemnicy, znajdzie drogę do Brunatnego Fortu i wyprowadzi stamtąd króla w bezpieczne miejsce. Od lat jego młodości Selmy'ego znano jak ser Barristana Śmiałego, Tywin Lannister sądził jednak, że ta śmiałość graniczy z szaleństwem. Szanował jednak umiejętności i odwagę ser Barristana tak bardzo, że dał mu dzień na podjęcie próby, zanim zaatakuje Duskendale.

O brawurowym uratowaniu króla przez Barristana Śmiałego powstało wiele pieśni. Co rzadkie, minstrele nie musieli zbytnio upiększać prawdy. Ser Barristan rzeczywiście wdrapał się na mury pod osłoną nocy, posługując się wyłącznie gołymi rękami, i w przebraniu zakapturzonego żebraka dotarł do Brunatnego Fortu. Jest też prawdą, że wspiął się również na jego mury i zabił stojącego na nich wartownika, nim ten zdążył wszcząć alarm. Potem, dzięki podstępom i odwadze, znalazł drogę do lochu, w którym przetrzymywano Aerysa. Gdy jednak zdołał go stamtąd wyprowadzić, nieobecność więźnia zauważono i rozpoczął się pościg. Wtedy ujawniło się prawdziwe bohaterstwo ser Barristana, który stanął do walki, zamiast poddać się razem ze swym królem.

Nie tylko walczył, lecz również uderzył pierwszy, zabijając z zaskoczenia dobrego brata oraz dowódcę zbrojnych lorda Darklyna, ser Symona Hollarda, a także dwóch wartowników. Pomścił w ten sposób śmierć swego zaprzysiężonego brata, ser Gwayne'a Gaunta, który zginął z ręki Hollarda. Następnie ruszył z królem do stajni, walcząc z tymi, którzy próbowali stanąć mu na drodze. Obaj zdołali wyjechać konno z Brunatnego Fortu, nim zdążono zamknąć jego bramę. Potem, kiedy trąby i rogi ogłosiły alarm, nastąpiła szalona ucieczka ulicami Duskendale, a po niej pośpieszna wspinaczka na mury, które łucznicy lorda Tywina starali się tymczasem oczyścić z obrońców.

Gdy król zdołał uciec, lordowi Darklynowi nie pozostało nic poza kapitulacją. Jest jednak wątpliwe, czy zdawał sobie sprawę, jak straszliwą zemstę wywrze na nim Aerys. Gdy Darklyna i jego rodzinę przyprowadzono do niego w łańcuchach, Aerys zażądał śmierci nie tylko jego najbliższych, lecz również wujów i ciotek, a także odległych kuzynów mieszkających w Duskendale. Nawet jego powinowaci, Hollardowie, zostali wyjęci spod prawa i wymordowani. Ocalał jedynie młody bratanek ser Symona, ser Dontos Hollard, i to tylko dzięki temu, że ser Barristan prosił o łaskę dla niego i król, któremu rycerz uratował życie, nie mógł odmówić. Lady Seralę czekała bardziej okrutna śmierć. Aerys rozkazał wyrwać Żmii w Koronkach język oraz kobiece części, zanim spalono ją żywcem (jej wrogowie mówią jednak, że powinna była cierpieć bardziej za katastrofę, jaką ściągnęła na miasteczko).

Uwięzienie w Duskendale zniszczyło resztki zdrowego rozsądku, jakie mogły jeszcze przetrwać w Aerysie II Targaryenie. Od owego czasu obłęd zawładnął królem niepodzielnie, potęgując się z każdym mijającym rokiem. Darklynowie ośmielili się podnieść rękę na jego osobę, popychali go, odebrali mu królewskie szaty, a nawet ważyli się go uderzyć. Po uwolnieniu król Aerys nie pozwalał się dotykać nikomu, nawet własnym sługom. Nie strzygł się ani nie mył, włosy miał coraz dłuższe i coraz bardziej skołtunione, a jego nieobcinane paznokcie przerodziły się w groteskowe, żółte szpony. Zabronił wszystkim, których dopuszczał przed swe oblicze, noszenia mieczy, poza tylko rycerzami Gwardii Królewskiej, którzy przysięgali go bronić. Jego wyroki stawały się coraz bardziej okrutne i bezlitosne.

Po bezpiecznym powrocie do Królewskiej Przystani Jego Miłość odmawiał opuszczenia Czerwonej Twierdzy z jakiegokolwiek powodu, i w praktyce pozostawał więźniem swego zamku przez następne cztery lata, podczas których coraz bardziej bał się wszystkich, którzy go otaczali, a zwłaszcza Tywina Lannistera. Podejrzewał nawet swego syna i dziedzica, księcia Rhaegara. Był przekonany, że pod Duskendale

PO LEWEJ | *Blokada Duskendale*

spiskował on z Tywinem, by doprowadzić do śmierci swego ojca. Planowali jakoby szturm na mury miasteczka, by lord Darklyn stracił Aerysa, co pozwoliłoby Rhaegarowi zasiąść na Żelaznym Tronie i poślubić córkę lorda Tywina.

Król postanowił, że do tego nie dopuści. W tym celu zwrócił się do innego przyjaciela z lat dzieciństwa. Wezwał Steffona Baratheona z Końca Burzy i mianował go członkiem małej rady. W roku 278 o.P. król wysłał lorda Steffona na drugą stronę wąskiego morza, do Starego Volantis, z misją znalezienia odpowiedniej żony dla księcia Rhaegara, „szlachetnie urodzonej dziewczyny ze starego valyriańskiego rodu". Fakt, że Jego Miłość zlecił to zadanie lordowi Końca Burzy, a nie swemu namiestnikowi bądź samemu Rhaegarowi, mówi bardzo wiele. Krążyły plotki, że po wykonaniu owej misji Aerys zamierza uczynić lorda Steffona nowym namiestnikiem, a Tywin Lannister zostanie usunięty z urzędu, aresztowany i oskarżony o zdradę stanu. Nie brakowało lordów, których zachwycała podobna perspektywa.

Bogowie mieli jednak inne plany. Misja Steffona Baratheona zakończyła się niepowodzeniem, a w drodze powrotnej z Volantis jego statek zatonął w Zatoce Rozbitków, w zasięgu wzroku od Końca Burzy. Lord Steffon i jego żona utonęli na oczach swych dwóch starszych synów, przyglądających się temu z murów zamku. Gdy wieści o ich śmierci dotarły do Królewskiej Przystani, król Aerys wpadł w szał i oznajmił wielkiemu maesterowi Pycelle'owi, że Tywin Lannister odgadł w jakiś sposób jego intencje i zaaranżował zamordowanie lorda Baratheona. „Jeśli pozbawię go stanowiska namiestnika, mnie również zabije" – oznajmił na koniec.

W następnych latach obłęd króla ciągle się pogłębiał. Choć Tywin Lannister nadal pełnił urząd namiestnika, Aerys spotykał się z nim wyłącznie w obecności wszystkich siedmiu gwardzistów królewskich. Był przekonany, że prostaczkowie i wielcy lordowie knują spiski na jego życie; obawiał się, że mogą w nich uczestniczyć nawet królowa Rhaella i książę Rhaegar. Dlatego sięgnął na drugi brzeg wąskiego morza, do Pentos, i sprowadził stamtąd złowrogiego eunucha imieniem Varys, by służył mu jako główny szpieg; uważał, że tylko człowiek, który nie ma przyjaciół, rodziny ani żadnych kontaktów w Westeros, będzie mówił mu prawdę. Pająk, jak wkrótce przezwali tę kreaturę prostaczkowie z królestwa, wykorzystał złoto korony do stworzenia wielkiej sieci informatorów. Przez pozostałą część panowania Aerysa Varys czaił się u jego boku i szeptał mu do ucha.

Po Duskendale król zaczął też wykazywać objawy narastającej obsesji na punkcie smoczego ognia, podobnej do tych, które prześladowały kilku jego przodków. Aerys uważał, że gdyby był smoczym jeźdźcem, lord Darklyn nigdy nie odważyłby się wystąpić przeciwko niemu. Jego próby wyklucia smoków z jaj znalezionych w głębi podziemi Smoczej Skały (niektóre z nich były tak stare, że obróciły się w kamień) spełzły jednak na niczym.

Sfrustrowany Aerys zwrócił się do „mądrości" ze starożytnego Cechu Alchemików, znających sekret wyrobu niebezpiecznej „substancji" nefrytowego koloru, znanej jako dziki ogień i będącej ponoć „bliską kuzynką" smoczego płomienia. Piromanci stali się częstymi gośćmi na jego dworze, a ogień z każdą chwilą fascynował króla coraz bardziej. W roku 280 o.P. Aerys zaczął palić zdrajców, morderców oraz spiskowców, zamiast ich wieszać albo ścinać. Egzekucje w płomieniach, którym przewodniczył mądrość Rossart, wielki mistrz Cechu Alchemików, sprawiały królowi wielką przyjemność… tak wielką, że przyznał Rossartowi tytuł lordowski i dał mu miejsce w małej radzie.

Nasilające się szaleństwo Jego Miłości było już wówczas oczywiste dla wszystkich. Od Dorne aż po Mur ludzie zaczęli zwać Aerysa Obłąkanym Królem, natomiast w Królewskiej Przystani zwano go Królem Strupem, ponieważ wielokrotnie kaleczył się o Żelazny Tron. Varys Pająk i jego szeptacze słuchali jednak uważnie i mówienie podobnych rzeczy na głos stało się bardzo niebezpieczne.

Król Aerys jednocześnie coraz bardziej oddalał się od swego syna i dziedzica. W roku 279 o.P. Rhaegar Targaryen, książę Smoczej Skały, oficjalnie zaręczył się z księżniczką Elią Martell, dziewczyną o delikatnym zdrowiu, młodszą siostrą Dorana Martella, księcia Dorne. W następnym roku wzięli ślub. W Wielkim Sepcie Baelora w Królewskiej Przystani urządzono wystawną ceremonię, ale Aerys II nie zaszczycił jej swą obecnością. Małej radzie oznajmił, że obawia się zamachu na swoje życie, do którego doszłoby niechybnie, gdyby opuścił Czerwoną Twierdzę, nawet jeśli strzegłaby go Gwardia Królewska. Swemu młodszemu synowi, Viserysowi, również nie pozwolił udać się na ślub brata.

Gdy książę Rhaegar i jego nowa żona postanowili zamieszkać na Smoczej Skale, nie w Czerwonej Twierdzy, po całych Siedmiu Królestwach zaczęły krążyć liczne pogłoski. Niektórzy twierdzili, że następca tronu planuje obalić ojca i zagarnąć Żelazny Tron dla siebie, inni zaś utrzymywali, że Aerys zamierza wydziedziczyć Rhaegara i mianować swym następcą Viserysa. Narodziny pierwszej wnuczki Aerysa, dziewczynki imieniem Rhaenys, która przyszła na świat w roku 280 o.P. na Smoczej Skale, również nie pogodziły ojca z synem. Gdy książę Rhaegar wrócił do Czerwonej Twierdzy, by zaprezentować córkę swym rodzicom, królowa Rhaella czule uściskała dziecko, ale król Aerys nie chciał go dotknąć ani przytulić, skarżąc się na jego „dornijski smród".

Przez cały ten czas lord Tywin Lannister nadal służył jako królewski namiestnik. Maester Pycelle pisał: „Cień lorda Tywina jest wielki jak Casterly Rock. Żaden król nigdy nie miał zdolniejszego ani bardziej pracowitego namiestnika". Po śmierci Steffona Baratheona lord Tywin był przeko-

PO PRAWEJ | *Król Aerys II skazuje Darklynów*

nany, że jego pozycji nic nie zagraża, i posunął się nawet do tego, że sprowadził na dwór swą młodą i piękną córkę, Cersei.

Jednakże w roku 281 o.P. stary rycerz Gwardii Królewskiej, ser Harlan Grandison, zmarł we śnie i niepewne porozumienie między Aerysem II a jego namiestnikiem ostatecznie się załamało, ponieważ Jego Miłość postanowił zaoferować biały płaszcz najstarszemu synowi lorda Tywina.

Piętnastoletni ser Jaime Lannister był już rycerzem. Otrzymał ten zaszczyt z rąk Arthura Dayne'a, Miecza Poranku, przez wielu uważanego za najbardziej rycerskiego wojownika w Siedmiu Królestwach. Jaime zdobył ostrogi podczas prowadzonej przez ser Arthura kampanii przeciwko banitom znanym jako Bractwo z Królewskiego Lasu, i nikt nie mógł wątpić, że na nie zasługuje.

Ser Jaime był jednak również dziedzicem lorda Tywina i w nim skupiały się wszelkie nadzieje na kontynuację rodu Lannisterów, jako że drugi syn jego lordowskiej mości był wypaczonym karłem. Co więcej, namiestnik negocjował właśnie dla Jaimego korzystną umowę małżeńską, gdy oto król poinformował go o swym wyborze. Jednym uderzeniem monarcha pozbawił lorda Tywina wybranego dziedzica i sprawił, że jego namiestnik wyszedł na kłamcę i głupca.

Wielki maester Pycelle informuje nas jednak, że kiedy Aerys II, siedząc na Żelaznym Tronie, ogłosił nominację ser Jaimego, jego lordowska mość opadł na jedno kolano i podziękował królowi za wielki zaszczyt, który spotkał jego ród. Potem, tłumacząc się chorobą, poprosił Jego Miłość o zwolnienie ze stanowiska namiestnika.

Król Aerys zgodził się z zachwytem. Lord Tywin oddał łańcuch i opuścił dwór, wracając z córką do Casterly Rock. Król powołał na jego miejsce lorda Owena Merryweathera, sympatycznego, starszego wiekiem lizusa, słynącego z tego, że śmiał się najgłośniej ze wszystkich dowcipów i powiedzonek króla, choćby nawet najmarniejszych.

Jego Miłość oznajmił potem Pycelle'owi, że od tej pory wszyscy będą z całą pewnością wiedzieli, że ten, kto nosi koronę, włada też Siedmioma Królestwami.

Aerys Targaryen i Tywin Lannister poznali się w wieku chłopięcym, razem walczyli i przelewali krew w wojnie dziewięciogroszowych królów, a potem przez prawie dwadzieścia lat wspólnie władali królestwem, ale w roku 281 o.P. nastał gorzki koniec ich długotrwałej współpracy, tak bardzo korzystnej dla Siedmiu Królestw.

Wkrótce potem lord Walter Whent ogłosił, że zamierza urządzić w swej siedzibie, Harrenhal, wielki turniej, by uczcić dzień imienia swej dziewiczej córki. Aerys I wybrał tę okazję na formalną inwestyturę ser Jaimego Lannistera jako rycerza Gwardii Królewskiej... i w ten sposób dał początek wydarzeniom, które miały zakończyć panowanie Obłąkanego Króla, a także położyć kres długiej epoce rządów dynastii Targaryenów.

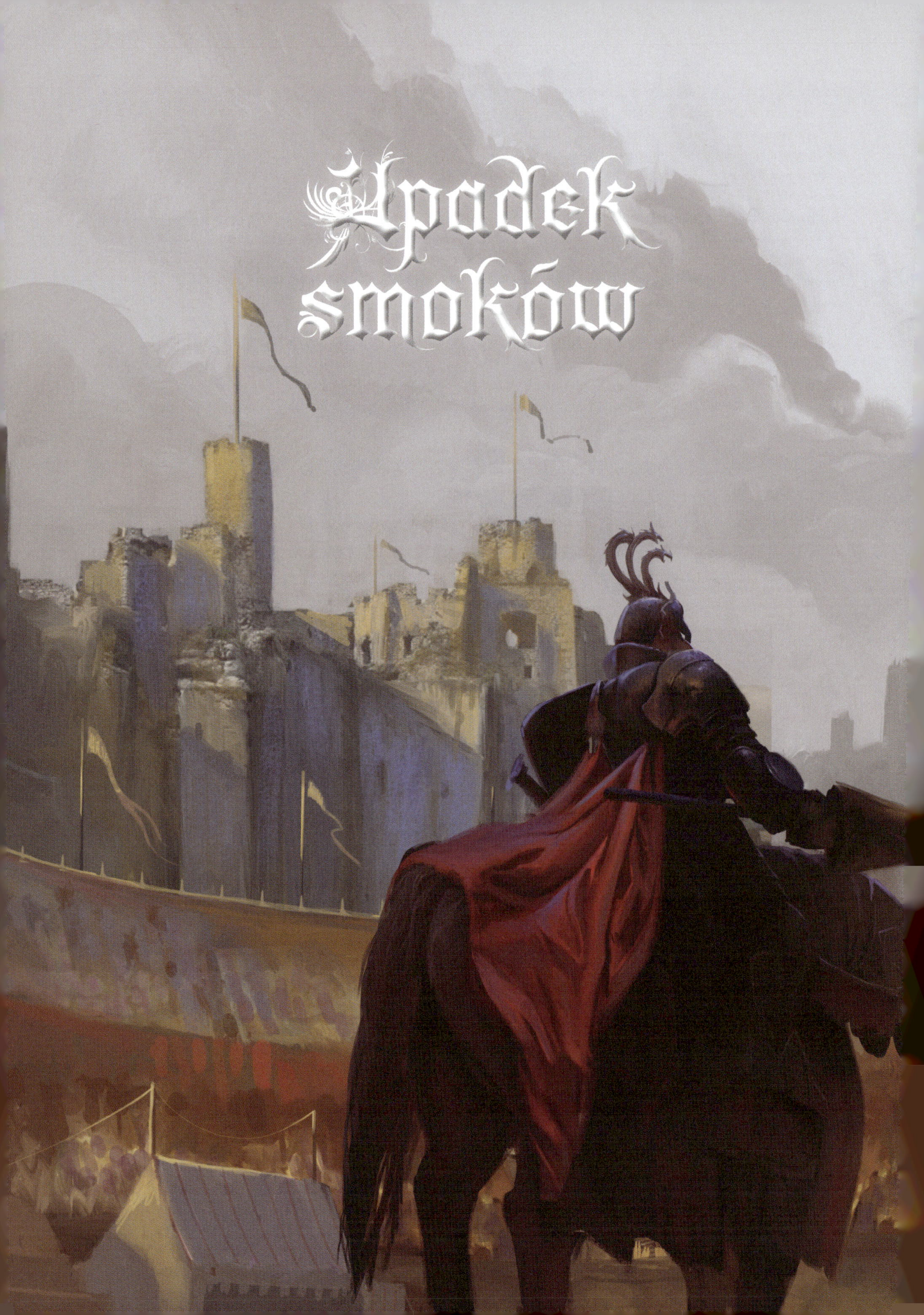
Upadek
smoków

Rok Fałszywej Wiosny

W KRONIKACH WESTEROS rok 281 o.P. znany jest jako Rok Fałszywej Wiosny. Zima trzymała krainę w lodowatym uścisku przez blisko dwa lata, ale w końcu śniegi zaczęły topnieć, lasy się zazieleniły, a dni stawały się dłuższe. Choć nie wysłano jeszcze białych kruków, nawet w Cytadeli w Starym Mieście wielu wierzyło, że koniec zimy jest blisko.

Gdy z południa nadeszły ciepłe wiatry, lordowie i rycerze z całych Siedmiu Królestw ruszyli ku Harrenhal, by rywalizować w wielkim turnieju wyprawionym przez lorda Whenta na brzegach Oka Boga. Zapowiadał się on na największy i najwspanialszy od czasów Aegona Niespodziewanego.

Wiemy na temat tych zmagań bardzo wiele, albowiem wydarzenia, do których doszło pod murami Harrenhal, zarejestrowało może ze dwudziestu kronikarzy, opisano je też w licznych listach i świadectwach. Mnóstwa faktów nie poznamy jednak nigdy, kiedy bowiem najwięksi rycerze Siedmiu Królestw stawali w szranki, w komnatach przeklętego zamku Harrena Czarnego i w namiotach zgromadzonych pod nim lordów toczono inne, bardziej niebezpieczne gry.

Wokół turnieju lorda Whenta narosło wiele opowieści o spiskach i sprzysiężeniach, zdradach i rebeliach, aktach niewierności i schadzkach, sekretach i tajemnicach. Prawie wszystkie relacje zawierają jednak ledwie domysły. Prawdę znają tylko nieliczni, a część z nich opuściła już ten padół łez i zamknęła usta na wieki. W związku z tym, pisząc o owym pamiętnym zgromadzeniu, rzetelny uczony musi z uwagą oddzielać fakty od wymysłów, kreśląc prostą linię między tym, co wiemy, a tym, co ludzie podejrzewają, w co wierzą albo na czego temat powtarzają plotki.

Oto co wiemy: turniej zapowiedział Walter Whent, lord Harrenhal, pod koniec roku 280 o.P., wkrótce po tym, jak odwiedził go młodszy brat, ser Oswell Whent, rycerz Gwardii Królewskiej. Od samego początku nie ulegało wątpliwości, że będzie to wspaniałe, niemające sobie równych wydarzenie, lord Whent oferował bowiem nagrody trzykrotnie wyższe od tych, które można było zdobyć na wielkim turnieju w Lannisporcie w roku 272 o.P., urządzonym przez lorda Tywina Lannistera dla uczczenia dziesiątej rocznicy panowania króla Aerysa II.

Większość uważała, że Whent próbuje po prostu przelicytować byłego namiestnika i zademonstrować bogactwo oraz splendor swego rodu. Byli jednak i tacy, którzy wietrzyli w tym podstęp i twierdzili, że lord Whent odegrał rolę zwykłej marionetki. Argumentowali, że jego lordowskiej mości brakowało środków na tak szczodre nagrody, w związku z tym z pewnością musiał stać za nim ktoś inny, kto miał pod dostatkiem złota, ale wolał pozostać w cieniu, pozwalając, by chwała za urządzenie tak wspaniałego turnieju przypadła lordowi Harrenhal. Nie mamy nawet strzępka dowodu na to, że „sekretny gospodarz" w ogóle istniał, ale wówczas powszechnie tak uważano i owo przekonanie utrzymuje się do dzisiaj.

Jeśli jednak rzeczywiście za wszystkim krył się jakiś cień, kto nim był i dlaczego postanowił zachować swą rolę w tajemnicy? W ciągu lat wymieniano kilkanaście różnych nazwisk, ale tyko jedno z nich brzmi prawdopodobnie: Rhaegar Targaryen, książę Smoczej Skały.

Jeżeli wierzyć w tę opowieść, to właśnie książę Rhaegar namówił lorda Waltera do zorganizowania turnieju, posługując się bratem jego lordowskiej mości, ser Oswellem, jako pośrednikiem. Rhaegar dał Whentowi tyle złota, by starczyło na wspaniałe nagrody, celem zwabienia do Harrenhal tylu lordów i rycerzy, ilu tylko się da. Książę nie był ponoć zainteresowany turniejem jako takim, pragnął po prostu zgromadzić wszystkich wielkich lordów królestwa w jednym miejscu i stworzyć coś w rodzaju nieformalnej Wielkiej Rady, mającej przedyskutować sposoby poradzenia sobie z szaleństwem jego ojca, króla Aerysa II, być może za pomocą regencji lub wymuszonej abdykacji.

Jeśli rzeczywiście taki był cel zorganizowania zmagań, Rhaegar Targaryen wdał się w niebezpieczną grę. Choć tylko nieliczni wątpili o tym, że Aerys postradał zmysły, wielu nadal miało poważne powody, by się sprzeciwiać pozbawieniu go Żelaznego Tronu, niektórzy dworzanie i doradcy zdobyli bowiem wielkie majątki oraz wpływy dzięki królewskim kaprysom i wiedzieli, że jeśli władzę obejmie książę Rhaegar, wszystko utracą.

Obłąkany Król potrafił być straszliwie okrutny, co najłatwiej było zauważyć, gdy palił tych, których uważał za swych wrogów, lecz bywał również ekstrawagancki – obdarowywał ludzi, którzy sprawili mu przyjemność, zaszczytami, urzędami oraz ziemiami. Lizusowscy lordowie otaczający Aerysa II zyskiwali coraz więcej na jego obłędzie i z olbrzymią ochotą wykorzystywali wszelkie okazje, by przedstawiać w złym świetle księcia Rhaegara i budzić w ojcu podejrzenia wobec syna.

Najważniejszymi stronnikami Obłąkanego Króla byli trzej lordowie z jego małej rady: Qarlton Chelsted, starszy nad monetą, Lucerys Velaryon, starszy nad okrętami, oraz Symond Staunton, starszy nad prawami. Eunuch Varys, starszy nad szeptaczami, oraz mądrość Rossart, wielki mistrz Cechu Alchemików, również cieszyli się zaufaniem króla.

POPRZEDNIE STRONY | *Książę Rhaegar wręcza koronę z zimowych róż Lyannie Stark*

PO PRAWEJ | *Obłąkany Król, Aerys II*

Księcia Rhaegara popierali młodsi dworzanie, tacy jak lord Jon Connington, ser Myles Mooton ze Stawu Dziewic oraz ser Richard Lonmouth. Dornijczycy, którzy przybyli na królewski dwór razem z księżną Elią – przede wszystkim książę Lewyn Martell, stryj Elii i zaprzysiężony brat z Gwardii Królewskiej – również zaliczali się do stronników księcia. Najgroźniejszym ze wszystkich przyjaciół i sojuszników Rhaegara w Królewskiej Przystani był jednak z pewnością ser Arthur Dayne, Miecz Poranku.

Nieprzyjemne zadanie utrzymania pokoju między tymi frakcjami przypadło wielkiemu maesterowi Pycelle'owi oraz lordowi Owenowi Merryweatherowi, królewskiemu namiestnikowi. Rywalizacja między tymi stronnictwami stawała się coraz bardziej zajadła. W liście do Cytadeli Pycelle pisał, że podziały w Czerwonej Twierdzy przypominają mu niepokojąco sytuację panującą przed Tańcem Smoków, stulecie przedtem, gdy wrogość między królową Alicent a księżniczką Rhaenyrą rozszczepiła królestwo na dwoje, a koszty tego były straszliwe. Ostrzegał, że obecnie Siedmiu Królestwom zagraża równie krwawy konflikt, chyba że osiągnie się jakieś porozumienie, które zadowoli zarówno zwolenników księcia Rhaegara, jak i stronników króla.

Gdyby ludzie lojalni wobec króla Aerysa zdobyli choć cień dowodu na to, że Rhaegar spiskuje przeciwko ojcu, z pewnością wykorzystaliby go, by doprowadzić do upadku księcia. Niektórzy ze stronników monarchy posunęli się nawet do tego, że sugerowali, by Aerys wydziedziczył „nielojalnego" syna i uczynił następcą tronu jego młodszego brata. Książę Viserys miał dopiero siedem lat. Jeśliby zasiadł na Żelaznym Tronie, doradcy Aerysa z pewnością władaliby przez jakiś czas w jego imieniu jako regenci.

Przy tak napiętej atmosferze raczej nie było niespodzianką, że wielki turniej lorda Whenta wywołał liczne podejrzenia. Lord Chelsted nalegał, by Jego Miłość zabronił jego organizacji, a lord Staunton posunął się jeszcze dalej, sugerując zakaz urządzania wszelkich turniejów.

Tego typu imprezy uwielbiało jednak pospólstwo, lord Merryweather ostrzegł więc Aerysa, że zakazanie turnieju uczyni władcę jeszcze mniej popularnym. Dlatego król zdecydował się obrać inny kurs i ogłosił, że on również pojedzie do Harrenhal. Po raz pierwszy od czasów rebelii w Duskendale Aerys miał opuścić bezpieczną Czerwoną Twierdzę. Jego Miłość z pewnością uważał, że wrogowie nie odważą się spiskować przeciwko niemu pod jego nosem. Wielki maester Pycelle mówi nam, że Aerys miał nadzieję, iż jego obecność na tak wspaniałym wydarzeniu pozwoli mu odzyskać miłość poddanych.

Jeśli król rzeczywiście tak sądził, srodze się pomylił. Choć swą obecnością uczynił turniej jeszcze wspanialszym i bardziej prestiżowym, ponieważ przyciągnął lordów i rycerzy ze wszystkich zakątków królestwa, wielu z tych, którzy przybyli, przeżyło szok na widok tego, co się stało z ich monarchą. Jego długie, żółte paznokcie, splątana broda oraz strąki niemytych, skołtunionych włosów uświadomiły wszystkim, jak daleko posunął się obłęd króla. Aerys nie zachowywał się przy tym jak człowiek zdrowy na umyśle. Potrafił w mgnieniu oka przechodzić od wesołości do melancholii, wiele pisemnych relacji z Harrenhal wspomina też o jego histerycznym śmiechu, długich okresach milczenia, atakach płaczu i nagłych napadach gniewu.

Aerys II był przede wszystkim podejrzliwy: podejrzewał własnego syna i dziedzica, księcia Rhaegara; podejrzewał swego gospodarza, lorda Whenta; podejrzewał wszystkich lordów i rycerzy, którzy przybyli do Harrenhal, by wziąć udział w turnieju... A w jeszcze większym stopniu podejrzewał tych, których zabrakło, w pierwszej kolejności swego byłego namiestnika, Tywina Lannistera, lorda Casterly Rock.

Na rozpoczęcie turnieju król Aerys zarządził inwestyturę ser Jaimego Lannistera jako zaprzysiężonego brata z Gwardii Królewskiej, która stała się wielkim widowiskiem. Młody rycerz wypowiedział słowa przysięgi przed królewskim namiotem, klęcząc na zielonej trawie w swej białej zbroi. Przyglądała się temu połowa lordów królestwa.

Gdy ser Gerold Hightower pomógł młodzieńcowi wstać i włożył mu na ramiona biały płaszcz, tłum począł wiwatować, albowiem wielu ludzi, zwłaszcza w krainach zachodu, podziwiało ser Jaimego za odwagę, rycerskość i biegłość we władaniu mieczem.

Choć Tywin Lannister nie raczył pojawić się na turnieju w Harrenhal, przybyły tam dziesiątki jego lordów chorążych oraz setki rycerzy, którzy nagrodzili nowo zaprzysiężonego brata Gwardii Królewskiej, najmłodszego w jej historii, gromkim aplauzem. Król był zadowolony. Powiadają, że w swym szaleństwie wierzył, iż ludzie wiwatują na jego cześć.

Zaraz po zakończeniu ceremonii w umyśle króla Aerysa II zrodziły się jednak poważne wątpliwości względem jego nowego obrońcy. Wielki maester Pycelle zapisał, że król wpadł na pomysł mianowania ser Jaimego członkiem Gwardii Królewskiej, by w ten sposób upokorzyć dawnego przyjaciela. Dopiero po fakcie Jego Miłość uświadomił sobie, że syn lorda Tywina będzie mu teraz towarzyszył za dnia i w nocy... z mieczem w dłoni.

Zgodnie z zapewnieniami Pycelle'a, ta myśl przeraziła Aerysa tak bardzo, że na wieczornej uczcie z trudem zdołał cokolwiek przełknąć. Następnie wezwał do siebie ser Jaimego (według niektórych władca siedział wtedy na nocniku, ale ten brzydki szczegół może być późniejszym dodatkiem) i rozkazał mu wracać do Królewskiej Przystani, gdzie miał strzec i bronić królowej Rhaelli oraz księcia Viserysa, którzy nie przybyli na turniej z Jego Miłością. Lord dowódca, ser Gerold Hightower, zaproponował, że pojedzie tam za Jaimego, ale Aerys odmówił.

To nagłe wygnanie gorzko rozczarowało młodego rycerza, który z pewnością miał nadzieję wyróżnić się w turnieju. Mimo to ser Jaime dotrzymał ślubów. Natychmiast wyruszył do Królewskiej Przystani i nie odegrał już żadnej roli w wydarzeniach w Harrenhal, choć Obłąkany Król mógł sądzić inaczej.

Przez siedem dni najdzielniejsi rycerze oraz najszlachetniejsi lordowie Siedmiu Królestw mierzyli się ze sobą na kopie i miecze na polach pod wyniosłymi murami Harrenhal. Wieczorami zwycięzcy i pokonani wspólnie udawali się do kolosalnej Komnaty Stu Palenisk, by radować się ucztą. O owych dniach i nocach na brzegach Oka Boga opowiada się wiele historii; niektóre z nich są nawet prawdziwe. Relacjonowanie każdej stoczonej walki i każdej wypowiedzianej drwiny dalece wykracza poza nasz cel. Z radością zostawimy to zadanie minstrelom. Dwóch incydentów nie możemy jednak pominąć, ich konsekwencje okazały się bowiem poważne.

Pierwszym było pojawienie się tajemniczego rycerza, drobnego młodzieńca w niedopasowanej zbroi, który za herb miał wyrzeźbione na tarczy białe czardrzewo z radosnym grymasem na twarzy. Rycerz Roześmianego Drzewa, jak go nazwano, wysadził kolejno z siodła trzech przeciwników, ku radości prostaczków.

Król Aerys II nie był jednak człowiekiem znajdującym przyjemność w tajemnicach. W umyśle Jego Miłości zrodziło się przeświadczenie, że drzewo na tarczy śmiało się z niego. To było dlań wystarczającym powodem, by uznać, że tajemniczy rycerz to ser Jaime Lannister. Aerys powtarzał każdemu, kto chciał go słuchać, że najnowszy królewski gwardzista sprzeciwił się jego rozkazom i wrócił na turniej.

Rozwścieczony król rozkazał swym ludziom pokonać Rycerza Roześmianego Drzewa, gdy rankiem walki zostaną wznowione, by można było zdjąć mu maskę i odsłonić przed wszystkimi jego perfidię, ale tajemniczy rycerz zniknął nocą i nigdy go już nie widziano. To również rozgniewało monarchę. Był pewien, że ktoś w jego otoczeniu ostrzegł „tego zdrajcę, który nie chce pokazać twarzy".

Ostatecznie w turnieju zwyciężył książę Rhaegar. Następca tronu, który z reguły nie rywalizował w tego typu zmaganiach, zaskoczył wszystkich, wdziewając zbroję i pokonując kolejno każdego przeciwnika, w tym czterech rycerzy Gwardii Królewskiej. W finałowej walce wysadził z siodła ser Barristana Selmy'ego – powszechnie uważanego za najlepszego w szrankach w całych Siedmiu Królestwach – i zdobył laur mistrza.

Aplauz tłumu był ponoć ogłuszający, ale król Aerys nie przyłączył się do niego. Jego Miłość nie tylko nie czuł się dumny i zadowolony z biegłości swego dziedzica, lecz dostrzegał w jego poczynaniach groźbę. Lordowie Chelsted i Staunton dodatkowo rozniecili królewskie podejrzenia, utrzymując, że książę Rhaegar stanął w szranki po to, by zdobyć sympatię prostaczków i przypomnieć zebranym lordom, że jest potężnym wojownikiem, prawdziwym dziedzicem Aegona Zdobywcy.

Kiedy triumfujący książę Smoczej Skały uczynił Lyannę Stark, córkę lorda Winterfell, królową miłości i piękna, kładąc czubkiem kopii na jej kolanach wieniec niebieskich róż, lordowie pochlebcy otaczający króla oznajmili, że to kolejny dowód jego perfidii. Dlaczego książę miałby w ten sposób znieważyć własną żonę, księżną Elię Martell z Dorne (która była przy tym obecna), jeśli nie dlatego, że miało mu to pomóc w zdobyciu Żelaznego Tronu? Symond Staunton zasugerował królowi, że ukoronowanie Starkówny, która według wszystkich relacji była młodą, dziką chłopczycą, całkowicie pozbawioną delikatnej urody księżnej Elii, mogło mieć na celu jedynie zdobycie poparcia Winterfell dla sprawy księcia Rhaegara.

Jeśli jednak było to prawdą, dlaczego braci lady Lyanny tak bardzo oburzył zaszczyt przyznany jej przez księcia? Brandona Starka, dziedzica Winterfell, trzeba było powstrzymywać siłą, by nie wyzwał Rhaegara z powodu tego, co uznał za zniewagę dla honoru siostry, Lyanna Stark była bowiem od dawna zaręczona z Robertem Baratheonem, lordem Końca Burzy. Eddard Stark, młodszy brat Brandona i bliski przyjaciel lorda Roberta, zachował się spokojniej, lecz był równie niezadowolony. Jeśli zaś chodzi o samego Roberta Baratheona, niektórzy powiadają, że roześmiał się tylko na widok gestu księcia i powiedział, że Rhaegar po prosto oddał Lyannie to, co jej należne... Ale ci, którzy lepiej znali młodego lorda, twierdzą, że przejął się głęboko ową zniewagą i od tej chwili utwardził swe serce przeciwko księciu Smoczej Skały.

I nic w tym dziwnego, albowiem tym prostym wieńcem z jasnoniebieskich róż Rhaegar Targaryen rozpoczął taniec, który miał rozszarpać Siedem Królestw na strzępy, doprowadzić do śmierci jego samego i tysięcy innych ludzi oraz wreszcie posadzić na Żelaznym Tronie nowego króla.

Fałszywa Wiosna roku 281 o.P. trwała niespełna dwa cykle księżyca. Kiedy rok zbliżał się ku końcowi, do Westeros z całą siłą wróciła zima. W ostatnim dniu roku w Królewskiej Przystani zaczął padać śnieg, a na Czarnym Nurcie uformowała się warstewka lodu. Śnieg sypał przez blisko dwa tygodnie. W tym czasie Czarny Nurt zamarzł na dobre, a dachy i rynny wszystkich wież w mieście ozdobiły sople.

Kiedy miasto nękały lodowate wichry, król Aerys zwrócił się ku swym piromantom, rozkazując im, by przegnali zimę swą magią. Przez cały cykl księżyca na murach Czerwonej Twierdzy palono ogromne zielone ogniska. Księcia Rhaegara nie było jednak w mieście, więc nie mógł tego zobaczyć. Nie można go też było znaleźć na Smoczej Skale, gdzie przebywali księżna Elia i jej niedawno narodzony syn, Aegon. Z nadejściem nowego roku następca tronu wyruszył w towarzystwie najbliższych przyjaciół i powierników w podróż, która zaprowadziła go do dorzecza, niespełna trzydzieści mil od Harrenhal. Tam Rhaegar ponownie spotkał się twarzą w twarz z Lyanną Stark z Winterfell i rozpalił ogień, który miał pochłonąć jego ród, bliskich i wszystkich, których kochał, a także połowę królestwa.

Ale ta opowieść jest zbyt dobrze znana, by warto było ją tu powtarzać.

Bunt Roberta

HANIEBNE PORWANIE Lyanny Stark przez księcia Rhaegara doprowadziło do zagłady rodu Targaryenów. Pełnia obłędu króla Aerysa objawiła się w nieprawych czynach, których dopuścił się przeciwko lordowi Starkowi, jego dziedzicowi oraz ich zwolennikom po tym, jak zażądali zadośćuczynienia za występki popełnione przez Rhaegara. Zamiast udzielić im sprawiedliwego posłuchania, Aerys zamordował wszystkich okrutnie, a potem zażądał, by lord Jon Arryn stracił swych byłych podopiecznych, Roberta Baratheona i Eddarda Starka. Wielu obecnie zgadza się, że bunt rozpoczął się z chwilą, gdy lord Arryn odmówił wykonania rozkazu i odważnie zwołał chorągwie, by bronić sprawiedliwości. Jednakże nie wszyscy lordowie Doliny zgadzali się z decyzją lorda Jona i wkrótce doszło do pierwszych starć, podczas których lojaliści próbowali obalić lorda Arryna.

POWYŻEJ | *Rhaegar Targaryen, książę Smoczej Skały*

Wkrótce, kiedy lordowie i rycerze opowiadali się po którejś ze stron, walki rozprzestrzeniły się niby dziki ogień na całe Siedem Królestw. Wielu z tych, którzy nadal żyją, walczyło w owych bitwach i w związku z tym wiedzą o nich więcej ode mnie. Zadanie napisania szczegółowej historii buntu Roberta zostawię takim właśnie ludziom, nie chciałbym bowiem ich obrazić, przedstawiając niedoskonałe streszczenie wydarzeń, bądź też omyłkowo wychwalać tych, którzy od owego czasu okazali się niegodni. Dlatego przyjrzę się tylko lordowi i rycerzowi, który w końcu zasiadł na Żelaznym Tronie i naprawił królestwo nieomal zniszczone przez obłęd.

Robert Baratheon okazał się nieustraszonym i niepowstrzymanym wojownikiem. W jego szeregi napływało coraz więcej ludzi. Jako pierwszy wdarł się na mury Gulltown, gdy lord Grafton opowiedział się po stronie Targaryenów, i stamtąd pożeglował do Końca Burzy, by zwołać swe chorągwie, narażając się na schwytanie przez królewską flotę. Nie wszyscy chcieli go poprzeć. Namiestnik Aerysa, lord Merryweather, namawiał niektórych lordów burzy do zbuntowania się przeciwko Robertowi. Te wysiłki okazały się jednak bezowocne po triumfach tego ostatniego pod Summerhall, gdzie wygrał trzy bitwy w ciągu jednego dnia. Jego pośpiesznie zebrane siły pokonały kolejno lordów Grandisona i Cafferena. Następnie Robert zabił w bezpośrednim starciu lorda Fella i wziął do niewoli jego sławnego syna, zwanego Srebrnym Toporem.

Robert Baratheon i jego lordowie burzy odnieśli jeszcze wiele zwycięstw w czasie marszu na spotkanie z siłami lorda Arryna oraz ludzi z północy, którzy popierali ich sprawę. Słusznie wysławia się wielkie zwycięstwo Roberta pod Kamiennym Septem, zwane także Bitwą Dzwonów. Zabił tam sławnego ser Mylesa Mootona, który ongiś był giermkiem księcia Rhaegara, a także pięciu innych ludzi. Mógłby też pozbawić życia nowego namiestnika, lorda Conningtona, gdyby losy bitwy pozwoliły im się spotkać. Dzięki temu zwycięstwu po małżeństwie córek lorda Tully'ego z lordami Arrynem i Starkiem także dorzecze przyłączyło się do konfliktu.

Po tak wielu porażkach siły rojalistów były osłabione i rozproszone, zrobiły jednak, co tylko mogły, by połączyć się na nowo. Wysłano Gwardię Królewską z rozkazem wspomożenia odwrotu resztek sił lorda Conningtona, z południa zaś powrócił książę Rhaegar; objął on dowództwo nad nowym pospolitym ruszeniem zwołanym w krainach korony. Po częściowym zwycięstwie pod Ashford, które doprowadziło do wycofania się Roberta, krainy burzy były otwarte przed lordem Tyrellem, prowadzącym całą potęgę Reach. Jego lordowie rozbili wszelki opór i rozpoczęli oblężenie Końca Burzy. Wkrótce potem zastęp Tyrellów wsparła potężna flota lorda Paxtera Redwyne'a z Arbor, odcinając dostęp do Końca Burzy od strony morza. Oblężenie trwało aż do zakończenia wojny.

Dorne stanęło w obronie księżnej Elii. Dziesięć tysięcy włóczni przeszło Szlakiem Kości i dotarło do Królewskiej Przystani, gdzie dołączyło do zastępu zbieranego przez Rhaegara. Ci, którzy przebywali wówczas na królewskim dworze, opowiadają, że zachowanie Aerysa było nieprzewidywalne. Król nie ufał nikomu poza swymi gwardzistami, a nawet im nie do końca – ser Jaimego Lannistera cały czas trzymał blisko siebie jako zakładnika.

Kiedy więc książę Rhaegar pomaszerował wreszcie królewskim traktem w stronę Tridentu, z wyjątkiem młodego Lannistera towarzyszyli mu wszyscy gwardziści, którzy pozostali w Królewskiej Przystani: ser Barristan Śmiały, ser Jonothor Darry oraz książę Lewyn z Dorne. Ten ostatni objął dowodzenie nad dornijskim zastępem przysłanym przez jego bratanka, księcia Dorana, powiadają jednak, że zgodził się na to tylko pod wpływem gróźb Obłąkanego Króla, obawiającego się, że Dornijczycy go zdradzą. Jaime Lannister pozostał w stolicy.

O słynnej bitwie nad Tridentem napisano i opowiedziano już wiele. Wszyscy wiedzą, że dwie armie starły się na brodzie, który od tej pory zwą Rubinowym, z powodu rozsypanych klejnotów ze zbroi księcia Rhaegara. Siły były wyrównane. Oddziały Rhaegara składały się z około czter-

POWYŻEJ | *Król Robert Baratheon, Pierwszy Tego Imienia*

dziestu tysięcy ludzi, jedną dziesiątą stanowili pasowani rycerze. Buntowników było nieco mniej, lecz zdobyli już doświadczenie w bitwach, podczas gdy wielu ludzi Rhaegara nigdy nie zaznało walki.

Bitwa na brodzie była zaciekła i poległo w niej wielu ludzi. Ser Jonothora Darry'ego powalono w ferworze walki, podobnie jak księcia Lewyna z Dorne. Ale najważniejsza śmierć miała dopiero nadejść...

Bitewny zgiełk otaczał zarówno lorda Roberta, jak i księcia Rhaegara. Z woli bogów albo przypadkiem – a może celowo? – spotkali się ze sobą na płyciznach brodu. Wszystkie relacje zgadzają się co do tego, że obaj rycerze walczyli dzielnie, dosiadając swych rumaków. Bez względu na zbrodnie, jakich dopuścił się Rhaegar, nie był on tchórzem. Zranił w walce lorda Roberta, ale pod koniec gwałtowna siła Baratheona, wzmocniona pragnieniem zemsty za pohańbienie narzeczonej przez Rhaegara, okazała się zwycięska. Bojowy młot lorda Roberta odnalazł cel, a jego kolec wbił się w pierś Rhaegara. Kosztowne rubiny, lśniące na napierśniku księcia, posypały się do wody.

Niektórzy ludzie po obu stronach natychmiast przerwali walkę i skoczyli do rzeki po drogie kamienie. Bitwa szybko przerodziła się w rzeź i rojaliści zaczęli uciekać z pola walki.

Rany Roberta nie pozwoliły mu na prowadzenie pościgu, zlecił więc to zadanie lordowi Eddardowi Starkowi. Robert dowiódł jednak swej rycerskości, nie pozwalając zabić ciężko rannego ser Barristana i rozkazując własnemu maesterowi zaopiekować się wielkim wojownikiem. Tak oto przyszły król zdobył niezachwiane poparcie przyjaciół oraz sojuszników. Niewielu było ludzi tak szczodrych i łaskawych, jak Robert Baratheon.

Koniec

Wysłano ptaki i gońców z wiadomością o zwycięstwie na Rubinowym Brodzie. Gdy wieści dotarły do Czerwonej Twierdzy, Aerys przeklął ponoć Dornijczyków, przekonany, że Lewyn zdradził Rhaegara. Wysłał swą ciężarną królową, Rhaellę, i młodszego syna oraz nowego dziedzica, Viserysa, na Smoczą Skałę, jednakże księżną Elię wraz z dziećmi Rhaegara zmusił do pozostania w Królewskiej Przystani; jako zakładnicy mieli zabezpieczać go przed zdradą Dorne. Aerys spalił też żywcem swego dotychczasowego namiestnika, lorda Chelsteda, za to, że podczas wojny udzielał mu złych rad, i mianował nowego, alchemika Rossarta – nisko urodzonego człowieka, za którym nie przemawiało nic poza jego płomieniami i sztuczkami.

Dowodzenie obroną Czerwonej Twierdzy przypadło tymczasem ser Jaimemu Lannisterowi. Mury obsadzono rycerzami i strażnikami miejskimi, czekając na przybycie wroga. Kiedy ujrzano, że nad pierwszą armią, która się zjawiła, powiewa lew Casterly Rock i dowodzi nią lord Tywin, Aerys pośpiesznie kazał otworzyć bramy, sądząc, że jego dawny przyjaciel i były namiestnik przybył mu z pomocą, jak podczas rebelii w Duskendale. Lord Tywin nie zamierzał jednak ratować Obłąkanego Króla.

Tym razem sprawa lorda Tywina była sprawą królestwa. Był zdeterminowany położyć kres panowaniu władcy zrujnowanego przez obłęd. Gdy tylko jego żołnierze znaleźli się za murami, zaatakowali obrońców stolicy i ulice spłynęły czerwoną krwią. Oddział doborowych żołnierzy popędził do Czerwonej Twierdzy, by zdobyć ją szturmem, odnaleźć króla Aerysa i wymierzyć mu sprawiedliwość.

Wkrótce ludzie Tywina wdarli się do zamku; podczas zamieszania, do którego doszło, nieszczęście spadło także na księżną Elię oraz jej dzieci, Rhaenys i Aegona. To prawdziwa tragedia, że podczas wojny krew niewinnych przelewa się równie często, jak krew tych, co zawinili. Ci, którzy zgwałcili i zamordowali księżną Elię, umknęli sprawiedliwości. Nie wiemy, kto zgładził księżniczkę Rhaenys w jej łożu i rozbił o ścianę główkę małego księcia Aegona. Niektórzy szepczą, że rozkaz wydał Aerys, kiedy się dowiedział, że lord Lannister opowiedział się po stronie Roberta, inni zaś sugerują, że zrobiła to sama Elia, z obawy przed tym, co mogą uczynić jej dzieciom wrogowie jej poległego męża.

Namiestnika Aerysa, Rossarta, zabito przy tylnej furcie, gdy próbował tchórzliwej ucieczki z zamku. Na samym końcu zginął sam Aerys, z ręki ostatniego rycerza własnej Gwardii Królewskiej, ser Jaimego Lannistera. Podobnie jak jego ojciec, ser Jaime uczynił to, co uważał za najlepsze dla królestwa: położył kres życiu Obłąkanego Króla.

Tak zakończyło się panowanie dynastii Targaryenów, a także bunt Roberta – wojna, która zamknęła trzy stulecia ich władzy i rozpoczęła nowy, złoty wiek pod auspicjami rodu Baratheonów.

Chwalebne panowanie

PO UPADKU dynastii Targaryenów w królestwie zapanował wielki dobrobyt. Robert, Pierwszy Tego Imienia, objął panowanie nad rozbitym Westeros i szybko uleczył wiele ran zadanych przez Obłąkanego Króla oraz jego syna. Pierwszą decyzją nieżonatego monarchy było poślubienie najpiękniejszej kobiety w królestwie, Cersei z rodu Lannisterów. W ten sposób Robert przyznał Lannisterom wszelkie zaszczyty, których odmówił im Aerys. Choć wszyscy wiedzieli, że lord Tywin mógłby z łatwością znowu objąć stanowisko namiestnika, król w swej łaskawości powierzył ten urząd swemu staremu przyjacielowi i obrońcy, lordowi Jonowi Arrynowi. Mądry i sprawiedliwy lord Arryn zaiste pomógł zaprowadzić w Westeros dobrobyt.

Na znak tych zmian w rządzeniu królestwem, ze ścian sali tronowej usunięto wiszące tam smocze czaszki.

Nie znaczy to jednak, że panowanie Roberta było wolne od wszelkich trudności. Sześć lat po jego koronacji Balon Greyjoy wszczął bezprawny bunt przeciwko królowi, nie z powodu jakiejś krzywdy wyrządzonej jemu bądź jego ludowi, lecz wyłącznie z czczej ambicji. Lord Stannis Baratheon, młodszy brat Roberta, poprowadził królewską flotę, podczas gdy sam król ruszył na czele potężnego zastępu. Kiedy Pyke wreszcie zdobyto, Robert dokonał wielu bohaterskich czynów, po czym nakazał Balonowi Greyjoyowi – pretendentowi do korony Żelaznych Wysp – ugiąć kolan przed Żelaznym Tronem. Dla zapewnienia wierności Greyjoya, jego jedyny ocalały syn został zakładnikiem.

Obecnie w królestwie panuje pokój; spełniły się wszystkie nadzieje związane z objęciem tronu przez Roberta. Na panowanie naszego szlachetnego króla przypadło długie lato – jedno z najdłuższych, odkąd sięgano pamięcią – które przyniosło ze sobą dostatek i dobre żniwa. Co więcej, król i jego ukochana królowa dali królestwu troje złotowłosych dziedziców, czym utwierdzili lud w przekonaniu, że rządy dynastii Baratheonów długo pozostaną niezagrożone. Niedawno za Murem pojawił się fałszywy król, Mance Rayder, jest on jednak wiarołomcą zbiegłym z Nocnej Straży, a Straż zawsze wymierzała szybką sprawiedliwość tym, którzy ją zdradzili. Ten król niczego nie zwojuje, podobnie jak inni władcy dzikich przed nim.

Ale nie zawsze może tak być. Jak pokazuje nam ta kronika, świat widział wiele epok. Od Ery Świtu do dziś minęło wiele tysiącleci. Zamki powstawały i upadały, podobnie jak całe królestwa. Zagrodnicy rodzili się, dorastali, trudzili się na polach i umierali ze starości bądź z powodu wypadku czy choroby, pozostawiając dzieci, które żyły tak samo jak oni. Książęta rodzili się, dorastali, nosili korony i umierali w łożu albo ginęli na wojnie bądź w turnieju, pozostawiając państwa wielkie, przeciętne albo otoczone wzgardą. Świat zaznał lodu podczas Długiej Nocy i ognia z chwilą nadejścia Zagłady. Od Lodowego Brzegu aż po Asshai przy Cieniu nasz świat lodu i ognia ma bogatą i chwalebną historię – aczkolwiek wiele pozostało nam jeszcze do odkrycia i mnóstwo jest rzeczy, których nie wiemy. Jeśli uda się odkryć dalsze fragmenty rękopisu maestera Gyldayna albo inne podobne skarby o niezrównanej – przynajmniej w oczach uczonych – wartości, być może wywabią one kolejne plamy naszej ignorancji. Jedno wiemy na pewno. W ciągu następnego tysiąca lat – i dziesięciu tysięcy dalszych – wielu ludzi urodzi się, będzie żyło i umrze. A historia będzie toczyła się dalej, równie niezwykła, skomplikowana i fascynująca jak ta, którą mogło wam przedstawić moje skromne pióro.

Nikt nie może wiedzieć na pewno, co przyniesie przyszłość. Niewykluczone jednak, że wiedza o tym, co już się wydarzyło, pomoże nam uczynić co w naszej mocy, by uniknąć błędów popełnionych przez przodków, naśladować ich sukcesy i w ten sposób tworzyć bardziej harmonijny świat dla naszych dzieci, ich dzieci oraz wielu następnych pokoleń.

W imię szlachetnego króla Roberta, Pierwszego Tego Imienia, pokornie kończę tę kronikę władców Siedmiu Królestw.

PO LEWEJ | *Czerwona Twierdza i Królewska Przystań*

Siedem
Królestw

KRAINY ZA MUREM
PÓŁNOC
Morze Dreszczy
Morze Zachodzącego Słońca
Skane
MUR
Wieża Cieni
Czarny Zamek
Wschodnia Strażnica
Skagos
Zatoka Lodowa
DAR BRANDONA
Korona Królowej
NOWY DAR
Zatoka Fok
Wyspa Niedźwiedzia
Ostatnie Domostwo
Przylądek Morskiego Smoka
SZARE URWISKA
Karhold
Winterfell
Długie Jezioro
OSTATNIA RZEKA
Deepwood Motte
Dreadfort
Cerwyn
PŁACZĄCA RZEKA
Torrhen's Square
KAMIENNY BRZEG
STRUMIENISKO
KRAINA KURHANÓW
KRÓLEWSKI TRAKT
BIAŁY NÓŻ
ZŁAMANA GAŁĄŹ
Wdowia Strażnica
Barrowton
Ramsgate
Płonąca Zatoka
Fosa Cailin
Biały Port
SŁONA WŁÓCZNIA
RZEKA GORĄCZKI
Stary Zamek
Palce Flinta
Strażnica nad Szarą Wodą
Zimna Woda
Przylądek Krakena
Sisterton
Trzy Siostry
Kamyk
Sutki
KRZEMIENNE URWISKA
Bliźniaki
Żelazne Wyspy
Pyke
Krainy Zachodu
Dolina
Dorzecze
LEGENDA
WAŻNIEJSZE ZAMKI
ZAMKI
MIASTA
MIASTECZKA
RUINY
DREWNO
TRAKTY

Północ

Rozległe, mroźne władztwo królów zimy, Starków z Winterfell, powszechnie uważa się za pierwsze i najstarsze z Siedmiu Królestw, jako że przez najdłuższy czas zachowało niezależność, unikając podboju. Kaprysy geografii i historii sprawiły, że północ różni się od swych południowych sąsiadów.

Często mówi się, że jest ona równie rozległa, jak wszystkie sześć pozostałych królestw razem wziętych, prawda jest jednak nieco mniej wspaniała. Północ, w takiej postaci, w jakiej władają nią obecnie Starkowie z Winterfell, tworzy dziś nieco ponad jedną trzecią królestwa. Domena Starków zaczyna się na południowym końcu Przesmyku i ciągnie aż po Nowy Dar (który również był jej częścią, do czasu, gdy król Jaehaerys I przekonał Winterfell do oddania tych ziem Nocnej Straży). Na północy można znaleźć wielkie puszcze, wietrzne pustkowia, wzgórza i doliny, skaliste brzegi i góry o śnieżnych szczytach. Jest to zimna kraina – znaczną jej część stanowią wyżynne równiny oraz wrzosowiska, w jej północnej części przechodzące w góry. Z tego powodu północ jest znacznie mniej żyzna od krain południa. Śnieg pada tam niekiedy nawet latem, zimą zaś przynosi śmierć.

Biały Port jest jedynym prawdziwym miastem na północy i uważa się go za najmniejsze miasto w Siedmiu Królestwach. Do najważniejszych miasteczek tej krainy zaliczają się natomiast „zimowe miasto" pod murami Winterfell oraz Barrowton w Krainie Kurhanów. To pierwsze wiosną i latem jest prawie puste, ale jesienią i zimą roi się w nim od tych, którzy szukają opieki i wsparcia Winterfell, by przetrwać trudne czasy. Zbierają się tam ludzie z okolicznych wiosek i przysiółków, a gdy śnieg zaczyna padać na dobre, do zimowego miasta przybywają również synowie i córki górskich klanów.

Barrowton również jest swego rodzaju osobliwością – miejscem spotkań zbudowanym u stóp kurhanu będącego ponoć grobem Pierwszego Króla, władającego ongiś niepodzielnie wszystkimi Pierwszymi Ludźmi, o ile możemy wierzyć legendom. Wzniesione pośrodku szerokiej, pustej równiny miasteczko cieszy się dobrobytem dzięki zręcznym rządom Dustinów, lojalnych chorążych Starków, władających Krainą Kurhanów w ich imieniu od czasu upadku ostatniego z kurhanowych królów.

Mieszkańcy północy są potomkami Pierwszych Ludzi, powoli tylko mieszających się z Andalami, którzy podbili królestwa południa. Dawna mowa Pierwszych Ludzi – znana jako stary język – przetrwała jedynie wśród dzikich za Murem, a wiele innych elementów ich kultury zanikło (w tym również bardziej makabryczne aspekty obrzędów, jak wieszanie ciał i wnętrzności zabitych przestępców bądź zdrajców na gałęziach czardrzew).

Od stuleci utarło się mówić o Siedmiu Królestwach Westeros. To potoczne sformułowanie pochodzi od siedmiu wielkich państw władających większą częścią obszarów położonych na południe od Muru podczas lat poprzedzających Podbój Aegona. Niemniej nawet wówczas ów termin był daleki od precyzji, ponieważ jednym z owych „królestw" władała księżna (Dorne), nie uwzględniono też Smoczej Skały, „królestwa" samego Aegona Targaryena.

Niemniej owo sformułowanie się przyjęło. Podobnie jak kiedy mówimy o Stu Królestwach z dawnych czasów, choć Westeros nigdy nie było podzielone na tak wiele niezależnych państw, także i w tym wypadku musimy zaakceptować potoczne określenie, nawet jeśli brak mu dokładności, i mówić o Siedmiu Królestwach.

Zardzewiała korona w herbie rodu Dustinów bierze się z ich przekonania, że są potomkami Pierwszego Króla oraz kurhanowych królów, którzy władali po nim. Dawne opowieści zapisane w *Przejściach umarłych* Kenneta zapewniają, że na Wielki Kurhan rzucono klątwę, która nie pozwalała żadnemu z żywych dorównać Pierwszemu Królowi. Owa klątwa wysysała z pretendentów do tego tytułu witalność i życie, aż wreszcie stawali się podobni do trupów. To z pewnością tylko legenda, wydaje się jednak pewne, że w żyłach Dustinów płynie krew kurhanowych królów z dawnych lat.

POPRZEDNIE STRONY | *Dolina Arrynów*

Ponieważ na północy nie ma wielu rycerzy, za Przesmykiem turnieje – z ich wielką galą i pokazami rycerskości – widuje się tak rzadko, jak zęby u kury. Ludzie z północy walczą konno, z kopiami bojowymi w rękach, ale rzadko stają w szranki dla sportu; wolą walki zbiorowe, niewiele się różniące od bitew. Znamy świadectwa o zawodach, które trwały pół dnia i pozostawiły po sobie stratowane pola oraz zdewastowane wioski. Poważne obrażenia są w tego typu walkach częste, a zdarzają się też wypadki śmiertelne. W wielkiej walce zbiorowej urządzonej w Ostatnim Domostwie w roku 170 o.P. zginęło ponoć nie mniej niż osiemnastu ludzi, a o połowę więcej odniosło owego dnia ciężkie rany.

Ludzie z północy nadal jednak zachowali niektóre dawne zwyczaje. Życie w ich krainie jest trudne, co czyni ich twardszymi, a przyjemności uważane na południu za szlachetne wydają im się dziecinne i warte mniej niż polowania i bijatyki, które kochają najbardziej.

Nawet nazwiska ich rodów różnią się od południowych. Pierwsi Ludzie nosili miana, które były krótkie, proste i rzeczowe, jak Stark, Wull, Umber czy Stout. Wszystkie te nazwiska wywodzą się z czasów sprzed dotarcia Andalów.

Zasługującym na uwagę zwyczajem (bliższym mieszkańcom północy niż innym ludom) jest też prawo gościnności. Zgodnie z tradycją nikomu nie wolno skrzywdzić człowieka przebywającego pod jego dachem, gościowi również nie wolno skrzywdzić gospodarza. Andalowie znają podobny zwyczaj, ale w przekonaniach południowców nie zajmuje on aż tak ważnego miejsca. W swym tekście *Sprawiedliwość i niesprawiedliwość na północy: wyroki wydane przez trzech lordów z rodu Starków* maester Egbert zauważa, że na północy zbrodnie powiązane z pogwałceniem prawa gościnności zdarzają się rzadko i zawsze traktuje się je równie surowo, jak najpodlejszą zdradę. Wyłącznie królobójstwo uważa się za grzech tak samo ciężki, jak złamanie owych praw gościnności.

Na północy opowiada się historię o Szczurzym Kucharzu, który podał andalskiemu władcy – identyfikowanemu przez niektórych jako król Skały Tywell II, przez innych zaś jako król Góry i Doliny Oswell I – pasztet z mięsa jego własnego syna. Spotkała go za to kara: zamieniono go w monstrualnego szczura pożerającego własne dzieci. Nie ukarano go jednak za zabójstwo królewskiego syna ani za nakarmienie monarchy jego mięsem, lecz za złamanie prawa gościnności.

KRÓLOWIE ZIMY

Pieśni i opowieści mówią nam, że Starkowie władali większą częścią ziem położonych na północ od Przesmyku od ośmiu tysięcy lat, nosząc tytuł „królów zimy" (w starożytnych czasach) albo „królów północy" (w późniejszych stuleciach). Ich władza nie była jednak niezachwiana. Stoczyli wiele wojen, podczas których poszerzali swe ziemie bądź też byli zmuszeni odzyskiwać tereny utracone przedtem na rzecz buntowników. Królowie zimy żyli w ciężkich czasach i byli twardymi ludźmi.

Starożytne ballady, zaliczające się do najstarszych, jakie można znaleźć w archiwach Cytadeli w Starym Mieście, opowiadają o tym, jak jeden z królów zimy przepędził z północy olbrzymów, inny zaś pokonał zmiennoskórego zwanego Gavenem Szarym Wilkiem oraz jego pobratymców w krwawej „wilczej wojnie". Mamy jednak wyłącznie słowo minstreli na to, że tacy władcy chodzili po ziemi i rzeczywiście stoczyli podobne bitwy.

Więcej relacji zachowało się z czasów wojny między królami zimy a panującymi na południe od nich kurhanowymi królami, którzy tytułowali się „królami Pierwszych Ludzi" i rościli sobie pretensje do władzy nad wszystkimi Pierwszymi Ludźmi, gdziekolwiek by oni mieszkali, nawet nad samymi Starkami. Runiczne zapiski sugerują, że ów konflikt, nazwany przez minstreli Wojną Tysiącletnią, był w rzeczywistości serią wojen, trwającą raczej około dwustu lat niż tysiąca i zakończoną w chwili, kiedy ostatni kurhanowy król ugiął kolan przed królem wilków i oddał mu rękę swej córki.

Nawet to nie zapewniło jednak Winterfell panowania nad całą północą. Pozostało jeszcze wielu pomniejszych królów, władających państwami dużymi i małymi. Minęły tysiąclecia, nim udało się podbić wszystkich, ale Starkowie podporządkowali ich sobie w końcu, jednego po drugim. Podczas tych walk wiele dumnych rodów i starożytnych dynastii wycięto w pień.

Pośród rodów zdegradowanych ze statusu królów do pozycji wasali możemy wymienić Flintów z Breakstone Hill, Slate'ów z Czarnej Sadzawki, Umberów z Ostatniego Domostwa, Locke'ów z Oldcastle, Goverów z Deepwood Motte, Fisherów z Kamiennego Brzegu, Ryderów ze Strumieniska... a być może nawet Blackwoodów z Raventree, których rodzinna tradycja mówi, że ongiś władali większą częścią wilczego lasu, zanim zostali wygnani ze swych ziem przez królów zimy (niektóre runiczne zapiski zdają się to potwierdzać, o ile możemy ufać tłumaczeniom maestera Barneby'ego).

Kroniki odnalezione w archiwach Nocnej Straży w Nocnym Forcie (zanim go opuszczono) wspominają o wojnie o Przylądek Morskiego Smoka, podczas której Starkowie rozbili króla wargów i jego nieludzkich sojuszników, dzieci lasu. Gdy ostatnia reduta króla wargów padła, zabito go razem z jego bestiami i zielonymi jasnowidzami, jego córki zaś stały się łupem zwycięzców.

Dynastie Greenwoodów, Towersów, Amberów i Frostów spotkał podobny koniec, podobnie jak może ze dwie dziesiątki pomniejszych rodów i władców, których nazwiska zaginęły w pomroce dziejów. Najbardziej nieprzejednanymi wrogami Winterfell byli jednak z pewnością czerwoni królowie z Dreadfort, złowrodzy panowie z rodu Boltonów, których domeny rozciągały się od Ostatniej Rzeki do Białego Noża, sięgając na południe aż po Wzgórza Owczej Głowy.

Wrogość między Starkami a Boltonami zaczęła się ponoć już podczas Długiej Nocy. Te starożytne rodziny toczyły ze sobą niezliczone wojny; nie wszystkie z nich zakończyły się zwycięstwem rodu Starków. Król Royce Bolton, Drugi Tego Imienia, ponoć zdobył i spalił samo Winterfell; jego imiennik i następca, Royce IV (zapamiętany przez historię jako Royce Czerwonoręki, z uwagi na jego zwyczaj wsadzania ręki do brzucha pojmanych wrogów i wyrywania ich wnętrzności gołą dłonią) trzy stulecia później dokonał tego samego. Inni czerwoni królowie nosili ponoć płaszcze ze zdartych skór pojmanych książąt z rodu Starków.

W końcu jednak nawet Dreadfort uległo potędze Winterfell. Ostatni czerwony król, znany historii jako Rogar Myśliwy, złożył hołd lenny królowi zimy i wysłał swych synów do Winterfell jako zakładników w tej samej chwili, gdy pierwsi Andalowie przepływali wąskie morze w swych drakkarach.

Kiedy Starkowie pokonali już Boltonów, swych ostatnich północnych rywali, najpoważniejsze zagrożenia dla ich rządów przybywały drogą morską. Północną granicę ich domeny osłaniał Mur, broniony przez ludzi z Nocnej

PO LEWEJ | *Fosa Cailin* POWYŻEJ | *Herb rodu Starków (pośrodku) i herby niektórych ich wasali (od szczytu, zgodnie z ruchem wskazówek zegara): Goverów, Ryswellów, Manderlych, Dustinów, Boltonów, Tallhartów, Reedów, Umberów, Karstarków, Hornwoodów i Mormontów*

Straży, na południu zaś jedyna ścieżka przez bagna Przesmyku biegła obok rozpadających się wież i murów wielkiej fortecy zwanej Fosą Cailin. Już w czasach, gdy Fosą władali królowie bagien, wyspiarze twardo opierali się wszystkim najeźdźcom z południa, w razie potrzeby sprzymierzając się z królami kurhanów, czerwonymi królami i królami zimy, by powstrzymać ambicje południowców. Kiedy król Rickard Stark przyłączył Przesmyk do swej domeny, Fosa Cailin stała się jeszcze bardziej nieprzebytą barierą. Tylko nieliczni próbowali ją sforsować, a historycy mówią, że nikomu nigdy się to nie udało.

Długa, poszarpana linia brzegowa północy – zarówno na wschodzie, jak i na zachodzie – pozostawała jednak podatna na ataki. To właśnie tamtędy najczęściej przybywały zagrożenia dla władzy Winterfell: żelaźni ludzie (na zachodzie) i Andalowie (na wschodzie).

Przepływające setkami i tysiącami przez wąskie morze drakkary Andalów lądowały na północy, podobnie jak i na południu, ale gdy tylko najeźdźcy schodzili na brzeg, Starkowie oraz ich chorążowie uderzali na nich i spychali z powrotem do morza. Król Theon Stark, znany historii jako Głodny Wilk, powstrzymał najpoważniejsze z owych niebezpieczeństw: połączył siły z Boltonami, by rozbić andalskiego wodza Argosa Gwiazdę Siedmiu w bitwie nad Płaczącą Wodą.

Po tym zwycięstwie zbudował własną flotę i popłynął za wąskie morze, ku brzegom Andalos, przywiązawszy trupa Argosa do dzioba okrętu flagowego. Po przybyciu na miejsce wywarł ponoć krwawą zemstę – spalił dwadzieścia wiosek, zdobył trzy wieże i ufortyfikowany sept oraz wyrżnął setki ludzi. Głowy zabitych zabrał ze sobą do Westeros jako łup i zatknął je na palach wzdłuż wybrzeża, by były ostrzeżeniem dla innych kandydatów na zdobywców. (W późniejszym okresie swego krwawego panowania sam podbił Trzy Siostry i wysadził armię na Paluchach, ale te zdobycze okazały się krótkotrwałe. Król Theon walczył też z żelaznymi ludźmi na zachodzie i wyparł ich z Przylądka Krakena oraz z Wyspy Niedźwiedziej, stłumił bunt w Strumienisku i połączył siły z Nocną Strażą podczas ekspedycji za Mur, która na całe pokolenie położyła kres zagrożeniu ze strony dzikich).

Jeszcze przed nadejściem Andalów król Jon Stark zbudował Wilczy Barłóg, mający bronić ujścia rzeki Biały Nóż przed łupieżcami i łowcami niewolników zza wąskiego morza (niektórzy twierdzą, że chodziło o wczesne ataki Andalów, inni zaś utrzymują, że napastnikami byli przodkowie ludzi z Ib, bądź też nawet handlarze niewolników z Valyrii i Volantis).

Starożytna forteca, którą w ciągu stuleci władało wiele różnych rodów (w tym również Greystarkowie, boczna gałąź rodu Starków, a także Flintowie, Slate'owie, Longowie, Holtowie, Locke'owie i Ashwoodowie), stała się ogniskiem wielu konfliktów. Podczas wojen między Winterfell a andalskimi królami Góry i Doliny Stary Sokół, Osgood Arryn, oblegał Wilczy Barłóg. Jego syn, król Oswin Szpon, zdobył go i puścił z dymem. Potem zamek uległ atakom pirackich lordów z Trzech Sióstr oraz łowców niewolników ze Stopni. Dopiero około tysiąca lat przed Podbojem, gdy zbiegli z Reach Manderly'owie dotarli na północ i złożyli w Wilczym Barłogu hołd lenny, problem obrony Białego Noża, rzeki zapewniającej dostęp do samego serca północy, został rozwiązany.

Zachodnie wybrzeże północy łupieżcy atakowali równie często i Głodny Wilk był zmuszony stoczyć z nimi kilka wojen, kiedy drakkary z Wielkiej Wyk, Starej Wyk, Pyke oraz Orkmont atakowały jego zachodnie brzegi pod chorągwiami Harraga Hoare'a, króla Żelaznych Wysp. Przez pewien czas Kamienny Brzeg był lennem Hoare'a i jego żelaznych ludzi. Część wilczego lasu obróciła się w popioły, a gdy Wyspą Niedźwiedzią władał słynący z czarnego serca syn Harraga, Ravos Gwałciciel, stała się ona bazą łupieżców. Choć Theon Stark własnoręcznie powalił Ravosa i przepędził żelaznych ludzi ze swoich brzegów, wkrótce powrócili, prowadzeni przez wnuka Harraga, Ericha Orła, a potem przez Starego Krakena, Lorona Greyjoya, który ponownie podbił zarówno Wyspę Niedźwiedzią, jak i Przylądek Krakena (król Rodrik Stark odzyskał tę pierwszą po śmierci Starego Krakena, o przylądek zaś bitwy toczyli jego synowie i wnukowie). Do wojen między północą a żelaznymi ludźmi dochodziło również później, ale nie przyniosły one równie rozstrzygających rezultatów.

Zanim nad Czarną Zatoką zbudowano Królewską Przystań, Biały Port był najmłodszym miastem w Siedmiu Królestwach. Wzniesiono go dzięki bogactwom przywiezionym przez Manderlych z Reach, skąd wyparł ich lord Lorimar Peake na prośbę króla Perceona III Gardenera, obawiającego się rosnącej potęgi tego rodu, i miał więcej wspólnego z pięknymi zamkami i wieżami Reach niż z zamczyskami północy; powiadają, że Nowy Zamek zbudowano na podobieństwo utraconego przez Manderlych Dunstonbury.

GÓRSKIE KLANY

Klany z północnych gór słyną z niezachwianego przywiązania do praw gościnności, a władający nimi pomniejsi lordowie często rywalizują między sobą o to, kto okaże się najhojniejszym gospodarzem. Większość klanów mieszka w górzystych rejonach położonych za wilczym lasem, w górskich dolinach i na łąkach, a także na brzegach Zatoki Lodowej i nad niektórymi rzekami północy. Są one lennikami Starków, ale ich spory często przysparzały trudności lordom Winterfell, a przed nimi także i królom zimy, zmuszając ich do wysyłania swych ludzi w góry, by powstrzymali rozlew krwi (co upamiętniono w takich pieśniach jak *Czarne sosny* i *Wilki wśród wzgórz*), bądź też wezwania wodzów klanów do Winterfell, aby przedstawili swe stanowisko.

Najpotężniejszym z północnych klanów są Wullowie, którzy mieszkają na brzegach Zatoki Lodowej i zajmują się połowem ryb. Ich nienawiści do dzikich dorównuje jedynie nienawiść, jaką darzą ludzi z Żelaznych Wysp, którzy często atakowali brzegi zatoki, paląc dwory Wullów, rabując ich plony i porywając żony oraz córki, by zrobić z nich poddane i morskie żony. Żelaźni ludzie przez pewien czas panowali nad licznymi odcinkami Kamiennego Brzegu, Wyspą Niedźwiedzią, Przylądkiem Morskiego Smoka oraz Półwyspem Krakena. Ten ostatni, położony najbliżej Żelaznych Wysp, przechodził z rąk do rąk tak wiele razy, że niektórzy maesterzy sądzą, iż w żyłach jego mieszkańców krew żelaznych ludzi przeważa nad krwią północy.

Według północnych opowieści Rodrik Stark odebrał Wyspę Niedźwiedzią żelaznym ludziom dzięki walce zapaśniczej. Może w tym być trochę prawdy, ponieważ królowie Żelaznych Wysp często byli zmuszeni dowodzić swej sprawności oraz prawa do noszenia korony z wyrzuconego na brzeg drewna poprzez demonstrację własnej siły. Rozsądniejsi uczeni podają te informacje w wątpliwość, sugerując, że jeśli rzeczywiście odbywały się jakieś „zapasy", to tylko słowne.

ZRODZENI Z KAMIENIA ZE SKAGOS

Pomimo stuleci wzajemnych walk górskie klany tradycyjnie dochowywały wierności Starkom podczas wojny i pokoju. Nie można jednak powiedzieć tego samego o barbarzyńskich mieszkańcach Skagos, górzystej wyspy położonej na wschód od Zatoki Fok.

Inni mieszkańcy północy nie mają zbyt dobrej opinii o mieszkających na niej Skagosach; uważają ich za niewiele więcej niż dzikich i zwą Skaggami. Sami Skagosowie nazywają siebie zrodzonymi z kamienia, ponieważ słowo „skagos" znaczy w starym języku „kamień". Potężnych i kudłatych Skagosów charakteryzuje paskudny zapach (niektórzy maesterzy uważają, że mają oni w żyłach sporą domieszkę ibbeńskiej krwi, inni zaś sugerują, że mogą pochodzić od olbrzymów), odziewają się w futra oraz niewyprawione skóry i ponoć jeżdżą na jednorożcach. Krąży o nich wiele złowrogich pogłosek. Ponoć nadal składają ofiary z ludzi swym czardrzewom, zwabiają przepływające obok wyspy statki ku katastrofie za pomocą fałszywych świateł, a zimą karmią się ludzkim mięsem.

Wydaje się prawdopodobne, że Skagosowie rzeczywiście praktykowali ongiś kanibalizm, choć pozostaje kwestią sporną, czy ów zwyczaj przetrwał po dziś dzień. *Na krańcu świata* – zbiór legend i opowieści skompilowany przez maestera Baldera, który służył dowódcy Wschodniej Strażnicy podczas sześćdziesięcioletnich rządów lorda dowódcy Osrica Starka – pozostaje dla nas podstawowym źródłem informacji o Skagosach, w tym również o „uczcie na Skane". Flota wojenna Skagosów zaatakowała ponoć mniejszą, sąsiednią wyspę Skane. Skagosowie zgwałcili i porwali skanijskie kobiety, mężczyzn zaś zabili i pożarli podczas trwającej dwa tygodnie uczty.

POWYŻEJ | *Wojownik ze Skagos*

Maesterzy z Cytadeli wyśmiewali ongiś opowieści o mieszkających na Skagos „jednorożcach". Pochodzące rzekomo od takich stworzeń rogi, oferowane niekiedy na sprzedaż przez kupców o podejrzanej reputacji, zawsze okazywały się rogami pewnego gatunku wielorybów, na które polują wielorybnicy z Ib. Maesterzy ze Wschodniej Strażnicy widywali jednak niekiedy rogi innego rodzaju, pochodzące ponoć ze Skagos. Powiadają też, że żeglarze wystarczająco śmiali, by prowadzić handel z ową wyspą, mieli czasem okazję ujrzeć lordów zrodzonych z kamienia dosiadających wielkich, kudłatych, rogatych bestii. Owe monstrualne wierzchowce stąpały tak pewnie, że potrafiły się nawet wspinać na górskie stoki. Od dawna poszukuje się żywego okazu podobnego stworzenia, czy choćby jego szkieletu, lecz żaden nigdy nie trafił do Starego Miasta.

Nie wiemy, czy to prawda, ale Skane do dziś pozostaje niezamieszkana, choć sterty zwalonych kamieni i porośnięte zielskiem fundamenty potwierdzają, że na jej wietrznych wzgórzach i kamienistych brzegach mieszkali kiedyś ludzie.

Choć zrodzonych z kamienia rzadko widuje się poza ich wyspą, ongiś zwykli pływać na drugi brzeg Zatoki Fok w celach handlowych lub – częściej – łupieżczych, aż wreszcie król Brandon Stark, Dziewiąty Tego Imienia, raz na zawsze złamał ich potęgę, zniszczył ich okręty i zabronił im żeglugi. Przez większą część zapisanej historii Skagosowie pozostawali izolowanym, zacofanym i dzikim ludem, i z równą łatwością mogli zamordować tych, którzy przypływali na ich wyspę, jak i z nimi handlować. Kiedy już godzą się na handel, oferują w zamian za towary, których pragną, futra, obsydianowe noże i groty strzał oraz „rogi jednorożców".

Niektórzy Skagosowie służą też w Nocnej Straży. Przed z górą tysiącleciem pewien Crowl (członek klanu uchodzącego na wyspie za szlachtę) był nawet przez pewien czas lordem dowódcą, a *Roczniki czarnego centaura* wspominają o człowieku nazwiskiem Stane (to inna rodzina ze Skagos), który zdobył pozycję pierwszego zwiadowcy, lecz wkrótce potem zginął.

Skagos często sprawiała trudności Starkom – zarówno wtedy, gdy próbowali ją podbić jako królowie, jak i wówczas, kiedy walczyli o zachowanie jej wierności jako lordowie. Całkiem niedawno, za panowania króla Daerona II Targaryena (Daerona Dobrego), wyspa wszczęła bunt przeciwko Winterfell; trwał on latami i pochłonął życie tysięcy ludzi, w tym również Barthogana Starka, lorda Winterfell (zwanego Barthem Czarnym Mieczem), nim wreszcie udało się go stłumić.

WYSPIARZE Z PRZESMYKU

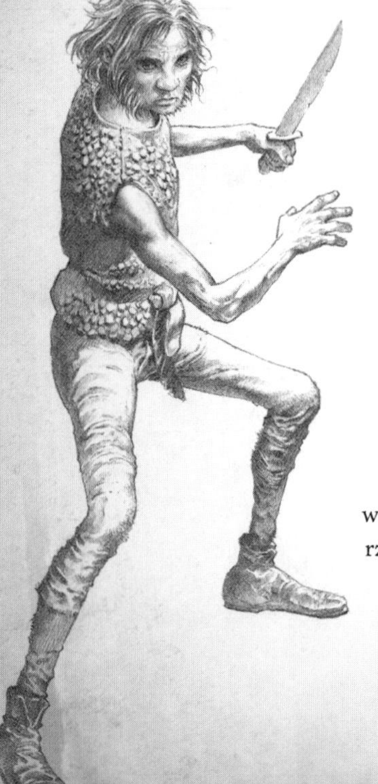

Ostatnim (poniektórzy twierdziliby, że również najmniej ważnym) z ludów północy są mieszkańcy bagien z Przesmyku, zwani wyspiarzami, ponieważ budują swe dwory i chaty na pływających wyspach. Ci mali, podstępni ludzie (niektórzy utrzymują, że niski wzrost zawdzięczają domieszce krwi dzieci lasu, ale najprawdopodobniej jest on skutkiem niedożywienia, ponieważ zboże nie wyrasta na moczarach, mokradłach i słonych bagnach Przesmyku, w związku z czym dieta wyspiarzy składa się głównie z ryb, żab i jaszczurek) są skryci i wolą unikać kontaktów z obcymi.

Mieszkańcy dorzecza, których południowe ziemie graniczą od południa z Przesmykiem, mówią, że wyspiarze oddychają wodą, mają błony między palcami rąk i nóg oraz zatruwają ostrza swych żabich trójzębów, a także groty strzał. Trzeba przyznać, że to ostatnie jest prawdą; wielu kupców oferowało Cytadeli pochodzące stamtąd rzadkie zioła i rośliny o wielu osobliwych własnościach, jako że maesterzy zawsze interesują się podobnymi rzeczami, pragnąc lepiej zrozumieć ich właściwości oraz wartość. W całej reszcie nie ma jednak prawdy: wyspiarze są ludźmi, choć mniejszymi niż inni, nawet jeśli ich sposób życia nie jest znany w pozostałych częściach Siedmiu Królestw.

Według opowieści w dawnych czasach wyspiarzami władali królowie bagien. Minstrele mówią nam, że jeździli oni na jaszczurolwach i posługiwali się wielkimi żabimi trójzębami niczym kopiami, to jednak z pewnością są wymysły. Czy jednak królowie bagien rzeczywiście byli królami w tym znaczeniu, w jakim my rozumiemy to słowo? Arcymaester Eyron pisze, że wyspiarze traktowali swych władców jak pierwszych wśród równych, choć często uważano ich też za

PO LEWEJ | *Wyspiarz z Przesmyku*

dotkniętych przez bogów. Ów fakt objawia się ponoć dziwną barwą oczu bądź nawet umiejętnością rozmawiania ze zwierzętami, którą jakoby posiadły także dzieci lasu.

Jakkolwiek wygląda prawda, ostatniego człowieka noszącego tytuł króla bagien zabił lord Rickard Stark (niekiedy zwany na północy Roześmianym Wilkiem, z uwagi na wesołą naturę). Następnie pojął on jego córkę za żonę i wyspiarze ugięli kolan, uznając władzę Winterfell. Od tej pory stali się wiernymi sojusznikami Starków, pod przewodnictwem Reedów z Szarej Strażnicy.

LORDOWIE WINTERFELL

Po Podboju i zjednoczeniu Siedmiu Królestw Starkowie przestali być królami i stali się namiestnikami północy, przysięgającymi wierność Żelaznemu Tronowi, lecz nadal sprawowali w swej domenie suwerenną władzę we wszystkim oprócz nazwy. Choć Torrhen Stark oddał starożytną koronę królów zimy, jego synowie mniej chętnie akceptowali jarzmo Targaryenów; niektórzy z nich rozważali myśl o buncie i wzniesieniu chorągwi Starków, nawet bez zgody ojca.

Pytanie, czy wysiłki królowej Rhaenys Targaryen, pragnącej połączyć w całość nowe królestwo poprzez małżeństwa między wielkimi rodami, pogłębiły te sentymenty, pozostawiam do rozważenia czytelnikowi. Powszechnie wiadomo, że córkę Torrhena Starka wydano za młodego, nieszczęsnego lorda Doliny. Było to jedno z wielu mających umocnić pokój małżeństw zaaranżowanych przez Rhaenys. W Cytadeli zachowano jednak listy sugerujące, że Stark zaakceptował owe związki dopiero po wielu sprzeciwach, a bracia panny młodej odmówili przyjścia na ślub.

Aegona III, nawet jeśli nie było wśród nich ślubu z księżniczką królewskiej krwi, jak uzgodniono w „Pakcie Lodu i Ognia", zawartym, gdy nieszczęsny książę Jacaerys Velaryon przyleciał do Winterfell na swym smoku.

Po Tańcu Smoków Starkowie częściej niż poprzednio otwarcie okazywali Targaryenom lojalność. Syn i dziedzic lorda Cregana walczył pod ich chorągwią, kiedy Młody Smok próbował podbić Dorne. Dzielnie bił się również Rickon Stark; król Daeron wspomina nawet niekiedy o jego czynach w swym *Podboju Dorne*, a śmierć lorda pod Słoneczną Włócznią w jednej z ostatnich bitew wojny opłakiwano na północy przez wiele lat, z uwagi na kłopoty nękające rządy jego przyrodnich braci.

Jeszcze później mówiono, że Starkowie byli źli na Starego Króla i królową Alysanne, którzy zmusili ich do oddania Nocnej Straży ziem znanych jako Nowy Dar; mógł to być jeden z powodów, dla których lord Ellard Stark na Wielkiej Radzie w roku 101 o.P. opowiedział się po stronie Corlysa Velaryona i księżniczki Rhaenys.

Omawialiśmy już wcześniej rolę odegraną przez ród Starków w Tańcu Smoków. Dodajmy jednak, że lord Cregan Stark otrzymał wiele nagród za wierne poparcie króla

W następnych dziesięcioleciach Starkowie musieli sobie poradzić z buntem na Skagos, kolejną falą napadów żelaznych ludzi, prowadzonych przez Dagona Greyjoya, oraz najazdem dzikich pod dowództwem króla za Murem, Raymuna Rudobrodego, co nastąpiło w roku 226 o.P. Starko-

Obecnie mówi się, że lord Ellard Stark z radością wsparł Nocną Straż Nowym Darem i nie trzeba go było długo do tego przekonywać. Prawda wygląda jednak inaczej. Listy od brata lorda Starka do Cytadeli, z kierowanymi do maesterów pytaniami o precedensy podważające prawomocność wymuszonego odstąpienia nieruchomości, jasno świadczą, że Starkowie nie mieli ochoty posłuchać w tej sprawie króla Jaehaerysa. Być może obawiali się, że pod rządami Czarnego Zamku Nowy Dar czeka nieunikniony upadek, albowiem Nocna Straż zawsze ma baczenie na północ i nigdy nie poświęca zbyt wiele uwagi swym sąsiadom na południu. Ich obawy okazały się słuszne. Niedługo później Nowy Dar wyludnił się ponoć niemal całkowicie z powodu schyłku potęgi Straży i coraz częstszych ataków łupieżców zza Muru.

wie ginęli we wszystkich tych wojnach, lecz mimo to ród przetrwał w zasadniczo niezmienionej postaci – najpewniej dzięki temu, że większość lordów Winterfell z determinacją unikało mieszania się w intrygi południowego dworu. Gdy Obłąkany Król Aerys niemalże położył kres dynastii Starków po porwaniu Lyanny przez Rhaegara, niektórzy błędnie obciążali winą zamordowanego lorda Rickarda, który połączył wielkie rody więzami krwi i sojuszami, dzięki czemu mogły one wspólnie odpowiedzieć na zbrodnie Obłąkanego Króla.

WINTERFELL

Największym zamkiem na północy jest Winterfell, od Ery Świtu będące siedzibą Starków. Legenda mówi, że Brandon Budowniczy wzniósł ten zamek po trwającej przez całe pokolenie zimie, znanej jako Długa Noc, by stał się fortecą jego potomków, królów zimy. Ponieważ Brandonowi Budowniczemu przypisuje się nieprawdopodobną liczbę ogromnych budowli (w tym Koniec Burzy i Mur, by wymienić dwa spektakularne przykłady) wznoszonych przez wiele pokoleń, opowieści najprawdopodobniej uczyniły z jakiegoś starożytnego króla albo kilku królów z rodu Starków (albowiem było wśród nich wielu Brandonów) kogoś bardziej legendarnego.

Zamek jest osobliwy, ponieważ Starkowie nie wyrównali terenu przed położeniem fundamentów i wzniesieniem murów. Zapewne oznacza to, że gmachu nie zaplanowano jako całości, lecz wznoszono go fragmentami z biegiem lat. Niektórzy uczeni podejrzewają, że był to ongiś kompleks połączonych ze sobą fortów pierścieniowych, choć stulecia wymazały niemal wszystkie dowody na to.

Zewnętrzny mur Winterfell zbudowano podczas ostatnich dwóch dziesięcioleci panowania króla Edricka Śnieżnobrodego. Choć Edrick zasłynął z tego, że jego rządy trwały prawie sto lat, w wieku starczym stawał się coraz bardziej nieobliczalny. Dlatego wiele różnych frakcji próbowało przejąć władzę nad słabnącym królestwem. Najbardziej oczywiste zagrożenie stanowili jego liczni, swarliwi potomkowie, ale inni – między innymi żelaźni ludzie, łowcy niewolników zza wąskiego morza, dzicy oraz północni rywale Starków, tacy jak Boltonowie – również zwietrzyli swoją szansę.

Wiek wewnętrznego muru, który był dawniej jedynym, ocenia się na około dwóch tysięcy lat, choć niektóre jego sekcje mogą być starsze. W późniejszych czasach otoczono go fosą, potem zaś za nią wzniesiono drugi mur, dając zamkowi naprawdę potężne fortyfikacje. Wewnętrzny mur ma sto stóp wysokości, zewnętrzny zaś osiemdziesiąt. Nawet jeśli napastnicy zdołaliby się wedrzeć na zewnętrzny mur, obrońcy nadal mogliby zasypywać ich włóczniami, kamieniami i strzałami.

Otoczony murami obszar ma powierzchnię kilku akrów; znajduje się tam wiele wolnostojących budynków. Najstarszy z nich – od dawna opuszczona wieża, okrągła, przysadzista i ozdobiona maszkaronami – jest znana jako Pierwsza Wieża. Niektórzy uważają, że oznacza to, iż zbudowali ją Pierwsi Ludzie, ale maester Kennet definitywnie udowodnił, że nie mogła ona powstawać przed przybyciem Andalów, jako że Pierwsi Ludzie i wcześni Andalowie budowali kwadratowe wieże oraz donżony. Okrągłe pojawiły się dopiero później.

Dla wyszkolonego oka architektura Winterfell stanowi amalgamat wielu różnych epok. Na jego ogromnym obszarze znajdują się nie tylko budynki, lecz również puste place. Całe trzy akry zajmuje starożytny boży gaj, w którym – według legendy – Brandon Budowniczy modlił się kiedyś do swych bogów. Czy to prawda, czy nie, nie sposób zaprzeczyć, że gaj jest bardzo stary. Z pewnością do jego długiego trwania przyczyniły się gorące źródła, które biją na jego terenie, przynajmniej do pewnego stopnia chroniące drzewa przed zimą.

Obecność gorących źródeł, często spotykanych w okolicach Winterfell, może być podstawowym powodem, dla którego Pierwsi Ludzie postanowili osiedlić się właśnie tam. Łatwo można sobie wyobrazić, jak wiele warte są takie źródła podczas srogiej północnej zimy. W ostatnich stuleciach Starkowie wznieśli budynki bezpośrednio wykorzystujące owe cieplice do ogrzewania wnętrz.

Możemy spokojnie odrzucić twierdzenia Grzyba, piszącego w swym *Świadectwie*, że smok Vermax złożył jaja gdzieś w głębinach krypt Winterfell, gdzie woda z gorących źródeł płynie blisko ścian, podczas gdy jego jeździec pertraktował z Creganem Starkiem przed Tańcem Smoków. Jak pisze arcymaester Gyldayn w zachowanej we fragmentach kronice, nie istnieją żadne zapiski świadczące, by Vermax kiedykolwiek zniósł choć jedno jajo, co sugeruje, że był samcem. Przekonanie, że smoki potrafiły w razie potrzeby zmieniać płeć, jest błędne i według *Prawdy* maestera Ansona bierze się ze złego zrozumienia ezoterycznej metafory, którą septon Barth lubił się posługiwać, mówiąc o wyższych tajemnicach.

Udowodniono, że gorące źródła, takie jak w Winterfell, czerpią swe ciepło z pieców świata – tych samych, które stworzyły Czternaście Płomieni albo dymiącą górę na Smoczej Skale. Niemniej prostaczkowie z Winterfell i z zimowego miasta utrzymują niekiedy, że ogrzewa je tchnienie śpiącego pod zamkiem smoka. Te opowieści są jeszcze bardziej niedorzeczne niż rewelacje Grzyba i nie ma sensu się nad nimi pochylać.

PO LEWEJ | *Winterfell z zimowym miastem pod murami*

Mur i tereny położone za nim

NOCNA STRAŻ

Nocna Straż, zaprzysiężone bractwo od stuleci, a nawet tysiącleci broniące Muru, jest czymś wyjątkowym w całych Siedmiu Królestwach. Zrodziła się ona w następstwie Długiej Nocy – trwającej pokolenie zimy, która przywołała Innych do krainy człowieka i omal nie położyła kresu jego istnieniu.

Historia Nocnej Straży jest długa. Nadal opowiada się historie o czarnych rycerzach na Murze i ich szlachetnym powołaniu. Jednakże Era Herosów dawno już się skończyła, a Innych nie widziano od tysiącleci, o ile w ogóle kiedykolwiek istnieli.

Dlatego Straż podupadała z roku na rok. Prowadzone przez nią zapiski dowodzą, że ten upadek zaczął się jeszcze przed epoką Aegona Zdobywcy i jego sióstr. Choć czarni bracia z Nocnej Straży nadal strzegą krainy człowieka tak szlachetnie, jak tylko mogą, groźby, którym stawiają czoło, nie pochodzą już od Innych, upiorów, olbrzymów, zielonych jasnowidzów, wargów, zmiennoskórych i innych potworów z legend i opowieści dla dzieci, lecz od barbarzyńskich dzikich, uzbrojonych w kamienne topory i maczugi. Z pewnością są oni dzikusami, ale też tylko ludźmi i nie mogą się mierzyć ze zdyscyplinowanymi wojownikami.

Nie zawsze jednak tak było. Czy legendy mówią prawdę, czy nie, nie ulega wątpliwości, że Pierwsi Ludzie i dzieci lasu (a nawet olbrzymy, jeśli wierzyć minstrelom) bali się czegoś, co skłoniło ich do rozpoczęcia prac nad budową Muru. Choć ta ogromna budowla nie jest skomplikowana, słusznie zalicza się ją do cudów świata. Niewykluczone, że jej pierwsze fundamenty wzniesiono z kamienia – opinie maesterów są różne – ale na całej jej trzystumilowej długości widoczny jest tylko lód. Materiału dostarczyły pobliskie jeziora. Pierwsi Ludzie cięli lód na bloki, które następnie transportowali saniami na Mur i układali jeden na drugim. W dzisiejszych czasach, po upływie tysiącleci, Mur w swym najwyższym punkcie jest wysoki na ponad siedemset stóp (choć jego wysokość waha się na całej długości, ponieważ Mur dostosowuje się do rzeźby terenu).

W cieniu lodowego Muru Nocna Straż wzniosła dziewiętnaście zamków, które nie przypominają innych takich budowli w Siedmiu Królestwach, nie mają bowiem murów kurtynowych ani żadnych innych fortyfikacji (sam Mur z nawiązką wystarcza jako obrona przed wszelkim zagrożeniem z północy, Straż zapewnia zaś, że nie ma wrogów na południu).

Największym z tych zamków jest Nocny Fort, opuszczony już przed dwoma stuleciami, ponieważ gdy Nocna Straż się skurczyła, koszty utrzymania warowni stały się zbyt wysokie. Maesterzy, który służyli w Nocnym Forcie, gdy jeszcze był w użyciu, jasno piszą, że zamek w ciągu stuleci wielokrotnie rozbudowywano i z jego oryginalnego planu pozostało niewiele poza niektórymi z najgłębiej położonych krypt, wykutych w skale, na której stoi.

Nocny Fort przez tysiąclecia był główną siedzibą Straży i narosło wokół niego wiele legend. Niektóre z nich arcymaester Harmune zapisał w książce *Strażnicy na murach*. Najstarsza z owych opowieści mówi o legendarnym Nocnym Królu, trzynastym lordzie dowódcy Nocnej Straży, który ogłosił się królem i ponoć dzielił łoże z czarodziejką bladą jak trup. Nocny Król i jego trupia królowa władali wspólnie przez trzynaście lat, aż wreszcie król zimy Brandon Niszczyciel (według niektórych sprzymierzony z królem za Murem Joramunem) położył kres ich rządom. Następnie Brandon wymazał z powszechnej pamięci imię Nocnego Króla. Niektórzy mówili, że uczynił to dlatego, iż Nocny Król również był Starkiem, krewniakiem człowieka, który go zabił.

Arcymaesterzy z Cytadeli na ogół nie wierzą w te opowieści, choć niektórzy przyznają, że w najwcześniejszych dniach Straży mógł istnieć lord dowódca, który próbował wykroić dla siebie królestwo. Są tacy, którzy sugerują, że „trupia królowa" mogła być kobietą z Krainy Kurhanów, córką kurhanowego króla, który był wówczas niezależnym władcą i często kojarzono go z grobami. Nocny Król był według niektórych Boltonem, inne opowieści zaś uważają go za Wood-

Według legend w budowie Muru pomagały olbrzymy, wykorzystujące swą wielką siłę przy ustawianiu bloków. Może być w tym trochę prawdy, choć opowieści przedstawiają te stworzenia jako znacznie większe i silniejsze niż w rzeczywistości. Te same podania mówią, że dzieci lasu, które nie budowały murów z lodu ani z kamienia, pomogły budowniczym swą magią. Niemniej wiarygodność tego typu opowieści zawsze jest wątpliwa.

PO LEWEJ | *Czarny Zamek i Mur*

ZAMKI NOCNEJ STRAŻY

Czynne

Czarny Zamek (*obecnie siedziba lorda dowódcy Straży*)
Wieża Cieni
Wschodnia Strażnica

Opuszczone

Zachodnia Strażnica
Bastion Strażników
Szara Warta
Kamienne Drzwi
Szronowe Wzgórze
Icemark
Nocny Fort
Głębokie Jezioro
Brama Królowej (*zwana Śnieżną Bramą, nim zmieniono jej nazwę dla upamiętnienia Dobrej Królowej Alysanne*)
Dębowa Tarcza
Leśna Strażnica
Sobolowy Dwór
Szronowa Brama
Długi Kurhan
Pochodnie
Zielona Warta

foota, Umbera, Flinta, Norreya, a nawet Starka, zależnie od tego, gdzie się o nim opowiada. Jak zwykle, historie przydają mu atrybutów uważanych za najciekawsze przez tych, którzy je opowiadają.

Nocna Straż, którą można zwać pierwszym wojskowym zakonem w Siedmiu Królestwach (jako że najważniejszym obowiązkiem jej członków jest obrona Muru i wszyscy uczą się w tym celu władania bronią), podzieliła swych zaprzysiężonych braci na trzy następujące grupy:

1) zarządcy, którzy zaopatrują Straż w żywność, ubrania i wszystko, czego potrzeba do prowadzenia wojny;

2) budowniczowie, którzy dbają o Mur i o zamki;

3) zwiadowcy, którzy wyruszają w głuszę za Murem, by walczyć z dzikimi.

Grupami tymi dowodzą starsi oficerowie Straży. Najważniejszym z nich jest lord dowódca, który mianuje pozostałych. Samego lorda dowódcę wybiera się podczas głosowania. Każdy zaprzysiężony brat – od niepiśmiennych byłych kłusowników aż po potomków wielkich rodów – oddaje jeden głos na tego, kto jego zdaniem powinien nimi dowodzić. Gdy jeden kandydat otrzyma większość głosów, dowodzi Strażą aż do śmierci. Ten zwyczaj z reguły dobrze służył Straży i próby obalenia go (na przykład przez lorda dowódcę Runcela Hightowera, który przed około pięciuset laty próbował przekazać zakon w spadku swemu bękartowi) nigdy nie zakończyły się trwałym sukcesem.

Niestety, najważniejszą cechą dzisiejszej Nocnej Straży jest to, że chyli się ona ku upadkowi. Ongiś mogła mieć wielką i ważną misję, ale nawet jeśli Inni rzeczywiście istnieli, nie widziano ich od tysięcy lat i nie stanowią już niebezpieczeństwa dla ludzi. Groźbą, której musi obecnie stawiać czoło Nocna Straż, są dzicy, oni zaś zagrażają krainie człowieka tylko wtedy, kiedy pojawią się królowie za Murem.

Koszty utrzymywania Muru i strzegących go ludzi z czasem stawały się coraz trudniejsze do zniesienia. Obecnie obsadzone są tylko trzy zamki Nocnej Straży i zakon jest dziesięciokrotnie mniej liczny niż w czasach, gdy Aegon i jego siostry wylądowali w Westeros. Mimo to utrzymanie Straży jest ciężkim brzemieniem.

Niektórzy twierdzą, że jest ona użyteczna, ponieważ pozwala uwolnić Siedem Królestw od morderców, gwałcicieli, kłusowników i im podobnych, inni jednak zadają pytanie, czy rozsądnie jest dawać takim ludziom broń i uczyć ich sztuki prowadzenia wojny. Napady dzikich są uciążliwe, ale trudno uznać je za poważne zagrożenie. Wielu mędrców sugeruje, że łatwiej można by się z nimi uporać, pozwalając, by lordowie północy rozszerzyli swe władztwo na tereny położone na północ od Muru i wyparli dzikich.

Nocna Straż wciąż funkcjonuje jedynie dzięki temu, że ludzie z północy darzą ją wielkim szacunkiem. Większa część żywności, dzięki której bracia z Czarnego Zamku, Wieży Cieni i Wschodniej Strażnicy nie giną z głodu, pochodzi nie z Daru, lecz z corocznych datków przesyłanych Straży przez północnych lordów na znak poparcia.

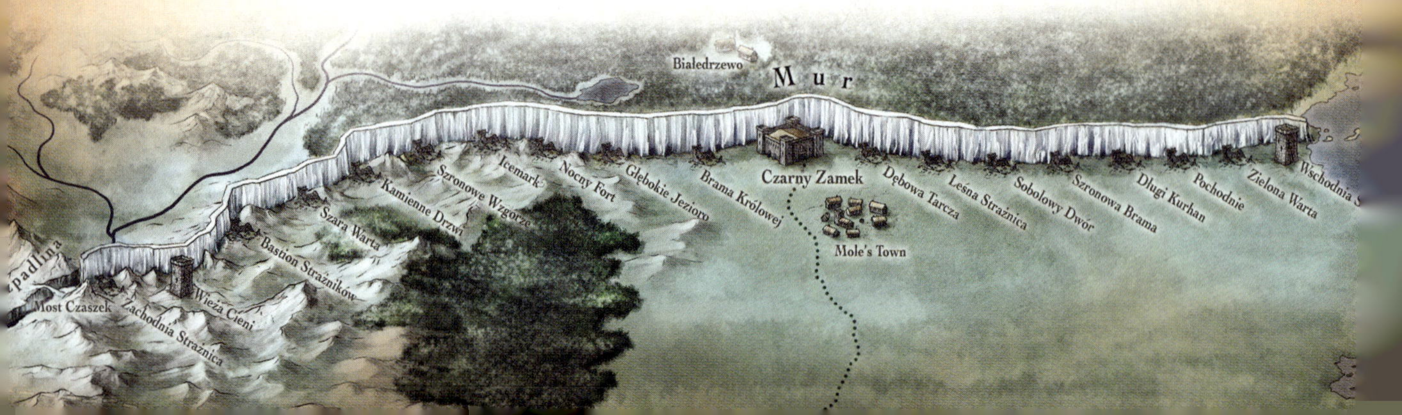

DZICY

W krainie za Murem żyją rozmaite ludy – bez wyjątku wywodzące się od Pierwszych Ludzi – które mieszkańcy bardziej cywilizowanego południa zwą dzikimi.

Sami dzicy jednak tak o sobie nie mówią. Najliczniejsze i najpotężniejsze z owych plemion zwie się wolnymi ludźmi. Wierzą oni, że dzięki swym barbarzyńskim zwyczajom cieszą się większą swobodą niż klękacze z południa. Jest prawdą, że nie mają lordów ani królów i nie muszą się kłaniać zwierzchnikom ni kapłanom, bez względu na ich pochodzenie czy tytuły.

Żyją jednak w nędzy i dobrze znają głód oraz śmierć z zimna, w barbarzyńskich wojnach albo z rąk pobratymców. Panującego za Murem bezprawia nie warto im zazdrościć. Potwierdzi to każdy, kto widział dzikich. Wiele świadectw można odnaleźć w licznych księgach spisanych na podstawie relacji zwiadowców Nocnej Straży. Dzicy szczycą się swoim ubóstwem, kamiennymi toporami, wiklinowymi tarczami i futrami pełnymi pcheł. Między innymi to różni ich od mieszkańców Siedmiu Królestw.

Niezliczone plemiona i klany dzikich nadal oddają cześć starym bogom Pierwszych Ludzi i dzieci lasu, bogom czardrzew. Istnieją relacje utrzymujące, że niektórzy z nich czczą inne bóstwa: mrocznych bogów podziemi w Mroźnych Kłach, bogów śniegu i lodu na Lodowym Brzegu oraz krabowych bogów na Przylądku Storrolda, lecz nigdy ostatecznie tego nie potwierdzono.

Zwiadowcy z Nocnej Straży opowiadają o jeszcze bardziej niezwykłych ludach mieszkających w odleglejszych zakątkach położonych za Murem – zakutych w brąz wojownikach z ukrytej doliny położonej daleko na północy oraz Rogostopych, którzy chodzą boso nawet po lodzie i śniegu. Wiemy też o barbarzyńskich plemionach z Lodowego Brzegu, mieszkających w chatach z lodu i jeżdżących saniami zaprzężonymi w psy. Istnieje kilka plemion mających domy w jaskiniach. Krążą także pogłoski o kanibalach żyjących w górnym biegu lodowatych rzek za Murem. Jednakże tylko nielicznym zwiadowcom udało się dotrzeć dalej niż sto pięćdziesiąt mil w głąb nawiedzanego lasu; z pewnością istnieje więcej plemion dzikich, niż nawet oni potrafią to sobie wyobrazić.

Zagrożenie, jakie stanowią dla Siedmiu Królestw te barbarzyńskie ludy, można bezpiecznie zlekceważyć, pomijając tylko rzadkie chwile, gdy wszystkie jednoczą się pod władzą króla za Murem. Wielu dzikich łupieżców i wodzów próbowało sięgnąć po ten tytuł, udało się to jednak tylko nielicznym, a żaden z nich nie zrobił nic, by zbudować prawdziwe królestwo i zadbać o dobro swego ludu. Prawdę mówiąc, tacy ludzie są zwykłymi watażkami, nie monarchami. Choć pod innymi względami bardzo się od siebie różnili, każdy z nich poprowadził swych ludzi na Mur, pragnąc przedrzeć się przezeń i podbić położone na południu Siedem Królestw.

Pierwszym takim królem był według legend Joramun. Miał on ponoć róg, który mógł zburzyć Mur poprzez zbudzenie „śpiących w ziemi olbrzymów". (Fakt, że Mur nadal stoi, mówi nam coś o prawdziwości jego zapewnień, a być może nawet o jego istnieniu).

Bracia Gendel i Gorne wspólnie byli królami za Murem przed trzema tysiącami lat.

Dzicy łupieżcy napadają na ziemie królestwa głównie dla przedmiotów z żelaza i stali, których sami nie potrafią produkować. Wielu łupieżców ma broń z drewna i kamienia, a w niektórych przypadkach nawet z rogu. Inni noszą topory i noże z brązu, lecz nawet je uważa się za cenne. Sławni wodzowie nierzadko miewają jednak stal, ukradzioną, a niekiedy zabraną zabitym zwiadowcom Nocnej Straży.

PO LEWEJ | *Zamki Nocnej Straży* POWYŻEJ | *Dziki łupieżca*

Hardhome było ongiś jedyną osadą za Murem, którą można było nazwać miasteczkiem. Zajmowało osłoniętą pozycję na Przylądku Storrolda i miało głębokowodny port. Jednakże przed sześciuset laty Hardhome spłonęło, a jego mieszkańcy zginęli. Straż nie jest pewna, co właściwie się wydarzyło. Niektórzy mówią, że osadę zaatakowali kanibale ze Skagos, inni zaś twierdzą, że winni byli łowcy niewolników zza wąskiego morza. Najdziwniejsze historie opowiadane przez załogę statku wysłanego przez Straż celem zbadania sprawy mówią o przeraźliwych krzykach odbijających się echem od klifów nad Hardhome, gdzie nie można znaleźć żywej duszy. Najbardziej fascynujący raport można znaleźć w dziele maestera Wyllisa *Hardhome: relacja z trzech lat spędzonych za Murem wśród dzikusów, łupieżców i leśnych wiedźm.* Wyllis dotarł do Hardhome na pokładzie pentoshijskiego statku kupieckiego i zamieszkał tam jako uzdrowiciel i doradca, co pozwoliło mu poznać i opisać miejscowe zwyczaje. Ochronę zapewnił mu Gorm Wilk, wódz dzielący panowanie nad Hardhome z trzema innymi mężczyznami. Gdy jednak Gorma zabito w pijackiej bijatyce, Wyllisowi zaczęło grozić śmiertelne niebezpieczeństwo i musiał wrócić do Starego Miasta. Tam spisał swoją historię, ale zniknął rok po ukończeniu iluminacji. W Cytadeli powiadają, że ostatnio widziano go w porcie, gdzie szukał statku do Wschodniej Strażnicy.

Poprowadzili swój zastęp pod ziemią, przez labirynt krętych jaskiń, minęli niepostrzeżenie Mur i wyłonili się po jego drugiej stronie. Gorne zabił w bitwie króla z rodu Starków, a potem sam zginął z rąk jego dziedzica. Gendel i ocalali dzicy uciekli zaś z powrotem do jaskiń i nigdy już ich nie widziano.

Następny był Rogaty Lord, tysiąc lat później (czy może dwa). Jego imię zaginęło w pomroce dziejów, ponoć jednak posłużył się czarami, by sforsować Mur. Kilka stuleci po nim pojawił się Bael Bard. Nadal śpiewa się o nim za Murem... nie jest jednak pewne, czy istniał naprawdę. Dzicy są o tym przekonani i przypisują mu autorstwo wielu

Wśród dzikich opowiada się, że Gendel i jego ludzie zabłądzili w jaskiniach i wędrują nimi po dziś dzień. Zwiadowcy mówią jednak, że samego Gendela również zabito i tylko garstka dzikich zdołała umknąć pod ziemię.

pieśni, ale stare kroniki z Winterfell nawet o nim nie wspominają. Nie sposób określić, czy powodem tego są klęski i upokorzenia, jakie ponoć zadał Starkom (według pewnej nieprawdopodobnej opowieści rozdziewiczył młodą Starkównę i zrobił jej dziecko), czy też po prostu nikogo takiego nigdy nie było.

Ostatnim królem, który przekroczył Mur, był Raymun Rudobrody. Zjednoczył dzikich w roku 212 albo 213 o.P., ale dopiero w roku 226 udało mu się przedostać za Mur. Setki i tysiące dzikich wspięły się po śliskim lodzie na szczyt, a potem zeszły po drugiej stronie.

Wszystkie relacje zgadzają się co do tego, że Raymun prowadził wiele tysięcy ludzi. Zdołali dotrzeć aż do Długiego Jeziora, gdzie stawili im czoło lord Willam Stark i Pijany Olbrzym – lord Harmond z rodu Umberów – ze swymi armiami. Rudobrody miał po obu swych stronach wrogie zastępy, za plecami zaś jezioro. Walczył i zginął, ale wcześniej zabił lorda Willama.

Gdy wreszcie zjawiła się Nocna Straż, prowadzona przez lorda dowódcę Jacka Musgooda (przed najazdem zwano go Wesołym Jackiem Musgoodem, po nim zaś na zawsze stał się Śpiącym Jackiem Musgoodem), bitwa już się skończyła i rozgniewany Artos Stark (brat zabitego lorda Willama, uważany za najgroźniejszego wojownika swej epoki) zlecił czarnym braciom pochowanie zabitych. Przynajmniej z tym zadaniem uporali się znakomicie…

PONIŻEJ | *Zastęp dzikich zbierający się pod Murem*

PÓŁNOC
DORZECZE
DOLINA
Strażnica nad Szarą Wodą
Bliźniaki
Seagard
Przylądek Orłów
Żelazne Wyspy
Zatoka Żelaznych Ludzi
Zielone Widły
Królewski Trakt
Stare Kamienie
Niebieskie Widły
Krwawa Brama
Rzeczny Trakt
Fairmarket
Czerwone Widły
Gospoda na skrzyżowaniu dróg
„Pod Klęczącym Mężczyzną"
Kamienny Nurt
Riverrun
Kamienny Płot
Miasteczko Lorda Harrowaya
Solanki
Trójząb
Cicha Wyspa
Zatoka Krabów
Wysokie Serce
Rzeczny Trakt
Harrenhal
Staw Dziewic
Żołędziowy Dwór
Oko Boga
Wyspa Twarzy
Poroże
Czerwone Widły
Pinkmaiden
Hornvale
Kamienny Sept
Królewski Trakt
Czarny Nurt
Królewska Przystań
Krainy Zachodu
Krainy Korony
Reach
Legenda
Ważniejsze zamki
Zamki
Miasta
Gospody
Ruiny
Bydło
Wzgórza
Trakty

Dorzecze

Krainy położone nad Tridentem i jego trzema potężnymi dopływami mają długą historię, pełną zarówno chwalebnych, jak i tragicznych wydarzeń.

Ciągnące się od Przesmyku po brzegi Czarnego Nurtu, na wschodzie zaś aż do granic Doliny dorzecze jest bijącym sercem Westeros. Żadna inna kraina w Siedmiu Królestwach nie widziała tylu bitew ani tak wielu pomniejszych królów oraz pojawiających się i upadających dynastii. Powody takiego stanu rzeczy są oczywiste. Bogate i żyzne dorzecze graniczy ze wszystkimi pozostałymi krainami Siedmiu Królestw (poza Dorne), ale ma niewiele naturalnych granic pomagających powstrzymać najeźdźców. Wody Tridentu użyźniają krainę, zapraszając osadników, rolników oraz zdobywców, natomiast jego trzy dopływy ułatwiają podróże i handel w czasach pokoju, podczas wojny są zaś zarówno drogami, jak i barierami.

Dorzecze zawdzięcza swą nazwę trzem dopływom Tridentu: Czerwonym Widłom o barwie błota i iłu, spływającym z zachodnich gór; Zielonym Widłom, których wody barwy mchu wypływają z bagien Przesmyku; oraz Niebieskim Widłom, nazwanym tak dla ich czystej, źródlanej wody. Szerokie rzeki są drogami, po których transportuje się towary. Widuje się tam szeregi napędzanych tyczkami łodzi, długie na milę i więcej. Choć może się to wydawać dziwne, w dorzeczu nigdy nie było prawdziwego miasta (choć sporo jest dużych miasteczek targowych), zapewne z uwagi na pełną konfliktów historię tego regionu oraz niechęć dawnych królów do przyznawania przywilejów, które mogłyby umożliwić rozwój na przykład Solankom, Miasteczku Lorda Harrowaya albo Fairmarket.

Podczas długich stuleci, gdy Pierwsi Ludzie sprawowali w Westeros niepodzielną władzę, w dorzeczu powstawały i upadały niezliczone drobne królestwa. Ich dzieje, splątane i pomieszane z mitami i pieśniami, w większej części popadły w zapomnienie. Zapamiętano tylko garstkę legendarnych królów i herosów. Ich czyny spisano na zwietrzałych kamieniach runami, o których znaczeniu po dziś dzień debatuje się w Cytadeli. Choć minstrele i bajarze mogą nas zasypywać barwnymi opowieściami o takich osobach jak Artos Silny, Florian Błazen, Dziewięciopalcy Jack, Sharra Królowa Czarownic czy Zielony Król Oka Boga, poważni uczeni muszą powątpiewać w ich istnienie.

Prawdziwa historia dorzecza zaczyna się od przybycia Andalów. Po sforsowaniu wąskiego morza i podbiciu Doliny zdobywcy postanowili zawładnąć dorzeczem, popłynęli więc swymi drakkarami w górę Tridentu oraz jego trzech potężnych dopływów. W owych dniach Andalowie najwyraźniej walczyli w grupach prowadzonych przez wodzów, których później septonowie ogłosili królami. Krok po kroku zdobywali małe królestwa użyźniane przez rzeki.

Pieśni z owych lat opowiadają nam o upadku Stawu Dziewic i śmierci jego młodocianego króla Floriana Odważnego, Piątego Tego Imienia; o Wdowim Brodzie, gdzie trzej synowie lorda Darry'ego powstrzymywali andalskiego wodza Voriana Vyprena oraz jego rycerzy przez cały dzień i całą noc, zabijając setki wrogów, nim wreszcie padli; o nocy w Białym Lesie, gdzie ponoć z wydrążonego wzgórza wyłoniły się dzieci lasu, by rzucić przeciwko Andalom stada wilków, które w blasku sierpa księżyca rozszarpały na strzępy setki ludzi; o wielkiej bitwie nad Gorzką Rzeką, gdzie Brackenowie z Kamiennego Płotu i Blackwoodowie z Raventree Hall połączyli swe siły przeciwko najeźdźcom, ale rozbiła ich szarża siedmiuset siedemdziesięciu siedmiu andalskich rycerzy oraz siedmiu septonów, noszących na tarczach siedmioramienne gwiazdy Wiary.

Siedmioramienna gwiazda towarzyszyła Andalom wszędzie. Nosili ją na tarczach i na chorągwiach, wyszywali na opończach, a czasami nawet wycinali ją sobie w żywym ciele. Religijny zapał najeźdźców był tak wielki, że uważali starych bogów Pierwszych Ludzi i dzieci lasu za niewiele

---

Znaczenie Tridentu dla regionu najlepiej ilustrują wydarzenia z czasów, gdy król Harwyn Hoare, dziadek Harrena Czarnego, walczył o panowanie nad dorzeczem z królem burzy Arrekiem. Żelaźni ludzie zdołali osiągnąć dominację nad rzekami i wykorzystywali je do szybkiego przemieszczania sił między odległymi twierdzami a polami bitew. Najpoważniejszą klęskę król burzy poniósł, próbując przejść przez Zielone Widły nieopodal Fairmarket, gdzie drakkary pozwoliły żelaznym ludziom zapanować nad brodem pomimo liczebnej przewagi Arreca.

---

więcej niż demony; niszczyli święte boże gaje ogniem i żelazem oraz profanowali wielkie białe drzewa, kiedy tylko je zobaczyli, odrąbując ich rzeźbione twarze.

Wielkie wzgórze zwane Wysokim Sercem było dla Pierwszych Ludzi i dla dzieci lasu przed nimi miejscem szczególnego kultu. Na szczycie wzgórza rósł gaj ogromnych czardrzew, tak starożytnych, że w całych Siedmiu Królestwach nie znalazłoby się starszych. W owych czasach Wysokie Serce nadal było domem dzieci lasu i ich zielonych jasnowidzów. Gdy andalski król Erreg Zabójca Krewnych otoczył wzgórze, dzieci wyszły z ukrycia, by bronić swych drzew. Przywołały też całe chmury kruków i stada wilków – tak przynajmniej mówi nam legenda. Ani zęby, ani szpony nie mogły się jednak mierzyć ze stalowymi toporami Andalów, którzy wycięli w pień zielonych jasnowidzów, zwierzęta i Pierwszych Ludzi, a potem usypali obok Wysokiego Serca wzgórze trupów, o połowę wyższe od niego… a przynajmniej o tym próbują nas przekonać minstrele.

Prawdziwa historia sugeruje, że było inaczej: dzieci lasu opuściły dorzecze na długo przed przybyciem Andalów zza wąskiego morza. Tak czy inaczej, gaj zniszczono. W dzisiejszych czasach tam, gdzie stały czardrzewa, znaleźć można jedynie butwiejące pniaki.

i Brackenowie utrzymują, że ich rody władały dorzeczem w różnych okresach Ery Herosów.

Muddom udało się zjednoczyć większą część dorzecza niż ich poprzednikom, ale ich panowanie nie okazało się trwałe. Po Młocie Sprawiedliwości na tronie zasiadł jego syn, Tristifer V, nazwany później Tristiferem Ostatnim, ponieważ nie zdołał powstrzymać andalskiej nawałnicy ani nawet utrzymać jedności swego ludu.

Andalscy królowie, którzy zburzyli Stare Kamienie i usiekli Tristifera Ostatniego, połączyli się więzami małżeńskimi z niedobitkami szlachty Pierwszych Ludzi i wyrżnęli tych, którzy nie chcieli ugiąć kolan. Swarliwi, wojowniczy najeźdźcy podzielili dorzecze między siebie. Nim krew ostatnich królów Pierwszych Ludzi zdążyła dobrze wyschnąć, andalscy zdobywcy zaczęli walczyć ze sobą o dominację. Wielu lordów kazało się zwać królami rzek i wzgórz albo królami Tridentu, minęły jednak stulecia, nim którykolwiek z tych drobnych monarchów podporządkował sobie obszar wystarczająco wielki, by być godnym któregoś z tych tytułów.

Pierwszym andalskim władcą, który zdołał podporządkować sobie całe dorzecze, był bękart zrodzony w efekcie schadzki między członkami dwóch z dawien dawna nienawidzących się rodów, Blackwoodów i Brackenów. W dzieciństwie zwano go Benedictem Riversem i wszyscy nim gardzili, wyrósł jednak na największego wojownika swej epoki i zdobył przydomek ser Benedicta Śmiałego. Biegłość w walce zapewniła mu poparcie rodu matki i rodu ojca, wkrótce zaś ugięli przed nim kolan również inni lordowie dorzecza. Benedict potrzebował z górą trzydziestu lat, by obalić ostatniego z pomniejszych królów Tridentu. Dopiero po jego kapitulacji włożył na głowę koronę.

Choć imię Errega jest jednym z najczarniejszych w starożytnych dziejach, można się zastanawiać, czy rzeczywiście jest on postacią historyczną. Arcymaester Perestan sugerował, że słowo „erreg" może w rzeczywistości nie być imieniem, lecz zniekształceniem andalskiego tytułu. W swych *Rozważaniach o historii* Perestan idzie dalej, wysuwając przypuszczenie, że bezimienny andalski wódz wyrąbał czardrzewa na prośbę rywala rzecznego króla, który wykorzystał Andalów jako najemników.

Przedostatnim i największym z rzecznych królów, którzy stawiali opór Andalom, był Tristifer IV z rodu Muddów, Młot Sprawiedliwości. Jego siedzibą był wielki zamek zwany Starymi Kamieniami, zbudowany na wzgórzu na brzegach Niebieskich Wideł. Minstrele opowiadają, że Tristifer stoczył z najeźdźcami sto bitew i zwyciężył w dziewięćdziesięciu dziewięciu, ale padł w setnej, gdy starł się z sojuszem siedmiu andalskich królów. To jednak dziwnie dogodne, że królów było akurat siedmiu; zapewne jest to kolejna opowieść stworzona przez septonów celem wzmocnienia pobożności słuchaczy.

Przed Muddami byli inni władcy, niemal równie potężni. Według niektórych kronik pierwszą i najstarszą dynastią rzecznych królów byli Fisherowie (inne źródła podają, że tworzyli oni drugą dynastię, natomiast zachowane we fragmentach *Roczniki rzek* ze starożytnego septoru w Peasedale sugerują, że byli trzecią). Zarówno Blackwoodowie, jak

Jako monarcha był zwany Benedictem Sprawiedliwym, co radowało go tak bardzo, że wyrzekł się bękarckiego miana, zastępując je nazwiskiem Justman. Był równie mądry, jak surowy, i władał przez dwadzieścia trzy lata, rozszerzając swe królestwo aż po Staw Dziewic i Przesmyk. Jego syn, również zwany Benedictem, panował sześćdziesiąt lat i przyłączył do rzecznego królestwa Duskendale, Rosby oraz ujście Czarnego Nurtu.

Kroniki mówią nam, że ród Justmanów władał dorzeczem przez prawie trzy stulecia. Ich dynastia wymarła po tym, jak Qhored Hoare, król Żelaznych Wysp, zamordował synów króla Bernarra II, gdy byli jeńcami na Pyke. Ojciec nie przeżył ich o długo. Pragnąc pomścić synów, dał się sprowokować do rozpoczęcia wojny, której nie miał szans wygrać.

Nastąpił kolejny okres anarchii i rozlewu krwi. Królestwo scalone przez Benedicta Śmiałego zostało rozdarte na strzępy. Konflikty między pomniejszymi królami z rodu Blackwoodów, Brackenów, Vance'ów i Charltonów, walczącymi ze sobą o prymat, trwały całe stulecie.

Niespodziewanym zwycięzcą okazał się w końcu lord Torrence Teague, poszukiwacz przygód niepewnego pochodzenia, który zagarnął fortunę w złocie podczas śmiałego ataku na ziemie zachodu i wykorzystał to bogactwo, by opłacić sprowadzoną zza wąskiego morza wielką liczbę najemników. Owi ludzie byli doświadczonymi wojownikami; ich miecze przeważyły szalę. Po sześciu latach wojny Teague'a koronowano w Stawie Dziewic na króla Tridentu.

Powiadają jednak, że ani król Torrence, ani jego następcy nigdy nie zasiadali na swym tronie bezpiecznie. Poddani nie lubili Teague'ów tak bardzo, że ci byli zmuszeni przetrzymywać na swym dworze synów i córki wszystkich wielkich rodów jako zakładników, by zapobiec zdradom, jakich mogli dopuścić się ich rodzice. Mimo to czwarty monarcha z dynastii Teague'ów, król Theo Odparzony Tyłek, spędził cały okres panowania w siodle, prowadząc swych rycerzy od jednego buntu do drugiego i wieszając zakładników na wszystkich drzewach.

Podobnie jak w przypadku Pierwszych Ludzi, andalskie dynastie rzecznych królów często władały krótko, ich państwa ze wszystkich stron otaczali bowiem wrogowie. Z zachodu atakowali żelaźni ludzie z wysp, na wschodzie to samo robili piraci ze Stopni i Trzech Sióstr. Spomiędzy wzgórz wyłaniali się ludzie z zachodu, którzy przekraczali Czerwone Widły, by plądrować i podbijać, z Gór Księżycowych przybywały zaś dzikie plemiona, aby palić, łupić i porywać kobiety. Z południowego zachodu nadciągały zakute w żelazo kolumny rycerzy służących lordom Reach, którzy przekraczali Czarny Nurt, gdy tylko mieli na to ochotę; na południowym wschodzie leżały natomiast ziemie królów burzy, zawsze spragnionych złota i chwały.

W całej długiej historii Tridentu pod rządami setek władców trudno jest znaleźć okres, w którym ludzie z dorzecza nie prowadziliby wojny z przynajmniej jednym z sąsiadów. Niekiedy bywali zmuszeni walczyć na dwóch albo nawet trzech frontach jednocześnie.

Co gorsza, tylko niektórzy rzeczni królowie mogli kiedykolwiek liczyć na pełne poparcie swych lordów chorążych. Lordowie Tridentu nie zwykli zapominać o starożytnych krzywdach i pradawnych zdradach. Konflikty między nimi

były równie głębokie, jak rzeki płynące przez ich krainę. Raz po raz któryś z nich przyłączał się do jakiegoś najeźdźcy, występując przeciwko swemu królowi. Prawdę mówiąc, zdarzało się, że to właśnie ci lordowie zapraszali do dorzecza cudzoziemców, oferując im ziemie, złoto albo córki w zamian za pomoc w walce z odwiecznymi wrogami.

Podobne sojusze obaliły wielu rzecznych królów. Każda kolejna bitwa kładła podwaliny pod następną. Spoglądając wstecz, łatwo zauważyć, że było tylko kwestią czasu, nim któryś z tych najeźdźców postanowi zostać w dorzeczu na stałe i uczynić je swą domeną.

Pierwszym, który tak postąpił, był król burzy Arlan III Durrandon.

W owych dniach królem rzek i wzgórz był Humfrey z rodu Teague'ów. Ów pobożny władca ufundował w dorzeczu wiele septów i domów Matki, zwalczał także w swym królestwie kult starych bogów.

Właśnie to skłoniło Raventree do buntu przeciwko niemu, albowiem Blackwoodowie nigdy nie przyjęli Siedmiu. Do rebelii przyłączyli się Vance'owie z Atranty oraz Tully'owie z Riverrun. Król Humfrey i jego lojaliści, wspierani przez zakon Mieczy i Gwiazd Wiary Wojującej, byli o krok od zmiażdżenia buntu, lecz lord Roderick Blackwood poprosił o pomoc Koniec Burzy. Jego lordowską mość łączyły z rodem Durrandonów więzy małżeńskie, ponieważ król Arlan wziął sobie za żonę jedną z córek lorda Rodericka. Ślub zawarto w starym obrządku pod wielkim uschniętym czardrzewem w bożym gaju Raventree.

POWYŻEJ | *Król Benedict z dynastii Justmanów*

Arlan III zareagował szybko. Zwołał wszystkie chorągwie i poprowadził wielki zastęp na drugi brzeg Czarnego Nurtu, rozbijając króla Humfreya oraz lojalnych mu ludzi w serii krwawych bitew, czym położył kres oblężeniu Raventree. Roderick Blackwood i Elston Tully padli w boju, podobnie jak lordowie Bracken, Darry i Smallwood oraz obu lordów Vance'ów. Król Humfrey, jego brat i obrońca ser Damon, a także jego synowie: Humfrey, Hollis i Tyler – wszyscy polegli w ostatniej, krwawej bitwie, stoczonej pod dwoma wzgórzami zwanymi Cyckami Matki, na ziemiach będących przedmiotem sporu między rodami Blackwoodów i Brackenów.

Kronikarze piszą, że pierwszy zginął owego dnia król Humfrey. Książę Humfrey włożył na głowę jego koronę i ujął w rękę jego miecz, ale wkrótce również poległ. Potem insygnia przejął drugi syn, Hollis; jego też zabito. I tak to szło. Zakrwawiona korona ostatniego rzecznego króla przechodziła od syna do syna, aż wreszcie trafiła do brata króla Humfreya, a wszystko to wydarzyło się w ciągu jednego popołudnia. Nim słońce zaszło, ród Teague'ów przestał istnieć, a razem z nim Królestwo Rzek i Wzgórz. Starcie, w którym zginęli, nazwano potem Bitwą Sześciu Królów, na cześć Arlana III, króla burzy, oraz pięciu rzecznych królów, których zabili jego ludzie. Panowanie niektórych z nich trwało nawet nie godziny, lecz minuty.

Listy odnalezione w późniejszych stuleciach przez maesterów służących w Końcu Burzy i w Raventree Hall sugerują, że gdy Arlan III pomaszerował na północ, nie zamierzał zagarnąć dorzecza dla siebie, lecz przywrócić koronę rodowi Blackwoodów, a mówiąc ściślej: swemu dobremu ojcu, lordowi Roderickowi. Te plany pokrzyżowała jednak śmierć jego lordowskiej mości w bitwie. Dziedzicem Raventree był bowiem ośmioletni chłopiec, a król burzy nie lubił ocalałych braci lorda Blackwooda ani im nie ufał. Arlan najwyraźniej rozważał przez krótki czas koronowanie swej dobrej córki Shiery, najstarszego dziecka Rodericka Blackwooda – wówczas jego syn władałby razem z nią – ale lordowie dorzecza nie chcieli, by rządziła nimi kobieta, Jego Miłość przyłączył więc ich krainę do swojej domeny.

I pozostała jej częścią przez z górą trzy stulecia, choć lordowie dorzecza buntowali się przeciwko Końcowi Burzy co najmniej raz na pokolenie. Kilkunastu pretendentów z rozmaitych rodów przybierało tytuł rzecznego króla albo króla Tridentu i klęło się, że zrzuci jarzmo najeźdźców. Niektórym się to nawet udawało… na dwa tygodnie, na cykl księżyca bądź aż na rok. Jednakże ich trony wzniesiono na błocie i piasku; po pewnym czasie z Końca Burzy wyruszał nowy zastęp, by je obalić i powiesić ludzi, którzy ważyli się na nich zasiąść. Tak właśnie zakończyły się krótkie, niesławne rządy Lucifera Justmana (Lucifera Kłamcy), Marqa Mudda (Szalonego Barda), lorda Roberta Vance'a, lorda Petyra Mallisera, lady Jeyne Nutt, bękarciego króla ser Addama Riversa, króla-chłopa Pate'a z Fairmarket, ser Lymonda Fishera zwanego Rycerzem ze Starych Kamieni oraz wielu innych.

Kres panowaniu Końca Burzy nad dorzeczem położył nie żaden z miejscowych lordów, lecz zdobywca spoza krain Tridentu: Harwyn Hoare zwany Twardorękim, król Żelaznych Wysp. Siły Harwyna przepłynęły Zatokę Żelaznych Ludzi w stu drakkarach, wylądowały sto dwadzieścia mil na południe od Seagardu i pomaszerowały w głąb lądu, ku Niebieskim Widłom. Żołnierze nieśli okręty na własnych ramionach; minstrele na wyspach do dziś wysławiają ten wyczyn.

Kiedy żelaźni ludzie pływali po rzekach, plądrując i paląc do woli, lordowie dorzecza umykali przed nimi albo chronili się w swym zamkach, nie chcąc ryzykować bitwy w imię króla, którego wielu z nich nienawidziło. Ci, którzy stanęli do boju, srodze ucierpieli z tego powodu. Młody, śmiały rycerz zwany Samwellem Riversem, naturalny syn Tommena Tully'ego, lorda Riverrun, zebrał niewielkie siły i stawił czoło królowi Harwynowi nad Kamiennym Nurtem, ale szarża Twardorękiego rozproszyła jego szeregi. Setki ludzi utonęły, próbując ucieczki. Ciało Riversa przerąbano na pół, by odesłać po połowie obojgu jego rodzicom.

Lord Tully porzucił Riverrun bez walki, uciekając ze wszystkimi swymi ludźmi, by przyłączyć się do armii, która zbierała się w Raventree Hall pod dowództwem lady Agnes Blackwood i jej synów. Gdy jednak lady Agnes wyruszyła przeciwko żelaznym ludziom, jej wojowniczy sąsiad, lord Lothar Bracken, uderzył na nią z tyłu ze wszystkimi swymi zbrojnymi i zmusił jej ludzi do ucieczki. Lady Agnes wzięto do niewoli wraz z dwoma synami i oddano ich królowi Harwynowi, który gołymi rękami udusił młodych Blackwoodów na oczach ich matki. Lady Agnes jednak nie płakała, jeśli wierzyć opowieściom. „Mam innych synów – oznajmiła królowi Żelaznych Wysp. – Raventree przetrwa jeszcze długo po tym, jak ciebie i twój ród spotka zagłada. Twoja dynastia skończy się w ogniu i krwi".

Te prorocze słowa najpewniej są późniejszym wymysłem, dodanym do opowieści przez jakiegoś minstrela albo bajarza. Wiemy jednak, że nieustępliwość pojmanej kobiety zaimponowała Harwynowi Twardorękiemu tak bardzo, że zaproponował, iż daruje jej życie i weźmie ją za morską żonę. „Wolę poczuć w sobie twój miecz niż twojego kutasa" – odparła lady Agnes. Twardoręki spełnił jej życzenie.

Klęska sił lady Blackwood oznaczała koniec oporu lordów dorzecza, nie był to jednak kres wojny, ponieważ wieści o najeździe dotarły wreszcie do króla Arreca Durrandona w odległym Końcu Burzy. Arrec zwołał potężny zastęp i ruszył na północ na spotkanie nieprzyjaciela.

Młody król tak gorąco pragnął zmierzyć się z żelaznymi ludźmi, że wkrótce zostawił tabory z tyłu. Był to fatalny błąd; Arrec przekonał się o tym po przeprawie przez Czarny

PO PRAWEJ | *Król burzy Arrec patrzy na bitwę pod Fairmarket*

Nurt. Wszystkie zamki zamknęły przed nim swe bramy i nigdzie nie mógł znaleźć żywności ani paszy, a tylko spalone miasteczka i obsiane popiołem pola.

Wielu lordów dorzecza przyłączyło się już wtedy do żelaznych ludzi. Pod dowództwem Goodbrooka, Paege'a i Vyprena przemknęli się na drugi brzeg Czarnego Nurtu i zaatakowali sunące powoli naprzód tabory, nim te zdążyły dotrzeć do rzeki. Zmusili tylną straż króla Arreca do ucieczki i zagarnęli jego zapasy.

Wygłodniała, okaleczona armia króla burzy starła się w końcu z Harwynem Twardorękim pod Fairmarket. Do żelaznych ludzi dołączyli już Lothar Bracken, Theo Charlton oraz wielu innych lordów dorzecza. Król Arrec miał o połowę więcej ludzi niż jego wrogowie, ale byli oni zmęczeni wielodniowym marszem, zdezorientowani oraz pozbawieni ducha bojowego. Ich władca zaś dowiódł wkrótce, że jest zarówno uparty, jak i niezdecydowany. Bitwa zakończyła się druzgocącą klęską ludzi z krain burzy. Sam Arrec zdołał umknąć przed rzezią, ale dwaj jego bracia polegli. To był nagły, krwawy koniec panowania Końca Burzy nad ziemiami Tridentu.

Wielu prostaczków w całym dorzeczu radowało się ponoć na tę wieść. Ich ośmieleni lordowie powstali przeciwko garstce nielicznych garnizonów króla burzy, która pozostała jeszcze w krainie, i wypędzili bądź wyrżnęli jego ludzi. Kronikarze zanotowali, że w Kamiennym Sepcie bito w dzwony przez cały dzień i całą noc, a minstrele i bracia żebrzący wędrowali od miasteczka do miasteczka z wieścią, że ludzie znad Tridentu znowu są własnymi panami.

Ta radość nie trwała jednak długo. Powiadano, zwłaszcza w Kamiennym Płocie, że lord Lothar Bracken przyłączył się do żelaznych ludzi w przekonaniu, że po wypędzeniu ludzi z krain burzy Harwyn Twardoręki uczyni go królem. Nie ma na to jednak żadnych pisemnych dowodów, wydaje się to zresztą mało prawdopodobne: Harwyn Hoare raczej nie zaliczał się do ludzi, którzy rozdają korony. Podobnie jak Arlan III Durrandon trzy stulecia przed nim, sam ogłosił się władcą dorzecza. Miejscowi lordowie walczący po jego stronie zamienili tylko jednego pana na drugiego... a ich nowy władca był znacznie bardziej surowy, okrutny i chciwy od poprzedniego.

Lothar Bracken był jednym z pierwszych, którzy przekonali się o tym na własnej skórze, kiedy pół roku później spróbował wzniecić bunt przeciwko Twardorękiemu. Pod jego chorągwie nadciągnęło tylko kilku pomniejszych lordów. Król Harwyn rozbił go całkowicie, złupił i upokorzył Kamienny Płot, a potem zawiesił lorda Brackena we wroniej klatce, w której spędził on z górą pół roku, nim wreszcie skonał z głodu.

W późniejszych latach król Arrec dwukrotnie próbował przekroczyć Czarny Nurt, by odzyskać to, co utracił, lecz bez powodzenia. Jego najstarszy syn i następca, Arlan V, również podjął podobną próbę i przypłacił to życiem.

Harwyn Twardoręki władał dorzeczem aż do chwili, gdy zmarł w wieku sześćdziesięciu czterech lat, zabawiając się w łożu z jedną ze swych licznych morskich żon. Panowanie objął jego syn, a po nim wnuk, którzy kontynuowali brutalne rządy żelaznych ludzi nad Tridentem. Wnuk Harwyna, król Harren Czarny, spędził w dorzeczu większą część życia, budując gigantyczną fortecę, która miała nosić jego imię. Tylko z rzadka wracał na żelazne wyspy.

Tak miały się sprawy w chwili wylądowania Aegona Zdobywcy na brzegach Westeros, tuż przed tym, jak położył on kres życiu Harrena oraz rodowi Hoare'ów. Okres władzy żelaznych ludzi nad dorzeczem zakończył pożar, który pochłonął Harrenhal. Następnie Aegon mianował Edmyna Tully'ego z Riverrun, który jako pierwszy z lordów dorzecza opowiedział się po stronie Targaryenów, Najwyższym Lordem Tridentu, czyniąc pozostałych lordów dorzecza jego wasalami. Tytuł królewski zachował dla siebie. Od tej pory w Westeros nie miało już być żadnych królów poza Aegonem i jego dziedzicami.

RÓD TULLYCH

Tully'owie z Riverrun nigdy nie byli królami, choć w księgach genealogicznych można znaleźć wiele związków między nimi a dawnymi dynastiami. Być może właśnie owe dawne związki wprowadziły ród Tullych na ścieżkę prowadzącą do tytułu Najwyższych Lordów Tridentu, który przyznał im Aegon I.

Nazwisko Tullych pojawia się w wielu kronikach i annałach Tridentu już od czasów Pierwszych Ludzi, kiedy to Edmure Tully i jego synowie walczyli u boku Tristifera IV Mudda, zwanego Młotem Sprawiedliwości, w wielu z dziewięćdziesięciu dziewięciu wygranych przez niego bitew. Po śmierci Tristifera ser Edmure przeszedł na służbę do najpotężniejszego z andalskich najeźdźców, Armisteada Vance'a. To właśnie on przyznał synowi Edmure'a, Axelowi, ziemie położone w miejscu, gdzie do Czerwonych Wideł wpada jego wartki dopływ, Kamienny Nurt. Lord Axel wzniósł tam swą siedzibę: czerwony zamek, który nazwał Riverrun.

Dzięki swemu położeniu zamek miał wielką wartość strategiczną i pomniejsi królowie rywalizujący ze sobą w wieku anarchii szybko zaczęli się ubiegać o poparcie rodu Tullych. Axel oraz jego potomkowie stali się bogaci i potężni. Wielu rzecznych królów polegało na ich poparciu, ponieważ bronili zachodniej części dorzecza przed Królestwem Skały.

W czasach, gdy królowie burzy pokonali w ostatecznym starciu ostatniego króla rzek i wzgórz, Tullych zaliczano już do najpotężniejszych lordów dorzecza. Niektóre szlacheckie rody zniszczono podczas wojen, większość jednak po upadku dynastii Teague'ów ugięła kolan przed królem burzy. Byli wśród nich Tully'owie, którym wkrótce zaczęto powierzać ważne urzędy i wymagające zaufania pozycje.

Riverrun przetrwało rządy królów burzy, a także podbój przez żelaznych ludzi w zasadzie nietknięte. Inne potężne rody z dorzecza miały mniej szczęścia. Na dziesięć lat przed Podbojem Aegona Blackwoodowie i Brackenowie rozpoczęli nową prywatną wojnę. Do tej pory władający dorzeczem żelaźni ludzie na ogół ignorowali podobne konflikty między swymi wasalami. Jeśli wierzyć *Żelaznej kronice*, Harwyn Twardoręki często wręcz szczuł chorążych przeciwko sobie, pragnąc ich osłabić.

Tym razem jednak walki przeszkodziły w budowie Harrenhal, a to było dla Harrena Czarnego wystarczającym powodem, by brutalnie je stłumić. Dlatego gdy Aegon Zdobywca ruszył na ten zamek, Tully'owie z Riverrun byli najpotężniejszym z nadal istniejących rodów dorzecza.

Czterdziestoletnie rządy Harrena Czarnego doprowadziły do powszechnej nędzy i śmierci tysięcy ludzi, w dorzeczu nie darzono go więc miłością. W związku z tym lordowie wielcy i mali ochoczo zbierali się pod chorągwiami Aegona, pragnąc obalić okrutnego cudzoziemskiego władcę. Najważniejszym z nich był Edmyn Tully. Jak już pisaliśmy, gdy Harrenhal strawiły płomienie i dynastia Harrena Czarnego wygasła, Aegon przekazał władzę

LISTA RODÓW, KTÓRE PRZEZ PEWIEN CZAS SPRAWOWAŁY WŁADZĘ W DORZECZU, ZGODNIE Z ZAPISKAMI KRONIKARZY:

Ród Fisherów z Mglistej Wyspy

Ród Blackwoodów z Raventree

Ród Brackenów z Kamiennego Płotu

Ród Muddów ze Starych Kamieni (ostatnia władająca dorzeczem dynastia Pierwszych Ludzi)

Ród Justmanów

Ród Teague'ów (ostatni królowie rzek i wzgórz wywodzący się dorzecza)

Ród Durrandonów z Końca Burzy

Ród Hoare'ów z Żelaznych Wysp

POWYŻEJ | *Herb rodu Tullych (pośrodku) i herby niektórych ich wasali (od szczytu, zgodnie z ruchem wskazówek zegara): Mallisterów, Mootonów, Darrych, Muddów, Piperów, Strongów, Vance'ów, Brackenów, Blackwoodów, Whentów, Lothstonów i Freyów* PO PRAWEJ | *Śmierć księcia Aegona i jego smoka, Żywego Srebra*

Konflikt między Blackwoodami a Brackenami słusznie otoczony jest złą sławą, ciągnie się bowiem od tysiącleci, od czasów poprzedzających przybycie Andalów. Jego początki są niejasne, spowija je mgła legendy. Blackwoodowie utrzymują, że sami byli królami, a Brackenowie tylko pomniejszymi lordami, planującymi ich zdradzić i obalić ich rządy, Brackenowie zaś mówią mniej więcej to samo o Blackwoodach. Najprawdopodobniej oba rody rzeczywiście były kiedyś królewskimi dynastiami, nie sposób też wątpić, że ich wrogość zrodziła się z jakiejś przyczyny zakorzenionej tak głęboko, że stała się legendą. Obie familie były potężne i uparcie podtrzymywały tradycję wendety, mimo że wielu królów próbowało je skłonić do zawarcia pokoju. Nawet Stary Król, Jaehaerys Pojednawca, nie zdołał położyć kresu tej niekończącej się wojnie; pokój, który wypracował, nie przetrwał długo po jego śmierci.

nad dorzeczem lordowi Edmynowi. Niektórzy proponowali nawet, by włączyć do domeny lorda Tully'ego również Żelazne Wyspy; tak się jednak nie stało.

Lord Edmyn zrobił wiele, by naprawić szkody wyrządzone przez rządy Harrena. Stworzono nowe więzy – na przykład Quenton Qoherys, dawny dowódca zbrojnych ze Smoczej Skały, a wówczas nowo mianowany lord Harrenhal i jego rozległych ziem, wziął sobie za żonę córkę lorda Tully'ego. (W późniejszych latach związek ten stał się przyczyną kłopotów, którym koniec przyniósł dopiero nagły, smutny kres rodu Qoherysów). W roku 7 o.P. lord Edmyn objął też urząd królewskiego namiestnika, po dwóch latach jednak zrezygnował, by wrócić do Riverrun i do rodziny.

W następnych latach mężczyźni z rodu Tullych mieli swój udział w wielu najważniejszych wydarzeniach towarzyszących rządom wczesnych królów z dynastii Targaryenów. Kiedy Aenys I odwiedził Riverrun, a Harren Czerwony zabił Gargona Gościa, Jego Miłość zwrócił się do Tullych i ich chorążych, chcąc podjąć próbę odbicia Harrenhal, opanowanego przez króla-banitę. W późniejszych latach Tully'owie – razem z Harrowayami, którzy w owych czasach władali Harrenhal – wystawili część armii, która otoczyła i pokonała księcia Aegona oraz jego smoka, Żywe Srebro, podczas wojny, którą toczył przeciwko stryjowi, Maegorowi Okrutnemu.

Jednakże wkrótce potem Riverrun również zaczęło cierpieć pod butem Maegora. Kiedy wrogowie króla wszędzie

Lordowie Harrenhal

Lord Gargon, drugi i ostatni lord Harrenhal z rodu Qoherysów, był wnukiem lorda Quentona. Słynął z upodobania do kobiet i stał się znany jako Gość, ponieważ miał zwyczaj odwiedzać każde wesele w swej domenie, by skorzystać z lordowskiego prawa pierwszej nocy. Nie jest zaskoczeniem, że ojciec jednej z dziewcząt rozdziewiczonych przez lorda Gargona otworzył tylną furtę przed Harrenem Czerwonym i jego bandą banitów, podobnie jak fakt, że Gargona przed zabiciem wykastrowano. W późniejszych latach Harrenhal zyskał reputację przeklętego, ponieważ wiele władających nim domów spotkał smutny koniec. Były to:

Ród Harrowayów

Lord Lucas Harroway – któremu przyznano Harrenhal za panowania Aenysa I, po śmierci Gargona Qoherysa – wydał swą córkę za Maegora. Dziewczyna stała się jedną z żon króla, a lord Lucas królewskim namiestnikiem, ale wkrótce Maegor Okrutny rozkazał ich zamordować razem z całą rodziną.

Ród Towersów

Po zniszczeniu rodu Harrowayów król Maegor ogłosił, że zamek przypadnie najsilniejszemu z jego rycerzy, aczkolwiek nie ze wszystkimi ziemiami. Dwudziestu trzech rycerzy domowych Maegora stoczyło walkę na zbroczonych krwią ulicach Miasteczka Lorda Harrowaya. Zwycięzcą okazał się ser Walton Towers i nagroda należała się jemu, ale wkrótce zmarł on z odniesionych ran. Jego ród przetrwał jeszcze dwa pokolenia, nim ostatni lord Towers umarł bezpotomnie.

Ród Strongów

Lyonel Strong zasłynął jako wojownik, lecz również jako człowiek o wielkich uzdolnieniach, który wykuł w Cytadeli sześć ogniw łańcucha. Tytuł lordowski przyznano mu za panowania Jaehaerysa I. Służył Viserysowi I jako starszy nad prawami, a potem jako namiestnik, jego synowie zaś mocno zaangażowali się w sprawy dworu. Lyonel i jego dziedzic zginęli w pożarze w Harrenhal, więc lordem został młodszy syn, Larys Strong, który przeżył Taniec Smoków, ale nie zdołał przetrwać Sprawiedliwości Wilka.

Ród Lothstonów

Ser Lucasowi Lothstonowi – dowódcy zbrojnych z Czerwonej Twierdzy – przyznano Harrenhal w roku 151 o.P., jako dar od króla Aegona III. Ożeniony z Faleną Stokeworth po skandalu, jakim był jej związek z księciem Aegonem, przyszłym Aegonem Niegodnym, wkrótce opuścił dwór ze świeżo poślubioną małżonką. Wrócił do Królewskiej Przystani za panowania Aegona i przez niespełna rok służył mu jako namiestnik, nim Aegon ponownie wygnał go ze dworu razem z żoną i córką. Ród Lothstonów zginął pośród szaleństwa i chaosu po tym, jak lady Danelle Lothston zaczęła się parać czarną magią za panowania króla Maekara I.

Ród Whentów

Whentowie byli rycerzami w służbie Lothstonów i otrzymali zamek w nagrodę za pomoc w ich obaleniu. Władają Harrenhal po dziś dzień, ale i ich historię naznaczyły nieszczęścia.

We wczesnych dniach Tańca książę Daemon Targaryen zapewnił siłom księżniczki Rhaenyry bezkrwawe zwycięstwo w Harrenhal, zdobywszy zamek i czyniąc zeń punkt zborny dla jej zwolenników. W dorzeczu tych ostatnich nie brakowało; tysiące ludzi dołączyło do zastępu księcia, by walczyć dla Rhaenyry. Wyróżniał się wśród nich potężny rycerz, ser Forrest Frey, który ubiegał się ongiś o rękę Rhaenyry. Freyowie nie byli starym rodem. Zasłużyli sobie na szacunek około sześciuset lat wcześniej. Wywodzili się od pomniejszego lorda, który zbudował rozklekotany drewniany mostek w najwęższym punkcie Zielonych Wideł. Ich bogactwo i znaczenie rosły jednak, a wraz z nimi rozwijała się Przeprawa. Wkrótce z jednej wieży strzegącej mostu wyrosły dwie ogromne baszty, zbudowane na obu brzegach rzeki. Te dwie wieże, zwane obecnie Bliźniakami, zaliczały się do najpotężniejszych w całych Siedmiu Królestwach.

Lord Forrest dzielnie walczył za królową, którą kiedyś kochał, aż nadeszło Karmienie Ryb; wówczas znalazł się wśród licznych lordów i rycerzy zabitych w tej najkrwawszej bitwie wojny. Wdowa po nim, lady Sabitha z rodu Vyprenów, okryła się sławą – dobrą dzięki odwadze, złą z uwagi na okrucieństwo. Według Grzyba była „pyskatą jędzą o ostrych rysach, wywodzącą się z rodu Vyprenów, która wolała jeździć konno niż tańczyć, nosiła kolczugę zamiast jedwabiu i lubiła zabijać mężczyzn oraz całować kobiety".

wokół podnieśli bunt, Tully'owie napłynęli pod chorągwie księcia Jaehaerysa Targaryena, brata zabitego księcia Aegona. Był to ostatni rok panowania okrutnego władcy.

W ciągu następnych lat Tully'owie nadal zapisywali się na kartach historii. Podczas Wielkiej Rady w roku 101 o.P. lord Grover Tully poparł prawa księcia Viserysa Targaryena,

PO LEWEJ | *Wielki zamek Harrenhal* POWYŻEJ | *Lord Forrest Frey rusza na wojnę*

opowiadając się przeciwko Laenorowi Velaryonowi. Gdy w roku 129 o.P. rozpoczął się Taniec Smoków, stary lord dochował wierności swym zasadom i królowi Aegonowi II… ale wiek nie pozwalał mu już wstawać z łoża. Wnuk Grovera, ser Elmo, sprzeciwił się jego woli – rozkazał zamknąć bramy i zatrzymać chorągwie na miejscu.

W późniejszym okresie Tańca Elmo Tully dowodził lordami dorzecza w drugiej bitwie pod Tumbleton, walczyli oni jednak po stronie królowej Rhaenyry, nie króla Aegona II, którego popierał dziadek ser Elma. Bitwa zakończyła się zwycięstwem – przynajmniej częściowym; wkrótce potem lord Grover w końcu zmarł i to ser Elmo Tully został lordem Riverrun. Nie cieszył się jednak tym tytułem zbyt długo. Umarł podczas marszu czterdzieści dziewięć dni później i Riverrun odziedziczył jego młody syn, ser Kermit.

Za rządów lorda Kermita Tully'owie osiągnęli szczyt swojej potęgi. Śmiały i pełen życia Kermit walczył niestrudzenie za królową Rhaenyrę oraz jej syna, księcia Aegona, późniejszego króla Aegona III. Lord Kermit był głównodowodzącym zastępu, który uderzył na Królewską Przystań w ostatnich dniach wojny. Własnoręcznie zabił lorda Borrosa Baratheona w ostatniej bitwie Tańca Smoków.

Jego następcy władali najlepiej, jak potrafili, ale Riverrun nigdy już nie miało wpływów tak wielkich, jak w owych latach. Ród Tullych dochował wierności Targaryenom podczas wszystkich buntów Blackfyre'ów. Dopiero obłęd Aerysa II zniechęcił ich do smoczych królów. Lord Hoster Tully poparł Roberta Baratheona i jego buntowników, po czym oddał swe córki lordowi Jonowi Arrynowi z Orlego Gniazda oraz lordowi Eddardowi Starkowi z Winterfell, przyłączając się do sojuszu, który zaprowadził Roberta na Żelazny Tron.

RIVERRUN

Siedziba rodu Tullych jest niewielka, jeśli porównać ją z potężnymi warownymi zamczyskami innych wielkich rodów. Nie jest nawet największym zamkiem w dorzeczu. W ogromnym okropieństwie zbudowanym przez Harrena Czarnego mogłoby się zmieścić dziesięć takich warowni jak Riverrun.

Jest to jednak solidny, dobrze zbudowany zamek, ulokowany w miejscu zlania się dwóch rzek. Z dwóch stron otaczają go głębokie wody, co czyni atak niezwykle trudnym. Choć w ciągu stuleci Riverrun wielokrotnie oblegano, rzadko udawało się je zdobyć, nigdy zaś nie dokonano tego szturmem. Kluczem do obronności zamku jest fosa wykopana pod jego zachodnim murem, gdzie znajduje się główna brama. Wiele zamków w Siedmiu Królestwach ma fosy, lecz tylko nieliczne z nich wyposażono w skomplikowany system śluz, pozwalający je zalać w razie potrzeby. To właśnie takiemu systemowi fosa Riverrun zawdzięcza szerokość i głębokość, której dorównuje niewiele innych. Kiedy fosa całkowicie się wypełnia, Riverrun staje się wyspą, niemal niemożliwą do zdobycia.

POWYŻEJ | *Ser Elmo Tully* PO PRAWEJ | *Riverrun*

PÓŁNOC
DOLINA
ZIMNA WODA
WĄSKIE MORZE
DORZECZE
CZARNA ZATOKA
KRAINY KORONY
Stary Zamek
Słodka Siostra
Długa Siostra
Mała Siostra
TRZY SIOSTRY
Kamyki
Sutki
PALUCHY
Zimna Woda
Snakewood
Mocna Pieśń
Heart's Home
Longbow Hall
Stara Kotwica
Orle Gniazdo
Żelazne Dęby
Runestone
Gulltown
Krwawa Brama
GÓRSKI TRAKT
Redfort
Bliźniaki
Wickenden
Cicha Wyspa
Solanki
ZATOKA KRABÓW
Miasteczko Lorda Harrowaya
Gospoda na skrzyżowaniu dróg
Staw Dziewic
LEGENDA
WAŻNIEJSZE ZAMKI
ZAMKI
MIASTA
MIASTECZKA
ZBOŻE
MARMUR
TRAKTY

Dolina

DOLINA ARRYNÓW – długa, szeroka i żyzna, ze wszystkich stron otoczona wyniosłymi, szarozielonymi turniami potężnych Gór Księżycowych – jest piękna i bogata. Być może właśnie dlatego pierwsi andalscy najeźdźcy po przepłynięciu przez wąskie morze skierowali się właśnie tam. Dowodem na to są kamienie na Paluchach, pokryte znakami wyobrażającymi gwiazdy, miecze i topory (albo młoty, jak twierdzą niektórzy). Święta księga Wiary, *Siedmioramienna gwiazda*, mówi o „złocistej krainie pośród wysokich gór", w której Hugorowi ze Wzgórza zesłano wizję bogactw, mających pewnego dnia przypaść Andalom.

Oddzielona od reszty Westeros wysokimi górami Dolina była dla Andalów idealnym miejscem do wykrojenia dla siebie pierwszego królestwa w nowej ojczyźnie. Pierwsi Ludzie, którzy mieszkali tu przed Andalami, nieustępliwie walczyli z najeźdźcami zza morza, ale Dolina nie była w owych dniach gęsto zaludniona i wkrótce zdobywcy uzyskali przewagę liczebną w każdej bitwie. Minstrele opowiadają, że na każdy drakkar, który spalono albo zepchnięto z powrotem do morza, przypadało dziesięć nowych, przypływających z krainy wschodzącego słońca. Pierwsi Ludzie nie potrafili też wzbudzić w sobie takiego zapału, jaki mieli przybysze, a ich topory i kolczugi z brązu ustępowały stalowym mieczom oraz zbrojom Andalów.

Co więcej, w czasach gdy pierwsi Andalowie zaczęli wychodzić na brzeg z siedmioramiennymi gwiazdami namalowanymi (a w niektórych przypadkach wyciętymi) na piersi, Dolina i otaczające ją góry były rozbite na około dwudziestu pomniejszych królestw. Podzieleni dawnymi swarami królowie Pierwszych Ludzi nie zjednoczyli się, by stawić opór najeźdźcom, lecz woleli zawierać z nimi sojusze i pakty, aby wykorzystać intruzów do walki przeciwko sąsiadom. (To dobrze znane szaleństwo miało się powtarzać raz po raz, gdy Andalowie docierali do kolejnych krain Westeros).

Dywen Shell i Jon Brighstone – obaj noszący tytuł króla Paluchów – posunęli się nawet do tego, że opłacili andalskich wodzów, by przypłynęli do nich zza morza. Ci wielcy panowie byli przekonani, że Andalowie pomogą im w walce z rywalem. Wodzowie zwrócili się jednak przeciwko swym gospodarzom. Przed upływem roku Brighstone'a wzięto do niewoli, poddano torturom i ścięto, Shell zaś spłonął żywcem w swym drewnianym dworze. Andalski rycerz zwany Corwynem Corbrayem wziął sobie córkę pierwszego z nich za żonę, a małżonkę drugiego za nałożnicę, po czym ogłosił się władcą Paluchów. (W przeciwieństwie do wielu swych towarzyszy Corbray nigdy nie kazał tytułować się królem; wolał skromniejszy tytuł „lorda Pięciu Paluchów").

Dalej na południe bogatym portowym miasteczkiem Gulltown, położonym nad Zatoką Krabów, władał Osgood Shett, Trzeci Tego Imienia, stary, posiwiały już wojownik noszący starożytny, chełpliwy tytuł „króla prawdziwych ludzi", wywodzący się ponoć sprzed dziesięciu tysięcy lat, z samej Ery Świtu. Choć mogło się wydawać, że Gulltown jest bezpieczne za grubymi kamiennymi murami, król Osgood i jego przodkowie od dawna toczyli przerywaną wojnę ze spiżowymi królami z Runestone, potężniejszymi sąsiadami z rodu równie starożytnego i wysławianego, jak ich własny. Yorwyck Royce, Szósty Tego Imienia, który trzy lata wcześniej, gdy jego ojciec zginął w bitwie, włożył na głowę Runiczną Koronę, okazał się nadzwyczaj groźnym wrogiem. Pokonał Shettów w kilku bitwach i zmusił ich do skrycia się za murami miasteczka.

Król Osgood nierozsądnie zwrócił się do Andalos z prośbą o pomoc w odzyskaniu wszystkiego, co utracił. Pragnąc uniknąć losu Shella i Brighstone'a, postanowił powiązać ze sobą sojuszników krwią, nie złotem. Oddał rękę córki andalskiemu rycerzowi zwanemu Geroldem Graftonem, sam wziął jego najstarszą córkę za żonę, jego młodszą córkę oddał zaś własnemu synowi i dziedzicowi. Wszystkie śluby zawarto w obrządku Siedmiu Zza Morza. Shett posunął się nawet do tego, że nawrócił się na Wiarę i przysiągł zbudować w Gulltown duży sept, jeśli Siedmiu przyzna mu zwycięstwo. Następnie wyruszył ze swymi andalskimi sojusznikami na spotkanie spiżowego króla.

Tak się składa, że król Osgood wygrał to starcie, ale nie przeżył bitwy. Mieszkańcy Gulltown i inni Pierwsi Ludzie szeptali potem, że powalił go sam ser Gerold. Po powrocie do miasteczka andalski król włożył na głowę koronę dobrego ojca, wydziedziczając młodszego Shetta, którego zamknął w sypialni i trzymał tam do czasu, aż młodzieniec zrobił dziecko córce ser Gerolda (po czym zniknął z kart historii).

Kiedy Gulltown powstało przeciwko Geroldowi, król brutalnie stłumił sprzeciwy i wkrótce rynsztoki miasteczka spłynęły krwią Pierwszych Ludzi... w tym również kobiet i dzieci. Zabitych ciśnięto do zatoki, by nakarmić nimi kraby. W następnych latach rządom rodu Graftonów nic nie zagrażało, ser Gerold okazał się bowiem (zupełnie niespodziewanie) mądrym i sprytnym władcą. Miasteczko kwitło pod rządami jego i jego następców, aż wreszcie stało się pierwszym i jedynym prawdziwym miastem w Dolinie.

Nie wszyscy lordowie i królowie Pierwszych Ludzi byli jednak tak głupi, by zapraszać najeźdźców do swych dworów oraz domostw. Wielu wolało walczyć. Najważniejszym z nich był wymieniony już wcześniej spiżowy król,

Yorwyck VI z Runestone, który odniósł kilka znaczących zwycięstw nad Andalami. W jednej z bitew zniszczył siedem drakkarów, które ośmieliły się wylądować na jego brzegu, po czym udekorował mury Runestone głowami ich kapitanów oraz członków załóg. Jego spadkobiercy kontynuowali tę walkę, jako że wojny między Pierwszymi Ludźmi a Andalami toczono przez całe pokolenia.

Ostatnim ze spiżowych królów był wnuk Yorwycka, Robar II, który odziedziczył Runestone niespełna dwa tygodnie przed szesnastym dniem imienia, lecz okazał się wojownikiem tak zawziętym, sprytnym i pełnym uroku osobistego, że omal nie udało mu się zawrócić andalskiej fali.

W owym czasie najeźdźcy opanowali już trzy czwarte obszaru Doliny i zaczęli walczyć między sobą, jak Pierwsi Ludzie przed nimi. Robar Royce dostrzegł szansę w tym braku jedności. Na drugim końcu Doliny garstka Pierwszych Ludzi nadal broniła się przed Andalami; najważniejszymi z nich byli Redfortowie z Redfort, Hunterowie z Longbow Hall, Belmore'owie z Mocnej Pieśni i Coldwaterowie z Zimnej Wody. Robar zawarł sojusze z nimi wszystkimi, a także z wieloma pomniejszymi rodami i klanami, zdobywając ich poparcie dzięki małżeństwom, ziemiom, złotu, a w jednym sławnym przypadku pokonując lorda Huntera w zawodach łuczniczych (legenda mówi, że król Robar oszukiwał). Miał tak słodki język, że przyciągnął do swej sprawy nawet Ursulę Upcliff, która była ponoć czarodziejką i podawała się za żonę króla merlingów.

Wielu z lordów, którzy zgromadzili się pod jego dowództwem, było dotąd pomniejszymi królami, zdjęli jednak korony i ugięli kolan przed Robarem Royce'em, ogłaszając go najwyższym królem Doliny, Paluchów oraz Gór Księżycowych.

Pierwsi Ludzie, w końcu zjednoczeni pod władzą jednego monarchy i połączeni w jeden lud, odnieśli serię wspaniałych zwycięstw w walce z kłótliwymi, podzielonymi najeźdźcami. Król Robar zachowywał się rozsądnie: nie

próbował atakować wszystkich Andalów jednocześnie, by zepchnąć ich do morza. Walczył z każdym wrogiem oddzielnie, często sprzymierzając się z jednym andalskim wodzem, by pokonać innego.

Pierwszy padł król Paluchów. Legenda mówi, że Robar Royce własnoręcznie zabił Qyle'a Corbraya, wytrąciwszy mu z dłoni jego sławny miecz, Smętną Damę. Gulltown odzyskano szturmem – Robar wysłał do miasteczka własną siostrę, a ta przekonała Shettów do buntu przeciwko Graftonom i otworzenia bramy. Następną ofiarą fali odradzających się Pierwszych Ludzi był Młot ze Wzgórz, andalski król panujący nad zachodnim końcem Doliny. Zastęp Robara rozbił go pod murami Żelaznych Dębów. Przez krótką, oszałamiającą chwilę wyglądało na to, że Pierwsi Ludzie, prowadzeni przez młodego, odważnego monarchę, mogą odzyskać swoje ziemie.

Tak jednak nie miało się stać. Dobra passa Robara się skończyła; pozostali andalscy lordowie i pomniejsi królowie w końcu uświadomili sobie zagrażające im niebezpieczeństwo. Andalowie również zapomnieli o dzielących ich konfliktach i połączyli swe siły pod chorągwiami jednego wodza. Mężczyzna, którego wybrali na swego dowódcę, nie był królem ani księciem, czy nawet lordem, lecz zwykłym rycerzem. Nazywał się ser Artys Arryn. Był młody, wiekiem dorównywał mniej więcej królowi Robarowi, i uchodził wśród rodaków za najlepszego wojownika swej epoki. Po mistrzowsku władał mieczem, kopią oraz morgensternem, był też sprytnym i pomysłowym dowódcą, uwielbianym przez wszystkich, którzy walczyli u jego boku. Choć w żyłach ser Artysa płynęła czysta krew Andalów, urodził się w Dolinie, w cieniu Kopii Olbrzyma, gdzie sokoły wznosiły się wysoko pośród wyszczerbionych turni. Na tarczy miał księżyc i sokoła, jego srebrny hełm zdobiła zaś para sokolich skrzydeł. Zwano go Sokolim Rycerzem – i ten przydomek pozostaje w użyciu po dziś dzień.

Żeby opowiedzieć o tym, co wydarzyło się później, musimy powrócić do krainy pieśni i legend. Według przekazów minstreli dwa zastępy spotkały się u stóp Kopii Olbrzyma, w odległości trzech mil od domu, w którym urodził się ser Artys. Choć armie były w przybliżeniu jednakowo liczne, Robar Royce zajmował teren położony wyżej, a za plecami miał górę, co czyniło jego pozycję łatwiejszą do obrony.

Pierwsi Ludzie przybyli na miejsce kilka dni przed Andalami i wykopali przed swoimi pozycjami rowy, a potem wypełnili je zaostrzonymi palami (wysmarowanymi ekskrementami i padliną, jak pisze septon Mallow w swej rela-

cji z bitwy). Większość Pierwszych Ludzi walczyła pieszo; Andalowie mieli dziesięciokrotną przewagę w liczebności konnych rycerzy, ich oręż i zbroje również były lepsze. Jeśli wierzyć opowieściom, przybyli na pole bitwy później. Król Robar wypatrywał ich już od trzech dni.

Gdy Andalowie wreszcie się zjawili i rozbili swe namioty w odległości półtorej mili od wrogów, zapadał zmierzch. Mimo to Robar Royce rozpoznał ich wodza – posrebrzana zbroja i skrzydlaty hełm Sokolego Rycerza nie pozwalały pomylić go z nikim innym, nawet z daleka.

Noc, która nastała, z pewnością była niespokojna dla ludzi z obu obozów. Wszyscy wiedzieli, że o świcie zacznie się bitwa, od której zależą losy Doliny. Ze wschodu napłynęły chmury, zasłaniając księżyc i gwiazdy, zatem noc była naprawdę ciemna. Jedynym źródłem światła były setki ognisk palonych w obozach oddzielonych od siebie rzeką ciemności. Minstrele śpiewają, że od czasu do czasu łucznicy po obu stronach wypuszczali w powietrze strzałę, licząc na to, że odnajdzie ona nieprzyjaciela. Opowieści nie wspominają jednak, czy któraś z tych wypuszczonych na oślep strzał przelała krew.

Kiedy niebo na wschodzie zaczęło jaśnieć, ludzie podnieśli się ze skał, na których leżeli, wdziali zbroje i przygotowali się do bitwy. Wtem w obozie Andalów rozległ się krzyk. Na zachodzie ujrzano znak: siedem gwiazd jaśniejących na szarzejącym już niebie. „Bogowie są z nami – popłynął głos z tysięcy gardeł. – Zwycięstwo będzie nasze".

Zabrzmiały trąby i straż przednia Andalów z powiewającymi chorągwiami ruszyła do szarży w górę stoku. Pierwsi Ludzie nie okazali jednak trwogi na widok znaku, który ukazał się na niebie, i nie cofnęli się. Rozpoczęła się bitwa, nieustępująca gwałtownością i ilością przelanej krwi żadnej w historii Doliny.

Według minstreli Andalowie siedem razy ruszali do szarży i sześciokrotnie Pierwsi Ludzie odpierali atak. Jednakże siódma szarża, prowadzona przez straszliwego, ogromnego wojownika, zwanego Torgoldem Tollettem, zdołała się przedrzeć. Owego człowieka nazywano także Torgoldem Ponurym, lecz przydomek ten był żartem, kroniki podają bowiem, że ruszał do boju ze śmiechem, goły od pasa w górę, z krwawą siedmioramienną gwiazdą wyciętą na piersi i toporami w obu rękach.

Pieśni zapewniają, że Torgold nie znał strachu i nie czuł bólu. Choć krwawił z kilkunastu ran, wyrąbał czerwoną ścieżkę przez szeregi najdzielniejszych wojowników lorda Redforta, a potem jednym uderzeniem odciął w barku rękę jego lordowskiej mości. Nie przeląkł się też, gdy czarodziejka Ursula Upcliff pojawiła się na krwawoczerwonym koniu, gotowa go przekląć. Miał już wtedy puste ręce – oba topory zostawił w piersiach wrogów – minstrele opowiadają jednak, że skoczył na grzbiet konia czarownicy, chwycił jej głowę w zakrwawione dłonie i oderwał ją od tułowia. Czarodziejka ledwie zdążyła krzyknąć o pomoc.

Potem nastał chaos. Andalowie przedarli się przez lukę w szeregach Pierwszych Ludzi. Wydawało się, że mają zwycięstwo w zasięgu ręki, ale Robar Royce nie dał się pokonać tak łatwo. Inny dowódca mógłby się wycofać, by przegrupować siły, albo uciec z pola walki, ale najwyższy król wydał rozkaz kontrataku. Sam poprowadził szarżę, przebijając się przez zamęt ze swymi obrońcami u boku. W ręce trzymał Smętną Damę, straszliwy miecz, który wyrwał z martwych dłoni króla Paluchów. Zabijał ludzi na lewo i prawo, aż wreszcie dotarł do Torgolda Ponurego. Kiedy Robar spróbował ciąć go w głowę, Tollett uniósł miecz, nie przestając się śmiać... ale Smętna Dama rozpłatała jego dłonie i wbiła się w czaszkę.

Olbrzym zginął, krztusząc się ponoć swym ostatnim śmiechem. Potem najwyższy król dostrzegł na polu bitwy Sokolego Rycerza i poderwawszy wierzchowca, popędził ku niemu. Miał nadzieję, że jeśli wódz Andalów padnie, reszta straci odwagę i pójdzie w rozsypkę.

Spotkali się pośród szalejącej bitwy – król w spiżowej zbroi i bohater w posrebrzanej stali. Choć zbroja Sokolego Rycerza lśniła oślepiająco w blasku porannego słońca, jego miecz nie był Smętną Damą. Pojedynek skończył się, nim się na dobre rozpoczął. Valyriańska stal przecięła skrzydlaty hełm i powaliła Andala. Przez chwilę – gdy jego wróg zwalił się z siodła – Robar Royce z pewnością był przekonany, że wygrał bitwę.

Potem jednak usłyszał trąby, rozbrzmiewające w porannym powietrzu. Dźwięk dobiegał zza jego pleców. Najwyższy król odwrócił się w siodle i z trwogą zauważył pięciuset niezmożonych walką andalskich rycerzy, zjeżdżających ze stoków Kopii Olbrzyma, by zaatakować jego zastęp od tyłu. Prowadził ich wojownik zakuty w posrebrzaną stal. Na tarczy miał księżyc i sokoła, a na hełmie skrzydła. Ser Artys Arryn ubrał jednego ze swych domowych rycerzy we własną zapasową zbroję i zostawił go w obozie, sam zaś zwołał swych najlepszych jeźdźców i poprowadził ich wydeptaną przez kozy ścieżką, którą pamiętał z dzieciństwa. Dzięki temu mógł okrążyć obóz Pierwszych Ludzi i uderzyć na nich z góry.

Bitwa zamieniła się w rzeź. Ostatni wielki zastęp Pierwszych Ludzi z Doliny okrążono i wycięto w pień. U boku Robara Royce'a walczyło owego dnia trzydziestu lordów. Żaden z nich nie ocalał. Choć minstrele głoszą, że najwyższy król powalił dziesiątki wrogów, w końcu jego również zabito. Niektórzy mówią, że czynu tego dokonał ser Artys, inni zaś wymieniają lorda Ruthermonta albo Luceona Templetona, rycerza z Dziewięciu Gwiazd. Corbrayowie z Heart's Home zawsze natomiast zapewniali, że to ser Jaime Corbray zadał śmiertelny cios, czego ma dowodzić fakt, że Smętna Dama po bitwie wróciła w ręce ich rodu.

POPRZEDNIE STRONY | *Bitwa Siedmiu Gwiazd*

Tak brzmi poruszająca opowieść o Bitwie Siedmiu Gwiazd, jak zwą ją minstrele i septonowie. Uczony musi jednak zapytać, jak wiele jest w niej prawdy. Nigdy się tego nie dowiemy. Pewne jest tylko to, że król Robar II z rodu Royce'ów stoczył u podnóża Kopii Olbrzyma wielką bitwę z ser Artysem Arrynem, że sam zginął w tej bitwie, a Sokoli Rycerz zadał Pierwszym Ludziom cios, po którym nigdy już się nie podnieśli.

Owego dnia przestało istnieć co najmniej czternaście spośród najstarszych i najszlachetniejszych rodów Doliny. Te, które przetrwały – między innymi Redfortowie, Hunterowie, Coldwaterowie, Belmore'owie oraz sami Royce'owie – musiały dać zwycięzcom ziemie, złoto i zakładników, a także ugiąć kolan i złożyć hołd lenny Artysowi Arrynowi, Pierwszemu Tego Imienia, koronowanemu teraz na króla Góry i Doliny.

Z czasem niektóre z pokonanych rodów miały odzyskać znaczną część dumy, bogactwa i władzy, które utraciły owego dnia na polu bitwy, wymagało to jednak wielu stuleci. Jeśli zaś chodzi o zwycięzców, Arrynowie mieli władać Doliną jako królowie aż do przybycia Aegona Zdobywcy. Potem zostali lordami Orlego Gniazda, protektorami Doliny i namiestnikami wschodu. Od owego dnia Dolinę zwano też Doliną Arrynów.

Los pokonanych był znacznie okrutniejszy. Kiedy wieści o zwycięstwie dotarły za wąskie morze, z Andalos zaczęły przybywać wciąż nowe drakkary. Coraz więcej Andalów napływało do Doliny i w otaczające je góry. Wszyscy oni potrzebowali ziemi, a andalscy lordowie z chęcią im ją przyznawali. Gdy tylko Pierwsi Ludzie próbowali stawiać opór, rozbijano ich w puch, zmieniano w poddanych albo przepędzano. Pokonani lordowie nie byli w stanie ich obronić.

Z pewnością część Pierwszych Ludzi przeżyła dzięki temu, że zmieszała swoją krew z krwią Andalów, znacznie więcej było jednak takich, którzy uciekli na zachód, do wysoko położonych dolin i kamiennych wąwozów Gór Księżycowych. Potomkowie dumnego ongiś ludu mieszkają tam po dziś dzień, wiodąc krótkie, brutalne i pełne przemocy życie pośród turni jako wyjęci spod prawa banici, atakujący każdego, kto jest na tyle nierozsądny, by zapuścić się w ich góry bez silnej eskorty. Górskie klany są niewiele lepsze od wolnych ludzi zza Muru. Cywilizowani ich również zwą dzikimi.

Dolinę ze wszystkich stron osłaniają góry, nie zapobiegły one jednak atakom z zewnątrz. Na trakcie biegnącym z dorzecza przez Góry Księżycowe przelano wiele krwi, choć bowiem jest on stromy i kamienisty, oferuje armiom najprostszy sposób dotarcia do Doliny. Jego wschodniego końca strzeże Krwawa Brama, która ongiś była tylko murem z nieobrobionych kamieni, wzniesionym bez użycia zaprawy, na modłę pierścieniowych fortów Pierwszych Ludzi. Podczas panowania króla Osrica V Arryna fortecę zbudowano

---

Oto nazwy najważniejszych klanów z Gór Księżycowych, podane za dziełem arcymaestera Arnela *Góra i Dolina*:

Kamienne Wrony	**Synowie Drzewa**
Mleczne Węże	**Spaleni**
Synowie Mgły	**Wyjce**
Księżycowi Bracia	**Czerwoni Kowale**
Czarne Uszy	**Malowane Psy**

Istnieją również pomniejsze klany, często powstające wtedy, gdy jakaś wendeta doprowadzi do rozłamu, z reguły jednak szybko niszczą je rywale albo rycerze z Doliny.

Większość nazw klanów ma jakieś znaczenie, nawet jeśli nie jest ono dla nas jasne. Wiemy, że Czarne Uszy noszą uszy zabitych w walce wrogów jako trofea. Wśród Spalonych młodzieniec musi na dowód odwagi oddać jakąś część swego ciała ogniowi, nim może być uznany za mężczyznę. Niektórzy maesterzy uważają, że zwyczaj ten mógł się zrodzić w latach po Tańcu Smoków, kiedy to klan będący odpryskiem Malowanych Psów czcił ponoć ogniową wiedźmę. Chłopcy z klanu przynosili jej dary i narażali się na płomienie jej smoka, by dowieść swego męstwa.

jednak na nowo. W ciągu stuleci kilkanaście różnych armii wykrwawiło się do cna na Krwawej Bramie.

Na wybrzeżu Doliny – skalistym i pełnym zdradzieckich płycizn oraz raf – trudno o dobry port, co dodatkowo wspomaga jej obronę. Niemniej królowie z rodu Arrynów, świetnie pamiętający, że ich przodkowie przybyli do Westeros zza morza, nigdy nie zaniedbywali ochrony brzegu. Jego najbardziej odsłoniętych odcinków strzegą silne zamki i forty. Nawet kamieniste, wietrzne Paluchy są usiane wieżami strażniczymi, a każdy z nich ma własne światło sygnalne, by można było ostrzegać przed nadpływającymi łupieżcami.

Andalowie zawsze byli wojowniczym ludem; jeden z Siedmiu, którym oddają cześć, zwie się Wojownikiem. Królowie Doliny mogli się czuć bezpiecznie w swej domenie, od czasu do czasu niektórzy z nich próbowali nawet podbijać ziemie leżące poza jej granicami. Podczas takich kampanii sprzyjał im fakt, iż wiedzieli, że gdyby losy wojny obróciły się przeciwko nim, zawsze mogą się wycofać za potężne mury obronne swych gór.

Królowie Góry i Doliny nie zaniedbywali też swej floty. Gulltown zapewniało Arrynom duży i dogodny naturalny port. Pod ich panowaniem wyrosło na jedno z najważniejszych miast w Siedmiu Królestwach. Dolina słynie z żyznej gleby, lecz w porównaniu z domenami niektórych dawnych królów (a nawet wielkich lordów) ma niewielki obszar, Góry Księżycowe są zaś jałowe, kamieniste i niegościnne. W związku z tym handel ma dla władców Doliny kluczowe znaczenie; najmądrzejsi z królów z dynastii Arrynów zawsze starali się zapewnić mu bezpieczeństwo, budując własne okręty.

Na wodach w rejonach północnych i wschodnich brzegów ich domeny znajduje się około sześćdziesięciu wysp. Niektóre z nich są tylko skałami pełnymi krabów i ptasich gniazd, inne jednak są całkiem spore i niekiedy zamieszkane. Arrynowie byli w stanie podporządkować je sobie dzięki swym flotom. Kamyk zdobył król Hugh Arryn (Gruby) po krótkiej walce, Sutki zaś jego wnuk, król Hugo Arryn (Optymista), po długiej. Wyspę Czarownic, siedzibę rodu Upcliffów o złowrogiej reputacji, wcielono do królestwa poprzez małżeństwo: Alester Arryn, Drugi Tego Imienia, pojął za żonę Arwen Upcliff.

Jako ostatnie połączyły się z Doliną Trzy Siostry. Owe wyspy przez tysiąclecia mogły się pochwalić własnymi, okrutnymi monarchami – piratami i łupieżcami, których drakkary bezkarnie wyprawiały się na Zimną Wodę, wąskie morze, a nawet na Morze Dreszczy, łupiąc i plądrując do woli, by potem wrócić na Siostry ze złotem i niewolnikami.

Ich ataki skłoniły w końcu królów zimy do stworzenia własnej floty wojennej. Chcieli podporządkować sobie Siostry, kto bowiem włada Trzema Siostrami, włada Zimną Wodą.

Podbój wysp przez królów zimy jest znany południowcom jako Gwałt na Trzech Siostrach. W *Kronikach Długiej Siostry* opisano wiele okrucieństw, do których doszło podczas kampanii: dzikich ludzi z północy zabijających dzieci, by napełnić garnki, żołnierzy wypruwających wnętrzności żywym ludziom i owijających je wokół rożen, stracenie trzech tysięcy ludzi jednego dnia na Wzgórzu Kata, „Różowy Namiot" Balthasara Boltona, wykonany ze skór zdartych ze stu Siostrzan...

Nie jest pewne, do jakiego stopnia można wierzyć owym opowieściom, warto jednak zauważyć, że choć o tych okrucieństwach często się wspomina w relacjach ludzi z Doliny, północne kroniki na ogół pomijają je milczeniem. Tak czy inaczej, nie można zaprzeczyć, że władza ludzi z północy była dla Siostrzan tak uciążliwa, że ich ocalali lordowie umknęli do Orlego Gniazda, by prosić o pomoc króla Góry i Doliny.

Mathos Arryn, Drugi Tego Imienia, z chęcią udzielił im wsparcia; warunkiem było złożenie przez Siostrzan hołdu lennego jemu i jego potomkom i uznanie prawa Orlego Gniazda do władania nimi. Gdy pani żona Mathosa zakwestionowała sens wciągania Doliny w tę „wojnę za wodą", Jego Miłość udzielił jej słynnej odpowiedzi, że woli mieć za sąsiada pirata niż wilka. Następnie pożeglował do Sisterton, zabierając ze sobą sto okrętów.

Nigdy nie wrócił, ale jego synowie kontynuowali wojnę. Winterfell i Orle Gniazdo rywalizowały o panowanie nad Trzema Siostrami przez tysiąc lat. Niektórzy zwali ten konflikt Bezcelową Wojną. Wielokrotnie wydawało się, że walki wreszcie się skończyły, ale w następnym pokoleniu wybuchały na nowo. Wyspy kilkanaście razy przechodziły z rąk do rąk. Ludzie z północy trzykrotnie lądowali na Paluchach. Arrynowie wysłali flotę w górę Białego Noża, by spalić Wilczy Barłóg, Starkowie zaś w odpowiedzi zaatakowali Gulltown, a gdy mury miasta okazały się dla nich za mocne, w swym gniewie puścili z dymem setki statków.

W końcu Arrynowie zwyciężyli i od tego czasu Trzy Siostry należą do Doliny (pomijając krótkie panowanie królowej Marli Sunderland zaraz po Podboju Aegona. Siostrzanie pozbawili ją władzy na widok braavoskiej floty, wynajętej przez ludzi z północy na rozkaz Zdobywcy. Brat Marli poprzysiągł wierność Targaryenom, ona sama zaś dożyła swych dni jako milcząca siostra).

Arcymaester Perestan w swych *Rozważaniach o historii* pisze: „Można powiedzieć, że nie tyle Orle Gniazdo wygrało, ile Winterfell straciło zainteresowanie. Przez dziesięć długich stuleci wilkor i sokół walczyły i przelewały krew z powodu trzech skał, aż wreszcie pewnego dnia wilk jakby obudził się ze snu, zauważył, że to tylko kamień między jego zębami, wypluł go i odszedł".

RÓD ARRYNÓW

Ród Arrynów wywodzi się z najstarszej i najczystszej linii andalskiej szlachty. Królowie z tej dynastii chełpili się, że potrafią prześledzić swe pochodzenie aż do Andalos. Niektórzy posuwali się nawet do zapewnień, że wywodzą się od Hugora ze Wzgórza.

Omawiając kwestię początków rodu Arrynów, zawsze jednak musimy oddzielać historię od legend.

Nie brakuje dowodów na to, że ser Artys Arryn, Sokoli Rycerz, pierwszy król z dynastii Arrynów władający Górą i Doliną, jest postacią historyczną. Jego zwycięstwo nad Robarem II w Bitwie Siedmiu Gwiazd dobrze udokumentowano, nawet jeśli jego szczegóły mogły w późniejszych stuleciach zostać upiększone. Artys Arryn z pewnością był realnie istniejącym, choć niezwykłym człowiekiem.

W Dolinie jednak czyny tej postaci historycznej całkowicie pomieszano z dokonaniami jej legendarnego imiennika, innego Artysa Arryna, który żył wiele tysięcy lat wcześniej, w Erze Herosów, i którego w pieśniach oraz opowieściach zapamiętano jako Skrzydlatego Rycerza.

Pierwszy ser Artys Arryn dosiadał ponoć uskrzydlonego konia (arcymaester Perestan sugeruje, że informacja ta może być zniekształconym wspomnieniem o smoczych jeźdźcach, widzianych z daleka). Na jego rozkaz ruszały do boju armie orłów. By zdobyć Dolinę, przeleciał nad szczytem Kopii Olbrzyma i zabił Króla Gryfów. Miał za przyjaciół olbrzymy oraz merlingi i ożenił się z kobietą dzieci lasu, która jednak umarła, wydając na świat jego syna.

Opowiada się o nim też sto innych historii, na ogół równie fantastycznych. Jest bardzo mało prawdopodobne, by ktoś taki istniał naprawdę. Podobnie jak Lann Sprytny w krainach zachodu i Brandon Budowniczy na północy, Skrzydlaty Rycerz jest postacią ulepioną z legend, nie człowiekiem z krwi i kości. Jeśli nawet podobny bohater rzeczywiście żył w Górach i Dolinie w zagubionych w pomroce dziejów czasach Ery Świtu, z pewnością nie zwał się Artysem Arrynem, Arrynowie są bowiem czysto andalskim rodem, a Skrzydlaty Rycerz żył, latał i walczył na wiele tysiącleci przed przybyciem pierwszych przedstawicieli tego ludu do Westeros.

Minstrele z Doliny najprawdopodobniej zmieszali ze sobą podania o dwóch postaciach, przypisując czyny legendarnego Skrzydlatego Rycerza historycznemu Sokolemu Rycerzowi. Być może chcieli się przypodobać potomkom prawdziwego Artysa Arryna, zaliczając w poczet ich przodków wielkiego bohatera Pierwszych Ludzi.

W prawdziwych dziejach rodu Arrynów nie znajdzie się olbrzymów, gryfów ani skrzydlatych koni, lecz mimo to od dnia, w którym ser Artys pierwszy raz włożył na głowę Sokolą Koronę, aż do dziś słusznie zajmują oni ważne miejsce w historii Siedmiu Królestw. Po Podboju Aegona lordowie Orlego Gniazda służyli Żelaznemu Tronowi jako namiestnicy wschodu, broniąc brzegów Westeros przed wrogami zza morza. Kroniki mówią nam też, że przedtem stoczyli oni niezliczone bitwy z dzikimi górskimi klanami; wspominają także o tysiącletniej wojnie z północą o Trzy Siostry; o krwawych bitwach morskich, w których floty Arrynów odparły łowców niewolników z Volantis, łupieżców z Żelaznych Wysp oraz piratów ze Stopni i z Wysp Bazyliszkowych. Starkowie mogą być starsi od Arrynów, ale ich legendy pochodzą z czasów, gdy Pierwsi Ludzie nie znali jeszcze pisma, natomiast Arrynowie mieli przechowujące wiedzę septory i septy, a ich dobre uczynki i bohaterskie dokonania spisywano i omawiano w pobożnych księgach Wiary.

Po zjednoczeniu Siedmiu Królestw i mianowaniu młodego Ronnela Arryna (Króla, Który Latał) pierwszym lordem Orlego Gniazda przed Arrynami pojawiły się nowe szanse. Nikt nie był zbytnio zaskoczony, gdy królowa Rhaenys Targaryen zaaranżowała ślub młodego Ronnela z córką Torrhena Starka, był to bowiem tylko jeden z wielu podobnych związków, które poleciła zawrzeć w imię pokoju. Niestety, lord Ronnel zginął potem tragicznie, zamordowany przez swego brata, Jonosa Zabójcę Krewnych, ród Arrynów przetrwał jednak dzięki bocznej linii i nadal głęboko się angażował w najważniejsze sprawy Siedmiu Królestw.

Arrynów spotkało też inne rzadkie wyróżnienie. Dwukrotnie uznano ich za godnych małżeństwa z krwią smoka. Rodrikowi Arrynowi, lordowi Orlego Gniazda, zaszczyt ów przyznali król Jaehaerys I Targaryen i jego żona, Dobra Królowa Alysanne, oferując mu rękę ich córki, księżniczki Daelli. Wnuczka Rodrika i Daelli, lady Aemma Arryn, została z kolei pierwszą żoną króla Viserysa I Targaryena i matką jego pierworodnego dziecka, księżniczki Rhaenyry,

POWYŻEJ | *Herb rodu Arrynów (pośrodku) i herby niektórych ich wasali (od szczytu, zgodnie z ruchem wskazówek zegara): Waynwoodów, Royce'ów, Corbrayów, Baelishów, Belmore'ów, Graftonów, Hunterów, Redfortów i Templetonów*

która walczyła o Żelazny Tron ze swym przyrodnim bratem, Aegonem II. Podczas tej walki Jeyne Arryn, pani Orlego Gniazda, Dziewica z Doliny, okazała się wierną przyjaciółką Rhaenyry Targaryen oraz jej synów, ostatecznie służyła królowi Aegonowi III jako jedna z regentów. Od tej pory w żyłach każdego z Targaryenów zasiadających na Żelaznym Tronie płynęła odrobina krwi Arrynów.

Arrynowie odegrali ważną rolę w wojnach prowadzonych przez królów z rodu Targaryenów oraz podczas buntów Blackfyre'ów, kiedy to lojalnie bronili Żelaznego Tronu przed pretendentami. Podczas pierwszego buntu lord Donnel Arryn śmiało dowodził przednią strażą zastępu rojalistów, choć Daemon Blackfyre rozbił jego szeregi i aż do chwili, gdy ser Gayne Corbray ze Straży Królewskiej nadciągnął z posiłkami, życiu jego lordowskiej mości groziło niebezpieczeństwo.

Lord Arryn ocalał i po latach izolował Dolinę. Kiedy do Siedmiu Królestw przybyła wielka zaraza wiosenna, zamknął górski trakt oraz porty. Dzięki temu wyłącznie Dolinie oraz Dorne oszczędzono strat wyrządzonych przez tę straszliwą epidemię.

Nie można też zapominać o wielkiej roli, jaką w późniejszych latach odegrał lord Jon Arryn podczas buntu Roberta. To właśnie lord Jon, odmawiając wydania głów swych podopiecznych, Eddarda Starka i Roberta Baratheona, dał początek rewolcie. Gdyby lord Arryn wykonał rozkaz, Obłąkany Król do dziś mógłby zasiadać na Żelaznym Tronie. Pomimo zaawansowanego wieku lord Jon walczył dzielnie u boku Roberta nad Tridentem. Po wojnie nowy król dowiódł mądrości, mianując go swym pierwszym namiestnikiem. Roztropność lorda Jona Arryna pomogła Robertowi mądrze i rozumnie władać Siedmioma Królestwami aż po dziś dzień. To prawdziwa radość dla królestwa, gdy wielki człowiek służy jako namiestnik wielkiemu królowi – z pewnością bowiem wynikną z tego pokój i dobrobyt.

Podczas Wielkiej Rady w roku 101 Arrynowie nie byli ważnymi figurami, jako że lady Jeyne nie osiągnęła jeszcze pełnoletności. Na Radę przybył zamiast niej lord protektor Doliny, Yorbert Royce z Runestone. Royce'owie są jednym z najpotężniejszych rodów Doliny i do dziś przechwalają się pochodzeniem od Pierwszych Ludzi i ich ostatniego wielkiego króla, Robara II. Lordowie Runestone nadal ruszają do boju w spiżowej zbroi przodków, pokrytej runami, chroniącymi ponoć tego, kto ją nosi, przed wszelką szkodą. Niestety, liczba Royce'ów, którzy zginęli, mając ją na sobie, każe powątpiewać w skuteczność tej ochrony. Co więcej, maester Deneston w swych *Pytaniach* sugeruje, że zbroja może być znacznie mniej starożytna, niżby się zdawało.

ORLE GNIAZDO

Wielu powtarzało, że Orle Gniazdo Arrynów jest najpiękniejszym zamkiem w całych Siedmiu Królestwach. Trudno zaprzeczyć prawdziwości tych słów (choć Tyrellowie z pewnością podważają ów sąd). Gmach przycupnięty wysoko na stoku Kopii Olbrzyma wieńczy siedem wysmukłych wież, żaden zamek w Westeros nie może się też pochwalić tak wielką ilością marmuru w swych murach i posadzkach.

Arrynowie i ludzie z Doliny zapewniają, że Orle Gniazdo jest nie do zdobycia, ponieważ ulokowanemu wysoko na górskim stoku zamkowi nie zagrozi żaden atak.

To najmniejsza z królewskich siedzib w Westeros. Orle Gniazdo nie było pierwotnie siedzibą rodu Arrynów. Ten zaszczyt przypadł Księżycowym Bramom, znacznie większej warowni, zbudowanej u stóp Kopii Olbrzyma w tym samym miejscu, w którym ser Artys Arryn i jego Andalowie rozbili obóz przed Bitwą Siedmiu Gwiazd. We wczesnych latach swego panowania, gdy nadal jeszcze niepewnie zasiadał na tronie, król Artys pragnął siedziby wystarczająco potężnej, by oprzeć się oblężeniu i szturmowi, gdyby Pierwsi Ludzie znowu przeciwko niemu powstali. Księżycowe Bramy dobrze spełniały to zadanie, lecz przypominały raczej fort niż pałac, i ci, którzy widzieli je po raz pierwszy, mawiali ponoć, że to dobry zamek dla pomniejszego lorda, ale nie dla monarchy.

To jednak nie przeszkadzało zbytnio Artysowi, ponieważ rzadko tam bywał. Pierwszy król z rodu Arrynów większą część panowania spędzał w siodle, krążąc między krańcami swej domeny w nieustannym królewskim objeździe. Zwykł mawiać: „Mój tron rymarz zrobił ze skóry, a moim zamkiem jest namiot".

Po Artysie na tronie zasiadali jego dwaj najstarsi synowie, którzy panowali jako drugi i trzeci król Góry i Doliny. W przeciwieństwie do ojca spędzali wiele czasu w Księżycowych Bramach i sprawiali wrażenie zadowolonych z zamku,

PO PRAWEJ | *Orle Gniazdo*

choć obaj kazali wznieść po kilka przybudówek. Dopiero czwarty król, wnuk Artysa I, dał początek działaniom, które doprowadziły do wybudowania Orlego Gniazda. Roland Arryn w dzieciństwie był podopiecznym andalskiego króla z dorzecza, a po zdobyciu ostróg wiele podróżował. Nim po śmierci ojca wrócił do Doliny, by włożyć na głowę Sokolą Koronę, odwiedził choćby Stare Miasto i Lannisport. Roland widział cuda Wysokiej Wieży i Casterly Rock, a także wielkie zamki Pierwszych Ludzi, nadal rozsiane po ziemiach nad Tridentem, i uważał, że w porównaniu z nimi Księżycowe Bramy wydają się nędzne i brzydkie. W pierwszej chwili król Roland pragnął zburzyć zamek i zbudować nowy w tym samym miejscu, ale nadeszła zima i z Gór Księżycowych zeszły tysiące dzikich, szukających żywności i schronienia, ponieważ ich górskie doliny pokryła gruba warstwa śniegu. Ataki dzikich uświadomiły królowi, jak bardzo odsłonięta jest wzniesiona u stóp Kopii Olbrzyma siedziba.

Według legendy to przyszła żona Rolanda, córka lorda Huntera, Teora, przypomniała mu, że jego dziadek pokonał Robara Royce'a dzięki atakowi z góry. Zachwycony słowami dziewczyny, a także nią samą, król Roland postanowił, że zajmie najwyższą ze wszystkich możliwych pozycji i rozkazał wybudować zamek, który miał się potem stać Orlim Gniazdem.

Nie dożył ukończenia prac. Jego Miłość postawił przed swymi budowniczymi wyjątkowo trudne zadanie, ponieważ dolne stoki Kopii Olbrzyma były spadziste i porośnięte lasami, wyżej zaś zaczynały się nagie skały, strome i skute lodem. Sama budowa serpentynowej drogi prowadzącej do podstaw góry trwała ponad dziesięć lat. Tam, gdzie drzewa się kończyły, mała armia kamieniarzy wzięła się do pracy, młotami i dłutami wykuwając stopnie mające ułatwić wspinaczkę na coraz bardziej stromy stok. Roland rozesłał też budowniczych po całych Siedmiu Królestwach, nakazując im szukać odpowiedniego budulca, Jego Miłość nie był bowiem zadowolony z wyglądu marmuru dostępnego w Dolinie.

Z czasem nadeszła następna zima, a wraz nią kolejne ataki dzikich klanów z Gór Księżycowych na Dolinę. Króla Rolanda I Arryna zaskoczyła banda Malowanych Psów. Ściągnięto go z siodła i zamordowano. Dzicy rozbili mu głowę kamiennym młotem, kiedy próbował wydobyć miecz z pochwy. Panował przez dwadzieścia sześć lat – wystarczająco długo, by zobaczyć, jak położono pierwsze kamienie na podwaliny zamku, który rozkazał zbudować.

Prace trwały przez cały czas panowania syna Rolanda i syna jego syna. Postępowały jednak straszliwie powoli, ponieważ cały marmur sprowadzano drogą morską z Tarthu, a potem muły wciągały go na stok Kopii Olbrzyma. Podczas wspinaczki padły dziesiątki tych zwierząt, zmarło też czterech prostych robotników oraz mistrz kamieniarski. Mury wznosiły się miarowo, stopa po stopie… aż wreszcie Sokolą Koronę odziedziczył prawnuk monarchy, który pierwszy wyśnił podniebny zamek. Pasją króla Rolanda II nie było budownictwo, lecz wojna i dziewki. Koszty budowy Orlego Gniazda stały się olbrzymie, nowy władca potrzebował zaś pieniędzy na planowaną kampanię w dorzeczu. Gdy tylko jego ojca złożono na spoczynek, Roland II rozkazał wstrzymać wszelkie prace nad zamkiem.

Tak oto Orle Gniazdo pozostawiono sam na sam z niebem na blisko cztery lata. Kiedy król Roland II walczył w dorzeczu z Pierwszymi Ludźmi, uganiając się za złotem i chwałą, na nieukończonych wieżach warowni zagnieździły się sokoły.

Podbój okazał się jednak trudniejszy, niż Roland się spodziewał. Wprawdzie odniósł kilka pozbawionych znaczenia zwycięstw nad pomniejszymi królami, ale oto na jego drodze stanął Tristifer IV, Młot Sprawiedliwości. Ostatni naprawdę wielki król Pierwszych Ludzi zadał Rolandowi II druzgocącą klęskę, a potem, następnego roku, jeszcze większą. Jego Miłość musiał się salwować ucieczką do zamku jednego ze swych niegdysiejszych sojuszników, andalskiego lorda, który jednak zdradził go i wydał zakutego w łańcuchy Tristiferowi. Cztery lata po tym, jak Roland II w splendorze opuścił Dolinę, ścięto mu głowę w Starych Kamieniach. Młot Sprawiedliwości wykonał wyrok osobiście.

W Dolinie niewielu opłakiwało króla. Jego wojowniczość i chełpliwość nie przysporzyły mu przyjaciół. Gdy na tronie zasiadł jego brat, Robin Arryn, prace nad budową Orlego Gniazda wznowiono. Minęły jednak jeszcze czterdzieści trzy lata, podczas których na tronie zasiadało czterech kolejnych władców, nim zamek był wreszcie gotowy i nadawał się do zamieszkania. Maester Quince, pierwszy z naszego zakonu, który służył w owej warowni, pisał, że Orle Gniazdo jest „najwspanialszym budynkiem kiedykolwiek wzniesionym rękami ludzi, pałacem godnym samych bogów. Z pewnością nawet Ojciec na Górze nie ma takiej siedziby".

Od owych czasów aż po dziś Orle Gniazdo służy Arrynom jako siedziba wiosną, latem i jesienią. Zimą śnieg, lód oraz wyjące wichry uniemożliwiają dostęp do zamku, latem jednak muska go górski wietrzyk, ciepły, świeży i przynoszący ulgę od parnego upału na dole. Na całym świecie nie ma drugiego podobnego zamku, a przynajmniej nie dotarły do nas żadne relacje na ten temat.

Orlego Gniazda nigdy nie zdobyto siłą. By zaatakować zamek, najeźdźca musiałby najpierw zająć zbudowane u podstawy góry Księżycowe Bramy, które same w sobie są potężną warownią. Gdyby mu się to udało, czekałaby go jeszcze długa wspinaczka, a po drodze musiałby zaatakować trzy zamki strażnicze, broniące krętej drogi na górę: Kamień, Śnieg i Niebo.

Warto zwrócić uwagę na posąg stojący w bożym gaju Orlego Gniazda, piękną podobiznę płaczącej Alyssy Arryn. Zgodnie z legendą, przed sześcioma tysiącami lat Alyssa widziała, jak zabito jej męża, wszystkich braci i synów, ale nie uroniła ani jednej łzy. Bogowie ukarali ją za to, oznajmiając, że Alyssa nie zazna spoczynku, dopóki jej łzy nie spłyną z góry do samej Doliny. Wielki wodospad opadający ze stoków Kopii Olbrzyma jest znany jako Łzy Alyssy, woda spływa bowiem z tak wielkiej wysokości, że nim spadnie na ziemię, zamienia się w mgiełkę.

Ile jest prawdy w tej opowieści? Możemy bezpiecznie założyć, że Alyssa Arryn istniała naprawdę, jednak mało prawdopodobne, by żyła przed sześcioma tysiącami lat. *Prawdziwa historia* mówi o czterech tysiącach, Deneston w *Pytaniach* podaje zaś liczbę jeszcze o połowę mniejszą.

Ten ciąg fortyfikacji czyni drogę do Orlego Gniazda wystarczająco trudną, ale nawet gdyby atakujący uporał się ze wszystkimi trzema twierdzami, dotarłby do podstawy stromego urwiska; samo Orle Gniazdo nadal znajdowałoby się sześćset stóp nad nim i mógłby do niego dotrzeć tylko za pomocą drabiny albo wciągarki.

Trudno się zatem dziwić, że rzadko podejmowano poważne próby oblegania Orlego Gniazda. Od chwili ukończenia budowy zamku królowie z dynastii Arrynów zawsze wiedzieli, że dysponują niezdobytą redutą, w której w razie potrzeby mogą się schronić. Maesterzy, którzy służyli rodowi Arrynów – a wszyscy studiowali sztukę wojenną – bez wyjątku zgadzali się, że zamku nie sposób zdobyć...

...chyba że dzięki smokom, czego dowiodła Visenya Targaryen, gdy wylądowała z Vhagar na wewnętrznym dziedzińcu i przekonała matkę ostatniego króla z dynastii Arrynów do poddania się Targaryenom oraz oddania Sokolej Korony.

Od owego dnia minęło już jednak prawie trzysta lat. Ostatni smok dawno temu dokonał żywota w Królewskiej Przystani, przyszli lordowie Orlego Gniazda mogą więc spać bezpiecznie, wiedząc, że ich wspaniała siedziba na zawsze już pozostanie niezdobyta.

PÓŁNOC
ŻELAZNE WYSPY
MORZE ZACHODZĄCEGO SŁOŃCA
BLACKTYDE
Blacktyde
ZATOKA ŻELAZNYCH LUDZI
DORZECZE
WIELKA WYK
Przylądek Foczych Skór
STARA WYK
ORKMONT
Dziesięć Wież
Kołyska Naggi
Hammerhorn
Pebbleton
Iron Holt
HARLAW
Lordsport
Pyke
SALTCLIFFE
PYKE
Banefort
MORZE ZACHODZĄCEGO SŁOŃCA
LEGENDA
WAŻNIEJSZE ZAMKI
ZAMKI
MIASTA
ŻELAZO I CYNA
TRAKTY
KRAINY ZACHODU

Żelazne Wyspy

CZY PIERWSI LUDZIE naprawdę byli pierwszymi?

Większość uczonych sądzi, że tak. Uważa się, że przed ich nadejściem Westeros należało do olbrzymów, dzieci lasu oraz dzikich zwierząt. Jednakże na Żelaznych Wyspach kapłani Utopionego Boga opowiadają inną historię.

Według ich wiary żelaźni ludzie są rasą odrębną od reszty ludzkości. Kapłan Sauron Słony Język rzekł ongiś: „Nie przybyliśmy na te święte wyspy z bezbożnych krain za morzem, lecz z jego głębin, z podwodnych komnat Utopionego Boga, który stworzył nas na swoje podobieństwo i dał nam panowanie nad wszystkimi wodami na świecie".

Nawet wśród żelaznych ludzi są tacy, którzy w to powątpiewają, zgadzając się z szerzej uznawaną teorią o pochodzeniu od starożytnych Pierwszych Ludzi – mimo że ci, w przeciwieństwie do Andalów, którzy przybyli później,

Utopiony Bóg nie ma świątyń ani świętych ksiąg, nie rzeźbi się też wyobrażających go posągów. Nie brakuje mu za to kapłanów. Już od czasów znacznie poprzedzających początki zapisanej historii ci wędrowni święci mężowie krążyli po Żelaznych Wyspach, głosząc jego słowo i potępiając inne bóstwa oraz tych, którzy oddawali im cześć. Zaniedbani, niemal w łachmanach i często bosi kapłani Utopionego Boga nie mają stałych domostw, lecz wędrują swobodnie po wyspach, rzadko oddalając się od morza. Większość z nich jest niepiśmienna; ich religia opiera się na tradycji ustnej, a młodzi kapłani uczą się modlitw i rytuałów od starszych. Dokądkolwiek zawędrują, lordowie i wieśniacy są zobowiązani nakarmić ich i dać im schronienie w imię Utopionego Boga. Niektórzy kapłani żywią się wyłącznie rybami. Większość nigdy się nie kąpie, chyba że w morzu.

Arcymaester Haereg wysunął kiedyś interesującą hipotezę, według której przodkowie żelaznych ludzi przybyli z jakiejś nieznanej krainy położonej na zachód od morza zachodzącego słońca; na dowód przytoczył legendę o Tronie z Morskiego Kamienia. Tron Greyjoyów, wyrzeźbiony z czarnego kamienia o oleistej powierzchni, znaleźli ponoć Pierwsi Ludzie na Starej Wyk, po przybyciu na wyspę. Haereg utrzymywał, że był on dziełem pierwszych mieszkańców wysp i dopiero potem w kronikach spisywanych zarówno przez maesterów, jak i przez septonów pojawiły się twierdzenia, że przodkowie żelaznych ludzi przybyli z Westeros. To jednak czyste spekulacje. Sam Haereg odrzucił potem tę hipotezę, musimy więc podążyć za jego przykładem.

nigdy nie byli ludem żeglarzy. Z pewnością nie możemy poważnie traktować zapewnień kapłanów żelaznych ludzi, że ich lud jest bliżej spokrewniony z rybami i merlingami niż z innymi rasami ludzkości.

Bez względu na to, skąd pochodzą żelaźni ludzie, nie sposób zaprzeczyć, że są odrębnym ludem, a ich zwyczaje, wierzenia i sposoby sprawowania władzy różnią się od spotykanych gdziekolwiek indziej w Siedmiu Królestwach.

W swym dziele *Historia ludzi z żelaznego rodu* arcymaester Haereg wysuwa tezę, że wszystkie te różnice wywodzą się z religii. Na zimnych, wilgotnych i wietrznych wyspach nigdy nie rosło wiele lasów, a cienka warstwa gleby nie pozwalała wyrosnąć czardrzewom. Nigdy nie mieszkały tu olbrzymy, a po skąpych laskach nie wędrowały dzieci lasu. W związku z tym zabrakło też starych bogów, czczonych przez owe dawne rasy. Nawet Wiara Andalów, którzy w końcu dotarli na wyspy, nie zapuściła tu korzeni. Przed Siedmioma pierwszeństwo zawsze miało inne bóstwo: Utopiony Bóg, stwórca mórz i ojciec żelaznych ludzi.

Przybysze z innych krain często uważają ich za szaleńców. Rzeczywiście mogą się nimi wydawać, nie sposób jednak zaprzeczyć, że mają wielką władzę.

Choć większość żelaznych ludzi nie ma dla Siedmiu z południa i starych bogów z północy nic oprócz wzgardy, uznają istnienie drugiego bóstwa. W ich teologii Utopionemu Bogu przeciwstawia się Bóg Sztormów, złe bóstwo, które mieszka w niebie i nienawidzi ludzi oraz wszystkich wytworów ich rąk. Bóg Sztormów zsyła okrutne wichry, gwałtowne ulewy oraz gromy i błyskawice, świadczące o jego bezustannym gniewie.

Niektórzy mówią, że Żelazne Wyspy zawdzięczają swą nazwę rudzie, którą można tam odnaleźć w wielkiej obfitości, ich mieszkańcy zapewniają jednak, że wywodzi się ona od ich natury, są bowiem ludźmi twardymi i nieustępliwymi jak ich bóg. Kartografowie informują nas, że główny archipelag Żelaznych Wysp – położony na zachód od Przylądka Orłów, u wylotu Zatoki Żelaznych Ludzi – składa się z trzydziestu jeden wysp; trzynaście dalszych skupia się zaś

wokół Samotnego Światła, położonego daleko na ogromnym morzu zachodzącego słońca. Siedem największych wysp głównego łańcucha to Stara Wyk, Wielka Wyk, Pyke, Harlaw, Saltcliffe, Blacktyde oraz Orkmont.

Najludniejszą z wysp jest Harlaw, największą i najbogatszą w rudę Wielka Wyk, najświętszą zaś Stara Wyk, na której w dawnych czasach królowie morza i skały zbierali się w Komnacie Szarego Króla, by decydować, kto będzie nimi władał. Górzyste, skaliste Orkmont było w minionych stuleciach domem żelaznych królów z rodu Greyironów. Pyke może się pochwalić Lordsportem, największym miasteczkiem na wyspach, i jest siedzibą rodu Greyjoyów, który włada wyspami od czasu Podboju Aegona. Blacktyde i Saltcliffe mają mniejsze znaczenie. Na niektórych z pozostałych wysepek oprócz maleńkich wiosek rybackich znajdują się też wieże pomniejszych lordów, inne służą jako pastwiska dla owiec, wiele zaś pozostaje niezamieszkanych.

Drugi archipelag znajduje się na morzu zachodzącego słońca, osiem dni żeglugi na północny zachód. Foki i morskie lwy mają tam swe kolonie na wietrznych skałach, zbyt małych, by utrzymać choć jedno domostwo. Na największej z wysepek wznosi się twierdza rodu Farwyndów, zwana Samotnym Światłem z uwagi na ogień palony dniem i nocą na jej szczycie. O Farwyndach i prostaczkach, którymi władają, krążą osobliwe opowieści. Niektórzy mówią, że pokładają się oni z fokami, by spłodzić półludzkie dzieci, inni zaś szepczą, że są zmiennoskórymi potrafiącymi przybrać postać lwów morskich, morsów, a nawet wielorybów cętkowanych, tych wilków zachodnich mórz.

Niemniej tego typu niezwykłe opowieści często spotyka się na krańcach świata, a Samotne Światło jest najdalej wysuniętym na zachód ze wszystkich znanych nam lądów. W ciągu stuleci wielu śmiałych marynarzy pożeglowało poza światło jego latarni morskiej w poszukiwaniu legendarnego raju, leżącego ponoć za horyzontem, ale ci, którzy wrócili (wielu nie wraca), mówili tylko o bezgranicznym, szarym oceanie, ciągnącym się bez końca.

Jedyne bogactwa Żelaznych Wysp kryją się pod wzgórzami Wielkiej Wyk, Harlaw i Orkmont; można tam znaleźć wielką obfitość ołowiu, cyny i żelaza. Te rudy są najważniejszym towarem eksportowym wysp. Nie jest niespodzianką, że wielu żelaznych ludzi świetnie opanowało sztukę obrabiania metalu. Miecze, topory, kolczugi i zbroje płytowe produkowane w kuźniach Lordsportu nie ustępują żadnym na świecie.

Gleba Żelaznych Wysp jest jałowa i kamienista, bardziej się nadaje do wypasania kóz niż do uprawy zboża, żelaźni ludzie z pewnością każdej zimy cierpieliby więc głód, gdyby nie niewyczerpane zasoby morza oraz rybacy, którzy je eksploatują.

Wody Zatoki Żelaznych Ludzi są domem dla wielkich ławic dorszy, dorszyków czarnych, żabnic, płaszczek, łapsz, sardynek oraz makreli. Na brzegach wszystkich wysp można też natrafić na kraby oraz homary, a na zachód od Wielkiej Wyk po morzu zachodzącego słońca krążą miecznik, foki tudzież wieloryby. Według oceny arcymaestera Hake'a, urodzonego i wychowanego na Harlaw, siedem na dziesięć rodzin mieszkających na Żelaznych Wyspach to rybacy. Na lądzie ci ludzie mogą wieść życie nędzarzy, ale na morzu sami są swoimi panami. Hake pisze: „Człowiek, który ma łódź, nigdy nie musi być poddanym, na pokładzie własnego statku każdy kapitan jest bowiem królem". To ich połowy karmią wyspy.

Jeszcze bardziej niż rybaków żelaźni ludzie szanują łupieżców. Ludzie z krain zachodu i dorzecza zwali ich w dawnych czasach „wilkami morza". Było to słuszne określenie, ponieważ żelaźni ludzie – podobnie jak wilki – często polowali w stadach, śmigając po burzliwych morzach w swych szybkich drakkarach. Uderzali na spokojne wioski i miasteczka na wszystkich wybrzeżach morza zachodzącego słońca, by łupić, plądrować i gwałcić. Ci nieustraszeni żeglarze i straszliwi wojownicy wyłaniali się z porannych mgieł, wykonywali swą krwawą robotę i wracali na morze,

POWYŻEJ | *Szary Król na tronie zrobionym z paszczy Naggi*

nim słońce osiągnęło zenit; odpływali w drakkarach pełnych łupów, płaczących dzieci i przerażonych kobiet.

Arcymaester Haereg utrzymywał, że początkowo to brak drewna kierował żelaznych ludzi na tę krwawą ścieżkę. U zarania dziejów na Wielkiej Wyk, Harlaw i Orkmont rosły ogromne lasy, ale budowniczowie statków z wysp potrzebowali tak wiele drewna, że wkrótce je wyrąbano. Potem żelaźni ludzie nie mieli innego wyboru, jak zwrócić się ku rozległym lasom „zielonych krain", kontynentu Westeros.

A tam łupieżcy znajdowali wszystko, czego brakowało na wyspach. Coraz mniej kupowali, a coraz więcej zdobywali siłą, przelewając krew swymi mieczami i toporami. Po powrocie na wyspy mówili, że „zapłacili żelazem" za to, co przywieźli. Ci, którzy zostali w domu, musieli „płacić złotem" albo obejść się smakiem. Z takich to powodów, mówi nam Haereg, minstrele, prostaczkowie i kapłani zgodnie zaczęli wysławiać łupieżców i ich czyny, wynosząc ich ponad innych mieszkańców.

Istnieje wiele legend opiewających tysiąclecia rządów morskich królów, łupieżców, którzy podporządkowali sobie morze zachodzącego słońca. Nigdy nie było ludzi dzikszych, okrutniejszych i bardziej nieustraszonych niż oni. Po świecie krążą opowieści o takich postaciach jak Torgon Groźny, Jorl Wieloryb, Dagon Drumm Nekromanta, Hrothgar z Pyke (z przywołującym krakeny rogiem) albo Ralf Obdartus ze Starej Wyk.

Najstraszliwszą sławą okrył się jednak Balon Czarnoskóry, który walczył z toporem w lewej ręce i młotem w prawej. Nie imała się go ponoć żadna broń zrobiona ręką człowieka, miecze odbijały się od jego skóry, nie pozostawiając żadnego śladu, topory zaś roztrzaskiwały się o nią.

Czy tacy ludzie rzeczywiście chodzili kiedyś po świecie? Trudno określić, jako że większość z nich jakoby żyła i umarła tysiące lat przed tym, nim żelaźni ludzie poznali pismo. Umiejętność czytania i pisania po dziś dzień jest na wyspach rzadkością, a tych, którzy ją posiedli, rodacy często wyśmiewają jako słabeuszy bądź też boją się ich jako czarnoksiężników. Dlatego większa część tego, co wiemy o tych półbogach z zarania dziejów, pochodzi od ludów, które łupili, i wszystko to zapisano runami w starym języku Pierwszych Ludzi.

Kraina, na którą napadali łupieżcy, była w owych czasach gęsto zalesiona, lecz słabo zaludniona. Podobnie jak obecnie, żelaźni ludzie niechętnie oddalali się wówczas od słonej wody, będącej źródłem ich życia, lecz władali morzem zachodzącego słońca od Wyspy Niedźwiedziej i Lodowego Brzegu aż po Arbor. Kiepsko wykonane łodzie rybackie oraz kupieckie kogi Pierwszych Ludzi, rzadko zapuszczające się poza zasięg wzroku od lądu, nie mogły się mierzyć z szybkimi drakkarami mieszkańców Żelaznych Wysp, z ich wielkimi żaglami oraz długimi szeregami wioseł. Kiedy zaś walka przenosiła się na brzeg, potężni królowie i sławni wojownicy padali pod ciosami łupieżców niczym koszone zboże, tak licznie, że mieszkańcy zielonych krain powtarzali sobie, że żelaźni ludzie to demony z jakiegoś podwodnego piekła, bronione przez złowrogie czary i noszące plugawą, czarną broń, wysysającą dusze tych, których zabili.

Gdy tylko jesień miała się ku końcowi i nad światem zawisła groźba nadejścia zimy, pojawiały się drakkary poszukujące prowiantu do złupienia. Na Żelaznych Wyspach ludzie mieli co jeść nawet w samym środku zimy, natomiast ci, którzy siali i zbierali zboże, często głodowali. Zawołanie „My nie siejemy" stało się przechwałką Greyjoyów, rodu, którego władcy nosili tytuł Lorda Kosiarza Pyke.

Łupieżcy przywozili na Żelazne Wyspy nie tylko złoto i zboże, lecz również jeńców, którzy od tej pory służyli swym panom jako poddani. Wśród żelaznych ludzi jedynie łupiestwo i rybactwo uważano za zajęcia godne wolnego mężczyzny. Niekończący się trud na polu był odpowiedni wyłącznie dla poddanych. To samo dotyczyło górnictwa. Haereg pisze jednak, że ci poddani, których wysłano do pracy na polu, uważali, że mieli szczęście, bardzo wielu z nich dożywało

---

Podczas długiego panowania Pierwszych Ludzi nad Westeros poddaństwo było wśród nich częstą praktyką, co jest kolejnym dowodem na to, że żelaźni ludzie pochodzą właśnie od nich.

Poddaństwa nie należy utożsamiać z niewolnictwem, jakie istnieje w niektórych Wolnych Miastach i w krainach położonych dalej na wschód. W przeciwieństwie do niewolników poddanym przysługują pewne ważne prawa. Poddany należy do swego pana i jest mu winien służbę oraz posłuszeństwo, ale nadal pozostaje człowiekiem, nie rzeczą. Poddanych nie wolno kupować i sprzedawać. Mogą posiadać własność, wstępować w związki małżeńskie i mieć dzieci. Potomstwo niewolników rodzi się w niewoli, ale dzieci poddanych są wolne; każdy, kto przyjdzie na świat na jednej z wysp, jest uważany za żelaznego człowieka, nawet jeśli oboje jego rodzice to poddani. Takich dzieci nie wolno też odbierać matkom i ojcom, zanim ukończą siedem lat; w tym wieku większość z nich wstępuje do terminu albo dołącza do załogi statku.

bowiem starości, pozwalano im nawet zawierać małżeństwa i mieć dzieci. Tego samego nie można było powiedzieć o skazanych na pracę w kopalniach – mrocznych i niebezpiecznych tunelach pod wzgórzami, gdzie panowie byli brutalni, powietrze wilgotne i cuchnące, a życie krótkie.

Większość mężczyzn porwanych na Żelazne Wyspy spędzała resztę życia na ciężkiej pracy na polach albo w kopalniach. Nielicznych – synów lordów, rycerzy i bogatych kupców – zwalniano za okupem wypłacanym w złocie. Poddani umiejący czytać, pisać i rachować służyli swym panom jako zarządcy, nauczyciele albo skrybowie. Kamieniarzy, szewców, bednarzy, producentów świec, cieślów i innych biegłych rzemieślników ceniono jeszcze wyżej.

Najcenniejsze dla łupieżców były jednak młode kobiety. Starsze porywali niekiedy kapitanowie, którzy potrzebowali pomywaczek, kucharek, krawcowych, tkaczek, położnych i tak dalej, ale piękne panny oraz dziewczęta bliskie zakwitnięcia brano do niewoli podczas każdej wyprawy. Większość dożywała swych dni na wyspach jako dziewki służebne, kurwy, sprzątaczki albo żony poddanych; najpiękniejsze, najsilniejsze i najpłodniejsze łupieżcy brali sobie natomiast za morskie żony.

Zwyczaje małżeńskie żelaznych ludzi, podobnie jak ich bogowie, różnią się od znanych na kontynencie. Tam, gdzie w Siedmiu Królestwach włada Wiara, mężczyzna łączy się na całe życie z tylko jedną żoną, a dziewczyna z tylko jednym mężem. Na Żelaznych Wyspach mężczyzna może zaś mieć tylko jedną „skalną żonę" (chyba że by umarła, wtedy może wziąć sobie następną), ale do tego również dowolną liczbę „morskich żon". Skalna żona musi być wolno urodzoną kobietą z Żelaznych Wysp. Jej miejsce jest u boku męża, za stołem i w łożu, a jej dzieci mają pierwszeństwo przed innymi. Morskie żony niemal zawsze są kobietami i dziewczętami pojmanymi podczas wypraw łupieżczych. Liczba morskich żon, które może utrzymać żelazny człowiek, świadczy o jego pozycji, bogactwie oraz męskości.

Nie można jednak uważać, że morskie żony żelaznych ludzi są jedynie konkubinami, kurwami albo nałożnicami. Morskich ślubów, podobnie jak skalnych, zwyczajowo udzielają kapłani Utopionego Boga (choć ceremonie są zdecydowanie mniej uroczyste od tych, które łączą mężczyznę ze skalną żoną), a dzieci zrodzone z takich związków uważa się za pochodzące z prawego łoża. „Morscy synowie" mogą nawet dziedziczyć, jeśli mężczyzna nie ma prawowitych synów ze skalną żoną.

Od czasów Podboju liczba morskich małżeństw zawieranych na wyspach zdecydowanie spadła, Aegon Smok wyjął bowiem spod prawa kradzież kobiet w całych Siedmiu Królestwach (ponoć na prośbę królowej Rhaenys). Zdobywca zabronił też łupieżcom atakować ziem pozostających pod jego panowaniem. Jednakże jego następcy tylko z rzadka wymuszali przestrzeganie tych zakazów i wielu żelaznych ludzi nadal marzy o powrocie tego, co zwą dawnymi zwyczajami.

KORONY Z WYRZUCONEGO NA BRZEG DREWNA

Legendy mówią, że w Erze Herosów rządy nad żelaznymi ludźmi sprawował potężny monarcha znany po prostu jako Szary Król. Władał on również morzem i wziął sobie za żonę syrenę, dzięki czemu jego synowie i córki mogli żyć na lądzie

POWYŻEJ | *Łupieżca z Żelaznych Wysp i jego zdobycz*

albo w morzu, jak woleli. Jego włosy, broda i oczy miały kolor szary jak zimowe morze, i im właśnie zawdzięczał swe imię. Koronę, którą nosił, zrobiono z wyrzuconego na brzeg drewna, by wszyscy, którzy przed nim klękali, wiedzieli, że jego władza pochodzi z morza, od Utopionego Boga, który mieszka w jego głębinach.

Kapłani i minstrele z Żelaznych Wysp przypisują Szaremu Królowi wiele cudownych czynów. To właśnie on przyniósł na Ziemię ogień: zadrwił z Boga Sztormów, aż wreszcie ten uderzył gniewnie piorunem i podpalił drzewo. Szary Król nauczył też ludzi tkania sieci i żagli oraz wystrugał pierwszy drakkar z twardego, jasnego drewna Ygg, demonicznego drzewa karmiącego się ludzkim mięsem.

Najwspanialszym czynem Szarego Króla było jednak zabicie Naggi, największego z morskich smoków, bestii tak kolosalnej, że ponoć żywiła się lewiatanami i olbrzymimi krakenami, a w swym gniewie zatapiała całe wyspy. Szary Król wybudował z kości Naggi olbrzymią komnatę, używając ich jako krokwi i belek. Z komnaty tej władał Żelaznymi Wyspami przez tysiąc lat, aż wreszcie jego skóra stała się równie szara, jak jego włosy i broda. Dopiero wtedy odrzucił na bok koronę z wyrzuconego na brzeg drewna i wszedł do morza, by zstąpić do podziemnych komnat Utopionego Boga i zająć należne sobie miejsce u jego boku.

Szary Król władał wszystkimi Żelaznymi Wyspami, ale zostawił po sobie setkę synów, którzy po jego śmierci zaczęli się spierać o to, kto zostanie jego następcą. Brat pozbawiał życia brata w obłędnym korowodzie zabójstw krewnych, aż wreszcie zostało tylko szesnastu. Wszystkie wielkie rody żelaznych ludzi przypisują sobie pochodzenie od Szarego Króla i któregoś z jego synów, poza tylko – co ciekawe – Goodbrotherami ze Starej Wyk, którzy ponoć wywodzą się od jego najstarszego, dochowującego mu wierności brata.

Tak przynajmniej twierdzą legendy i kapłani Utopionego Boga.

Świadectwo historii sugeruje jednak co innego. Najstarsze zapiski zachowane w Cytadeli mówią, że każda z Żelaznych Wysp była ongiś odrębnym królestwem, rządzonym nie przez jednego, lecz przez dwóch władców – „skalnego króla" i „morskiego króla". Ten pierwszy władał samą wyspą, wymierzał sprawiedliwość, ustanawiał prawa i rozstrzygał spory. Drugi dowodził zaś na morzu, gdy tylko drakkary odbijały od brzegu.

Ocalałe zapiski sugerują, że skalni królowie niemal zawsze byli starsi od morskich. W części przypadków byli to ojciec i syn, co skłoniło niektórych do przypuszczeń, że morscy królowie byli tylko dziedzicami tronu, następcami. Znamy jednak wypadki, w których skalny król i morski król wywodzili się z różnych rodów, niekiedy nawet skonfliktowanych ze sobą.

W innych częściach Westeros pomniejsi królowie wkładali na głowy złote korony, powołując się na krew i pochodzenie; noszone przez żelaznych ludzi korony z wyrzuconego na brzeg drewna było zdobyć trudniej. W całym Westeros tylko tam ludzie zwoływali wielkie zgromadzenia, zwane królewskimi wiecami, by wybierać skalnych i morskich królów, którzy nimi władali. Każdy, kto posiadał łódź i nią dowodził, miał prawo głosu na tych burzliwych zgromadzeniach. Nieraz ciągnęły się one całymi dniami, a w kilku przypadkach znacznie dłużej. Żelaźni ludzie opowiadają też o sytuacjach, kiedy to kapłani zwoływali „kapitanów i królów", by usunąć niegodnego monarchę.

Nie wolno nie doceniać władzy, jaką sprawowali nad żelaznymi ludźmi owi prorocy Utopionego Boga. Tylko oni mogli zwoływać królewskie wiece i biada temu, kto ośmielił się im sprzeciwić, choćby nawet był lordem albo królem. Najpotężniejszym z kapłanów był słynący ze znacznego wzrostu prorok Galon Biała Laska, nazywany tak z powodu wysokiego, rzeźbionego kija, który nosił ze sobą wszędzie, by bić nim bezbożnych. (Według niektórych opowieści laskę wykonano z czardrewna, według innych zaś z jednej z kości Naggi).

To właśnie Galon wprowadził prawo mówiące, że żelaźni ludzie nie mogą toczyć wojen między sobą, zabronił im porywania kobiet ich ziomków i napadów na ich brzegi. To on stworzył z Żelaznych Wysp jedno królestwo, wzywając kapitanów i królów na Starą Wyk, by wybrali najwyższego króla, który będzie władał zarówno morskimi, jak

Na wzgórzu Naggi na Starej Wyk rzeczywiście znajdują się skamieniałe kości jakiegoś gigantycznego morskiego stworzenia, pozostaje jednak kwestią dyskusji, czy rzeczywiście pochodzą one od morskiego smoka. Żebra są ogromne, lecz z pewnością nie aż tak, by mogły należeć do bestii zdolnej pożerać lewiatany i wielkie krakeny. W gruncie rzeczy niektórzy podają w wątpliwość samo istnienie morskich smoków. Jeśli takie potwory rzeczywiście żyją, z pewnością muszą bytować w najmroczniejszych głębinach morza zachodzącego słońca, w znanym nam świecie od tysiącleci nie widziano bowiem żadnego.

i skalnymi królami. Ich wybór padł na Urrasa Greyirona zwanego Żelazną Stopą, morskiego króla Orkmont i najgroźniejszego łupieżcę epoki. Galon osobiście włożył mu na głowę koronę z wyrzuconego na brzeg drewna; tym samym Urras Żelazna Stopa stał się pierwszym od czasów Szarego Króla władcą wszystkich żelaznych ludzi.

Po wielu latach, gdy Urras Żelazna Stopa umarł od ran otrzymanych podczas wyprawy łupieżczej, jego najstarszy syn zagarnął koronę dla siebie i ogłosił się królem Erichem I. Choć Galon osłabł już ze starości i ledwie widział, z furią ogłosił, że tylko królewski wiec może ogłosić człowieka królem. „Kapitanowie i królowie" zebrali się raz jeszcze na Starej Wyk i pozbawili Ericha Brzydkiego korony oraz skazali go na śmierć. Erich uniknął tego losu, rozbijając koronę ojca na kawałki i ciskając ją do morza na znak uległości wobec Utopionego Boga. Na jego miejsce królewski wiec wybrał Regnara Drumma, zwanego Karmicielem Kruków, skalnego króla Starej Wyk.

Następne stulecia były złotym wiekiem dla Żelaznych Wysp i czasami ciemności dla Pierwszych Ludzi mieszkających blisko morza. Dawniej łupieżcy poszukiwali prowiantu, który pozwoliłby im przetrwać surowe zimy, drewna do budowy drakkarów, morskich żon, które dałyby im synów, oraz bogactw, których brakowało na Żelaznych Wyspach, zawsze jednak wracali z łupami do domu. Pod rządami najwyższych królów ten zwyczaj ustąpił miejsca czemuś znacznie bardziej niebezpiecznemu i trudniejszemu do zniesienia: podbojom, kolonizacji i narzucaniu swej władzy. Najmniejsi lordowie w mocno ufortyfikowanych zamkach – płacili daninę żelaznym ludziom.

Qhored zasłynął przechwałką, że jego władza sięga wszędzie „gdzie ludzie czują woń słonej wody albo słyszą łoskot fal". W młodości zdobył i złupił Stare Miasto, skąd przywiózł na Żelazne Wyspy tysiące kobiet i dziewcząt zakutych w łańcuchy. W wieku trzydziestu lat pokonał w bitwie lordów Tridentu, zmuszając rzecznego króla Bernarra II do ugięcia kolan i oddania trzech młodych synów jako zakładników. Trzy lata później, gdy coroczna danina od ich ojca się spóźniała, zabił wszystkich trzech, własnoręcznie wycinając im serca. Pogrążony w rozpaczy Bernarr ruszył na wojnę, by ich pomścić, ale król Qhored ze swymi żelaznymi ludźmi rozbił jego armię, a potem utopił go jako ofiarę dla swego boga, czym położył kres rodowi Justmanów i ściągnął na dorzecze krwawą anarchię.

Po śmierci Qhoreda zaczął się jednak powolny schyłek. Część winy leżała po stronie królów, którzy nastali po nim, ale również mieszkańcy zielonych krain stawali się coraz silniejsi. Pierwsi Ludzie zaczęli budować własne drakkary, a ich miasteczka otaczały teraz kamienne mury, w miejsce drewnianych palisad i rowów wypełnionych zaostrzonymi palami.

Pierwsi przestali płacić daninę Gardenerowie i Hightowerowie. Kiedy król Theon III Greyjoy pożeglował przeciwko nim, został pokonany; zginął z rąk lorda Lymonda Hightowera, Lwa Morskiego, który na krótki czas przywrócił w Starym Mieście instytucję poddaństwa, by zmusić pojmanych w bitwie żelaznych ludzi do pracy przy wzmacnianiu murów miejskich.

Rosnąca potęga krain zachodu okazała się jeszcze większym zagrożeniem dla władzy najwyższych królów żelaznych ludzi. Pierwsza padła Piękna Wyspa. Tamtejsi prostaczkowie zbuntowali się pod wodzą Gylberta Farmana i przepędzili władających nimi najeźdźców. W następnym pokoleniu Lannisterowie zdobyli miasteczko Kayce, kiedy Herrock Kurwi Syn zadął w swój wielki róg ze złotymi okuciami i miejscowe kurwy otworzyły tylną bramę przed jego ludźmi. Trzech kolejnych królów żelaznych ludzi bezskutecznie próbowało odzyskać miasteczko, a dwaj z nich zginęli od miecza Herrocka.

Zgodnie z tradycją, koronę z wyrzuconego na brzeg drewna po śmierci tego, kto ją nosił, rozbijano na kawałki i wrzucano do morza. Jego następca wkładał na głowę nową, wykonaną z drewna świeżo wyrzuconego na brzeg jego ojczystej wyspy. Każda korona była zatem inna – niektóre małe i proste, inne zaś wielkie, niewygodne i wspaniałe.

Bardzo szczegółowa *Historia ludzi z żelaznego rodu* autorstwa arcymaestera Haerega wymienia stu jedenastu ludzi, którzy nosili koronę z wyrzuconego na brzeg drewna i tytuł najwyższego króla Żelaznych Wysp. Lista z pewnością jest niekompletna i pełna sprzeczności, nikt jednak nie może wątpić, że szczyt potęgi najwyższych królów nastąpił za panowania Qhoreda I Hoare'a (niektóre zapiski twierdzą, że był on Greyironem, inne zaś wymieniają go jako Blacktyde'a), który zapisał się w dziejach Westeros krwią jako Qhored Okrutny. Król Qhored panował przez trzy czwarte stulecia, dożywając zaawansowanego wieku dziewięćdziesięciu lat. W owych czasach Pierwsi Ludzie z zielonych krain niemal całkowicie porzucili brzegi morza zachodzącego słońca w obawie przez łupieżcami, ci zaś, którzy pozostali – główNIE

Ostatecznie żelaznych ludzi upokorzył jednak Gerold Lannister, król Skały. Gerold Wielki, jak do dziś zwą go na zachodzie, poprowadził swą flotę do śmiałego ataku na same Żelazne Wyspy i wziął stu zakładników. Od tego czasu więził ich w Casterly Rock, wieszając jednego, kiedy tylko zaatakowano jego brzegi.

W następnym stuleciu słabi królowie tracili kolejno Arbor, Niedźwiedzią Wyspę, Palec Flinta oraz większość pozostałych enklaw żelaznych ludzi na morzu zachodzącego słońca, aż wreszcie została im tylko garstka.

Nie wolno jednak sądzić, iż żelaźni ludzie nie odnosili w owych latach żadnych zwycięstw. Balon V Greyjoy, zwany Zimnym Wichrem, rozbił słabe floty króla północy. Erich V Harlaw odzyskał w latach młodości Piękną Wyspę, lecz na starość ją utracił. Jego syn Harron zabił pod murami Starego Miasta Garetha Ponurego z Wysogrodu. Pół stulecia później Joron I Blacktyde wziął do niewoli Gylesa II Gardenera, gdy ich floty starły się ze sobą nieopodal Wysp Mglistych. Zamęczywszy Gylesa na torturach, kazał pociąć jego trupa na kawałki, by móc łowić ryby na przynętę „z kawałka króla". W późniejszych latach swego panowania Joron uderzył na Arbor z ogniem i stalą, i ponoć uprowadził wszystkie mieszkające na wyspie kobiety poniżej trzydziestego roku życia, czym zasłużył sobie na przydomek Zguba Dziewic, pod którym najlepiej pamięta go historia.

Wszystkie te triumfy okazały się jednak efemeryczne, podobnie jak rządy wielu spośród królów, którzy je odnieśli. Z upływem stuleci królestwa zielonych krain rosły w siłę, a Żelazne Wyspy stawały się coraz słabsze. Pod koniec Ery Herosów inny kryzys dodatkowo osłabił i podzielił żelaznych ludzi.

Po śmierci króla Urragona III Greyirona (Urragona Łysego) jego młodsi synowie pośpiesznie zwołali królewski wiec. W tym samym czasie ich starszy brat Torgon łupił ziemie w górnym biegu Manderu, w przekonaniu, że korona z wyrzuconego na brzeg drewna przypadnie jednemu z nich.

POWYŻEJ | *Drakkar żelaznych ludzi na morzu*

Ku trwodze braci kapitanowie i królowie wybrali jednak Urrathona Goodbrothera z Wielkiej Wyk. Pierwszym posunięciem nowego króla było skazanie synów poprzedniego władcy na śmierć. Z powodu tego czynu oraz wyjątkowego okrucieństwa, jakim często wykazywał się podczas blisko dwuletniego panowania, Urrathon IV Goodbrother zasłużył na przydomek Badbrothera.

Kiedy Torgon Greyiron wreszcie wrócił na Żelazne Wyspy, ogłosił, że królewski wiec jest nieważny, gdyż nie było go na nim i nie mógł przedstawić swych pretensji. Kapłani go poparli, ponieważ mieli już dość arogancji i bezbożności Badbrothera. Zarówno prostaczkowie, jak i wielcy lordowie zbierali się na ich zew pod chorągwiami Torgona, aż wreszcie właśni kapitanowie Urrathona porąbali swego króla na kawałki. Torgon Spóźniony zasiadł na tronie po nim i władał przez czterdzieści lat, mimo że nie wybrał go królewski wiec. Okazał się silnym władcą, mądrym i sprawiedliwym... ale nie mógł wiele poradzić na schyłek potęgi Żelaznych Wysp. Właśnie podczas jego panowania żelaźni ludzie stracili większą część Przylądka Orłów na rzecz Mallisterów z Seagardu.

Torgon w młodych latach zadał cios instytucji królewskiego wiecu, obalając wybranego na nim władcę. Na starość zadał następny, prosząc syna, Urragona, by pomógł mu w sprawowaniu rządów. Przez blisko pięć lat syn nieodłącznie towarzyszył ojcu na dworze królewskim i w radzie, podczas wojny i pokoju, gdy więc Torgon wreszcie zmarł, uznano za naturalne, że wybrany przez niego dziedzic zajmie jego miejsce jako Urragon IV Greyiron. Nie zwołano królewskiego wiecu i tym razem żaden Galon Biała Laska nie powstał w gniewie, by przeciwko temu zaprotestować.

Ostatni, śmiertelny cios władzy kapitanów i królów zadano po śmierci Urragona V, którego panowanie było długie, ale nie wyróżniło się niczym szczególnym. Umierający król pragnął przekazać tron ciotecznemu wnukowi, Urronowi Greyironowi, morskiemu królowi Orkmont znanemu jako Urron Czerwonoręki. Kapłani Utopionego Boga byli jednak zdeterminowani nie dopuścić do tego, by po raz trzeci wyrwano im z rąk władzę powoływania królów, rozesłali więc wieści, że kapitanowie i królowie mają się spotkać na królewskim wiecu na Starej Wyk.

Przybyły ich setki, w tym również morscy i skalni królowie siedmiu największych wysp, a nawet Samotnego Światła. Gdy tylko zdążyli się zebrać, Urron Czerwonoręki uderzył na nich ze swymi topornikami i żebra Naggi spłynęły szkarłatną krwią. Owego dnia zginęło trzynastu królów oraz pół setki kapłanów i proroków. To był koniec królewskich wieców. Czerwonoręki władał jako najwyższy król przez dwadzieścia dwa lata, po nim zaś na tronie zasiedli jego potomkowie. Wędrowni kapłani nigdy już nie mieli powoływać i odwoływać królów, jak czynili to ongiś.

ŻELAŹNI KRÓLOWIE

Greyironowie byli jednym z najstarszych i najbardziej szanowanych wielkich rodów na Żelaznych Wyspach. Według Haerega podczas długiej epoki królewskich wieców kapitanowie i królowie przyznali korony z wyrzuconego na brzeg drewna co najmniej trzydziestu ośmiu Greyironom, dwukrotnie częściej niż członkom jakiegokolwiek innego rodu.

Urron Czerwonoręki położył jednak kres owej erze rzezią na Starej Wyk. Odtąd korona Żelaznych Wysp była zrobiona z czarnego żelaza i przechodziła z ojca na syna prawem pierworództwa. Greyironowie nie tolerowali też na wyspach żadnych innych monarchów. Nie było już morskich i skalnych królów. Urron Czerwonoręki i jego następcy tytułowali się po prostu królami Żelaznych Wysp. Władcy Wielkiej Wyk, Starej Wyk, Pyke, Harlaw i innych pomniejszych byli dotąd tylko lordami, a kilka starożytnych rodów, które odmówiły ugięcia kolan, starto na proch.

Nie znaczy to jednak, że władzy nowych królów nikt nie próbował podważać. Rzeź na Starej Wyk położyła kres nie tylko królewskim wiecom, lecz również wprowadzonemu przez Galona Białą Laskę zakazowi wojen między żelaznymi ludźmi. W ciągu następnych stuleci Urron Czerwonoręki i jego następcy musieli się uporać z kilkoma poważnymi rebeliami i co najmniej dwoma wielkimi buntami poddanych. Lordowie i królowie z kontynentu nie zwlekali też z wykorzystywaniem okazji stwarzanych przez podziały między żelaznymi ludźmi. Jeden po drugim utracono wszystkie pozostałe jeszcze przyczółki w zielonych krainach. Najpoważniejszy cios zadał Garth VII, zwany Złotorękim, który przegnał żelaznych ludzi z Wysp Mglistych, zmienił ich nazwę na Tarczowe i zasiedlił je swymi najlepszymi wojownikami oraz żeglarzami, którzy mieli bronić ujścia Manderu.

Przybycie Andalów do Siedmiu Królestw przyśpieszyło tylko schyłek potęgi Żelaznych Wysp. W przeciwieństwie do Pierwszych Ludzi Andalowie byli bowiem nieustraszonymi żeglarzami i mieli własne drakkary, nie gorsze od budowanych przez żelaznych ludzi. W miarę, jak Andalowie napływali do dorzecza, krain zachodu oraz Reach, na brzegach morza powstawały nowe wioski i otoczone murami miasteczka, a każdej zatoki i każdego portu strzegły solidne zamki z kamienia i drewna. Wielcy lordowie i pomniejsi królowie zaczęli też budować okręty, mające bronić ich brzegów oraz statków kupieckich. Andalowie mieszali swą krew z krwią niektórych starożytnych rodzin z wysp, innym zaś zgotowali krwawy koniec mieczami i toporami.

Ród Greyironów należał do tych, które zniszczono. Ostatni żelazny król, Rognar II, zginął, gdy Orkwoodowie, Drummowie, Hoare'owie i Greyjoyowie wystąpili wspólnie przeciwko niemu, wspierani przez andalskich piratów, najemników oraz watażków.

Zwycięzcy nie mogli się potem zgodzić, komu ma przypaść tron, postanowiono więc, że sprawę rozstrzygnie „taniec palców", popularna wśród żelaznych ludzi rozrywka polegająca na tym, że uczestnicy rzucają w siebie toporkami, próbując złapać je w locie. Tryumfatorem, kosztem dwóch palców, został Harras Hoare, który władał potem Żelaznymi Wyspami przez trzydzieści lat jako Harras Kikut.

Wielu uważa, że opowieść o tym, jak Harras zdobył tron, chwytając w locie rzucone toporki, jest tylko wymysłem minstreli. Arcymaester Haereg sugeruje, że wybrano go, ponieważ wziął sobie za żonę andalską pannę, zdobywając poparcie jej ojca oraz innych potężnych andalskich lordów.

CZARNA KREW

Arcymaester Hake mówi nam, że królowie z rodu Hoare'ów mieli „czarne włosy, czarne oczy i czarne serca". Wrogowie Hoare'ów twierdzili, że ich krew również jest czarna, pociemniała od „andalskiej skazy", albowiem we wczesnym okresie panowania tej dynastii wielu królów brało sobie za żony dziewczyny z tego ludu. Kapłani Utopionego Boga głosili, że prawdziwi żelaźni ludzie mają w żyłach morską wodę, a czarna krew czyni Hoare'ów fałszywymi królami, uzurpatorami, których trzeba obalić.

W ciągu stuleci wielu próbowało to zrobić; Haereg opowiada nam o tym ze szczegółami. Nikomu się jednak nie udało. Hoare'om mogło brakować męstwa, nadrabiali jednak sprytem i okrucieństwem. Niewielu żelaznych ludzi darzyło ich miłością, większość miała jednak powody, by bać się ich gniewu. Nawet imiona, które nosili, po wielu stuleciach od ich śmierci nadal wiele mówią nam o ich naturze. Wulfgar Twórca Wdów. Horgan Zabójca Kapłanów. Fergon Gwałtowny. Othgar Bezduszny. Othgar Miłośnik

POWYŻEJ | *Harras Kikut zwycięski*

Demonów. Craghorn od Czerwonego Uśmiechu. Kapłani Utopionego Boga potępili ich wszystkich.

Czy królowie z rodu Hoare'ów rzeczywiście byli tak bezbożni, jak utrzymywali owi święci mężowie? Hake wierzy, że tak, ale arcymaester Haereg jest zupełnie innego zdania. Sugeruje, że prawdziwą zbrodnią królów o „czarnej krwi" nie był brak pobożności ani kult demonów, lecz tolerancja. To właśnie za czasów dynastii Hoare'ów na Żelazne Wyspy po raz pierwszy przybyła Wiara Andalów.

Na prośbę swych andalskich królowych owi władcy otoczyli septy i septonów opieką, pozwalając im swobodnie wędrować po wyspach i głosić słowo o Siedmiu. Pierwszy sept na Żelaznych Wyspach zbudowano na Wielkiej Wyk podczas panowania Wulfgara Twórcy Wdów. Kiedy jego prawnuk Horgan pozwolił wybudować drugi, na Starej Wyk, gdzie w dawnych czasach urządzano królewskie wiece, na całej wyspie wybuchł krwawy bunt, sprowokowany przez kapłanów. Sept spalono, septona rozerwano na strzępy, a czcicieli Siedmiu zawleczono do morza i utopiono, by odzyskali właściwą wiarę. Według Haerega właśnie w odpowiedzi na to wydarzenie Horgan Hoare zaczął mordować kapłanów.

Hoare'owie zniechęcali też żelaznych ludzi do wypraw łupieżczych. W miarę jak grabieże stawały się rzadsze, rozkwitał handel. Pod wzgórzami Wielkiej Wyk, Orkmont, Harlaw i Pyke nadal można było znaleźć obfitość żelaza, a także cyny i ołowiu. Żelaźni ludzie jak zwykle potrzebowali wielkiej ilości drewna na swoje statki, ale nie mieli już sił potrzebnych, by brać je, gdy tylko zechcieli. Zamiast tego wymieniali żelazo na drewno. A gdy nadchodziła zima i dęły północne wichry, ruda żelaza stawała się walutą, za którą królowie z rodu Hoare'ów kupowali jęczmień, pszenicę i rzepę, by nakarmić prostaczków (a także wołowinę i wieprzowinę na własne stoły). Sformułowanie o „płaceniu żelazem" nabrało nowego znaczenia… w oczach wielu żelaznych ludzi upokarzającego, a przez kapłanów potępianego jako haniebne.

Nadir dumy i potęgi żelaznych ludzi przypada na rządy trzech Harmundów. Na wyspach zapamiętano ich jako Harmunda Gospodarza, Harmunda Przekupnia i Harmunda Przystojnego. Harmund Gospodarz był pierwszym królem Żelaznych Wysp, o którym wiedziano, że umie czytać. Zapraszał wędrowców i kupców ze wszystkich zakątków świata do swego zamku na Wielkiej Wyk, kochał książki i zapewniał ochronę septonom oraz septom.

Jego syn, Harmund Przekupień, również kochał czytanie i zasłynął jako wielki podróżnik. Był pierwszym królem Żelaznych Wysp, który odwiedził zielone krainy bez miecza w dłoni. Drugi Harmund spędził młodość jako zakładnik rodu Lannisterów, a już jako król wrócił do Casterly Rock, by uczynić swoją królową Lelię Lannister, córkę króla Skały i „najpiękniejszy kwiat zachodu". Podczas swych późniejszych podróży odwiedził Wysogród i Stare Miasto, by pertraktować z tamtejszymi lordami bądź królami i wspierać rozwój handlu.

Jego synów wychowano w Wierze, czy może raczej w jej osobliwej wersji wyznawanej przez króla Harmunda. Po jego śmierci na tron wstąpił najstarszy syn. Harmund Przystojny (według niektórych pod wpływem matki, królowej wdowy Lelii) zarządził, że od tej pory łupieżców będzie się wieszać za piractwo, zamiast ich wysławiać, a także oficjalnie zabronił brania sobie morskich żon i ogłosił, że od tej pory dzieci z takich związków będą uważane za bękartów pozbawionych prawa dziedziczenia. Kiedy dodatkowo zaczął się zastanawiać także nad zniesieniem instytucji poddaństwa, kapłan zwany Dzierzbą zaczął podburzać lud przeciwko niemu.

Inni kapłani szybko przyłączyli się do Dzierzby, a lordowie wysp dali im posłuch. Tylko septonowie i ich wyznawcy dochowali wierności królowi Harmundowi. Obalono go w ciągu dwóch tygodni, niemal bez przelewu krwi. To, co nastąpiło później, było jednak znacznie bardziej krwawe. Dzierzba osobiście wyrwał język pozbawionemu tronu władcy, by ten nie mógł już więcej powtarzać „kłamstw i bluźnierstw". Harmunda również oślepiono i odcięto mu nos, by wszyscy ujrzeli „jakim jest potworem".

Lordowie i kapłani koronowali na miejsce Harmunda jego młodszego brata, Hagona. Nowy król wyrzekł się Wiary, odwołał edykty Harmunda i wygnał ze swego królestwa septonów oraz septy. Nim minęły dwa tygodnie, każdy sept na wyspach został spalony.

Król Hagon wkrótce stał się znany jako Hagon Bez Serca. Pozwolił nawet okaleczyć własną matkę, królową

Choć Harmund II przyjął Siedmiu jako prawdziwych bogów, oddawał cześć również Utopionemu Bogu. Po powrocie na Wielką Wyk zaczął otwarcie mówić o „ośmiu bogach" i rozkazał umieścić pod drzwiami każdego septu posąg bóstwa żelaznych ludzi. To wzbudziło niezadowolenie zarówno kapłanów, jak i septonów. Pragnąc ich uspokoić, król odwołał swój dekret i przyznał, że bóg ma tylko siedem twarzy… ale Utopiony Bóg jest jedną z nich, jak aspekt Nieznajomego.

Lelię, „lannisterską kurwę", którą Dzierzba oskarżył o to, że odwróciła swego męża i synów od prawdziwego boga. Odcięto jej wargi, uszy i powieki, a język wyrwano rozżarzonymi szczypcami. Następnie załadowano ją na drakkar i odesłano do Lannisportu. Króla Skały, jej bratanka, ten okrutny czyn rozgniewał tak bardzo, że natychmiast zwołał chorągwie.

Rozpoczęła się wojna, która pochłonęła dziesięć tysięcy ofiar. Trzy czwarte z nich stanowili żelaźni ludzie. W siódmym roku konfliktu ludzie z zachodu wylądowali na Wielkiej Wyk, rozbili w bitwie zastęp Hagona i zdobyli zamek. Hagona Bez Serca okaleczono w taki sam sposób, jak uprzednio jego matkę, a potem powieszono. Ser Aubrey Crakehall, dowodzący armiami Lannisterów, rozkazał zrównać z ziemią zamek Hoare'ów; podczas plądrowania gmachu jego ludzie odnaleźli w lochach Harmunda Przystojnego. Przez krótką chwilę Crakehall rozważał możliwość przywrócenia Harmundowi tronu, ale dawny król był ślepy, złamany i niemal popadł w obłęd na skutek długiego uwięzienia. Ser Aubrey przyznał Harmundowi „dar śmierci", podając mu kubek wina z makowym mlekiem. Potem, w akcie nagłego szaleństwa, rycerz postanowił, że sam ogłosi się królem Żelaznych Wysp.

To nie spodobało się ani żelaznym ludziom, ani Lannisterom. Gdy wieści dotarły do Casterly Rock, król odwołał swe okręty do domu, pozostawiając Crakehalla na pastwę losu. Kiedy „król Aubrey" utracił wsparcie wojsk i bogactwa rodu Lannisterów, jego władza szybko się załamała. Panował niespełna pół roku, nim jego również pojmano i Dzierzba osobiście złożył go w ofierze morzu.

Wojnę między żelaznymi ludźmi a ludźmi z zachodu toczono bez entuzjazmu jeszcze przez pięć lat. Wreszcie wyczerpanie obu stron doprowadziło do zawarcia pokoju. Żelazne Wyspy były zubożałe, spalone i rozbite. Nastała długa i surowa zima. Na wyspach zapamiętano ją jako Zimę Głodu. Hake mówi nam, że pochłonęła ona trzy razy więcej ofiar niż wojna, która ją poprzedzała.

Minęły stulecia, nim Żelazne Wyspy odzyskały siły. Powrotna wspinaczka do bogactwa i potęgi trwała długo. Nie musimy tu opowiadać o królach, którzy panowali w owej posępnej epoce. Wielu z nich było tylko marionetkami lordów albo kapłanów. Kilku – na przykład Harrag Hoare i jego syn, Ravos Gwałciciel, który pustoszył północ w latach krwawego panowania Głodnego Wilka – bardziej przypominało łupieżców z Ery Herosów, byli oni jednak wyjątkami.

Zarówno łupiestwo, jak i handel odegrały swoją rolę w przywracaniu wyspom dumy i potęgi. Inne krainy budowały teraz większe i groźniejsze okręty niż żelaźni ludzie, nigdzie jednak nie można było znaleźć dzielniejszych marynarzy. Kupcy wypływający z Lordsportu na Pyke albo z portów Wielkiej Wyk, Harlaw i Orkmont zawijali do Lannisportu, Starego Miasta i Wolnych Miast, by wrócić ze skarbami, o jakich ich przodkom nawet się nie śniło.

Łupiestwo również nie ustało... ale „wilki morza" nie polowały już blisko domu, ponieważ królowie zielonych krain stali się zbyt potężni, by ich prowokować. Żelaźni ludzie szukali zatem łupów na bardziej odległych wodach – na Wyspach Bazyliszkowych, na Stopniach i na brzegach Spornych Ziem. Niektórzy zostawali najemnikami i walczyli dla tego czy tamtego z Wolnych Miast w prowadzonych przez nie niekończących się wojnach handlowych.

Jednym z takich najemników był Harwyn Hoare, trzeci syn króla Qhorwyna Sprytnego. Qhorwyn był podstępnym i chciwym władcą, całe swe panowanie poświęcił gromadzeniu bogactw i unikaniu wojny. „Wojna szkodzi handlowi" – powtarzał swe niesławne powiedzenie, jednocześnie podwajając, a następnie potrajając liczebność swych flot i rozkazując kowalom produkować coraz więcej zbroi, mieczy i toporów. „Słabość zachęca do ataku – zapewniał. – Jeśli chcemy pokoju, musimy być silni".

Jego syn Harwyn nie pragnął pokoju, bardzo mu się jednak podobały oręż i zbroje, wykuwane na rozkaz jego

POWYŻEJ | *Król Harwyn Hoare*

ojca. Według wszystkich relacji był wojowniczym chłopakiem, a jako dopiero trzeciego w linii sukcesji we wczesnym wieku wysłano go na morze. Pływał z szeregiem różnych łupieżców na Stopnie, odwiedził Volantis, Tyrosh i Braavos, został mężczyzną w ogrodach rozkoszy w Lys, spędził dwa lata na Wyspach Bazyliszkowych jako jeniec króla piratów, zaciągnął się do kompanii najemników na Spornych Ziemiach i walczył w kilku bitwach jako Drugi Syn.

Gdy Harwyn wrócił na Żelazne Wyspy, dowiedział się, że jego ojciec, Qhorwyn, jest umierający, a najstarszy brat zmarł przed dwoma laty na szarą łuszczycę. Między Harwynem a koroną nadal stał drugi brat i jego nagła śmierć – nim stary król wreszcie wyzionął ducha – po dziś dzień pozostaje tematem dysputy. Ci, którzy byli świadkami śmierci księcia Harlana, jednomyślnie zapewniali, że spowodował ją przypadkowy upadek z konia; rzecz jasna gdyby zasugerowali, że było inaczej, kosztowałoby ich to życie. Poza Żelaznymi Wyspami powszechnie uważano, że to książę Harwyn był winien śmierci brata. Niektórzy sądzili, że sam dokonał czynu bratobójstwa, inni zaś przypuszczali, że księcia Harlana zabił Człowiek Bez Twarzy z Braavos.

Król Qhorwyn dokonał żywota sześć dni później, pozostawiając tron trzeciemu synowi, który stał się znany jako Harwyn Twardoręki i wkrótce miał zapisać swe imię krwią na kartach historii Siedmiu Królestw.

Gdy nowy król odwiedził stocznie ojca, oznajmił, że „drakkary są po to, by na nich pływać", kiedy zaś poddawał inspekcji królewskie zbrojownie, rzekł, że „miecze wykuwa się po to, by spłynęły krwią". Król Qhorwyn często mawiał, że słabość zachęca do ataku. Jego syn, spoglądając na drugi brzeg Zatoki Żelaznych Ludzi, dostrzegał w dorzeczu wyłącznie słabość i zamieszanie. Lordowie Tridentu nie chcieli już dłużej znosić jarzma króla burzy, Arreca Durrandona, którego siedzibą był odległy Koniec Burzy.

Harwyn zgromadził armię i przepłynął z nią zatokę na stu drakkarach zbudowanych przez jego ojca. Jego ludzie wylądowali na północ od Seagardu, nie napotykając oporu, a potem przenieśli statki na plecach aż do Niebieskich Wideł Tridentu i popłynęli w dół rzeki, przynosząc ogień i miecz. Kilku rzecznych lordów chwyciło za broń, ale większość tego nie zrobiła, nie darzyli bowiem miłością swego seniora z Końca Burzy ani nie poczuwali się do lojalności wobec niego. W owych czasach powszechnie uważano, że żelaźni ludzie na morzu są straszliwymi wojownikami, ale na lądzie łatwo można ich rozbić. Harwyn Hoare nie przypominał jednak innych żelaznych ludzi. Zahartowały go walki na Spornych Ziemiach i udowodnił, że na lądzie jest równie niebezpieczny, jak na morzu; pokonał wszystkich, którzy stanęli mu na drodze. Kiedy zadał druzgocącą klęskę Blackwoodom, wielu lordów Tridentu przeszło na jego stronę.

Pod Fairmarket Harwyn stawił czoło Arrecowi Durrandonowi. Młody król burzy prowadził zastęp o połowę liczniejszy od sił żelaznych ludzi... ale jego żołnierze byli źle dowodzeni, zmęczeni i znaleźli się daleko od domu, żelaźni ludzie oraz lordowie dorzecza rozbili więc ich zastęp. Król Arrec stracił dwóch braci i połowę wojsk. Miał szczęście, że udało mu się ujść z życiem. Gdy uciekał na południe, prostaczkowie z dorzecza powstali i przepędzili albo wyrżnęli jego garnizony. Rozległe, żyzne dorzecze z całym swym bogactwem przeszło z rąk Końca Burzy w ręce żelaznych ludzi.

Jednym śmiałym uderzeniem Harwyn Twardoręki dziesięciokrotnie powiększył swą domenę i sprawił, że Żelazne Wyspy znowu stały się mocarstwem, którego należało się bać. Ci z lordów Tridentu, którzy poparli go w nadziei, że uwolnią się od władzy Durrandonów, szybko się przekonali, że ich nowi panowie są znacznie bardziej brutalni i chciwi niż poprzedni. Harwyn aż do śmierci twardą ręką władał podbitymi terenami, spędzając w dorzeczu znacznie więcej czasu niż na żelaznych wyspach. Przemierzał je na czele łupieżczej armii od jednego końca do drugiego, próbując wywęszyć oznaki buntu, a jednocześnie pobierając podatki i daniny oraz kolekcjonując morskie żony. Ludzie mawiali o nim: „jego pałacem jest namiot, a jego tronem siodło".

Syn Harwyna, Halleck, który odziedziczył koronę, gdy Twardoręki zmarł w sześćdziesiątym czwartym roku życia, był człowiekiem tego samego pokroju. Podczas swego panowania tylko trzy razy odwiedził Żelazne Wyspy, spędzając tam w sumie niespełna dwa lata. Choć Halleck Hoare twierdził, że jest żelaznym człowiekiem, składał ofiary Utopionemu Bogu i zawsze trzymał u swego boku trzech kapłanów, miał w sobie więcej z Tridentu niż ze słonego morza. Wyglądało na to, że Żelazne Wyspy są dla niego wyłącznie źródłem broni, okrętów oraz ludzi. Jego panowanie było jeszcze bardziej krwawe od rządów jego ojca, choć nie osiągnął podobnych sukcesów. Toczył nieudane wojny z ludźmi z krain zachodu i z krain burzy, a do tego podjął aż trzy próby podbicia Doliny. Wszystkie zakończyły się klęską pod Krwawą Bramą.

Podobnie jak jego ojciec, król Halleck spędził większą część swego panowania w namiotach, podczas kampanii, które prowadził. Gdy nie toczył wojen, władał swą rozległą domeną ze skromnej wieży w Fairmarket, miasteczku położonym w samym sercu dorzecza, nieopodal miejsca największego triumfu swego ojca.

Syn Hallecka pragnął jednak wspanialszej siedziby i większą część swego panowania poświęcił na jej wznoszenie. O historii Harrena Czarnego i budowy Harrenhal wspominaliśmy już w innym miejscu.

Jednakże smoczy ogień zniszczył Harrenhal, kładąc kres marzeniom króla Harrena, dominacji żelaznych ludzi nad dorzeczem oraz „czarnej dynastii" Hoare'ów.

GREYJOYOWIE Z PYKE

Śmierć Harrena Czarnego i jego synów sprawiła, że pozbawione króla Żelazne Wyspy pogrążyły się w chaosie.

Mnóstwo wielkich lordów i sławnych wojowników służyło Harrenowi w dorzeczu. Niektórzy zginęli razem z nim w pożarze Harrenhal, inni zaś wtedy, gdy dorzecze powstało przeciwko nim. Tylko nieliczni dotarli żywi na wybrzeże, a jeszcze mniej było takich, którzy znaleźli niespalone drakkary i mogli wrócić na nich do domu.

Wkrótce po upadku Harrenhal Aegon Targaryen i jego siostry nie poświęcali już zbyt wiele uwagi Żelaznym Wyspom. Mieli na głowie pilniejsze sprawy; ze wszystkich stron otaczali ich groźniejsi wrogowie. Pozostawieni samym sobie żelaźni ludzie natychmiast wszczęli bratobójcze walki.

Pierwszym, który sięgnął po królewski tytuł, był Qhorin Volmark, pomniejszy lord z Harlaw. Jego babcia była młodszą siostrą Harwyna Twardorękiego. Powołując się na to pokrewieństwo, Volmark ogłosił, że jest prawowitym dziedzicem „czarnej dynastii".

Tymczasem na Starej Wyk czterdziestu kapłanów zebrało się pod kośćmi Naggi, by włożyć koronę z wyrzuconego na brzeg drewna na głowę jednego ze swego grona, bosonogiego świętego męża imieniem Lodos, który podawał się za żywego syna Utopionego Boga.

Na Wielkiej Wyk, Pyke i Orkmont wkrótce pojawili się inni pretendenci. Przez z górą rok ich zwolennicy walczyli ze sobą na lądzie i na morzu. Aegon Zdobywca położył kres tym walkom w roku 2 o.P., gdy wylądował na Balerionie na Wielkiej Wyk, wsparty wielką flotą. Żelaźni ludzie nie mieli szans. Qhorin Volmark zginął z ręki samego Zdobywcy, zabity jego mieczem z valyriańskiej stali, Blackfyre'em. Na Starej Wyk król-kapłan Lodos zwrócił się do swego boga, wzywając krakeny z głębin, by zatopiły okręty Aegona. Kiedy krakeny się nie zjawiły, Lodos wypełnił szatę kamieniami i wszedł do morza, by „poradzić się ojca". Tysiące podążyły za nim. Ich rozdęte trupy morze wyrzucało na brzegi wysp jeszcze przez lata, ale nie było wśród nich ciała Lodosa… Na Wielkiej Wyk i na Pyke ocalali pretendenci (króla z Orkmont zabito w poprzednim roku) pośpiesznie ugięli kolan i złożyli hołd Targaryenom.

Kto jednak miał rządzić Żelaznymi Wyspami? Niektórzy próbowali skłonić Aegona, by uczynił żelaznych ludzi wasalami lorda Tully'ego, którego mianował Najwyższym Lordem Tridentu. Inni sugerowali, by oddał wyspy Casterly Rock. Jeszcze inni posunęli się nawet do tego, że błagali Aegona, by oczyścił je smoczym ogniem, raz na zawsze kładąc kres pladze żelaznych ludzi.

Zdobywca wybrał inne rozwiązanie. Zgromadził ocalałych lordów Żelaznych Wysp i oznajmił im, że pozwoli, by sami wybrali swego najwyższego lorda. Jak można się było tego spodziewać, zdecydowali się na jednego spośród siebie – Vickona Greyjoya, Lorda Kosiarza Pyke, sławnego kapitana wywodzącego się od Szarego Króla. Choć Pyke była mniejsza i uboższa niż Wielka Wyk, Harlaw oraz Orkmont, Greyjoyowie szczycili się długą i chwalebną historią. W epoce królewskich wieców tylko Greyironowie i Goodbrotherowie wydali więcej królów od nich, a ród Greyironów wygasł.

Zmęczeni i zubożali po długoletnich wojnach żelaźni ludzie bez sprzeciwów zaakceptowali nowego władcę.

Minęło prawie pokolenie, nim Żelazne Wyspy wyzdrowiały z ran zadanych przez upadek Harrena i bratobójczą wojnę, która nastała później. Vickon Greyjoy, zasiadający na Tronie z Morskiego Kamienia w swej siedzibie na Pyke, okazał się surowym, lecz ostrożnym władcą. Choć nie wyjął łupiestwa spod prawa, rozkazał, by prowadzono je wyłącznie na odległych wodach, daleko od brzegów Westeros, by nie prowokować gniewu Żelaznego Tronu. A ponieważ Aegon przyjął Siedmiu za swych bogów i koronował go Wielki Septon w Starym Mieście, lord Vickon pozwolił septonom wrócić na wyspy i głosić tam Wiarę.

To rozgniewało wielu pobożnych żelaznych ludzi, a także kapłanów Utopionego Boga, jak zawsze działo się w podobnych przypadkach. Gdy lordowi Vickonowi powiedziano o niepokojach, rzekł: „Niech sobie gadają. Potrzebujemy wiatru dla naszych żagli". Przypomniał swemu synowi, Gorenowi, że jest człowiekiem Aegona, a tylko głupiec odważyłby się powstać przeciwko Aegonowi Targaryenowi i jego smokom.

Goren Greyjoy zapamiętał sobie te słowa. Kiedy lord Vickon zmarł w roku 33 o.P., Goren został następnym lordem Żelaznych Wysp, stłumiwszy nieudolny spisek, mający przywrócić rządy czarnej dynastii przez koronację syna

POWYŻEJ | *Herb rodu Greyjoyów (pośrodku) i herby niektórych ich wasali (od szczytu, zgodnie z ruchem wskazówek zegara): Greyironów, Goodbrotherów, Wynchów, Botleyów, Drummów, Harlawów, Hoare'ów i Blacktyde'ów*

Qhorina Volmarka. Przed poważniejszą próbą stanął cztery lata później, gdy Aegon Zdobywca zmarł na udar na Smoczej Skale, a na króla koronowano jego syna, Aenysa. Aenys był sympatyczny i chciał dobrze, ale powszechnie uważano go za słabego i niegodnego zasiadania na Żelaznym Tronie. Nowy władca nie ukończył jeszcze królewskiego objazdu, kiedy to w całych Siedmiu Królestwach zaczęła się fala buntów.

Jedna z takich rebelii wstrząsnęła Żelaznymi Wyspami. Dowodził nią człowiek podający się za króla-kapłana Lodosa, wracającego wreszcie z odwiedzin u ojca. Goren Greyjoy szybko rozprawił się z buntem; posunął się nawet do tego, że wysłał Aenysowi zamarynowaną głowę króla-kapłana. Jego Miłość tak się ucieszył z tego daru, że obiecał przyznać lordowi Gorenowi dowolną łaskę, jeśli tylko będzie ona leżała w jego mocy. Greyjoy poprosił króla o pozwolenie na wygnanie septonów i sept z Żelaznych Wysp, a król Aenys nie miał innego wyjścia, jak się zgodzić. Minęło stulecie, nim na wyspach znowu otworzono sept.

Przez długie lata, które nastały później, żelaźni ludzie zachowywali się spokojnie pod rządami lordów z rodu Greyjoyów. Wyrzekli się myśli o podbojach i utrzymywali się z rybołówstwa, handlu oraz górnictwa. Królewska Przystań leżała jednak daleko od Pyke i żelaźni ludzie mieli bardzo niewiele do czynienia ze sprawami dziejącymi się na królewskim dworze. Życie na wyspach było trudne, zwłaszcza zimą, ale tak przecież było zawsze. Niektórzy nadal marzyli o powrocie dawnych zwyczajów – czasów, gdy żelaźni ludzie budzili strach – ale Stopnie i Morze Letnie leżały daleko, a Greyjoyowie zasiadający na Tronie z Morskiego Kamienia nie pozwalali łupić bliżej domu.

CZERWONY KRAKEN

Minęła większa część stulecia, nim kraken obudził się znowu. Marzenia jednak nigdy nie umarły, kapłani bowiem nadal stali po kolana w słonym morzu, wysławiając dawne zwyczaje, a w setkach portowych burdeli i marynarskich tawern starcy opowiadali historie o minionych dniach, gdy żelaźni ludzie byli bogaci i dumni, a każdy wioślarz miał tuzin morskich żon, by grzały go nocami. Wielu chłopców i młodych mężczyzn upajało się takimi opowieściami, marząc o pełnym chwały życiu łupieżcy.

Jednym z takich chłopaków był Dalton Greyjoy, młody, zbuntowany syn dziedzica Pyke. Hake pisze o nim: „Kochał trzy rzeczy – morze, swój miecz i kobiety". Był nieustra-

szonym dzieckiem, upartym i porywczym. Ponoć nauczył się wiosłować już w wieku pięciu lat, a kiedy miał dziesięć, popłynął ze stryjem na Wyspy Bazyliszkowe, by łupić pirackie miasteczka.

W wieku czternastu lat Dalton Greyjoy popłynął aż do Starego Ghis, walczył w kilkunastu bitwach i zdobył cztery morskie żony. Jego podkomendni go kochali (czego nie można powiedzieć o jego żonach, szybko bowiem nudził się kobietami). Sam Dalton miłował tylko swój oręż, miecz z valyriańskiej stali, który zabrał zabitemu korsarzowi i nazwał Zmierzchem. W piętnastym roku życia, gdy walczył na Stopniach jako najemnik, był świadkiem śmierci swego stryja i pomścił go. Odniósł jednak kilkanaście ran i zakończył walkę od stóp do głów zbrukany krwią. Od tego dnia ludzie zwali go Czerwonym Krakenem.

Później, choć jeszcze w tym samym roku, dotarły do niego wieści o śmierci ojca. Czerwony Kraken zasiadł na Tronie z Morskiego Kamienia jako lord Żelaznych Wysp. Natychmiast zaczął budować drakkary, wykuwać miecze i szkolić wojowników. Pytany, po co to robi, młody lord odpowiadał: „nadchodzi sztorm".

Sztorm, który przewidywał Dalton, rozszalał się w następnym roku, po tym, jak król Viserys I Targaryen zmarł w Czerwonej Twierdzy podczas snu. Jego córka Rhaenyra i jej przyrodni brat równocześnie sięgnęli po Żelazny Tron. Zaczął się okres przelewu krwi, łupiestwa, bitew i morderstw, znany jako Taniec Smoków. Gdy wieści o tych wydarzeniach dotarły na Pyke, Czerwony Kraken ponoć roześmiał się w głos.

Podczas wojny księżniczka Rhaenyra i jej czarni mieli wielką przewagę na morzu, jednym z jej stronników był bowiem Corlys Velaryon, Lord Przypływów, legendarny Wąż Morski. Poszukując przeciwwagi, zielona rada króla Aegona II wyciągnęła rękę do Pyke, proponując lordowi Daltonowi miejsce w małej radzie i tytuł lorda admirała królestwa, jeśli tylko popłynie ze swymi drakkarami na drugą stronę Westeros i stawi czoło Wężowi Morskiemu. To była korzystna propozycja i większość młodzieńców zaakceptowałaby ją bez zastanowienia, ale lord Dalton cechował się rzadkim u kogoś tak młodego sprytem i postanowił zaczekać, by się przekonać, co może mu zaoferować księżniczka Rhaenyra.

List, który od niej otrzymał, znacznie bardziej przypadł mu do gustu. Czarni nie potrzebowali jego floty i nie chcieli, by płynął z nią na drugi koniec Westeros, by stoczyć bitwę na wąskim morzu, co było w najlepszym wypadku ryzykowne. Księżniczka prosiła tylko o to, by zaatakował jej wrogów. Byli wśród nich Lannisterowie z Casterly Rock, których ziemie leżały blisko jego domu, niemal pozbawione obrony. Lord Jason Lannister poprowadził większość swych rycerzy,

łuczników i doświadczonych wojowników na wschód, by zaatakować sojuszników Rhaenyry w dorzeczu, pozostawiwszy w krainach zachodu tylko niewielu obrońców. Lord Dalton dostrzegł w tym sposobność.

Podczas gdy lord Jason padł w bitwie w dorzeczu, a jego zastęp wlókł się od bitwy do bitwy, prowadzony przez wciąż nowych dowódców, Czerwony Kraken i jego żelaźni ludzie uderzyli na krainy zachodu jak wilki na stado owiec. Casterly Rock okazało się dla nich zbyt silną twierdzą. Kiedy wdowa po lordzie Jasonie, Johanna, zamknęła bramy zamku, łupieżcy spalili jednak flotę Lannisterów i złupili Lannisport, zabierając ze sobą wielkie ilości złota, zboża i wartościowych towarów, a także porywając setki kobiet i dziewcząt, w tym również ulubioną kochankę lorda Jasona, oraz ich naturalne córki, by uczynić z nich morskie żony.

Potem nastąpiły kolejne ataki i grabieże. Drakkary pływały wzdłuż całego zachodniego wybrzeża, plądrując jak za dawnych czasów. Czerwony Kraken osobiście dowodził atakiem, który doprowadził do zdobycia Kayce. Padł Piękny Zamek, a wraz z nim Piękna Wyspa z całym swym bogactwem. Lord Dalton wziął sobie cztery córki lorda Farmana za morskie żony, piątą zaś – „tę brzydką" – oddał swemu bratu, Veronowi.

Przez blisko dwa lata Czerwony Kraken władał morzem zachodzącego słońca, jak jego przodkowie w dawnych dniach, podczas gdy w innych częściach Westeros wielkie armie maszerowały do boju, a smoki krążyły po niebie i ścierały się ze sobą w krwawych pojedynkach…

Wszystkie wojny muszą się jednak kiedyś skończyć – i tak się stało również z Tańcem Smoków. Księżniczka Rhaenyra zginęła, a po niej zmarł król Aegon II. W owym czasie większość należących do Targaryenów smoków również już nie żyła, podobnie jak dziesiątki lordów, wielkich i małych, setki dzielnych rycerzy oraz dziesiątki tysięcy prostaczków. Ci spośród czarnych i zielonych, którzy przeżyli, zgodzili się zawrzeć pokój, a niepełnoletniego syna Rhaenyry koronowano jako Aegona III i ożeniono z córką Aegona II, Jaehaerą.

Pokój w Królewskiej Przystani nie oznaczał jednak pokoju na zachodzie. Czerwonego Krakena nie opuściła żądza walki. Kiedy rada regentów władająca w imieniu młodocianego króla zażądała, by zaprzestał ataków, zignorował to polecenie.

Ostatecznie do zguby Czerwonego Krakena doprowadziła kobieta. Dziewczyna znana nam tylko jako Tess poderżnęła lordowi Daltonowi gardło jego własnym sztyletem, kiedy spał w sypialni lorda Farmana w Pięknym Zamku, a następnie rzuciła się do morza.

Czerwony Kraken nigdy nie wziął sobie skalnej żony. Jego bezpośrednimi dziedzicami byli morscy synowie, mali chłopcy spłodzeni z licznymi morskimi żonami. Kilka godzin po jego śmierci rozgorzała krwawa walka o sukcesję. A nim jeszcze rozpoczęły się bitwy na Starej Wyk i Pyke, prostaczkowie na Pięknej Wyspie powstali i wyrżnęli tych żelaznych ludzi, którzy jeszcze zostali wśród nich.

W roku 134 Johanna Lannister zemściła się za wszystko, co Czerwony Kraken uczynił jej oraz jej bliskim. Ponieważ floty Johanny zniszczono, przekonała ser Leo Costayne'a, wiekowego lorda admirała z Reach, by przewiózł jej zbrojnych na Żelazne Wyspy. Zaabsorbowani walką o sukcesję żelaźni ludzie dali się zaskoczyć. Wyrżnięto tysiące mężczyzn, kobiet i dzieci, spalono dziesiątki wiosek i setki drakkarów. Na koniec Costayne zginął w bitwie, a większą część jego zastępu rozproszono bądź wybito. Tylko część jego floty (wypełniona łupami wojennymi, w tym wieloma tonami zboża i suszonych ryb) wróciła do Lannisportu… ale wśród szlachetnie urodzonych jeńców, których przywiozła do Casterly Rock, był jeden z morskich synów Czerwonego Krakena. Lady Johanna kazała go wykastrować i uczyniła zeń błazna swego syna. Arcymaester Haereg zauważa: „Był z niego zabawny błazen, ale z pewnością nie mógł się równać głupotą z ojcem".

W innych krainach lorda, który ściągnął taki los na swój kraj i swój ród, słusznie by przeklinano, jednakże natura żelaznych ludzi z wysp jest taka, że po dziś dzień wysławiają Czerwonego Krakena i uważają go za jednego ze swych wielkich bohaterów.

STARE I NOWE ZWYCZAJE

Od owych czasów aż do dziś Lordowie Kosiarze z rodu Greyjoyów władali Żelaznymi Wyspami z Tronu z Morskiego Kamienia na Pyke. Od dni rządów Czerwonego Krakena żaden z nich nie okazał się poważną groźbą dla Siedmiu Królestw albo Żelaznego Tronu, ale tylko nielicznych można uznać za naprawdę lojalne i wierne sługi korony. W dawnych czasach władcy żelaznych ludzi byli królami, a nawet tysiąc lat nie może wymazać wspomnienia o koronach z wyrzuconego na brzeg drewna.

Pełną kronikę ich rządów poszukujący informacji znajdzie w dziele arcymaestera Haerega *Historia ludzi z żelaznego rodu*. Można w niej przeczytać historie Dagona Greyjoya, Ostatniego Łupieżcy, którego drakkary nękały zachodnie brzegi Westeros, gdy na Żelaznym Tronie zasiadał Aerys I Targaryen; Altona Greyjoya, Świętego Głupca, który poszukiwał za Samotnym Światłem nowych krain do podbicia; Torwyna Greyjoya, który poprzysiągł braterstwo krwi z Bittersteelem, a potem go zdradził; Lorona Greyjoya

POPRZEDNIE STRONY | *Łupieżcy Czerwonego Krakena*

Barda oraz jego wielkiej, tragicznej przyjaźni z młodym Desmondem Mallisterem, rycerzem z zielonych krain.

Blisko końca wielkiego dzieła Haerega odnajdziemy opis lorda Quellona Greyjoya, najmądrzejszego z ludzi, którzy zasiadali na Tronie z Morskiego Kamienia od czasu Podboju Aegona. Ten potężnie zbudowany mężczyzna miał sześć i pół stopy wzrostu, był też ponoć silny jak wół i szybki jak kot. W młodych latach okrył się chwałą jako wojownik, walcząc z korsarzami i łowcami niewolników na Morzu Letnim. Był lojalnym sługą Żelaznego Tronu; podczas wojny dziewięciogroszowych królów okrążył Westeros od południa, prowadząc sto drakkarów, i odegrał ważną rolę w walkach na Stopniach.

Jako lord wolał jednak kroczyć ścieżką pokoju. Zakazał wypraw łupieżczych, chyba że za jego pozwoleniem. Sprowadził na Żelazne Wyspy dziesiątki maesterów, by uzdrawiali chorych i uczyli młodzież. Wraz z maesterami zjawiły się kruki, a ich czarne skrzydła związały wyspy z zielonymi krainami mocniej niż kiedykolwiek przedtem.

To właśnie lord Quellon uwolnił pozostałych poddanych i zabronił poddaństwa na Żelaznych Wyspach (nie do końca skutecznie). Choć sam nie brał sobie morskich żon, pozwolił na to innym mężczyznom, ale obłożył ten przywilej wysokim podatkiem. Quellon Greyjoy spłodził dziewięciu synów z trzema żonami. Pierwsza i druga były skalnymi żonami, połączonymi z nim starożytnym rytuałem przez kapłana Utopionego Boga, ostatnia urodziła się zaś w zielonych krainach, pochodziła z rodu Piperów z zamku Pinkmaiden, a ceremonię ślubną odprawił septon w zamku jej ojca.

W tej kwestii, podobnie jak w wielu innych, lord Quellon odwracał się od starożytnych zaściankowych tradycji żelaznych ludzi, pragnąc wykuć silniejsze więzy między swoją domeną a resztą Siedmiu Królestw. Quellon Greyjoy był tak silnym lordem, że tylko nieliczni ważyli się otwarcie mu sprzeciwiać, wiedziano bowiem, że jest uparty, nieustępliwy i straszny w gniewie.

Kiedy Robert Baratheon, Eddard Stark i Jon Arryn zwołali chorągwie i wzniecili bunt, Quellon Greyjoy nadal zasiadał na Tronie z Morskiego Kamienia. Podeszły wiek pogłębił tylko ostrożną naturę władcy i jego lordowska mość postanowił, że nie weźmie udziału w szalejących w zielonych krainach walkach. Jego synowie pragnęli jednak bogactw i chwały, a Quellona opuszczały już zdrowie i siły. Przez pewien czas dokuczały mu bóle żołądka, które wkrótce stały się tak dotkliwe, że każdego wieczoru pił napój z makowym mlekiem, by zasnąć. Mimo to odrzucał wszelkie błagania do chwili, gdy na Pyke przyleciał kruk z wieściami o śmierci księcia Rhaegara nad Tridentem. To zjednoczyło trzech najstarszych synów Quellona: „Targaryenowie są skończeni – oznajmili mu – a ród Greyjoyów musi natychmiast przyłączyć się do buntowników, by nie utracić wszelkiej nadziei na udział w łupach".

Lord Quellon ustąpił. Postanowiono, że żelaźni ludzie zademonstrują poparcie dla buntu, atakując najbliższych lojalistów. Pomimo wieku i postępującej choroby jego lordowska mość uparł się, że będzie dowodził flotą osobiście. Pięćdziesiąt drakkarów zgromadziło się u brzegów Pyke i popłynęło w stronę Reach. Większa część floty żelaznych ludzi pozostała jednak na miejscu, by bronić wysp przed atakiem Lannisterów, ponieważ nie wiedziano jeszcze, czy Casterly Rock poprze buntowników, czy rojalistów.

Nie ma potrzeby pisać wiele o ostatnim rejsie Quellona Greyjoya. W kronikach buntu Roberta jest on tylko drobną wzmianką, smutnym i krwawym incydentem, który w żaden sposób nie wpłynął na ostateczny wynik wojny. Żelaźni ludzie zatopili garstkę łodzi rybackich, zdobyli kilka statków należących do bogatych kupców, spalili trochę wiosek i złupili kilka małych miasteczek. U ujścia Manderu natknęli się jednak na nieoczekiwany opór. Ludzie z Wysp Tarczowych wypłynęli na morze we własnych drakkarach i stanęli do walki. Zatopiono bądź zdobyto kilkanaście okrętów, a choć żelaźni ludzie zadali przeciwnikom większe straty, wśród ich poległych był lord Quellon Greyjoy.

Wojna już się wówczas właściwie skończyła. Balon Greyjoy rozsądnie postanowił wrócić do domu i zasiąść na Tronie z Morskiego Kamienia.

Nowy lord Żelaznych Wysp był najstarszym żyjącym synem Quellona, dzieckiem z drugiego małżeństwa (wszystkie dzieci z pierwszego umarły w młodych latach). Pod wieloma względami przypominał ojca. W wieku trzynastu lat potrafił poruszać wiosłami drakkaru i tańczyć taniec palców. Gdy miał piętnaście, spędził lato na wyprawie łupieżczej na Stopnie. Kiedy skończył siedemnaście, był już kapitanem własnego statku. Choć nie był tak wielki i potwornie silny jak ojciec, nie ustępował mu szybkością i biegłością we władaniu bronią. Nikt nie mógłby też kwestionować jego odwagi.

Niemniej już od dzieciństwa lord Balon gorąco pragnął uwolnić żelaznych ludzi od jarzma Żelaznego Tronu, przywrócić im dumę i potęgę, a kiedy tylko zasiadł na Tronie z Morskiego Kamienia, odwołał wiele dekretów swego pana ojca. Zniósł podatek od morskich żon i ogłosił, że mężczyzn pojmanych podczas wojny znowu wolno zamieniać w poddanych. Choć nie wygnał septonów, dziesięciokrotnie zwiększył pobierane od nich podatki. Maesterów nie ruszył, ponieważ okazali się zbyt użyteczni, by mógł się ich wyrzec. Tylko maestera z Pyke skazał na śmierć z powodów, które nadal pozostają niejasne. Zaraz potem wysłał jednak do Cytadeli petycję z prośbą o następnego.

Lord Quellon spędził większą część swego długiego panowania na unikaniu wojny, lord Balon zaś natychmiast rozpoczął przygotowania do niej. Bardziej niż złota i chwały pożądał bowiem korony. Owo marzenie prześladowało ród Greyjoyów przez całą jego długą historię. Często prowadziło

ich ono jednak do klęski, rozpaczy i śmierci – i tak właśnie się stało w przypadku Balona Greyjoya. Przygotowywał się przez pięć lat, zbierając ludzi i budując drakkary, aż wreszcie stworzył potężną flotę, złożoną z wielkich okrętów o wzmocnionych kadłubach. Wyposażono je w żelazne tarany, a na ich pokładach roiło się od skorpionów i ogniomiotów. Okręty tej Żelaznej Floty były raczej galerami niż drakkarami, większymi niż wszystko, co żelaźni ludzie budowali do tej pory.

W roku 289 o.P. lord Balon uderzył. Ogłosił się królem Żelaznych Wysp i rozkazał swym braciom – Euronowi oraz Victarionowi – zaatakować Lannisport, by spalić flotę Lannisterów. Kiedy okręty lorda Tywina poszły z dymem, oznajmił: „Morze będzie moją fosą i biada każdemu, kto ośmieli się ją przekroczyć".

Król Robert się ośmielił. Robert Baratheon, Pierwszy Tego Imienia, nad Tridentem okrył się wieczną chwałą. Młody władca zareagował szybko. Zwołał chorągwie i rozkazał swemu bratu Stannisowi, lordowi Smoczej Skały, okrążyć Dorne na czele królewskiej floty. Po drodze przyłączyły się do niej okręty ze Starego Miasta, Arbor i Reach. Balon Greyjoy wysłał im na spotkanie swego brata Victariona, ale w Cieśninach Pięknej Wyspy lord Stannis zwabił żelaznych ludzi w pułapkę i rozbił Żelazną Flotę.

„Fosa" Balona utraciła obrońców i król Robert nie miał trudności z przeprawieniem swych wojsk przez Zatokę Żelaznych Ludzi po tym, jak jego okręty wypłynęły z Seagardu i Lannisportu. Wsparły je zastępy namiestników północy i zachodu. Robert wysadził swe wojska na Pyke, Wielkiej Wyk, Harlaw oraz Orkmont i spustoszył wyspy stalą i ogniem. Balon był zmuszony wycofać się do swej twierdzy na Pyke, ale gdy Robert zrobił wyłom w murze kurtynowym i jego rycerze wdarli się do środka, wszelki opór ustał.

Odrodzone Królestwo Żelaznych Wysp przetrwało niespełna rok. Kiedy jednak zakutego w łańcuchy Balona Greyjoya przyprowadzono przed oblicze króla Roberta, żelazny człowiek wciąż pozostawał hardy.

– Możesz ściąć mi głowę, ale nie zdołasz uczynić mnie zdrajcą – oznajmił królowi. – Żaden Greyjoy nigdy nie złożył przysięgi Baratheonowi.

Robert Baratheon, zawsze łaskawy, roześmiał się ponoć na te słowa, lubił bowiem odwagę, nawet u wrogów.

– Złóż ją teraz – zażądał – albo postradasz tę upartą głowę.

Tak oto Balon Greyjoy ugiął kolan i darowano mu życie, choć musiał oddać ostatniego żyjącego syna jako zakładnika.

Żelazne Wyspy wyglądają obecnie tak samo, jak zawsze. Od czasów Czerwonego Krakena po dziś dzień ich historia jest historią ludu rozdartego między marzeniami o dawnej chwale a rzeczywistością współczesnej nędzy. Oddzielone od kontynentu Westeros szarozielonymi wodami morza wyspy pozostają odrębnym królestwem. Morze zawsze jest w ruchu, zawsze się zmienia, jak lubią mawiać żelaźni ludzie, lecz zarazem pozostaje stałe i bezgraniczne, zawsze inne i zawsze takie samo. To samo można powiedzieć o żelaznych ludziach, którzy są ludem morza.

Arcymaester Haereg napisał: „Można ubrać żelaznego człowieka w jedwabie i aksamity, nauczyć go czytać i pisać, dać mu książki, nauczyć go rycerskości, uprzejmości i tajemnic Wiary, ale gdy zajrzymy w jego oczy, nadal zobaczymy tam morze, zimne, szare i okrutne".

PYKE

Pyke nie jest największym ani najwspanialszym zamkiem na Żelaznych Wyspach, niewykluczone jednak, że najstarszym. To siedziba lordów z rodu Greyjoyów, którzy władają żelaznymi ludźmi. Greyjoyowie od dawna zapewniali, że wyspa Pyke bierze swą nazwę od zamku, prostaczkowie z wysp uparcie jednak twierdzą, że jest na odwrót.

Pyke jest tak starożytna, że nikt nie wie na pewno, kiedy ją zbudowano ani nie zna nazwiska lorda, który tego dokonał. Jej początki giną w pomroce dziejów, podobnie jak najstarsze dzieje Tronu z Morskiego Kamienia.

W dawnych czasach, przed stuleciami, Pyke była jak inne zamki: zbudowano ją na litej skale, na szczycie nadmorskiego klifu, miała mury, donżony i wieże. Urwiska, na których stała, nie były jednak tak solidne, jak by się zdawało, i zaczęły się kruszyć pod nieustannym naporem fal. Mury runęły, grunt się osunął, przybudówki utracono.

W dzisiejszych czasach z Pyke pozostał tylko kompleks wież i donżonów rozrzuconych na kilku wysepkach oraz wyniosłościach skalnych. W dole huczą fale. Przylądek przecina fragment muru kurtynowego z wielką wieżą bramną i kilkoma basztami. To wszystko, co pozostało z dawnej fortecy; tu zaczyna się też jedyna droga dostępu do zamku – kamienny most prowadzący z przylądka do pierwszej i największej z wysepek oraz Wielkiego Donżonu.

Dalej położone wysepki są połączone sznurowymi mostami. Greyjoyowie lubią mawiać, że każdy, kto potrafi przejść po jednym z tych mostów podczas szalejącego sztormu, nadaje się do pracy przy wiosłach. U stóp murów zamku fale nie przestają dniem i nocą tłuc o skaliste wysepki, i któregoś dnia pozostałe wieże z pewnością również runą do morza.

PO LEWEJ | *Ocalałe wieże zamku Pyke*

PÓŁNOC
KRAINY ZACHODU
ŻELAZNE WYSPY
ZATOKA ŻELAZNYCH LUDZI
MORZE ZACHODZĄCEGO SŁOŃCA
DORZECZE
Seagard
Stare Kamienie
Banefort
Kamienny Nurt
Riverrun
Turnia
Ashemark
Piękny Zamek
Złoty Ząb
Czerwone Widły
Rzeczny Trakt
Sarsfield
Hornvale
Kayce
Feastfires
Casterly Rock
Głęboka Jaskinia
Złoty Trakt
Lannisport
Silverhall
Oceaniczny Trakt
Cornfield
Crakehall
Jezioro Czerwone
Stary Dąb
REACH
LEGENDA
WAŻNIEJSZE ZAMKI
ZAMKI
MIASTA
MIASTECZKA
RUINY
ZŁOTO I SREBRO
TRAKTY

KRAINY ZACHODU

KRAINY ZACHODU są pełne wysokich wzgórz i pofałdowanych równin, mglistych dolin oraz skalistych wybrzeży, błękitnych jezior, błyszczących rzek i żyznych pól, a także liściastych lasów, w których roi się od wszelkiego rodzaju zwierzyny; na wpół ukryte otwory w stokach lesistych wzgórz prowadzą zaś do labiryntowych jaskiń, które wiją się w ciemnościach, wiodąc ku niewyobrażalnym cudom i bezcennym skarbom ukrytym głęboko pod ziemią.

Są to bogate i żyzne ziemie o umiarkowanym klimacie. Od wschodu i południa osłaniają je wysokie wzgórza, od zachodu zaś bezkresne, błękitne wody morza zachodzącego słońca. W tamtejszych puszczach mieszkały ongiś dzieci lasu, olbrzymy bytowały natomiast pośród wzgórz, gdzie można jeszcze niekiedy odnaleźć ich kości. Potem jednak nadeszli Pierwsi Ludzie z ogniem oraz toporami z brązu i zaczęli karczować lasy, orać pola oraz budować drogi przez pagórkowate krainy będące domem olbrzymów. Wkrótce gospodarstwa rolne i wioski Pierwszych Ludzi wypełniły krainę „od morza do kamienia". Broniły ich solidne gródki z podgrodziami, a później wielkie kamienne zamki, aż w końcu olbrzymy zniknęły, a dzieci lasu skryły się w głębiach puszcz, pod wydrążonymi wzgórzami, i wreszcie na dalekiej północy.

Bardzo wiele najprzedniejszych rodów krain zachodu ma swe korzenie w owym złotym wieku Pierwszych Ludzi. Są wśród nich Hawthorne'owie, Foote'owie, Broomowie i Plummowie. Drakkary Farmanów z Pięknej Wyspy pomagały bronić zachodniego wybrzeża przed łupieżcami żelaznych ludzi. Greenfieldowie wznieśli wielki zamek, zwany Altaną (obecnie nosi po prostu nazwę Greenfield), zbudowany wyłącznie z czardrewna. Reyne'owie z Castamere wydrążyli skomplikowany system kopalń, jaskiń i tuneli, czyniąc z niego swą podziemną siedzibę, natomiast Westerlingowie wznieśli swą Turnię nad morskimi falami. Inne familie zrodziły się lędźwi legendarnych herosów, o których po dziś dzień opowiada się historie: Crakehallowie pochodzą od Crake'a Dzikobójcy, Banefortowie od Zakapturzonego, Yewowie od Ślepego Łucznika Alana od Dębu, Morelandowie zaś od Pate'a Oracza.

Wszystkie te rodziny stały się potężne, a niektóre przybrały tytuły lordów bądź nawet królów. Zdecydowanie najpotężniejszym rodem krain zachodu byli jednak Casterly'owie ze Skały, mający dom w kolosalnej kamiennej wyniosłości piętrzącej się na brzegu morza zachodzącego słońca. Legenda mówi, że pierwszym lordem z rodu Casterlych został myśliwy Corlos, syn Castera, mieszkający w wiosce nieopodal miejsca, gdzie obecnie znajduje się Lannisport. Gdy lew zaczął porywać owce wieśniaków, Corlos odkrył jego kryjówkę, jaskinię u podstawy Skały. Uzbrojony jedynie we włócznię, zabił lwa i lwicę, ale oszczędził nowo narodzone lwiątka. Ten akt miłosierdzia tak bardzo ucieszył starych bogów (albowiem działo się to na długo przed przybyciem Siedmiu do Westeros), że przywołali snop światła, który sięgnął daleko w głąb groty. W jej kamiennych ścianach Corlos ujrzał żółty blask złota. Żyła była gruba jak dorosły mężczyzna w pasie.

Prawda kryjąca się za ową opowieścią zaginęła w otchłani czasu, nie możemy jednak wątpić, że Corlos – albo jakiś inny protoplasta rodziny, która stała się rodem Casterlych – odkrył złoto wewnątrz Skały i wkrótce zaczął je wydobywać. By bronić swego skarbu przed tymi, którzy chcieliby mu go odebrać, przeniósł się do jaskini i ufortyfikował wejście. Z upływem lat i stuleci jego potomkowie docierali coraz głębiej pod ziemię w pogoni za złotem, jednocześnie wykuwając w skałach komnaty, galerie, schody i tunele, które stały się samą Skałą, aż wreszcie gigantyczny kamień przerodził się w potężną twierdzę, znacznie większą od innych zamków w Westeros.

Choć Casterly'owie nigdy nie byli królami, stali się najbogatszymi lordami całego kontynentu i największą potęgą w krainach zachodu. Ten stan rzeczy utrzymywał się przez stulecia. Era Świtu dobiegła tymczasem końca, przechodząc w Erę Herosów.

I wtedy właśnie ze wschodu przybył złotowłosy łotrzyk, Lann Sprytny. Niektórzy mówią, że był on andalskim poszukiwaczem przygód zza wąskiego morza, choć działo się to tysiące lat przed przybyciem Andalów do Westeros. Bez względu na to, skąd pochodził, wszystkie opowieści zgadzają się, że Lann w jakiś sposób wygnał Casterlych ze Skały i zagarnął ją dla siebie.

Jak właściwie udało mu się to osiągnąć, pozostaje kwestią domysłów. W najpopularniejszej wersji opowieści Lann odkrył tajne przejście prowadzące do wnętrza Skały, rozpadlinę tak wąską, że musiał się rozebrać do naga i wysmarować masłem, by się przez nią przecisnąć. Gdy jednak znalazł się już wewnątrz, zaczęły się psoty. Szeptał groźby do uszu śpiących Casterlych, wył w ciemnościach jak demon, kradł skarby jednemu bratu i podrzucał do sypialni drugiego, zastawiał liczne sidła i kopał wilcze doły. Dzięki tym metodom skłócił Casterlych i przekonał członków rodu, że w Skale straszy jakieś złowrogie stworzenie, które nigdy nie pozwoli im żyć w spokoju.

Inni bajarze wolą odmienne wersje tej opowieści. W jednej z nich Lann wykorzystuje szczelinę, by wypełnić Skałę myszami, szczurami oraz innymi szkodnikami, zmuszając w ten sposób Casterlych do opuszczenia twierdzy. W jeszcze innej przemyca do środka stado lwów, które pożerają lorda Casterly'ego oraz jego synów, po czym Lann zagarnia dla siebie żonę lorda i jego córki. W najbardziej sprośnej wersji Lann co noc zakrada się do środka i robi swoje ze śpiącymi dziewczętami z rodu Casterlych. Po dziewięciu miesiącach wszystkie rodzą złotowłose dzieci, uparcie zapewniając, że nigdy nie spały z mężczyzną.

Ta ostatnia opowieść, choć wulgarna, ma pewne intrygujące aspekty, mogące sugerować, co wydarzyło się naprawdę. Arcymaester Perestan uważał, że Lann był jakiegoś rodzaju sługą lorda Casterly'ego (być może domowym rycerzem), który zapłodnił córkę (albo córki, choć to wydaje się mniej prawdopodobne) jego lordowskiej mości, a potem przekonał jej ojca, by dał mu ją za żonę. Jeśli rzeczywiście tak się stało i jeżeli (z konieczności) przyjmiemy założenie, że lord Casterly nie miał prawowitych synów, naturalną koleją rzeczy po śmierci ojca Skała przypadłaby córce, a co za tym idzie – Lannowi.

Rzecz jasna nie ma na to żadnych historycznych dowodów, podobnie jak na inne wersje. Jedynym, co wiemy na pewno, jest to, że gdzieś w Erze Herosów Casterly'owie znikają z kronik, a na ich miejsce pojawiają się nieznani dotąd Lannisterowie, od tej pory władający znaczną częścią krain zachodu ze swej siedziby pod Casterly Rock.

Lann Sprytny żył ponoć trzysta dwanaście lat i spłodził stu śmiałych synów oraz sto gibkich córek. Wszystkie jego dzieci miały jasną cerę, były proporcjonalnie zbudowane i pobłogosławiono je włosami „złotymi jak słońce". Nawet jeśli zlekceważymy tego typu opowieści, nie da się zaprzeczyć, że – jak sugerują kroniki – wcześni Lannisterowie rzeczywiście byli płodni: w zapiskach zaczyna się pojawiać wiele różnych imion, a po kilku pokoleniach potomkowie Lanna stali się tak liczni, że nawet Casterly Rock nie mogło pomieścić wszystkich. Zamiast kuć w kamieniu nowe tunele, niektórzy synowie i córki z bocznych gałęzi rodu opuścili Skałę i zamieszkali w odległej zaledwie o milę wiosce. Gleba była tam żyzna, w morzu roiło się od ryb, a miejsce, które wybrali, było znakomitym naturalnym portem. Wkrótce wioska zmieniła się w miasteczko, a potem w prawdziwe miasto, zwane do dziś Lannisportem.

W chwili przybycia Andalów Lannisport był drugim pod względem wielkości miastem w Westeros. Tylko Stare Miasto było odeń większe i bogatsze. Statki kupieckie ze wszystkich zakątków świata płynęły wzdłuż zachodnich brzegów Westeros, by zawitać do „złotego miasta nad morzem zachodzącego słońca". Złoto uczyniło Lannisterów bogatymi, a dzięki handlowi wzbogacili się jeszcze bardziej. Lannisterowie z Lannisportu świetnie prosperowali. Otoczyli swe miasto potężnymi murami, by bronić je przed tymi, którzy chcieliby ukraść ich bogactwa; głównie przed żelaznymi ludźmi. Wkrótce zostali królami.

O ile wiemy, Lann Sprytny nigdy nie kazał zwać się królem, choć niektóre opowieści powstałe stulecia później przyznają mu pośmiertnie ten tytuł. Pierwszym prawdziwym królem z rodu Lannisterów, o którym wiemy, był Loreon Lannister, znany także jako Loreon Lew (w ciągu następnych stuleci wielu Lannisterów nosiło przydomki „Lew" albo „Złoty", z łatwych do zrozumienia powodów), który uczynił Reyne'ów z Castamere swymi wasalami, poślubiając dziewczynę z tego rodu, oraz pokonał Zakapturzonego Króla – Morgona Baneforta – i jego poddanych po trwającej dwadzieścia lat wojnie. Loreon mógł być pierwszym Lannisterem, który przybrał tytuł króla Skały, noszony potem przez tysiąclecia przez jego potomków. Ich królestwo nie osiągnęło jednak pełnych rozmiarów przed przybyciem andalskich najeźdźców. Andalowie późno dotarli do krain zachodu, na długo po tym, jak zdobyli Dolinę i obalili królestwa Pierwszych Ludzi w dorzeczu. Pierwszy andalski wódz, który poprowadził armię między wzgórza, zginął z ręki króla Tybolta Lannistera (zwanego Piorunem). Drugi i trzeci atak zakończyły się podobnie, ale w miarę, jak na zachód zaczęło napływać coraz więcej wielkich i małych grup Andalów, król Tyrion III i jego syn Gerold II uświadomili sobie grożące im niebezpieczeństwo.

Zamiast próbować odeprzeć najeźdźców zbrojnie, ci mądrzy królowie zaaranżowali małżeństwa najpotężniejszych andalskich wodzów z córkami wielkich rodów zachodu. Byli ostrożnymi ludźmi i świetnie wiedzieli, co się wydarzyło w Dolinie, pamiętali więc, by zażądać odpowiedniej ceny za swą hojność: synowie i córki nobilitowanych w ten sposób andalskich lordów mieli być oddani na wychowanie i służyć w Casterly Rock w charakterze giermków, paziów i podczaszych… a także jako zakładnicy, na wypadek gdyby ich ojcowie nie dochowali wierności.

Tak oto Lannisterowie uczynili z wrogów lojalnych przyjaciół, aczkolwiek sami również zawierali związki małżeńskie z Andalami i z biegiem czasu andalska krew zdobyła w ich żyłach przewagę nad krwią Pierwszych Ludzi. W ten sposób zrodziło się wiele szlacheckich rodów – Jastowie, Leffordowie, Parrenowie, Droxowie, Marbrandowie, Braxowie, Serrettowie, Sarsfieldowie i Kyndallowie. Wzmocnieni tym zastrzykiem świeżej krwi królowie Skały jeszcze bardziej powiększyli obszar swojej dziedziny.

Cerion Lannister poszerzył granice domeny aż do Złotego Zęba i okalających go wzgórz, pokonawszy trzech pomniejszych królów, którzy zawarli sojusz przeciwko niemu. Tommen Lannister, Pierwszy Tego Imienia, zbudował wielką flotę i wcielił do swego królestwa Piękną Wyspę, biorąc za żonę córkę ostatniego króla z rodu Farmanów. Loreon II zorganizował pierwszy turniej w krainach zachodu i pokonał każdego rycerza, który stawił mu czoło w szrankach. Pierwszy Lancel Lannister (znany, rzecz jasna, jako Lancel Lew) wyruszył na wojnę przeciwko Gardenerom z Wysogrodu, i nim padł w bitwie, podbił tereny sięgające na południe aż do Starego Dębu. (Jego syn, Loreon III, utracił wszystkie zdobycze ojca i zasłużył na pełen drwiny przydomek Loreona Obwisłego). Król Gerold Lannister, znany jako Gerold Wielki, pożeglował na Żelazne Wyspy i powrócił z setką zakładników, zapewniając, że powiesi jednego z nich za każdym razem, gdy żelaźni ludzie ośmielą się zaatakować jego brzegi. (Dotrzymał słowa i ponad dwudziestu zakładników zawisło). Lancel IV podczas bitwy na Przylądku Lanna uciął ponoć głowę królowi żelaznych ludzi Harraldowi Półutopionemu jednym cięciem dwuręcznego miecza z valyriańskiej stali, znanego jako Jasny Ryk. Potem sam Lancel zginął w bitwie nad Czerwonym Jeziorem, podczas próby najazdu na Reach.

Niektórzy królowie z dynastii Lannisterów słynęli z mądrości, inni z męstwa, wszyscy zaś z hojności... poza być może Norwinem Lannisterem, lepiej znanym jako Norwin Skąpiradło. Jednakże Casterly Rock poznało też wielu słabych, okrutnych bądź chorowitych władców. Loreon IV zasłynął jako Loreon Półgłówek, jego wnuka Loreona V przezwano zaś Królową Loreą, lubił bowiem wdziewać stroje żony i krążyć po portowych uliczkach Lannisportu w przebraniu zwykłej prostytutki (po panowaniu tych dwóch królów imię Loreon stało się zdecydowanie rzadsze wśród lannisterskich książąt). Późniejszy monarcha, Tyrion II, był znany jako Dręczyciel. Choć był silnym królem i słynął z biegłego władania toporem, naprawdę kochał tylko tortury. Szeptano o nim, że nie zapragnął żadnej kobiety, dopóki nie utoczył jej krwi.

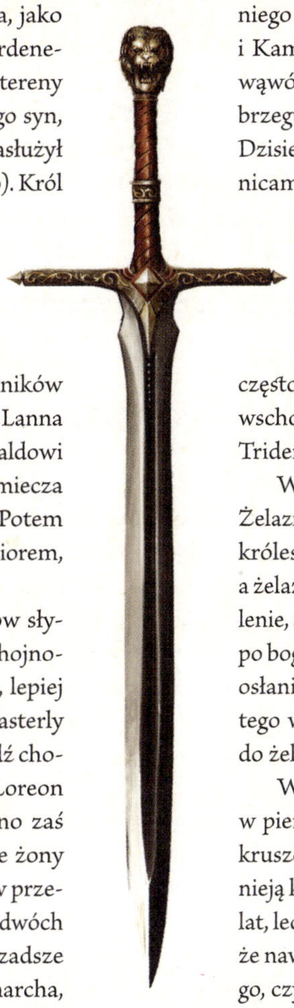

Domena Lannisterów rozciągała się od zachodniego brzegu aż po górny bieg Czerwonych Wideł i Kamiennego Nurtu (gdzie jej koniec wyznaczał wąwóz pod Złotym Zębem) i od południowego brzegu Zatoki Żelaznych Ludzi po granice Reach. Dzisiejsze granice krain zachodu pokrywają się z granicami królestwa Skały z czasów poprzedzających Pole Ognia, gdzie król Loren Lannister (Loren Ostatni) uklęknął jako król, a wstał jako lord. W minionych dniach były one jednak bardziej płynne, zwłaszcza na południu, w którym to rejonie Lannisterowie często ścierali się z Gardenerami z Reach, a także na wschodzie, gdzie walczyli z licznymi królami znad Tridentu.

W dodatku wybrzeża Lannisterów leżą bliżej Żelaznych Wysp niż wybrzeża jakiegokolwiek innego królestwa. Wojny między mieszkańcami zachodu a żelaznymi ludźmi wybuchały mniej więcej co pokolenie, a nawet w okresach pokoju łupieżcy przybywali po bogactwa i morskie żony. Piękna Wyspa pomagała osłaniać wybrzeże położone dalej na południe, dlatego właśnie to Farmanowie zasłynęli z nienawiści do żelaznych ludzi.

Wielkie bogactwo krain zachodu pochodzi w pierwszej kolejności z kopalń złota i srebra. Żyły kruszcu są tam grube i sięgają głęboko. Do dziś istnieją kopalnie, które eksploatowano od z górą tysiąca lat, lecz nadal nie są puste. Lomas Obieżyświat pisze, że nawet w dalekim Asshai przy Cieniu kupcy pytali go, czy to prawda, że „lwi lord" mieszka w pałacu ze szczerego złota, a zagrodnicy zbierają kruszec, po prostu orząc ziemię. Złoto z zachodu zawędrowało daleko, a maesterzy wiedzą, że na całym świecie nie ma kopalń bogatszych niż te, które należą do Casterly Rock.

Miecz Jasny Ryk trafił w ręce królów z rodu Lannisterów w stuleciu poprzedzającym Zagładę. Ponoć zapłacili za niego tyle złota, że wystarczyłoby, aby wystawić armię. Lannisterowie utracili go jednak niespełna sto lat później. Tommen II zabrał miecz ze sobą, gdy pożeglował ze swą wielką flotą do ruin Valyrii, pragnąc splądrować bogactwa, które jego zdaniem z pewnością można było tam znaleźć, oraz poznać tajemnice czarów. Flota nigdy nie wróciła, a Tommen i Jasny Ryk zaginęli razem z nią.

Ostatnie wzmianki o nich można znaleźć w volanteńskiej kronice zatytułowanej *Chwała Volantis*. Napisano tam, że „złota flota", z którą płynął „Lwi Król", zawinęła do miasta, by uzupełnić zapasy, a triarchowie obsypali gościa hojnymi darami. Kronika zapewnia, że Tommen obiecał oddać im połowę wszystkiego, co odnajdzie, w zamian za ich hojność – a także za obietnicę, że wyślą mu swą flotę na pomoc, gdy tylko o to poprosi. Następnie pożeglował na wschód. Według kroniki po upływie roku triarcha Marqelo Tagaros wysłał eskadrę okrętów w stronę Valyrii, by sprawdzić, czy po złotej flocie pozostał jakiś ślad, okręty wróciły jednak z niczym.

POWYŻEJ | *Jasny Ryk, utracony valyriański miecz Lannisterów*

W starożytnych czasach bogactwu ziem zachodu dorównywał głód Włości Valyriańskich, wiecznie spragnionych szlachetnych metali, nie ma jednak dowodów na to, by smoczy lordowie kiedykolwiek kontaktowali się z władcami Skały, czy to Casterly'ami, czy Lannisterami. Septon Barth spekulował na ten temat, odnosząc się do valyriańskiego tekstu, który od jego czasów zaginął. Sugerował, że czarnoksiężnicy z Włości przewidzieli, że złoto z Casterly Rock może ich przywieść do zguby. Arcymaester Perestan wysunął inne, bardziej prawdopodobne przypuszczenie: że Valyrianie dotarli w starożytnych latach aż do Starego Miasta, ale spotkała ich tam jakaś wielka klęska albo tragedia, która sprawiła, że unikali odtąd całego Westeros.

RÓD LANNISTERÓW POD WŁADANIEM SMOKÓW

Gdy Loren Ostatni oddał koronę, Lannisterowie z królów stali się lordami. Choć ich wielkie bogactwo pozostało nietknięte, nie łączyły ich (inaczej niż Baratheonów) bliskie więzy z Targaryenami, a w odróżnieniu od Tullych byli zbyt dumni, by natychmiast zacząć się ubiegać o względy Żelaznego Tronu.

Dopiero w następnym pokoleniu, kiedy to książę Aegon i księżniczka Rhaena szukali schronienia przed królem Maegorem Okrutnym, Lannisterowie znowu zaczęli wpływać na losy królestwa. Lord Lyman Lannister udzielił księciu i księżniczce azylu pod swym dachem, odwołując się do prawa gościnności i ignorując wysuwane przez króla żądania wydania zbiegów. Jego lordowska mość nie zaprzysiągł jednak księciu i księżniczce swych mieczy ani nie podjął żadnych działań do chwili, gdy książę Aegon zginął z rąk swego stryja w bitwie nad Okiem Boga. Gdy jednak najmłodszy brat Aegona, Jaehaerys, zgłosił pretensje do Żelaznego Tronu, Lannisterowie pośpieszyli mu z pomocą.

Śmierć króla Maegora i koronacja Jaehaerysa zbliżyły ród Lannisterów do Żelaznego Tronu, choć Velaryonowie, Arrynowie, Hightowerowie, Tully'owie i Baratheonowie nadal cieszyli się większymi wpływami. Lord Tymond Lannister był obecny na Wielkiej Radzie w roku 101 o.P., kiedy rozstrzygano sprawę sukcesji. Wsławił się wówczas tym, że towarzyszył mu olbrzymi orszak, złożony z trzystu chorążych, zbrojnych i sług… ale prześcignął go lord Matthos Tyrell z Wysogrodu, którego orszak składał się z pięciuset osób. Lannisterowie postanowili opowiedzieć się w debatach po stronie księcia Viserysa – decyzję tę zapamiętano i nagrodzono po latach, kiedy to Viserys zasiadł na Żelaznym Tronie i uczynił bliźniaczego brata lorda Jasona Lannistera, Tylanda, swym starszym nad okrętami. Później ser Tyland służył Aegonowi II jako starszy nad monetą. Bliskie związki łączące go z Żelaznym Tronem oraz dobra pozycja na dworze królewskim sprawiły, że lord Jason przyłączył się do Tańca Smoków po stronie Aegona.

W późniejszym etapie walki o sukcesję ser Tyland ucierpiał jednak srodze za to, że ukrył większą część należącego do korony złota, by po zdobyciu Królewskiej Przystani Rhaenyra Targaryen nie mogła go odnaleźć. Związki Lannisterów z Żelaznym Tronem okazały się też pechowe; Czerwony Kraken i jego łupieżcy uderzyli na niebronione brzegi zachodu tuż po tym, jak lord Jason pomaszerował na wschód na wezwanie króla Aegona II. Stronnicy królowej Rhaenyry spotkali jego zastęp przy brodzie Czerwonych Wideł. Lord Jason padł w boju, śmiertelnie raniony przez posiwiałego giermka, Pate'a z Długiego Liścia (po bitwie Pate'a pasowano na rycerza i ten nisko urodzony wojownik aż po kres swych dni był znany jako Zabójca Lwa). Zastęp Lannisterów nadal maszerował naprzód, odnosząc kilka zwycięstw pod dowództwem ser Adriana Tarbecka, a potem lorda Lefforda, aż wreszcie ten drugi zginął podczas Karmienia Ryb, kiedy to trzy armie wyrżnęły w pień jego ludzi.

Tymczasem ser Tyland został więźniem królowej Rhaenyry po zdobyciu przez nią Królewskiej Przystani. Poddano go okrutnym torturom, by zdradził, gdzie ukrył większą część złota korony, ale uparcie nie chciał mówić. Gdy Aegon II i jego lojaliści odzyskali miasto, znaleźli go w lochach – oślepionego, okaleczonego i wykastrowanego. Zachował jednak zdrowe zmysły, król Aegon przywrócił mu więc pozycję starszego nad monetą. W ostatnich dniach swego panowania Aegon wysłał ser Tylanda do Wolnych Miast, by poszukał tam najemników, którzy wsparliby jego sprawę w walce z synem Rhaenyry, przyszłym Aegonem III, i jego zwolennikami.

Po zakończeniu walk nastał okres regencji, ponieważ nowy król, Aegon III, w chwili objęcia Żelaznego Tronu miał dopiero jedenaście lat. Ser Tylanda Lannistera uczyniono królewskim namiestnikiem, w nadziei, że pomoże to zagoić głębokie rany pozostałe po Tańcu. Być może jego wrogowie liczyli na to, że złamany ślepiec nie będzie dla nich zagrożeniem. Ser Tyland jednak biegle sprawował tę funkcję przez blisko dwa lata, nim zmarł w roku 133 o.P. na zimową gorączkę.

W następnych latach Lannisterowie poparli Targaryenów w walce z Daemonem Blackfyre'em, mimo że buntownicy opowiadający się po stronie Czarnego Smoka odnieśli w krainach zachodu znaczące zwycięstwa – zwłaszcza pod Lannisportem i pod Złotym Zębem, gdzie ser Quentyn Ball, porywczy rycerz zwany Kulą Ognistą, zabił lorda Lefforda i zmusił do odwrotu lorda Damona Lannistera (który potem zasłynął jako Siwy Lew).

Po śmierci Siwego Lwa w roku 210 o.P. lordem Casterly Rock został jego syn Tybolt, który jednak po dwóch latach zginął w podejrzanych okolicznościach. Lord Tybolt był młodym mężczyzną w sile wieku i nie pozostawił żadnych dziedziców poza trzyletnią córką Cyrelle, której panowanie jako pani Casterly Rock okazało się nieszczęśliwie krótkie. Po niespełna roku ona również umarła. Skała oraz krainy zachodu wraz z całym bogactwem i potęgą rodu Lannisterów przypadły jej stryjowi Geroldowi, młodszemu bratu nieżyjącego lorda Tybolta.

Ten sympatyczny mężczyzna, powszechnie uważany za bardzo bystrego, służył przedtem jako regent swej młodej bratanicy, ale jej nagła śmierć w tak młodym wieku stała się przyczyną plotek. Ludzie na zachodzie szeptali, że to Gerold jest winien śmierci zarówno lady Cyrelle, jak i Tybolta.

Nikt, kto żyje obecnie, nie może mieć pewności, czy w tych pogłoskach było coś z prawdy. Tak czy inaczej, Gerold Lannister szybko dowiódł, że jest wyjątkowo sprytnym, zdolnym i sprawiedliwym lordem. Znacznie zwiększył bogactwo rodu Lannisterów, potęgę Casterly Rock i ruch handlowy w Lannisporcie. Władał krainami zachodu przez trzydzieści jeden lat, zasługując na przydomek Gerolda Złotego. Mimo to tragedie, które spadły w owych latach na ród Lannisterów, były dla wrogów Gerolda wystarczającym dowodem jego win. Jego ukochana druga żona, lady Rohanne, zaginęła w tajemniczych okolicznościach w roku 230 o.P., niespełna rok po tym, jak dała jego lordowskiej mości czwartego, najmłodszego syna, Jasona. Tywald, starszy z jego bliźniaczych synów, zginął w bitwie w roku 233, podczas powstania Peake'ów, służąc jako giermek lordowi Robertowi Reyne'owi z Castamere. Lord Robert również poległ, pozostawiając jako dziedzica swego najstarszego syna, ser Rogera Reyne'a (Czerwonego Lwa).

Najważniejszym skutkiem powstania Peake'ów była śmierć samego króla Maekara, ale spowodowany przez nią chaos opisano ze szczegółami w innym miejscu. Mniej znane, lecz równie fatalne były skutki bitwy dla krain zachodu. Tywald Lannister od dawna był zaręczony z młodą, pełną werwy siostrą Czerwonego Lwa, lady Ellyn. Ta uparta, porywcza dziewczyna od lat przyzwyczajała się do myśli, że zostanie panią Casterly Rock i nie chciała się wyrzec tego marzenia. Po śmierci narzeczonego przekonała jego bliźniaczego brata, Tiona, do zerwania zaręczyn z córką lorda Rowana z Goldengrove i zaręczenia się z nią. Lord Gerold sprzeciwiał się ponoć temu związkowi, ale żałoba, wiek i choroba sprawiły, że był już ledwie bladym cieniem samego siebie, z czasem więc ustąpił. W roku 235 o.P. w Casterly Rock urządzono podwójne wesele. Ser Tion Lannister pojął za żonę Ellyn Reyne, jego młodszy brat Tytos poślubił zaś Jeyne Marbrand, córkę lorda Alyna Marbranda z Ashemarku.

Dwukrotnie owdowiały i schorowany lord Gerold nie ożenił się po raz trzeci, po ślubie z Tionem Ellyn z rodu Reyne'ów stała się więc panią Casterly Rock we wszystkim oprócz nazwy.

Jej dobry ojciec wycofał się do swych ksiąg i swej sypialni, lady Ellyn prowadziła zaś pełen przepychu dwór. Zorganizowała całą serię balów i turniejów, wypełniając Skałę artystami, komediantami, muzykami... i Reyne'ami. Bracia, Roger i Reynard, nie odstępowali jej ani na moment. Przyznano im pozycje, zaszczyty i ziemie, podobnie jak stryjom Ellyn, jej kuzynom, bratankom i bratanicom. Stary błazen lorda Gerolda, zgryźliwy garbus zwany Lordem Ropuchą, rzekł ponoć: „Lady Ellyn z pewnością musi być czarodziejką, bo zmieniła Casterly Rock w Castamere".

W roku 236 o.P. pretendent Daemon Blackfyre, Trzeci Tego Imienia, przepłynął przez wąskie morze i wylądował na Haku Masseya z Bittersteelem i Złotą Kompanią, pragnąc zagarnąć Żelazny Tron. Król Aegon V zwołał lojalnych lordów z całych Siedmiu Królestw do stawienia mu czoła i rozpoczął się czwarty bunt Blackfyre'ów.

Zakończył się on znacznie szybciej, niż mógłby tego pragnąć pretendent, bitwą pod Wendwater Bridge. Ciała

POWYŻEJ | *Herb rodu Lannisterów (pośrodku) i herby niektórych ich wasali (od szczytu, zgodnie z ruchem wskazówek zegara): Crakehallów, Braxów, Clegane'ów, Farmanów, Leffordów, Reyne'ów, Westerlingów, Payne'ów, Marbrandów, Lyddenów, Presterów i Tarbecków*

zabitych stronników Czarnego Smoka wypełniły potem rzekę, aż ta wystąpiła z brzegów. Natomiast rojaliści stracili niespełna stu ludzi... ale był wśród nich ser Tion Lannister, dziedzic Casterly Rock.

Można by się spodziewać, że strata drugiego z „cudownych bliźniaków" ostatecznie załamie pogrążonego w żałobie ojca, lorda Gerolda; o dziwo jednak, stało się dokładnie na odwrót. Kiedy ciało ser Tiona złożono na spoczynek w Casterly Rock, Gerold Złoty odzyskał siły i ponownie wziął mocno w garść krainy zachodu, zdecydowany zrobić wszystko, co w jego mocy, by przygotować swego trzeciego syna, Tytosa, mało obiecującego chłopaka o słabej woli, do przejęcia władzy.

„Rządy Reyne'ów" dobiegły końca. Bracia lady Ellyn wkrótce wrócili do Castamere w towarzystwie wielu kuzynów.

Lady Ellyn została w Casterly Rock, ale jej wpływy malały, a znaczenie lady Jeyne rosło. Wkrótce rywalizacja między wdową po ser Tionie a żoną Tytosa zrobiła się naprawdę nieprzyjemna, jeśli wierzyć plotkom spisanym przez maestera Beldona. W roku 239 o.P. Ellyn Reyne oskarżono o pójście do łóżka z Tytosem Lannisterem i nakłanianie go, by oddalił lady Jeyne i ożenił się z nią. Jednakże młody Tytos (miał wtedy dziewiętnaście lat) bał się wdowy po bracie tak bardzo, że nie był w stanie niczego dokonać. Upokorzony chłopak uciekł do żony, by wyznać jej winę i błagać o wybaczenie.

Lady Jeyne zgodziła się wybaczyć młodemu mężowi, dla dobrej siostry nie była jednak tak wyrozumiała. Bez wahania poinformowała o tym incydencie jego lordowską mość. Rozwścieczony lord Gerold postanowił na dobre pozbyć się Ellyn Reyne z Casterly Rock, znajdując jej nowego męża. Rozesłano kruki i pośpiesznie zaaranżowano małżeństwo. Przed upływem dwóch tygodni Ellyn Reyne poślubiła Walderana Tarbecka, lorda Tarbeck Hall, rumianego pięćdziesięciopięcioletniego wdowca ze starożytnego, szanowanego, ale zubożałego rodu.

Ellyn Reyne, obecnie lady Tarbeck, opuściła z mężem Casterly Rock i nigdy już tam nie wróciła, ale nie był to bynajmniej koniec jej rywalizacji z lady Jeyne. Można by nawet powiedzieć, że jeszcze się ona nasiliła, przybierając postać tego, co Lord Ropucha nazwał Wojną Macic. Choć lady Ellyn nie zdołała dać dziedzica Tionowi, okazała się bardziej płodna z Walderanem Tarbeckiem (trzeba zauważyć, że miał on też wielu synów z dwóch poprzednich małżeństw). Urodziła mu dwie córki i syna. Lady Jeyne odpowiedziała własnymi dziećmi, a pierwsze z nich było synem. Dano mu na imię Tywin. Legenda mówi, że gdy dziadek, lord Gerold, pogłaskał dziecko po złotych włosach, chłopczyk ugryzł go w palec.

Z czasem pojawiły się inne dzieci, ale Tywin, najstarszy z nich, był jedynym, którego jego lordowska mość zdążył zobaczyć. W roku 244 o.P. Gerold Złoty zmarł na chorobę pęcherza, nie mogąc oddać moczu. W wieku dwudziestu

POWYŻEJ | *Lady Ellyn Reyne i lady Jeyne Marbrand na dworze lorda Gerolda Lannistera*

czterech lat Tytos Lannister, jego najstarszy żyjący syn, stał się lordem Casterly Rock, Tarczą Lannisportu i namiestnikiem zachodu.

Nie ulegało wątpliwości, że nie nadaje się do sprawowania żadnej z tych funkcji. Lord Tytos Lannister miał wiele zalet: niełatwo wpadał w gniew, szybko wybaczał, w każdym człowieku, wielkim czy małym, dostrzegał dobro i był zdecydowanie zbyt ufny. Nazwano go Roześmianym Lwem, z uwagi na jowialny sposób bycia, i przez pewien czas zachód śmiał się razem z nim... wkrótce jednak większość zaczęła się śmiać z niego.

Kiedy przyszło do sprawowania rządów, lord Tytos okazał się słaby i niezdecydowany. Nie lubił wojny i zbywał śmiechem zniewagi, po których większość jego przodków złapałaby z krzykiem za miecz. Wielu widziało w jego słabości szansę zdobycia dla siebie władzy, bogactw i ziem. Niektórzy pożyczali wielkie sumy od Casterly Rock, a potem odmawiali spłacania długu. Gdy ujrzano, że lord Tytos jest skłonny przedłużyć termin spłaty, a nawet umorzyć dług, nawet zwykli kupcy z Lannisportu i Kayce zaczęli błagać o pożyczki.

Edykty lorda Tytosa powszechnie ignorowano, a korupcja stała się plagą jego ziem.

Na ucztach i balach goście bez skrępowania drwili z jego lordowskiej mości, nawet gdy był obecny. Zwano to pociąganiem lwa za ogon. Młodzi rycerze, a nawet giermkowie, rywalizowali ze sobą o to, kto pociągnie za ten ogon najsilniej. Powiadają, że nikt nie śmiał się z owych żartów głośniej niż sam lord Tytos.

Maester Beldon w jednym ze swych listów do Cytadeli napisał: „Jego lordowska mość pragnie tylko być kochany. Dlatego się śmieje, nie okazuje urazy, wybacza, przyznaje zaszczyty, urzędy i kosztowne dary tym, którzy drwią z niego i sprzeciwiają się mu. Sądzi, że w ten sposób zdobędzie ich lojalność, ale im głośniej się śmieje i im więcej daje, tym bardziej nim gardzą".

W miarę jak potęga Lannisterów słabła, inne rody rosły w siłę i sprzeciwiały się im coraz śmielej. Gdy nadszedł rok 254 o.P., nawet lordowie spoza krain zachodu zaczęli sobie uświadamiać, że nie mają już powodów, by bać się lwa z Casterly Rock.

Pod koniec tego roku lord Tytos zgodził się wydać swą siedmioletnią córkę, Gennę, za młodszego syna Waldera Freya, lorda Przeprawy. Choć Tywin miał wówczas dopiero dziesięć lat, w ostrych słowach potępił te zaręczyny. Lord Tytos nie ustąpił, ludzie zobaczyli jednak, że to nieustraszone dziecko o żelaznej woli jest znacznie twardsze, niż przystoi to jego wiekowi, i w niczym nie przypomina dobrodusznego ojca.

Wkrótce potem lord Tytos wysłał dziedzica do Królewskiej Przystani, by służył jako podczaszy na dworze króla Aegona. Drugiego syna jego lordowskiej mości, Kevana, również odesłano, by służył jako paź, a potem giermek lordowi Castamere.

Reyne'owie byli starym, bogatym i potężnym rodem, wielce przy tym skorzystali na złych rządach lorda Tytosa. Roger Reyne, Czerwony Lew, władał mieczem tak biegle, że wzbudzał powszechny strach. Wielu uważało go za najgroźniejszego szermierza w krainach zachodu. Ser Roger był silny i szybki, a jego młodszy brat, ser Reynard, sprytny i czarujący.

Reyne'owie rośli w siłę, a wraz z nimi ich bliscy sojusznicy, Tarbeckowie z Tarbeck Hall. Po stuleciach powolnego schyłku ten starożytny, lecz ubogi ród rozkwitł na nowo. W znacznej części była to zasługa nowej lady Tarbeck, znanej przedtem jako Ellyn Reyne.

Choć lady Ellyn nadal nie była mile widziana w Casterly Rock, za pośrednictwem swych braci zdołała wyłudzić od Lannisterów wielkie sumy w złocie, lord Tytos bowiem bardzo nie lubił odmawiać Czerwonemu Lwu. Środki te wykorzystała do odbudowy sypiącej się ruiny, którą było Tarbeck Hall, renowacji jego muru kurtynowego, wzmocnienia wież i umeblowania donżonu z przepychem nieustępującym żadnemu zamkowi na zachodzie.

W roku 255 o.P. lord Tytos hucznie obchodził w Casterly Rock narodziny czwartego syna, ale jego radość szybko obróciła się w smutek. Jego ukochana żona, lady Jeyne, nie wróciła do zdrowia po porodzie i zmarła przed upływem cyklu księżyca od narodzin Geriona Lannistera. Jej utrata stała się dla jego lordowskiej mości druzgocącym ciosem. Od tego dnia nikt już nie zwał go Roześmianym Lwem.

Lata, które nastąpiły później, zaliczają się do najbardziej tragicznych w całej długiej historii krain zachodu. Sytuacja stała się tak zła, że Żelazny Tron uznał interwencję za konieczną. Król Aegon V trzykrotnie wysyłał tam swych rycerzy, by przywrócili porządek, ale gdy tylko królewscy ludzie się oddalali, konflikty wybuchały na nowo. W roku 259 o.P. Jego Miłość zginął w tragicznym wypadku w Summerhall i sytuacja na zachodzie pogorszyła się jeszcze bardziej, ponieważ nowy władca, Jaehaerys II Targaryen, nie miał silnej woli ojca, w dodatku wkrótce zaangażował się w wojnę dziewięciogroszowych królów.

Na wezwanie króla z krain zachodu wyruszyło tysiąc rycerzy i dziesięć tysięcy zbrojnych, ale nie było wśród nich lorda Tytosa. Dowództwo powierzono bratu jego lordowskiej mości, lecz w roku 260 o.P. ser Jason Lannister poległ na Krwawym Stopniu. Po jego śmierci dowództwo nad ocalałymi ludźmi z zachodu przejął ser Roger Reyne, który poprowadził ich do kilku znaczących zwycięstw.

Trzej starsi synowie lorda Tytosa również dobrze się spisali na Stopniach. Pasowany na rycerza w przeddzień konfliktu ser Tywin Lannister walczył jako członek świty

młodego dziedzica tronu, Aerysa, księcia Smoczej Skały, i przypadł mu zaszczyt pasowania go po zakończeniu wojny. Kevan Lannister, który był giermkiem Czerwonego Lwa, również zdobył ostrogi; Roger Reyne pasował go osobiście. Ich brat, Tygett, był za młody, by zostać rycerzem, wszyscy jednak dostrzegli jego odwagę i biegłość we władaniu bronią. W swej pierwszej bitwie Tygett zabił dorosłego mężczyznę, a w następnych jeszcze trzech, w tym rycerza ze Złotej Kompanii. Podczas gdy jego lwiątka walczyły na Stopniach, Tytos Lannister przebywał w Casterly Rock w towarzystwie pewnej młodej, nisko urodzonej kobiety, która wpadła mu w oko, kiedy służyła jako mamka jego najmłodszemu synowi.

Powrót potomków lorda Tytosa z wojny zapowiadał rychłe nadejście zmian. Ser Tywin Lannister, zahartowany w boju i świetnie zdający sobie sprawę z tego, jak mało inni lordowie królestwa szanują jego ojca, bezzwłocznie podjął kroki zmierzające do przywrócenia Casterly Rock dumy i potęgi. Jego ojciec się sprzeciwiał, lecz ponoć niezbyt silnie, a wkrótce wycofał się w ramiona swej mamki, pozwalając, by dziedzic władał za niego.

Ser Tywin zaczął od żądania zwrotu całego złota pożyczonego przez lorda Tytosa. Ci, którzy nie mieli z czego zapłacić, musieli wysłać zakładników do Casterly Rock. Z pięciuset rycerzy, zaprawionych w bojach weteranów ze Stopni, utworzono nową kompanię, którą dowodził brat ser Tywina, ser Kevan. Polecono mu oczyszczenie krain zachodu z banitów i rycerzy-rabusiów.

Niektórzy pośpiesznie posłuchali Tywina. „Lew się obudził" – rzekł ser Harys Swyft, rycerz z Cornfield, gdy poborcy zjawili się u bram jego zamku. Nie mogąc spłacić długu, oddał ser Kevanowi córkę jako zakładniczkę. W innych miejscach poborcy spotkali się jednak z niechętnym przyjęciem bądź nawet otwartym oporem. Lord Reyne ponoć roześmiał się w głos, kiedy jego maester przeczytał mu zarządzenia ser Tywina, po czym poradził przyjaciołom i wasalom, by je zignorowali.

Lord Walderan Tarbeck nierozsądnie wybrał inny kurs. Pojechał do Casterly Rock, by zaprotestować, przekonany, że potrafi zastraszyć lorda Tytosa i zmusić go do odwołania edyktów wydanych przez syna. Spotkał się jednak z ser Tywinem, który kazał zamknąć go w lochu.

Po zakuciu lorda Walderana w łańcuchy ser Tywin z pewnością spodziewał się, że Tarbeckowie skapitulują. Lady Tarbeck szybko jednak wyprowadziła go z błędu. Ta przerażająca kobieta wysłała swoich rycerzy, którzy pojmali trzech Lannisterów. Dwaj z nich byli Lannisterami z Lannisportu, dalekimi kuzynami Lannisterów z Casterly Rock, ale trzecim był młody giermek Stafford Lannister, najstarszy syn i dziedzic nieżyjącego brata lorda Tytosa, ser Jasona.

Kryzys, który to wywołało, odciągnął lorda Tytosa od jego mamki na chwilę wystarczająco długą, by mógł zmienić rozkazy swego zdeterminowanego dziedzica. Jego lordowska mość nie tylko nakazał wypuścić Walderana Tarbecka bez szkody, lecz nawet posunął się do tego, że go przeprosił i darował mu długi.

By zorganizować wymianę zakładników, lord Tytos zwrócił się do młodszego brata lady Tarbeck, ser Reynarda Reyne'a. Na miejsce spotkania wybrano potężnie ufortyfikowaną siedzibę Czerwonego Lwa, Castamere. Ser Tywin odmówił uczestnictwa, lorda Walderana zwrócił więc ser Kevan, podczas gdy Stafforda i jego kuzynów odwiozła osobiście lady Tarbeck. Lord Reyne ugościł wszystkich ucztą, na której urządzono wielki pokaz przyjaźni – Lannisterowie i Tarbeckowie wznosili za siebie nawzajem toasty, wymieniali dary i pocałunki oraz przysięgali, że pozostaną wiernymi przyjaciółmi „na całą wieczność".

Cała wieczność trwała niespełna rok, jak zauważył później wielki maester Pycelle. Tywin Lannister, którego nie było na uczcie u Czerwonego Lwa, nie zamierzał zrezygnować z ukarania zbyt już potężnych wasali. Pod koniec roku 261 o.P. wysłał do Castamere i Tarbeck Hall kruki, rozkazując Rogerowi i Reynardowi Reyne'om oraz lordowi i lady Tarbeck stawić się w Casterly Rock, by ci „odpowiedzieli za swoje zbrodnie". Reyne'owie i Tarbeckowie wybrali sprzeciw, czego ser Tywin z pewnością się spodziewał. Oba rody podniosły otwarty bunt, wypowiadając wierność Casterly Rock.

POWYŻEJ | *Lord Tytos Lannister i jego dziedzic, ser Tywin*

Tywin Lannister zwołał chorągwie. Nie pytał pana ojca o pozwolenie, ani nawet nie poinformował go o swych zamiarach; po prostu wyruszył do boju, prowadząc pięciuset rycerzy i trzy tysiące zbrojnych oraz kuszników.

Pierwszy ofiarą gniewu ser Tywina padł ród Tarbecków. Zastęp Lannisterów uderzył tak szybko, że wasale i stronnicy lorda Walderana nie zdążyli się nawet zgromadzić. Jego lordowska mość zachował się jak głupiec, wyjeżdżając na spotkanie wojsk ser Tywina tylko ze swymi domowymi rycerzami. W krótkiej, brutalnej bitwie Tarbecków rozbito, a następnie wycięto w pień. Lorda Tarbecka i jego synów ścięto, razem z jego bratankami i kuzynami, mężami jego córek i każdym, kto miał na tarczy bądź opończy siedmioramienną, niebiesko-srebrną gwiazdę rodu Tarbecków. Gdy ludzie Lannisterów ponownie ruszyli na Tarbeck Hall, nieśli przed sobą nadziane na włócznie głowy lorda Walderana i jego synów.

Ujrzawszy ich, lady Ellyn Tarbeck zamknęła bramy i wysłała kruki do Castamere, by wezwać braci. Ufała w siłę swych murów i z pewnością spodziewała się długiego oblężenia, ale machiny oblężnicze zmontowano w ciągu jednego dnia i mury nie zdały się na wiele, kiedy ogromny kamień przeleciał nad nimi i rozwalił stary donżon zamku. Lady Ellyn i jej syn Tion Czerwony zginęli pod gruzami. Opór wkrótce ustał i otworzono bramy przed oblegającymi. Tywin Lannister rozkazał puścić Tarbeck Hall z dymem. Zamek płonął cały dzień i całą noc, aż wreszcie została z niego tylko poczerniała skorupa. Czerwony Lew przybył akurat na czas, by zobaczyć płomienie. Prowadził ze sobą dwa tysiące ludzi – wszystkich, których zdołał zebrać w tak krótkim czasie.

Większość relacji zgodnie podaje, że Tywin Lannister miał trzy razy więcej zbrojnych, choć niektórzy zapewniają, że jego przewaga była nawet pięciokrotna. Licząc na to, że zaskoczenie da mu zwycięstwo, Roger Reyne kazał trębaczom dać sygnał do ataku i ruszył do szarży na obóz ser Tywina. Lannisterowie szybko jednak odzyskali równowagę po chwili szoku i przeciwnicy wkrótce odczuli ich przewagę liczebną. Lord Reyne nie miał innego wyboru, jak zawrócić i ruszyć do ucieczki. Jego jeźdźców ścigał grad bełtów z kusz. Jeden z nich trafił lorda Reyne'a między łopatki, przebijając zbroję. Czerwony Lew jechał dalej, ale po półtorej mili spadł z konia i trzeba go było odwieźć do Castamere.

Zastęp Lannisterów przybył tam po trzech dniach. Podobnie jak Casterly Rock, siedziba rodu Reyne'ów z początku była kopalnią. Dzięki licznym żyłom złota i srebra, w Erze Herosów Reyne'owie niemal dorównywali bogactwem Lannisterom. By bronić źródła swego majątku, otoczyli wejście do kopalni murem kurtynowym, zamknęli wejście bramą z dębiny i żelaza, a po bokach ustawili dwie potężne baszty. Potem pojawiły się komnaty i donżony, ale przez cały ten czas szyby kopalni sięgały coraz głębiej pod ziemię. Kiedy złoto wreszcie się skończyło, sztolnie przerobiono na korytarze, galerie i przytulne sypialnie, labirynt tuneli oraz ogromną, pełną echa salę balową. Nieświadomemu obserwatorowi Castamere mogło się wydawać niewielką warownią, odpowiednią dla rycerza na włościach bądź pomniejszego lorda, ale ci, którzy znali jego tajemnice, wiedzieli, że dziewięć dziesiątych zamku kryje się pod ziemią.

Reyne'owie wycofali się do owych głębokich komnat. Dręczony gorączką i osłabiony upływem krwi Czerwony Lew nie był w stanie prowadzić swych ludzi do boju, dowództwo przejął więc jego brat, ser Reynard, mniej uparty, ale za to sprytniejszy. Wiedział, że ma za mało ludzi, by bronić murów zamku, całkowicie wycofał się więc z powierzchni, oddając ją wrogom. Kiedy wszyscy już skryli się bezpiecznie w tunelach, wysłał do ser Tywina wiadomość z propozycją warunków kapitulacji. Tywin Lannister nie zaszczycił go odpowiedzią. Zamiast tego rozkazał zamknąć wejście do kopalni. Jego ludzie wzięli w ręce kilofy, topory i pochodnie, po czym zasypali wielkie bramy tonami kamieni oraz gleby, aż wreszcie nie było żadnej drogi wejścia ani wyjścia. Następnie Tywin skupił się na małym, wartkim strumieniu, wpadającym do krystalicznie czystego błękitnego jeziorka, któremu zamek Castamere zawdzięczał swą nazwę. Wystarczył jeden dzień, by zbudować tamę, i niespełna dwa, by skierować strumień do najbliższego wejścia.

Zatkano je kamieniami i ziemią, nie pozostawiając szczeliny, przez którą mogłaby się przecisnąć choćby wiewiórka, nie wspominając już o człowieku... ale woda znalazła drogę.

Ser Reynard zabrał ponoć ze sobą do kopalni ponad trzystu mężczyzn, kobiet i dzieci. Nikt nie wyszedł na powierzchnię. Kilku strażników wyznaczonych do pilnowania najmniejszego i najbardziej odległego z wejść mówiło, że pewnej nocy słyszeli dobiegające spod ziemi słabe krzyki, ale za dnia wszystko ucichło.

Od tego czasu nikt nie otworzył wejść do kopalń Castamere. Nadziemne budynki, podpalone przez Tywina Lannistera, po dziś dzień stoją puste, jako nieme świadectwo losu, jaki czeka tych, którzy są na tyle głupi, by podnieść rękę na lwy z Casterly Rock.

W roku 262 o.P. w Królewskiej Przystani zmarł król Jaehaerys II. Zasiadał na Żelaznym Tronie zaledwie trzy lata. Jego syna Aerysa, księcia Smoczej Skały, koronowano jako króla Aerysa II. Pierwszą decyzją młodego władcy – i wielu mówi, że najmądrzejszą – było wezwanie z Casterly Rock przyjaciela z lat chłopięcych, Tywina Lannistera, i mianowanie go królewskim namiestnikiem.

Ser Tywin miał dopiero dwadzieścia lat i był najmłodszym człowiekiem, jaki kiedykolwiek piastował ten urząd, ale dzięki temu, jak uporał się z buntem Reyne'ów i Tarbecków, szanowano go, a nawet bano się, w całych Siedmiu

Królestwach. Jego kuzynka, lady Joanna, córka nieżyjącego brata lorda Tytosa, ser Jasona, przebywała w Królewskiej Przystani już od roku 259 o.P., służąc Rhaelli jako dama dworu i towarzyszka. Ser Tywin ożenił się z nią rok po tym, jak mianowano go namiestnikiem. Huczny ślub urządzono w Wielkim Sepcie Baelora. Król Aerys osobiście przewodniczył weselu i pokładzinom. W roku 266 o.P. lady Joanna powiła bliźnięta, chłopca i dziewczynkę. Również i brat ser Tywina, ser Kevan, ożenił się w tym czasie z córką ser Harysa Swyfta z Cornfield, ongiś oddaną mu jako zakładniczkę za długi ojca.

W roku 267 o.P. serce lorda Tytosa Lannistera pękło, gdy wspinał się po stromych schodach do sypialni kochanki (jego lordowska mość oddalił w końcu mamkę, ale wkrótce dał się oczarować córce producenta świec). Tak oto w wieku dwudziestu pięciu lat Tywin Lannister został lordem Casterly Rock, Tarczą Lannisportu i namiestnikiem zachodu. Roześmianego Lwa złożono wreszcie na spoczynek, a jego ród stał się potężny i bezpieczny jak nigdy dotąd. Nastały złote lata, nie tylko dla krain zachodu, lecz również dla całych Siedmiu Królestw.

W tym jabłku krył się jednak robak. Nasilający się obłęd króla Aerysa II wkrótce zagroził wszystkiemu, co starał się zbudować Tywin Lannister. Jego lordowska mość poniósł też wielką osobistą stratę – jego ukochana żona, lady Joanna, zmarła bowiem w roku 273 o.P., wydając na świat straszliwie zdeformowane dziecko. Wielki maester Pycelle pisze, że po jej śmierci Tywina Lannistera opuściła wszelka radość, lecz mimo to nie przestawał wykonywać swych obowiązków.

Z dnia na dzień i z roku na rok Aerys II coraz częściej zwracał się przeciwko swemu namiestnikowi i przyjacielowi z lat dzieciństwa, nękając go niezliczonymi wymówkami, zmianami zdania oraz upokorzeniami. Lord Tywin znosił to wszystko cierpliwie, ale gdy monarcha mianował jego syna i dziedzica, ser Jaimego, rycerzem Gwardii Królewskiej, uznał, że tego już za wiele, i w roku 281 o.P. zrezygnował ze stanowiska namiestnika.

Pozbawiony rad człowieka, na którym polegał tak długo, otoczony lizusami i intrygantami, Aerys II wkrótce całkowicie pogrążył się w obłędzie, a królestwo zaczęło popadać w ruinę.

Wydarzenia, do których doszło podczas bunt Roberta, są świetnie znane wszystkim, którzy żyli w tych czasach, nie będę więc powtarzał całej opowieści. Zauważę tylko, że lord Tywin nie mieszał się do wojny aż do samego końca, kiedy to wyprowadził z krain zachodu potężny zastęp, by zdobyć Królewską Przystań i Czerwoną Twierdzę dla Roberta Baratheona. Miecze lorda Tywina oraz jego ludzi położyły kres trwającym blisko trzysta lat rządom Targaryenów.

W następnym roku król Robert I Baratheon pojął za żonę córkę lorda Tywina, lady Cersei, łącząc w ten sposób dwa najpotężniejsze i najszlachetniejsze rody w całym Westeros.

CASTERLY ROCK

Casterly Rock, starożytna siedziba rodu Lannisterów, nie jest zwyczajnym zamkiem. Choć wieńczą ją wieże, wieżyczki i baszty, ma kamienne mury, a wszystkich wejść strzegą dębowe bramy i żelazne kraty, owa starożytna forteca jest w rzeczywistości kolosalną skałą na brzegach morza zachodzącego słońca, według niektórych przypominającą wyglądem siedzącego lwa, gdy słońce zachodzi i pojawiają się cienie.

Skała była zamieszkana od tysiącleci. Wydaje się prawdopodobne, że przed przybyciem Pierwszych Ludzi w wielkich, wyrzeźbionych przez morze jaskiniach u jej podstawy mieszkały dzieci lasu i olbrzymy. Niedźwiedzie, lwy, wilki i nietoperze również miały tam swe siedliska, podobnie jak niezliczone mniejsze stworzenia.

Dolną część Skały przeszywają setki szybów. Pomimo tysiącleci eksploatacji nadal lśnią tam liczne nietknięte żyły czerwonego i żółtego złota. Pierwszymi, którzy zaczęli przerabiać sztolnie na korytarze i komnaty, byli Casterly'owie, oni też zbudowali na szczycie fort pierścieniowy, z którego mogli obserwować swą domenę.

Według pomiarów Skała jest trzykrotnie wyższa niż Mur albo Wysoka Wieża w Starym Mieście. Od zachodu do wschodu ma prawie sześć mil długości i wykuto w niej niezliczone tunele, lochy, magazyny, koszary, korytarze, stajnie, klatki schodowe, dziedzińce, balkony oraz ogrody. Jest tam nawet swego rodzaju boży gaj, choć rosnące w nim czardrzewo jest dziwaczne i wypaczone, a jego splątane korzenie niemal całkowicie wypełniły jaskinię, dławiąc wszelką inną roślinność.

Wewnątrz Skały można znaleźć także port, razem z dokami, nabrzeżami i stopniami, morze wyrzeźbiło bowiem w jej zachodniej powierzchni wielkie jaskinie, naturalne bramy tak głębokie i szerokie, że drakkary, a nawet kogi mogą wpływać do środka i wyładowywać towary.

Lwia Paszcza – wielka, naturalna jaskinia tworząca główne wejście do Skały – ma dwieście stóp wysokości od podłogi aż po sklepienie. W ciągu stuleci poszerzono ją i udoskonalono. Jej schody są ponoć obecnie tak szerokie, że dwudziestu jeźdźców może po nich wjeżdżać obok siebie.

PO PRAWEJ | *Casterly Rock*

Casterly Rock nigdy nie zdobyto szturmem ani przez oblężenie. Żaden zamek w Siedmiu Królestwach nie jest większy, bogatszy ani lepiej broniony. Legendy mówią, że Visenya Targaryen na jego widok podziękowała bogom za to, że król Loren opuścił zamek, by stawić czoło jej bratu na Polu Ognia. Gdyby pozostał wewnątrz Skały, nawet smoczy ogień nie zdołałby go tam dosięgnąć.

Lordowie Casterly Rock zgromadzili w ciągu stuleci mnóstwo skarbów, a wiele rzeczy, które można tam ujrzeć – zwłaszcza Złota Galeria z pozłacanymi ornamentami i ścianami oraz Sala Bohaterów, gdzie kosztowne zbroje setek rycerzy, lordów i królów z rodu Lannisterów pełnią wiekuistą straż – słusznie słyną w całych Siedmiu Królestwach, a nawet w krainach za wąskim morzem.

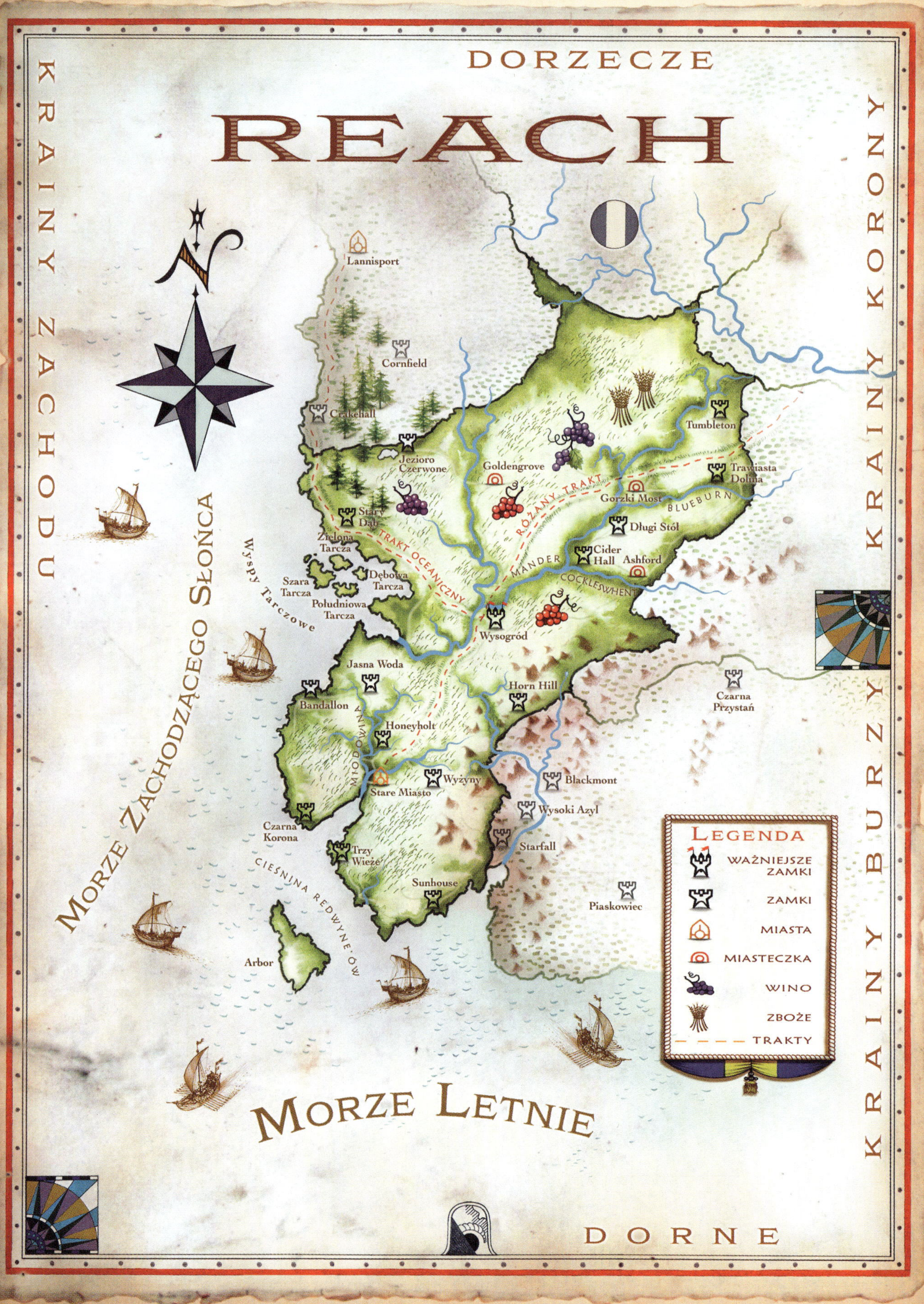

DORZECZE
REACH
KRAINY ZACHODU
KRAINY KORONY
KRAINY BURZY
Lannisport
Cornfield
Crakehall
Jezioro Czerwone
Goldengrove
Tumbleton
Trawiasta Dolina
Gorzki Most
BLUEBURN
RÓŻANY TRAKT
Stary Dąb
Zielona Tarcza
Szara Tarcza
Dębowa Tarcza
Południowa Tarcza
Wyspy Tarczowe
TRAKT OCEANICZNY
Długi Stół
Cider Hall
Ashford
MANDER
COCKLESWHENT
Wysogród
Jasna Woda
Bandallon
Horn Hill
Czarna Przystań
Honeyholt
MIODOWINA
Stare Miasto
Wyżyny
Blackmont
Wysoki Azyl
Czarna Korona
Trzy Wieże
Starfall
Sunhouse
Piaskowiec
CIEŚNINA REDWYNE'ÓW
Arbor
MORZE ZACHODZĄCEGO SŁOŃCA
MORZE LETNIE
DORNE
LEGENDA
WAŻNIEJSZE ZAMKI
ZAMKI
MIASTA
MIASTECZKA
WINO
ZBOŻE
TRAKTY

Reach

Największe i najludniejsze z sześciu południowych królestw (północ, rozległa, ale rzadko zaludniona, jest odrębną krainą) na ogół określa się nazwą Reach, co nie jest do końca poprawne. Granice domen rodu Tyrellów, lordów Wysogrodu, w znacznym stopniu pokrywają się z granicami Królestwa Reach, istniejącego przez tysiąclecia przed Podbojem Aegona, ale ta bogata i żyzna kraina składała się ongiś z czterech odrębnych królestw:

Starego Miasta i jego otoczenia, od Gór Czerwonych na wschodzie po górny bieg Miodowiny na północy.

Arbor, złotej wyspy położonej za Cieśniną Redwyne'ów, słynącej z wina i blasku słońca.

Zachodniego Pogranicza, od Horn Hill do Nocnej Pieśni.

Właściwego Reach, rozległego obszaru pełnego pól i gospodarstw rolnych, jezior i rzek, wzgórz, lasów i wonnych łąk, młynów i kopalń, usianego małymi wioskami, kwitnącymi miasteczkami targowymi i starożytnymi zamkami. Ciągnie się ono od Wysp Tarczowych, położonych na morzu zachodzącego słońca w ujściu Manderu, poprzez Wysogród, Czerwone Jezioro, Goldengrove i Gorzki Most, aż do Tumbleton i źródeł Manderu.

Tym ostatnim królestwem dawniej władali Gardenerowie, w bardziej współczesnych zaś czasach potomkowie ich zarządców, Tyrellowie z Wysogrodu. Jak mówią kroniki, to właśnie na jego zielonych polach zrodziły się rycerskie ideały; dzielnych rycerzy i piękne panny z Reach w całych Siedmiu Królestwach wysławiają minstrele, których tradycja również zrodziła się właśnie tutaj.

Reach zawsze było wielkim królestwem i dla swych mieszkańców jest wieloma różnymi rzeczami: najludniejszą, najżyźniejszą i najpotężniejszą domeną w Siedmiu Królestwach, ustępującą bogactwem tylko pełnym złota krainom zachodu; ośrodkiem wiedzy; centrum muzyki, kultury i wszystkich sztuk, jasnych i mrocznych; ojczyzną wielkich żeglarzy, mądrych i szlachetnych królów, straszliwych czarnoksiężników oraz najpiękniejszych kobiet w całym Westeros. Na wzgórzu nad Manderem zbudowano Wysogród, słusznie zwany najpiękniejszym zamkiem w Siedmiu Królestwach. Sam Mander, płynący pod jego murami, jest ich najdłuższą i najszerszą rzeką. Wielkie Stare Miasto dorównuje Królewskiej Przystani rozmiarami i przerasta ją pod każdym innym względem, jest bowiem znacznie starsze i piękniejsze, ma brukowane ulice, pięknie zdobione domy cechowe, kamienice, a także trzy imponujące monumenty: Gwiezdny Sept Wiary, Cytadelę maesterów oraz potężną Wysoką Wieżę z jasnym światłem na szczycie, najwyższą w całym znanym świecie. Reach zaiste jest krainą rzeczy niezrównanych.

Garth Zielonoręki

Historia Reach zaczyna się od Gartha Zielonorękiego, legendarnego przodka nie tylko Tyrellów z Wysogrodu, lecz również królów z dynastii Gardenerów, którzy panowali przed nimi… a także wszystkich innych wielkich rodów i szlacheckich rodzin Zielonego Królestwa.

Istnieją tysiące opowieści o Garthu, w Reach i poza nim. W większości są one niewiarygodne, a często też wzajemnie sprzeczne. Według niektórych żył współcześnie z Brandonem Budowniczym, Lannem Sprytnym, Durranem Smutkiem Bogów oraz innymi barwnymi bohaterami z Ery Herosów. W innych opowieściach jest przodkiem ich wszystkich. Garth był jakoby najwyższym królem Pierwszych Ludzi, to on przyprowadził ich ze wschodu lądowym mostem do Westeros. Jeszcze inne historie próbują nas jednak przekonać, że żył on na tysiąclecia przed przybyciem Pierwszych Ludzi, i był nie tylko pierwszym, lecz również jedynym człowiekiem w Westeros; wędrował samotnie po całej krainie, rozmawiając z olbrzymami i dziećmi lasu. Niektórzy utrzymują wręcz, że był bogiem.

Nawet jego przydomek jest sporny. Zwiemy go Garthem Zielonorękim, jednak w najstarszych opowieściach jest Garthem Zielonowłosym albo po prostu Garthem Zie-

Kilka bardzo starych historii o Garthu Zielonorękim opowiada o zdecydowanie mroczniejszym bóstwie, które domagało się od czcicieli ofiar z ludzi, mających zapewnić dobre żniwa. W niektórych opowieściach zielony bóg umiera każdej jesieni, gdy drzewa tracą liście, by odrodzić się z nadejściem wiosny. O tej wersji Gartha zapomniano jednak niemal całkowicie.

lonym. Według niektórych legend miał zielone dłonie, włosy bądź skórę na całym ciele. (Kilka opowieści przypisuje mu nawet poroże, jak u jelenia). Inne zapewniają nas, że ubierał się w zieleń od stóp do głów. Z pewnością tak właśnie najczęściej przedstawiają go obrazy, gobeliny i rzeźby. Najprawdopodobniej ów przydomek wywodził się z jego talentów do ogrodnictwa i uprawy ziemi – jedynej cechy Gartha, co do której zgadzają się wszystkie opowieści. Według słów minstreli: „Garth kazał kukurydzy dojrzewać, drzewom rodzić owoce, a kwiatom rozkwitać".

Wiele prymitywnych ludów na świecie oddaje cześć bogu albo bogini płodności; Garth Zielonoręki ma bardzo

Niektóre ze sławnych dzieci Gartha Zielonorękiego

John Dąb, Pierwszy Rycerz, który zaszczepił w Westeros ideały rycerstwa (wszystkie relacje zgadzają się, że był ogromnym mężczyzną – według niektórych miał osiem stóp wzrostu, według innych dziesięć bądź nawet dwanaście – dzieckiem Gartha Zielonorękiego z olbrzymką). Jego potomkowie stali się Oakheartami ze Starego Dębu.

Gilbert od Winorośli, który nauczył ludzi z Arbor produkcji słodkiego wina z winogron, rosnących na ich wyspie wyjątkowo bujnie. Od niego pochodzi ród Redwyne'ów.

Florys Lisica, najsprytniejsza z dzieci Gartha, która miała jednocześnie trzech mężów; żaden z nich nie wiedział o istnieniu pozostałych. (Od ich synów pochodzą rody Florentów, Ballów i Peake'ów).

Maris Panna, Najpiękniejsza, której uroda zasłynęła tak szeroko, że pięćdziesięciu lordów rywalizowało o jej rękę w pierwszym turnieju urządzonym w Westeros. (Zwycięzcą został Szary Olbrzym, Argoth Kamiennoskóry, ale nim zdążył ją poślubić, Maris wyszła za króla Uthora z Wysokiej Wieży. Argoth spędził resztę swych dni pod murami Starego Miasta, krzykiem domagając się obiecanej mu żony).

Foss Łucznik, słynący z tego, że strącał jabłka z głowy każdej panny, która wpadła mu w oko. Wywodzą się od niego Fossowayowie, zarówno pieczętujący się czerwonym, jak i zielonym jabłkiem.

Brandon od Zakrwawionego Miecza, który przegnał z Reach olbrzymy i wojował z dziećmi lasu. Nad Jeziorem Niebieskim zabił ich tak wiele, że od tej pory zwą je Jeziorem Czerwonym.

Owen Dębowa Tarcza, który podbił Wyspy Tarczowe, spychając selkie i merlingi z powrotem do morza.

Harlon Łowca i **Herndon od Rogu**, bliźniacy, którzy zbudowali zamek na szczycie Horn Hill i wzięli sobie za żonę piękną leśną wiedźmę, która tam mieszkała, po czym dzielili się jej wdziękami przez sto lat (bracia się nie starzeli, dopóki brali ją w objęcia przy każdej pełni księżyca).

Bors Burzyciel, który zyskał siłę dwudziestu mężczyzn dzięki temu, że pił wyłącznie byczą krew. Założył ród Bulwerów z Czarnej Korony. (Według niektórych opowieści wypił on tak dużo byczej krwi, że wyrosła mu para czarnych, błyszczących rogów).

Róża z Jeziora Czerwonego, zmiennoskóra potrafiąca w dowolnej chwili zmienić się w żurawia. Według niektórych ta moc nadal objawia się niekiedy u kobiet z pochodzącego od niej rodu Crane'ów.

Ellyn Zawsze Słodka, dziewczyna, która tak uwielbiała miód, że odnalazła Króla Pszczół w jego wielkim jak góra ulu i zawarła z nim pakt, obiecując, że będzie się opiekowała jego dziećmi i dziećmi jego dzieci aż po kres czasu. Była pierwszą pszczelarką i matką rodu Beesburych.

Rowan od Złotego Drzewa, która była tak zrozpaczona, gdy kochanek porzucił ją dla bogatej rywalki, że owinęła jabłko swymi złotymi włosami, zasadziła je na szczycie wzgórza i wyhodowała drzewo, którego kora, liście i owoce lśniły złotym blaskiem. Od jej córek wywodzą się Rowanowie z Goldengrove.

wiele wspólnego z tymi bóstwami. To właśnie on nauczył ponoć ludzkość uprawy ziemi. Przed jego nadejściem wszyscy ludzie byli łowcami i zbieraczami, wędrowcami, którzy nigdy nie zapuszczali korzeni, nieustannie poszukując pożywienia, aż wreszcie Garth ofiarował im dar ziarna, nauczył ich siać, sadzić i zbierać plony. (Według niektórych opowieści próbował również nauczyć tego pradawne rasy, ale olbrzymy ryknęły gniewnie i obrzuciły go kamieniami, dzieci zaś roześmiały się tylko i powiedziały mu, że bogowie lasu zaspokajają wszystkie ich potrzeby). Dokądkolwiek dotarł, tam wyrastały gospodarstwa rolne, wioski i sady. Na ramionach nosił płócienny worek, ciężki od ziarna, które rozsiewał po drodze. Ów worek – jak na własność boga przystało – był bezdenny i zawierał nasiona wszystkich drzew i zbóż, owoców i kwiatów na świecie.

Garth Zielonoręki przyniósł ze sobą dar płodności. Nie tylko ziemia zaczęła dzięki niemu rodzić: legendy głoszą, że sam jego dotyk czynił jałowe kobiety płodnymi – nawet staruchy, których miesięczna krew już nie płynęła. Dziewczęta dojrzewały w jego obecności, zakwitając dzięki jego uśmiechowi, pobłogosławione przez niego matki rodziły zaś bliźnięta, a nawet trojaczki. Lordowie i prości ludzie ofiarowywali mu swe dziewicze córki, by zboża obrodziły, a gałęzie drzew zrobiły się ciężkie od owoców. Każda dziewczyna, którą rozdziewiczył, po dziewięciu księżycach rodziła silnego syna albo piękną córkę. Tak przynajmniej mówią opowieści.

Choć prostaczkowie kochają podobne legendy, zarówno maesterzy z Cytadeli, jak i septonowie Wiary traktują je z niedowierzaniem, zgadzając się, że Garth Zielonoręki był człowiekiem, nie bogiem – najprawdopodobniej myśliwym albo wodzem, bądź też pomniejszym królem. Mógł rzeczywiście być pierwszym przywódcą Pierwszych Ludzi, który poprowadził swych współplemieńców przez Ramię Dorne (które wówczas nie było jeszcze złamane) w głuszę Westeros, zamieszkaną dotąd tylko przez pradawne rasy.

Bez względu na to, czy Garth Zielonoręki był człowiekiem, czy bogiem, spłodził w tej nowej krainie mnóstwo dzieci: w tej sprawie wszystkie opowieści się zgadzają. Wielu jego potomków zostało bohaterami, królami albo wielkimi lordami. Pochodzą od nich wielkie rody, które przetrwały przez tysiąclecia.

Najwybitniejszym z jego synów był pierworodny, Garth Gardener. Zbudował on na wzgórzu nad brzegami Manderu swoją siedzibę, która z czasem stała się znana jako Wysogród, i nosił koronę z kwiatów oraz pnączy. Pozostałe dzieci Gartha Zielonorękiego złożyły mu hołd jako prawowitemu królowi wszystkich ludzi na całym świecie. Z jego lędźwi zrodził się ród Gardenerów. Królowie z tej dynastii władali Reach pod chorągwią z zieloną ręką. Ich rządy trwały tysiąclecia, aż do przybycia do Westeros Aegona Smoka i jego sióstr.

Lista jest długa i wiele wymienionych na niej postaci ma legendarny charakter, w całym Reach trudno bowiem odnaleźć szlachecką rodzinę, która nie pysznilaby się pochodzeniem od jednego z niezliczonych dzieci Gartha Zielonorękiego. Do jego potomków zalicza się niekiedy nawet bohaterów z innych krain i królestw. Podobne opowieści próbują nas przekonać, że Brandon Budowniczy wywodził się od Gartha Zielonorękiego za pośrednictwem Brandona od Zakrwawionego Miecza, Lann Sprytny był zaś bękartem Florys Lisicy (według niektórych historii) albo Rowan od Złotego Drzewa (zgodnie z innymi).

Biorąc pod uwagę to, jak wielu mieszkańców Reach przechwala się pochodzeniem od Gartha Zielonorękiego, nie sposób zaprzeczyć, że miał on mnóstwo potomków. Jest jednak bardzo mało prawdopodobne, by inne lordowskie rody w Westeros również zrodziły się z jego nasienia.

KRÓLOWIE Z DYNASTII GARDENERÓW

Dzieje Reach za czasów Pierwszych Ludzi nie różnią się zbytnio od historii innych krain Westeros. Bogactwo jego żyznych, zielonych ziem nie uczyniło ludzi bardziej pokojowymi ani mniej chciwymi. Tu również Pierwsi Ludzie toczyli wojny z dziećmi lasu, wypędzając je z ich świętych gajów i wydrążonych wzgórz, a także ścinając czardrzewa wielkimi toporami z brązu. I tutaj królestwa powstawały, upadały i popadały w zapomnienie, pomniejsi królowie oraz dumni lordowie walczyli ze sobą o terytorium, złoto i chwałę, miasteczka płonęły, kobiety płakały, a miecz szczękał o miecz stulecie po stuleciu.

Były jednak pewne różnice, nie tyle w charakterze wydarzeń, ile w ich nasileniu, albowiem niemal wszystkie szlacheckie rody z Reach wywodziły się od wspólnych przodków – Gartha Zielonorękiego i jego licznych dzieci. Wielu uczonych sugeruje, że właśnie owo pokrewieństwo dało rodowi Gardenerów prymat w stuleciach, które nastąpiły później. Żaden pomniejszy król nie miał szans rywalizować z potęgą Wysogrodu, w którym potomkowie Gartha Gardenera zasiadali na żyjącym tronie (Dębowym Siedzisku), wyrastającym z dębu zasadzonego przez samego Gartha Zielonorękiego, i podczas pokoju nosili korony z pnączy i kwiatów, gdy zaś wyruszali na wojnę, cierniowe korony wykute z brązu (potem z żelaza). Inni mogli się tytułować królami, ale nikt nie kwestionował, że najwyższymi spośród nich są właśnie Gardenerowie. Pomniejsi władcy okazywali im szacunek, nawet jeśli nie składali hołdu.

PO LEWEJ | *Garth Zielonoręki*

W owych stuleciach, pełnych tumultu i udręki, w Reach narodziło się wielu nieustraszonych wojowników. Aż do dziś minstrele wysławiają czyny rycerzy takich jak Serwyn od Zwierciadlanej Tarczy, Davos Smokobójca, Roland od Rogu czy Rycerz Bez Zbroi, a także legendarnych królów, którzy nimi dowodzili, między innym Gartha V (Młota na Dornijczyków), Gwayne'a I (Rycerskiego), Gylesa I (Niedolę), Garetha II (Ponurego), Gartha VI (Gwiazdę Poranną) i Gordana I (Szarookiego).

Wielu z owych monarchów walczyło z tym samym wrogiem, jako że w tych mrocznych i krwawych czasach morscy łupieżcy z Żelaznych Wysp panowali nad niemal całym zachodnim wybrzeżem, od Wyspy Niedźwiedziej aż po Arbor. Dzięki swym szybkim drakkarom żelaźni ludzie byli w stanie uderzać i znikać, nim zdążyła nadejść pomoc. Łupieżcy często wychodzili na brzeg w nieoczekiwanych miejscach, zaskakując nieprzyjaciół. Choć rzadko zapuszczali się daleko w głąb lądu, panowali nad morzem zachodzącego słońca i pobierali okrutną daninę od przybrzeżnych rybaków. Odkąd podbili Wyspy Tarczowe, zabiwszy wszystkich mężczyzn, których tam znaleźli, i zagarnąwszy kobiety dla siebie, mogli bezkarnie atakować również osady położone w górze Manderu.

Król Qhored, najstraszliwszy z władców żelaznych ludzi, przechwalał się, że jego potęga sięga wszędzie „gdzie ludzie czują woń słonej wody albo słyszą łoskot fal". W Reach znano go jako Qhoreda Okrutnego, natomiast królowie, którzy nastali po nim, nosili przydomki takie jak Hagon Groźny czy Joron Zguba Dziewic.

Z takimi właśnie ludźmi i ich podkomendnymi królowie z dynastii Gardenerów walczyli przez trzy stulecia, czasami w sojuszu z królami Skały i lordami Starego Miasta, a czasami samotnie. W bitwach poległo co najmniej sześciu monarchów, między innymi Gareth Ponury i Garth Gwiazda Poranna, Gylesa II wzięto zaś do niewoli, poddano torturom i pokrojono na kawałeczki, które żelaźni ludzie zakładali na haczyki jako przynętę dla ryb. W końcu jednak Gardenerowie zwyciężyli. Każdy z nich poszerzał granice swego królestwa, podporządkowując coraz więcej ziem i lordów Wysogrodowi.

Niemniej wielu uczonych nadal uważa, że największymi królami z owej dynastii nie byli wojownicy, lecz ci, którzy zabiegali o pokój. Co prawda nie śpiewa się o nich tylu pieśni, ale w annałach historyków imiona Gartha III (Wielkiego), Garlanda II (Pana Młodego), Gwayne'a III (Grubego) i Johna II (Wysokiego) zapisały się złotymi zgłoskami. Garth Wielki przesunął granice swego królestwa dalej na północ, zdobywając Stary Dąb, Jezioro Czerwone i Goldengrove dzięki paktom o przyjaźni i wzajemnej obronie. Garland dokonał tego samego na południu, wcieliwszy do swego królestwa Stare Miasto dzięki temu, że wydał córkę za Lymonda (Lwa Morskiego) z rodu Hightowerów, a jednocześnie oddalił własne żony, by poślubić jego córkę. Gwayne Gruby przekonał lorda Peake'a i lorda Manderly'ego, by pozwolili mu rozsądzić ich spór, po czym złożyli mu hołd lenny, nie musiał więc toczyć ani jednej bitwy. John Wysoki popłynął swą barką w górę Manderu, aż ku jego źródłom, zatykając chorągiew z zieloną ręką wszędzie, dokąd dotarł, i odbierając hołdy od lordów oraz pomniejszych królów, mieszkających nad brzegami potężnej rzeki.

Największym z Gardenerów był król Garth VII, Złotoręki, gigant zarówno podczas wojny, jak i pokoju. Już w chłopięcych latach powstrzymał najazd Dornijczyków, kiedy to spragniony podbojów król Ferris Fowler poprowadził dziesięć tysięcy ludzi Szeroką Drogą, jak zwano wówczas Książęcy Wąwóz. Wkrótce potem Garth zwrócił swą uwagę ku morzu i przepędził resztki żelaznych ludzi z ich twierdz na Wyspach Tarczowych. Następnie zasiedlił wyspy swymi najdzielniejszymi wojownikami, przyznając im specjalne przywileje, by mogli obrócić wyspy w tarczę przeciwko żelaznym ludziom, gdyby ci spróbowali wrócić. Plan odniósł wielki sukces i ludzie z Czterech Tarcz po dziś dzień szczycą się tym, że bronią ujścia Manderu i serca Reach przed wszelkimi wrogami nadciągającymi drogą morską.

POWYŻEJ | *Król Garth VII Gardener, Złotoręki*

W swej ostatniej i największej wojnie Garth VII stawił czoło sojuszowi króla burzy i króla Skały, pragnących podzielić Reach między siebie. Pokonał obu, a potem za pomocą sprytnych słów zasiał między nimi niezgodę tak wielką, że zwrócili się przeciwko sobie, co zakończyło się ogromną rzezią podczas Bitwy Trzech Armii. Po zakończeniu wojny Garth VII wydał dwie swoje córki za ich dziedziców i podpisał z nimi pakty, które ostatecznie określiły granice między trzema królestwami.

Nawet to jednak blednie w porównaniu z jego największym osiągnięciem, jakim były trzy czwarte stulecia pokoju. Garth Złotoręki został królem Reach w wieku dwunastu lat i zmarł na Dębowym Siedzisku, gdy miał ich dziewięćdziesiąt trzy. Do końca też zachował sprawność umysłu (choć nie ciała). W ciągu osiemdziesięciu jeden lat jego panowania Reach toczyło wojnę przez niespełna dziesięć. Pokolenia chłopców rodziły się, wchodziły w wiek męski, płodziły własne dzieci i umierały, nie wiedząc, co to znaczy wziąć w ręce włócznię i tarczę, by pomaszerować na wojnę.

Temu długotrwałemu pokojowi towarzyszył też bezprecedensowy dobrobyt. Złote Rządy, jak je potem nazwano, były czasem pełnego rozkwitu Reach.

Złote wieki zawsze jednak się kończą – i tym razem było tak samo. Garth Złotoręki odszedł z tego świata. Na Dębowym Siedzisku zasiadł po nim jego prawnuk, który następnie ustąpił miejsca swym synom.

I wtedy nadeszli Andalowie.

ANDALOWIE W REACH

Do Reach Andalowie przybyli późno.

Przepłynęli wąskie morze w drakkarach i wylądowali najpierw na brzegach Doliny, a potem na wszystkich wschodnich wybrzeżach Westeros. Floty Starego Miasta i Arbor zagrodziły im drogę do Cieśniny Redwyne'ów i na morze zachodzącego słońca. Wieści o żyznych ziemiach Reach, a także o bogactwie i potędze Wysogrodu oraz jego królów z pewnością dotarły do uszu wielu andalskich wodzów, po drodze mieli jednak wiele innych ziem do podbicia i królów do pokonania.

Dlatego władcy Wysogrodu wiedzieli o zbliżaniu się Andalów na długo przed tym, nim dotarli oni nad Mander. Obserwowali z daleka walki w Dolinie i w krainach burzy, zwracając uwagę na wszystko, co się wydarzyło. Być może okazali się mądrzejsi od swych odpowiedników z innych krain, nie popełnili bowiem błędu sprzymierzania się z Andalami przeciwko lokalnym rywalom. Gwayne IV (Bogobojny) wysłał swych wojowników na poszukiwania dzieci lasu. Liczył na to, że ich zieloni jasnowidze zdołają powstrzymać najeźdźców swą magią. Mern II (Murarz) otoczył Wysogród nowym murem kurtynowym i rozkazał również swym lordom chorążym zadbać o fortyfikacje. Mern III (Szalony) obsypał złotem i zaszczytami leśną wiedźmę, zapewniającą, że potrafi przywołać armie umarłych, które zmuszą Andalów do odwrotu. Lord Redwyne budował wciąż więcej okrętów, a lord Hightower wzmocnił mury Starego Miasta.

Do wielkich bitew, przewidywanych przez większość z nich, nigdy jednak nie doszło. Nim zdobywcy w pełni podporządkowali sobie wschodnie wybrzeża, minęły pokolenia i Andalowie dochowali się kilkudziesięciu własnych pomniejszych władców, często walczących ze sobą nawzajem. A w Wysogrodzie na Dębowym Siedzisku zasiadało w tym czasie, jeden po drugim, trzech Mądrych Królów.

Garth IX Gardener, jego syn Merle I (Łagodny) i wnuk Gwayne V byli bardzo różnymi ludźmi, ale wobec Andalów wszyscy prowadzili tę samą politykę, opartą raczej na porozumieniu i asymilacji niż na zbrojnym oporze. Garth IX sprowadził na dwór septona i uczynił go jednym ze swych doradców, zbudował też pierwszy sept, choć sam nadal modlił się w zamkowym bożym gaju. Jego syn Merle I oficjalnie przyjął Wiarę i pomagał sfinansować budowę septów, septorów i domów Matki w całym Reach. Gwayne V był pierwszym Gardenerem, który urodził się w Wierze i został pasowany na rycerza w uroczystym rytuale połączonym z czuwaniem. (Wielu jego szlachetnych przodków pośmiertnie pasowali minstrele oraz bajarze, ale prawdziwe rycerstwo przynieśli do Westeros dopiero Andalowie).

Zarówno Merle I, jak i Gwayne V wzięli sobie andalskie panny za żony, pragnąc związać ich ojców z królestwem. Wszyscy trzej monarchowie przyjmowali Andalów na służbę i pozwalali im zostać rycerzami domowymi. Jednym z tych, których spotkał podobny zaszczyt, był andalski rycerz zwany ser Alesterem Tyrellem, który władał mieczem tak biegle, że za panowania Gwayne'a V został obrońcą i zaprzysiężoną tarczą króla. Z czasem potomkowie ser Alestera zostali dziedzicznymi zarządcami Wysogrodu na służbie Gardenerów.

Trzej Mądrzy Królowie przyznali też ziemie i tytuły lordowskie najpotężniejszym z atakujących Reach andalskich monarchów, w zamian za przysięgę lenną. Gardenerowie starali się również przyciągnąć andalskich rzemieślników i zachęcali swych lordów chorążych, by postępowali tak samo. Szczególnie hojnie nagradzano kowali i kamieniarzy. Ci pierwsi nauczyli mieszkańców Reach produkowania oręża i zbroi z żelaza zamiast z brązu, ci drudzy zaś pomogli udoskonalić umocnienia ich zamków i warowni.

W późniejszych latach niektórzy z nowych lordów złamali przysięgi, większość jednak tego nie uczyniła. Woleli połączyć siły ze swymi seniorami, rozbić buntowników i bronić Reach przed andalskimi królami oraz wędrownymi bandami, które nadciągnęły później. Król Garth IX zasłynął ze słów: „Kiedy wilk atakuje twoje owce, zabicie go da ci tylko chwilę ulgi. Jeśli jednak nakarmisz go i oswoisz, a potem uczynisz z jego szczeniąt swoje owczarki, będą one broniły twych owiec, gdy przybędzie wygłodniałe stado". Król Gwayne V wyraził to zwięźlej: „Oni dali nam siedmiu bogów, a my im ziemie i córki. Nasi synowie i wnuki będą jak bracia".

Wiele szlacheckich rodów z Reach wywodzi się od andalskich poszukiwaczy przygód, którzy otrzymali ziemie i żony od Gartha IX, Merle'a I i Gwayne'a V. Są wśród nich Orme'owie, Parrenowie, Gracefordowie, Cuyowie, Roxtonowie, Ufferingowie, Leygoodowie i Varnerowie. Z upływem stuleci synowie i córki tych rodów wstępowali w związki małżeńskie z potomkami Pierwszych Ludzi tak często, że w końcu nie sposób ich było od siebie odróżnić. Rzadko zdarza się podobnie bezkrwawy podbój.

Stulecia, które nastąpiły po andalskiej konkwiście, nie były już jednak tak pokojowe. Wśród Gardenerów, którzy odziedziczyli Dębowe Siedzisko, byli mężczyźni silni i słabi, bystrzy i głupi, raz nawet władzę sprawowała kobieta, nikt jednak nie dorównywał rozumem i sprytem Trzem Mądrym Królom, i dlatego złoty pokój Gartha Złotorękiego już nie wrócił. W długiej epoce między asymilacją Andalów a nadejściem smoków królowie Reach nieustannie walczyli z sąsiadami o ziemie, władzę i chwałę. Królowie Skały, królowie burzy, wielu swarliwych królów Dorne oraz królowie rzek i wzgórz – wszyscy oni zaliczali się do ich wrogów, choć często również do sojuszników.

Szczyt potęgi Wysogrodu nastał za panowania króla Gylesa III Gardenera, który poprowadził wspaniały zastęp zakutych w zbroje rycerzy do krain burzy, rozbił armię ich wiekowego władcy i podbił wszystkie krainy położone na północ od Deszczowego Lasu, poza tylko samym Końcem Burzy, który oblegał bez rezultatu przez dwa lata. Gyles mógłby dokończyć podbój, gdyby nie król Skały, który zaatakował Reach pod jego nieobecność, zmuszając go do przerwania oblężenia i powrotu do domu, by uporać się z najazdem. W wielkiej wojnie, która nastąpiła później, wzięło udział trzech królów z Dorne i dwóch z dorzecza. Zakończyła się ona śmiercią Gylesa III na dyzenterię. Granice wróciły mnie więcej w to samo miejsce, w którym znajdowały się przed rozpoczęciem rozlewu krwi.

Nadir potęgi Gardenerów nastąpił natomiast za długiego panowania króla Gartha X, zwanego Garthem Siwobrodym, który odziedziczył koronę jako siedmioletni chłopiec, a zmarł w wieku dziewięćdziesięciu sześciu lat, po panowaniu jeszcze dłuższym niż rządy jego sławnego przodka, Gartha Złotorękiego. Choć Garth X w młodości był pełen wigoru, okazał się próżnym i frywolnym królem, otaczającym się głupcami i pochlebcami. Nie mógł się pochwalić ani mądrością, ani sprytem, na starość zaś rozum opuścił go całkowicie. W ciągu długich lat starczego zniedołężnienia Garth X był narzędziem różnych frakcji rywalizujących ze sobą o bogactwa i władzę. Jego Miłość nie spłodził synów, ale lord Peake poślubił jedną z jego córek, a lord Manderly drugą, i obaj byli zdeterminowani zdobyć sukcesję dla swojej żony. Rywalizacja między nimi była pełna zdrad, spisków i morderstw, a z czasem przeszła w otwartą wojnę. Inni lordowie przyłączyli się do niej, wybierając strony.

Ponieważ lordowie Reach chwycili za broń przeciwko sobie, a niedołężny monarcha nie był w stanie pojąć, co się dzieje, nie wspominając już o wpływaniu na bieg wydarzeń, król burzy i król Skały wykorzystali okazję i zagarnęli rozległe terytoria; dornijskie napady również stały się częstsze i bardziej śmiałe. Jeden z dornijskich królów oblegał Stare Miasto, inny zaś przekroczył Mander i złupił Wysogród. Dębowe Siedzisko, żyjący tron od niepamiętnych czasów będący dumą rodu Gardenerów, porąbano na kawałki i spalono. Gdy Dornijczycy znaleźli dementywnego króla Gartha X, był on przywiązany do łoża i skomlał, pokryty własnymi nieczystościami. Poderżnęli mu gardło. („To był akt łaski", powiedział potem jeden z nich). Na koniec, ograbiwszy miasto ze wszystkich bogactw, Dornijczycy puścili Wysogród z dymem.

Nastąpiła trwająca blisko dziesięć lat anarchia, ale po tym czasie kilkadziesiąt wielkich rodów Reach, pod dowództwem ser Osmunda Tyrella, wielkiego nadzorcy, połączyło wreszcie swe siły, pokonało Peake'ów i Manderlych, odzyskało Wysogród i posadziło na nowym tronie kuzyna nieżyjącego i przez nikogo nieopłakiwanego Gartha Siwobrodego, jako króla Merna VI Gardenera.

Mern VI nie był zbyt utalentowany, jego zarządcy okazali się jednak dobrymi doradcami. Po ser Osmundzie Tyrellu urząd ów objął jego syn, ser Robert, a następnie wnuk, Lorent. Polegając na ich przenikliwości, Mern VI rządził dobrze. Odbudował Wysogród i zrobił też bardzo wiele dla przywrócenia chwały rodu Gardenerów oraz Reach. Jego

syn, Garth XI, dokonał reszty, wywierając na Dornijczykach zemstę tak straszliwą, że lord Hightower rzekł później, iż Góry Czerwone były zielone, dopóki Garth nie pomalował ich dornijską krwią. Przez resztę swego długiego panowania król był znany jako Garth Malarz.

I tak to się toczyło, król po królu; podczas wojny i w czasie pokoju zielona ręka powiewała dumnie nad Reach, aż wreszcie Mern IX wyruszył, by spotkać Aegona Targaryena i jego siostry na Polu Ognia.

STARE MIASTO

Żadna historia Reach nie byłaby kompletna bez opisania Starego Miasta, najwspanialszego i najbardziej starożytnego z miast Westeros, nadal przy tym najbogatszego, największego i najpiękniejszego z nich, nawet jeśli Królewska Przystań wyprzedziła je pod względem liczby ludności.

Jak bardzo stare jest w rzeczywistości Stare Miasto? Wielu maesterów zastanawiało się nad tym pytaniem, prawda jednak wygląda tak, że po prostu tego nie wiemy. Jego początki zaginęły w pomroce dziejów i spowija je mgła legend. Niektórzy ciemni septonowie twierdzą, że granice miasta wytyczyło Siedmiu, inni ludzie zaś opowiadają, że na Wyspie Bitwy gnieździły się kiedyś smoki, ale pierwszy Hightower położył im kres. Z kolei wielu prostaczków wierzy, że Wysoka Wieża po prostu pojawiła się pewnego dnia. Zapewne nigdy nie poznamy pełnej, prawdziwej historii Starego Miasta.

Możemy jednak z całą pewnością stwierdzić, że ludzie mieszkali u ujścia Miodowiny już od Ery Świtu. Potwierdzają to najstarsze runiczne zapiski, a także fragmentaryczne relacje przekazane nam przez maesterów, którzy żyli wśród dzieci lasu. Jeden z nich, maester Jellicoe, sugeruje, że osada na końcu Zatoki Szeptów powstała jako placówka handlowa, do której zawijały statki z Valyrii, Starego Ghis i Wysp Letnich, by uzupełnić zapasy, dokonać napraw i prowadzić handel wymienny z pradawnymi rasami. Ta hipoteza wydaje się całkiem prawdopodobna.

Pewne tajemnice pozostają jednak nierozwiązane. Kamienista wysepka, na której wznosi się Wysoka Wieża, już w najstarszych zapiskach jest zwana Wyspą Bitwy. Ale jaką bitwę tam stoczono? Kiedy to się wydarzyło? Jacy lordowie, królowie czy rasy walczyli ze sobą? Nawet minstrele nie mają na ten temat zbyt wiele do powiedzenia…

PO LEWEJ | *Dębowe Siedzisko* POWYŻEJ | *Dornijscy łupieżcy w Starym Mieście*

Jeszcze bardziej enigmatyczna dla uczonych i historyków jest wielka, kwadratowa forteca z czarnego kamienia, dominująca nad wyspą. Przez większą część zapisanej historii ów monumentalny gmach służył jako podstawa oraz najniższe piętro Wysokiej Wieży, wiemy jednak z całą pewnością, że jest on o całe tysiąclecia starszy od jej górnych kondygnacji.

Kto wzniósł tę fortecę? Kiedy? Po co? Większość maesterów zgadza się z powszechną opinią, że byli to Valyrianie, ponieważ potężne ściany i labiryntowe wnętrze zbudowano z litej skały, bez żadnych spoin ani zaprawy, nigdzie nie widzi się też śladów dłuta. Ten sposób budowy widuje się w wielu miejscach, a najsławniejszymi jego przykładami są smocze drogi Włości Valyriańskich oraz Czarny Mur otaczający serce Starego Volantis. Dobrze wiemy, że smoczy lordowie Valyrii władali sztuką obracania kamienia w płyn za pomocą smoczego ognia, dowolnego kształtowania go, a potem zestalania w taki sposób, że stawał się twardszy od żelaza, stali oraz granitu.

Jeśli pierwszą fortecę rzeczywiście zbudowali Valyrianie, sugerowałoby to, że smoczy lordowie przybyli do Westeros na tysiąclecia przed tym, nim założyli swą placówkę na Smoczej Skale, na długo przed przybyciem Andalów, a nawet Pierwszych Ludzi. Jeżeli rzeczywiście tak było, to czy ich celem był handel? Czy byli łowcami niewolników, być może poszukującymi olbrzymów? Czy chcieli poznać magię dzieci lasu, zielonych jasnowidzów i czardrzewa? A może mieli inne, mroczniejsze zamiary?

Te pytania do dziś pozostają bez odpowiedzi. Przed Zagładą Valyrii maesterzy i arcymaesterzy często podróżowali do Włości w poszukiwaniu wyjaśnień, ale żadnych nie znaleźli. Septon Barth twierdził, że Valyrianie przybywali do Westeros, ponieważ ich kapłani przepowiedzieli, że Zguba Człowieka nadejdzie z krainy za wąską wodą, możemy jednak śmiało odrzucić to przekonanie jako nonsens, podobnie jak wiele bardziej dziwacznych opinii i przesądów Bartha.

Bardziej kłopotliwe i zasługujące na większą uwagę są argumenty tych, którzy utrzymują, że pierwszej fortecy wcale nie zbudowali Valyrianie.

Stopiony czarny kamień, będący jej budulcem, sugeruje Valyrię, nie można jednak tego samego powiedzieć o prostej, pozbawionej ozdób architekturze, smoczy lordowie bowiem nade wszystko kochali wyginanie kamienia w dziwne, wymyślne i ozdobne kształty. Wąskie, kręte, pozbawione okien korytarze znajdujące się wewnątrz zdaniem wielu przypominają raczej tunele. W ich labiryncie bardzo łatwo zabłądzić. Może to tylko środek obronny, mający na celu zbicie z tropu napastników, ale również i to byłoby bardzo nievalyriańskie. Szczególny charakter wnętrza fortecy nasunął arcymaesterowi Quillionowi przypuszczenie, że może ona być dziełem budowniczych labiryntów, tajemniczego ludu, który pozostawił pamiątki na Lorath na Morzu Dreszczy. To intrygująca myśl, ale więcej rodzi pytań, niż dostarcza odpowiedzi.

Jeszcze osobliwsze przypuszczenie wysunął przed stuleciem maester Theron. Urodził się on jako bękart na Żelaznych Wyspach i zauważył pewne podobieństwo między czarnym kamieniem starożytnej fortecy a materiałem, z którego wykonano Tron z Morskiego Kamienia, na którym zasiadają lordowie z rodu Greyjoyów z Pyke. Pochodzenie owego tronu również jest tajemnicze i starożytne. Dość mętny rękopis Therona *Osobliwy kamień* sugeruje, że zarówno forteca, jak i kamień mogą być dziełem dziwacznej rasy pokracznych półludzi, wywodzącej się ze związków stworzeń ze słonego morza z ludzkimi kobietami. Ci Głębinowcy, jak ich nazywa, mieliby być według niego ziarnem, z którego wyrosły nasze legendy o merlingach, ich straszliwi ojcowie byliby zaś prawdą kryjącą się za Utopionym Bogiem żelaznych ludzi.

Osobliwy kamień fascynuje czytelnika dzięki pięknie narysowanym, szczegółowym i raczej niepokojącym ilustracjom, ale sam tekst miejscami trudno zrozumieć. Maester Theron miał talent rysownika, składanie słów wychodziło mu jednak znacznie gorzej. Tak czy inaczej, jego teoria nie ma żadnego odbicia w faktach i możemy ją bezpiecznie odrzucić. W ten sposób wracamy do punktu wyjścia i jesteśmy zmuszeni przyznać, że początki Starego Miasta, Wyspy Bitwy i jej warowni na zawsze pozostaną dla nas tajemnicą.

Powody, dla których opuszczono fortecę, i los, jaki spotkał jej budowniczych, kimkolwiek mogli być, również pozostają nieznane, wiemy jednak, że w pewnej chwili Wyspa Bitwy i jej wielka warownia wpadły w ręce przodków rodu Hightowerów. Czy byli oni Pierwszymi Ludźmi, jak sądzi w dzisiejszych czasach większość uczonych? A może pochodzili od morskich podróżników i kupców, którzy osiedlili się na końcu Zatoki Szeptów we wcześniejszych epokach, jeszcze przed przybyciem Pierwszych Ludzi? Nie wiemy.

Gdy Hightowerowie po raz pierwszy pojawili się na kartach historii, byli już królami władającymi Starym Miastem z Wyspy Bitwy. Kronikarze mówią nam, że pierwszą „wysoką wieżę" zbudowano z drewna i wznosiła się ona na wysokość około pięćdziesięciu stóp nad starożytną fortecą będącą jej fundamentem. Ani ona, ani wyższe drewniane wieże zbudowane w następnych stuleciach nie miały służyć jako mieszkania dla ludzi. Były jedynie latarniami morskimi, wskazującymi statkom kupieckim drogę przez zamglone wody Zatoki Szeptów. Pierwsi Hightowerowie mieszkali w mrocznych salach, komnatach i kryptach niezwykłej kamiennej fortecy. Dopiero po wybudowaniu piątej wieży – pierwszej w całości wzniesionej z kamienia – dorobili się siedziby godnej wielkiego rodu. Wieża ta miała ponoć dwieście stóp wysokości. Według niektórych zaprojektował ją Brandon Budowniczy,

PO PRAWEJ | *Wysoka Wieża na Wyspie Bitwy*

inni zaś twierdzą, że jego syn, również zwany Brandonem. Króla, który rozkazał wybudować wieżę i za nią zapłacił, zapamiętano jako Uthora od Wysokiej Wieży.

Przez tysiąclecia, które nastały później, potomkowie Uthora władali Starym Miastem i terenami położonymi nad brzegami Miodowiny jako królowie. Do ich rozrastającego się miasta przybywały statki kupieckie z całego świata. Stare Miasto stawało się coraz bogatsze i potężniejsze, przez co przyciągało pożądliwe spojrzenia sąsiednich lordów i pomniejszych królów. Do piratów i łupieżców zza mórz również dotarły opowieści o jego splendorze. W ciągu jednego stulecia miasto trzykrotnie zdobyto i splądrowano. Za pierwszym razem czynu tego dopuścił się dornijski król Samwell Dayne (Gwiezdny Ogień), za drugim Qhored Okrutny ze swymi żelaznymi ludźmi, za trzecim zaś Gyles I Gardener (Niedola), który ponoć sprzedał trzy czwarte mieszkańców miasta w niewolę, ale nie był w stanie sforsować umocnień Wysokiej Wieży na Wyspie Bitwy.

Ponieważ drewniane palisady i fosa, chroniące do tej pory miasto, okazały się w oczywisty sposób niewystarczające, następny król, Otho II, poświęcił większą część panowania na otoczenie Starego Miasta potężnymi kamiennymi murami, wówczas najwyższymi i najgrubszymi w całym Westeros. Jak piszą, budowa zubożyła miasto na trzy pokolenia, ale mury były tak potężne, że przyszli łupieżcy i kandydaci na zdobywców woleli szukać zdobyczy gdzie indziej, a ci, którzy ośmielili się zaatakować Stare Miasto, ponosili porażkę.

Hightowerowie nie stali się częścią Królestwa Reach wskutek wojny, lecz po długich negocjacjach i małżeństwie – Lymond Hightower pojął za żonę córkę króla Garlanda II Gardenera, oddając mu jednocześnie rękę swej córki. W ten sposób Hightowerowie stali się lennikami Wysogrodu, a ich ranga spadła z bogatych, lecz stosunkowo drobnych królów do największych lordów Reach. (Stare Miasto jako ostatnie ze starożytnych królestw ugięło kolan przed Wysogrodem, wkrótce po tym, jak ostatni król Arbor zaginął na morzu, co pozwoliło jego kuzynowi, królowi Merynowi III Gardenerowi, uczynić wyspę częścią swej domeny).

Zgodnie z warunkami traktatu małżeńskiego Gardenerowie zobowiązali się też bronić miasta przed wszelkimi atakami od strony lądu, co pozwoliło lordowi Lymondowi skupić uwagę na swym „wielkim planie" budowy okrętów i podboju mórz. Pod koniec jego panowania żaden lord ani król w całym Westeros nie mógł się mierzyć z morską potęgą rodu Hightowerów. W porcie Starego Miasta po dziś dzień stoi wielki posąg Lymonda Hightowera, spoglądający na Zatokę Szeptów. Ostatniego króla z dynastii Hightowerów wciąż pamięta się jako Lwa Morskiego.

Potomkowie lorda Lymonda pozostali wierni jego wizji. Z rzadkimi wyjątkami uprawiali swój własny ogród i dbali o interesy miasta, unikając mieszania się w niekończące się wojny pomniejszych królów, a potem Siedmiu Królestw. Lord Jeremy Hightower rzekł kiedyś: „Gardenerowie strzegą naszych pleców i dzięki temu możemy kierować spojrzenie ku morzu i krainom położonym za nim". Zwracając wzrok ku morzu i budując wciąż nowe statki, lord Jeremy podwoił bogactwo miasta, a jego syn, Jason, podwoił je ponownie i kazał odbudować Wysoką Wieżę, czyniąc ją o sto stóp wyższą.

Po nadejściu Andalów Hightowerowie byli wśród pierwszych, którzy miło ich przywitali. „Wojny szkodzą handlowi" – rzekł lord Dorian Hightower, gdy odesłał żonę, z którą przeżył dwadzieścia lat i która była matką jego dzieci, by poślubić andalską księżniczkę. Jego wnuk Damon (Pobożny) był pierwszym lordem Starego Miasta, który przyjął Wiarę. Chcąc uczcić nowych bogów, zbudował pierwszy sept w mieście i jeszcze sześć w innych częściach królestwa. Po jego przedwczesnej śmierci z powodu choroby brzucha septon Robeson został regentem i sprawował rządy w imieniu nowo narodzonego syna Damona. Robeson władał Starym Miastem przez dwadzieś-

Początki Cytadeli są niemal równie tajemnicze, jak początki samej Wysokiej Wieży. Większość przypisuje jej założenie drugiemu synowi Uthora z Wysokiej Wieży, księciu Peremore'owi Wypaczonemu. Był on chorowitym chłopcem, który przyszedł na świat z uschniętym ramieniem i krzywym kręgosłupem. Większość krótkiego żywota spędził w łożu, ale świat za oknem budził w nim niezmierzoną ciekawość. Dlatego zwrócił się do mędrców, nauczycieli, kapłanów, uzdrowicieli i minstreli, a także do grupy czarodziejów, alchemików oraz czarnoksiężników. Nic ponoć nie sprawiało księciu większej przyjemności niż słuchanie ich dyskusji. Po śmierci Peremore'a jego brat, król Urrigon, przyznał „pieszczoszkom Peremore'a" rozległe tereny położone nad Miodowiną, by mogli tam zbudować dla siebie domy i nadal nauczać, uczyć się i poszukiwać prawdy. Tak też zrobili.

cia lat i w końcu został pierwszym Wielkim Septonem. Po jego śmierci chłopak, którego uczył i wychowywał, lord Triston Hightower, zbudował Gwiezdny Sept dla uczczenia jego pamięci.

W następnych stuleciach Stare Miasto stało się niekwestionowanym centrum Wiary dla całego Westeros. W wyłożonych ciemnym marmurem komnatach Gwiezdnego Septu kolejni Wielcy Septonowie wkładali na głowę kryształową koronę (pierwszą ofiarował Wierze syn lorda Tristona, lord Barris) i stawali się głosem Siedmiu na Ziemi, władając oddziałami Wiary Wojującej oraz sercami wszystkich wiernych od Dorne aż po Przesmyk. Stare Miasto stało się ich świętym miastem; wiele pobożnych mężczyzn i kobiet przybywało tu, by modlić się w septach, kaplicach i innych miejscach kultu. Z pewnością więź łącząca Hightowerów z Siedmioma była jedną z przyczyn, dla których często udawało im się uniknąć mieszania się w niezliczone wojny prowadzone przez Gardenerów.

Wiara nie była jedyną instytucją, która rozkwitła pod opieką Hightowerów za potężnymi murami Starego Miasta. Już na tysiąclecia przed tym, nim pierwszy sept otworzył swe podwoje, działała tam Cytadela. Chłopcy i młodzi mężczyźni z całego Westeros przybywali do miasta, by uczyć się, studiować i wykuwać łańcuchy maesterów. Na całym świecie nie znajdzie się większego ośrodka wiedzy.

W czasach Podboju Aegona Stare Miasto było niewątpliwie największym miastem w całym Westeros, najbogatszym, najludniejszym i najsławniejszym. Było też ośrodkiem zarówno wiedzy, jak i wiary. Mimo to z łatwością mógłby je spotkać taki sam los, jak Harrenhal, gdyby nie bliskie więzi łączące Hightowerów z Gwiezdnym Septem. To właśnie Wielki Septon przekonał lorda Manfreda Hightowera, by nie stawiał oporu Aegonowi Targaryenowi i jego smokom, lecz otworzył bramy przed zdobywcą i złożył mu hołd.

Konflikt, którego w ten sposób uniknięto, rozgorzał ponownie po upływie pokolenia, podczas krwawego spięcia między Wiarą a drugim synem Zdobywcy, trafnie zwanym Maegorem Okrutnym. Wielki Septon pełniący ten urząd podczas pierwszych lat panowania Maegora był spowinowacony z Hightowerami. Jego nagłą śmierć w roku 44 o.P. – wkrótce po tym, jak król Maegor, rozwścieczony tym, że Jego Wielka Świątobliwość potępił jego późniejsze małżeństwa, zagroził, że spali Gwiezdny Sept smoczym ogniem – uważa się za fortunną, pozwoliła bowiem lordowi Martynowi Hightowerowi otworzyć bramy, nim Balerion i Vhagar zdążyły uwolnić płomienie.

Niespodziewana śmierć Wielkiego Septona wzbudziła liczne podejrzenia, i pogłoski o morderstwie słyszy się po dziś dzień. Niektórzy są przekonani, że Jego Wielką Świątobliwość usunął jego własny brat, ser Morgan Hightower, dowódca Synów Wojownika w Starym Mieście (to niezaprzeczalny fakt, że ser Morgan był jedynym Synem Wojownika, którego król Maegor ułaskawił). Inni podejrzewają niezamężną ciotkę lorda Martyna, lady Patrice Hightower, choć ich argumenty najwyraźniej opierają się na przekonaniu, że trucizna jest bronią kobiety. Sugerowano nawet, że pewną rolę w usunięciu Wielkiego Septona mogła odegrać Cytadela, choć wydaje się to w najlepszym wypadku mało prawdopodobne.

RÓD TYRELLÓW

Tyrellowie nigdy nie byli królami, choć w ich żyłach płynie królewska krew (podobnie jak w żyłach kilkudziesięciu innych wielkich rodów Reach). Ser Alester Tyrell, założyciel rodu, był andalskim poszukiwaczem przygód, który został obrońcą i zaprzysiężoną tarczą króla Gwayne'a V Gardenera, jednego z Trzech Mądrych Królów. Jego najstarszy syn również wsławił się jako rycerz, ale zginął w turnieju. Drugi syn, Gareth, miał w sobie więcej z mola książkowego i nigdy nie został rycerzem; wolał służyć jako królewski zarządca. Od niego wywodzą się dzisiejsi Tyrellowie.

Gareth Tyrell i jego syn Leo wykonywali swe obowiązki tak biegle, że Gardenerowie uczynili urząd wielkiego zarządcy dziedzicznym. W ciągu stuleci tę pozycję zajmowały liczne pokolenia Tyrellów. Niektórzy z nich stali się bliskimi powiernikami i doradcami swych władców, byli też tacy, którzy podczas wojny piastowali urząd kasztelana. Co najmniej jeden z nich sprawował rządy jako regent, nim król Garland VI osiągnął pełnoletniość. Gyles III Gardener nazwał Tyrellów „moimi najwierniejszymi sługami", a król Mern VI był z nich tak zadowolony, że oddał ser Olyzarowi Tyrellowi rękę najmłodszej córki (co pozwoliło ich synom, wnukom oraz następnym pokoleniom przechwalać się pochodzeniem od Gartha Zielonorękiego). To było pierwsze małżeństwo między rodem Gardenerów a rodem Tyrellów, ale w następnych stuleciach zawarto ich jeszcze dziewięć.

To jednak nie królewska krew Tyrellów sprawiła, że Aegon Targaryen wybrał ich na lordów Wysogrodu, namiestników południa oraz Najwyższych Lordów Reach po śmierci Merna IX, ostatniego króla z dynastii Gardenerów, który zginął na Polu Ognia razem ze wszystkimi synami. Harlan Tyrell zawdzięczał te zaszczyty rozsądkowi, którym się wykazał, otwierając bramy Wysogrodu przed Aegonem i przysięgając w imieniu swoim oraz swojej rodziny wierność rodowi Targaryenów.

Niektóre z wielkich rodów Reach uskarżały się potem, że uczyniono je wasalami „nobilitowanego zarządcy", i upierały się, że ich krew jest znacznie szlachetniejsza od krwi Tyrellów. Nie sposób zaprzeczyć, że Oakheartowie ze Starego Dębu, Florentowie z Jasnej Wody, Rowanowie z Goldengrove, Peake'owie ze Starpike i Redwyne'owie z Arbor byli starszymi i sławniejszymi rodami niż Tyrellowie, a do tego łączyły ich bliższe więzy krwi z rodem Gardenerów. Protesty na nic się jednak zdały... być może częściowo dlatego, że wszystkie te rody walczyły z Aegonem i jego siostrami na Polu Ognia, Tyrellów zaś tam nie było.

Wybór Aegona Targaryena był trafny. Lord Harlan okazał się zdolnym zarządcą Reach, choć władał tylko do roku 5 o.P., kiedy to zniknął ze swoją armią na pustyniach Dorne podczas pierwszej wojny dornijskiej Aegona.

Syn Harlana, Theo Tyrell, wykazywał zrozumiałą niechęć do angażowania się w kolejne próby podboju Dorne, w końcu jednak dał się wciągnąć w konflikt, gdy wylał się on poza Góry Czerwone. Kiedy Targaryenowie wreszcie zawarli pokój z Dorne, lord Theo skupił się na konsolidacji władzy Tyrellów; zwołał radę septonów i maesterów, którzy zbadali i w końcu odrzucili co bardziej uporczywe pretensje do Wysogrodu, zgłaszane przez niektórych lordów.

Jako lordowie Wysogrodu i namiestnicy południa ci „nobilitowani zarządcy" zaliczają się do najpotężniejszych lordów Siedmiu Królestw. Przy wielu okazjach wzywano ich, by walczyli pod chorągwiami Targaryenów. W większości przypadków stawiali się na zew, choć rozsądnie nie przyłączyli się do Tańca Smoków. Młody lord Tyrell był wówczas jeszcze niemowlęciem, a jego matka i kasztelan postanowili trzymać Wysogród z dala od tej straszliwej, bratobójczej rzezi.

Potem, gdy król Daeron I Targaryen (Młody Smok) pomaszerował na Dorne, Tyrellowie dowiedli swej dzielności, prowadząc główne uderzenie przez Książęcy Wąwóz. Ponieważ lord Lyonel Tyrell służył Młodemu Smokowi wiernie, choć może nieco zbyt śmiało, wracający w triumfie do Królewskiej Przystani król zlecił mu rządy nad Dorne. Jego lordowska mość zdołał przez pewien czas utrzymywać pokój, ale w końcu spotkała go makabryczna śmierć w sławnym łożu ze skorpionami. To morderstwo stało się sygnałem do powstania, które ogarnęło całe Dorne i w końcu doprowadziło do śmierci Młodego Smoka w wieku osiemnastu lat.

POWYŻEJ | *Herb rodu Tyrellów (pośrodku) i herby niektórych sławnych rodów, dawnych i obecnych (od szczytu, zgodnie z ruchem wskazówek zegara): Caswellów, Florentów, Fossowayów, Gardenerów, Hightowerów, Merryweatherów, Mullendore'ów, Oakheartów, Redwyne'ów, Rowanów, Tarlych i Ashfordów*

Z Tyrellów, którzy władali Wysogrodem po pechowym lordzie Lyonelu, najbardziej wyróżnił się lord Leo Tyrell, sławny zwycięzca wielu turniejów, do dziś pamiętany jako Leo Długi Cierń. Niektórzy uważają go za najlepszego rycerza, jaki kiedykolwiek stawał w szranki. Lord Leo wyróżnił się też podczas pierwszego buntu Blackfyre'ów, odnosząc w Reach znaczące zwycięstwa nad stronnikami Daemona Blackfyre'a, choć jego siły nie zdążyły się zebrać na czas, by przybyć na Pole Czerwonej Trawy.

Obecny lord Wysogrodu, Mace Tyrell, walczył wiernie dla Targaryenów podczas buntu Roberta, pokonał samego Roberta Baratheona w bitwie pod Ashford, a potem przez większą część roku oblegał jego brata Stannisa. Po śmierci Obłąkanego Króla Aerysa II i jego syna, księcia Rhaegara, lord Mace odłożył jednak miecz i obecnie znowu jest namiestnikiem południa, wiernym sługą króla Roberta oraz Żelaznego Tronu.

WYSOGRÓD

Wielki zamek Wysogród, starożytną siedzibę lordów z rodu Tyrellów, a przed nimi królów z dynastii Gardenerów, wzniesiono na szczycie zielonego wzgórza nad szerokim, spokojnym Manderem. Widziany z daleka zamek „wygląda jak element krajobrazu tak bardzo, że można by pomyśleć, iż wyrósł tam, a nie został zbudowany". Wielu uważa Wysogród za najpiękniejszy zamek w całych Siedmiu Królestwach. Opinię tę podważają jedynie mieszkańcy Doliny, którzy wolą swoje Orle Gniazdo.

Wzgórze, na którym zbudowano Wysogród, nie jest strome ani kamieniste. Zajmuje wielki obszar, ma łagodne stoki i cechuje się miłą dla oka symetrią. Z zamkowych wież i murów rozciąga się widok na wiele mil we wszystkich kierunkach. Można stamtąd zobaczyć sady, łąki i kwietne pola, porośnięte między innymi złotymi różami z Reach, od dawna będącymi herbem rodu Tyrellów.

Wysogród otaczają trzy koncentryczne pierścienie zwieńczonych blankami murów pierścieniowych, zbudowanych z pięknie obrobionego białego kamienia oraz bronionych przez wieże smukłe i wdzięczne niczym młode dziewczęta. Każdy mur jest wyższy i grubszy od tego, który znajduje się poniżej. Między zewnętrznym murem, okalającym wzgórze u podstawy, a środkowym znajduje się sławny wysogrodzki labirynt głogów – rozległa i skomplikowana plątanina cierni i żywopłotów, pielęgnowana od stuleci ku przyjemności i zachwytowi mieszkańców zamku… a także w celach obronnych, jako że nieznającym labiryntu intruzom trudno jest przebrnąć przez liczne pułapki i ślepe uliczki, by dotrzeć do bram zamku.

Jego wnętrze wypełnia zieleń. Wieże są otoczone ogrodami, altanami, sadzawkami, fontannami, dziedzińcami i sztucznymi wodospadami. Starsze budynki porasta bluszcz, posągi i wieże spowijają zaś winorośl i pnące róże. Wszędzie kwitną kwiaty. Donżon jest pałacem, któremu niewiele innych może dorównać. Wypełniają go posągi, kolumnady oraz fontanny. Najwyższe wieże Wysogrodu, wyniosłe i smukłe, spoglądają z góry na znacznie bardziej starożytne sąsiadki, kwadratowe i złowrogie. Najstarsze z nich wywodzą się z Ery Herosów. Reszta zamku jest nowsza. Większą część zbudował król Mern VI po zniszczeniu oryginalnych budynków przez Dornijczyków podczas panowania Gartha Siwobrodego.

W Wysogrodzie oddaje się cześć zarówno starym, jak i nowym bogom. Zamkowy sept z szeregami kolorowych witraży wysławiających Siedmiu oraz wszechobecnego Gartha Zielonorękiego nie ma sobie równych, jeśli nie liczyć Wielkiego Septu Baelora w Królewskiej Przystani oraz Gwiezdnego Septu w Starym Mieście. Bujny, zielony boży gaj zamku jest niemal równie sławny, zamiast tylko jednego drzewa serca ma bowiem trzy wyniosłe czardrzewa, starożytne i pełne wdzięku. W ciągu stuleci ich konary splątały się ze sobą tak bardzo, że można pomyśleć, iż jest to jedno drzewo o trzech pniach, sięgających ku sobie nad spokojną sadzawką. Według legendy te drzewa, znane w Reach jako Trzy Śpiewaczki, zasadził sam Garth Zielonoręki.

Żadnego zamku w Siedmiu Królestwach nie opiewano w pieśniach częściej od Wysogrodu. I nic w tym dziwnego, albowiem Tyrellowie i Gardenerowie przed nimi uczynili swój dwór ośrodkiem kultury, muzyki i sztuk pięknych. W dniach poprzedzających Podbój królowie i królowe Reach przewodniczyli turniejom miłości i piękna, podczas których najwięksi rycerze w Reach rywalizowali o miłość najpiękniejszych panien nie tylko w szrankach, lecz również pieśnią, poezją i demonstracjami cnoty, pobożności oraz czystego oddania. Największych mistrzów, mężczyzn równie czystych, honorowych i cnotliwych, jak biegłych we władaniu bronią, zaszczycano zaproszeniami do Zakonu Zielonej Ręki.

Choć ostatni członkowie tej szlachetnej instytucji polegli u boku swego króla na Polu Ognia (i tylko w Białym Porcie rycerze z rodu Manderlych nadal podają się za jego członków), w Reach ciągle pamięta się o ich tradycjach i Tyrellowie pielęgnują wszystko, co najlepsze w ideałach rycerstwa. Ich turniej na Polu Róż, urządzony za panowania Jaehaerysa I, Starego Króla, zasłynął szeroko jako największy w całym pokoleniu. W późniejszych czasach Reach widziało też mnóstwo innych wielkich turniejów.

KRAINY KORONY
KRAINY BURZY
Królewska Przystań
Królewski Trakt
Różany Trakt
Wendwater
Haystack Hall
Felwood
Spiżowa Brama
Trawiasta Dolina
Gorzki Most
Blueburn
Długi Stół
Ashford
Wieczorny Dwór
Tarth
Koniec Burzy
Summerhall
Gniazdo Gryfów
Zatoka Rozbitków
Wąskie Morze
Reach
Góry Czerwone
Wronie Gniazdo
Deszczowy Dom
Czarna Przystań
Szlak Kości
Kamienny Hełm
Mglisty Las
Estermont
Nocna Pieśń
Zielony Kamień
Miasteczko Łez
Gniazdo Sępów
Wyl
Przylądek Gniewu
Książęcy Wąwóz
Morze Dornijskie
Skyreach
Yronwood
Legenda
Ważniejsze zamki
Zamki
Miasta
Miasteczka
Ruiny
Drewno
Bursztyn
Trakty
Dorne

Krainy burzy

Burze szalejące na wąskim morzu słyną w całych Siedmiu Królestwach, podobnie jak w Dziewięciu Wolnych Miastach. Choć mogą się pojawiać w każdym sezonie, żeglarze mówią, że najgorsze zawsze nadchodzą jesienią. Tworzą się w ciepłych wodach Morza Letniego, na południe od Stopni, a potem pędzą z rykiem na północ, mijając te jałowe, kamieniste wyspy. Według archiwów Cytadeli ponad połowa z nich posuwa się dalej naprzód w kierunku północ, północny zachód, omywając Przylądek Gniewu oraz Deszczowy Las, i z każdą chwilą stają się one coraz gwałtowniejsze (a także bardziej wilgotne), aż wreszcie przechodzą nad Zatoką Rozbitków i uderzają w Koniec Burzy na Przylądku Durrana.

Właśnie tym potężnym huraganom krainy burzy zawdzięczają swą nazwę.

Sercem owego starożytnego królestwa jest Koniec Burzy, ostatni i najpotężniejszy z zamków zbudowanych przez króla-herosa zwanego Durranem Smutkiem Bogów. Ta ogromna, niewzruszona budowla wznosi się na szczycie wyniosłych klifów Przylądka Durrana. Na południu, za Zatoką Rozbitków o burzliwych wodach i zdradzieckich skałach, leży Przylądek Gniewu. Dwie trzecie przylądka od strony północy pokrywa wilgotna, zielona gęstwina Deszczowego Lasu. Na południe od niej zaczyna się rozległa, lekko pagórkowata równina, ciągnąca się aż do Morza Dornijskiego, którego brzegi pstrzą liczne małe wioski rybackie. Tam właśnie znajduje się kwitnący ośrodek portowy i targowy, Miasteczko Łez, przez które przepływa większa część przywożonych tu drogą morską towarów. (Nazwano je tak w ostatnich stuleciach, ponieważ tam właśnie ciało bohaterskiego króla Daerona I Targaryena wróciło do ojczyzny po tym, jak zamordowano go w Dorne. Tamtejszy lord nazwał potem swą siedzibę Wieżą Łez i miasteczko wkrótce podążyło za tym przykładem).

Wielką wyspę Tarth, słynącą z wodospadów, jezior i wyniosłych gór, również uważa się za część krain burzy, podobnie jak Estermont i niezliczone mniejsze wysepki, które można znaleźć nieopodal Przylądka Gniewu i Miasteczka Łez.

Dalej na zachód wzgórza robią się coraz wyższe i bardziej dzikie; wspinają się ku niebu, aż wreszcie przechodzą w Góry Czerwone, stanowiące granicę między krainami burzy a Dorne. Dominującym elementem krajobrazu są tu głębokie suche doliny oraz potężne urwiska z piaskowca. O zmierzchu turnie rzeczywiście lśnią niekiedy szkarłatnym albo karmazynowym blaskiem na tle chmur… są jednak tacy, którzy twierdzą, że nazwa pasma górskiego wywodzi się nie od koloru skał, a od krwi, która wsiąkła tu w ziemię.

Dalej w głąb lądu, za pogórzem, zaczyna się Pogranicze – rozległy obszar pełen stepów, mokradeł oraz wietrznych równin, ciągnący się setki mil na zachód i północ. Tam, w zasięgu wzroku od Gór Czerwonych, wznoszą się wielkie zamki lordów Pogranicza, zbudowane po to, by broniły krain burzy przed najazdami Dornijczyków z południa oraz zakutych w stal sług królów Reach, nadciągających z zachodu. Najważniejszymi z lordów Pogranicza są Swannowie z Kamiennego Hełmu, Dondarrionowie z Czarnej Przystani, Selmy'owie z Harvest Hall oraz Caronowie z Nocnej Pieśni. Śpiewające Wieże tych ostatnich wyznaczają zachodnią granicę domeny królów burzy. Wszystkie te rody do dziś składają przysięgę lenną Końcowi Burzy, jak czyniły to od niepamiętnych czasów.

Jednakże na północ od Końca Burzy granice królestwa w ciągu stuleci często się przesuwały. Silni albo słabi królowie burzy zdobywali i tracili ziemie w wyniku licznych wojen, wielkich i małych. W dzisiejszych czasach władza rodu Baratheonów sięga do południowego brzegu Wendwater i południowych części Królewskiego Lasu. Dalej granica biegnie wzdłuż kamienistych brzegów wąskiego morza, do podstawy Haka Masseya… ale przed Podbojem Aegona, a nawet przed przybyciem Andalów, wojowniczy królowie z dynastii Durrandonów przesunęli swe granice znacznie dalej na północ.

Hak Masseya był wówczas częścią ich królestwa, razem z całym Królewskim Lasem, aż po Czarny Nurt. W niektórych epokach władza królów burzy sięgała nawet dalej. Miasteczka takie jak Duskendale i Staw Dziewic składały ongiś hołd Końcowi Burzy; pod władzą króla Arlana III Durrandona, sławnego wojownika, krainy burzy podbiły zaś całe dorzecze i zachowały władzę nad nim przez z górą trzy stulecia.

Niemniej nawet u szczytu swej chwały krainy, którymi władali Durrandonowie i ich następcy, były niezbyt gęsto zaludnione w porównaniu z Reach, dorzeczem i zachodem. Dlatego potęga lordów Końca Burzy osłabła. Ci, którzy postanowili zamieszkać w ich krainie – czy to na kamienistych brzegach wąskiego morza, czy w wilgotnym, zielonym Deszczowym Lesie, czy na wietrznym Pograniczu – są jednak ludźmi szczególnego rodzaju. Często się słyszy, że mieszkańcy krain burzy są jak ich pogoda: niespokojni, gwałtowni, nieubłagani i nieprzewidywalni.

NADEJŚCIE PIERWSZYCH LUDZI

Historia krain burzy zaczyna się w Erze Świtu. W czasach przed nadejściem Pierwszych Ludzi całe Westeros należało do pradawnych ras – dzieci lasu i olbrzymów (a według niektórych również Innych, przerażających „białych wędrowców" odpowiedzialnych za Długą Noc).

Dzieci miały swe sadyby w rozległej dziewiczej puszczy, która ciągnęła się ongiś od Przylądka Gniewu aż po Przylądek Krakena na północ od Żelaznych Wysp (dziś pozostały z niej tylko Królewski i Deszczowy Las), olbrzymy zaś na pogórzu Czerwonych Wzgórz i wśród skał na Haku Masseya. W przeciwieństwie do Andalów, którzy przybyli do Westeros drogą morską, Pierwsi Ludzie przyszli z Essos przez wielki lądowy most, zwany obecnie Złamanym Ramieniem Dorne. Dlatego samo Dorne oraz położone na północ od niego krainy burzy były pierwszymi częściami Westeros, których dotknęła stopa człowieka.

Wilgotna głusza Deszczowego Lasu była według opowieści ulubionym miejscem zamieszkania dzieci; pośród dzikich wzgórz wznoszących się w cieniu Gór Czerwonych i na pełnym skalnych grani oraz wąwozów półwyspie, nazwanym potem Hakiem Masseya, można zaś było spotkać olbrzymy. Te ostatnie były płochliwe i zawsze wrogo nastawione do ludzi. Zapiski mówią nam natomiast, że dzieci lasu z początku miło witały przybyszów, przekonane, że ziemi wystarczy dla wszystkich.

Puszcza ukształtowała Pierwszych Ludzi, którzy stawiali swe domy pod starożytnymi dębami, wyniosłymi sekwojami, drzewami strażniczymi i żołnierskimi sosnami. Na brzegach małych strumieni budowali proste wioski, polowali i zastawiali sidła za pozwoleniem swych lordów. Futra z krain burzy ceniono wysoko, ale prawdziwym bogactwem Deszczowego Lasu było drewno, a zwłaszcza jego rzadkie, twarde

gatunki. Wyrąb drzew wkrótce jednak doprowadził do konfliktu między Pierwszymi Ludźmi a dziećmi lasu. Wojny trwały stulecia, a nawet tysiąclecia, aż wreszcie Pierwsi Ludzie przyjęli starych bogów dzieci za swoich i podzielili się z nimi ziemiami w Pakcie zawartym na Wyspie Twarzy, na wielkim jeziorze zwanym Okiem Boga.

Pakt zawarto jednak stosunkowo późno w dziejach ludzi w Westeros: gdy go podpisano, olbrzymy (które nie uczestniczyły w rokowaniach) już niemal całkowicie zniknęły z krain burzy, liczba dzieci również znacznie spadła.

RÓD DURRANDONÓW

Większa część najdawniejszej historii Westeros ginie w mroku dziejów. Im dalej w przeszłość się cofniemy, tym trudniej jest odróżniać fakty od legend. Jest to prawdą zwłaszcza w przypadku krain burzy, gdzie Pierwsi Ludzie byli stosunkowo nieliczni, a pradawne rasy silne. W innych częściach Siedmiu Królestw runy opowiadające ich historie przetrwały po dziś dzień, wyryte na ścianach jaskiń, monolitach i ruinach zburzonych twierdz, ale w krainach burzy Pierwsi Ludzie bardzo często żłobili opowieści o swych zwycięstwach i klęskach w pniach drzew, które dawno już zbutwiały.

Co więcej, wśród dawnych królów burzy rozwinęła się tradycja nadawania pierworodnemu synowi i dziedzicowi imienia, które nosił Durran Smutek Bogów, założyciel ich dynastii, co dodatkowo utrudnia zadanie historykom. Zdumiewająca liczba królów o imieniu Durran wprowadza nie-

uchronne zamieszanie. Maesterzy z Cytadeli Starego Miasta nadali numery wielu owym monarchom, by ich rozróżnić, minstrele nie mieli jednak takiego zwyczaju, a to oni są dla nas podstawowym źródłem (choć w najlepszym razie niepewnym), gdy chodzi o ową epokę.

Legendy opowiadane o założycielu rodu Durrandonów, Durranie Smutku Bogów, dotarły do nas wyłącznie za pośrednictwem minstreli. Pieśni mówią nam, że Durran zdobył serce Elenei, córki boga morza i bogini wiatrów. Ulegając miłości śmiertelnika, Elenei siebie również skazała na śmierć. Dlatego jej boscy rodzice znienawidzili człowieka, którego wzięła sobie za pana męża. W swym gniewie zesłali wyjące wichry i gwałtowne ulewy, burząc w ten sposób wszystkie zamki, które ośmielił się zbudować Durran. Wreszcie mały chłopiec pomógł mu wznieść zamek tak potężny i sprytnie zaplanowany, że był w stanie oprzeć się huraganom. Chłopiec wyrósł na Brandona Budowniczego, a Durran został pierwszym królem burzy. Z Elenei u boku żył i władał Końcem Burzy przez tysiąc lat. Tak przynajmniej głoszą opowieści.

(Tak długie życie wydaje się nader nieprawdopodobne, nawet w przypadku herosa ożenionego z córką dwojga bogów. Arcymaester Glaive, również pochodzący z krain burzy, zasugerował kiedyś, że ów legendarny Tysiącletni Król to w rzeczywistości szereg monarchów noszących to samo imię. Owo przypuszczenie brzmi prawdopodobnie, ale musi na zawsze pozostać nieudowodnione).

Bez względu na to, czy Durran był jednym człowiekiem, czy też pięćdziesięcioma, wiemy, że w jego czasach królestwo rozciągnęło swe rządy daleko poza Koniec Burzy i jego otoczenie, z upływem stuleci połykając kolejnych sąsiadów. Niektórych pozyskało dzięki traktatom, innych drogą małżeństw, a jeszcze innych przez podbój. Te same praktyki kontynuowali potomkowie Durrana.

Smutek Bogów pierwszy włączył do swego królestwa Deszczowy Las, wilgotną puszczę, która do tej pory należała wyłącznie do dzieci lasu. Jego syn, Durran Pobożny, oddał dzieciom większość tego, co zagarnął jego ojciec, ale po stuleciu Durran Spiżowy Topór odzyskał te tereny, tym razem już na zawsze. Według pieśni Durran Ponury zabił Luna Ostatniego, króla olbrzymów, w bitwie nad Krzywą Wodą, uczeni jednak nadal spierają się o to, czy był on Durranem V, czy też Durranem VI.

Maldon Massey zbudował zamek Stonedance i został lordem Haka Masseya podczas rządów innego Durrana, zwanego Przyjacielem Kruków, ale jego numer i daty panowania również są dyskusyjne. To Durran Młody, zwany też Młodocianym Rzeźnikiem, wypełnił rzekę Slayne ciałami Dornijczyków, powstrzymawszy atak Yorena Yronwooda i dziewicy-wojowniczki Wylli z Wyl w bitwie nad Krwawym Stawem… ale czy był tym samym królem, który w późniejszym okresie zakochał się we własnej bratanicy i zginął z rąk swego brata, Ericha Zabójcy Krewnych? To pytanie, jak i wiele innych tego rodzaju, zapewne na zawsze pozostanie nierozstrzygnięte.

Z późniejszych stuleci zachowały się jednak nieco dokładniejsze relacje. Możemy ze sporą dozą pewności powiedzieć, że wielkie wyspiarskie królestwo Tarthu dostało się pod panowanie rodu Durrandonów, kiedy Durran Przystojny pojął za żonę córkę tamtejszego króla, Edwyn Gwiazdę Wieczorną. Ich wnuk, Erich Żaglomistrz (najprawdopodobniej Erich III), jako pierwszy podporządkował sobie Estermont i mniejsze wysepki położone dalej na południe. Inny Durran (według większości uczonych Dziesiąty Tego Imienia) przesunął północne granice królestwa aż po Czarny Nurt. Jego syn Monfryd (Mocny) jako pierwszy przekroczył tę wielką rzekę i pokonał pomniejszych królów z rodów Darklynów i Mootonów, w serii wojen zdobywając ich bogate portowe miasteczka – Duskendale i Staw Dziewic.

Syn Monfryda Durran XI (Tępy), a po nim jego syn Barron (Piękny) utracili jednak wszystkie jego zdobycze, a nawet więcej. Podczas długich lat panowania Durwalda I (Grubego) Masseyowie zdobyli niezależność, Tarth buntował się trzykrotnie i nawet na Przylądku Gniewu pojawiło się zagrożenie w postaci leśnej wiedźmy znanej tylko jako Zielona Królowa, która władała Deszczowym Lasem, odpierając ataki Końca Burzy przez blisko pokolenie. Przez pewien czas mawiano, że władza Durwalda sięga tak daleko, jak mocz oddawany z murów Końca Burzy.

Fala odwróciła się znowu, gdy Morden II mianował kasztelanem swego nieprawo urodzonego przyrodniego brata, Ronarda. Ten potężny wojownik stał się władcą krain burzy we wszystkim oprócz nazwy i wziął za żonę siostrę króla Mordena. Przed upływem pięciu lat zagarnął dla siebie również koronę; pani żona Mordena osobiście włożyła mu ją na głowę. Jeśli wierzyć pieśniom, dzieliła z nim również łoże. Prawowitego władcę uznano za nieszkodliwego i zamknięto w wieży.

Uzurpator panował blisko trzydzieści lat jako Ronard Bękart. Rozbił zbuntowanych chorążych i pomniejszych królów w wielu kolejnych bitwach. Nigdy nie miał w zwyczaju ograniczać się do tylko jednej kobiety i zażądał córki od każdego wroga, który ugiął przed nim kolan. Przez całe życie spłodził ponoć dziewięćdziesięciu dziewięciu synów. Większość była bękartami (choć według pieśni Ronard miał dwadzieścia trzy żony), którzy nie mieli prawa dziedziczyć po ojcu i musieli sami znaleźć dla siebie miejsce w świecie. Z tego powodu po upływie tysiącleci bardzo wielu prostaczków z krain burzy, nawet najnędzniejszych i najskromniejszych, może się pochwalić królewskim pochodzeniem.

POPRZEDNIE STRONY | *Koniec Burzy* PO PRAWEJ | *Andalowie lądujący na brzegach krain burzy*

ANDALOWIE W KRAINACH BURZY

Gdy andalskie drakkary zaczęły przepływać wąskie morze, królem krain burzy był Erich VII Durrandon. Historia pamięta go jako Ericha Nieprzygotowanego, nie zwrócił on bowiem zbyt wielkiej uwagi na najeźdźców, wsławiając się twierdzeniem, iż nie interesują go „swary cudzoziemców w odległych krainach". Król burzy był wówczas zaprzątnięty własnymi wojnami – próbował odzyskać Hak Masseya, zagarnięty przez słynnego króla piratów, Justina Mlecznookiego; jednocześnie musiał odpierać ataki dornijskiego króla Olyvara Yronwooda. Erich nie pożył też wystarczająco długo, by ujrzeć na własne oczy skutki swej bierności.

Jego wnuk, król Qarlton II Durrandon, był pierwszym, który spotkał się z Andalami na polu bitwy. Po trwającej cztery pokolenia wojnie ów monarcha – który kazał się tytułować Qarltonem Zdobywcą – odzyskał wreszcie Hak Masseya, zdobywając Stonedance po trwającym rok oblężeniu i zabijając ostatniego króla z rodu Masseyów, Josuę (zwanego Miękką Włócznią).

Panowanie króla burzy nad półwyspem trwało niespełna dwa lata. Andalski wódz Togarion Bar Emmon (zwany Togarionem Groźnym) założył małe królestwo na północ od Czarnego Nurtu, ale mocno naciskał na niego król z rodu Darklynów z Duskendale. Wyczuwszy słabość terenów położonych na południe od własnej dziedziny, Togarion poślubił córkę Josuy Miękkiej Włóczni i przekroczył Czarny Nurt ze wszystkimi swymi siłami, by założyć nowe królestwo na Haku Masseya. Przepędził ludzi z krain burzy ze Stonedance i oddał zamek bratu żony, by władał nim jako jego marionetka.

Qarlton Zdobywca wkrótce miał jednak na głowie problemy poważniejsze niż utrata Haka Masseya. Andalowie zwrócili oczy na południe i na wszystkich jego wybrzeżach zaczęły lądować drakkary wypełnione głodnymi ludźmi noszącymi siedmioramienne gwiazdy na tarczach, piersiach i czołach. Wszyscy oni pragnęli wykroić dla siebie nowe królestwa. Pozostałą część panowania Qarltona, a także jego syna oraz wnuka (Qarltona III i Monfryda V), wypełniły niemal nieustanne wojny.

Choć królowie burzy zwyciężyli w kilku ważnych bitwach – największą z nich była ta pod Spiżową Bramą, w której Monfryd V Durrandon pokonał „Święte Bractwo" Andalów, sojusz siedmiu pomniejszych królów i wodzów, płacąc za to własnym życiem – drakkary nie przestawały przypływać. Powiadano, że na każdego Andala zabitego w bitwie przypadało pięciu nowych, wychodzących na brzeg. Pierwszą podbitą przez nich krainą burzy był Tarth; wkrótce podobny los spotkał Estermont.

Andalowie podporządkowali sobie również Przylądek Gniewu. Mogliby też podbić cały Deszczowy Las, gdyby nie fakt, że równie chętnie, jak z królestwami Pierwszych Ludzi, walczyli między sobą. Król Baldric I Durrandon (Podstępny) świetnie potrafił prowokować konflikty między nimi, natomiast król Durran XXI nawiązał kontakt z dziećmi lasu, które kryły się jeszcze w tamtejszych jaskiniach i wydrążonych wzgórzach, by połączyć z nimi siły w walce z ludźmi zza morza. W bitwach stoczonych na Czarnych Moczarach, w Mglistym Lesie i pod Wyjącym Wzgórzem (którego dokładne położenie nie jest dziś, niestety, znane) ten „Czardrzewowy Sojusz" zadał Andalom serię dotkliwych porażek, powstrzymując na pewien czas schyłek królów burzy. W następnym pokoleniu jeszcze bardziej nieprawdopodobne przymierze między królem Cleodenem I a trzema dornijskimi monarchami odniosło nawet większe zwycięstwo nad Droxem Twórcą Trupów nad rzeką Slayne, nieopodal Kamiennego Hełmu.

Byłoby jednak błędem utrzymywać, że królowie burzy zdołali odeprzeć najeźdźców. Choć odnieśli wiele zwycięstw, nigdy nie udało im się powstrzymać andalskiej fali. Głowy wielu andalskich królów i wodzów nabito na pale nad bramą Końca Burzy, ale wciąż napływali nowi. Niemniej prawdą jest również, że najeźdźcy nie byli w stanie podbić rasy Durrandona. Historia pokazuje, że siedmiokrotnie oblegali Koniec Burzy bądź też próbowali wziąć szturmem jego potężne mury – i za każdym razem ponosili porażkę. Ostatnią z nich uznali za znak od bogów i nie podejmowali już kolejnych prób.

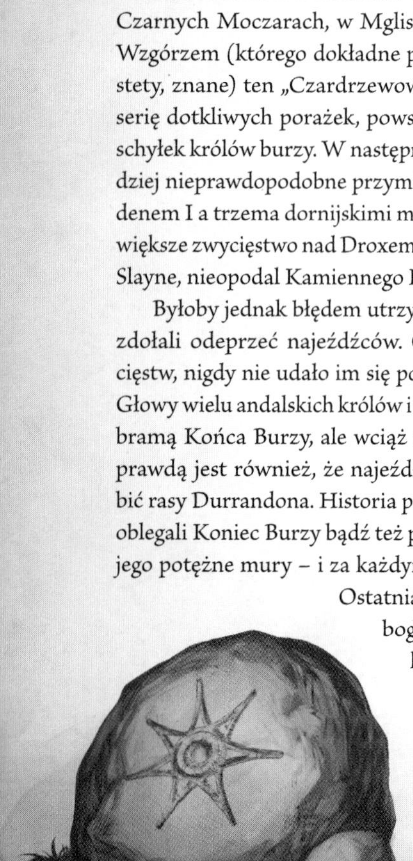

Na koniec obie strony po prostu się połączyły. Król Maldon IV wziął sobie za żonę andalską pannę, tak samo postąpił jego syn, Durran XXIV (Durran Półkrwi). Andalscy wodzowie zostali lordami i pomniejszymi królami, ożenili się z córkami lordów burzy i oddali im za żony własne córki, złożyli hołd lenny i zaprzysięgli swe miecze królom burzy. Podążając za przykładem króla Ormunda III oraz jego królowej, mieszkańcy krain burzy wyrzekli się starych bogów, zastępując ich bogami Andalów, Wiarą Siedmiu. Z upływem stuleci dwie ludzkie rasy połączyły się w jedną… a dzieci lasu, niemalże zapomniane, całkowicie zniknęły z całych krain burzy.

W epoce, która nastała potem, ród Durrandonów osiągnął szczyt swojej potęgi. W Erze Stu Królestw król Arlan I (Mściciel) rozbił wszystkich wrogów i poszerzył granice królestwa aż po Czarny Nurt i górny bieg Manderu. Jego prawnuk, król Arlan III, przekroczył zarówno Czarny Nurt, jak i Trident, podbijając całe dorzecze. W pewnej chwili zatknął swą chorągiew z koronowanym jeleniem na brzegach morza zachodzącego słońca.

Po śmierci Arlana III zaczął się jednak nieunikniony schyłek dynastii i państwa. Mieszkańcy krain burzy nadmiernie rozciągnęli siły i nie byli w stanie utrzymać w całości swego ogromnego królestwa. Bunty wybuchały jeden po drugim, pomniejsi królowie plenili się niczym chwasty, zamki i wieże padały… aż wreszcie nadeszli żelaźni ludzie, prowadzeni przez Harwyna Twardorękiego, króla Żelaznych Wysp, i wydarzenia potoczyły się w opisany już wyżej sposób. W tej samej chwili, gdy armie krain burzy cofały się pod naporem żelaznych ludzi, od południa Szlakiem Kości nadciągnęli Dornijczycy, na zachodzie zaś królowie Reach wysłali z Wysogrodu swych rycerzy, by odzyskać wszystkie utracone poprzednio ziemie.

Królestwo Burzy kurczyło się z każdym królem, każdą bitwą i każdym rokiem. Zmieniło się to na chwilę, gdy koronę włożył wojowniczy książę Argilac (zwany Arroganckim), ale nawet tak silny władca mógł jedynie powstrzymać falę, nie ją odwrócić. Ostatni z królów burzy, ostatni z Durrandonów – Argilac – opierał się przez pewien czas… Ale pod koniec życia, gdy już się zestarzał, podjął nieudolną próbę wykorzystania rodu Targaryenów ze Smoczej Skały jako tarczy przeciwko rosnącej potędze żelaznych ludzi oraz ich króla, Harrena Czarnego. Nigdy nie łap smoka za ogon, jak mówi stare przysłowie. Argilac Arogancki to właśnie uczynił i zyskał tylko tyle, że Aegon Targaryen i jego siostry zwrócili spojrzenie na zachód.

Kiedy wylądowali u ujścia Czarnego Nurtu, by rozpocząć podbój Siedmiu Królestw, towarzyszył im czarnooki, czarnowłosy bękart, nazwiskiem Orys Baratheon.

RÓD BARATHEONÓW

Ród Baratheonów narodził się w deszczu i błocie bitwy znanej historii jako Ostatnia Burza, podczas której Orys Baratheon trzykrotnie odparł szarżę rycerzy z Końca Burzy i zabił w pojedynku ich króla, Argilaca Aroganckiego. Koniec Burzy, z dawien dawna uważany za niezdobyty, poddał się Orysowi bez walki (rozsądnie, biorąc pod uwagę to, co się wydarzyło w Harrenhal). Orys pojął potem za żonę córkę króla Argilaca, przyjmując zarazem jego herb oraz dewizę za swoje, dla uczczenia jego odwagi.

Zaszczyty, jakimi Aegon Zdobywca obsypał Orysa Baratheona, zdaniem wielu potwierdzają plotki, że Orys był jego przyrodnim, bękarcim bratem. Choć nigdy tego nie udowodniono, do dziś powszechnie wierzy się w tę opowieść. Inni sądzą jednak, że Orys wzniósł się tak wysoko dzięki biegłości w walce i niezachwianej lojalności wobec rodu Targaryenów. Przed Podbojem służył Aegonowi jako obrońca i zaprzysiężona tarcza, a zwycięstwo nad królem Argilakiem dodało jeszcze blasku jego imieniu. Kiedy król Aegon na wieki przyznał Koniec Burzy rodowi Baratheonów i mianował Orysa Najwyższym Lordem Tridentu oraz królewskim namiestnikiem, nikt nie śmiał twierdzić, że to niezasłużone zaszczyty.

Jednakże w roku 4 o.P., podczas najazdu Aegona na Dorne, lord Orys dostał się do niewoli, próbując przeprowadzić swe wojska Szlakiem Kości. Pojmał go Wyl z Wyl, znany jako Kochanek Wdów, który następnie uciął mu prawą rękę.

Według wszystkich relacji Orys Baratheon zrobił się potem opryskliwy i zgorzkniały. Zrezygnował z pozycji królewskiego namiestnika i skoncentrował się na Dorne, pochłonięty myślą o zemście. Jego szansa nadeszła podczas panowania króla Aenysa I: gdy Orys rozbił część armii Sępiego Króla, w jego ręce wpadł lord Walter Wyl, syn Kochanka Wdów.

Baratheonowie pozostali ściśle związani z rodem Targaryenów i odegrali ważną rolę podczas niespokojnych rządów następców Aegona Zdobywcy. Wnuk lorda Orysa Baratheona, lord Robar, jako pierwszy z wielkich lordów opowiedział się po stronie księcia Jaehaerysa przeciwko Maegorowi Okrutnemu. W podzięce za wierność i odwagę, po tajemniczej śmierci Maegora na Żelaznym Tronie lorda Robara mianowano protektorem królestwa i królewskim namiestnikiem. Do chwili osiągnięcia pełnoletności przez króla Jaehaerysa lord Robar władał Siedmioma Królestwami na spółkę z jego babcią, królową wdową Alyssą. Pół roku później pobrali się.

Z ich związku zrodziła się lady Jocelyn, która wyszła za najstarszego syna Starego Króla i stała się matką księżniczki Rhaenys – „Niedoszłej Królowej", jak przezwał ją elokwentny błazen Grzyb – oraz Boremunda Baratheona, który po śmierci ojca został lordem Końca Burzy. Podczas Wielkiej Rady w roku 101 o.P., zwołanej przez króla Jaehaerysa I celem rozstrzygnięcia sprawy sukcesji, lord Boremund głośno popierał prawa swej siostry, księżniczki Rhaenys, oraz jej syna, księcia Laenora z rodu Velaryonów – w tym sporze znalazł się jednak po przegranej stronie.

Potęga Końca Burzy oraz niewielka odległość dzieląca go od Królewskiej Przystani i Żelaznego Tronu sprawiły, że

---

Z KRONIKI ARCYMAESTERA GYLDAYNA:

Orys Baratheon, zwany wówczas Orysem Jednorękim, podczas swej ostatniej bitwy rozbił Dornijczyków pod murami Kamiennego Hełmu. Kiedy przyprowadzono przed jego oblicze Waltera Wyla, rannego, ale żywego, lord Orys rzekł: „Twój ojciec zabrał mi rękę. Teraz wezmę sobie twoją jako zapłatę". To powiedziawszy, obrąbał lordowi Walterowi prawą dłoń. Potem zrobił to samo z lewą oraz z obiema stopami, stwierdzając, że to jego „procent". Lord Baratheon zmarł w drodze powrotnej do Końca Burzy z ran, które sam odniósł w bitwie, ale – o dziwo – jego syn Davos zawsze powtarzał, że ojciec skonał szczęśliwy, uśmiechając się do gnijących dłoni i stóp, rozwieszonych w jego namiocie niczym sznur cebuli.

PO LEWEJ | *Siedmioramienna gwiazda wyryta w kamieniu* POWYŻEJ | *Herb rodu Baratheonów (pośrodku) i herby niektórych ich wasali (od szczytu, zgodnie z ruchem wskazówek zegara): Bucklerów, Caronów, Conningtonów, Dondarrionów, Estermontów, Penrose'ów, Seaworthów, Selmych, Staedmonów, Swannów i Tarthów*

Baratheonowie byli pierwszym z wielkich rodów Westeros, o którego wsparcie zabiegali księżniczka Rhaenyra i król Aegon II po śmierci ich ojca, Viserysa I Targaryena. Lord Boremund już jednak wówczas nie żył i rządy przejął jego syn Borros, który był człowiekiem zupełnie innego autoramentu.

Boremund Baratheon niezachwianie popierał nieżyjącego męża Rhaenyry, Laenora, lord Borros zaś zwietrzył szansę i niechętnie zareagował na propozycję Lucerysa Velaryona, drugiego syna Rhaenyry z małżeństwa z księciem Laenorem. Gdy Lucerys przyleciał na swym smoku do Końca Burzy, by prosić o poparcie, przekonał się, że jego kuzyn, książę Aemond Targaryen, przybył tam wcześniej i akurat pośpiesznie aranżuje swe małżeństwo z jedną z córek Borrosa.

Lord Borros wpadł w furię, gdy usłyszał wiadomość przyniesioną przez Lucerysa – Rhaenyra wykazała się niestosowną arogancją, uznając poparcie Końca Burzy za pewne – a także z uwagi na fakt, że sam Lucerys odmówił poślubienia jednej z jego córek (książę był już bowiem zaręczony). W gniewie wygnał młodego Velaryona ze swego dworu i nie przeszkodził księciu Aemondowi w ruszeniu w pościg za nim i wywarciu zemsty za oko, które Lucerys wybił mu przed laty. Rzekł tylko, że nie wolno mu tego zrobić w obrębie murów Końca Burzy.

Książę Lucerys próbował uciekać na swym młodym smoku imieniem Arrax, ale Aemond ścigał go na znacznie większej Vhagar. Gdyby nad Zatoką Rozbitków nie szalał sztorm, Lucerysowi mogłoby się udać; tak jednak nie miało się stać. Chłopak i jego smok runęli do morza w zasięgu wzroku od zamkowych murów, przy akompaniamencie triumfalnego ryku Vhagar. Wtedy właśnie pierwszy raz podczas Tańca Smoków przelano królewską krew, co miało się powtórzyć jeszcze wiele razy.

We wczesnym okresie wojny lord Borros unikał stawiania smokom czoła w walce. Gdy zbliżał się już koniec Tańca, zdobył jednak ze swoimi ludźmi Królewską Przystań podczas Księżyca Trzech Królów, przywrócił porządek w mieście i zyskał obietnicę, że jego najstarsza córka zostanie nową królową owdowiałego Aegona II. Następnie wyruszył śmiało z niedobitkami zastępu rojalistów na spotkanie nadciągających z dorzecza wojsk dowodzonych przez młodego lorda Kermita, jeszcze młodszego Benjicota Blackwooda oraz siostrę Blackwooda, Alysanne. Kiedy lorda Końca Burzy doszły wieści, że armią przeciwnika dowodzą chłopcy i kobiety, uwierzył, że zwycięstwo należy do niego, ale Czarny Ben Blackwood, jak go potem nazwano, rozbił jego flankę, a Czarna Aly Blackwood ze swymi łucznikami wystrzelała jego rycerzy. Lord Borros walczył jednak do końca. Według relacji usiekł dwunastu rycerzy i lordów Darry'ego oraz Mallistera, nim sam zginął z ręki Kermita Tully'ego.

Po jego śmierci i klęsce wojsk z krain burzy Taniec Smoków w praktyce się skończył. Ród Baratheonów podjął wielkie ryzyko, popierając króla Aegona II, i drogo za to zapłacił podczas rządów Aegona III (Zguby Smoków) oraz regencji, która je poprzedzała.

Z upływem lat na Żelaznym Tronie zasiadali jednak wciąż nowi królowie; o dawnych ranach zapomniano i Baratheonowie znowu stali się wiernymi sługami korony... aż do chwili, gdy sami Targaryenowie wystawili tę wierność na próbę. Wydarzyło się to podczas rządów króla Aegona V Targaryena (znanego historii jako Aegon Niespodziewany). Lordem Końca Burzy był wówczas Lyonel Baratheon, ogromny mężczyzna zwany Roześmianą Burzą, jeden z największych wojowników swoich czasów.

Lord Lyonel zawsze zaliczał się do najwierniejszych stronników króla Aegona. Ich przyjaźń była tak wielka, że Jego Miłość z chęcią zgodził się zaręczyć swego najstarszego syna i dziedzica z córką lorda Lyonela. Wszystko było w porządku aż do chwili, gdy książę Duncan zakochał się w tajemniczej kobiecie znanej tylko jako Jenny ze Starych Kamieni (która według niektórych była czarownicą) i wziął ją sobie za żonę wbrew woli swego królewskiego ojca.

Miłość między Jenny ze Starych Kamieni („z kwiatami we włosach") a Duncanem, Księciem Ważek, po dziś dzień fascynuje minstreli, bajarzy i młode dziewczęta, przyniosła jednak wielki smutek córce lorda Lyonela oraz wstyd i hańbę rodowi Baratheonów. Gniew Roześmianej Burzy był tak wielki, że poprzysiągł krwawą zemstę; wypowiedział lojalność Żelaznemu Tronowi i kazał się koronować na nowego króla burzy. Pokój przywrócono dopiero wtedy, gdy rycerz Gwardii Królewskiej, ser Duncan Wysoki, zmierzył się z lordem Lyonelem w próbie walki, książę Duncan wyrzekł się praw do korony, a król Aegon V zgodził się wydać swą najmłodszą córkę, księżniczkę Rhaelle, za dziedzica lorda Lyonela.

OTO, CO PISZE O LORDZIE BORROSIE SEPTON EUSTACE:

Lord Boremund był jak kamień, twardy, silny i niewzruszony. Lord Borros był zaś jak wiatr, który wścieka się, wyje i wieje to w tę, to w tamtą stronę.

PO PRAWEJ | *Ser Duncan Wysoki z Gwardii Królewskiej toczy pojedynek z lordem Lyonelem Baratheonem*

W swej mądrości Siedmiu zrządziło, że właśnie to małżeństwo, na które król Aegon V zgodził się, chcąc ugłaskać Roześmianą Burzę, ostatecznie doprowadziło do końca rządów Targaryenów w Westeros. W roku 245 o.P. księżniczka Rhaelle spełniła życzenie ojca, poślubiając Ormunda Baratheona, młodego lorda Końca Burzy. W następnym roku dała mu syna, Steffona, który służył w Królewskiej Przystani jako paź i giermek, stając się bliskim towarzyszem księcia Aerysa, najstarszego syna króla Jaehaerysa II i dziedzica Żelaznego Tronu.

Niestety, lord Steffon utonął w Zatoce Rozbitków, wracając z Volantis, dokąd król Aerys wysłał go z misją znalezienia żony dla następcy tronu, księcia Rhaegara... ale po nim lordem Końca Burzy został Robert, pierworodny syn Steffona, który stał się jednym z najlepszych rycerzy w Siedmiu Królestwach, wojownikiem tak silnym i nieustraszonym, że niektórzy widzieli w nim Roześmianą Burzę narodzonego na nowo.

Gdy obłędu króla Aerysa II nie sposób już było dłużej znosić, lordowie królestwa zwrócili się do Roberta. W roku 282 o.P. na brodzie na Tridencie Robert Baratheon zabił Rhaegara Targaryena i rozbił jego zastęp, co oznaczało koniec trwających trzy stulecia rządów smoczego rodu. Wkrótce potem sam zasiadł na tronie jako Robert I Baratheon, założyciel nowej, wspaniałej dynastii.

W ciągu stuleci wielu Baratheonów okryło się chwałą, podążając śladami Orysa Jednorękiego oraz królów burzy, którzy panowali przed jego czasami. Ser Raymont Baratheon, młodszy syn lorda Boremunda, służył w Gwardii Królewskiej w czasach, gdy Aenys I był zmuszony wyruszyć na wojnę przeciwko Wierze, i ocalił życie Jego Miłości, kiedy Bracia Ubodzy próbowali zamordować go w łożu. Rycerze tacy jak Pogromca Sztormów i Roześmiana Burza przynieśli chwałę swemu rodowi, lord Ormund Baratheon poległ zaś na Stopniach podczas wojny dziewięciogroszowych królów, walcząc pod chorągwią Targaryenów.

LUDZIE Z KRAIN BURZY

Nad Tridentem lord Robert dowiódł – podobnie jak wielu innych lordów i królów przed nim – że ludzie z krain burzy nie ustępują twardością, zaciekłością i znajomością wojennej sztuki nikomu w Siedmiu Królestwach. Szczególną sławą okryły się długie łuki z Pogranicza. Wielu opiewanych przez minstreli i kronikarzy łuczników wywodziło się ponoć właśnie z Dornijskiego Pogranicza; na przykład Strzelec Dick, osławiony banita z Bractwa z Królewskiego Lasu, przez wielu uważany za najlepszego łucznika w dziejach, urodził się w wiosce położonej nieopodal Kamiennego Hełmu.

Krainy burzy wydały też sporo wielkich żeglarzy i podróżników. Sam Koniec Burzy, wznoszący się nad potężnymi klifami Przylądku Durrana i zdradzieckimi skałami Zatoki Rozbitków, nie ma bezpiecznego portu dla statków kupieckich i okrętów wojennych, ale w czasach królów burzy floty wojenne często stacjonowały na Haku Masseya, na

---

Wielu mieszkańców Tarthu – zarówno wysoko, jak i nisko urodzonych – przechwala się pochodzeniem od legendarnego bohatera, ser Galladona z Morne, władającego mieczem zwanym Sprawiedliwą Panną, który otrzymał od samych Siedmiu. Z uwagi na rolę, jaką gra Sprawiedliwa Panna w opowieści o ser Galladonie, maester Hubert w swym dziele *Kuzyni jelenia* sugeruje, że Galladon z Morne nie był barbarzyńskim wojownikiem z Ery Herosów, po tysiącu lat pasowanym przez minstreli na rycerza, lecz postacią historyczną, wywodzącą się z późniejszych czasów. Hubert zauważa też, że Morne było siedzibą pomniejszych królów na wschodnim wybrzeżu Tarthu, zburzoną potem przez królów burzy, a jego ruiny sugerują, że zamek zbudowali Andalowie, nie Pierwsi Ludzie.

Estermont oraz w miasteczkach i wioskach rybackich na brzegach Morza Dornijskiego. W późniejszych czasach inni monarchowie woleli korzystać w tym celu z zachodniego wybrzeża Tarthu, ponieważ góry wielkiej wyspy osłaniały okręty przed często szalejącymi na wąskim morzu sztormami. Szafirową Wyspą, jak zwą ją niektórzy, włada ród Tarthów z Wieczornego Dworu – stara rodzina andalskiego pochodzenia, mogąca się pochwalić związkami z Durrandonami, Baratheonami, a w późniejszych czasach również z rodem Targaryenów. Lordowie Tarthu byli ongiś samodzielnymi królami i do dziś noszą tytuł „gwiazdy wieczornej", według ich zapewnień wywodzący się z zarania dziejów.

Najbardziej wojowniczymi ludźmi w krainach burzy, a być może nawet w całym Westeros, są z pewnością mieszkańcy Pogranicza. Ponoć rodzą się oni z mieczem w ręku i często przechwalają się, że nauczyli się walczyć, nim jeszcze potrafili chodzić. Ich zadaniem jest obrona domeny królów burzy przed starożytnymi wrogami z zachodu, przede wszystkim zaś z południa.

Zamki Dornijskiego Pogranicza należą do najsilniej ufortyfikowanych w Siedmiu Królestwach, i to nie bez powodu, rzadko bowiem zdarzało się pokolenie, podczas którego nie musiałyby odeprzeć jakiegoś ataku. Wzniesiono je jako szaniec przeciwko Dornijczykom oraz królom Reach. Lordowie Pogranicza czują słuszną dumę ze swej historii najważniejszych obrońców Królestwa Burzy. Ich odwagę opiewa się w wielu balladach i opowieściach.

Jednym z najpotężniejszych zamków Pogranicza jest Kamienny Hełm, starożytna siedziba rodu Swannów, o wieżach strażniczych z czarnego i białego kamienia, zbudowana nad rzeką Slayne, bogatą w bystrza, rozlewiska i wodospady. Czarna Przystań, zamek rodu Dondarrionów, może się pochwalić złowrogimi murami z czarnego bazaltu oraz bezdenną suchą fosą; Nocną Pieśnią z jej Śpiewającymi Wieżami od wielu stuleci włada zaś ród Caronów. Choć Caronowie noszą tytuł lordów Pogranicza, nie mają władzy nad innymi lordami z tego regionu. Uważają się jednak za najstarszy ród na Pograniczu (aczkolwiek Swannowie są

Historia słynącego zarówno ze swych wojowników, jak i z minstreli rodu Caronów sięga wstecz do Ery Herosów. Caronowie lubią mawiać, że słowiki ich rodu widziano na polach tysiąca bitew, a kroniki informują nas, że w ciągu ostatniego tysiąclecia Nocną Pieśń oblegano co najmniej trzydzieści siedem razy.

innego zdania) i zawsze odgrywali zasadniczą rolę w obronie krain burzy.

Pogranicze słynie z potężnych zamków oraz ballad, Deszczowy Las zaś z opadów, panującej w nim ciszy oraz bogactw płynących z futer, drewna i bursztynu. Jak mówią, tutaj władają drzewa, a zamki często wyglądają jakby wyrosły z ziemi, a nie zostały zbudowane. Rycerze i lordowie z Deszczowego Lasu mają jednak korzenie sięgające równie głęboko, jak korzenie drzew, które ich osłaniają. Często też dowodzili, że są dzielni w bitwie, silni, uparci i niezachwiani.

KONIEC BURZY

Historię budowy Końca Burzy znamy wyłącznie dzięki pieśniom i historiom o Durranie Smutku Bogów oraz pięknej Elenei, córce dwojga bogów. Był on ponoć siódmym zamkiem zbudowanym przez Durrana w tym miejscu (choć ta liczba może się wywodzić z późniejszych wpływów Wiary).

Maesterzy, którzy służyli w zamku, potwierdzają, że jest on niezwykle potężny i pomysłowo zbudowany. Czy zaprojektował go Brandon Budowniczy, czy też ktoś inny, jego olbrzymi mur kurtynowy o kamieniach dopasowanych tak precyzyjnie, że wiatr się go nie ima, zasługuje na swoją sławę, podobnie jak wielki centralny donżon, wyciągający się ku niebu nad Zatoką Rozbitków.

Według przekazów Końca Burzy nigdy nie zdobyto szturmem ani oblężeniem. Łatwo w to uwierzyć.

Podczas buntu Roberta lord Tyrell z Wysogrodu oblegał Koniec Burzy przez cały rok, bez powodzenia. Zamek mógłby się bronić bez końca, pod warunkiem, że garnizonowi nie zabrakłoby zapasów, ale wojna nadeszła szybko i magazyny były tylko w połowie wypełnione. Pod koniec roku obrońcom dowodzonym przez brata Roberta, lorda Stannisa, poważnie już dokuczały głód i niedostatek, uratował ich jednak nisko urodzony przemytnik, który pewnej nocy przemknął się przez blokadę Redwyne'ów i dostarczył do Końca Burzy ładunek cebuli oraz solonych ryb. Dzięki temu zamek mógł wytrwać do chwili, w której Robert pokonał Rhaegara nad Tridentem; wówczas lord Eddard Stark nadciągnął ze swymi siłami, by położyć kres oblężeniu.

Koniec Burzy z pewnością jest starym zamkiem, ale jeśli go porównać z ruinami fortów pierścieniowych Pierwszych Ludzi, a nawet Pierwszą Wieżą w Winterfell (jeden ze służących Starkom maesterów zbadał ją kiedyś i stwierdził, iż przebudowywano ją tak wiele razy, że nie sposób już precyzyjnie określić żadnych dat), wysoki donżon oraz perfekcyjnie złączone kamienie muru kurtynowego zamku wydają się znacznie wykraczać poza możliwości, jakie osiągnęli Pierwsi Ludzie podczas ich trwających tysiąclecia rządów. Co prawda byli oni zdolni do wielkiego wysiłku, jakiego wymagała budowa Muru, ale to była prosta, fizyczna praca, a nie zaawansowana sztuka architektoniczna potrzebna do wzniesienia kamiennych ścian, na których wiatr nie może znaleźć punktu zaczepienia. Arcymaester Vyron w swych *Triumfach i klęskach* spekuluje, że skoro według legendy dopiero siódmy zamek okazał się ostateczną postacią Końca Burzy, co sugeruje andalskie wpływy, prace ukończono być może dopiero za czasów Andalów. Niewykluczone, że zamek odbudowano na ruinach poprzednich, ale w takim wypadku musiało się to stać na długo po tym, jak Durran Smutek Bogów i piękna Elenei opuścili ten świat.

Powiadają, że co siedemdziesiąt siedem lat w Koniec Burzy uderza nawałnica potężniejsza od innych. To starzy bogowie morza i nieba ponownie próbują strącić zamek w odmęty. To ładna historyjka... ale nic więcej. Zapiski maesterów z Końca Burzy świadczą, że gwałtowne burze zdarzają się niemal każdego roku, zwłaszcza jesienią, a choć niektóre są silniejsze od innych, żadne zapiski nie sugerują, by co siedemdziesiąt siedem lat nadchodziły szczególnie potężne. Największy sztorm, którego świadkowie jeszcze żyją, rozszalał się w roku 221 o.P., ostatnim roku panowania Aerysa I, poprzedni zaś w roku 166 o.P., pięćdziesiąt pięć lat wcześniej.

POPRZEDNIE STRONY | *Zbrojni Baratheonów na Smoczej Skale* PO LEWEJ | *Wieczorny Dwór na wyspie Tarth*

KRAINY BURZY
DORNE
REACH
MORZE WĄSKIE
Summerhall
Kamienny Hełm
Czarna Przystań
Mglisty Las
Miasteczko Łez
CZERWONE GÓRY
Nocna Pieśń
Wyl
Gniazdo Sępów
Wieża Radości
Królewski Grób
MORZE DORNIJSKIE
Ghaston Grey
WZGÓRZE DUCHÓW
Blackmont
Skyreach
Yronwood
Wysoki Azyl
Tor
ZŁAMANE RAMIĘ
Starfall
Boża Łaska
Wodne Ogrody
Słoneczna Włócznia
Hellholt
Piaskowiec
PLAGA
VAITH
ZIELONA KREW
SIARKA
Vaith
Miasto z Desek
Słony Brzeg
Cytrynowy Las
MORZE LETNIE
LEGENDA
WAŻNIEJSZE ZAMKI
ZAMKI
MIASTA
RUINY
OLIWKI
STUDNIE
TRAKTY

Dorne

Powiadają, że tylko Dornijczyk może naprawdę poznać Dorne.

Położone najdalej na południe z Siedmiu Królestw jest również najbardziej niegościnne... a także najbardziej niezwykłe w oczach każdego, kto wychowywał się w Reach, w krainach zachodu albo w Królewskiej Przystani. Dorne jest inne na tak wiele sposobów, że nie sposób ich wszystkich wyliczyć.

Rozległe pustynie z czerwonego i białego piasku, niedostępne góry poprzeszywane zdradzieckimi ścieżkami strzeżonymi przez zdradzieckich ludzi, koszmarny upał, burze piaskowe, skorpiony, ostre jedzenie, trucizny, zamki z wypalanej na słońcu cegły, daktyle, figi i malinowe pomarańcze – tyle mniej więcej prostaczkowie z reszty Siedmiu Królestw wiedzą o Dorne. Wszystko to jest prawdą, ale owo starożytne księstwo ma do zaoferowania znacznie więcej, jego historia sięga bowiem korzeniami aż do Ery Świtu.

Góry Czerwone, tworzące jego zachodnią i północną granicę, od tysiącleci czyniły Dorne odrębną krainą, choć pustynie również odegrały pewną rolę. Ponad trzy czwarte obszaru położonej za zasłoną gór krainy wypełniają suche pustkowia. Długie południowe wybrzeże Dorne również nie jest bardziej gościnne, pełno przy nim bowiem skał oraz raf i trudno tam o bezpieczny port. Załogi nielicznych statków przybijających w tym miejscu do brzegu – czy to z wyboru, czy przypadkiem – nie znajdą zbyt wielu zapasów. Blisko brzegów nie rosną lasy, mogące dostarczyć drewna do napraw, jest tam niewiele zwierzyny i gospodarstw rolnych, a jeszcze mniej wiosek, w których żeglarze mogliby zakupić niezbędne towary. Nawet o słodką wodę trudno. Na morzach na południe od Dorne łatwo się natomiast natknąć na wiry i roi się tam od rekinów oraz krakenów.

W Dorne nie ma prawdziwych miast, choć tak zwane miasto cieni, przylepione do murów Słonecznej Włóczni, jest wystarczająco duże, by zwać je miasteczkiem (trzeba jednak przyznać, że zbudowanym z wypalanych na słońcu cegieł oraz słomy). Większe i ludniejsze Miasto Desek, położone u ujścia Zielonej Krwi, być może najbardziej w Dorne zbliża się do tego, co można zwać prawdziwym miastem, choć zamiast ulic są tam pomosty z desek, a funkcje domów i sklepów spełniają poruszane tyczkami łodzie, barki i statki kupieckie, połączone konopnymi sznurami i unoszące się na falach.

Arcymaester Brude, który urodził się i dorastał w mieście cieni, przycupniętym pod rozsypującymi się murami Słonecznej Włóczni, zasłynął z powiedzenia, że Dorne i odległa północ mają więcej wspólnego ze sobą niż z królestwami położonymi między nimi. „Jedno jest gorące, a drugie zimne, ale te starożytne królestwa piasku i śniegu różnią się od reszty Westeros historią, kulturą i tradycjami. Oba są niezbyt gęsto zaludnione w porównaniu z krainami, które leżą między nimi. Oba uparcie trzymają się własnych praw, bogów i tradycji. Żadnego z nich nie podbiły smoki. Król północy dobrowolnie uznał Aegona za swego seniora, Dorne zaś dzielnie opierało się potędze Targaryenów przez prawie dwieście lat, nim wreszcie poddało się Żelaznemu Tronowi poprzez małżeństwo. Ignoranci z pięciu »cywilizowanych« królestw drwią zarówno z Dornijczyków, jak i z ludzi z północy, uważając ich za dzikusów, ci zaś, którzy skrzyżowali miecze z jednymi albo z drugimi, wysławiają ich męstwo".

Dornijczycy przechwalają się, że ich ojczyzna jest najstarszym z Siedmiu Królestw, i w pewnym sensie jest to prawda. W przeciwieństwie do Andalów, którzy przybyli później, Pierwsi Ludzie nie byli żeglarzami. Dotarli do Westeros nie na łodziach, lecz drogą lądową, przez most łączący ten kontynent z Essos. Pozostałości owego mostu przetrwały do dziś jako Stopnie i Złamane Ramię Dorne. Czy Pierwsi Ludzie szli na piechotę, czy jechali konno, z pewnością właśnie na wschodnich brzegach Dorne po raz pierwszy postawili stopę na westeroskim gruncie.

Tylko nieliczni postanowili jednak tam pozostać, ziemie, które ujrzeli, z pewnością nie zaliczały się bowiem do gościnnych. Dzieci lasu zwały Dorne pustą krainą – i nie bez powodu. Jego wschodnią połowę pokrywa w przeważającej części jałowy busz. Tamtejsza gleba, sucha i kamienista, wydaje słabe plony, nawet po nawodnieniu. Położone za Vaith zachodnie Dorne jest tylko rozległym morzem poruszanych wiatrem wydm, gdzie słońce praży bezustannie, od czasu do czasu wywołując straszliwe burze piaskowe, które w kilka minut mogą oderwać człowiekowi ciało od kości. Nawet Garth Zielonoręki nie potrafił sprawić, by kwiaty rozkwitły w tak niegościnnym środowisku, przynajmniej jeśli wierzyć opowieściom powtarzanym w Reach (dornijskie podania nie wspominają o Garthu). Dlatego postanowił poprowadzić swój lud za góry, do żyznego Reach. Większość towarzyszących mu Pierwszych Ludzi opuściła Dorne, nie oglądając się za siebie.

Ale nie wszyscy. Niektórzy dostrzegli piękno w tej surowej, gorącej, okrutnej krainie i postanowili uczynić ją swoim domem. Najczęściej osiedlali się nad brzegami rzeki, którą nazwali Zieloną Krwią. Choć nie może się ona równać z Manderem, Tridentem czy Czarnym Nurtem, jej wody naprawdę dają Dorne życie.

Większość dornijskich rzek woda wypełnia tylko podczas nielicznych (i niebezpiecznych) burz. Przez resztę roku ich koryta są jedynie suchymi wąwozami. W całym Dorne tylko trzy rzeki płyną za dnia i w nocy, latem i zimą. Torrentine, biorąca początek w wysokich górach na zachodzie, spływa do morza w serii bystrzy oraz wodospadów, mknie przez kaniony i szczeliny skalne z hukiem przywodzącym na myśl ryk wielkiej bestii. Wypływa z górskich źródeł i jej wody są czyste i słodkie, ale przejście przez nią w bród jest niebezpieczne, nie da się także pływać po niej łodzią. Siarka jest znacznie spokojniejsza, ale jej mętne, żółte wody cuchną substancją, od której bierze swą nazwę, a rosnące nad jej brzegami rośliny są osobliwe i skarłowaciałe. (Ludzi mieszkających na tychże brzegach pominiemy milczeniem). Wody Zielonej Krwi, choć bywają niekiedy błotniste, są jednak zdrowe dla roślin i zwierząt, nad brzegami długiej na setki mil rzeki pełno jest więc sadów i gospodarstw rolnych. Co więcej, Zielona Krew i jej dopływy, Vaith oraz Plaga, są żeglowne niemal do źródeł (choć płytkie i na niektórych odcinkach usiane łachami), i w związku z tym stały się najważniejszym szlakiem handlowym w krainie.

Większość Pierwszych Ludzi, którzy zdecydowali się pozostać w Dorne, zamiast wyruszyć na północ w poszukiwaniu żyźniejszych okolic, postanowiła się osiedlić nad brzegami Zielonej Krwi, wykopawszy kanały i rowy mające doprowadzić życiodajną wodę do drzew i wzgórz. Inni woleli zamieszkać nad wąskim morzem; wschodnie brzegi Dorne są bardziej gościnne od południowych i wkrótce powstało tam wiele małych wiosek, których mieszkańcy utrzymywali się z połowu ryb i krabów. Najbardziej niespokojni z przybyszów wędrowali dalej, aż w końcu osiedlili się wśród wzgórz na południe od Gór Czerwonych, gdzie przesuwające się na północ burze niekiedy uwalniały wilgoć, tworząc żyzny, zielony pas. Ci, którzy wspięli się wyżej, znaleźli azyl wśród szczytów, w ukrytych dolinach i na górskich łąkach, gdzie trawa była zielona i słodka. Tylko najodważniejsi i najbardziej szaleni ośmielili się ruszyć w głąb pustyni. Garstce udało się odnaleźć pośród piasków wodę i w tych oazach zbudowali warownie oraz zamki. Po upływie stuleci ich potomkowie zostali Lordami Studni. Z pewnością jednak na każdego, któremu udało się odnaleźć oazę, przypadało stu takich, którzy umarli z pragnienia w gorących promieniach dornijskiego słońca.

Takie były początki trzech odrębnych rodzajów Dornijczyków, jakie znamy dzisiaj. Młody Smok, król Daeron I Targaryen, nadał im obecne nazwy w swej książce *Podbój Dorne*. Nazwał ich kamiennymi, piaskowymi i morskimi Dornijczykami. Kamienni Dornijczycy to mieszkańcy gór, jasnowłosi i jasnoskórzy, pochodzący głównie od Pierwszych Ludzi i Andalów; piaskowi Dornijczycy mieszkają na pustyniach i w dolinach rzek, a ich skórę gorące słońce spaliło na brąz; morscy Dornijczycy żyją na wybrzeżach, mają ciemne włosy, oliwkową skórę i gibką budowę. W ich żyłach płynie najwięcej krwi Rhoynarów i cechują się najbardziej dziwacznymi zwyczajami. (Kiedy księżniczka Nymeria przybyła do Dorne, nawet po spaleniu okrętów większość jej Rhoynarów wolała trzymać się blisko morza, które przez tak długi czas było ich domem).

ZŁAMANIE RAMIENIA

O najważniejszym wydarzeniu w dornijskiej historii, a być może w dziejach całego Westeros, ku swemu niezadowoleniu wiemy stanowczo za mało.

Większość znanych nam informacji o Złamaniu Ramienia dotarła do nas za pośrednictwem pieśni i legend. Wszyscy zgadzają się, że Pierwsi Ludzie przybyli z Essos do Westeros drogą lądową, konno bądź na piechotę, wędrując przez wzgórza i lasy wielkiego lądowego mostu, który w Erze Świtu łączył ze sobą dwa kontynenty. Dorne było pierwszą krainą, do której dotarli, ale – jak już pisaliśmy – osiedliło się tam bardzo niewielu z nich. Zdecydowana większość powędrowała dalej na północ, przez góry, a być może również słone bagna, ongiś istniejące tam, gdzie obecnie znajduje się Morze Dornijskie. Z upływem stuleci przybywali coraz liczniej, zasiedlając krainy burzy, Reach i dorzecze, aż wreszcie dotarli nawet do Doliny i na północ. Zmuszali do ucieczki pradawne rasy, zabijali olbrzymy, gdzie tylko mogli je znaleźć, wycinali czardrzewa toporami z brązu i toczyli krwawą wojnę przeciwko dzieciom lasu.

Dzieci walczyły z nimi najlepiej, jak potrafiły, ale Pierwsi Ludzie byli więksi i silniejsi. Dosiadający koni, dzierżący oręż z brązu i zakuci w zbroje z tego samego metalu, rozbijali dzieci w każdej bitwie, broń tych drugich była bowiem zrobiona z kości, drewna i smoczego szkła. Wreszcie doprowadzony do desperacji mały lud zwrócił się ku czarom, błagając zielonych jasnowidzów, by powstrzymali falę najeźdźców.

Jasnowidze spełnili ich prośbę. Zebrali się setkami (według niektórych na Wyspie Twarzy) i przywołali swych starych bogów pieśnią, modlitwą oraz makabrycznymi ofiarami (zgodnie z jedną z wersji opowieści czardrzewo nakarmiono krwią tysiąca pojmanych Pierwszych Ludzi, inna historia głosi zaś, że dzieci użyły krwi własnego potomstwa). Starzy bogowie się przebudzili, podobnie jak śpiące w ziemi olbrzymy, a całe Westeros zatrzęsło się i zadrżało. W ziemi pojawiły się ogromne szczeliny, które pochłonęły wzgórza i całe góry. Potem wypełniło je morze i Ramię Dorne złamało się pod naporem wód, aż wreszcie ponad powierzchnią pozostała tylko garstka jałowych, skalistych wysepek. Morze Letnie połączyło się z wąskim morzem, a most między Essos a Westeros zniknął na zawsze.

Tak przynajmniej głosi legenda.

Większość uczonych zgadza się, że Essos i Westeros były kiedyś połączone; o przejściu Pierwszych Ludzi mówią nam tysiące opowieści z runicznych zapisków. W dzisiejszych czasach oba kontynenty dzieli morze, z pewnością więc musiało dojść do jakiegoś incydentu odpowiadającego temu, co Dornijczycy zwą obecnie Złamaniem Ramienia. Czy jednak rzeczywiście stało się to w ciągu jednego dnia, o czym próbują nas przekonać pieśni? Czy spowodowały je dzieci lasu i magia ich zielonych jasnowidzów? To już nie jest takie pewne. Arcymaester Cassander w swym dziele *Pieśń morza – jak doszło do rozdzielenia lądów* sugeruje, że przyczyną nie były zaklęcia zielonych jasnowidzów, lecz raczej to, co zwie pieśnią morza – powolny wzrost poziomu wód, który trwał przez stulecia, nie jeden dzień, a spowodowały go powtarzające się wielokrotnie długie, gorące lata oraz krótkie, ciepłe zimy. Z tego to powodu lód w mroźnych krainach za Morzem Dreszczy zaczął się topić, co doprowadziło do wezbrania oceanów.

Wielu maesterów dało się przekonać argumentom Cassandera i zgadza się z wyciągniętymi przez niego wnioskami. Nie ma jednak wątpliwości, że Złamanie wydarzyło się naprawdę, bez względu na to, czy proces trwał tylko jedną noc, czy też wiele stuleci. Stopnie i Złamane Ramię Dorne są niemym, lecz wymownym świadectwem tego faktu. Wiele też przemawia za tym, że Morze Dornijskie było ongiś śródlądowym morzem słodkowodnym, karmionym przez górskie strumienie i znacznie mniejszym niż obecnie, lecz potem wąskie morze wystąpiło z granic i zalało słone bagna położone pomiędzy nimi.

Nawet jeśli to starzy bogowie złamali Ramię Dorne Wodnym Młotem, jak powiadają legendy, zieloni jasnowidze zaśpiewali swą pieśń za późno.

Co prawda po Złamaniu Ramienia do Westeros nie docierali więcej nowi przybysze, Pierwsi Ludzie nie byli bowiem żeglarzami… ale w chwili rozdzielenia lądów mieli już prawie trzykrotną przewagę liczebną, a z upływem stuleci ta różnica stawała się coraz większa, ponieważ kobiety Pierwszych Ludzi wydawały na świat synów i córki znacznie częściej, niż działo się to u pradawnych ras. Dlatego dzieci i olbrzymy wymierały, natomiast ludzka rasa stawała się coraz liczniejsza; zagarniała dla siebie pola i lasy, budowała wioski i forty, zakładała królestwa…

PO LEWEJ | *Trzy rodzaje Dornijczyków – kamienny, piaskowy i morski*

KRÓLESTWA PIERWSZYCH LUDZI

Nawet w najstarszych źródłach łatwo jest zauważyć brak jedności wśród Dornijczyków. Poszczególne skupiska osad były położone daleko od siebie, a podróż przez gorące piaski i wysokie góry była trudna, co sprzyjało izolacji małych grupek i umożliwiło pojawienie się licznych pomniejszych lordów. Ponad połowa z nich z czasem zaczęła się tytułować królami. Rzecz jasna pomniejsi królowie istnieli w całym Westeros, ale rzadko bywali równie liczni (i aż tak pomniejsi), jak w Dorne za czasów Pierwszych Ludzi.

Nie zamierzamy omawiać wszystkich. Większość władała królestwami tak małymi albo ich rządy były tak krótkotrwałe, że właściwie nie zasługują na uwagę. O kilku największych warto jednak wspomnieć: o tych, których rody zakorzeniły się głęboko i przetrwały następne tysiąclecia.

Na wyspie w ujściu Torrentine, gdzie ta wartka, burzliwa rzeka rozszerza się przed spotkaniem z morzem, swój zamek wybudował ród Dayne'ów. Według legendy założyciel rodu trafił w to miejsce, podążając za spadającą gwiazdą, i znalazł tu kamień o magicznych właściwościach. Jego potomkowie przez stulecia władali górami na zachodzie jako królowie Torrentine i lordowie Starfall.

Na północnym wschodzie, za wielką luką w łańcuchu gór, przez którą biegnie najbezpieczniejsza i najszybsza droga z Dorne do Reach, swą siedzibę w skalistych stokach wąwozu wykuł ród Fowlerów. Zamek nazwano Skyreach, z uwagi na wysoką skałę, na której go wzniesiono, oraz sięgające ku niebu kamienne wieże. W dawnych czasach wąwóz, którego broni, zwano powszechnie Szeroką Drogą (dziś nazywa się go Książęcym Wąwozem), Fowlerowie przybrali więc górnolotne tytuły lordów Skyreach, lordów Szerokiej Drogi oraz królów kamienia i nieba.

Podobnie daleko na wschodzie, w miejscu, gdzie góry docierają do Morza Dornijskiego, górskie doliny i zielone wzgórza leżące poniżej opanował ród Yronwoodów, przejmując kontrolę nad Kamiennym Szlakiem, drugim z dwóch wielkich wejść do Dorne (znacznie jednak węższym, bardziej stromym i zdradzieckim niż Szeroka Droga, położona na zachodzie). Ich dobrze strzeżone i stosunkowo żyzne ziemie dostarczają wielkich ilości drewna, można tam też znaleźć cenne złoża żelaza, cyny oraz srebra. Dzięki nim Yronwoodowie stali się najbogatszymi i najpotężniejszymi z dornijskich królów. Lordowie z rodu Yronwoodów, którzy kazali się tytułować Królewską Krwią, lordami Kamiennego Szlaku, władcami Zielonych Wzgórz oraz najwyższymi królami Dorne, w swoim czasie władali całą północną częścią tej krainy, od górskich domen rodu Wylów aż po górny bieg Zielonej Krwi... choć podejmowane przez nich wysiłki podporządkowania sobie innych dornijskich monarchów rzadko kończyły się sukcesem.

W czasach Pierwszych Ludzi istniał też drugi, konkurencyjny król Dorne. Jego siedzibą był wielki drewniany gródek z podgrodziem, usytuowany na południowym brzegu Zielonej Krwi, nieopodal Cytrynowego Lasu, gdzie rzeka wpada do Morza Letniego. Było to osobliwe królestwo, po śmierci każdego monarchy jego następcę wybierano bowiem spośród członków kilkunastu szlacheckich rodzin mieszkających nad rzeką albo na wschodnim wybrzeżu. Wade'owie, Shellowie, Holtowie, Brookowie, Hullowie, Lake'owie, Brownhillowie – wszyscy oni wyłaniali spośród siebie królów, którzy mieszkali w dworze otoczonym cytrynowymi drzewami. Ten osobliwy system załamał się jednak, gdy sporny wynik wyborów pchnął królewskie rody do wojny przeciwko sobie. Po trwającym całe pokolenie konflikcie trzy stare rody zostały starte z powierzchni ziemi, a potężne ongiś rzeczne królestwo rozpadło się na kilkanaście skłóconych państewek.

W innych częściach Dorne – na głębokiej pustyni, w wysokich górach, na morskich brzegach i wysepkach Złamanego Ramienia – również istniały pomniejsze królestwa, ale tylko nieliczne z nich mogły się zbliżyć potęgą i prestiżem do Dayne'ów ze Starfall, Fowlerów ze Skyreach i Szerokiej Drogi czy Yronwoodów z Yronwood.

PRZYBYCIE ANDALÓW

Andalowie odcisnęli swoje piętno na Dorne, podobnie jak na całym Westeros na południe od Przesmyku. Większość historyków zgadza się jednak, że ich wpływy dały się tam odczuć słabiej niż w pozostałych królestwach południa. W przeciwieństwie do Pierwszych Ludzi Andalowie byli podróżnikami morskimi, a ich najśmielsi kapitanowie dobrze znali brzegi Dorne i lubili mawiać, że nie można tam znaleźć nic poza wężami, skorpionami i piaskiem. Nic więc dziwnego, że tylko stosunkowo nieliczni najeźdźcy powiosłowali na południe, skoro bliżej Andalos mogli znaleźć bogatsze i zieleńsze krainy.

Zawsze jednak znajdzie się garstka takich, którzy wkraczają na ścieżki unikane przez pozostałych, by poszukać szczęścia w mniej gościnnych zakątkach świata. Tak też było z Andalami, którzy trafili do Dorne. Niektórzy walczyli z Pierwszymi Ludźmi o najlepsze ziemie nad Zieloną Krwią i na brzegach morza, bądź też zapuszczali się w góry. Inni, jak Ullerowie i Qorgyle'owie, osiedlali się w miejscach, do

PO PRAWEJ | *Miecz Poranku trzymający Świt*

Miecz Poranku

Dayne'owie ze Starfall zaliczają się do najbardziej starożytnych rodów w Siedmiu Królestwach, choć sławę zawdzięczają przede wszystkim rodowemu mieczowi zwanemu Świtem oraz ludziom, którzy nim władali. Pochodzenie miecza owiane jest legendami, wydaje się jednak prawdopodobne, że należy on do Dayne'ów od tysiącleci. Ci, którzy mieli zaszczyt go obejrzeć, mówią, że nie przypomina valyriańskiej stali i jest biały jak mleczne szkło, ale podziela niewiarygodną wytrzymałość i ostrość mieczy z Valyrii.

Choć wiele rodów posiada dziedziczne miecze, na ogół lordowie przekazują je swoim następcom. Niektórzy, jak zdarzyło się to Corbrayom, mogą pożyczyć dożywotnio miecz bratu albo synowi, ale po śmierci noszącego wraca on do lorda. Zwyczaje rodu Dayne'ów są jednak inne. Temu, który włada Świtem, zawsze przyznaje się tytuł Miecza Poranku. Może nim być tylko rycerz z rodu Dayne'ów, który zostanie uznany za godnego.

Z tego powodu noszący ten tytuł słyną w całych Siedmiu Królestwach. Wielu chłopców potajemnie marzy o tym, że są synami Dayne'ów i że mogą zdobyć prawo do noszenia legendarnego oręża. Najsławniejszym Mieczem Poranku był ser Arthur Dayne, najgroźniejszy z członków Gwardii Królewskiej Aerysa II. Pokonał on Bractwo z Królewskiego Lasu i wyróżnił się we wszystkich turniejach oraz walkach zbiorowych, w których uczestniczył. Zginął szlachetnie razem ze swymi zaprzysiężonymi braćmi pod koniec buntu Roberta. Eddard Stark zabił go ponoć w pojedynku. Lord Stark odwiózł potem Świt do Starfall i oddał krewnym ser Arthura na znak szacunku.

których nie dotarł dotąd żaden człowiek. Ci pierwsi wznieśli posępną, cuchnącą siedzibę na brzegach żółtej Siarki, ci drudzy zaś rozlokowali się pośród wydm głębokiej pustyni, fortyfikując jedyną studnię na przestrzeni stu pięćdziesięciu mil. Dalej na wschód Vaithowie zbudowali wysoki zamek z jasnego kamienia, usytuowany pośród wzgórz w miejscu, gdzie dwa strumienie łączą się w rzekę, której wkrótce nadano ich nazwisko. W innych częściach królestwa zdobyli dla siebie włości Allyrionowie, Jordayne'owie i Santagarowie.

Natomiast na wschodnim wybrzeżu, między Złamanym Ramieniem a Zieloną Krwią, Morgan Martell, andalski poszukiwacz przygód, wylądował ze swymi kuzynami na ziemiach należących do słabych rodów Wade'ów i Shellów, pokonał ich w bitwie, zagarnął wioski, spalił zamki i podporządkował sobie obszar kamienistego wybrzeża, długi na sto pięćdziesiąt mil i szeroki na trzydzieści.

W następnych stuleciach potęga Martellów rosła... ale powoli, jako że – podobnie jak obecnie – lordowie z tego rodu słynęli z ostrożności. Przed przybyciem Nymerii żaden Dornijczyk nie zaliczał ich do wielkich potęg. Co więcej, choć ze wszystkich stron otaczali ich królowie, sami Martellowie nigdy nie kazali się w ten sposób tytułować. W pewnych chwilach swej historii ugięli nawet dobrowolnie kolan przed królami z rodu Jordayne'ów z Tor, pobożnymi Allyrionami z Bożej Łaski, wieloma pomniejszymi królami znad Zielonej Krwi oraz potężnymi Yronwoodami z Yronwood.

NADEJŚCIE RHOYNARÓW

Martellowie władali swą skromną domeną przez stulecia, nim na brzegach Dorne, nieopodal miejsca, gdzie obecnie znajdują się zamek Słoneczna Włócznia oraz miasto cieni, wylądowała księżniczka Nymeria ze swymi dziesięcioma tysiącami okrętów.

Historię tego, jak Nymeria wzięła sobie Morsa Martella za pana męża, spaliła okręty i związała swych Rhoynarów z rodem Martellów sercem, ręką i honorem, opowiedzieliśmy w innym miejscu i nie musimy powtarzać jej tutaj. Nie będziemy też znowu przytaczać znanych opowieści o wygranych i przegranych bitwach czy o zawartych i zerwanych sojuszach.

Wystarczy, że powiemy, iż bogactwo i wiedza przyniesione przez Rhoynarów do Westeros w połączeniu z ambicją lorda Morsa i niepowstrzymaną wolą Nymerii z Rhoyne pozwoliły Martellom znacznie poszerzyć swą domenę. Podbijali kolejnych pomniejszych królów, aż wreszcie obalili nawet Yronwoodów i zjednoczyli Dorne, nie jako królestwo, lecz jako księstwo, Mors i Nymeria nigdy bowiem nie kazali się tytułować królem i królową; woleli tytuły książęce, na wzór dawnych państw-miast Rhoyne. Ich potomkowie podtrzymywali tę tradycję aż do dziś, pokonując wielu rywali i skutecznie opierając się królom burzy oraz władcom Reach.

Według pieśni Nymeria była czarownicą i wojowniczką. Ani jedno, ani drugie nie jest prawdą. Nie walczyła z bronią w ręku, choć dowodziła żołnierzami na wielu polach bitew, wykazując się biegłością i sprytem. Tę mądrość przekazała swym potomkom, którzy również dowodzili wojskami, kiedy Nymeria była już stara i schorowana. A chociaż żaden z nich nie dorównał jej wyczynowi, jakim było wysłanie na Mur sześciu królów, zakutych w złote łańcuchy, udało im się obronić niezależność Dorne przed królami z północy oraz zachować jego integralność pomimo zakusów swarliwych, porywczych lordów z gór i pustyni, którymi władali.

Ród Martellów władał Dorne przez siedemset lat, zbudował wielkie wieże Słonecznej Włóczni, widział powstanie miasta cieni i Miasta Desek, a także pokonał wszystkich, którzy rzucali mu wyzwanie.

OSOBLIWE ZWYCZAJE POŁUDNIA

Dorne zawsze zachowywało odrębność od reszty Westeros, a przed tysiącleciem połączyło swój los z Rhoynarami. Jego mieszkańcy są dumni ze swej pełnej niebezpieczeństw historii i niezwykłych zwyczajów.

POWYŻEJ | *Herb rodu Martellów (pośrodku) i herby niektórych ich wasali (od szczytu, zgodnie z ruchem wskazówek zegara): Dayne'ów, Fowlerów, Jordayne'ów, Qorgyle'ów, Tolandów, Ullerów, Vaithów, Wylów, Yronwoodów, Allyrionów i Blackmontów*

IMIONA SZEŚCIU KRÓLÓW WYSŁANYCH PRZEZ NYMERIĘ NA MUR, JAK ZAPISANO JE W KRONIKACH:

Yorick z rodu Yronwoodów, Królewska Krew, najbogatszy i najpotężniejszy z dornijskich królów obalonych przez ród Martellów.

Vorian z rodu Dayne'ów, Miecz Wieczoru, zasłynął jako największy rycerz w całym Dorne.

Garrison z rodu Fowlerów, Ślepy Król, stary i niewidomy, lecz nadal wzbudzający lęk swym sprytem.

Lucifer z rodu Drylandów, Ostatni Tego Pokroju, król Siarki, lord Piekielnego Dworu.

Benedict z rodu Blackmontów, który oddawał cześć mrocznemu bogu i ponoć potrafił się zmieniać w sępa olbrzymich rozmiarów.

Albin z rodu Manwoodych, kłopotliwy szaleniec roszczący sobie pretensje do władzy nad Górami Czerwonymi.

Kamienni Dornijczycy mają najwięcej wspólnego z tymi, którzy mieszkają na północ od gór, i w najmniejszym stopniu ulegli rhoynarskim wpływom. To jednak nie uczyniło ich bliskimi sojusznikami lordów Pogranicza czy Reach. Wręcz przeciwnie; powiadają, że historia lordów z gór jest równie gwałtowna, jak historia górskich klanów z Doliny. Przez tysiąclecia toczyli oni nieustanne wojny z Reach i z krainami burzy, a także między sobą. Ballady z Pogranicza, opowiadające o odważnych potyczkach z okrutnymi Dornijczykami, najczęściej wspominają lordów z Blackmont i Królewskiego Grobu, z Wyl i Skyreach, a także z Yronwood. Strażnicy Kamiennego Szlaku po dziś dzień pozostają najdumniejszymi i najpotężniejszymi wasalami rodu Martellów, a stosunki między nimi są w najlepszym razie napięte.

Piaskowi Dornijczycy są bardziej rhoynarscy i przywykli do trudnych warunków życia na pustyni. Rzeki Dorne są maleńkie w porównaniu z Manderem czy Tridentem, ale płynie w nich wystarczająco wiele wody, by użyźnić pola i napoić wioski oraz miasteczka. Poza nimi ludzie żyją jednak inaczej: wędrują od jednej pustynnej oazy do drugiej, przecinają piaszczyste pustkowia dzięki studniom, których lokalizację znają, a ich dzieci dorastają razem z kozami i końmi. Piaskowi Dornijczycy słyną z hodowli rumaków piaskowych, uważanych za najpiękniejsze konie w Siedmiu Królestwach. Choć z uwagi na lekką budowę trudno im udźwignąć ciężar rycerza w pełnej zbroi, są szybkie i niestrudzone. Potrafią biec cały dzień i całą noc o kilku łykach wody. Dornijczycy kochają swe rumaki piaskowe niemal równie

POWYŻEJ | *Księżniczka Nymeria i Mors Martell na tronach w Słonecznej Włóczni*

Przed przybyciem Nymerii królowie Yronwood byli najpotężniejszym rodem w całym Dorne – znacznie przerastającym znaczeniem ówczesnych Martellów. Władali połową krainy – fakt, o którym do dziś nie pozwalają nikomu zapomnieć. W stuleciach, które nastały po zdobyciu władzy przez ród Martellów, to właśnie Yronwoodowie buntowali się najczęściej. Nawet po tym, jak książę Maron Martell zjednoczył Dorne z Żelaznym Tronem, ów zwyczaj dał o sobie znać i Yronwoodowie opowiedzieli się po stronie Czarnego Smoka w trzech z pięciu buntów Blackfyre'ów.

mocno, jak własne dzieci. Król Daeron w *Podboju Dorne* pisze, że rycerz z Cętkowanego Lasu trzymał swe rumaki w komnacie własnego zamku.

Morscy Dornijczycy, potomkowie Rhoynarów, utracili z biegiem stuleci swój ojczysty język, choć w sposobie, w jaki mówią w języku powszechnym, nadal słychać jego ślady – niektóre dźwięki przeciągają, inne wypowiadają mrukliwie, jeszcze innym nadają w nieoczekiwanych miejscach śpiewną intonację. Dornijską wymowę niektórzy uważają za czarującą, lecz inni (przede wszystkim ludzie z Pogranicza, na ogół niesprawiedliwie) utrzymują, że jest niezrozumiała. Rhoynarzy przynieśli jednak ze sobą również własne zwyczaje i prawa, które następnie Martellowie rozszerzyli na całe Dorne. Dlatego w odróżnieniu od pozostałych Siedmiu Królestw dziedziczy najstarsze dziecko – mężczyzna lub kobieta – a nie najstarszy syn. Dorne może się pochwalić licznymi paniami wielkich zamków i sławnymi księżniczkami, a opowieści o nich jest równie wiele, jak o wielkich rycerzach i książętach.

Także inne zwyczaje odróżniają Dornijczyków od pozostałych mieszkańców Westeros. Nie przejmują się oni zbytnio tym, czy dziecko pochodzi z prawego łoża, zwłaszcza jeśli spłodzono je z faworytą albo faworytem. Wielu lordów – a nawet niektóre damy – mają tego typu partnerów, wybieranych z miłości albo żądzy, nie z myślą o dzieciach ni sojuszach. A skoro już mowa o sprawach miłości – nikt nie okazuje tam zbytniego niepokoju, jeśli mężczyzna pokłada się z drugim mężczyzną albo kobieta z drugą kobietą. Septonowie często próbowali sprowadzić Dornijczyków na ścieżkę cnoty, lecz ich wysiłki nie przyniosły większych rezultatów. Nawet moda jest w Dorne inna, klimat sprzyja tam bowiem luźnym, wielowarstwowym szatom. Potrawy są zaś ostro przyprawione i palą usta smoczą papryką, wzmocnioną paroma kropelkami wężowego jadu.

Ludem odrębnym od reszty Dornijczyków – morskich, piaskowych i kamiennych – są sieroty z Zielonej Krwi, potomkowie tych, którzy płakali, gdy Nymeria spaliła swoje okręty. Zbudowali z ich szczątków łodzie, którymi po dziś dzień pływają po rzece, marząc o dniu, gdy wrócą na Matkę Rhoyne. W ich żyłach płynie czysta rhoynarska krew i między sobą nadal ponoć rozmawiają w ojczystym języku – choć robią to w tajemnicy, odkąd troje kolejnych następców wnuka Nymerii, księcia Morsa II, próbowało tego zabronić.

Owi następcy byli również znani jako Krwawi Książęta (choć były wśród nich dwie księżne), ponieważ ich panowanie było pełne wojen toczonych zarówno w Dorne, jak i poza jego granicami. To oni stworzyli Miasto z Desek, mające służyć jako punkt zborny, łącząc linami łodzie i promy. Miasto zaczęło rosnąć i z czasem książęta zbudowali nieopodal mającą go strzec cytadelę. Ten dogodny port przyciągał coraz więcej kupieckich statków z Wolnych Miast.

Ciekawy przykład rhoynarskich wpływów na prawa i mentalność Dornijczyków można znaleźć w opisie ostatnich dni Tańca Smoków. Oto fragment z kroniki arcymaestera Gyldayna, opisujący krótkie panowanie Gaemona Jasnowłosego:

„Z Domu Pocałunków, gdzie król-dziecko miał swoją siedzibę, napływały wciąż nowe dekrety, każdy bardziej skandaliczny od poprzedniego. Gaemon zarządził, że dziewczęta będą odtąd dziedziczyły na równi z chłopcami, że w czasach głodu biednym będzie się rozdawać chleb i piwo, a każdemu mężczyźnie, który postradał na wojnie którąś z kończyn, lord, za którego walczył, będzie musiał na resztę życia zapewnić wikt i dach nad głową. Gaemon zarządził też, że mężowie bijący żony sami zostaną pobici, bez względu na to, czy żony mogły zasłużyć na podobną karę. Te edykty niemal z pewnością były dziełem dornijskiej kurwy zwanej Sylvenną Sand. Jeśli wierzyć Grzybowi, była ona faworytą matki króla, Essie".

PO PRAWEJ | *Aegon I uwalniający płomienie Baleriona podczas Gniewu Smoka*

DORNE PRZECIWKO SMOKOM

Żadne z niebezpieczeństw, którym stawiło czoło Dorne, nie było tak groźne jak to, które stanowili Aegon Zdobywca i jego siostry. Dornijczycy wykazali się w walce wielkim męstwem, lecz równie wielka była ich żałoba po poniesionych stratach, cena wolności okazała się bowiem wysoka. Niemniej Dorne jako jedyne z Siedmiu Królestw zachowało niezależność od rodu Targaryenów, odpierając kolejne ataki Aegona, jego sióstr oraz ich następców, które miały zmusić Martellów do ugięcia kolan przed Żelaznym Tronem.

Dornijczycy nie toczyli z Targaryenami wielkich bitew, a kiedy nadlatywały smoki, nie próbowali bronić przed nimi swych zamków. Meria Martell, która była księżną Dorne w czasach Podboju Aegona, nauczyła się bowiem wiele z Ostatniej Burzy i Pola Ognia, a także z losu, jaki spotkał Harrenhal. Gdy w roku 4 o.P. Aegon zwrócił oczy na Dorne, jego mieszkańcy po prostu się rozproszyli.

Pierwszy atak prowadziła królowa Rhaenys, dosiadająca Meraxes. Spaliła Miasto z Desek i szybko podążyła do Słonecznej Włóczni, kiedy Aegon i lord Tyrell walczyli w Książęcym Wąwozie z górskimi lordami. Dornijczycy nękali siły Targaryenów i zastawiali zasadzki, a potem znikali wśród skał, gdy tylko smoki zrywały się do lotu. Wielu ludzi lorda Tyrella zmarło z gorąca i pragnienia podczas marszu na Hellholt. Ci, którzy dotarli do zamku żywi, przekonali się, że ten stoi pusty. Wszyscy Ullerowie uciekli.

Aegon odniósł więcej sukcesów, ale poza krótkim oblężeniem Yronwood, gdzie czoło stawiła mu garstka chłopców, starców i kobiet, nie natknął się na poważny opór. Nawet Skyreach, potężną siedzibę Fowlerów, opuszczono. Na Wzgórzu Duchów, w zamku rodu Tolandów, zbudowanym na szczycie wzniesienia z białej kredy na brzegach Morza Dornijskiego, Aegon ujrzał chorągiew z duchem Tolandów. Do Zdobywcy dotarła wiadomość, że lord Toland wysłał swojego obrońcę, by stoczył z nim pojedynek. Aegon zabił przeciwnika Blackfyre'em, tylko po to, by się dowiedzieć, że był to szalony błazen lorda Tolanda, a sam władca opuścił zamek razem ze swymi domownikami. W późniejszych latach Tolandowie wybrali sobie nowy herb, smoka gryzącego własny ogon, zielonego na złotym polu, dla upamiętnienia błazeńskiego stroju ich dzielnego trefnisia.

Atak lorda Orysa Baratheona na Szlak Kości zakończył się jego klęską. Sprytni Dornijczycy z wyżej położonych pozycji zasypywali najeźdźców kamieniami, strzałami i włóczniami, mordowali ich pod osłoną nocy, aż wreszcie

Z KRONIKI ARCYMAESTERA GYLDAYNA, O DEFENESTRACJI W SŁONECZNEJ WŁÓCZNI:

Lorda Rosby'ego, kasztelana Królewskiej Włóczni i namiestnika piasków, spotkała śmierć lżejsza niż pozostałych najeźdźców. Gdy Dornijczycy z miasta cieni wtargnęli do zamku i wyzwolili go, Rosby'ego związano i zawleczono na szczyt Włóczni, skąd wyrzuciła go przez okno sama stara księżna Meria.

zablokowali Szlak Kości przed i za nimi. Lord Orys został jeńcem lorda Wyla razem z wieloma swymi chorążymi i rycerzami. Pozostawali w niewoli do roku 7 o.P., kiedy to wreszcie ich uwolniono w zamian za tyle złota, ile ważyli. Wszystkim jednak ucięto ręce, w których trzymali miecze, by nigdy już nie ruszyli do boju przeciwko Dorne.

W innych miejscach Dornijczycy po prostu opuszczali swe zamki. Lordowie ich nie bronili, ale nie chcieli też ugiąć kolan. To samo wydarzyło się, kiedy Targaryenowie wreszcie dotarli do Słonecznej Włóczni. Księżna Meria (przez wrogów drwiąco zwana Żółtą Ropuchą z Dorne, przez Dornijczyków zaś do dziś uważana za bohaterkę) również zniknęła na pustyni. Królowa Rhaenys i król Aegon zwołali pozostałych na miejscu dworzan i służących, ogłosili swoje zwycięstwo i oznajmili, że od tej pory Dorne podlega władzy Żelaznego Tronu. Potem Targaryenowie wrócili do Królewskiej Przystani na swych smokach, rozkazawszy lordowi Rosby'emu bronić Słonecznej Włóczni. Lordowi Tyrellowi zlecono dowództwo nad zastępem mającym tłumić wszelkie rewolty. Gdy tylko Aegon i Rhaenys postawili swe stopy w królewskim mieście, Dorne się zbuntowało. Wydarzenia toczyły się przerażająco szybko. Garnizony wyrżnięto, a dowodzących nimi rycerzy poddano torturom. Prawdę mówiąc, dornijscy lordowie zakładali się o to, który z pojmanych rycerzy pożyje najdłużej, w miarę jak będzie tracił kolejne kawałki ciała.

Lord Harlan Tyrell wyruszył ze swym garnizonem z Hellholtu, by zdobyć Vaith i odzyskać Słoneczną Włócznię, ale zniknął na pustyni z całą armią i nigdy już o nim nie usłyszano. Ludzie wędrujący po tamtych stronach opowiadają, że niekiedy wiatr przesuwa piaski, odsłaniając kości i fragmenty zbroi, ale znający głęboką pustynię piaskowi Dornijczycy zauważają, że piaski te są grobem dla poległych w bitwach toczonych przez niezliczone tysiąclecia i kości mogą pochodzić z dowolnej epoki.

Po uwolnieniu Orysa Jednorękiego i innych okaleczonych lordów wojna wkroczyła w nową fazę. Król Aegon pragnął zemsty. Targaryenowie spuścili ze smyczy swe smoki i raz po raz palili zamki buntowników. W odpowiedzi Dornijczycy również użyli ognia. W roku 8 o.P. ich oddział wylądował na Przylądku Gniewu, podpalił połowę Deszczowego Lasu i złupił kilka wiosek oraz miasteczek. To doprowadziło do dalszej eskalacji konfliktu. W następnym roku ogień spopielił kolejne dornijskie zamki. Rok później dornijski zastęp pod dowództwem lorda Fowlera zdobył i spalił Nocną Pieśń – wielki zamek Pogranicza – wziąwszy lordów i obrońców jako zakładników. Druga armia, prowadzona przez ser Joffreya Dayne'a, dotarła pod mury Starego Miasta, pustosząc otaczające je pola i puszczając z dymem wioski.

Targaryenowie ponownie odwołali się do swych smoków, kierując ich furię przeciwko Starfall, Skyreach i Hellholtowi. W tym ostatnim zamku Dornijczycy odnieśli największy sukces w całej wojnie. Bełt wystrzelony ze skorpiona wykłuł oko Meraxes. Wielka smoczyca i dosiadająca jej królowa runęły na ziemię. Śmiertelne konwulsje bestii zniszczyły najwyższą wieżę zamku oraz część muru kurtynowego.

Z KRONIKI ARCYMAESTERA GYLDAYNA:

Pytanie, czy Rhaenys Targaryen przeżyła śmierć swego smoka, pozostaje kwestią debaty. Niektórzy twierdzą, że spadła z grzbietu Meraxes i zabiła się, inni zaś utrzymują, że cielsko smoczycy zmiażdżyło ją po upadku na zamkowy dziedziniec. Kilka relacji zapewnia jednak, że królowa przeżyła upadek, po to tylko, by umrzeć powolną śmiercią na torturach w lochach Ullerów. Prawda o okolicznościach jej śmierci zapewne nigdy nie wyjdzie na jaw, ale to pewne, że Rhaenys Targaryen, siostra i żona króla Aegona I, zginęła w Hellholcie w dziesiątym roku od Podboju.

PO PRAWEJ | *Śmierć Meraxes*

Ciało królowej Rhaenys nigdy nie wróciło do Królewskiej Przystani.

Dwa następne lata nazwano potem latami Gniewu Smoka. Porażeni żałobą po śmierci ukochanej siostry król Aegon i królowa Visenya podpalili każdy zamek, twierdzę i warownię w Dorne przynajmniej jeden raz… pomijając tylko Słoneczną Włócznię i miasto cieni. Dlaczego je oszczędzili, nie wiadomo. W Dorne powiadają, iż Targaryenowie obawiali się, że Meria może znać jakiś sprytny sposób na zabijanie smoków, który kupiła w Lys. Bardziej prawdopodobna jest jednak hipoteza arcymaestera Timotty'ego, który w swych *Domysłach* wysuwa przypuszczenie, że Aegon i Visenya pragnęli zwrócić resztę Dornijczyków, ponoszących tak wielkie straty, przeciwko Martellom, których oszczędzono. Tłumaczyłoby to wysyłane z Pogranicza do dornijskich rodów listy, namawiające do kapitulacji i sugerujące, że Martellowie zdradzili swych poddanych, kupując sobie bezpieczeństwo od Targaryenów kosztem reszty Dorne.

Tak czy inaczej, właśnie wtedy zaczęła się ostatnia i najmniej chwalebna faza pierwszej wojny dornijskiej. Targaryenowie wyznaczyli nagrody za głowy dornijskich lordów i kilkunastu z nich padło ofiarą skrytobójców – choć tylko dwóch morderców uszło z życiem, by odebrać nagrodę. Dornijczycy odwdzięczyli się tym samym i wielu ich przeciwników spotkała okrutna śmierć. Nawet w sercu Królewskiej Przystani nikt nie był bezpieczny. Lorda Fella uduszono w burdelu, a samego króla Aegona trzykrotnie próbowano zamordować. Zaatakowano też królową Visenyę i dwaj jej strażnicy padli, nim sama powaliła ostatniego z łotrów Mroczną Siostrą. Jeszcze gorszych czynów dopuścił się Wyl z Wyl, w tym miejscu jednak nie musimy o nich opowiadać, gdyż są już wystarczająco osławione i pamięta się o nich do dziś, zwłaszcza w Fawnton i w Starym Dębie.

Dorne przerodziło się już w jałowe, płonące zgliszcza, ale jego mieszkańcy nadal walczyli z ukrycia, nie chcąc się poddać. Nawet prostaczkowie nie składali broni, a ofiar nikt nie mógłby zliczyć. W roku 13 o.P. księżna Meria wreszcie zmarła i na tronie zasiadł jej syn, stary i schorowany książę Nymor. Miał on już dość wojny i wysłał do Królewskiej Przystani poselstwo pod przewodnictwem swej córki, księżniczki Derii. Poselstwo przywiozło ze sobą czaszkę Meraxes jako dar dla króla. Wielu – między innymi królowa Visenya i Orys Baratheon – źle to odebrało, a lord Oakheart nalegał, by Derię odesłano do najnędzniejszego z burdeli, by służyła tam każdemu mężczyźnie, który zapragnie ją mieć. Król Aegon Targaryen nie chciał jednak nawet słyszeć o takim czynie. Zamiast tego wysłuchał słów księżniczki.

Według Derii Dorne pragnęło pokoju, ale miał to być pokój między dwoma państwami, które nie toczą już wojny, nie między wasalem a jego zwierzchnikiem. Wielu odradzało Jego Miłości przyjęcie tej propozycji; w tamtych czasach często w komnatach Aegonfortu słyszano frazę „nie ma pokoju bez kapitulacji". Ludzie mówili, że król wyjdzie na słabego, jeśli przystanie na żądania Dornijczyków, a lordowie Reach i krain burzy, którzy tak wiele wycierpieli za jego sprawę, z pewnością się rozgniewają.

Król Aegon dał się ponoć przekonać tym argumentom i był już gotów odrzucić propozycję, ale wówczas księżniczka Deria wręczyła mu prywatny list od swego ojca, księcia Nymora. Aegon przeczytał go, siedząc na Żelaznym Tronie. Ludzie opowiadają, że gdy wstał, jego dłoń krwawiła, tak mocno ją zaciskał. Spalił list, natychmiast dosiadł Baleriona i poleciał na Smoczą Skałę. Następnego ranka wrócił, zgodził się na zawarcie pokoju i podpisał traktat.

Po dziś dzień nikt nie wie, co zawierał list, choć wysuwano wiele domysłów. Czy Nymor poinformował Aegona, że Rhaenys jeszcze żyje, okaleczona i cierpiąca, i obiecał położyć kres jej męczarniom, jeśli król zakończy wojnę? Czy pismo było zaczarowane? Czy Nymor groził, że poświęci całe bogactwo Dorne, by zlecić Ludziom Bez Twarzy zabójstwo młodego Aenysa, syna i dziedzica Aegona? Zapewne nigdy nie poznamy odpowiedzi na te pytania.

Zawarto jednak pokój, który przetrwał kłopoty wywołane przez Sępiego Króla i trwał jeszcze długi czas później. Rzecz jasna były też inne wojny dornijskie, a nawet w czasach pokoju łupieżcy z Gór Czerwonych nie przestawali atakować bogatszych i żyźniejszych ziem położonych na północ albo na zachód od nich.

Książę Qoren Martell poprowadził swe siły na pomoc wojskom Triarchii, walczącym z księciem Daemonem Targaryenem oraz Wężem Morskim na Stopniach. Podczas Tańca Smoków obie strony zabiegały o poparcie Dornijczyków, ale książę Qoren nie chciał się angażować. W odpowiedzi na list ser Ottona Hightowera napisał ponoć: „Dorne tańczyło już ze smokami. Wolałbym spać ze skorpionami".

Dopiero po wstąpieniu na tron króla Daerona I okazało się, że wieczny pokój przewidziany w traktacie wcale nie jest taki wieczny. Wszyscy wiemy, jaką cenę zapłacono za jego złamanie. Podbój Dorne przez Młodego Smoka był wspaniałym czynem, słusznie wysławianym w pieśniach i opowieściach, ale triumf trwał krócej niż kolacja i kosztował życie tysięcy ludzi, w tym również samego śmiałego króla. Zadanie zawarcia nowego pokoju spadło na brata i następcę Daerona, Baelora I Błogosławionego; w tym przypadku koszty również okazały się bardzo wysokie.

Podjęta później przez Aegona IV Niegodnego próba podboju Dorne za pomocą „smoków", które sam zaprojektował, ledwie zasługuje na wzmiankę. Od samego początku było to czyste szaleństwo, które zakończyło się upokorzeniem. Dopiero syn Aegona, król Daeron II Dobry, w końcu

Córka księcia Qorena była jednak innego zdania. Księżna Aliandra zasiadła na tronie w młodym wieku i uważała się za nową Nymerię. Ta młoda, pełna pasji kobieta zachęcała swych lordów, by dowiedli, że są godni jej względów, napadając na Pogranicze, okazała też jednak wiele łask lordowi Alynowi Velaryonowi, gdy jego pierwsza wielka podróż zaprowadziła go do Słonecznej Włóczni, a także później, kiedy wrócił z morza zachodzącego słońca.

zdołał rozciągnąć swe panowanie na Dorne, i to nie ogniem i żelazem, lecz dzięki spokojnym słowom, uśmiechom, dwóm dobrze zaplanowanym małżeństwom oraz uroczystemu traktatowi pozwalającemu dornijskim książętom zachować tytuł oraz przywileje i gwarantującemu, że w ich domenie zawsze będą obowiązywały miejscowe prawa i zwyczaje. W następnych latach Dorne pozostawało bliskim sojusznikiem rodu Targaryenów. Martellowie poparli ich w wojnach z pretendentami z rodu Blackfyre'ów, ich włócznie pojawiły się też na Stopniach, by walczyć z dziewięciogroszowymi królami. Ta wierna służba została nagrodzona, gdy Rhaegar Targaryen, książę Smoczej Skały i dziedzic Żelaznego Tronu, wziął za żonę Elię Martell ze Słonecznej Włóczni i spłodził z nią dwoje dzieci. Gdyby nie szaleństwo ojca Rhaegara, Aerysa II, książę z dornijskiej krwi mógłby pewnego dnia władać Siedmioma Królestwami, ale wydarzenia, do których doszło podczas buntu Roberta, położyły kres życiu księcia Rhaegara, jego małżonki oraz dzieci.

POWYŻEJ | *Aegon Zdobywca czytający list od księcia Dorne*

SŁONECZNA WŁÓCZNIA

Historia Słonecznej Włóczni jest osobliwa. We wczesnych dniach panowania Martellów była ona właściwie tylko brzydką, przysadzistą warownią, zwaną Piaskowym Okrętem. Dopiero później otoczyły ją piękne wieże noszące wszystkie znamiona rhoynarskiego stylu. Obecną nazwę nadano jej, gdy słońce Rhoyne połączyło się węzłem małżeńskim z włócznią Martellów. Z czasem zbudowano Wieżę Słońca oraz Włócznię. Wielka złota kopuła pierwszej i wysmukła sylwetka drugiej stały się pierwszym, co widzą wędrowcy zbliżający się do zamku od lądu albo od morza.

Zamek zbudowano na cyplu z trzech stron otoczonym morzem; z czwartej strony graniczy z nim miasto cieni. Choć Dornijczycy zwą je miastem, w rzeczywistości jest co najwyżej miasteczkiem, do tego dziwacznym, zakurzonym i brzydkim. Najpierw zbudowano domy wspierające się o mury zamku; następne opierały się o ściany sąsiednich budynków i tak dalej, aż miasto cieni przybrało obecną postać. W dzisiejszych czasach jest ono labiryntem wąskich zaułków, bazarów pełnych dornijskich i wschodnich przypraw oraz zbudowanych z wypalanej na słońcu cegły domów, w których nawet w samym środku upalnego lata panuje chłód.

Kręte Mury, wzniesione przed około siedmiuset laty, otaczają Słoneczną Włócznię i wiją się przez miasto cieni, tworząc meandryczną osłonę, w której nawet najśmielszy nieprzyjaciel z pewnością zgubi drogę. Tylko Potrójna Brama przecinająca Kręte Mury zapewnia bezpośredni dostęp do zamku, a jej wszystkie trzy części są silnie bronione na wypadek zagrożenia.

POWYŻEJ | *Dama z rodu Martellów na dornijskiej pustyni* PO PRAWEJ | *Słoneczna Włócznia*

Poza
Królestwami
Zachodzącego
Słońca

Inne krainy

Westeros jest tylko małą częścią naszego świata, którego najdalsze zakątki nadal pozostają nieznane nawet najmędrszym spośród ludzi. Choć naszym celem jest napisanie kroniki Siedmiu Królestw, nie byłoby dobrze, gdybyśmy zignorowali inne krainy, leżące za morzami. Jesteśmy im winni choć krótki opis, każda bowiem ma swój szczególny charakter i wzbogaca swymi barwami oraz kształtami olbrzymi arras, który zwiemy znanym światem.

Niestety, im bardziej oddalamy się od krain nazwanych przez ludzi ze wschodu Królestwami Zachodzącego Słońca, tym bardziej kurczy się wiedza Cytadeli, albowiem kontakty z bardziej odległymi królestwami Essos zawsze były rzadkie. Jeszcze mniej wiemy o południowych częściach Sothoryos i o odległym Ulthos, natomiast o krainach mogących leżeć za Ostatnim Światłem, po drugiej stronie morza zachodzącego słońca, nie wiadomo nam zupełnie nic.

Rzecz jasna czasu i odległości dotyczą te same ograniczenia. Jak już pokazaliśmy na przykładzie samego Westeros, im bardziej starożytna jest dana cywilizacja, tym mniej pewnych informacji mamy na jej temat. Dlatego całkowicie pominę zaginione cywilizacje Valyrii i Starego Ghis, a także zabytki pozostałe po ich kulturach. O tym, co nam o nich wiadomo, wspominałem już poprzednio w tym woluminie. Jeśli zaś chodzi o tajemniczy Qarth, nie potrafię wskazać lepszego źródła niż *Nefrytowe kompendium* Colloquo Votara, najlepsze dzieło opisujące krainy położone wokół Morza Nefrytowego.

Mamy jednak okruchy wiedzy nawet o najbardziej egzotycznych krainach, choć bardzo wiele z tego, co wiemy o owych odległych miejscach, pochodzi z legend oraz opowieści podróżników, i tak też należy to traktować.

Zaczniemy od naszych najbliższych i najlepiej znanych sąsiadów, Wolnych Miast. Ich historię znamy dzięki kronikom prowadzonym od stuleci przez tamtejszych uczonych oraz magistrów. Sięgają one aż do ich początków, kiedy to późniejsze Wolne Miasta założono jako włości, na wzór valyriański. Dzięki owym zapisom wiemy też trochę o ludach, które mieszkały tam przed nadejściem Valyrian.

Wszystkim badaczom starożytnych zapisków problemów przysparza fakt, że rozmaite kultury liczą dni, pory oraz lata na inne sposoby. Wielkie dzieło arcymaestera Walgrama *Rachuba czasu* zawiera głęboką analizę tego problemu, nadal jednak trudno osiągnąć konsensus odnośnie do tego, co zachowane daty naprawdę znaczą według naszej chronologii.

POPRZEDNIE STRONY | *Spowite mgłą ruiny Chroyane, Festiwalowego Miasta Rhoynarów* POWYŻEJ | *Monety z Wolnych Miast (na górze od lewej): Braavos, Pentos, Lys, Myr, Tyrosh; (na dole od lewej) Volantis (awers i rewers), Norvos, Qohor, Lorath*

Wolne Miasta

ESSOS, OGROMNY KONTYNENT położony za wąskim morzem, pełen jest niezwykłych, egzotycznych i starożytnych cywilizacji. Niektóre z nich istnieją po dziś dzień, inne zaś dawno już upadły i pozostały po nich tylko legendy. Większość owych cywilizacji leży zbyt daleko, by musiały obchodzić mieszkańców Westeros, poza być może śmiałymi podróżnikami wyruszającymi na dalekie morza w poszukiwaniu złota i chwały.

Jednakże Dziewięć Wolnych Miast to nasi najbliżsi sąsiedzi i główni partnerzy handlowi, a ich historia często przeplata się z naszą. Już od stuleci kupieckie galery przepływają przez wąskie morze, przywożąc piękne arrasy, gładzone soczewki, delikatne koronki, egzotyczne owoce, niezwykłe przyprawy oraz ogromną rozmaitość innych towarów, by wymienić je na złoto, wełnę i tego typu dobra. W Starym Mieście, Królewskiej Przystani, Lannisporcie i wszystkich portach od Wschodniej Strażnicy do Miasta Desek można znaleźć marynarzy, bankierów oraz kupców z Wolnych Miast, nabywających, sprzedających i dzielących się opowieściami.

Każde z Wolnych Miast ma odrębną historię i charakter, każde wytworzyło też własny język. Wszystkie one są zniekształconymi postaciami czystego języka starovalyriańskiego, dialektami, które od czasów Zagłady Włości z każdym stuleciem coraz bardziej oddalają się od źródła.

Osiem z Dziewięciu Wolnych Miast to dumne córki dawnej Valyrii. Nadal władają nimi potomkowie kolonistów, którzy osiedlili się tam przed setkami albo i tysiącami lat. W miastach tych valyriańską krew nadal ceni się wysoko. Dziewiąte miasto jest jednak wyjątkiem, Braavos na Stu Wyspach założyli bowiem niewolnicy uciekający przed valyriańskimi panami. Pierwsi Braavosowie wywodzili się ponoć ze wszystkich krain pod słońcem, ale z upływem stuleci krzyżowali się ze sobą, nie zważając na rasę, wiarę i język, aż powstał nowy lud mieszańców.

Mówimy o Dziewięciu Wolnych Miastach, lecz na Essos można znaleźć wiele valyriańskich miasteczek, osad i placówek. Niektóre z nich są większe i ludniejsze niż Gulltown, Biały Port, a nawet Lannisport. Dziewięć Miast różni się od pozostałych nie wielkością, lecz historią, początkami. U szczytu swej potęgi, przed Zagładą, inne miasta – takie jak Mantarys, Volon Therys, Oros, Tyria, Draconys, Elyria, Mhysa Faer, Rhyos czy Aquos Dhaen – mogły być wielkie, wspaniałe i bogate, lecz bez względu na całą ich dumę i potęgę, żadne nie było niezależne. W imieniu Włości władali nimi mężczyźni i kobiety przysłani z Valyrii.

Nigdy nie dotyczyło to jednak Volantis ani pozostałych z Dziewięciu Miast. Choć zrodziły się z Valyrii, każde z nich od chwili narodzin było niezależne od matki. Okazały się lojalnymi córkami i żadne z nich nigdy nie toczyło wojny z Valyrią ani nie sprzeciwiało się smoczym lordom w żadnych istotnych kwestiach. Poza jednym Braavos chętnie zawierały sojusze z Valyrią, handlowały z nią i w chwilach kryzysu szukały przewodnictwa w Krainach Długiego Lata. W mniej istotnych kwestiach Dziewięć Wolnych Miast chodziło jednak własnymi drogami i podlegało władzy miejscowych kapłanów, książąt, archontów czy triarchów.

LORATH

Wolne Miasto Lorath zbudowano na zachodnim końcu największej z archipelagu nizinnych, skalistych wysp na Morzu Dreszczy na północ od Essos, nieopodal wylotu Zatoki Lorathijskiej. W skład jego domeny wchodzą trzy główne wyspy archipelagu, około dwudziestu mniejszych wysepek oraz skał (niemal wszystkie mają za mieszkańców wyłącznie foki i morskie ptaki), a także gęsto zalesiony półwysep położony na południe od wysp. Miasto rości sobie też pretensje do zwierzchnictwa nad wodami Zatoki Lorathijskiej, ale ponieważ Lorathijczykom brak sił potrzebnych do wsparcia owych pretensji, często zapuszczają się na nie floty rybackie z Braavos i wielorybnicy oraz łowcy fok z Ib.

W dawnych czasach władza miasta rozciągała się dalej na wschód, aż po Topór, ale z upływem stuleci stawało się ono coraz słabsze. Obecnie Lorathijczycy władają tylko południowymi i wschodnimi brzegami zatoki, podczas gdy zachodnie wchodzą w skład domeny Braavos.

Lorath jest najmniejszym, najbiedniejszym i najmniej ludnym z Dziewięciu Wolnych Miast. Leży też najdalej na północ, pomijając Braavos. Położenie z dala od szlaków handlowych uczyniło je najbardziej izolowaną z „córek dawnej Valyrii". Choć wyspy lorathijskie są jałowe i kamieniste, w otaczających je wodach roi się od dorszy, wielorybów i szarych lewiatanów, mnożących się w wodach zatoki, a na pobliskich wysepkach oraz skalnych wyniosłościach można znaleźć wielkie kolonie fok i morsów. Najważniejszymi towarami eksportowymi Lorath są solone dorsze, kły morsów, focze futra i wielorybi olej.

W starożytnych czasach wyspy były domem tajemniczej rasy znanej jako budowniczowie labiryntów, która zniknęła

Rozległe konstrukcje o oszałamiającym stopniu skomplikowania, wzniesione przez budowniczych labiryntów z ciosanych kamiennych bloków, są rozsiane po wielu wyspach archipelagu. Jedną, niemal całkowicie zarośniętą zielskiem i zapadniętą w ziemię, odkryto też na kontynencie, na półwyspie położonym na południe od Lorath. Na Lorassyon, drugiej pod względem wielkości wyspie archipelagu, znajduje się ogromny labirynt, zajmujący ponad trzy czwarte jej powierzchni. Ma on cztery podziemne poziomy, a niektóre korytarze schodzą pięćset stóp pod powierzchnię.

Uczeni nadal debatują nad przeznaczeniem labiryntów. Czy były one fortyfikacjami, świątyniami, miasteczkami? A może służyły innemu, bardziej niezwykłemu celowi? Budowniczowie labiryntów nie pozostawili żadnych zapisków, nigdy więc się tego nie dowiemy. Ich kości mówią nam, że byli masywnie zbudowani i więksi od ludzi, choć mniejsi od olbrzymów. Niektórzy sugerowali, że mogli być oni efektem krzyżówki między ludzkimi mężczyznami a kobietami olbrzymów. Nie znamy też powodów ich zniknięcia, choć lorathijskie legendy sugerują, że zniszczył ich wróg, który przyszedł z morza: w niektórych wersjach opowieści były to merlingi, w innych zaś selkie i ludzie-morsy.

na długo przed świtem prawdziwej historii, pozostawiając po sobie tylko kości i same labirynty.

W następnych stuleciach na wyspach osiedlali się inni przybysze. Przez pewien czas były one domem małych, ciemnoskórych, kudłatych ludzi, spokrewnionych z mieszkańcami Ib. Żyli oni z połowu ryb, mieszkali na wybrzeżach i unikali wielkich labiryntów zbudowanych przez poprzedników. Ich z kolei zastąpili Andalowie, którzy przybywali z Andalos na brzegi Zatoki Lorathijskiej i przepływali ją swymi drakkarami. Noszący kolczugi i uzbrojeni w żelazne miecze oraz topory Andalowie zalali wyspy, wyrzynając włochatych mężczyzn w imię swego boga o siedmiu twarzach i biorąc w niewolę kobiety oraz dzieci.

Wkrótce każda wyspa miała swojego króla, a największa nawet czterech. Andalowie zawsze byli swarliwym ludem i następne tysiąclecie spędzili na walce ze sobą. W końcu jednak pojawił się wojownik zwany Qarlonem Wielkim, który zjednoczył wyspy. Według tych nielicznych opowieści o nim, które się zachowały, wzniósł on wielką drewnianą twierdzę w samym środku ogromnego nawiedzanego labiryntu na Lorassyon i ozdobił jej komnaty głowami zabitych wrogów.

Qarlon marzył o zostaniu władcą wszystkich Andalów. W tym celu raz po raz wszczynał wojny z pomniejszymi królami z Andalos. Po dwudziestu latach i takiej samej liczbie wojen panowanie Qarlona Wielkiego rozciągało się od laguny, w której miało w przyszłości powstać Braavos, aż po Topór, na południu zaś obszar jego królestwa sięgał do Górnej Rhoyne i Noyne.

Ekspansja na południe wciągnęła go jednak w konflikt nie tylko z innymi andalskimi królami, lecz również z Wolnym Miastem Norvos, położonym nad Noyne. Kiedy Norvoshijczycy zamknęli przed nim rzekę, Qarlon porzucił swój położony w labiryncie dwór i wyruszył na kolejną wojnę. Pokonał Norvoshijczyków w dwóch walnych bitwach na wzgórzach, ale potem opuścił go rozsądek. Zbyt mocno podekscytowany tymi zwycięstwami, pomaszerował na samo Norvos. Norvoshijczycy poprosili o interwencję Valyrię i Włości przyszły z pomocą odległej córce, mimo że dzieliły ją od nich wszystkie ziemie Andalów oraz Rhoynarów.

Odległość jednak znaczyła bardzo niewiele dla smoczych lordów w czasach rozkwitu ich potęgi. W *Ogniach nad Włościami*, swej historii Valyrii, Galendro pisze, że sto smoków wzbiło się pod niebo, poleciało na północ wzdłuż wielkiej rzeki i opadło na oblegających Norvos Andalów. Qarlon Wielki spłonął razem ze swoją armią. Smoczy lordowie polecieli dalej, przynosząc Wyspom Lorathijskim ogień i krew. Wielką twierdzę Qarlona strawił ogień. Ten sam los spotkał miasteczka i wioski rybackie na brzegach wysp. Nawet wielkie kamienie, z których zbudowano labirynty, poczerniały od płomieni. Ogień był ponoć tak gorący, że nie ocalał żaden mężczyzna, kobieta ani dziecko.

Po Wypaleniu Lorath przez z górą stulecie wyspy pozostawały niezamieszkane. Foki i morsy wróciły tam w wielkich ilościach, a po milczących, osmalonych labiryntach biegały kraby. Wielorybnicy z Portu Ibbeńskiego przybijali do brzegów, by naprawić statki bądź uzupełnić zapasy słodkiej wody, ale nigdy nie oddalali się od brzegu, opowiadano bowiem, że na wyspach straszy, i Ibbeńczycy wierzyli, że każdy, kto oddali się tam od morza poza zasięg słuchu, zostanie przeklęty.

W końcu jednak na wyspy wrócili ludzie; przybyli tam z samej Valyrii. Trzysta dwadzieścia dwa lata przed Zagładą sekta religijnych dysydentów opuściła Włości i zbudowała świątynie na największej wyspie archipelagu.

Ci nowi Lorathijczycy byli czcicielami Boasha, Ślepego Boga. Nie uznawali innych bóstw, nie jedli mięsa, nie pili wina i wędrowali po świecie boso, odziani tylko we włosienice i niewyprawione skóry. Ich kapłani byli eunuchami i dla uczczenia swego boga nosili pozbawione otworów na oczy kaptury. Wierzyli, że tylko w ciemności może się otworzyć ich trzecie oko, które pozwoli im ujrzeć „wyższe prawdy" o rzeczywistości, ukryte za zasłoną iluzji, jaką jest świat. Czciciele Boasha uznawali, że wszelkie życie jest święte i wieczne; mężczyźni i kobiety są sobie równi; lordowie i wieśniacy, bogaci i biedni, niewolnicy i panowie, ludzie i zwierzęta, wszyscy są takimi samymi bożymi stworzeniami i mają jednakową wartość.

Zasadniczym elementem ich doktryny było pełne wyrzeczenie się jaźni. Tylko uwolnieni od próżności ludzie mogli osiągnąć jedność z bóstwem. W związku z tym Boash'i odrzucali nawet własne imiona i mówili o sobie „mężczyzna" albo „kobieta", nie używając takich słów jak „ja" i „moje". Choć kult Ślepego Boga zaniknął przed z górą tysiącleciem, niektóre z tych nawyków przetrwały w Lorath po dziś dzień i szlachetnie urodzeni mężczyźni oraz kobiety uważają tam bezpośrednie mówienie o sobie za niedopuszczalnie wulgarne.

Ślepy Bóg i jego wyznawcy uczynili starożytne labirynty pierwszych Lorathijczyków swymi domami, świątyniami i grobowcami. Dominowali nad wyspami przez trzy czwarte stulecia, ale z upływem lat inni ludzie, którzy nie podzielali ich przekonań, zaczęli przepływać przez zatokę, by polować na foki i morsy albo łowić dorsze. Niektórzy osiedlali się tam na stałe. Na brzegach znowu pojawiły się chaty i lepianki, które z czasem połączyły się w wioski. Przybywali tam ludzie z Ib, z Andalos i innych, bardziej niezwykłych krain. Wyspy stały się azylem dla wyzwoleńców i zbiegłych niewolników z Valyrii oraz jej dumnych córek, kapłani Ślepego Boga uczyli bowiem, że wszyscy ludzie są sobie równi. Trzy wioski rybackie na zachodnim wybrzeżu największej wyspy stały się tak bogate i ludne, że połączyły się w miasteczko, a z upływem lat lepianki ustąpiły miejsca kamiennym domom, osada zaś stała się miastem.

Nowi Lorathijczycy z początku podporządkowywali się czcicielom Boasha, którzy przybyli tu przed nimi, i przez wiele lat wyspami nadal władali kapłani Ślepego Boga. Z upływem czasu jednak przybysze byli coraz liczniejsi, a liczba wyznawców spadała. Kult tracił wpływy, ponieważ kapłani stawali się coraz bardziej światowi i przekupni, wyrzekali się włosienic, kapturów oraz pobożności i bogacili się na podatkach pobieranych od tych, którymi władali. W końcu rybacy, rolnicy oraz inni prostaczkowie zbuntowali się przeciwko nim i zrzucili okowy Boasha. Akolitów Ślepego Boga wyrżnięto, poza garstką tych, którzy schronili się w wielkim świątynnym labiryncie na Lorassyon, gdzie mieszkali jeszcze przez prawie stulecie, nim zmarł ostatni z nich.

Po upadku ślepych kapłanów Lorath stało się włościami na valyriańską modłę. Władała nim rada złożona z trzech książąt. Księcia Żniw wybierali ci, którzy posiadali na wyspach ziemię, Księcia Rybaka ci, którzy mieli statki, Księcia Ulic powoływano zaś przez aklamację wszystkich wolnych ludzi w mieście. Wybrany książę piastował to stanowisko dożywotnio.

Trzech książąt wybiera się tam po dziś dzień, choć ich tytuły mają już tylko ceremonialne znaczenie. Prawdziwą władzę sprawuje rada magistrów, złożona ze szlachciców, kapłanów i kupców. Dzięki izolowanemu położeniu swego miasta Lorathijczycy właściwie nie uczestniczyli w wydarzeniach Stulecia Krwi, pomijając tych, którzy służyli Braavos albo Norvos jako najemnicy.

W dzisiejszych czasach Lorath powszechnie uważa się za najmniej ważne z Dziewięciu Wolnych Miast – najbiedniejsze, najbardziej izolowane i najbardziej zacofane. Choć miasto posiada wielką flotę statków rybackich, Lorathijczycy budują niewiele okrętów wojennych i ich siła militarna jest niemal żadna. Rzadko opuszczają swe wyspy, a jeszcze rzadziej trafiają do Westeros. Wolą handlować z najbliższymi sąsiadami – Norvos, Braavos i Ib.

NORVOS

Wolne Miasto Norvos zbudowano na wschodnich brzegach Noyne, jednego z największych dopływów Rhoyne. Górne miasto, otoczone potężnymi kamiennymi murami, wznosi się na szczycie wysokich skalnych urwisk. Dolne miasto, położone trzysta stóp niżej, rozciąga się na błotnistych brzegach rzeki. Bronią go fosy, rowy oraz omszała drewniana palisada. Starożytna norvoshijska szlachta mieszka w górnym mieście, nad którym dominuje wielka ufortyfikowana świątynia brodatych kapłanów. Biedacy gnieżdżą się na dole, pośród nabrzeży, burdeli oraz piwiarni, usytuowanych nad rzeką. Obie części miasta łączą ze sobą wyłącznie potężne kamienne stopnie, nazywane Schodami Grzesznika.

Wielkie Norvos, jak zwą swoje miasto jego mieszkańcy, otaczają wapienne wzgórza oraz gęste mroczne puszcze, złożone z dębów, sosen i buków. Żyją w nich niedźwiedzie, dziki i wilki oraz liczne zwierzęta łowne. Władza miasta sięga od zachodniego brzegu Ciemnej Wody na wschodzie do Górnej Rhoyne na zachodzie. Norvoshijskie rzeczne galery panują nad wodami Noyne aż po ruiny Ny Sar na południu, gdzie rzeka wpada do Rhoyne. Wielkie Norvos rości sobie nawet

POPRZEDNIE STRONY | *Kapłani Ślepego Boga w labiryntach Lorath* pretensje do Topora nad Morzem Dreszczy, choć nie bez – często krwawych – sprzeciwów Ibbeńczyków.

Blisko miejskich murów Norvoshijczycy uprawiają ziemię na tarasowych gospodarstwach rolnych. Dalej od nich ludzie mieszkają w warowniach i wioskach otoczonych mocnymi palisadami. Potoki są tam wartkie i mają kamieniste dna, a wszechobecne wzgórza wypełniają labirynty jaskiń. W wielu z nich mieszkają brunatne niedźwiedzie, pospolite w tych północnych krainach, w innych zaś stada czerwonych albo szarych wilków. W niektórych można znaleźć kości olbrzymów oraz skalne malowidła, świadczące o tym, że w minionych wiekach mieszkali tam ludzie. Około trzystu mil na północny zachód od Norvos znajduje się system jaskiń tak rozległy i głęboki, że według legend stanowi on wejście do świata podziemnego. (Lomas Obieżyświat odwiedził go i zaliczył do siedmiu naturalnych cudów świata w swej książce *Cuda*).

Choć Wielkie Norvos obecnie dominuje nad górnym biegiem Rhoyne, Norvoshijczycy nie pochodzą od Rhoynarów, którzy w dawnych czasach władali tą ogromną rzeką. Podobnie jak inne Wolne Miasta, Norvos jest córką Valyrii. Nim jednak przybyli tam Valyrianie, nad Noyne budował swe proste wioski jakiś inny lud.

Kim byli owi poprzednicy? Niektórzy sądzą, że krewniakami budowniczych labiryntów z Lorath, wydaje się to jednak mało prawdopodobne, ponieważ wznosili swe chaty z drewna, nie z kamienia, i nie pozostawili po sobie mieszających nam w głowach labiryntów. Inni przypuszczają, że mogli to być kuzyni ludzi z Ib. Większość jednak uważa, że byli to Andalowie.

Kimkolwiek mogli być ci pierwsi Norvoshijczycy, ich osady nie przetrwały do dziś. Według legend wygnał ich znad Noyne najazd włochatych ludzi ze wschodu, z pewnością bliskich kuzynów Ibbeńczyków. Owych najeźdźców z kolei przepędził legendarny książę Ny Sar, Garris Szary, Rhoynarzy nie osiedlili się tam jednak na stałe, woląc bardziej umiarkowany klimat dolnego biegu rzeki od ciemnego nieba i zimnych wichrów dmących pośród wzgórz.

Podobnie jak jego siostry, Lorath i Qohor, Wolne Miasto Norvos – jak zwiemy je dzisiaj – założyli religijni dysydenci z Valyrii. U szczytu swej potęgi Włości były domem dla setek świątyń. Niektóre z nich skupiały dziesiątki tysięcy czcicieli, inne zaś bardzo niewielu, żadna wiara nie była tam jednak zakazana, żadnej też nie wynoszono ponad inne.

Wielu Valyrian oddawało cześć więcej niż jednemu bogu, zwracając się do nich zależnie od potrzeby chwili, jeszcze więcej było ponoć takich, którzy nie czcili żadnego. Większość uważała wolność wyznania za charakterystyczną cechę każdej prawdziwie zaawansowanej cywilizacji, dla niektórych jednak ta obfitość bogów była powodem głębokiego niezadowolenia. Jak rzekł kiedyś prorok Pana Światła, R'hllora Czerwonego: „Ten, kto szanuje wszystkich bogów, nie szanuje żadnego". Nawet u szczytu potęgi Włości mieszkało w nich wielu ludzi, którzy gorąco wierzyli we własnego boga albo boginię, a wszystkich pozostałych uważali za fałszywych bożków, wymysły albo demony próbujące oszukać ludzkość.

W Valyrii kwitły dziesiątki rozmaitych sekt, często zaciekle spierających się ze sobą. Nic w tym dziwnego, że niektóre z nich nie były w stanie znieść panującej tam tolerancji religijnej i wyruszały w głuszę, by założyć tam własne, bogobojne miasta, w których będzie się praktykowało tylko „prawdziwą wiarę". Pisaliśmy już o wyznawcach Ślepego Boga Boasha, którzy założyli Lorath, i o losie, jaki ich tam spotkał. Qohor wznieśli czciciele złowrogiego bóstwa znanego tylko jako Czarny Kozioł. Wkrótce opowiemy również o nich. Sekta, która założyła Norvos, jest jednak chyba jeszcze dziwniejsza, a do tego znacznie lepiej strzeże swych sekretów. Jej wyznawcy nawet imię swego boga zdradzają wyłącznie wtajemniczonym. Nie sposób wątpić, że to surowe bóstwo, jego kapłani ubierają się bowiem we włosienice i niewyprawione skóry, a w skład ich obrządków wchodzi rytualne biczowanie. Tym, którzy przeszli inicjację, nie wolno golić wąsów ani ścinać włosów.

Od chwili założenia miasta aż do dziś Wielkie Norvos pozostaje teokracją rządzoną przez brodatych kapłanów,

Niektórzy uczeni sugerowali, że smoczy lordowie uważali wszystkie wiary za równie fałszywe, sądząc, że są potężniejsi od wszelkich bogów czy bogiń. W kapłanach i świątyniach widzieli tylko relikt bardziej prymitywnych czasów, choć użyteczny, pomagał bowiem ugłaskać „niewolników, dzikusów i biedaków" obietnicą lepszego życia po śmierci. Co więcej, obfitość bogów pomagała wprowadzać podziały wśród poddanych i zmniejszała ryzyko, że zjednoczą się oni pod sztandarem jednej wiary i obalą swych panów. Dla smoczych lordów tolerancja religijna była sposobem na utrzymanie pokoju w Krainach Długiego Lata.

W Norvos tylko kapłanom pozwala się zapuszczać brody. Wolno urodzeni Norvoshijczycy (zarówno wysoko, jak i nisko urodzeni) noszą długie, zaniedbane wąsy. Niewolnicy muszą być gładko wygoleni, natomiast norvoshijskie kobiety usuwają włosy z całego ciała, choć szlachetnie urodzone damy noszą peruki, zwłaszcza gdy znajdą się w towarzystwie mężczyzn z innych krain i miast.

którzy z kolei podlegają władzy swego boga. Jego rozkazy dobiegają ich z głębin ufortyfikowanej świątyni. Wolno do niej wchodzić jedynie prawdziwym wiernym; intruzów czeka śmierć. Choć miasto ma radę magistrów, jej członków wyznacza bóg, przemawiający ustami swych głosicieli. By wymusić posłuszeństwo i utrzymać pokój, brodaci kapłani utrzymują świętą gwardię, złożoną z żołnierzy-niewolników. Ci groźni wojownicy mają wytatuowane na piersiach obosieczne topory i rytualnie poślubiają halabardy, których używają w walce.

Arcymaester Perestan zwraca uwagę na wielkie znaczenie przypisywane przez Norvoshijczyków toporowi jako symbolowi władzy oraz potęgi. Sugeruje, że może to być dowodem, iż pierwszymi osadnikami byli tam Andalowie, a brodaci kapłani przejęli ów znak z ruin, na które natrafili podczas budowy Wielkiego Norvos. Perestan argumentuje, że obosieczny topór był po siedmioramiennej gwieździe drugim z ulubionych symboli używanych przez świętych wojowników, którzy w dawnych czasach podbili Siedem Królestw.

Dzieło arcymaestera Harmune'a *Wyryte w kamieniu* zawiera katalog tego typu symboli znalezionych w Dolinie. Na gwiazdy i topory można natrafić od Paluchów aż po Góry Księżycowe, a nawet w głębi Doliny Arrynów, u podstawy Kopii Olbrzyma. Harmune przypuszcza, że z biegiem czasu Andalowie stali się bardziej oddani symbolowi siedmioramiennej gwiazdy i topór wyszedł z użycia.

Należy jednak zauważyć, że nie wszyscy zgadzają się, iż te znaki reprezentują topory. Maester Evlyn twierdzi, że symbole uważane przez Harmune'a za topory to w rzeczywistości młoty, symbole Kowala, ich nietypowe kształty tłumaczy zaś tym, że Andalowie byli wojownikami, nie rzemieślnikami.

Podróżnicy opisują górne Norvos jako posępne, szare miasto, cechujące się upalnymi latami, straszliwie mroźnymi zimami, porywistymi wichrami i nieustannie rozbrzmiewającą modlitwą. Dolne miasto, ze swymi szynkami, burdelami i karczmami, jest ponoć znacznie sympatyczniejsze. Tam, poza zasięgiem wzroku kapłanów i szlachetnie urodzonych, nisko urodzeni Norvoshijczycy zajadają się czerwonym mięsem i rzecznymi szczupakami, popijając je mocnym, czarnym piwem i sfermentowanym kozim mlekiem, oglądając tańczące niedźwiedzie, a także (jak szepczą niektórzy) niewolnice parzące się z wilkami w oświetlonych pochodniami piwnicach.

Żaden opis Wielkiego Norvos nie będzie kompletny bez wzmianki o jego trzech dzwonach, których bicie kieruje wszystkimi aspektami miejskiego życia, mówiąc Norvoshijczykom, kiedy wstawać, a kiedy kłaść się spać, kiedy pracować, a kiedy odpoczywać, kiedy się modlić (często), a nawet kiedy wolno im obcować ze sobą cieleśnie (znacznie rzadziej, jeśli wierzyć opowieściom). Każdy dzwon ma własny, charakterystyczny „głos", rozpoznawalny przez wszystkich prawdziwych Norvoshijczyków. Dzwony nazywają się Noom, Narrah i Nyel. Lomas Obieżyświat był nimi tak zachwycony, że umieścił je na liście dziewięciu cudów w swej książce *Cuda stworzone przez człowieka*.

QOHOR

Jeszcze bardziej tajemnicza od Norvos i Lorath jest ich złowieszcza siostra, Wolne Miasto Qohor, położone najdalej na wschód ze wszystkich córek Valyrii. Qohor zbudowano nad rzeką Qhoyne, na zachodnim skraju olbrzymiej i mrocznej dziewiczej puszczy, której miasto zawdzięcza swą nazwę, największego lasu w całym Essos.

W ludowych opowieściach, nawet w dalekim Westeros, Qohor często opisuje się jako Miasto Czarnoksiężników, powszechna jest bowiem wiara, że po dziś dzień praktykują oni tam swoją sztukę. Szepcze się o wróżbiarstwie, magii krwi i nekromancji, choć trudno jest dowieść prawdziwości takich opowieści. Jedno jest pewne: mroczny bóg Qohoru, bóstwo znane jako Czarny Kozioł, codziennie domaga się krwawych ofiar. Najczęściej przed jego ołtarze przyprowadza się cielęta, byki i konie, ale w świąteczne dni pod ciosami noży zakapturzonych kapłanów padają skazańcy, a pisze się też, że w czasach kryzysu i niebezpieczeństwa najszlachetniejsze rody miasta składają w ofierze własne dzieci, by ubłagać boga i skłonić go do obrony miasta.

Otaczająca miasto puszcza jest podstawowym źródłem jego bogactwa. Miejskie kroniki mówią, że pierwszą powstałą w tym miejscu osadą był obóz drwali. Do dziś Qohoricy słyną przede wszystkim ze swych drwali i myśliwych. Piękne miasta i liczne miasteczka nad dolną Rhoyne potrzebują drewna, a tamtejsze lasy dawno już wyeksploatowano, wyrąbano i zaorano, zastępując je polami uprawnymi. Z portu w Qohorze codziennie odpływają wyładowane drewnem barki, wyruszające w długą podróż w dół Qhoyne, ku Jezioru Sztyletów, a potem na rynki Selhorys, Valysar, Volon Therys i Starego Volantis.

Puszcza Qohoricka dostarcza też futer najróżniejszego rodzaju, często rzadkich, pięknych i cennych, a także srebra, cyny i bursztynu. Według map i zwojów przechowywanych w Cytadeli, ogromnego lasu nigdy do końca nie zbadano. W jego sercu zapewne nadal kryje się wiele cudów i tajemnic. Jak w wielu północnych puszczach, żyją tam liczne łosie i jelenie, podobnie jak wilki, drzewne koty, dziki naprawdę monstrualnych rozmiarów, cętkowane niedźwiedzie, a nawet pewien gatunek lemura. Owe stworzenia żyją na Wyspach Letnich i w Sothoryos, ale poza Puszczą Qohoricką rzadko widuje się je na północy. Qohorickie lemury mają ponoć srebrnobiałe futro i fioletowe oczy; z tego powodu czasem zwie się je Małymi Valyrianami.

Rzemieślnicy z Qohoru słyną w wielu krainach. Qohorickie arrasy, tkane głównie przez kobiety i dzieci z miasta, nie ustępują produkowanym w Myr, a są od nich tańsze. Na qohorickich targach można też kupić pięknie wykonane (choć raczej niepokojące) figurki z drewna, a tamtejsze kuźnie nie mają sobie równych. Qohorickie miecze, noże i zbroje przewyższają nawet najlepszą wykutą w zamku stal z Westeros. Kowale z tego miasta udoskonalili też sztukę nasycania metalu głębokimi barwami, co pozwala im wykuwać oręż i zbroje cechujące się trwałym pięknem. To jedyne miejsce na całym świecie, gdzie zachowała się pradawna

Wypchany egzemplarz lemura z Puszczy Qohorickiej można obejrzeć w Cytadeli, choć tak wielu głaskało go, by przyniósł im szczęście w badaniach, że jego futro dawno już doszczętnie wypadło.

PO LEWEJ | *Procesja ku czci świętego boga Norvos*

Traktat maestera Pola o qohorickiej sztuce obróbki metalu, napisany w ciągu jego kilkuletniego pobytu w tym Wolnym Mieście, uzmysławia nam, jak pilnie strzeżone są jej tajemnice. Pola trzykrotnie poddano publicznej chłoście, a na koniec wygnano z miasta za zadawanie zbyt wielu pytań. Za ostatnim razem oskarżono go o kradzież miecza z valyriańskiej stali i ucięto mu rękę. Według Pola prawdziwym powodem jego wygnania był fakt, że odkrył, iż qohoriccy kowale składają krwawe ofiary – zabijają młodych niewolników, a nawet niemowlęta – w ramach prób wyprodukowania stali dorównującej jakością tej wykuwanej we Włościach.

sztuka przekuwania valyriańskiej stali, Qohoricy jednak pilnie strzegą jej sekretów.

Qohor zasłynął również jako brama na wschód. Karawany zmierzające do Vaes Dothrak i legendarnych krain położonych za Kośćmi zatrzymują się tam celem dokonania napraw i uzupełnienia zapasów, nim wyruszą dalej, do mrocznej puszczy, na pustkowia, które ongiś były Sarnorem, i wreszcie na ogromne Morze Dothraków. Wracające ze wschodu karawany również docierają do Qohoru, by odpocząć po podróży i sprzedać przywiezione skarby. Ten handel uczynił Qohor jednym z najbogatszych Wolnych Miast, a także najbardziej egzotycznym (choć gród był ponoć dziesięć razy bogatszy w czasach przed zniszczeniem Sarnoru z jego pięknymi miastami z alabastru, lśniącymi jeziorami i żyzną ziemią).

Qohor otaczają potężne kamienne mury, ale jego mieszkańcy nie zaliczają się do wojowniczych ludów. Qohoricy są kupcami, nie wojownikami. Poza tylko nieliczną strażą miejską, obronę miasta powierzają niewolnikom – piechocie złożonej z eunuchów zwanych Nieskalanymi. Hoduje się ich i szkoli w Astaporze – starożytnym ghiscarskim mieście położonym na brzegach Zatoki Niewolniczej.

Podczas Stulecia Krwi, które nastąpiło po Zagładzie Valyrii, Qohor i Norvos sprzymierzyły się przeciwko Staremu Volantis, próbującemu podporządkować sobie wszystkie Wolne Miasta. Od tego czasu miasta te częściej bywały sojusznikami niż wrogami, choć wiemy, że brodaci kapłani uważają Czarnego Kozła z Qohoru za demona o szczególnie podłej i zdradzieckiej naturze.

Przed czterystu laty, gdy dothracki *khal* imieniem Temmo przybył ze wschodu, prowadząc pięćdziesiąt tysięcy konnych dzikusów, trzy tysiące Nieskalanych zatrzymało go pod bramami Qohoru. Odparli aż osiemnaście szarż, nim wreszcie khal Temmo zginął, a jego następca rozkazał swym ludziom obciąć warkocze i rzucić je pod stopy ocalałych eunuchów. Od tego czasu aż po dziś Qohoricy zlecają obronę miasta Nieskalanym, choć zdarza się też, że w chwilach zagrożenia wynajmują wolne kompanie. Ofiarowują także dothrackim *khalom* hojne dary, by skierowali się gdzie indziej.

POWYŻEJ | *Ofiarny ołtarz Czarnego Kozła*

SWARLIWE CÓRKI: MYR, LYS I TYROSH

Wolne Miasta położone najdalej na wschód – Lorath, Norvos i Qohor – mają niewiele kontaktów handlowych z Westeros. W przypadku pozostałych Wolnych Miast sprawy mają się jednak inaczej. Braavos, Pentos i Volantis leżą na wybrzeżu i wszystkie trzy pobłogosławiono wielkimi portami. Handel jest podstawą ich życia. Ich statki docierają do najdalszych zakątków świata, od Yi Ti, Leng i Asshai przy Cieniu na wschodzie, aż po Lannisport i Stare Miasto w Westeros. Każde z tych miast ma odrębne zwyczaje i swoją historię. Każde ma też własnych bogów, choć we wszystkich spotyka się czerwonych kapłanów R'hllora i często mają oni tam znaczne wpływy. Z biegiem stuleci nierzadko dochodziło między nimi do konfliktów, a opisy tych wojen i potyczek wypełniają całe tomy.

Wszystko to można powiedzieć również o Myr, Lys i Tyrosh, trzech swarliwych córkach, w których nieustanne wendety i walki o dominację często dawali się wciągnąć królowie i rycerze z Westeros. Owe trzy miasta są położone wokół wielkiej i żyznej „pięty" Essos, półwyspu dzielącego Morze Letnie i wąskie morze, który był ongiś częścią mostu łączącego ów kontynent z Westeros. Ufortyfikowane miasto Tyrosh zbudowano na wyspie położonej najdalej na północny wschód ze wszystkich Stopni. Archipelag jest wszystkim, co pozostało po pochłoniętym przez morze Ramieniu Dorne. Myr leży na kontynencie, w miejscu, gdzie starożytna valyriańska smocza droga dociera do spokojnych wód wielkiej zatoki znanej jako Morze Myrijskie. Lys znajduje się dalej na południe, na małym archipelagu na Morzu Letnim. Wszystkie trzy miasta roszczą sobie pretensje do części (albo całości) obszaru położonego między nimi, który znamy dziś jako Sporne Ziemie, albowiem wszystkie próby wytyczenia granic między terytoriami Tyrosh, Myr i Lys zakończyły się niepowodzeniem i o owe tereny stoczono niezliczone wojny.

Jeśli chodzi o kulturę, zwyczaje, język i religię, swarliwe siostry mają więcej wspólnego ze sobą niż z pozostałymi Wolnymi Miastami. Opierają się na handlu, bronią ich wysokie mury i najemnicy, liczy się tam raczej bogactwo niż pochodzenie, a kupowanie i sprzedawanie uważa się za zajęcie bardziej honorowe od wojaczki. W Lys i Myr władzę sprawują konklawe magistrów, wybieranych spośród najbogatszych i najszlachetniejszych mężczyzn w mieście. W Tyrosh rządy powierza się archontowi, wyłonionemu spośród członków podobnego konklawe. We wszystkich trzech miastach istnieje niewolnictwo, a niewolni są trzykrotnie liczniejsi od obywateli. Wszystkie są portami i utrzymują się ze słonego morza. Podobnie jak ich matka, Valyria, te trzy córki nie mają państwowej religii. Na ich ulicach i w portach roi się od świątyń i kaplic poświęconych najrozmaitszym bogom.

Mimo to dzieli je głęboko zakorzeniona rywalizacja, a zrodzona z niej wrogość nie pozwala im się zjednoczyć, często prowadzi też do wojen – z niewątpliwą korzyścią dla królów i lordów z Westeros, ponieważ gdyby te trzy bogate i potężne miasta połączyły swe siły, stałyby się bardzo niebezpiecznym sąsiadem.

Lys jest najpiękniejszym z Wolnych Miast i cieszy się być może najzdrowszym klimatem w całym znanym świecie. Owiewane chłodnymi bryzami, ogrzewane przez słońce, położone na żyznej wyspie pełnej palm i drzew owocowych, otoczonej niebieskozielonymi wodami, w których roi się od ryb, „Lys Piękne" założono jako uzdrowisko dla smoczych lordów z dawnej Valyrii – raj, w którym mogli wypocząć, ciesząc się znakomitymi winami, miłymi dziewczętami i uspokajającą muzyką, nim wrócą do ogni Włości. Lys do dzisiaj pozostaje „ucztą dla zmysłów i balsamem dla duszy". Jego domy rozkoszy słyną na całym świecie, a zachody słońca ponoć nigdzie nie mają sobie równych. Także Lyseńczycy są

POWYŻEJ | *Myrijska handlarka*

Prawdy tych słów dowiedziono, gdy Myr, Lys i Tyrosh rzeczywiście się zjednoczyły, choć jedynie na krótko, po zwycięstwie nad Volantis w Bitwie Pogranicznej. Trzy miasta poprzysięgły wieczną przyjaźń i w roku 96 o.P. ogłosiły powstanie Triarchii, choć w Westeros ich unię najczęściej zwano Królestwem Trzech Córek. Celem powołania Triarchii miało być oczyszczenie Stopni z piratów oraz korsarzy. Początkowo przywitano ów zamiar z radością, zarówno w Westeros, jak i wszędzie indziej, piractwo bowiem bardzo szkodziło handlowi. Trzy Córki szybko pokonały piratów, ale gdy tylko zdobyły kontrolę nad wyspami i dzielącymi je od siebie cieśninami, zaczęły żądać skandalicznie wysokich ceł od przepływających tamtędy kupców. Wkrótce przewyższyły chciwością piratów, których zastąpiły, zwłaszcza odkąd Lyseńczycy zaczęli się domagać haraczu w przystojnych młodzieńcach i pięknych dziewczętach.

W rezultacie Triarchia była zmuszona cofnąć się przed potęgą Corlysa Velaryona oraz Daemona Targaryena i na pewien czas straciła większą część Stopni, ale ludzie z Westeros wkrótce pogrążyli się we własnych swarach i Trzy Córki odzyskały utracone tereny. Potem jednak zniszczyły je konflikty wewnętrzne, wywołane zamordowaniem lyseńskiego admirała przez mężczyznę rywalizującego z nim o względy sławnej kurtyzany, Czarnej Łabędzicy (była bratanicą lorda Swanna i z czasem została władczynią Lys we wszystkim oprócz nazwy). Konkurencyjny sojusz Braavos, Pentos i Lorath pomógł w doprowadzeniu do ostatecznego upadku Królestwa Trzech Córek.

piękni, tam bowiem w całym znanym świecie zachowało się najwięcej rodów o czystej starovalyriańskiej krwi.

Tyrosh jest zdecydowanie twardszym miastem. Powstało jako placówka wojskowa, o czym świadczą jego wewnętrzne mury z czarnego, stopionego smoczego kamienia. Valyriańskie zapiski informują nas, że fort zbudowano celem kontroli ruchu statków przepływających przez Stopnie. Wkrótce potem w wodach morskich nieopodal jałowej, skalistej wysepki,

na której stał, odkryto jednak niezwykłą odmianę morskiego ślimaka. Owe stworzenia wydzielały substancję, która po odpowiednim potraktowaniu zmieniała się w ciemny, czerwonawy barwnik; wkrótce stał się on szalenie modny wśród valyriańskiej szlachty. Tych ślimaków nie można było znaleźć w żadnym innym miejscu, do Tyrosh zaczęły więc napływać tysiące kupców i w ciągu jednego pokolenia placówka zamieniła się w duże miasto. Tyroshijscy farbiarze wkrótce nauczyli się produkować barwniki szkarłatne, karmazynowe oraz koloru ciemnego indygo, zmieniając dietę ślimaków. W następnych stuleciach wynaleźli barwniki o setkach innych odcieni. Niektóre uzyskiwali drogą naturalną, inne zaś dzięki alchemii. Jaskrawe stroje spodobały się lordom i książętom na całym świecie, a wszystkie barwniki używane do ich produkcji pochodziły z Tyrosh. Miasto się wzbogaciło, a wraz z bogactwem nadeszła ostentacja. Tyroshijczycy lubują się w ekstrawagancji i zarówno mężczyźni, jak i kobiety z miasta uwielbiają malować włosy na przyciągające wzrok, nienaturalne kolory.

Początki Myr są bardziej niejasne. Niektórzy maesterzy przypuszczają, że Myrijczycy są spokrewnieni z Rhoynarami, ponieważ wielu z nich ma oliwkową cerę i ciemne włosy, podobnie jak rzeczny naród, zapewne jednak nie jest to prawdą. Pewne znaki świadczą o tym, że w miejscu, gdzie obecnie znajduje się Myr, już w Erze Świtu i podczas Długiej Nocy istniało miasto zbudowane przez jakiś starożytny, zaginiony lud, ale Myr, jakie znamy, założyła grupa valyriańskich kupców na miejscu otoczonego murami andalskiego miasteczka, którego mieszkańców wyrżnęli bądź zmienili w swych niewolników. Życie miasta od samego początku opierało się na handlu, a myrijskie statki pływają po wąskim morzu od stuleci. Myrijscy rzemieślnicy, często niewolni, również cieszą się wielką sławą: koronki i arrasy z tego miasta są ponoć warte swej wagi w złocie i przyprawach, natomiast produkowane tam soczewki nie mają sobie równych na całym świecie.

Lorath, Norvos i Qohor założono z powodów religijnych, natomiast Lys, Tyrosh i Myr łączyło to, że zawsze kierowały się interesem handlowym. Wszystkie trzy miasta mają wielkie floty kupieckie i ich statki docierają na wszystkie morza świata. Wszystkie są też głęboko zaangażowane w handel niewolnikami. Szczególnie agresywni są łowcy niewolników z Tyrosh, którzy docierają nawet na północ od Muru, by brać do niewoli dzikich, Lyseńczycy słyną zaś z tego, że nieustannie poszukują atrakcyjnych chłopców i pięknych dziewcząt do swych sławnych domów rozkoszy.

Lyseńczycy są też biegłymi hodowcami niewolników, łączącymi urodziwych z urodziwymi, by stworzyć jeszcze piękniejsze i bardziej wyrafinowane kurtyzany obojga płci. W Lys dziedzictwo Valyrii nadal jest silne i nawet prostacz-

Żoną króla Viserysa II Targaryena, która wydała na świat zarówno króla Aegona IV (Niegodnego), jak i księcia Aemona Smoczego Rycerza, była lady Larra Rogare z Lys. Ta sławna piękność o valyriańskim pochodzeniu była siedem lat starsza od księcia i poślubiła go, mając dziewiętnaście lat. Jej ojciec, Lysandro Rogare, był głową rodziny bogatych bankierów, której znaczenie wzrosło jeszcze po zawarciu sojuszu z Targaryenami. Przybrał on tytuł dożywotniego pierwszego magistra i ludzie zwali go Lysandrem Wspaniałym. Jednakże Lysandro i jego brat Drazenko, dornijski książę małżonek, dokonali żywota w przeciągu dwóch dni, co stało się początkiem nagłego upadku rodu Rogare'ów w Lys, a także w Siedmiu Królestwach.

Dziedzic Lysandra, Lysaro, wydał wielkie sumy w pogoni za władzą i w ten sposób naraził się innym magistrom, jego rodzeństwo wplątało się zaś w spiski mające na celu podporządkowanie sobie Żelaznego Tronu. Po upadku Lysara ci, których skrzywdził, ubiczowali go na śmierć w Świątyni Handlu. Jego rodzeństwo wykręciło się lżejszymi karami, a jeden z braci – Moredo Rogare, żołnierz posiadający valyriański miecz zwany Prawdą – w swoim czasie poprowadził przeciwko Lys armię.

kowie często mają tam jasną cerę, srebrnozłote włosy i fioletowe, liliowe bądź jasnoniebieskie oczy, typowe dla dawnych smoczych lordów. Lyseńska szlachta nade wszystko ceni czystą krew i wywodziło się z niej wiele sławnych (oraz niesławnych) piękności. Nawet królowie i książęta z rodu Targaryenów często tam właśnie szukali żon albo nałożnic, z uwagi na ich krew oraz urodę. Lyseńczycy oddają cześć bogini miłości, której naga, wyuzdana postać zdobi ich monety.

Wojny, rozejmy, sojusze oraz zdrady między Lys, Myr i Tyrosh są zbyt liczne, by je tu wymienić. Znaczną część konfliktów między nimi stanowią tak zwane wojny handlowe, toczone wyłącznie na morzu. Podczas ich trwania okrętom stron walczących przyznaje się licencję na atakowanie nieprzyjacielskich statków. Wielki maester Merion nazwał ongiś tę praktykę „piractwem z oficjalną pieczęcią". Podczas wojen handlowych śmierć i ataki piratów zagrażają wyłącznie załogom. Samym miastom nic nie grozi, ponieważ nigdy nie toczy się bitew na lądzie.

Znacznie bardziej krwawe, choć rzadsze, są wojny lądowe toczone na Spornych Ziemiach – bogatym ongiś regionie, który podczas Stulecia Krwi oraz później został tak doszczętnie zniszczony, że obecnie jego większą część stanowią pustkowia pełne kości, popiołów oraz obsianych solą pól. Jednakże nawet podczas tych konfliktów Tyrosh, Myr i Lys rzadko ryzykują życie własnych obywateli, woląc opłacać najemników, by walczyli za nich.

Począwszy od Stulecia Krwi, na Spornych Ziemiach zrodziło się więcej tych tak zwanych wolnych kompanii niż gdziekolwiek indziej na całym świecie. Nawet dzisiaj działa ich w tym regionie około czterdziestu. Gdy nie opłacają ich trzy swarliwe córki, najemnicy często próbują wykroić dla

POPRZEDNIE STRONY | *Rada Triarchii* POWYŻEJ | *Lyseńska szlachcianka*

Jedną z najstarszych wolnych kompanii są Drudzy Synowie, założeni przez czterdziestu młodszych synów szlacheckich rodów, niemogących dziedziczyć i pozbawionych perspektyw. Od samych początków kompania ta była domem dla pozbawionych ziem lordów, wygnanych rycerzy oraz poszukiwaczy przygód. Wielu sławnych ludzi z Siedmiu Królestw służyło w swoim czasie w szeregach Drugich Synów. Książę Oberyn Martell walczył dla nich, nim założył własną kompanię, Rodrik Stark, Wilk Wędrowiec, również był jednym z jej wojowników. Najważniejszym był jednak ser Aegor Rivers, bękart króla Aegona IV, znany historii jako Bittersteel, który walczył dla Drugich Synów w pierwszym roku swego wygnania, nim założył Złotą Kompanię, do dziś pozostającą najpotężniejszą i najsławniejszą z tych band najemników, a także (według niektórych) najbardziej honorową.

Do sławnych kompanii zaliczają się też Jasne Chorągwie, Wrony Burzy, Długie Kopie i Kompania Kota. Poza Złotą Kompanią ludzie z Siedmiu Królestw założyli też inne, takie jak Pogromcy Burz, powstali po zakończeniu Tańca Smoków, czy Kompania Róży, stworzona przez zbuntowanych mężczyzn (a według niektórych również kobiety) z północy, którzy odmówili ugięcia kolan po tym, jak Torrhen Stark oddał swoją koronę, i wybrali wygnanie na drugi brzeg wąskiego morza.

siebie własne terytoria. Niektórzy szukali też zatrudnienia w Siedmiu Królestwach, zarówno przed Podbojem, jak i po nim.

Wojny między Tyrosh, Lys i Myr nie tylko umożliwiły powstanie wolnych kompanii na Spornych Ziemiach, lecz również spowodowały narodziny flot piratów i morskich najemników, gotowych walczyć dla każdego, kto im zapłaci. Większość ma swoją bazę na Stopniach – archipelagu na wąskim morzu, ciągnącym się między Złamanym Ramieniem a wschodnim wybrzeżem.

Z powodu tych pirackich flot żegluga w okolicach Stopni jest bardzo niebezpieczna. Łabędzie statki z Wysp Letnich ponoć omijają je niekiedy całkowicie; kapitanowie wolą płynąć przez pełne morze, niż narażać się na atak korsarzy. Mniej biegli marynarze i statki słabiej przystosowane do pełnomorskiej żeglugi nie mają wyboru. Gdy owe jaskinie piratów stają się zbyt liczne i agresywne, niekiedy usuwają je floty archontów Tyrosh, triarchów Volantis, czy nawet morskich lordów Braavos. Ale piraci zawsze wracają.

W dawnych czasach piraci powodowali tak wielkie zamieszanie, że z Królewskiej Przystani i Smoczej Skały wysyłano królewskie floty, by się z nimi policzyły. Sam lord Oakenfist spędził wiele czasu na łowach na piratów, okrywając się chwałą. We wcześniejszych latach Młody Smok zamierzał wydać córkę za morskiego lorda Braavos, by przypieczętować sojusz mający umożliwić usunięcie piratów utrudniających handel ze świeżo podbitym Dorne. Wielki maester Kaeth opisuje to bardzo szczegółowo w *Żywotach czterech królów*, utrzymując, że król Daeron popełnił błąd, ponieważ rozmowy o sojuszu z Braavos, toczącym wówczas wojnę z Pentos i Lys, skłoniły pozostałe Wolne Miasta do udzielenia znaczącej pomocy dornijskim buntownikom.

POWYŻEJ | *Tyroshijski kupiec*

PENTOS

Ze wszystkich Wolnych Miast Pentos jest położone najbliżej Królewskiej Przystani i statki kupieckie wędrują między tymi miastami niemal codziennie. Założone przez Valyrian jako placówka handlowa, wkrótce podporządkowało sobie otaczające je obszary od Aksamitnych Wzgórz i Małej Rhoyne aż do morza, w tym niemal całe terytorium dawnego królestwa Andalos, starożytnej ojczyzny Andalów. Pierwsi Pentoshijczycy byli kupcami, żeglarzami oraz rolnikami, i tylko niewielu z nich mogło się pochwalić szlacheckim pochodzeniem. Być może właśnie dlatego nie strzegli aż tak pilnie czystości swej valyriańskiej krwi i chętniej krzyżowali się z pierwotnymi mieszkańcami swych ziem. W rezultacie ludzie z Pentos mają w swych żyłach sporą domieszkę andalskiej krwi, co być może czyni ich naszymi najbliższymi kuzynami.

Mimo to pentoshijskie zwyczaje ogromnie się różnią od panujących w Siedmiu Królestwach. Pentos uważa się za córkę Valyrii, i rzeczywiście można tam odnaleźć dawną krew. W odległych czasach miastem rządził szlachetnie urodzony książę, wybierany spośród mężczyzn z tak zwanych czterdziestu rodzin. Raz wybrany, książę Pentos władał dożywotnio, a po jego śmierci wybierano następnego, niemal zawsze pochodzącego z innej rodziny.

Jednakże z upływem stuleci władza księcia nieustannie słabła, a wpływy wybierających go magistrów rosły. W dzisiejszych czasach rządy w mieście sprawuje rada magistrów, a władza księcia ma niemal czysto ceremonialny charakter. Przewodniczy on ucztom oraz balom i noszą go z miejsca na miejsce w zdobnej lektyce pod eskortą przystojnych strażników. Co rok musi on rozprawiczyć dziewicę morza i dziewicę pól. Ten starożytny rytuał – być może wywodzący się z tajemniczych czasów przedvalyriańskiej przeszłości Pentos – ma zapewnić miastu dobrobyt na lądzie i na morzu. Jeśli jednak nadejdzie klęska głodu albo zdarzy się przegrać

Z uwagi na ryzyko wiążące się z piastowaniem tego urzędu, nie wszyscy szlachetnie urodzeni w Pentos palą się do noszenia korony. Zdarzało się, że niektórzy odmawiali przyjęcia tego starożytnego, lecz niebezpiecznego zaszczytu. Ostatnim i najbardziej znanym niedoszłym władcą jest osławiony kapitan najemników zwany Obdartym Księciem. Kiedy był jeszcze młody, magistrzy z Pentos wybrali go po długotrwałej suszy i straceniu poprzedniego księcia w roku 262 o.P. Zamiast przyjąć ten zaszczyt, kapitan uciekł z miasta i nigdy do niego nie wrócił. Został najemnikiem, uczestniczył w walkach na Spornych Ziemiach, po czym założył jedną z najnowszych wolnych kompanii na wschodzie, Plewy na Wietrze.

wojnę, książę zmienia się z władcy w ofiarę i podrzyna mu się gardło dla przebłagania bogów. Potem wybiera się nowego księcia, by przyniósł miastu lepszą fortunę.

Przez większą część historii Pentos w mieście praktykowano niewolnictwo; statki tego miasta odgrywały poważną rolę w handlu żywym towarem. Przed kilkoma stuleciami owa praktyka wciągnęła jednak Pentos w konflikt z sąsiadującym z nim od północy Braavos – „bękarcią córką Valyrii", miastem założonym przez flotę zbiegłych niewolników. W ciągu dwóch ostatnich stuleci oba miasta stoczyły ze sobą aż sześć wojen z tego powodu (choć trzeba zauważyć, że chodziło również o panowanie nad bogatymi lądami i wodami położonymi między nimi).

Cztery z tych wojen skończyły się triumfem Braavosów i kapitulacją Pentoshijczyków. Ostatnia z nich, zakończona dziewięćdziesiąt jeden lat temu, miała przebieg tak fatalny dla Pentos, że w ciągu jednego roku wybrano i złożono w ofierze aż czterech książąt. Piąty w tej krwawej serii, książę Nevio Narratys, zdołał przekonać magistrów, by wystąpili z propozycją zawarcia pokoju po zaskakującym po serii klęsk zwycięstwie – krążyły pogłoski, że Nevio zdołał je osiągnąć dzięki łapówkom. Traktat pokojowy zmuszał Pentos do pewnych ustępstw – zwłaszcza do zniesienia niewolnictwa i wycofania się z handlu niewolnikami.

Warunki traktatu po dziś dzień pozostają w Pentos prawem, choć niektórzy obserwatorzy zauważyli, że wiele pentoshijskich statków omija zakaz handlu niewolnikami, wciągając w razie potrzeby na maszt lyseńskie bądź myrijskie chorągwie, podczas gdy w samym mieście żyją dziesiątki tysięcy „wolnych sług kontraktowych", którzy są niewolnikami we wszystkim oprócz nazwy, noszą bowiem obroże i piętna, tak samo jak ich odpowiednicy w Lys, Myr i Tyrosh, a do tego obowiązuje ich równie drakońska dyscyplina. Zgodnie z prawem mogą odmówić służby... pod warunkiem, że nie są zadłużeni u swoich panów. Niemal wszyscy jednak są, ponieważ wartość ich pracy często jest mniejsza od kosztów wyżywienia, ubrania i dachu nad głową, jakie zapewniają im ci, dla których pracują; ich dług rośnie więc z czasem, zamiast się kurczyć.

Kolejny warunek traktatu pokojowego między Braavos a Pentos pozwala Pentoshijczykom posiadać najwyżej dwadzieścia okrętów wojennych i zabrania im korzystania z usług najemników, zawierania kontraktów z wolnymi kompaniami oraz utrzymywania jakiejkolwiek armii (poza strażą miejską). Z pewnością między innymi dlatego Pentoshijczycy są wyraźnie mniej wojowniczy od ludzi z Tyrosh, Myr i Lys. Mimo jego potężnych murów, Pentos często uważa się za najbardziej bezbronne z Wolnych Miast.

Z tego powodu magistrzy zajmują umiarkowane stanowisko nie tylko w stosunkach z innymi Wolnymi Miastami, lecz również z dothrackimi władcami koni; starają się utrzymać kruchą przyjaźń z całym szeregiem silnych *khalów* oraz obsypują hojnymi darami i skrzyniami złota każdego z nich, kiedy tylko zaprowadzi swój *khalasar* na zachód od Rhoyne.

VOLANTIS

Największymi, najpotężniejszymi i najbogatszymi z Dziewięciu Wolnych Miast są Braavos i Volantis. Istnieje między nimi interesująca więź, pod wieloma względami są bowiem swym przeciwieństwem. Braavos leży na dalekiej północy Essos, Volantis zaś na dalekim południu; Volantis jest najstarszym z wolnych miast, a Braavos najmłodszym; Braavos założyli niewolnicy, Volantis wzniesiono natomiast na ich kościach; Braavos jest najpotężniejsze na morzu, podczas gdy Volantis na lądzie. Oba miasta pozostają jednak wielkimi mocarstwami, a ich historia nosi głębokie piętno Włości Valyriańskich.

Stare Volantis, jak często zwie się to wspaniałe, starożytne miasto, leży nad jednym z czterech ujść Rhoyne, w miejscu, gdzie owa potężna rzeka wpada do Morza Letniego. Najstarsze dzielnice znajdują się na jej wschodnim brzegu, nowsze zaś na zachodnim, ale nawet te drugie zbu-

PO LEWEJ | *Wolne Miasto Pentos*

dowano przed wielu stuleciami. Dwie połowy miasta łączy ze sobą Długi Most.

Serce Starego Volantis jest miastem wewnątrz miasta – ogromnym labiryntem starożytnych pałaców, dziedzińców, wież, świątyń, krużganków, mostów i piwnic, otoczonym wielkim owalem Czarnego Muru – zbudowanym przez Włości Valyriańskie w pierwszej, młodzieńczej fazie ich ekspansji. Mur ma dwieście stóp wysokości i jest tak gruby, że na jego szczycie może się ze sobą ścigać sześć czterokonnych rydwanów (robią to co roku dla uczczenia rocznicy założenia miasta). Mur zbudowano bez spoin, z czarnego, stopionego smoczego kamienia, i jest on niemym świadectwem tego, że Volantis z początku było placówką wojskową.

W obrębie Czarnego Muru wolno mieszkać tylko tym, którzy potrafią udowodnić, że pochodzą ze Starej Valyrii. Żadnemu niewolnikowi, wyzwoleńcowi ani cudzoziemcowi nie pozwala się tam postawić nogi bez zaproszenia kogoś z Dawnej Krwi.

W ciągu pierwszego stulecia swego istnienia Volantis było niewiele więcej niż placówką wojskową założoną w celu ochrony granic valyriańskiego imperium i nie miało żadnych mieszkańców poza żołnierzami z garnizonu. Od czasu do czasu smoczy lordowie odwiedzali je, by wypocząć albo spotkać się z emisariuszami z rhoynarskich miast, położonych w górze rzeki. Z czasem jednak poza Czarnym Murem wyrosły oberże, burdele i stajnie, a do portu zaczęły zawijać kupieckie statki.

Pobłogosławione wspaniałym naturalnym portem i idealnym położeniem u ujścia Rhoyne, Volantis szybko się rozwijało. Na wschodnim brzegu rzeki wyrastało coraz więcej domów, gospód i sklepów, które z czasem rozprzestrzeniły się na wzgórza położne za Czarnym Murem, natomiast na zachodnim brzegu Rhoyne cudzoziemcy, wyzwoleńcy, najemnicy, przestępcy i inny podejrzany element budował własne miasto cieni, gdzie powszechnie oddawano się cudzołóstwu, pijaństwu i morderstwom i gdzie swobodnie mieszali się ze sobą eunuchowie, piraci, rzezimieszki oraz nekromanci.

Z czasem miasto położone na zachodnim brzegu stało się tak odrażającą jaskinią zbrodni i nieprawości, że triarchowie byli zmuszeni wysłać swych niewolnych żołnierzy na drugi brzeg Rhoyne, by przywrócili porządek i choć pozory przyzwoitości. Silne pływy i zdradzieckie, zmienne prądy utrudniają jednak przeprawę przez rzekę, po pewnym czasie triarcha Vhalaso Szczodry rozkazał więc zbudować na niej most.

Te same pływy i prądy, a także sama szerokość Rhoyne, uczyniły budowę zadaniem na wielką skalę. By ją ukończyć, potrzeba było czterdziestu lat i wielu milionów honorów. Triarcha Vhalaso nie ujrzał za życia swego dzieła... ale po zbudowaniu Długi Most nie miał sobie równych na całym świecie, poza tylko Mostem Marzenia w rhoynarskim Festiwalowym Mieście Chroyane. Długi Most, wystarczająco mocny, by (jak mówią) utrzymać ciężar tysiąca słoni, jest najdłuższym mostem w całym znanym świecie. Lomas Obieżyświat zaliczył go do dziewięciu cudów stworzonych przez człowieka w swej książce pod tymże tytułem.

Przez większą część swej wczesnej historii Volantis czerpało zyski z handlu między Valyrią a Rhoynarami, i stawało się coraz bogatsze i potężniejsze... podczas gdy Sarhoy, piękne, starożytne rhoynarskie miasto, które przedtem kontrolowało ten handel, w takim samym stopniu traciło na znaczeniu. Rzecz jasna sprowokowało to wybuch konfliktu między oboma miastami. Długa seria wojen, szczegółowo opisana w innym miejscu, doprowadziła w końcu do całkowitego zniszczenia miast nad Rhoyne oraz ucieczki Nymerii i jej dziesięciu tysięcy okrętów. Choć zwycięstwo odnieśli smoczy lordowie z Valyrii, słusznie się mówi, że najbardziej skorzystali na tym Volanteńczycy. Po Sarhoy zostały wyłącznie ruiny, opustoszałe i nawiedzane przez duchy, natomiast Volantis ze swym Długim Mostem, Czarnym Murem i wielkim portem wciąż zalicza się do największych miast na świecie.

Na obszarze otoczonym Czarnym Murem Volanteńczycy z Dawnej Krwi nadal mieszkają w starożytnych

Wielu Volanteńczyków z Dawnej Krwi nadal oddaje cześć starym bogom Valyrii, ale wiarę w nich spotyka się niemal wyłącznie na obszarze otoczonym Czarnym Murem. Na zewnątrz wielu, zwłaszcza wśród niewolników i wyzwoleńców, jest zwolennikami czerwonego boga R'hllora. Świątynia Pana Światła w Volantis jest ponoć największą na całym świecie. W *Pamiątkach po smoczych lordach* arcymaester Graymon utrzymuje, że jest aż trzy razy większa niż Wielki Sept Baelora. Wszyscy, którzy służą w tej ogromnej świątyni, są niewolnikami, kupionymi w dzieciństwie i wyszkolonymi na kapłanów, świątynne prostytutki albo wojowników, i mają wytatuowane na policzkach płomienie swego ognistego boga. O wojownikach mówi się niewiele. Wiemy tylko, że zwą się oni Ognistą Dłonią i nigdy nie jest ich więcej ani mniej niż tysiąc.

pałacach; usługują im armie niewolników. Poza murami można znaleźć cudzoziemców, wyzwoleńców i nisko urodzonych ze stu różnych narodów. Na targach i nabrzeżach roi się od kupców i żeglarzy, mieszających się z niemal niezliczonymi niewolnikami. Powiadają, że w Volantis na każdego wolnego człowieka przypada pięciu niewolników. Podobne proporcje można spotkać tylko w starożytnych ghiscarskich miastach w Zatoce Niewolniczej.

W Volantis panuje zwyczaj tatuowania twarzy wszystkich niewolników. W ten sposób ich status określa się na całe życie i muszą dźwigać to brzemię, nawet jeśli zostaną wyzwoleni. Istnieje wiele rodzajów tatuażu, niektóre z nich prowadzą do okaleczenia. Niewolnym volanteńskim żołnierzom tatuuje się na twarzy zielone tygrysie pasy, oznaczające ich rangę; prostytutki noszą pod prawym okiem pojedynczą łzę; błaznom i trefnisiom tatuuje się pstry wzór błazeńskiego stroju, woźnicom *hathayów* – wozów zaprzężonych w małe, volanteńskie słonie – koła; i tak dalej.

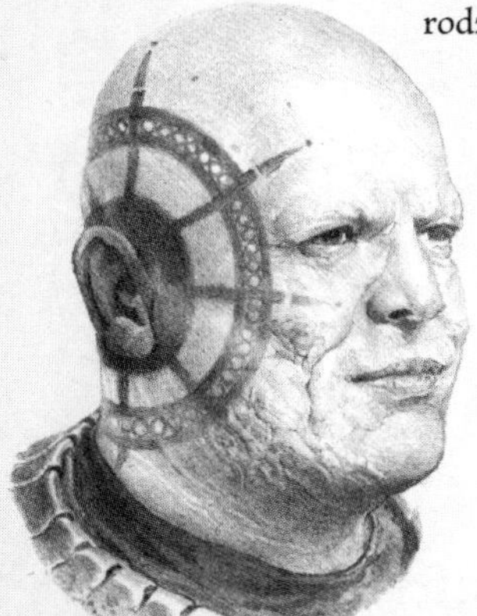

Volantis ma charakter włości i wszyscy wolno urodzeni właściciele ziemscy mają prawo głosu w wyborach władz miasta. Co roku wybiera się trzech triarchów, którzy pilnują przestrzegania praw, dowodzą flotami i armiami oraz wspólnie zajmują się codziennymi zadaniami związanymi z zarządzaniem miastem. Wybory triarchów trwają dziesięć dni i są wydarzeniem tak radosnym, jak i burzliwym. W ostatnich stuleciach dominującą rolę odgrywały w nich dwie rywalizujące ze sobą frakcje, nieoficjalnie znane jako tygrysy i słonie.

Zwolennicy różnych kandydatów – oraz obu frakcji – urządzają wiece poparcia dla swych przywódców, ofiarując ludności dary. Prawo głosu mają wszyscy wolno urodzeni właściciele ziemscy, nawet kobiety. Choć wielu cudzoziemcom cały proces wydaje się chaotyczny do granic szaleństwa, w większości przypadków władza przechodzi z rąk do rąk pokojowo.

Gdy Valyrię i Krainy Długiego Lata pochłonęła Zagłada, Volantis ogłosiło, że ma prawo władać wszystkimi valyriańskimi koloniami na świecie. Potęga „Pierwszej Córki" była tak wielka, że podczas Stulecia Krwi udało się jej na pewien czas uzyskać hegemonię nad kilkoma innymi Wolnymi Miastami. W końcu jednak volanteńskie imperium zawaliło się pod własnym ciężarem, obalone przez sojusz miast, które zdołały zachować wolność, oraz bunty w tych, które podbiło.

Od owego czasu w corocznych wyborach triarchów dominują słonie – bardziej pokojowa frakcja. Lata ekspansji pod władzą tygrysów dały jednak Volantis panowanie

Wielu Volanteńczyków uważa samych siebie za naturalnych i prawowitych dziedziców dawnej Valyrii, i w związku z tym pragnie zdobyć dominację nad pozostałymi Wolnymi Miastami, a z czasem nad całym światem. Tygrysy chciałyby doprowadzić do tego za pomocą wojen i podboju, słonie zaś wolą drogę handlu i ekspansji ekonomicznej.

POWYŻEJ | *Niewolnicy z targów w Volantis*

nad wieloma pomniejszymi miastami. Najbardziej znanymi z nich są wielkie nadrzeczne „miasteczka" – Volon Therys, Valysar i Selhorys (każde z nich większe i ludniejsze niż Królewska Przystań czy Stare Miasto). Volanteńczycy panują też nad biegiem Rhoyne aż po ujście Selhoru oraz nad Pomarańczowym Wybrzeżem na zachodzie. Niewolni żołnierze bronią tych terenów przed dothrackimi władcami koni, którzy niekiedy poddają próbie siłę volanteńskiej obrony, a także przed innymi Wolnymi Miastami, starającymi się rosnąć w siłę kosztem starszej siostry.

Volanteńskie wybory z reguły mają spokojny przebieg, zdarzały się jednak znaczące wyjątki. W *Dziennikach* Nysseosa Qoherosa można znaleźć opowieść o triarsze imieniem Horonno, którego wybierano na ten urząd przez czterdzieści lat pod rząd, ponieważ był wielkim bohaterem z czasów Stulecia Krwi. Za czterdziestym razem ogłosił się dożywotnim triarchą, a choć Volanteńczycy go kochali, uczucie to nie było aż tak silne, by pozwolili mu obalić starożytne prawa i zwyczaje. Wkrótce potem zbuntowany tłum dopadł Horonna i po pozbawieniu triarchy rangi oraz tytułu rozerwano go słoniami bojowymi.

BRAAVOS

Położone daleko na północno-zachodnim krańcu Essos, gdzie Morze Dreszczy i wąskie morze łączą się ze sobą, Wolne Miasto Braavos zbudowano na sławnych „stu wyspach", na płytkich, słonawych wodach spowitej mgłą laguny.

Braavos jest najmłodszym z Dziewięciu Wolnych Miast, a także najbogatszym i najprawdopodobniej najpotężniejszym. Założyli je zbiegli niewolnicy, a jego skromne początki mają swe korzenie w prostym pragnieniu swobody. Przez większą część swej wczesnej historii pozostawało w ukryciu, w związku z tym miało niewielkie znaczenie dla reszty świata. Rozwijało się jednak i z czasem stało się niemal niezrównaną potęgą.

Braavos nie ma księcia ani króla. Władzę sprawuje tam morski lord, wybierany przez magistrów i kluczników miasta spośród obywateli. Procedura wyborów jest zawiła i tajemnicza. Mieszkający w nadbrzeżnym pałacu morski lord dowodzi flotą wojenną, która nie ma sobie równych, a także statkami kupieckimi, których fioletowe żagle i kadłuby są częstym widokiem na wszystkich morzach znanego świata.

Braavos założyli uciekinierzy z wielkiego konwoju niewolniczych statków, który płynął z Valyrii do nowo założonej kolonii w Sothoryos. Wybuchł w nim krwawy bunt. Niewolnicy opanowali statki, którymi ich przewożono, i popłynęli „na koniec świata", by uciec przed dawnymi panami. Wiedząc, że wyruszy za nimi pościg, zmienili kierunek i pożeglowali na północ, nie na południe, poszukując azylu położonego możliwie jak najdalej od Valyrii oraz jej zemsty. Według braavoskich kronik grupa kobiet z dalekiej krainy Jogos Nhai przepowiedziała, że znajdą schronienie w odległej lagunie, za porośniętymi sosnami wzgórzami i morskimi kamieniami, gdzie częste mgły pozwolą zbiegom ukryć się przed wzrokiem przelatujących w górze jeźdźców smoków. Tak też się stało. Owe kobiety były kapłankami zwanymi Księżycowymi Śpiewaczkami i po dziś dzień to ich świątynia jest największą w całym Braavos.

Ponieważ zbiegli niewolnicy pochodzili z wielu różnych krain i mieli rozmaite wierzenia, założyciele Braavos stworzyli miejsce, w którym wszystkim bogom oddaje się należną im cześć, i zarządzili, że żaden z nich nigdy nie będzie wyniesiony nad innych. Wśród tego różnorodnego ludu można było znaleźć Andalów, Letniaków, Ghiscarczyków, Naathańczyków, Rhoynarów, Ibbeńczyków, Sarnorczyków, a nawet dłużników i przestępców czystej krwi valyriańskiej. Niektórych uczono władania bronią, by służyli jako strażnicy albo niewolni żołnierze; innych zaś wyszkolono w sprawianiu przyjemności w łożu. Byli wśród nich też najróżniejsi słudzy domowi: nauczyciele, opiekunki do dzieci, kucharze, stajenni i zarządcy. Jeszcze inni byli wyszkolonymi rzemieślnikami: cieślami, płatnerzami, murarzami albo tkaczami. Niektórzy pracowali na roli, inni byli rybakami, jeszcze inni galernikami, liczni zaś po prostu niewykwalifikowanymi robotnikami. Nowi wyzwoleńcy mówili w wielu różnych językach, wspólną mową stał się więc dla nich valyriański, język ich byłych panów.

Ponieważ ryzykowali życie dla wolności, matki i ojcowie nowego miasta poprzysięgli, że żaden mężczyzna, kobieta ani dziecko w Braavos nigdy nie będzie niewolnikiem, poddanym ani sługą kontraktowym. To jest Pierwsze Prawo Braavos, wyryte w kamieniu na łuku nad Długim Kanałem. Od tego dnia aż do dziś morscy lordowie Braavos sprzeciwiali się niewolnictwu we wszystkich jego postaciach i stoczyli wiele wojen przeciwko handlarzom niewolników oraz ich sojusznikom.

Laguna, w której znaleźli schronienie uciekinierzy, robi na pierwszy rzut oka wrażenie posępnego, niegościnnego miejsca, pełnego błot, terenów zalewanych przez przypływy oraz słonych bagien, była jednak dobrze ukryta za pobliskimi wyspami i skałami, a nawet z góry często osłaniała ją mgła. Co więcej, w słonawych wodach roiło się od najróżniejszych ryb i mięczaków, pobliskie wyspy były gęsto zalesione, a nieopodal, na kontynencie, można było znaleźć żelazo, cynę, ołów, łupek i inne cenne surowce. Co jeszcze ważniejsze, do laguny zewsząd było daleko i rzadko ją odwiedzano. Choć bowiem zbiegli niewolnicy czuli się zmęczeni ucieczką, najbardziej ze wszystkiego obawiali się ponownego schwytania.

Nieodnalezione przez nikogo Braavos rozwijało się i kwitło. Na nizinnych wyspach wyrosły gospodarstwa rolne, domy i świątynie, podczas gdy rybacy czerpali z darów wielkiej laguny i położonego za nią morza. Wśród odkrytych przez Braavosów mięczaków był pewien ślimak morski, podobny do tego, dzięki któremu tyroshijskie barwniki stały się tak sławne i drogie. Jego barwnik miał ciemnofioletowy kolor. Pragnąc zmienić wygląd ukradzionych statków, braavoscy kapitanowie barwili żagle na ten kolor, gdy tylko wypływali poza lagunę. Jeśli było to możliwe, starali się unikać valyriańskich statków i miast, zaczęli jednak handlować z Ib, a potem również z Siedmioma Królestwami. Niemniej przez długi czas Braavosowie wozili ze sobą fałszywe mapy, a gdy ich pytano, z jakiego portu się wywodzą, uciekali się do sprytnych wykrętów. Dlatego przez z górą stulecie Braavos pozostawało Sekretnym Miastem.

Morski lord Uthero Zalyne położył w końcu kres tej tajemnicy i wysłał swe statki do wszystkich zakątków świata, by ujawniły istnienie Braavos i zdradziły jego położenie, zapraszając ludzi ze wszystkich nacji na obchody sto jedenastej rocznicy jego założenia. Wszyscy założyciele miasta od dawna już wtedy nie żyli, podobnie jak ich niegdysiejsi panowie. Mimo to morski lord kilka lat wcześniej wysłał do

PO LEWEJ | *Egzekucja triarchy Horonna*

Valyrii emisariuszy Żelaznego Banku, by przygotowali grunt pod to, co stało się znane jako Ujawnienie albo Zdemaskowanie Uthera. Smoczy lordowie nie byli zbytnio zainteresowani potomkami zbiegłych przed stuleciem niewolników, Żelazny Bank wypłacił zaś sute odszkodowania wnukom właścicieli skradzionych wówczas statków, choć odmówił zwrotu wartości samych niewolników.

Tak oto udało się osiągnąć porozumienie. Rocznicę Ujawnienia świętuje się w Braavos do dziś. Uczty i bale maskowe trwają dziesięć dni. Kulminacja obchodów niemających sobie równych w całym znanym świecie ma miejsce o północy dziesiątego dnia, gdy Tytan wydaje z siebie ryk i dziesiątki tysięcy świętujących ludzi jednocześnie zdejmuje maski.

Mimo swych skromnych początków Braavos stało się nie tylko najbogatszym z Wolnych Miast, lecz również jednym z najtrudniejszych do zdobycia. Volantis może mieć swój Czarny Mur, ale Braavos ma mur z okrętów, któremu nie dorówna żaden w innych miastach świata. Lomas Obieżyświat zdumiewał się Tytanem z Braavos – wielką fortecą z kamienia i brązu, ukształtowaną na podobieństwo wojownika, który stoi okrakiem nad wejściem do laguny – prawdziwym cudem jest jednak Arsenał, gdzie w ciągu jednego dnia można wybudować kompletną braavoską galerę wojenną o fioletowym kadłubie. Wszystkie te okręty buduje się według identycznego planu, każdą część można więc przygotować z wyprzedzeniem. Biegli budowniczowie jednocześnie trudzą się nad różnymi segmentami galery, co przyśpiesza prace. To bezprecedensowy cud inżynierii; by to sobie uświadomić, wystarczy spojrzeć na chaotyczne, hałaśliwe prace prowadzone w stoczniach Starego Miasta.

Byłoby jednak szaleństwem nie doceniać Tytana, którego dumna głowa i gorejące oczy wznoszą się prawie czterysta stóp nad powierzchnią morza. Tytan jest fortecą typu niewidzianego przedtem ani potem. Nadano mu postać giganta stojącego na wzgórzach po obu stronach kanału. Jego nogi i dolna część tułowia są wykonane z czarnego granitu i początkowo tworzyły naturalny skalny łuk, który kształtowały i obrabiały trzy pokolenia rzeźbiarzy oraz kamieniarzy, po czym nałożono na niego spódnicę z płyt z brązu. Powyżej pasa cały kolos jest wykuty z tego samego metalu, a włosy ma z zabarwionych na zielono konopi. Dla tego, kto pierwszy raz widzi go z morza, Tytan przedstawia przerażający widok. Jego oczy są ogromnymi latarniami morskimi, wskazującymi wracającym do portu statkom drogę do laguny. Wewnątrz jego metalowego ciała znajdują się sale i komnaty, a także machikuły i otwory strzelnicze, grożące zniszczeniem każdej jednostce próbującej wedrzeć się do zatoki. Ukryci wewnątrz Tytana obserwatorzy mogą też skierować nieprzyjacielskie okręty na skały, a na pokłady tych, które spróbują przepłynąć bez pozwolenia między nogami kolosa, można zeń ciskać kamienie oraz garnce płonącej smoły. Niemniej rzadko okazywało się to konieczne, albowiem od Stulecia Krwi żaden nieprzyjaciel nie był na tyle śmiały, by sprowokować gniew Tytana.

W dzisiejszych czasach Braavos jest jednym z największych portów na świecie i zawijają do niego statki ze wszystkich krajów (poza tylko niewolniczymi). W ogromnej lagunie braavoskie statki cumują we wspaniałym Fioletowym Porcie, położonym nieopodal Pałacu Morskiego Lorda, cudzoziemcy muszą zaś korzystać z Portu Łachmaniarza, według wszystkich relacji prostszego i uboższego. W Braavos można jednak zdobyć tak wielkie bogactwa, że przybywają tam statki nawet z Qarthu i z Wysp Letnich.

W mieście tym ma też swą siedzibę jeden z najpotężniejszych banków na świecie. Jego korzenie sięgają początków Braavos, kiedy to grupka zbiegów ukryła swe skromne kosztowności w opuszczonej kopalni rudy żelaza, gdzie były bezpieczne przed złodziejami i piratami. W miarę, jak miasto rosło i rozkwitało, szyby i komory kopalni wypełniały się stopniowo. Zamiast pozwolić, by ich skarby leżały bezczynnie pod ziemią, najbogatsi Braavosowie zaczęli pożyczać pieniądze swym uboższym braciom.

Tak oto zrodził się Żelazny Bank z Braavos, którego sława (albo niesława, jeśli wierzyć niektórym) sięga najdalszych zakątków znanego świata. Królowie, książęta, archonci, triarchowie i niezliczeni kupcy przybywają do Braavos, by ubiegać się o udzielenie pożyczki z pilnie strzeżonych skarbców banku.

Mówi się, że Żelazny Bank otrzyma swoją zapłatę. Ci, którzy pożyczają od Braavosów i nie spłacają długu, często żałują podobnego szaleństwa. Bank nieraz obalał lordów i książęta, a ponoć wysyłał też skrytobójców przeciwko tym, których nie był w stanie usunąć (choć tego ostatniego nigdy nie udało się udowodnić).

Braavos jest miastem zbudowanym na błocie i piasku. Człowiek nigdy nie jest tam dalej niż kilka stóp od wody. Niektórzy powiadają, że w mieście jest więcej kanałów niż ulic. To przesada, nie sposób jednak zaprzeczyć, że najszybciej można się tam poruszać drogą wodną, na jednej z niezliczonych wężowych łodzi, nie zaś na piechotę przez labirynt ulic, zaułków i łukowatych mostów. Wszędzie pełno jest basenów i fontann, zbudowanych dla uczczenia więzów łączących miasto z morzem oraz „drewnianymi murami", które go bronią. Słonawe wody laguny otaczającej „sto wysp" były we wczesnych dziejach miasta jednym z podstawowych źródeł jego bogactwa; dostarczały ostryg, węgorzy, krabów, raków, małży, płaszczek oraz wielu innych rodzajów ryb.

Jednakże wody, które karmią i bronią Braavos, stanowią dla niego również zagrożenie. W ciągu dwóch ostatnich stuleci stało się jasne, że niektóre z wysp zapadają się pod ciężarem wzniesionych na nich budynków. Najstarsza część Braavos, położona tuż na północ od Portu Łachmaniarza, już zapadła się poniżej poziomu wody i zwie się obecnie Zatopionym Miastem. Mimo to najubożsi Braavosowie nadal mieszkają w wieżach i na górnych piętrach pogrążających się w wodzie budynków.

Braavos słynie z architektury: ogromnego Pałacu Morskiego Lorda ze wspaniałą menażerią, pełną niezwykłych zwierząt i ptaków z całego świata; imponującego Pałacu Sprawiedliwości; potężnej świątyni Księżycowych Śpiewaczek; akweduktu zwanego przez Braavosów słodkowodną rzeką, który doprowadza z kontynentu bardzo potrzebną słodką wodę (woda w kanałach nie nadaje się do picia, jest bowiem słonawa, mętna i zanieczyszczona miejskimi odpad-

POPRZEDNIE STRONY | *Tytan z Braavos* POWYŻEJ | *Żelazny Bank z Braavos*

Początki Żelaznego Banku oraz Braavos autorstwa arcymaestera Matthara zawierają jeden z najbardziej szczegółowych opisów historii banku oraz prowadzonych przezeń interesów, a przynajmniej tego, co udało się odkryć na ten temat, Żelazny Bank słynie bowiem z dyskrecji i pilnie strzeże swych tajemnic. Według Matthara bank założyły dwadzieścia trzy osoby – szesnastu mężczyzn i siedem kobiet – a każda z nich posiadała klucz do wielkich podziemnych skarbców. Ich potomkowie, których obecnie jest ponad tysiąc, są po dziś dzień znani jako klucznicy, choć klucze, które dumnie demonstrują przy oficjalnych okazjach, teraz mają już tylko znaczenie ceremonialne. Niektóre z założycielskich rodzin z czasem podupadły, a kilka całkowicie straciło majątek, jednakże nawet najubożsi klucznicy uparcie trzymają się swoich kluczy i związanych z nimi zaszczytów.

Żelaznym Bankiem nie władają jednak wyłącznie klucznicy. Również niektóre z najbogatszych i najpotężniejszych rodzin w Braavos, które osiągnęły swą pozycję znacznie później, posiadają udziały w banku, zasiadają w jego tajnych radach i mają prawo głosu w wyborach tych, którzy nim kierują. W Braavos, jak zauważyło wielu cudzoziemców, złote monety znaczą więcej niż żelazne klucze. Emisariusze banku docierają wszędzie, często na statkach będących jego własnością, i kupcy, lordowie, a nawet królowie pertraktują z nimi niemal jak równi z równymi.

kami); wież kluczników i szlachetnie urodzonych; a także Domu Czerwonych Dłoni, wielkiego hospicjum i centrum uzdrawiania. Oprócz tych szlachetnych budowli można tam znaleźć niezliczone sklepy, burdele, gospody, piwiarnie, domy cechowe oraz giełdy. Na ulicach i mostach stoją posągi dawnych morskich lordów, prawodawców, sławnych żeglarzy, a nawet poetów, minstreli i kurtyzan.

Braavoskie świątynie również są szeroko znane, a niektóre z nich to prawdziwe cuda architektury. Najsławniejszą z nich jest świątynia Księżycowych Śpiewaczek, jak bowiem wspomniano powyżej, Braavosowie darzą ich bóstwo szczególnym szacunkiem. Ojciec Wód cieszy się niemal równie wielkim uznaniem, a jego wodną świątynię co roku buduje się na nowo, gdy nadejdą świąteczne dni. Pan Światła, czerwony R'hllor, również ma w Braavos wielką świątynię, a w ciągu ostatniego stulecia liczba jego czcicieli w mieście znacznie wzrosła.

Braavosowie pochodzą od stu różnych ludów i oddają cześć stu różnym bogom. Najpotężniejsze z tych bóstw mają własne świątynie; głęboko w sercu miasta kryje się Wyspa Bogów, gdzie można znaleźć miejsca kultu nawet najmniejszych z nich, zaś w Sepcie Za Morzem septonowie i septy codziennie odprawiają nabożeństwa dla przybywających do miasta marynarzy z Siedmiu Królestw.

W Braavos mężczyźni i kobiety z najodleglejszych zakątków świata już od stuleci spotykają się ze sobą, jedzą i piją razem, a także wymieniają opowieści. Mówi się, że w Sekretnym Mieście wszyscy są mile widziani.

Musimy też wspomnieć o kurtyzanach z Braavos, znanych na całym świecie. Wszystkie są wolnymi kobietami, w przeciwieństwie do sławniejszych piękności z lyseńskich ogrodów rozkoszy czy volanteńskich burdeli. Ich sztuka nie ogranicza się do sypialni. Dowcip i elegancja sprawiają, że towarzystwa tych dam szukają najbogatsi kupcy, najśmielsi

POWYŻEJ | *Świątynna dzielnica Braavos*

Wiele braavoskich kurtyzan wysławia się w pieśniach i opowieściach, a niektóre uwieczniono nawet w brązie i marmurze. W Siedmiu Królestwach największą sławą – dobrą czy złą – okryły się Czarne Perły. Pierwszą kobietą noszącą to imię była kapitan i królowa piratów Bellegere Otherys, która przez pewien czas była jedną z metres króla Aegona IV Targaryena i urodziła mu bękarcią córkę Bellenorę, drugą Czarną Perłę, słynną kurtyzanę, wysławianą przez ówczesnych minstreli jako najpiękniejsza kobieta na całym świecie. Jej potomkinie również były kurtyzanami i przybierały kolejno miano Czarnej Perły. Po dziś dzień w ich żyłach płynie odrobina krwi smoka.

kapitanowie i najznamienitsi goście. O ich względy ubiegają się klucznicy, lordowie i książęta. Najsławniejsze kurtyzany przybierają poetyckie imiona, dodające im uroku i tajemniczości. Minstrele rywalizują o ich mecenat, a noszące cienkie mieczyki zbiry często pojedynkują się na śmierć i życie, broniąc ich imienia.

Szermiercze umiejętności zbirów z Sekretnego Miasta są równie sławne, jak uroda tamtejszych kurtyzan. Zbiry prawie wcale nie noszą zbroi, a ich cienkie, ostro zakończone mieczyki są znacznie lżejsze od długich mieczy z Siedmiu Królestw. Owi uliczni wojownicy walczą w szybkim i śmiercionośnym stylu. Najlepsi z nich zwą się wodnymi tancerzami, ze względu na zwyczaj pojedynkowania się na Księżycowej Sadzawce nieopodal Pałacu Morskiego Lorda. Prawdziwi wodni tancerze potrafią ponoć walczyć i zabijać na jej powierzchni, nie mącąc samej wody.

Pilman z Lannisportu, kapitan statku, dostarczył do Cytadeli relację z podobnego pojedynku. Wodni tancerze (według niego) zdają się ledwie muskać taflę wody, ale jest to tylko złudzenie wywołane ciemnością, pojedynki bowiem zawsze odbywają się nocą. Niemniej kapitan zapewnia, że nigdy nie widział podobnej gracji ani umiejętności.

Choć wśród wodnych tancerzy i zbirów można znaleźć wielu śmiertelnie groźnych szermierzy, zgodnie z tradycją największym z nich jest Pierwszy Miecz, dowodzący strażą osobistą morskiego lorda, który zapewnia mu bezpieczeństwo podczas publicznych okazji. Raz wybrani, Pierwsi Miecze służą dożywotnio. Rzecz jasna nie brakuje takich, którzy próbują skrócić ich życie z powodów politycznych. W ciągu stuleci Pierwsi Miecze stoczyli wiele sławnych pojedynków, brali udział w kilkunastu wojnach i uratowali życie dziesiątkom morskich lordów.

Żaden opis Braavos nie mógłby być kompletny bez wzmianki o Ludziach Bez Twarzy. To stowarzyszenie skrytobójców, spowite całunem tajemnic i plotek, jest ponoć starsze niż samo Braavos, a jego korzenie sięgają Valyrii z czasów szczytu jej potęgi. Mamy jednak bardzo niewiele pewnych informacji dotyczących owych zabójców.

POWYŻEJ | *Monety Ludzi Bez Twarzy z Braavos (awers i rewers)* PO PRAWEJ | *Wyspy Letnie*

Poza Wolnymi Miastami

CZY ZNAMY WSZYSTKIE kraje i ludy na świecie? Z pewnością nie. Nasze mapy mają granice, a nawet najdoskonalsze z nich udzielają tyle samo odpowiedzi, ile wzbudzają nowych pytań na temat krain położonych daleko na wschodzie. Zbyt wiele na nich białych plam oznaczających obszary, o których nic nie wiemy. Omówienie miejsc, o których wiemy cokolwiek, może jednak być korzystne, nawet jeśli ich kontakty z Siedmioma Królestwami są w najlepszym razie bardzo rzadkie.

WYSPY LETNIE

Położone na południe od Westeros, na głębokich, błękitnych wodach Morza Letniego, Wyspy Letnie prażą się w promieniach ciepłego słońca tropików. Na ten zielony archipelag składa się z górą pięćdziesiąt wysp, często tak małych, że można je przebyć na piechotę w ciągu godziny. Jednakże największa z nich, Jhala, ma od końca do końca sześćset mil długości. Znajdują się tam wyniosłe, porośnięte roślinnością góry, rozległe puszcze, parne dżungle, plaże z zielonego i czarnego piasku, potężne rzeki pełne monstrualnych krokodyli oraz żyzne doliny. Walano i Omboru są o ponad połowę mniejsze niż Jhala, lecz każda z nich i tak ma większy obszar niż wszystkie Stopnie razem. Na tych trzech wyspach mieszka ponad dziewięć dziesiątych Letniaków.

Na Wyspach Letnich rozkwita bujnie tysiąc różnych rodzajów kwiatów, wypełniających powietrze swą wonią. Gałęzie drzew uginają się od egzotycznych owoców, a w górze unoszą się niezliczone jaskrawe ptaki. Z ich piór Letniacy wyrabiają swe sławne płaszcze. Pod osłoną zielonego listowia deszczowego lasu polują cętkowane pantery, większe od lwów, oraz stada chudych, czerwonych wilków.

Na gałęziach drzew kołyszą się gromady małp. Żyją tam również małpy człekokształtne: „rudzi starcy" z Omboru, srebrne futra z gór Jhali i nocni skradacze z Walano.

Letniacy są ciemnoskórym ludem o czarnych włosach i oczach, a cerze brązowej jak drewno tekowe bądź czarnej niczym gładzony gagat. Przez większą część swej zarejestrowanej historii żyli w izolacji od reszty ludzkości. Na ich najdawniejszych mapach, wyrytych na sławnych Mówiących Drzewach w Mieście Wysokich Drzew, nie zaznaczono żadnych lądów, poza samymi wyspami otoczonymi ogromnym, obejmującym cały świat oceanem. Jako wyspiarze, pływali po oceanie od samego zarania dni, najpierw w wiosłowych łódkach, a potem w większych, szybszych statkach o konopnych żaglach, ale tylko nieliczni oddalali się poza zasięg wzroku od brzegu… a ci, którzy wypływali poza horyzont, często nie wracali.

Do pierwszych zarejestrowanych kontaktów między Letniakami a resztą ludzkości doszło w czasach szczytu potęgi Starego Imperium Ghis. Ghiscarski statek kupiecki dotarł na Walano, zagnany tam przez sztorm, ale Ghiscarczycy uciekli w panice na widok mieszkańców, których wzięli za demony o skórze wypalonej na czarno przez ognie piekieł. Od tej pory ghiscarscy marynarze starali się szerokim łukiem omijać Wyspę Demonów, jak nazwali Walano na swych mapach. O istnieniu Omboru, Jhali i mniejszych wysp nie mieli pojęcia.

Ten kontakt wywarł głęboki wpływ na Letniaków – okazało się bowiem, że w krainach za morzem żyją inni ludzie. Obudziło to ich ciekawość (oraz chciwość); książęta z wysp zaczęli budować większe i mocniejsze statki, zdolne pomieścić zapasy potrzebne do długich oceanicznych rejsów, a jednocześnie oprzeć się nawet najpotężniejszym sztormom. Największym budowniczym statków był Malthar Xaq, książę małej wyspy Koj, do dziś znany jako Malthar Jeździec Wiatru i Malthar Rysownik Map.

Gdy wielkie statki zbudowane przez Malthara i innych książąt wyruszyły na morze, zaczęła się nowa era odkryć i handlu. Wiele statków nie wróciło, więcej jednak było takich, które ponownie zawinęły do portów. Odwiedziły Naath, Wyspy Bazyliszkowe, północne wybrzeża Sothoryos oraz południowe brzegi Westeros oraz Essos. Przed upływem połowy stulecia rozkwitł handel między Wyspami Letnimi a Włościami Valyriańskimi. Wyspiarze nie mieli żelaza, cyny i innych metali, ale byli bogaci w klejnoty (szmaragdy, rubiny, szafiry i różnego rodzaju perły), przyprawy (gałkę muszkatołową, cynamon, pieprz) oraz twarde drewno. Wśród smoczych lordów zapanowała moda na małpy, młode pantery i papugi. Eukaliptus, heban, mahoń, amarant, mahoe, czeczota, drewno tygrysie, złote serce, różowa kość słoniowa i inne rzadkie gatunki drewna również cieszyły się wielkim popytem, podobnie jak wino palmowe, owoce i pióra.

Valyrianie oferowali złoto również za niewolników. Wówczas, podobnie jak obecnie, Letniacy byli przystojni, wysocy, silni, pełni wdzięku i łatwo się uczyli. Wszystkie te cechy przyciągały piratów i łowców niewolników z Valyrii, Wysp Bazyliszkowych i Starego Ghis. Łupieżcy stali się

Lomas Obieżyświat, który w poszukiwaniu cudów odwiedził również Wyspy Letnie, zapisał, że tamtejsi mędrcy twierdzą, iż przodkowie Letniaków dotarli ongiś na zachodnie brzegi Sothoryos i założyli tam miasta, ale zniszczyły je te same siły, które później unicestwiły ghiscarskie i valyriańskie osady na owym niebezpiecznym kontynencie. W archiwach Cytadeli można odnaleźć kilka starożytnych valyriańskich kronik, żadna z nich nie wspomina jednak o podobnych miastach, niektórzy maesterzy powątpiewają więc w prawdziwość owych twierdzeń.

Najlepszym źródłem do historii Wysp Letnich pozostaje dzieło maestera Gallarda *Dzieci lata*. Jego drobiazgowe prace rzuciły światło na znaczną część owych dziejów, których zrozumienie utrudniał do tej pory fakt, że większość letniackich kronik spisano pod postacią skomplikowanych, wysoce sformalizowanych poematów. Pewne kontrowersje ciągle się utrzymują – na przykład Mollos kwestionował zaproponowaną przez Gallarda chronologię wczesnych książąt Walano – lecz po dziś dzień nie pojawiło się na ten temat żadne lepsze opracowanie.

---

przyczyną wielu nieszczęść, atakowali bowiem bezbronne wioski i porywali ich pokojowo nastawionych mieszkańców w niewolę. Przez pewien czas książęta z wysp wspierali ten proceder, sprzedając handlarzom niewolników pojmanych wrogów oraz rywali.

Kroniki wyryte na Mówiących Drzewach informują, że te „lata wstydu" trwały blisko dwa stulecia, aż wreszcie księżniczka Doliny Słodkich Lotosów, wojowniczka zwana Xandą Qo (która sama była przez pewien czas niewolnicą), zjednoczyła pod swoją władzą wszystkich wyspiarzy i położyła kres owym praktykom.

łowcy niewolników. Można z nich było wystrzelić długie na jard drzewce z siłą tak wielką, że przebijało kolczugę, utwardzaną skórę, a nawet solidne stalowe płyty.

Pragnąc dać swym łucznikom porządne pomosty, z których mogliby strzelać, Xanda Qo kazała zbudować statki większe niż wszystkie widziane do tej pory na Morzu Letnim – wysokie, pełne wdzięku okręty zręcznie złożone w całość bez użycia choćby jednego gwoździa, o burtach wzmocnionych rzadkimi gatunkami wyspiarskiego drewna, które magia uczyniła jeszcze twardszymi, tak że tarany niewolniczych statków łamały się i rozszczepiały, uderzając

Żelazo było na wyspach rzadkie i drogie, a zbroje pozostawały w praktyce nieznane. Długie i krótkie włócznie – tradycyjne uzbrojenie Letniaków – nie zdawały się na wiele w starciu ze stalowymi mieczami i toporami łowców niewolników, Xanda Qo uzbroiła więc swych marynarzy w wysokie łuki z drewna złotego serca, drzewa rosnącego wyłącznie na Jhali i Omboru. Owe wielkie łuki znacznie przewyższały zasięgiem refleksyjne łuki z rogu i ścięgien, których używali

o nie. Jej szybkie i silne okręty często mogły się pochwalić wysokimi, łukowatymi dziobami wyrzeźbionymi na podobieństwo ptaków i zwierząt. Tym „łabędzim szyjom" zawdzięczały nazwę „łabędzich statków".

Choć trwało to blisko pokolenie, Letniacy pod dowództwem córki (a z czasem również następczyni) księżniczki Xandy, Chatany Qo zwanej Strzałą Jhaharu, odnieśli w końcu zwycięstwo w wojnach nazwanych potem niewol-

POWYŻEJ | *Łabędzi statek z Wysp Letnich*

niczymi. Mimo że jedność wysp nie przetrwała jej panowania (Strzała bowiem nierozsądnie wybrała męża i nie władała tak dobrze, jak walczyła), handlarze niewolników po dziś dzień uciekają na widok łabędziego statku, albowiem każda z tych dumnych jednostek ma własny kontyngent śmiertelnie groźnych łuczników, uzbrojonych w łuki z drewna złotego serca. Łuczników (i łuczniczki) z Wysp Letnich nadal uważa się za najlepszych na świecie. Ich łuki również przewyższają te, które produkuje się gdziekolwiek indziej, po wojnach niewolniczych książęta z wysp zakazali bowiem eksportu drewna złotego serca. Tylko łuki ze smoczej kości są lepsze, a te spotyka się bardzo rzadko.

Niektórzy Letniacy, pragnąc zwiedzić szeroki świat, wstępowali niekiedy na służbę do cudzoziemców jako łucznicy bądź morscy najemnicy. Inni przyłączali się do piratów z Wysp Bazyliszkowych i niekiedy okrywali się mroczną chwałą jako kapitanowie, o których czynach opowiada się z grozą w portach tak odległych, jak Qarth czy Stare Miasto. Letniacy często wyróżniali się w wolnych kompaniach na Spornych Ziemiach, jako strażnicy w świtach magnatów handlowych z Wolnych Miast bądź w walce na arenach miast niewolniczych – Astaporu, Yunkai i Meereen – choć jednak indywidualnie wykazują się odwagą i biegłością we władaniu bronią, nie są wojowniczym ludem.

Mieszkańcy Wysp Letnich nigdy nie najechali na żaden obcy kraj ani nie próbowali podbić cudzoziemskich ludów. Ich wielkie łabędzie statki są szybsze od jednostek pływających innych krajów i zapuszczają się dalej, aż po kres świata, ale wyspiarscy książęta nie budują okrętów wojennych jako takich, najwyraźniej woląc odkrycia i handel od podboju.

Przez całą swą długą historię Wyspy Letnie tylko kilkakrotnie zjednoczyły się pod rządami jednego władcy i nigdy nie trwało to zbyt długo. Obecnie każda z mniejszych wysp ma własnego przywódcę, zwanego we wspólnym języku księciem albo księżniczką; większe wyspy (Jhala, Omboru i Walano) często zaś mają po kilku konkurencyjnych książąt.

Mimo to wyspy są pokojową krainą. Jeśli zdarzają się wojny, mają one wysoce rytualny charakter, a bitwy przypominają raczej walki zbiorowe na turniejach – wojownicy spotykają się w z góry wybranych i poświęconych miejscach, często takich, które kapłani Letniaków uznali za przynoszące szczęście, i stają do walki wyposażeni we włócznie, proce oraz drewniane tarcze, jak ich przodkowie przed pięcioma tysiącami lat. Łuków z drewna złotego serca i długich na jard strzał, którymi ich wojownicy posługują się w walce z wrogami zza morza, nigdy nie używa się przeciwko rodakom. Zabraniają tego wyspiarscy bogowie.

Wojny na Wyspach Letnich rzadko trwają dłużej niż jeden dzień i nie wyrządzają szkody nikomu poza samymi wojownikami. Nie niszczy się zbiorów, nie podpala domów, nie łupi miast, nie krzywdzi dzieci ani nie gwałci kobiet (mimo że wojowniczki często walczą u boku swych mężczyzn). Nawet pokonanym książętom nie grozi śmierć ani okaleczenie. Muszą tylko opuścić swe domy oraz pałace i spędzić resztę życia na wygnaniu.

POZOSTAŁE WYSPY LETNIE

Choć Jhala, Walano i Omboru są najważniejszymi wyspami archipelagu, warto też wspomnieć o kilku mniejszych:

Śpiewające Kamienie, położone na zachód od głównych wysp, mogą się pochwalić wyszczerbionymi turniami, poprzeszywanymi tak licznymi dziurami i tunelami, że wiatr wzbudza w nich niezwykłą muzykę. Mieszkańcy Kamieni potrafią określić jego kierunek na podstawie brzmienia pieśni gór. Nikt nie wie, czy to ludzie, czy bogowie nauczyli kamienie śpiewać.

Kamienna Głowa, wysunięta najdalej na północ w archipelagu, z całą pewnością jest dziełem ludzi; północną powierzchnię owej otoczonej morzem skały wyrzeźbiono na kształt srogiego lica jakiegoś zapomnianego dziś boga, łypiącego złowieszczo ku morzu. Jego twarz jest ostatnim, co widzą Letniacy żeglujący na północ, do Westeros.

Koj, ongiś ojczyzna Malthara Rysownika Map, nadal posiada najlepsze stocznie w całym archipelagu. Trzy czwarte sławnych łabędzich statków buduje się na tej właśnie wyspie, a Perłowy Pałac, siedziba jej książąt, słynie ze swej kolekcji map.

Abulu, mała, jałowa wysepka położona na północny wschód od Walano, przez dwa lata była domem Nymerii i jej zwolenników. Książęta nie pozwolili im osiedlić się na którejś z większych wysp w obawie przed gniewem Valyrii. Ponieważ wśród ludzi Nymerii większość stanowiły kobiety, Abulu stała się znana jako Wyspa Kobiet i nosi tę nazwę do dziś. Choroby, głód i ataki łowców niewolników kosztowały mieszkających tam Rhoynarów coraz więcej ofiar, aż wreszcie Nymeria ponownie poprowadziła swe dziesięć tysięcy okrętów na morze, by poszukać nowego azylu. Kilka tysięcy jej ludzi postanowiło jednak tam pozostać i ich potomkowie nadal mieszkają na Wyspie Kobiet.

PO PRAWEJ | *Modły w letniackiej świątyni miłości*

Jhala jest największą z Wysp Letnich, Walano zaś najliczniej zamieszkaną. Tam właśnie można znaleźć Ostatni Lament z wielkim portem, senny Przylądek Lotosów oraz skąpane w pokrytym plamkami cienia blasku słońca Miasto Wysokich Drzew, gdzie kapłanki w szatach z piór wycinają pieśni i historie w pniach ogromnych drzew wieżowatych, w których cieniu wzniesiono miasto. Z tych Mówiących Drzew można wyczytać całą historię Wysp Letnich, a także przykazania ich licznych bogów oraz prawa kierujące życiem mieszkańców.

Choć na Wyspach Letnich czci się kilkadziesiąt bóstw, wielkich i małych, szczególną czcią otacza się boga i boginię miłości, piękna oraz płodności. Dla tej pary unia męskości z kobiecością jest święta: wyspiarze wierzą, że gdy mężczyzna i kobieta łączą się ze sobą w akcie miłosnym, oddają cześć tym, którzy ich stworzyli. Wszyscy Letniacy – bogaci i biedni, mężczyźni i kobiety, wysoko i nisko urodzeni – powinni spędzić pewien czas w jednej z licznych na wyspach świątyń miłości, dzieląc się swymi ciałami ze wszystkimi, którzy tego zapragną.

Większość wyspiarzy służy tym bogom najwyżej przez rok, ale ci, których uważa się za najpiękniejszych, najbardziej współczujących i najbieglejszych, zostają na stałe. Kobiety ze świątyń w Braavos zwano by kurtyzanami, w Królewskiej Przystani uchodziłyby zaś za zwykłe kurwy, ale na Jhali, Walano, Omboru i pozostałych wyspach kapłanki – a także kapłanów – darzy się wielkim szacunkiem. Sprawianie cielesnej przyjemności jest tam bowiem uważane za sztukę równie wartościową, jak muzyka, rzeźba czy taniec.

W dzisiejszych czasach Letniaków często widuje się w Starym Mieście i w stolicy Siedmiu Królestw, a łabędzie statki z podobnymi do chmur żaglami na masztach żeglują po wszystkich morzach świata. Ich dzielni kapitanowie nie trzymają się blisko brzegów, jak inni, lecz śmiało przecinają głębokie morza położone daleko od lądów. Krążą pogłoski, że podróżnicy z Koj zbadali zachodnie wybrzeża Sothoryos, docierając aż na sam spód świata, a także odkryli niezwykłe krainy i jeszcze bardziej niezwykłe ludy daleko na południu albo za bezkresnymi wodami morza zachodzącego słońca... ale tylko książęta z wysp oraz służący im kapitanowie wiedzą, ile w tych opowieściach prawdy.

NAATH

Na północny zachód od Sothoryos, na Morzu Letnim, leży tajemnicza wyspa Naath, znana starożytnym jako Wyspa Motyli. Jej mieszkańcy są pięknym i łagodnym ludem, mają okrągłe, płaskie twarze, smagłą cerę i wielkie bursztynowe oczy, często usiane złotymi plamkami. Żeglarze zwą Naathańczyków Ludźmi Pokoju, ponieważ tubylcy nigdy nie walczą, nawet w obronie siebie i własnych domów. Nie zabijają ludzi, ani nawet zwierząt, żywią się owocami, nie mięsem, i czynią muzykę, nie wojnę.

Bóg Naath zwie się Panem Harmonii i często przedstawia się go jako roześmianego olbrzyma, nagiego i brodatego. Zawsze towarzyszą mu roje smukłych dziewcząt z motylimi skrzydłami. Na wyspach można znaleźć setki rozmaitych odmian motyli i Naathańczycy oddają im cześć jako wysłannikom Pana, którym nakazał on bronić swego ludu. W tych legendach może się kryć ziarno prawdy, choć bowiem potulna natura tubylców wydaje się czynić z nich łatwe ofiary podboju, żaden cudzoziemiec zza morza nie przeżyje długo na Wyspie Motyli.

W czasach Starego Imperium Ghiscarczycy trzykrotnie podbijali wyspę; Valyrianie zbudowali tam fort o murach ze stopionego smoczego kamienia, który można zobaczyć do dziś; kompania volanteńskich poszukiwaczy przygód wzniosła tam kiedyś miasteczko handlowe, łącznie z obronnymi palisadami i zagrodami dla niewolników; korsarze z Wysp Bazyliszkowych lądowali na Naath tak wiele razy, że nie sposób tego zliczyć. Żaden z najeźdźców nie przetrwał tam jednak długo. Naathańczycy zapewniają, że wszyscy zmarli przed upływem roku, w powietrzu tej pięknej wyspy unoszą się bowiem jakieś złe miazmaty i ci, którzy spędzą na Naath zbyt wiele czasu, prędzej czy później ulegają ich wpływom. Pierwszym objawem owej zarazy jest gorączka, po której następują bolesne spazmy, jakby ofiara pogrążyła się w szalonym, niepowstrzymanym tańcu.

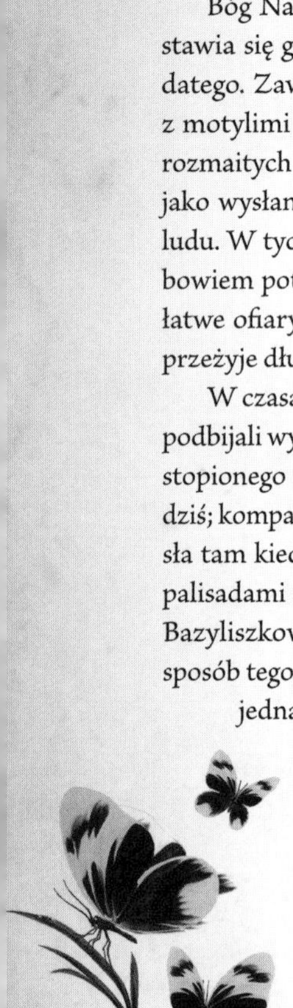

W ostatniej fazie nadchodzą krwawe poty i ciało chorych odpada od kości.

Samych Naathańczyków choroba najwyraźniej nie dotyka.

Arcymaester Ebrose, który przestudiował wszystkie znane opisy choroby, jest przekonany, że roznoszą ją motyle, którym Ludzie Pokoju oddają cześć. Z tego powodu często zwie się ją motylą gorączką. Niektórzy uważają, że powoduje ją tylko jeden rodzaj motyla (Ebrose przypuszczał, że może to być wielki, czarno-biały owad o skrzydłach rozmiarów dłoni mężczyzny), pozostaje to jednak w sferze domysłów.

Czy motyle z Naath naprawdę są służebnicami Pana Harmonii, czy też zwykłymi owadami, podobnie jak ich kuzyni z Siedmiu Królestw, niewykluczone, że Naathańczycy nie mylą się, uważając je za swych obrońców.

Trzeba ze smutkiem dodać, że korsarze grasujący po morzach wokół Naath szybko się zorientowali, że ryzyko śmierci na motylą gorączkę jest niewielkie, jeśli spędzą na wyspie zaledwie kilka godzin, a jeszcze mniejsze, jeśli będą wychodzili na brzeg tylko nocą, jako że motyle to stworzenia dzienne, kochające poranną rosę oraz blask popołudniowego słońca. Dlatego łowcy niewolników z Wysp Bazyliszkowych często atakują Naath pod osłoną nocy, porywając w niewolę całe wioski. Za Ludzi Pokoju zawsze można dostać dobrą cenę, są bowiem nie tylko łagodni, lecz również inteligentni i mili dla oka, a do tego szybko uczą się posłuszeństwa. Jeden z domów rozkoszy w Lys słynie ponoć z naathańskich dziewcząt odzianych w przejrzyste jedwabne szaty i ozdobionych motylimi skrzydłami, pomalowanymi w jaskrawe barwy.

Po okresie Stulecia Krwi podobne napady stały się tak częste, że Ludzie Pokoju niemal całkowicie opuścili wybrzeża swej wyspy, wycofując się między lesiste wzgórza, gdzie łowcom niewolników trudniej jest ich znaleźć. Dlatego na targowiskach Siedmiu Królestw i dziewięciu Wolnych Miast coraz rzadziej widuje się pochodzące z Wyspy Motyli piękne wyroby, lśniące jedwabie i korzenne wina o delikatnym smaku.

WYSPY BAZYLISZKOWE

Na wschód od Naath leży długi łańcuch Wysp Bazyliszkowych. Nie mogłyby one różnić się od niego bardziej. Ich nazwa pochodzi od groźnych zwierząt, które ongiś licznie tam występowały. Wyspy Bazyliszkowe od wielu stuleci są ropiejącym wrzodem na Morzu Letnim. Mieszkają tam tylko korsarze, piraci, łowcy niewolników, najemnicy, mordercy oraz potwory – najgorsze wyrzutki ludzkości. Ponoć przybywają na wyspy ze wszystkich krain pod słońcem, albowiem tylko tam mogą znaleźć podobnych sobie.

Życie na wyspach jest twarde, brutalne i często krótkie. Panuje na nich gorący, wilgotny klimat i wszędzie roi się od kąśliwych much, pcheł piaskowych oraz pijących krew robaków. Czyni to owo miejsce wyjątkowo niezdrowym zarówno dla ludzi, jak i dla zwierząt. Ruiny znalezione na Wyspie Łez, Wyspie Ropuch oraz Wyspie Toporowej sugerują istnienie tam dawniej jakiejś starożytnej cywilizacji, o owych zaginionych ludziach z Ery Świtu wiemy jednak bardzo niewiele. Jeśli jacyś jeszcze żyli, gdy przybyli tam pierwsi

POWYŻEJ | *Motyle z Naath*

korsarze, szybko ich wyrżnięto, nie pozostał więc po nich żaden ślad… pomijając być może Wyspę Ropuch, o czym wkrótce napiszemy.

Największą z Wysp Bazyliszkowych jest Wyspa Łez, na której doliny o stromych stokach i czarne moczary ukrywają się pośród krzemiennych wzgórz i powyginanych, zwietrzałych skał. Na południowym brzegu wyspy znajdują się ruiny miasta zbudowanego przez Stare Imperium Ghis. Przez blisko dwa stulecia (a może cztery, to sporna kwestia) było ono znane jako Gorgai, nim smoczy lordowie z Valyrii zdobyli je w trzeciej wojnie ghiscarskiej i zmienili jego nazwę na Gogossos.

Bez względu na nazwę, było to złe miejsce. Smoczy lordowie wysyłali na Wyspę Łez najgorszych przestępców, by spędzili tam resztę życia na ciężkich robotach. W lochach Gogossos oprawcy wynajdowali wciąż nowe tortury. W krwawych komorach praktykowano czary krwi najmroczniejszego rodzaju. Zwierzęta parzono tam z niewolnymi kobietami, by stworzyć wypaczone, półludzkie dzieci.

Niesława otaczająca Gogossos przetrwała nawet Zagładę. Podczas Stulecia Krwi owo złowrogie miasto stało się bogate i potężne. Niektórzy zwali je Dziesiątym Wolnym Miastem, ale jego bogactwo opierało się na niewolnictwie i czarach. Jedynie stare ghiscarskie miasta z Zatoki Niewolniczej dorównywały złą sławą tamtejszym targom niewolników. Powiadają jednak, że siedemdziesiąt siedem lat po Zagładzie Valyrii ich smród stał się tak wielki, że dotarł do nozdrzy samych bogów i w zagrodach dla niewolników w Gogossos zrodziła się straszliwa zaraza. Czerwona śmierć ogarnęła całą Wyspę Łez, a po niej pozostałe Wyspy Bazyliszkowe. Dziewięciu na dziesięciu mieszkańców umarło, krzycząc z bólu i krwawiąc obficie ze wszystkich naturalnych otworów. Skóra schodziła z nich niczym wilgotny papier.

Potem Wysp Bazyliszkowych unikano przez całe stulecie. Dopiero z nadejściem korsarzy pojawili się tam nowi mieszkańcy. Pierwszy swoją chorągiew podniósł tam qartheński pirat Xandarro Xhore. Wykorzystując kamienie, które znalazł na Wyspie Toporowej, wzniósł nad wybraną przez siebie przystanią złowrogi, czarny fort. Wkrótce za jego przykładem podążyli ludzie z Bractwa Kości, którzy osiedlili się na Wyspie Much, położonej na zachodnim końcu archipelagu. W ten sposób Xandarro i Bractwo zyskali znakomicie ulokowane bazy, pozwalające im atakować statki kupieckie omijające dymiące pustkowie, w które przerodził się valyriański półwysep. Przed upływem połowy stulecia niemal każda z Wysp Bazyliszkowych miała swoje własne gniazdo korsarzy.

W obecnych czasach o Bractwie Kości dawno już zapomniano, a Xandarro Xhore pozostawił po sobie jedynie fort na Wyspie Toporowej, lecz na Wyspach Bazyliszkowych nadal gnieżdżą się korsarze. Mniej więcej raz na pokolenie na wyspy wysyła się floty mające oczyścić morza z owego robactwa. Szczególną wytrwałością wykazują się w tym zadaniu Volanteńczycy, często sprzymierzeni z jednym lub kilkoma z pozostałych Wolnych Miast. Niektóre z tych ataków kończyły się niepowodzeniem, ponieważ ostrzeżeni przed nimi korsarze uciekali. Po innych, lepiej dowodzonych, wieszano setki złoczyńców, a dziesiątki statków konfiskowano, zatapiano albo palono. Jedna wyprawa zakończyła się haniebnie – lyseński kapitan Saathos Saan, dowodzący flotą mającą zniszczyć twierdze korsarzy, sam został piratem i przez trzydzieści lat władał Wyspami Bazyliszkowymi jako król.

Niektóre z Wysp Bazyliszkowych mają szczególne właściwości lub cechy zasługujące na wzmiankę:

Wielka wyspa w kształcie szponu, położona na północ od Wyspy Łez, jest poprzeszywana głębokimi jaskiniami, w większości zamieszkanymi i ufortyfikowanymi. Służy ona korsarzom jako targ niewolników. W jaskiniach przetrzymuje się jeńców, nim można ich będzie sprzedać albo (rzadziej) uwolnić za okupem. Znajduje się tam też Plaża Wymiany, na której piraci handlują między sobą.

Na Wyspie Ropuch można znaleźć starożytnego bożka, posąg z czarnego kamienia o oleistej powierzchni, prymitywnie wyrzeźbiony na podobieństwo gigantycznej ropuchy o złowrogim wyglądzie. Ma on około czterdziestu stóp wysokości. Niektórzy uważają, że współcześni mieszkańcy Wyspy Ropuch pochodzą od tych, którzy wyrzeźbili Ropuszy Kamień, ich twarze cechują się bowiem nieprzyjemnie rybim wyglądem, wielu ma też błony między palcami rąk i nóg. Jeśli to prawda, są jedynymi żyjącymi potomkami zaginionej rasy.

Wielu korsarzy nadal trzyma się makabrycznego zwyczaju ozdabiania kadłubów i masztów obciętymi głowami, by wzbudzić strach we wrogach. Głowy dyndają na konopnych sznurach, aż ciało zgnije i odpadnie, po czym zastępuje się je nowymi. Zamiast wyrzucać czaszki do morza, korsarze odwożą je jednak na Wyspę Czaszek jako ofiarę dla jakiegoś mrocznego boga. Dlatego na brzegach tej małej, wietrznej, niezamieszkanej skały można znaleźć całe stosy pożółkłych czaszek.

Bez względu na rezultaty tych wypraw, korsarze zawsze z czasem wracają. Ich miasteczka wyrastają jak grzyby, po to tylko, by po roku czy dwóch porzucono je na pastwę zgnilizny, pozwalając, by zapadły się z powrotem w błoto i muł, z którego wyrosły. Najsławniejsze z nich, Port Łupów, opiewa się w wielu opowieściach i balladach… ale nie można go znaleźć na żadnej mapie z jednego prostego powodu: istniało kilkanaście Portów Łupów, a każdy z nich na innej wyspie. Gdy tylko jeden ulega zniszczeniu, natychmiast zakłada się nowy, by jego również z czasem porzucić. To samo dotyczy Chlewa, Kurwiej Szpary, Czarnego Puddingu i innych pirackich nor, z których każda jest bardziej plugawa i niesławna od poprzedniej.

Mówiąc krótko, Wysp Bazyliszkowych lepiej unikać, tych bowiem, którzy na nie trafiają, nigdy nie spotyka nic dobrego.

SOTHORYOS

Ludzie wiedzieli o ogromnym, dzikim kontynencie leżącym na południu, odkąd zaczęli pływać po morzu statkami, albowiem jedynie szerokość Morza Letniego dzieli Sothoryos od starożytnych cywilizacji i wielkich miast Essos oraz Westeros. W czasach Starego Imperium Ghiscarczycy budowali placówki na jego północnych brzegach. Wznieśli otoczone murami miasto Zamettar u ujścia rzeki Zamoyos oraz straszliwą kolonię karną Gorosh na Przylądku Wiwerny. Żądni zysku qartheńscy poszukiwacze przygód wyprawiali się na wschodnie brzegi Sothoryos po złoto, klejnoty i kość słoniową. Na zachodzie to samo robili Letniacy. Włości Valyriańskie trzykrotnie zakładały kolonię na Przylądku Bazyliszkowym: pierwszą zniszczyli cętkowani ludzie, drugą zaraza, trzecią zaś opuszczono, kiedy smoczy lordowie zdobyli Zamettar w czwartej wojnie ghiscarskiej.

Nie możemy jednak twierdzić, że dobrze znamy Sothoryos. Jego interior pozostaje dla nas tajemnicą. Porasta go nieprzebyta dżungla, kryjąca pełne duchów ruiny starożytnych miast, położone nad potężnymi, ospale toczącymi swe wody rzekami. Zaledwie kilka dni żeglugi na południe od Przylądka Bazyliszkowego nawet sam zarys linii brzegowej przestaje być nam znany. (Niewykluczone, że Letniacy zbadali owe brzegi, ale oni zazdrośnie strzegą swych map i nie dzielą się z innymi podobną wiedzą).

POWYŻEJ | *Korsarze: plaga Wysp Bazyliszkowych*

Kolonie założone na Sothoryos więdną i umierają; tylko Zamettar przetrwało dłużej niż jedno pokolenie, a dzisiaj i po owym wielkim ongiś mieście pozostały jedynie nawiedzane przez duchy ruiny, pochłaniane stopniowo przez dżunglę. Łowcy niewolników, kupcy i poszukiwacze skarbów nieraz odwiedzali Sothoryos w ciągu minionych stuleci, ale tylko najśmielsi z nich oddalają się od nadbrzeżnych garnizonów i enklaw, by zbadać tajemnice wnętrza ogromnego kontynentu. A ci, którzy odważają się wyruszyć w jego zielone dżungle, często nie wracają.

Nie znamy nawet prawdziwych rozmiarów Sothoryos. Na qartheńskich mapach przedstawiano je niegdyś jako wyspę dwukrotnie większą od Wielkiej Moraq, ale potem statki Qartheńczyków zapuszczały się coraz dalej wzdłuż wschodniego wybrzeża i nigdy nie zdołały dopłynąć do jego końca. Ghiscarczycy z Zamettar i Gorosh wierzyli, że Sothoryos dorównuje rozmiarami Westeros. Jaleara Belaerys dotarła na swym smoku imieniem Terrax dalej na południe niż ktokolwiek przed nią, szukając legendarnych wrzących mórz i parujących rzek, ale znalazła tylko bezkresne dżungle, góry i pustynie. Po trzech latach wróciła do Włości i oznajmiła, że Sothoryos to „ląd bez końca", równie wielki jak Essos.

Jakiekolwiek mogą być jego rozmiary, południowy kontynent jest niezdrowym miejscem. W powietrzu unoszą się tam trujące humory i miazmaty. Opowiadaliśmy już o niepowodzeniach, jakie spotkały Nymerię, kiedy próbowała osiedlić się ze swymi ludźmi na jego brzegach. Krwawe czyraki, zielona gorączka, słodka zgnilizna, spiżowy czerep, czerwona śmierć, szara łuszczyca, brązowa noga, robacza kość, zguba marynarza, ropoocze i żółknienie dziąseł to tylko niektóre ze spotykanych tam chorób. Wiele z nich jest tak zjadliwych, że pochłaniały całe populacje. Arcymaester Ebrose przestudiował nagromadzone w przeciągu stuleci relacje podróżników i doszedł do wniosku, że dziewięciu na dziesięciu ludzi z Siedmiu Królestw, którzy odwiedzają Sothoryos, zapadnie na co najmniej jedną z tych chorób, i prawie połowa z nich umrze.

Choroby nie są przy tym jedynym niebezpieczeństwem zagrażającym tym, którzy odwiedzają ten wilgotny, zielony ląd. Pod powierzchnią Zamoyos czają się ogromne krokodyle, które niekiedy przewracają łodzie, atakując je od spodu, by pożreć miotających się w wodzie podróżników. W innych rzekach roi się od drapieżnych ryb, zdolnych w kilka minut ogryźć człowieka do kości. Są tam kąśliwe muchy, jadowite węże, osy oraz robaki składające jaja pod skórą koni, świń i ludzi. Na Przylądku Bazyliszkowym można znaleźć stworzenia, którym zawdzięcza on swą nazwę, zarówno małe, jak i wielkie, niekiedy dwukrotnie większe od lwów. W lasach na południe od Yeen żyją ponoć małpy większe od najwyższych olbrzymów, tak silne, że jednym ciosem zabijają słonia.

Dalej na południe ciągną się ziemie znane jako Zielone Piekło, gdzie można ponoć spotkać jeszcze straszliwsze bestie. Jeśli wierzyć opowieściom, są tam jaskinie pełne białych nietoperzy wampirów, zdolnych w kilka minut wyssać z człowieka całą krew. W dżunglach grasują tatuowane jaszczury, ścigające zdobycz na potężnych tylnych kończynach i rozszarpujące ją długimi, zakrzywionymi pazurami. W podszyciu pełzają węże długie na pięćdziesiąt stóp, a między drzewami przędą swe sieci nakrapiane pająki.

Najstraszliwsze są jednak wiwerny, ci tyrani południowego nieba, z wielkimi błoniastymi skrzydłami, okrutnymi dziobami i nienasyconym głodem. Wiwerny są bliskimi kuzynkami smoków i choć nie zieją ogniem, przerastają swych krewniaków gwałtownością i mogą się z nimi mierzyć pod każdym innym względem poza rozmiarami.

Wiwerny łaciate, naznaczone charakterystycznymi nefrytowymi plamami na białym ciele, osiągają długość do trzydziestu stóp. Wiwerny bagienne wyrastają niekiedy do jeszcze większych rozmiarów, są jednak leniwe i rzadko odlatują daleko od swych legowisk. Wiwerny brązowobrzuche, nie większe od małp, są jeszcze niebezpieczniejsze od przerastających je rozmiarami krewniaczek, polują bowiem w stadach, mogących liczyć do stu sztuk. Najstraszliwsze są jednak wiwerny cienioskrzydłe. Owe potwory wylatują nocą, a czarne łuski i skrzydła czynią je niemal niewidzialnymi... dopóki nie opadną z nieba, by rozerwać ofiarę na strzępy.

Trudno się dziwić, że Sothoryos nie jest gęsto zaludnione w porównaniu z Westeros czy Essos. Na jego północnych wybrzeżach można znaleźć kilkadziesiąt handlowych osad, zwanych przez niektórych miasteczkami z błota i krwi, gorących, wilgotnych i pełnych cierpienia. Poszukiwacze

---

W swym dziele *Smoki, żmije i wiwerny* septon Barth spekuluje, że magowie krwi z Valyrii wyhodowali smoki właśnie z wiwern. Choć jednak rzeczywiście posuwali się oni do najstraszliwszych eksperymentów, by udoskonalić swą nienaturalną sztukę, większość maesterów uważa tę hipotezę za zbyt daleko posuniętą. W księdze *Przeciw nienaturalności* autorstwa maestera Vanyona można znaleźć pewne dowody na to, że smoki żyły w Westeros w najdawniejszych czasach, na długo przed narodzinami potęgi Valyrii.

---

przygód, łotrzyki, wygnańcy i kurwy z Wolnych Miast oraz Siedmiu Królestw przybywają tam, by zdobyć majątek.

Pośród dżungli, bagien i posępnych, gorących rzek południa z pewnością kryją się bogactwa, ale na każdego szczęściarza, który trafi na złoto, perły albo cenne przyprawy, przypada setka śmiałków, którzy znajdują tam tylko śmierć. Korsarze z Wysp Bazyliszkowych napadają na te osady i wywożą jeńców do zagród na Szponie i Wyspie Łez, by potem sprzedać ich handlarzom z Zatoki Niewolniczej albo domom rozkoszy z Lys. Jeśli zaś chodzi o tubylców, im dalej od brzegów, tym dziksi i bardziej prymitywni się stają.

Sothoryjczycy są stworzeniami o grubych kościach i potężnych mięśniach. Mają długie ręce, pochyłe czoła, wielkie, kwadratowe zęby, masywne szczęki i szorstkie czarne włosy. Ich szerokie, płaskie nosy przypominają świńskie ryje, a skórę pokrywają im brązowo-białe łaty, również kojarzące się raczej ze świniami niż z ludźmi. Sothoryjskie kobiety wydają na świat potomstwo wyłącznie z własnymi mężczyznami; kiedy krzyżują się z ludźmi z Westeros albo Essos, rodzą martwe dzieci, często straszliwie zniekształcone.

Sothoryjczycy mieszkający blisko morza nauczyli się języka handlowego. Ghiscarczycy uważają ich za zbyt głupich, by mogli być dobrymi niewolnikami, są jednak groźni w walce. Dalej na południe wszelkie ślady cywilizacji znikają i cętkowani ludzie stają się jeszcze bardziej dzicy i barbarzyńscy. Oddają cześć mrocznym bogom, odprawiając obmierzłe rytuały. Wielu z nich to kanibale, jeszcze częściej są zaś trupojadami; kiedy nie mogą się posilać mięsem wrogów albo obcych, żywią się własnymi umarłymi.

Niektórzy twierdzą, że istniały tam ongiś inne rasy, zapomniane plemiona zniszczone, pożarte lub wypędzone przez cętkowanych Sothoryjczyków. Krążą liczne opowieści o jaszczuroludziach, zaginionych miastach i bezokich jaskiniowcach, nie ma jednak żadnych dowodów na ich istnienie.

Maesterzy i inni uczeni od dawna głowią się nad największą z zagadek Sothoryos, starożytnym miastem Yeen. Zbudowano je z czarnych kamiennych bloków o oleistej powierzchni, tak wielkich, że potrzeba by tuzina słoni, by ruszyć je z miejsca. Starsze niż czas ruiny miasta stoją tam od niezliczonych tysiącleci, ale otaczająca je ze wszystkich stron dżungla niemalże ich nie dotknęła. (Jeśli wierzyć opowieściom, Nymeria rzekła na jego widok: „To miasto jest tak złe, że nawet dżungla do niego nie wchodzi".) Wszystkie próby odbudowy lub ponownego zasiedlenia Yeen kończyły się tragediami.

STEPY

Na wschód od Puszczy Qohorickiej zaczyna się ogromny obszar pełen wietrznych równin, łagodnych wzgórz, żyznych rzecznych dolin, wielkich błękitnych jezior oraz bezkresnych stepów, na których trawa wyrasta tak wysoko, że sięga czubka końskiej głowy. Ciągnie się on przez ponad dwa tysiące mil od Puszczy Qohorickiej na zachodzie aż po wyniosłe góry zwane Kośćmi.

Właśnie pośród tych traw w Erze Świtu zrodziła się cywilizacja. Dziesięć tysięcy lat temu – albo nawet więcej – gdy Westeros było jeszcze dzikim pustkowiem, zamieszkanym tylko przez olbrzymy i dzieci lasu, na brzegach rzeki Sarne i niezliczonych dopływów wpadających do niej po krętej drodze ku Morzu Dreszczy, pojawiły się pierwsze prawdziwe miasteczka.

Niestety, z owych dni nie zachowały się żadne przekazy, albowiem królestwa stepu pojawiły się i zniknęły na długo przed opanowaniem przez człowieka sztuki pisania. Przetrwały jedynie legendy. Opowiadają nam one o królowych rybaczkach, które władały krainami na brzegach Morza Srebrnego – wielkiego śródlądowego morza położonego w samym sercu stepów – i mieszkały w pływającym pałacu, przemieszczającym się nieustannie wzdłuż jego brzegów. Opowiada się też o Kudłatych Ludziach, rasie gwałtownych, włochatych wojowników, jeżdżących na wojnę na jednorożcach. Choć przerastali wzrostem współczesnych Ibbeńczyków, mogli być ich przodkami. Słyszy się też o zaginionym mieście Lyber, w którym akolici pajęczej bogini i wężowego boga toczyli ze sobą krwawą, trwającą bez końca wojnę. Dalej na wschodzie leżały królestwa centaurów – pół ludzi, pół koni.

Z czasem na południowym wschodzie powstały dumne qaathijskie państwa-miasta; północne puszcze nad brzegami Morza Dreszczy były zaś domeną leśnych wędrowców – małego ludu, według wielu maesterów spokrewnionego z dziećmi lasu. Między ich ziemiami można było znaleźć pagórkowate królestwa Cymmaryjczyków, długonogich Gippów słynących z wiklinowych tarcz oraz usztywnianych wapnem włosów, a także smagłych, jasnowłosych Zoqora, którzy ruszali do boju na rydwanach.

Większość tych ludów dawno już zniknęła, ich miasta spłonęły i pokryła je ziemia, a ich bogowie oraz bohaterowie popadli w niemal zupełną niepamięć. Z qaathijskich miast ostał się jedynie Qarth, marzący o minionej chwale obok zazdrośnie strzeżonych Nefrytowych Bram, łączących Morze Letnie z Nefrytowym. Inne ludy zniszczono, wygnano, bądź też podbili je i zasymilowali ci, którzy przyszli później.

Przetrwało wystarczająco wiele opowieści o Morzu Srebrnym, by przekonać maesterów, że istniało ono naprawdę, choć z upływem stuleci deszcze padały coraz rzadziej i morze skurczyło się tak bardzo, iż obecnie tam, gdzie ongiś jego wody lśniły w blasku słońca, pozostały tylko trzy wielkie jeziora.

Królowe rybaczki były ponoć mądre i dobre, a bogowie im sprzyjali. Królowie, lordowie i mędrcy przybywali do pływającego pałacu, by wysłuchać ich rad. Poza ich domeną inne ludy wznosiły się i upadały, walcząc o miejsce pod słońcem. Niektórzy maesterzy wierzą, że tam właśnie zrodzili się Pierwsi Ludzie, by potem wyruszyć w długą wędrówkę na zachód, która zaprowadziła ich przez Ramię Dorne do Westeros. Andalowie również mogli mieć swój początek na żyznych obszarach na południe od Morza Srebrnego.

W Westeros owych zdobywców pamięta się jako Sarnorczyków, ponieważ u szczytu swej potęgi ich królestwo panowało nad całym dorzeczem Sarne i jej dopływów, a także nad trzema wielkimi jeziorami będącymi pozostałościami Morza Srebrnego. Sami jednak nadali sobie nazwę Wysokich Ludzi (w ich języku *Tagaez Fen*). Mieli długie

Arcymaester Hagedorn wysunął teorię, że „centaury" były po prostu konnymi wojownikami, widzianymi oczami sąsiednich plemion, które nie oswoiły jeszcze koni i nie opanowały sztuki jazdy wierzchem. Jego poglądy zyskały powszechną akceptację w Cytadeli, pomimo rzekomych „szkieletów centaurów", które widuje się od czasu do czasu na pokazach dziwolągów.

PO LEWEJ | *Ruiny na Sothoryos*

kończyny i smagłą cerę, jak Zoqora, lecz włosy i oczy czarne niczym noc. Byli wojownikami, czarnoksiężnikami i uczonymi. Chełpili się pochodzeniem od bohaterskiego króla zwanego Huzhorem Amai (Zdumiewającym), zrodzonego z ostatniej z królowych rybaczek, który wziął sobie za żony córki największych lordów bądź królów Gippów, Cymmerian oraz Zoqora, dzięki czemu zjednoczył wszystkie trzy ludy pod swoją władzą. Zoqorańska żona kierowała ponoć jego rydwanem, cymmeriańska wykonała jego zbroję (jej lud bowiem pierwszy poznał sztukę obróbki żelaza), na plecach nosił zaś futro uszyte ze skóry króla Kudłatych Ludzi.

Taki człowiek mógł istnieć bądź nie, nikt jednak nie wątpi w chwałę Wysokich Ludzi u szczytu ich potęgi. Byli dumnym i swarliwym plemieniem, a choć rzadko jednoczyli się pod panowaniem jednego władcy, królestwa Sarnorczyków dominowały nad zachodnią częścią stepów od Puszczy Qohorickiej aż po wschodnie brzegi wyschniętego Morza Srebrnego, a nawet sto pięćdziesiąt mil dalej. Ich piękne miasta były rozrzucone po stepach niczym klejnoty na płaszczu z zielonego aksamitu, lśniące w blasku słońca i gwiazd.

Największym z tych miast było Sarnath od Wysokich Wież, gdzie najwyższy król mieszkał w Pałacu Tysiąca Pokojów.

docierali do Valyrii oraz Yi Ti, do Leng i Asshai. Sarnorskie statki żeglowały po Morzu Dreszczy, dopływając do Ib, Tysiąca Wysp i Dalekiej Mossovy. Królowie Wysokich Ludzi wojowali z Qaathijczykami i Starym Imperium Ghis, przeprowadzali także wiele ataków na bandy konnych koczowników, krążących po stepach za ich wschodnimi granicami.

Sarnorscy jeźdźcy odziewali się w stal oraz pajęczy jedwab i dosiadali czarnych jak węgiel klaczy, najwięksi z wojowników ruszali zaś do boju na wyposażonych w kosy rydwanach, zaprzężonych w krwawoczerwone konie (często powoziły nimi ich żony albo córki, jako że zgodnie z sarnorskim zwyczajem mężczyźni i kobiety razem brali udział w wojnach).

Nawet w Siedmiu Królestwach wysławiano Sarnath od Wysokich Wież, a Lomas Obieżyświat zaliczył Pałac Tysiąca Pokojów do dziewięciu cudów stworzonych przez człowieka.

Dzisiaj jednak o Królestwie Sarnoru zapomniano niemal całkowicie, a w Westeros nawet wśród tych, którzy pobierają nauki w Cytadeli, można znaleźć bardzo wielu takich, którzy nie mają pojęcia o jego długiej, dumnej historii. Wszystkie jego wieże runęły, porzucone miasta obróciły się w ruinę, a tam, gdzie kiedyś były gospodarstwa rolne, pola oraz miasteczka, rosną szkodliwe chwasty i wysoka trawa.

Zgodnie z prawami i zwyczajami wszyscy pomniejsi sarnorscy królowie podlegali najwyższemu królowi, w praktyce jednak najwyżsi królowie rzadko mieli realną władzę.

Dalej na wschód znajdowały się Kasath, Miasto Karawan; Sathar, Miasto Wodospadu, położone w miejscu połączenia dwóch odnóg Sarne; Gornath nad Jeziorem, ze swymi kanałami; oraz Sallosh nad Srebrnym Brzegiem, Miasto Uczonych, z wielką biblioteką i Malowanymi Murami. W dole biegu Sarne, gdzie rzeka skręcała na północ, powstały bogate rzeczne miasta – Rathylar, Hornoth i Kyth – żyjące ze statków pływających po jej głębokich, błękitnych wodach. Tam też wznosiło się Mardosh, Miasto Żołnierzy, które zasłynęło jako Mardosh Niezdobyte. Na obszarze delty, w miejscu gdzie Sarne dzieli się na odnogi i wpada do Morza Dreszczy, można było znaleźć portowe miasta Saath (na zachodzie) i Sarys (na wschodzie).

Królestwo Sarnoru (tak je zwano, mimo że miało kilkudziesięciu rywalizujących ze sobą królów) przez z górą dwa tysiąclecia zaliczało się do wielkich cywilizacji znanego świata. Mimo to wiele z tego, co o nim wiemy, pochodzi jedynie z urywków jego w większej części zaginionych kronik, zwłaszcza *Annałów lat i zim*, a także zapisków z Qarthu, Zatoki Niewolniczej oraz Wolnych Miast. Sarnorscy kupcy

Ziemie, którymi ongiś władało, są teraz niemal wyludnione; wędrują przez nie tylko *khalasary* dothrackich władców koni oraz karawany, którym *khale* pozwolili wyruszyć w długą, żmudną drogę z Wolnych Miast do Vaes Dothrak i Matki Gór.

Wędrowcy zwą tę krainę Nawiedzanymi Ziemiami, z uwagi na liczne ruiny miast, albo Wielkim Pustkowiem, w dzisiejszych czasach jest jednak bardziej znana jako Morze Dothraków. To stosunkowo nowe określenie, Dothrakowie są bowiem młodą rasą i dopiero po Zagładzie Valyrii ich *khalasary* zdominowały owe ziemie, kiedy przybyły ze wschodu z ogniem i stalą, by zniszczyć starożytne miasta, które ongiś tam kwitły, i porywać ich mieszkańców w niewolę.

Upadek wielkich królestw Sarnoru trwał niespełna sto lat. Gdy Wolne Miasta na wschodzie zaangażowały się w zawziętą walkę o dominację w okresie nazwanym później Stuleciem Krwi, na stepach również eksplodowała wojna. W latach, które nastały po Zagładzie, jeźdźcy ze wschodu, do tej pory podzieleni na z górą pięćdziesiąt swarliwych, wiecznie ze sobą wojujących plemion, zjednoczyli się wreszcie pod

Historia mówi nam, że Stare Imperium Ghis stoczyło pięć wojen z rosnącą potęgą Włości Valyriańskich. Podczas drugiej i trzeciej wojny ghiscarskiej Wysocy Ludzie chwycili za miecze jako sojusznicy Valyrii. W czwartej wojnie konkurencyjni królowie opowiadali się po obu stronach, niektórzy przyłączyli się do Ghiscarczyków, inni zaś wybrali Valyrian. Lomas Obieżyświat pisze o zwalonym obelisku pokrytym podobiznami sojuszników Ghis w owej wojnie, zauważając, że najwyżsi wyobrażeni tam wojownicy (wysokie hełmy dodawały im jeszcze wzrostu) byli Sarnorczykami. Obelisk zbudowało Ghis, ale płaskorzeźby były valyriańskie, przedstawiały bowiem pojmanych wrogów, z których uczyniono niewolników.

władzą dothrackiego *khala* imieniem Mengo. Pod wpływem rad matki, Doshi, która ponoć była królową czarownic, khal Mengo zmusił pozostałych nomadów do zaakceptowania jego władzy, zabijając bądź biorąc do niewoli tych, którzy odmówili.

Potem, na stare lata, skierował spojrzenie na zachód. Wysocy Ludzie gardzili władcami koni, którzy od stuleci byli dla nich co najwyżej utrapieniem, i w związku z tym stanowczo zbyt długo ignorowali rosnące na wschodzie niebezpieczeństwo; nie reagowali nawet, gdy pierwsze *khalasary* zaczęły atakować ich pogranicze. Niektórzy królowie próbowali nawet wykorzystać Dothraków w swych wewnętrznych wojnach, oferując im złoto, niewolników oraz inne dary, by zgodzili się walczyć przeciwko ich rywalom. Khal Mengo z chęcią przyjmował te podarunki… a potem zabierał sobie również podbite ziemie, po czym palił pola, gospodarstwa rolne i miasteczka, by przywrócić step do pierwotnego stanu – Dothrakowie zwą bowiem ziemię swą matką i uważają za grzech kaleczenie jej ciała za pomocą pługów, łopat oraz toporów.

Dopiero gdy syn Menga, khal Moro, zaprowadził swój *khalasar* pod same bramy Satharu, sławnego Miasta Wodospadu, Wysocy Ludzie uświadomili sobie groźbę, która nad nimi zawisła. Pokonanych w bitwie mężczyzn z Satharu wycięto w pień, a ich kobiety i dzieci porwano w niewolę. Trzy czwarte umarło potem podczas straszliwej wędrówki na targi niewolników w położonym na wzgórzach ghiscarskim mieście Hazdahn Mo. Sathar, najpiękniejsze ze stepowych miast, puszczono z dymem, pozostawiając tylko popiół i gruzy. Kronikarze piszą, że sam khal Moro nadał ruinom nową nazwę: Yalli Qamayi, Miejsce Rozpaczających Dzieci.

Mimo to królowie Sarnoru nadal nie potrafili się zjednoczyć. Kiedy Sarnor płonął, królowie położonego na zachodzie Kasath oraz północnego Gornath wysłali swe armie nie z pomocą sąsiadom, lecz po to, by zagarnąć część łupów dla siebie. Kasath i Gornath tak chciwie pożądały nowych ziem, że stoczyły ze sobą walną bitwę w odległości trzech dni jazdy na zachód od Satharu, nie zważając na słupy czarnego dymu, bijące w niebo na wschodzie.

Nie mamy tu miejsca na wyliczanie wszystkich wojen, które nastąpiły w późniejszych latach. Wielkie miasta królestwa jedno po drugim wpadały w ręce Dothraków. Tych, którzy chcieliby się zapoznać z bardziej szczegółową relacją, mogę odesłać do *Upadku Wysokich Ludzi* autorstwa Bella, dzieła maestera Illistera *Plemiona jeźdźców, studium nomadów ze wschodnich równin Essos*, dotyczących wschodu rozdziałów i aneksów *Bitew i oblężeń podczas Stulecia Krwi* maestera Josetha oraz wyczerpującego dzieła Vaggora *Zburzone miasta, ukradzeni bogowie.*

Wystarczy, że napiszemy, iż ze wszystkich dumnych sarnorskich miast tylko Saath uniknęło zburzenia, a i to portowe miasto jest ledwie smętną pozostałością tego, czym było ongiś, i trwa głównie dzięki wsparciu Ib i Lorath (którego kolonia, Morosh, leży nieopodal). Jedynie w Saath ludzie nadal mówią o sobie *Tagaez Fen*. Pozostało ich niespełna dwadzieścia tysięcy, choć dawniej były ich miliony. Wyłącznie tam czci się jeszcze stu bogów Królestwa Sarnoru. Posągi z brązu i marmuru, zdobiące niegdyś ulice i świątynie Wysokich Ludzi, pochylają się dziś, porośnięte zielskiem, nad trawiastymi ścieżkami Vaes Dothrak, świętego miasta władców koni.

Sathar było pierwszym stepowym miastem zdobytym przez Dothraków, ale bynajmniej nie ostatnim. Po sześciu latach khal Moro zrównał z ziemią również Kasath. Choć może się to wydawać niewiarygodne, jego jeźdźcom pomagały w ataku wojska Gornath, którego król zawarł sojusz z Dothrakami i wziął sobie za żonę jedną z córek Mora. Mimo to dwanaście lat później Gornath również padło. Zniszczył je khal Horro, który przedtem zabił khala Moro, kładąc kres linii potężnego khala Mengo. Król Gornath zginął z ręki własnej dothrackiej żony, która ponoć gardziła jego słabością. Potem khal Horro wziął ją dla siebie, a trupa jej zabitego męża pożarły szczury.

Horro był ostatnim z wielkich *khalów* władających wszystkimi Dothrakami. Gdy zginął z ręki rywala, zaledwie trzy lata po zburzeniu Gornath, jego wielki *khalasar* podzielił się na kilkanaście mniejszych hord, a jeźdźcy wrócili do wewnętrznych swarów. Chwila ulgi, jaką dało to Sarnorowi, nie trwała jednak długo. Wysocy Ludzie okazali bowiem swą słabość, a *khale*, którzy nastali po śmierci Horra, podzielali jego upodobanie do podbojów. W następnych latach wszyscy ścigali się zawzięcie o to, który z nich podbije największe terytoria, burząc stepowe miasta, biorąc w niewolę ich mieszkańców i przywożąc ich zniszczone skarby do Vaes Dothrak jako świadectwo swych triumfów.

Pozostałe miasta Wysokich Ludzi padały jedno po drugim, a tam, gdzie kiedyś wznosiły się ku niebu ich dumne wieże, pozostawały tylko ruiny i popioły. Dla badaczy i studentów historii szczególnie tragiczny był upadek Sallosh na Srebrnym Brzegu, kiedy bowiem Dothrakowie spalili Miasto Uczonych, nie oszczędzili jego wielkiej biblioteki i większą część historii Wysokich Ludzi oraz tych, którzy żyli tam przed nimi, utracono na zawsze.

Wkrótce potem przyszła kolej na Kyth i Hornoth, zdobyte przez konkurencyjnych *khalów*, prześcigających się nawzajem w okrucieństwie. Najdłużej opierało się władcom koni potężnie ufortyfikowane miasto Mardosh Niezdobyte. Broniło się przez blisko sześć lat, odcięte od otaczających je ziem i oblężone przez kolejne *khalasary*. Głodujący Mardoshijczycy pożarli swe psy i konie, potem szczury, myszy oraz inne szkodniki, na koniec zaś zaczęli zjadać własnych umarłych. Gdy nie mogli już dłużej wytrzymać, ocalali wojownicy z miejskiego garnizonu zabili swe żony oraz dzieci, by nie wpadły w ręce *khalów*, a następnie otworzyli bramy i ruszyli do ostatniego ataku. Wycięto ich co do nogi. Potem Dothrakowie nadali ruinom Mardosh nazwę Vaes Gorqoyi, Miasto Krwawej Szarży.

Upadek Mardosh uświadomił wreszcie pozostałym sarnorskim królom skalę grożącego im niebezpieczeństwa. Wysocy Ludzie w końcu zapomnieli o sporach i rywalizacji i zgromadzili pod murami Sarnath wielką armię, pragnąc raz na zawsze złamać potęgę *khalów*. Pod dowództwem Mazora Alexiego, ostatniego z najwyższych królów, ruszyli śmiało na wschód. W połowie drogi między Sarnath a ruinami Kasath napotkali pośród wysokiej trawy połączone siły

czterech *khalasarów*. Owo miejsce po dziś dzień jest znane jako Pole Wron.

Khal Haro, khal Qano, khal Loso (Kulawy) i khal Zhako mieli ponoć na spółkę blisko osiemdziesiąt tysięcy jeźdźców. Wielki zastęp najwyższego króla Sarnoru prowadziło sześć tysięcy wyposażonych w kosy rydwanów, za którymi podążało dziesięć tysięcy zakutych w zbroje jeźdźców oraz kolejne dziesięć tysięcy lekkiej jazdy (było wśród nich wiele kobiet) na flankach. Za nimi maszerowała sarnorska piechota, prawie sto tysięcy włóczników i procarzy. Wszyscy kronikarze zgadzają się, że w sumie zapewniało to Wysokim Ludziom znaczną przewagę liczebną.

Kiedy bitwa się rozpoczęła, wyglądało na to, że sarnorskie rydwany zmiotą wszystko, co stanie im na drodze. Ziemia trzęsła się od ich ataku. Uderzyły w centrum dothrackiej hordy, a wirujące ostrza na ich kołach przecinały nogi dothrackich wierzchowców. Sam khal Haro padł, pocięty na kawałki i stratowany. Jego *khalasar* poszedł w rozsypkę i umknął z pola bitwy. Rydwany pognały za pierzchającymi jeźdźcami, najwyższy król popędził zaś za nimi ze swą ciężką jazdą. Sarnorska piechota podążyła za władcą, wymachując włóczniami i wydając triumfalne okrzyki.

Ich radość nie trwała jednak długo. Ucieczka była podstępem. Kiedy już umykający Dothrakowie wciągnęli Wysokich Ludzi wystarczająco głęboko w pułapkę, nagle zawrócili, wypuszczając nawałnicę strzał ze swych wielkich łuków. *Khalasary* khala Qano i khala Zhako uderzyły na wroga z północy i z południa, natomiast Loso Kulawy ze swoimi wyjcami zatoczył krąg i zaatakował od tyłu, odcinając Sarnorczykom drogę ucieczki. Potężny zastęp najwyższego króla otoczono ze wszystkich stron i pocięto na plasterki. Według niektórych źródeł zginęło tam sto tysięcy ludzi, wśród nich Mazor Alexi, sześciu pomniejszych królów oraz z górą sześćdziesięciu lordów i bohaterów. Potem wrony karmiły się ich zwłokami, a jeźdźcy z *khalasarów* chodzili pośród zabitych, kłócąc się o ich kosztowności.

Przed upływem dwóch tygodni Loso Kulawy zdobył pozbawione obrońców Sarnath od Wysokich Wież. *Khal* podpalił miasto, nie oszczędzając nawet Pałacu Tysiąca Pokojów.

W miarę zbliżania się końca Stulecia Krwi kolejne miasta na stepach padały jedno po drugim. Ostatnie było Sarys u ujścia Sarne, w którym jednak nie znaleziono zbyt wielu łupów ani niewolników, mieszkańcy uciekli bowiem przed zbliżającym się khalem Zeggo.

Nie należy przy tym uważać, że Królestwo Sarnoru było jedyną ofiarą władców koni. Valyriańska kolonia Essaria, czasami zwana Zaginionym Wolnym Miastem, również padła ich łupem. W dzisiejszych czasach Dothrakowie znają jej ruiny jako Vaes Khadokh, Miasto Trupów. Na północy khal Dhako złupił i spalił Ibbish, odbierając ludziom z Ib większą część małego przyczółka, który zdołali dla siebie zdobyć na północnym wybrzeżu Essos (znacznie mniejsza ibbeńska kolonia przetrwała do dziś w gęstych lasach nad Morzem Dreszczy; jej ośrodkiem jest miasteczko zwane Nowym Ibbish). Na południu inni *khale* poprowadzili swe hordy na Tysięcy z Qohoru położyła kres dothrackim marzeniom o podboju, byłaby jednak niebezpieczną lekkomyślnością, podobną do tej, którą wykazali się najwyżsi królowie Sarnoru, gdy władcy koni po raz pierwszy nadciągnęli ze wschodu. Mądrzejsi ludzie wiedzą, że jest tylko kwestią czasu, nim kolejny wielki *khal* zjednoczy *khalasary* i znowu ruszy na zachód w poszukiwaniu łupów.

Dothrakowie często próbowali rozszerzyć swe terytorium również na wschód, ale masyw górski Kości okazał się dla nich niemal nieprzebytą przeszkodą. Owe posępne, niegościnne góry tworzą ogromny kamienny mur, dzielący władców koni od bogactw Dalszego Wschodu. Są tam tylko trzy przejścia wystarczające szerokie, by przeprowadzić przez nie armię, a na ich straży stoją potężne forteczne miasta Bayasabhad, Samyriana i Kayakayanaya, bronione przez dziesiątki tysięcy groźnych wojowniczek. Są one ostatnią pozostałością wielkiego królestwa Hyrkoonu, kwitnącego ongiś za Kośćmi, na obszarach znanych obecnie jako Wielkie Morze Piasku. Wielu *khalów* zginęło pod murami tych miast, a one nadal pozostają niezdobyte.

Pomimo że Qaathijczycy mają długą historię, zachowało się o nich niewiele pewnych informacji. Ów lud nie przetrwał nigdzie na świecie poza Qarthem.

Wiemy, że Qaathijczycy wywodzą się ze stepów, budowali tam miasteczka, kontaktowali się z Sarnorczykami i niekiedy wdawali się też z nimi w konflikty. Owe starcia często kończyły się porażką Qaathijczyków i dlatego zaczęli się oni wycofywać na południe, tworząc nowe państwa-miasta. Jedno z nich, Qarth, ulokowano na brzegach Morza Letniego. Jednakże ziemie położone na południu Essos okazały się mniej gościnne od opuszczonych przez Qaathijczyków i obracały się w pustynię, kiedy tylko zdołali oni zapuścić na nich korzenie. Qaathijczycy byli już bliscy upadku, gdy nadeszła Zagłada. Wszelkie nadzieje wykorzystania chaosu, który zapanował na Morzu Letnim, obróciły się jednak wniwecz, kiedy Dothrakowie zaatakowali, niszcząc wszystkie ocalałe qaathijskie miasta poza samym Qarthem.

Najazd Dothraków stał się jednak na swój sposób przyczyną odrodzenia Qarthu. Zmuszeni do zwrócenia się ku morzu ludzie czystej krwi, którzy władali miastem, szybko zbudowali flotę i przejęli kontrolę nad Nefrytowymi Bramami – cieśniną między Qarthem a Wielką Moraq, łączącą Morze Letnie z Morzem Nefrytowym. Valyriańskie floty zostały zniszczone, a Volantis zwróciło oczy na zachód, nikt więc nie przeszkodził Qartheńczykom w opanowaniu najkrótszej trasy łączącej wschód z zachodem, co zapewniło im ogromne zyski z handlu oraz z pobieranych ceł.

Czerwone Pustkowia, burząc qaathijskie miasta i miasteczka, rozsiane ongiś po pustyni, aż wreszcie pozostał tylko potężny Qarth, chroniony przez wyniosłe, potrójne mury.

Wielu w Wolnych Miastach uważa, że marsz władców koni na zachód powstrzymano pod Qohorem, gdzie próbującego zdobyć miasto khala Temmo pokonano dzięki bohaterstwu trzech tysięcy Nieskalanych, którzy oparli się osiemnastu szarżom jego wyjców. Wiara, że odwaga Trzech

Jednakże na zachód od Kości, od Morza Dreszczy na północy aż po Malowane Góry i Skahazadhan na południu, wielki, porośnięty trawą obszar będący kolebką cywilizacji pozostaje wietrznym pustkowiem, na którym nikt nie śmie orać ziemi, siać zboża czy zbudować domu, ze strachu przed *khalasarami*, które po dziś dzień wędrują po nim swobodnie, żądając darów od każdego, kto pragnie przekroczyć ich ziemie, a także wojując między sobą.

POPRZEDNIE STRONY | *Bitwa pod bramami Satharu* PO PRAWEJ | *Vaes Dothrak*

Powiadają, że fortecznych miast bronią wyłącznie kobiety, z uwagi na przekonanie, że tylko te, które dają życie, mają prawo je odbierać. *Prawdziwe opisanie podróży Addama z Duskendale*, relacja kupca z jego domniemanych podróży do wschodniego Essos, nie mówi nam wiele więcej na ten temat – ani na żaden inny interesujący dla uczonych – większość wysiłków autor poświęca bowiem przypominaniu czytelnikom, że wojowniczki z fortecznych miast chodzą z piersiami na wierzchu i ozdabiają swe policzki oraz sutki rubinami oraz żelaznymi kółkami.

Dothrakowie nadal pozostają nomadami, dzikim i gwałtownym ludem, wolącym namioty od pałaców. *Khale* rzadko zatrzymują się w jednym miejscu. Pędzą wielkie stada koni i kóz przez swe „morze", walcząc ze sobą, gdy się spotkają, a niekiedy również przekraczając granice własnych krain w poszukiwaniu niewolników i łupów, bądź też „darów", którymi obsypują ich magistrzy i triarchowie z Wolnych Miast, kiedy tylko *khalasary* zawędrują zbyt daleko na zachód.

Władcy koni mają tylko jedną stałą osadę – „miasto" Vaes Dothrak, wznoszące się w cieniu ogromnej, samotnej turni, zwanej przez nich Matką Gór, na brzegach bezdennego jeziora, które zwą Macicą Świata. Dothrakowie wierzą, że tam właśnie zrodziła się ich rasa. Vaes Dothrak nie jest prawdziwym miastem, nie ma bowiem murów ani ulic. Przy jego trawiastych alejach stoją posągi ukradzionych bogów, a jego pałace tka się ze źdźbeł trawy.

Tą pustą skorupą miasta władają kobiety: staruchy z *dosh khaleen*, wdowy po nieżyjących *khalach*. Dothrakowie otaczają Vaes Dothrak czcią jako najświętsze z miast. Nie wolno tam przelewać krwi, jeźdźcy wierzą bowiem, że to siedlisko pokoju i mocy, w którym wszystkie *khalasary* pewnego dnia znowu się zgromadzą pod chorągwiami wielkiego *khala*, który podbije całą Ziemię. Zwą go „rumakiem, który przemierzy świat".

Dla nas jednak Vaes Dothrak ma znaczenie jedynie jako ośrodek handlu. Sami Dothrakowie niczego nie kupują ani nie sprzedają, uważając te zajęcia za niegodne mężczyzny, ale w świętym mieście, za pozwoleniem *dosh khaleen*, handlarze zza Kości i z Wolnych Miast spotykają się ze sobą, by targować się i wymieniać towary na złoto. Karawany zaopatrujące wielkie Targi Vaes Dothrak – Wschodni i Zachodni – opłacają się hojnymi darami *khalom*, których spotkają na Morzu Dothraków, i otrzymują w zamian ich ochronę.

Choć może się to wydawać dziwne, owo puste „miasto" koczowników stało się bramą między wschodem a zachodem (dla tych, którzy podróżują drogą lądową). Wiele odległych od siebie ludów, które w innej sytuacji mogłyby się nigdy nie zetknąć, albo nawet nie usłyszeć o sobie nawzajem, spotyka się na tym osobliwym bazarze, by handlować bezpiecznie u stóp Matki Gór.

MORZE DRESZCZY

Zachodnią granicę Morza Dreszczy tworzy Westeros, południową Essos, na północy sięga ono ogromnego, pokrytego śniegiem i lodem obszaru zwanego przez żeglarzy Białym Pustkowiem, na wschodzie zaś nieznanych krajów i mórz.

Być może nigdy nie poznamy prawdziwych rozmiarów tego olbrzymiego, zimnego i niegościnnego oceanu, albowiem żaden człowiek z Siedmiu Królestw nie dotarł dalej na wschód niż na Siedem Wysp, natomiast ci, którzy płyną na północ, napotykają wyjące wichry, zamarznięte morza i góry lodowe, mogące zmiażdżyć nawet najmocniejszy statek. Marynarze opowiadają, że jeszcze dalej na północ szaleją nieustanne śnieżyce, a nocą same góry krzyczą niczym obłąkańcy.

Mędrcy od dawna już są przekonani, że nasz świat jest okrągły. Jeśli to prawda, powinno być możliwe opłynięcie jego szczytu, by dotrzeć na drugą stronę i odkryć tam niewyśnione lądy i morza. W ciągu stuleci wielu śmiałych żeglarzy szukało drogi przejścia przez lód, by przekonać się, co leży za nim. Niestety, w większości przypadków ginęli albo wracali na południe, przemarznięci i zniechęceni. Choć jest prawdą, że Białe Pustkowie kurczy się latem i rozszerza zimą, jego brzegi nieustannie zmieniają postać i żadnemu żeglarzowi nie udało się odnaleźć legendarnego przejścia północnego ani ciepłego, letniego morza, które – zgodnie z sugestią zgłoszoną kiedyś przez maestera Heristona z Białego Portu – może leżeć ukryte za lodowymi klifami dalekiej północy.

Marynarze są z natury przesądni i łatwowierni, kochają swe wymysły równie mocno jak minstrele, i w związku z tym opowiadają wiele historii o mroźnych, północnych pustkowiach. Mówią o osobliwych światłach pełgających po niebie, gdzie demoniczna matka lodowych olbrzymów tańczy bez końca pośród nocy, by zwabić ludzi na północ, ku ich zgubie. Szepczą o Zatoce Kanibali, do której statki zawijają na własne ryzyko i na zawsze już wpadają w pułapkę, gdy morze za nimi skuje twardy lód.

Opowiadają o bladoniebieskich mgłach wędrujących nad wodami, tak zimnych, że każdy statek, który w nie wpłynie, natychmiast pokrywa lód; o duchach topielców, które zjawiają się nocą, by wciągać żywych w szarozielone odmęty; o syrenach o bladej cerze i pokrytych czarną łuską ogonach, znacznie straszliwszych od tych, które żyją na południu.

Największymi ze wszystkich niezwykłych i baśniowych mieszkańców Morza Dreszczy są jednak lodowe smoki. Te kolosalne bestie, znacznie większe od smoków z Valyrii, mają ponoć ciała z żywego lodu, ich oczy są bladoniebieskimi kryształami, a gdy kołują pod niebem, przez ogromne, przejrzyste skrzydła dostrzega się księżyc i gwiazdy. Zwykłe smoki (o ile jakiegokolwiek smoka można zwać zwykłym) zioną ogniem, natomiast lodowe ponoć chłodem tak straszliwym, że człowiek w pół uderzenia serca zamarza od niego na wskroś.

W ciągu stuleci owe ogromne bestie widzieli marynarze z kilkudziesięciu różnych krajów, w opowieściach może zatem być coś z prawdy. Arcymaester Margate sugerował, że wiele podań o północy – zamarzające mgły, lodowe statki, Zatoka Kanibali i tak dalej – można zinterpretować jako zniekształcone relacje o aktywności lodowych smoków. Choć to zabawna koncepcja, i niepozbawiona pewnej elegancji, pozostaje w sferze czystych domysłów. Ponieważ lodowe smoki ponoć topnieją po śmierci, nigdy nie znaleziono żadnych dowodów na ich istnienie.

Zapomnijmy o podobnych bajaniach i wróćmy do faktów. Pomimo złowrogich legend, jakie opowiada się o północy, wody Morza Dreszczy tętnią życiem. W jego głębinach pływają setki rozmaitych rodzajów ryb, między innymi łososie, zębacze, dobijaki, płaszczki nagie, minogi i inne węgorze, białugi, pstrągi, rekiny, śledzie, makrele i dorsze. Kraby i homary (niekiedy monstrualnych rozmiarów) można znaleźć wszędzie w pobliżu brzegów, natomiast foki, narwale, morsy i lwy morskie mają swe kolonie na niezliczonych skalnych wysepkach i wyniosłościach.

Bez względu na opowieści o lodowych smokach, prawdziwymi królami północnych wód są wieloryby. W Morzu Dreszczy żyje kilka różnych rodzajów tych ogromnych stworzeń, między innymi wale szare, białuchy, humbaki, niebezpieczne wieloryby cętkowane, polujące w stadach (wielu zwie je wilkami otwartego morza), oraz potężne lewiatany, najstarsze i największe z żyjących na świecie stworzeń.

Według legendy lód uwięził tam tysiąc statków, a na niektórych nadal mieszkają dzieci i wnuki dawnych załóg, karmiące się mięsem nowo wciągniętych w pułapkę marynarzy.

Zachodnia część Morza Dreszczy, od Skagos i Szarych Urwisk aż po deltę Sarne, to najbogatsze w ryby wody w całym znanym świecie. Szczególnie obficie występują w nich dorsze i śledzie. Zapuszczają się tam niekiedy rybacy z ziem tak odległych, jak Trzy Siostry (na zachodzie) i Morosh (na wschodzie) – ale tylko dlatego, że toleruje to Wolne Miasto Braavos, którego floty dominują nad morzami na północny zachód od Essos, chronione przez okręty morskiego lorda. Obok bankowości i handlu rybołówstwo jest jednym z „trzech filarów", na których wspierają się bogactwo i dobrobyt Braavosów.

Żeglując dalej na wschód, śmiały podróżnik opuści braavoskie wody, docierając do tych, które należą do Wolnego Miasta Lorath (aczkolwiek jego panowanie na nich nie jest aż tak pewne), następnie zaś ominie Topór, na którym w ciągu tysiącleci wiele różnych ludów żyło, umierało i ostatecznie wyginęło w wyniku niezliczonych wojen. Na wschód od Topora ciągną się głębokie, błękitne wody Zatoki Dzielżanowej, na których okręty Ib i Lorath bardzo często ścierały się ze sobą, a okręty morskiego lorda Braavos wysłały na dno ostatnią wielką flotę Królestwa Sarnoru. Na Ib owe wody zwą Zatoką Bitewną, na Lorath są zaś one znane jako Krwawa Zatoka. Bez względu jednak na nazwę, na dnie pełnym krabów, z których słynie zatoka, spoczywają ponoć szczątki tysiąca okrętów oraz kości pięćdziesięciu tysięcy marynarzy.

Za zatoką leży delta Sarne – wielkiej, toczącej swe wody na północ rzeki, której dorzecze obejmuje znaczną część środkowego Essos. Wznosi się tam Saath o białych murach, ostatnie (a wielu mówi, że również najmniejsze) z wielkich miast zniszczonego Królestwa Sarnoru. Ruiny siostrzanego miasta Saath, Sarys, przed stuleciami splądrowanego i zburzonego przez dothrackiego *khala*, można znaleźć po drugiej stronie delty. Pomiędzy nimi, przy ujściu innej odnogi wielkiej rzeki, zbudowano Morosh, lorathijską kolonię górniczą i rybacką.

Ci, którym nie zabraknie śmiałości, by zapuścić się dalej na wschód, dotrą do brzegów małego, sielskiego Królestwa Omberu, którego tchórzliwi królowie i słabowici książęta słyną przede wszystkim ze zboża, klejnotów oraz dziewcząt, którymi co rok opłacają się dothrackim władcom koni, by ci zostawili ich w spokoju. Na wschód od Omberu nasz żeglarz natrafi na Zatokę Kłów, słynącą z kolonii morsów. Wkrótce potem śmiały podróżnik znajdzie się w sercu Morza Dreszczy, gdzie wszystkimi skałami i falami władają włochaci ludzie z wielkiej wyspy Ib.

IB

W ciągu stuleci wiele rozmaitych ludów budowało domy na brzegach oraz wyspach Morza Dreszczy i wysyłało swych żeglarzy na jego zimne, szarozielone wody. Najważniejszym i najbardziej wytrwałym z nich są Ibbeńczycy, starożytna, małomówna rasa wyspiarzy od zarania dni mieszkających na ibbeńskich wyspach i łowiących ryby na północnych morzach.

Ibbeńczycy różnią się od innych ludzkich ras. Są masywnie zbudowani, mają szerokie piersi i potężne bary, ale ich wzrost rzadko przekracza pięć i pół stopy. Nogi mają krótkie i grube, a ręce długie. Choć niscy i przysadziści, są również straszliwie silni: żaden człowiek z Westeros nie może się z nimi równać w zapasach, które są ich ulubionym sportem.

Ich twarze – cechujące się pochyłymi czołami o potężnych wałach nadoczodołowych, małymi, głęboko osadzonymi oczami, wielkimi kwadratowymi zębami oraz masywnymi żuchwami – Westerosianom wydają się brzydkie i zwierzęce. Owo wrażenie pogłębia jeszcze gardłowy, chrząkliwy język, w rzeczywistości jednak Ibbeńczycy są bystrym ludem. Znaleźć wśród nich można biegłych rzemieślników, zdolnych myśliwych i tropicieli oraz dzielnych wojowników. Mieszkańcy Ib są też najbardziej owłosioną rasą na świecie. Choć mają jasną skórę, pod którą uwidaczniają się sine żyły, ich włosy są ciemne i szorstkie. Ibbeńscy mężczyźni mają bujne brody, a twarde włosy porastają również ich ręce, nogi, piersi i plecy. Podobne owłosienie widuje się również często u ich kobiet, nawet nad górną wargą. (Uporczywie utrzy-

POWYŻEJ | *Lód na Białym Pustkowiu*

mujący się mit, że ibbeńskie kobiety mają po sześć piersi, nie odpowiada prawdzie).

Choć ibbeńscy mężczyźni mogą płodzić dzieci z kobietami z Westeros i innych krain, potomstwo wywodzące się z tych związków często bywa zniekształcone, a zawsze jest bezpłodne, podobnie jak muły. Ibbeńskie kobiety po zbliżeniu z mężczyznami z innych ras wydają na świat tylko martwo urodzone dzieci i potworki.

Tego typu związki zdarzają się rzadko, choć statki z Portu Ibbeńskiego często widuje się na całym wąskim morzu, a nawet na Wyspach Letnich i w Starym Volantis. Ich załogi trzymają się razem, nawet gdy wychodzą na brzeg, i wszystkich obcych traktują z głęboką podejrzliwością. Na samej Ib prawo i zwyczaje nie pozwalają cudzoziemcom opuszczać dzielnicy portowej, chyba że w towarzystwie miejscowego gospodarza. Podobne zaproszenia zdarzają się jednak nader rzadko.

Ib jest drugą pod względem wielkości wyspą znanego świata, ustępującą tylko Wielkiej Moraq, położonej między Morzem Nefrytowym a Morzem Letnim. Ta skalista kraina pełna jest wysokich, szarych gór, starożytnych puszcz i wartkich rzek. W jej mrocznym interiorze żyją niedźwiedzie i wilki. Powiadają, że na Ib mieszkały kiedyś olbrzymy, ale obecnie już ich tam nie ma, choć po tamtejszych równinach i wzgórzach nadal wędrują mamuty, a w wysokich górach można spotkać jednorożce.

Ibbeńczycy z lasów i gór kochają obcych jeszcze mniej niż ich nadmorscy kuzyni i rzadko znają jakiś język poza własnym. Żyją z owoców lasu, pasają kozy albo zajmują się górnictwem, mieszkają zaś w jaskiniach lub w podziemnych domach z szarego kamienia, krytych łupkiem bądź strzechą. Miasteczka i wioski zdarzają się rzadko; Ibbeńczycy z interioru wolą mieszkać z dala od pobratymców, w samotnych domostwach, i zbierają się wyłącznie na śluby, pogrzeby oraz obrządki religijne. W górach można znaleźć obfitość złota, żelaza i cyny, a porastające wyspę lasy dostarczają drewna, bursztynu oraz futer stu różnych rodzajów.

Ibbeńczycy znad morza są bardziej żądni przygód od swych pobratymców z lasów i gór. Ich śmiali rybacy pływają po wszystkich północnych morzach w poszukiwaniu dorszy, śledzi, bieług i węgorzy, ale to wielorybnicy są najlepiej znani w szerokim świecie. Ich wielkobrzuche statki są częstym widokiem w portach wąskiego morza, a nawet dalej. Choć rzadko są miłe dla oka (albo dla nosa), słyną z solidnej konstrukcji. Potrafią przetrwać najstraszliwsze sztormy i oprzeć się atakom nawet największych lewiatanów. Kości, tłuszcz i olej pozyskiwane z wielorybów są najważniejszym towarem eksportowym Ib, i to one uczyniły Port Ibbeński największym i najbogatszym miastem nad Morzem Dreszczy.

Szary, posępny Port Ibbeński od zarania dziejów sprawował rządy nad Ib oraz sąsiednimi wyspami. Zbudowane na stromych wzgórzach miasto może się pochwalić ruchliwymi nabrzeżami i stoczniami, a jego brukowane uliczki oświetlają setki zawieszonych na łańcuchach lamp, w których płonie wielorybi olej. Nad Portem Ibbeńskim dominują ruiny zamku boskiego króla, kolosalnej budowli z grubo ciosanego kamienia, który był domem dla setki ibbeńskich królów. Ostatniego z nich obalono jednak wkrótce po Zagładzie Valyrii. W dzisiejszych czasach Ib oraz mniejszymi wyspami włada Rada Cieni, której członków wybiera Tysiąc – zgromadzenie bogatych członków cechów i starożytnych rodów szlacheckich, a także kapłanów i kapłanek, nieróżniące się zbytnio od rad magistrów w Wolnych Miastach.

Daleka Ib, druga pod względem wielkości z wysp ibbeńskich, leży z górą trzysta mil na południowy wschód od samej Ib, jest też znacznie od niej uboższa i bardziej przygnębiająca. Ib Sar, jej jedyne miasteczko, było pierwotnie miejscem wygnania i kary. Dawni Ibbeńczycy zsyłali tam swych najbardziej notorycznych przestępców, często okaleczywszy ich przedtem, by nigdy już nie mogli wrócić na Ib. Choć tym praktykom położył kres upadek boskich królów, Ib Sar do dziś pozostaje miejscem o złej reputacji.

Ludzie z Ib nie zawsze mieszkali tylko na swoich wyspach. Wiele śladów po ibbeńskich osadach zachowało się na Toporze, na wyspach lorathijskich oraz na wybrzeżach Zatoki Dzielżanowej i Zatoki Kłów (na zachodzie) czy Zatoki Lewiatanów i Tysiąca Wysp (na wschodzie). Historia opowiada nam też o kilku podjętych przez Ibbeńczyków próbach opanowania ujścia Sarne, które doprowadziły do krwawych konfliktów między włochatymi ludźmi a sarnorskimi miastami Saath i Sarys.

Przed swym upadkiem boscy królowie Ib zdołali podbić i skolonizować znaczną część terytorium północnego Essos, położoną na południe od Ib. Ten gęsto zalesiony region był uprzednio ojczyzną małych i płochliwych leśnych ludzi. Niektórzy utrzymują, że Ibbeńczycy wytępili ową łagodną rasę, inni zaś wierzą, że tubylcy skryli się w głębokiej puszczy albo uciekli gdzieś indziej. Dothrakowie po dziś dzień zwą wielką puszczę porastającą północne brzegi Essos Królestwem Iqefevronów, pod tą bowiem nazwą znali ową zaginioną rasę.

Sławny Wąż Morski, Corlys Velaryon, Lord Przypływów, był pierwszym Westerosianinem, który odwiedził owe lasy. Po powrocie z Tysiąca Wysp pisał o rzeźbionych drzewach, nawiedzanych grotach i niezwykłej ciszy. Późniejszy podróżnik, kupiec i poszukiwacz przygód zwany Bryanem ze Starego Miasta, kapitan kogi „Potrząsający Włócznią", w swej relacji z rejsu po Morzu Dreszczy pisze, że dothracka nazwa zaginionego ludu znaczy „ci, którzy wędrują po lesie". Żaden z Ibbeńczyków spotkanych przez Bryana nie mógł się pochwalić tym, że widział leśnego wędrowca, zapewniali go

W historii meereeńskich aren, znanej jako *Czerwona księga*, spisanej przez nieznanego mieszkańca Yunkai i po kilku stuleciach przetłumaczonej przez maestera Elkina, można znaleźć wzmianki o tym, że wiele sprzedanych w niewolę ibbeńskich kobiet dokonało żywota na arenach Meereen, Yunkai i Astaporu, handlarze niewolników uważali bowiem, że są za brzydkie, by służyć jako nałożnice, a zbyt gwałtowne, by nadawały się do pracy na roli.

jednak, że mali ludzie błogosławili dom, który zostawiał im nocą dary złożone z liści, kamieni i wody.

U szczytu swej potęgi ibbeński przyczółek na Essos dorównywał wielkością samej Ib i był znacznie od niej bogatszy. Coraz więcej włochatych ludzi porzucało wyspy, by poszukać szczęścia na kontynencie. Ścinali drzewa, orali ziemię, budowali tamy na rzekach i strumieniach i zakładali kopalnie pośród wzgórz. Stolicą tej domeny było Ibbish, rybacka wioska, która z czasem przerodziła się w kwitnący port i drugie prawdziwe miasto Ibbeńczyków, otoczone białymi murami.

Wszystko to skończyło się przed dwustu laty, kiedy nadeszli Dothrakowie. Do owej chwili władcy koni unikali północnych puszcz – według niektórych z szacunku dla leśnych wędrowców, według innych zaś z obawy przed ich mocami. Tak czy inaczej, Dothrakowie nie bali się ludzi z Ib. Kolejni *khale* atakowali terytoria włochatych ludzi, niszcząc ich gospodarstwa rolne, pola i warownie ogniem i mieczem, zabijając mężczyzn i uprowadzając w niewolę ich żony.

Ibbeńczycy, słynący z oszczędności i – tak jest – nawet skąpstwa, uparcie nie chcieli płacić trybutu, którego domagali się *khale*. Woleli walczyć. Choć odnieśli kilka poważnych zwycięstw i wsławili się rozbiciem w wielkiej bitwie potężnego *khalasaru* straszliwego khala Onqu, Dothrakowie wciąż napływali coraz większymi falami, każdy nowy *khal* starał się bowiem przyćmić triumfy swego poprzednika. *Khalasary* spychały Ibbeńczyków coraz dalej na północ, aż wreszcie Dothrakowie zdobyli wielkie miasto Ibbish. Pierwszy dokonał tego khal Scoro, który rozbił Bramę z Wielorybiej Kości, złupił świątynie i skarbce, a bogów miasta zawlókł do Vaes Dothrak. Ibbeńczycy odbudowali Ibbish, ale w następnym pokoleniu khal Rogo złupił je ponownie, puścił z dymem pół miasta i uprowadził w niewolę dziesięć tysięcy kobiet.

Dziś po Ibbish pozostały jedynie ruiny, zwane przez Dothraków Vaes Aresak, Miastem Tchórzy, kiedy bowiem *khalasar* wnuka Onqa, khala Dhako, próbował złupić miasto po raz trzeci, pozostali w nim mieszkańcy wsiedli na statki i uciekli z powrotem na Ib. Rozwścieczony Dhako podpalił nie tylko samo miasto, lecz również tak wielkie obszary wokół niego, że od tej pory stał się znany jako Smok Północy.

Ib po dziś dzień utrzymuje na Essos niewielki przyczółek. Znajduje się on na małym półwyspie otoczonym morzem i bronionym przez potężny wał z ziemi i kłód, niemalże dorównujący długością Murowi Nocnej Straży, choć przeszło trzykrotnie od niego niższy, najeżony wieżami obronnymi i osłonięty głęboką fosą. Za tymi umocnieniami Ibbeńczycy zbudowali miasteczko zwane Nowym Ibbish, będące stolicą ich znacznie umniejszonej domeny. Marynarze opowiadają jednak, że nowe miasteczko jest nędznym i przygnębiającym miejscem, bardziej przypominającym Ib Sar niż kwitnące miasto obrócone w ruiny przez władców koni.

Terrio Erastes, wielki braavoski poszukiwacz przygód, który spisał relację ze swego pobytu wśród Dothraków, był świadkiem zagłady Ibbish jako gość khala Dhako. W kronice zatytułowanej *Ogień pośród traw* pisze on, że Dhako był bardzo dumny ze swego przydomku, ale pod koniec życia go żałował, gdy bowiem khal Temmo rozbił jego *khalasar*, wziął starszego *khala* do niewoli i oddał go płomieniom. Najpierw jednak obciął mu dłonie, stopy i genitalia, by upiec je na ogniu na oczach Dhaka, spaliwszy uprzednio w ten sam sposób jego żony i synów.

NA WSCHÓD OD IB

Za wybrzeżem Ibbish i puszczami Iqefevronów ze stepu wyrasta pogórze Kości, a nieco dalej na wschód same góry zdążają na spotkanie morza. Nawet widziane z wody, z odległości wielu mil, potężne północne szczyty zdają się rozszczepiać samo niebo swymi lodowymi koronami i wyszczerbionymi wieżycami. Wysunięte najdalej na północ pasmo Kości Dothrakowie zwą Krazaaj Zasqa, Białymi Górami.

Za nimi zaczyna się inny świat, który tylko niewielu Westerosian kiedykolwiek odwiedziło. Ci, którzy zapuścili się aż tak daleko, jak Lomas Obieżyświat, dotarli tam drogą lądową, przez górskie wąwozy albo przez ciepłe południowe morza i Nefrytowe Bramy.

Choć wschodnie wody Morza Dreszczy są równie bogate w ryby, jak zachodnie, niewielu poza samymi Ibbeńczykami wypływa tam na połów, za Kośćmi rozciągają się bowiem krainy koczowniczych Jogos Nhai, gwałtownej rasy wojowników, którzy nie budują statków i nie interesują się morzem. Wielorybnicy z Portu Ibbeńskiego regularnie polują w Zatoce Lewiatanów, do której owe potężne bestie przypływają, by się parzyć i wydawać na świat młode, ibbeńscy rybacy opowiadają zaś o ogromnych ławicach dorszy w głębszych wodach, fokach i morsach na skalistych wyspach na północy, a także o krabach olbrzymich i cesarskich, które można znaleźć wszędzie. Poza tym jednak wschodnie wody są puste.

Jeszcze dalej na wschód leży tak zwane Tysiąc Wysp (według ibbeńskich kartografów w rzeczywistości jest ich niespełna trzysta), archipelag szeroko rozsianych po morzu skał, wietrznych i jałowych, przez niektórych uważany za ostatnią pozostałość zatopionego królestwa, którego miasteczka i wieże pochłonęła woda, gdy przed wieloma tysiącleciami poziom mórz się podniósł. Tylko najśmielsi albo najbardziej zdesperowani marynarze przybijali kiedykolwiek do ich brzegów, albowiem mieszkańcy owych wysp, choć nieliczni, są osobliwi i nieprzyjaźnie nastawieni do obcych. Mają zielonkawą, bezwłosą skórę, ich kobiety spiłowują sobie zęby, by je zaostrzyć, a mężczyźni odcinają sobie napletki. Tubylcy nie mówią w żadnym znanym języku i ponoć składają marynarzy w ofierze swym pokrytym łuską bogom o rybich głowach. Posągi owych bóstw, ustawione wzdłuż kamienistych brzegów wysp, są widoczne tylko podczas odpływu. Chociaż morze otacza ich ze wszystkich stron, tubylcy boją się go tak panicznie, że nie postawią stopy w wodzie nawet pod groźbą śmierci.

Sam Corlys Velaryon nie odważył się pożeglować na wschód dalej niż na Tysiąc Wysp, gdzie zakończył swą wielką północną wyprawę. Prawdę mówiąc, nie miał powodu płynąć dalej, pomijając tylko dręczące go pragnienie zobaczenia tego, co leży za horyzontem. Nawet ryby łowione na tych wschodnich morzach mają ponoć pokraczny wygląd i nieprzyjemny, gorzki smak.

Nad Morzem Dreszczy, na wschód od Kości, leży tylko jeden zasługujący na uwagę port – Nefer, najważniejsze miasto królestwa N'ghai, wciśnięte między wyniosłe, kredowe klify i nieustannie spowite mgłą. Widziane z portu Nefer wydaje się małe, ale dziewięć dziesiątych miasta kryje się pod ziemią. Z tego powodu wędrowcy zwą Nefer Tajemnym Miastem. Bez względu na nazwę, otacza je jednak złowroga reputacja. Ponoć zbierają się tam oprawcy i nekromanci.

Za N'ghai leżą lasy Mossovy, zimnej, mrocznej krainy zmiennokształtnych i łowców demonów. A za Mossovy…

Nikt w Westeros nie wie, co leży dalej. Niektórzy septonowie zapewniali, że świat się tam kończy, przechodząc w królestwo mgieł, następnie w królestwo ciemności, na koniec zaś w królestwo burzy i chaosu, w którym morze i niebo stają się jednym. Marynarze, minstrele i inni bujający w obłokach ludzie wolą jednak wierzyć, że Morze Dreszczy ciągnie się bez końca, poza wschodnie brzegi Essos, poza nieznane, niezaznaczone na mapach, niewyśnione wyspy i kontynenty, na których niezwykłe ludy czczą niezwykłych bogów pod jeszcze bardziej niezwykłymi gwiazdami. Mądrzejsi ludzie sugerują jednak, że gdzieś za wodami, które znamy, wschód staje się zachodem i Morze Dreszczy łączy się z morzem zachodzącego słońca, jeśli świat zaiste jest okrągły.

Może to i prawda. A może nie. Dopóki nie narodzi się nowy Wąż Morski, by pożeglować poza wschód słońca, nikt nie będzie wiedział tego na pewno.

Kości i ziemie położone za nimi

NA WSCHÓD OD VAES DOTHRAK i Matki Gór stepy przechodzą w pagórkowate równiny i lasy, a ziemia pod stopami wędrowca robi się twarda, kamienista i zaczyna się piąć ku górze, coraz stromiej i stromiej. Wzgórza stają się coraz wyższe i dziksze, a wkrótce w oddali pojawiają się góry. Ich wyniosłe szczyty zdają się unosić na tle nieba na wschodzie. Te niebieskoszare olbrzymy są tak ogromne, wyszczerbione i groźne, że nawet Lomas Obieżyświat, ten nieustraszony podróżnik (jeśli wierzyć jego opowieściom), utracił na ich widok odwagę, przekonany, że dotarł do końca świata.

Przodkowie Dothraków oraz innych konnych koczowników ze stepów wiedzieli jednak lepiej, niektórzy z nich pamiętali bowiem, że sami przekroczyli ongiś te góry, wędrując ze wschodu. Czy przybyli na zachód w nadziei, że odnajdą tam żyźniejsze ziemie oraz dostatek, czy też pragnęli podbojów, a może uciekali przed jakimś straszliwym wrogiem? Ich opowieści nie zgadzają się ze sobą, niewykluczone więc, że nigdy się tego nie dowiemy; możemy być jednak pewni, że ich droga była trudna, zostawili bowiem za sobą ślad z kości. Kości ludzi i koni, olbrzymów, wielbłądów i wołów, najrozmaitszych zwierząt, ptaków oraz potworów – wszystkie je można odnaleźć wśród owych straszliwych szczytów.

To im góry zawdzięczają swą nazwę: Kości. Ten najwyższy łańcuch górski w całym znanym świecie, od morza zachodzącego słońca aż po Asshai przy Cieniu, biegnie od Morza Dreszczy po Morze Nefrytowe, tworząc mur z powykręcanych skał i ostrych kamieni, ciągnący się ponad tysiąc pięćset mil z północy na południe i około trzystu ze wschodu na zachód.

Północną część Kości pokrywa gruba warstwa śniegu, natomiast pośród szczytów i dolin na południu często szaleją burze piaskowe, nadające im osobliwe kształty. Na długich odcinkach leżących pośrodku wartkie rzeki przepływają z hukiem przez głębokie kaniony, a za małymi wlotami kryją się ogromne jaskinie i pogrążone w ciemności morza. Choć jednak Kości mogą się wydawać nieprzyjazne tym, którzy ich nie znają, już od stuleci były ojczyzną dla ludzi oraz dziwniejszych istot. Nawet na północy, pośród ośnieżonych szczytów znanych pod dothracką nazwą Krazaaj Zasqa (albo Białe Góry), gdzie latem i zimą od Morza Dreszczy dmą mroźne wichry, mieszkali ongiś Jhogwini, kamienne olbrzymy, potężne stworzenia, ponoć dwukrotnie większe od olbrzymów z Westeros. Niestety, ostatni z nich zniknęli przed tysiącleciem i obecnie tam, gdzie ongiś żyli, pozostały po nich tylko gigantyczne kości.

Mędrcy od Qarthu aż po Qohor mawiają: „Do Kości prowadzi tysiąc dróg, ale wychodzą z nich tylko trzy". Choć z oddali góry wydają się nieprzebyte, istnieją setki szlaków, ścieżek wydeptanych przez kozy bądź dziką zwierzynę, koryt potoków oraz zboczy, pozwalających wędrowcom, kupcom i poszukiwaczom przygód wniknąć do serca Kości. W niektórych miejscach można odnaleźć starożytne stopnie wykute w skale, ukryte tunele i korytarze. Wiele tych ścieżek jest jednak zdradzieckich, inne zaś kończą się ślepo albo są pułapkami na nieostrożnych.

Małe grupki, dobrze uzbrojone i zaopatrzone, mogą się przedostać przez Kości, korzystając z usług znających ów region przewodników, jednakże armie, karawany i samotni wędrowcy powinni raczej trzymać się głównych szlaków, trzech dróg prowadzących przez góry oddzielające wschód od zachodu, zwanych Stalowym, Kamiennym i Piaskowym Szlakiem.

Stalowy Szlak, nazwany tak z powodu licznych bitew, które widział, zaczyna się w Vaes Dothrak, podobnie jak Kamienny Szlak. Ten pierwszy biegnie niemal prosto na wschód, drugi zaś zakręca na południowy wschód, by połączyć się ze starym Jedwabnym Szlakiem przy ruinach Yinishar (przezwanych przez władców koni Vaes Jini), by potem piąć się w górę. Daleko na południe od nich wije się Piaskowy Szlak, biegnący przez Południowe Kości (zwane niekiedy Suchymi Kośćmi, trudno tam bowiem o wodę) oraz otaczające je pustynie. Łączy on wielkie portowe miasto Qarth z targowym miastem Tiqui, bramą wschodu.

Nawet jeśli wędruje się tymi uczęszczanymi szlakami, podróż przez Kości jest żmudna i ryzykowna, a względne bezpieczeństwo słono kosztuje, albowiem po drugiej stronie gór wznoszą się trzy potężne miasta forteczne, ostatnie pozostałości potężnego ongiś Patriarchatu Hyrkoonu. Bayasabhad, Miasto Węży, strzeże wschodniego końca Piaskowego Szlaku i pobiera myto od wszystkich, którzy chcą tamtędy przejechać. Kamienny Szlak, z głębokimi jarami i niezliczonymi, płytkimi serpentynami, przebiega pod murami Samyriany, miasta z szarego kamienia, wykutego w skale gór, których broni. Na północy odziani w futra wojownicy podążają Stalowym Szlakiem przez kołyszące się mosty i podziemne przejścia, eskortując karawany zmierzające do Kayakayanai o murach z czarnego bazaltu, czarnej blachy stalowej i żółtej kości.

Trzy forteczne miasta były początkowo zwykłymi fortami, placówkami i garnizonami, zbudowanymi przez patriarchów Hyrkoonu po to, by strzegły zachodnich granic ich krainy przed rozbójnikami, banitami i dzikimi ludźmi z Kości, a także barbarzyńcami mieszkającymi po drugiej stronie gór. Z upływem stuleci cytadele rozrosły się jednak

PO LEWEJ | *Kobieta z Tysiąca Wysp*

Wiele relacji informuje nas, że górskich miast – Kayakayanai, Samyriany i Bayasabhadu – strzegą wyłącznie kobiety, córki Wielkich Ojców władających owymi miastami, w których dziewczęta uczą się wspinać i jeździć konno, nim jeszcze zaczną chodzić, i od najwcześniejszego dzieciństwa szkolą się w sztuce władania łukiem, włócznią, nożem oraz procą. Lomas Obieżyświat zapewnia, że na całym świecie nie znajdzie się gwałtowniejszych wojowników. Jeśli zaś chodzi o ich braci, synów Wielkich Ojców, dziewięćdziesięciu dziewięciu na stu kastruje się, gdy wkraczają w wiek męski. Resztę życia spędzają oni jako eunuchowie, służąc swym miastom w charakterze skrybów, kapłanów, uczonych, sług, kucharzy, rolników i rzemieślników. Tylko najbardziej obiecującym mężczyznom, najpotężniej zbudowanym, najsilniejszym i najurodziwszym, pozwala się płodzić dzieci i zostać Wielkimi Ojcami. Maester Naylin w swym dziele *Rubiny i żelazo* – nazwanym tak, ponieważ wojowniczki z fortecznych miast lubią ponoć ozdabiać sutki żelaznymi pierścieniami, a policzki rubinami – spekuluje na temat przyczyn, które mogły doprowadzić do powstania równie osobliwych zwyczajów.

w miasta, podczas gdy sam Hyrkoon obrócił się w pył, jego jeziora i rzeki wyschły, a żyzne ongiś pola stały się pustynią. Tam, gdzie kiedyś biło serce Hyrkoonu, obecnie znajduje się Wielkie Morze Piasku, ogromne pustkowie pełne przesuwanych wiatrem wydm, wyschniętych rzek i ruin fortów oraz miasteczek prażonych promieniami słońca. W południowych regionach głębokiej pustyni jest ponoć tak gorąco, że cała woda zagotowała się i wyparowała.

Za Wielkim Morzem Piasku czeka inny świat: Dalszy Wschód, bezkresna kraina pełna równin, wzgórz i dolin rzek. Niezwykli bogowie władają tam jeszcze bardziej osobliwymi ludami.

Od zarania dni powstało tam, rozkwitło i upadło wiele wielkich miast i dumnych królestw. Większość z nich pozostaje mało znana na zachodzie, nawet ich nazwy dawno popadły w zapomnienie. W Cytadeli znamy tylko nieprecyzyjne zarysy historii Dalszego Wschodu, a nawet w tych opowieściach, które dotarły do nas przez ciągnące się niezliczonymi milami góry i pustynie, pełno jest pominięć, luk i sprzeczności, uniemożliwiających ustalenie, co jest prawdą, a co jedynie wytworem rozgorączkowanej wyobraźni minstreli, bajarzy oraz mamek.

Najstarsza i najpotężniejsza cywilizacja wschodu trwa jednak do dziś – Starożytne Sławne Złote Cesarstwo Yi Ti.

YI TI

Nawet po Siedmiu Królestwach krążą liczne legendy o Yi Ti. Jest to wielki i zróżnicowany kraj. Można w nim znaleźć wietrzne równiny i pofałdowane wzgórza, dżungle i lasy deszczowe, głębokie jeziora, wartkie rzeki i kurczące się śródlądowe morza. Jego legendarne bogactwa są tak wielkie, że pozwalają tamtejszym książętom mieszkać w domach ze szczerego złota i raczyć się smakołykami posypanymi sproszkowanymi perłami bądź nefrytem. Lomas Obieżyświat, zachwycony cudami Yi Ti, nazwał je „krainą tysiąca bogów i stu książąt, którą włada jeden boski cesarz".

Ci, którzy odwiedzili Yi Ti w dzisiejszych czasach, mówią nam, że nadal jest tam tysiąc bogów i stu książąt… ale boskich cesarzy trzech, a każdy rości sobie prawa do noszenia szaty ze złotogłowiu wyszywanej perłami i nefrytem, na jaką tradycja pozwala jedynie cesarzowi. Żaden z nich nie sprawuje jednak prawdziwej władzy. Choć miliony ludzi mogą oddawać cześć lazurowemu cesarzowi z Yin i padać przed nim na twarz, jego rządy nie sięgają dalej niż mury jego miasta. Stu książąt, o których pisał Lomas Obieżyświat, włada swymi księstwami, jak tylko im się podoba. To samo poza obszarem władzy książąt czynią bandyci, królowie-kapłani, czarnoksiężnicy, watażkowie i poborcy podatków.

Wiemy, że nie zawsze tak było. W starożytnych czasach boscy cesarze Yi Ti nie ustępowali potęgą żadnemu władcy na świecie, bogactwem przerastali samą Valyrię i dowodzili armiami niemal niewyobrażalnych rozmiarów.

Na początku, jak piszą kapłani-skrybowie z Yin, cały obszar między Kośćmi a lodowatą pustynią zwaną Szarym Pustkowiem, między Morzem Dreszczy a Morzem Nefrytowym (wliczając nawet wielką i świętą wyspę Leng), tworzył jedno państwo, którym władał Bóg na Ziemi, jednorodzony syn Lwa Nocy i Panny Zrobionej ze Światła, podróżujący po swych domenach w lektyce wyrzeźbionej z pojedynczej perły i noszonej przez sto królowych, jego żon. Przez dziesięć tysięcy lat Wielkie Cesarstwo Świtu cieszyło się pokojem i dobrobytem pod władzą Boga na Ziemi, aż

PO PRAWEJ | *Hyrkoon Bohater ze Światłonośćą w dłoni wiedzie cnotliwych do boju*

wreszcie odszedł on między gwiazdy, dołączając do swych przodków.

Władza nad ludzkością przeszła w ręce jego najstarszego syna, który był znany jako Perłowy Cesarz i władał przez tysiąc lat. Po nim nastąpili kolejno Nefrytowy Cesarz, Turmalinowy Cesarz, Onyksowy Cesarz, Topazowy Cesarz oraz Opalowy Cesarz. Każdy z nich władał przez stulecia... ale rządy każdego trwały krócej niż rządy jego poprzednika i towarzyszyło im więcej niepokojów, albowiem na granice Wielkiego Cesarstwa naciskali dzicy ludzie i złowrogie bestie, pomniejsi królowie rośli w dumę i stawali się buntowniczy, natomiast prości ludzie oddawali się chciwości, zazdrości, nieczystości, morderstwu, kazirodztwu, nieumiarkowaniu w jedzeniu i piciu oraz lenistwu.

Gdy córka Opalowego Cesarza zasiadła po nim na tronie jako Ametystowa Cesarzowa, zawistny młodszy brat obalił ją i zabił, a potem ogłosił się Krwawnikowym Cesarzem i rozpoczął rządy terroru. Krwawnikowy Cesarz praktykował mroczne sztuki, tortury i nekromancję, uczynił ze swego ludu niewolników, wziął sobie za żonę kobietę-tygrysicę, jadł ludzkie mięso i odrzucił prawdziwych bogów, oddając cześć czarnemu kamieniowi, który spadł z nieba. (Wielu uczonych uważa Krwawnikowego Cesarza za pierwszego wielkiego kapłana złowrogiego Kultu Gwiezdnej Mądrości, który przetrwał do dziś w wielu portowych miastach znanego świata).

Według annałów Dalszego Wschodu to właśnie Krwawa Zdrada, jak nazwano tę uzurpację, dała początek epoce ciemności znanej jako Długa Noc. Zrozpaczona złem, które zapanowało na świecie, Panna Zrobiona ze Światła odwróciła się do niego plecami, a Lew Nocy uwolnił całą moc swego gniewu, by ukarać ludzką niegodziwość.

Nikt nie wie, jak długo trwała ciemność, wszyscy jednak zgadzają się co do tego, że dopiero gdy pojawił się wielki wojownik – znany pod rozmaitymi imionami, takimi jak Hyrkoon Bohater, Azor Ahai, Yin Tar, Neferion albo Eldric Pogromca Cieni – który dał ludzkości odwagę i poprowadził cnotliwych do boju, dzierżąc gorejący miecz zwany Światłonoścą, udało się rozbić ciemność i na świat wróciły jasność oraz miłość.

Wielkie Cesarstwo Świtu nie narodziło się jednak na nowo, odzyskany świat był bowiem pęknięty. Każde z ludzkich plemion poszło swoją drogą, bojąc się pozostałych, a wojna, nieczystość i morderstwo przetrwały aż do dzisiejszych czasów. W to przynajmniej wierzą ludzie z Dalszego Wschodu.

W Cytadeli Starego Miasta i w innych ośrodkach wiedzy na zachodzie maesterzy uważają opowieści o Wielkim Cesarstwie i jego upadku za legendę, a nie prawdę historyczną, nikt jednak nie wątpi, że yitijska cywilizacja jest starożytna, być może nawet dorównuje wiekiem państwu królowych rybaczek znad Morza Srebrnego. W samym Yi Ti kapłani zapewniają, że pierwsze ludzkie osady powstały nad brzegami Morza Nefrytowego i odrzucają konkurencyjne pretensje Sarnoru albo Ghis jako przechwałki dzikusów i dzieci.

Tak czy inaczej, Yi Ti z pewnością jest jednym z pierwszych miejsc, w których ludzkość wydostała się z otchłani barbarzyństwa i stworzyła cywilizację… a także pismo, albowiem mędrcy ze wschodu już przed wieloma tysiącleciami poznali sztukę czytania i pisania. Ich najstarsze zapiski otacza się szacunkiem bliskim czci, yitijscy uczeni strzegą ich jednak zazdrośnie. Relacje, jakimi dysponujemy, złożyliśmy z zasłyszanych od podróżników opowieści oraz nielicznych tekstów, jakie wydostały się z Yi Ti i znalazły drogę do Cytadeli.

Zdanie relacji z dziejów Yi Ti dalece wykracza poza zakres tego woluminu, krainą ową władały bowiem setki cesarzy, a jej historia pełna jest wojen, podbojów i buntów. Wystarczy, że powiemy, iż Złote Cesarstwo przeżyło złote i ciemne wieki, w ciągu stuleci potężniało, podupadało i znowu rosło w siły, że przetrwało powodzie, susze, burze piaskowe oraz wstrząsy ziemi tak gwałtowne, iż pochłaniały całe miasta, a przez karty jego historii przewinęły się tysiące bohaterów i tchórzy, konkubin, czarodziejów i uczonych.

Od czasów, gdy Dalszy Wschód odrodził się po Długiej Nocy i stuleciach chaosu, które nastąpiły potem, krainami znanymi nam dziś jako Yi Ti władało kolejno jedenaście dynastii. Niektóre z nich panowały tylko przez pół stulecia, a ta, której rządy trwały najdłużej, przetrwała siedemset lat. Niektóre dynastie pokojowo ustępowały miejsca następnym, w innych zaś przypadkach towarzyszyły temu krew i stal. Czterokrotnie po upadku rodów panujących następowały okresy anarchii i bezprawia, podczas których watażkowie i pomniejsi królowie walczyli między sobą o władzę. Najdłuższe takie bezkrólewie trwało ponad sto lat.

Choć Yi Ti jest ogromną krainą, a znaczną jej część porastają gęste lasy oraz parne dżungle, podróż z jednego końca

BOSCY CESARZE YI TI

Opowieść o samych tylko najważniejszych wydarzeniach długiej historii Yi Ti wymagałaby więcej słów, niż ich mamy, byłoby jednak niedbalstwem, gdybyśmy choć nie wspomnieli o niektórych najczęściej opiewanych w legendach boskich cesarzach Yi Ti. Byli to:

Har Loi, pierwszy z szarych cesarzy, którego tronem było ponoć siodło, ponieważ cały okres swego panowania spędził na wojnie, jeżdżąc od bitwy do bitwy.

Choq Choq Garbaty, piętnasty i ostatni z indygowych cesarzy, który miał sto żon oraz tysiąc konkubin i doczekał się z nimi niezliczonych córek, ale nie był w stanie spłodzić syna.

Mengo Quen, Lśniący Bóg, trzeci z nefrytowozielonych cesarzy, mieszkający w pałacu, w którym podłogi, ściany i kolumny pokrywał złoty liść, a wszystkie meble, a nawet nocniki, zrobiono ze złota.

Lo Tho, zwany Lo Długą Łyżką albo Lo Straszliwym, dwudziesty drugi szkarłatny cesarz, który był ponoć czarnoksiężnikiem oraz kanibalem i zjadał mózgi swych jeszcze żyjących wrogów długą łyżką o perłowej rączce, po usunięciu szczytu ich czaszki.

Lo Doq, zwany Lo Przygłupem, trzydziesty czwarty szkarłatny cesarz, z pozoru półgłówek, dotknięty chorobą, z powodu której zataczał się i drżał podczas chodzenia, a także ślinił się, gdy próbował mówić, lecz który mimo to władał mądrze przez z górą trzydzieści lat (choć niektórzy sugerują, że prawdziwą władczynią była jego żona, sławetna cesarzowa Bathi Ma Lo).

Dziewięciu Eunuchów, perłowobiali cesarze, którzy dali Yi Ti sto trzydzieści lat pokoju i dobrobytu. W młodym wieku, jako książęta, żyli jak inni mężczyźni, brali sobie żony i konkubiny oraz płodzili dziedziców, ale po wstąpieniu na tron każdy całkowicie pozbywał się swej męskości, by móc całkowicie poświęcić się sprawom cesarstwa.

Jar Har oraz jego synowie Jar Joq i Jar Han, szósty, siódmy i ósmy z cesarzy barwy morskiej zieleni. Za ich panowania cesarstwo osiągnęło szczyt potęgi. Jar Har podbił Leng i Wielką Moraq, Jar Han zaś zyskał trybut od Qarthu, Ghis, Asshai i innych odległych krain, a także handlował z Valyrią.

Chai Duq, czwarty żółty cesarz, który wziął sobie za żonę valyriańską szlachciankę i trzymał na dworze smoka.

cesarstwa na drugi jest szybka i bezpieczna dzięki wielkiej sieci kamiennych dróg, zbudowanych przez Dziewięciu Eunuchów, która nie ma sobie równych na całym świecie, pomijając tylko smocze drogi Valyrian.

Miasta Yi Ti również są szeroko znane, żaden inny kraj nie ma bowiem tak wielu. Jeśli wierzyć Lomasowi Obieżyświatowi, żadne z miast zachodu nie może się równać z miastami Yi Ti wielkością ani splendorem. „Nawet ich ruiny zawstydzają nasze", napisał Obieżyświat... a w Yi Ti jest bardzo wiele ruin. W *Nefrytowym kompendium* – najlepszym opisie krain położonych nad Morzem Nefrytowym dostępnym w Westeros – Colloquo Votar pisze, że pod każdym yitijskim miastem są pochowane trzy starsze.

W ciągu stuleci stolicę Złotego Cesarstwa kilkadziesiąt razy przenoszono to tu, to tam, w miarę jak wodzowie armii ścierali się ze sobą, a dynastie powstawały i upadały. Szarzy, indygowi i perłowobiali cesarze mieli swą siedzibę w Yin, położonym na brzegach Morza Nefrytowego, pierwszym i najwspanialszym z yitijskich miast, ale szkarłatni cesarze zbudowali nowe miasto w sercu dżungli i nazwali je Si Qo Wspaniałym (dawno już upadło, porosła je dżungla, a jego wspaniałość przetrwała jedynie w legendach). Fioletowi cesarze woleli Tiqui, miasto o wielu wieżach, położone pośród wzgórz na zachodzie, brunatni cesarze ulokowali natomiast swój wojskowy dwór w Jinqi, by móc lepiej strzec granic przed łupieżcami z Krainy Cienia.

W dzisiejszych czasach stolicą Yi Ti znowu jest Yin. Tam właśnie siedemnasty lazurowy cesarz Bu Gai zasiada w splendorze w pałacu większym niż cała Królewska Przystań. Jednakże daleko na wschodzie, poza granicami właściwego Złotego Cesarstwa, za legendarnymi Górami Jutrzenki, w mieście Carcosa nad Morzem Ukrytym mieszka wygnany czarnoksiężnik, który podaje się za sześćdziesiątego dziewiątego żółtego cesarza, choć ta dynastia wygasła tysiąc lat temu. Niedawno zaś generał znany jako Pol Qo, Młot na Jogos Nhai, przybrał tytuł cesarski i ogłosił się pierwszym pomarańczowym cesarzem. Jego stolicą jest prymitywne, choć rozległe miasto garnizonowe, znane jako Miasto Kupców. Pytanie, który z tych trzech cesarzy okaże się zwycięski, lepiej zostawić przyszłym historykom.

Żaden opis Yi Ti nie mógłby być kompletny bez wzmianki o Pięciu Fortach, linii masywnych, starożytnych cytadel, ciągnącej się wzdłuż daleko położonych północnowschodnich granic Złotego Cesarstwa, między Krwawiącym Morzem (nazwanym tak z powodu charakterystycznego odcienia jego głębokich wód, ponoć wywoływanego przez rosnącą tylko tam roślinę) a Górami Jutrzenki. Owe twierdze są znacznie starsze niż samo Złote Cesarstwo. Niektórzy twierdzą, że zbudował je Perłowy Cesarz u zarania Wielkiego Cesarstwa, by zabronić Lwu Nocy i jego demonom wstępu do krainy człowieka... Rzeczywiście, w monstrualnej wielkości fortów jest coś boskiego – czy może demonicznego – każdy z nich może bowiem pomieścić dziesięć tysięcy ludzi, a ich potężne mury mają blisko tysiąc stóp wysokości.

Niektórzy uczeni z zachodu sugerowali, że w budowie Pięciu Fortów uczestniczyli Valyrianie, potężne mury zbudowano bowiem z pojedynczych płyt stopionego, czarnego kamienia, przywodzącego na myśl niektóre valyriańskie cytadele na zachodzie... nie wydaje się to jednak prawdopodobne; forty powstały w czasach poprzedzających powstanie Włości, a żadne zapiski nie sugerują, by smoczy lordowie kiedykolwiek dotarli tak daleko na wschód.

Powstanie i przeznaczenie Pięciu Fortów musi zatem pozostać tajemnicą. Wszystkie stoją do dziś, nietknięte przez czas, strzegąc pogranicza Złotego Cesarstwa przed łupieżcami z Szarego Pustkowia.

O krainach położonych za Pięcioma Fortami wiemy jeszcze mniej. Z tak odległych miejsc docierają do nas jedynie legendy, kłamstwa oraz opowieści podróżników. Słyszymy o miastach, w których ludzie latają w powietrzu jak orły, unosząc się na błoniastych skrzydłach, o miasteczkach zbudowanych z kości, o rasie bezkrwistych ludzi mieszkających między głęboką doliną zwaną Suchą Głębią a górami. Docierają do nas szepty o Szarym Pustkowiu i jego ludożerczych piaskach, a także o mieszkających tam Dzierzbach, półludzkich, jadowitych stworzeniach o skórze pokrytej zieloną łuską. Czy rzeczywiście są to jaszczuroludzie, czy też (co bardziej prawdopodobne) ludzie odziewający się w jaszczurcze skóry? A może to tylko zwykłe bajania, grumkiny i snarki wschodnich pustyń? Ponoć nawet Dzierzby panicznie się boją K'dath z Szarego Pustkowia, miasta starszego niż czas, gdzie odprawia się niewyobrażalne rytuały dla zaspokojenia głodu szalonych bogów. Czy takie miasto naprawdę istnieje? A jeśli tak, jaka jest jego natura?

O takich sprawach nawet Lomas Obieżyświat nie ma nic do powiedzenia. Być może kapłani z Yi Ti znają odpowiedzi na te pytania, ale jeśli rzeczywiście tak jest, nie mają ochoty dzielić się nimi z nami.

RÓWNINY JOGOS NHAI

Na północ od Yi Ti leżą wietrzne równiny i pofałdowane wzgórza, ciągnące się od granic Złotego Cesarstwa aż po jałowe brzegi Morza Dreszczy. Dominuje nad nimi rasa wojowników znanych jako Jogos Nhai. Podobnie jak Dothrakowie z zachodnich stepów, są oni koczownikami, spędzającymi całe życie w siodle, w namiotach albo w jurtach, dumnym, niespokojnym, wojowniczym ludem, który nade wszystko ceni wolność i nie lubi zbyt długo pozostawać w tym samym miejscu. Pod wieloma względami ci jeźdźcy z Dalszego Wschodu są jednak zupełnie różni od władców koni z zachodu. Są średnio o głowę od nich niżsi i mieszkańcom zachodu wydają się mniej urodziwi. Przysadziści, krzywonodzy i smagli, mają wielkie głowy, drobne twarze i żółtą cerę. Obie płcie mają spiczaste czaszki, co jest efektem ich osobliwego zwyczaju krępowania głów dzieci na pierwsze dwa lata życia. Dothraccy wojownicy chełpią się długością swych warkoczy, natomiast mężczyźni Jogos Nhai golą głowy, pozostawiając tylko wąski pas włosów pośrodku czaszki. Kobiety zaś golą głowy całkowicie i ponoć usuwają też wszystkie włosy ze swych kobiecych części.

Wierzchowce Jogos Nhai są mniejsze od ognistych dothrackich rumaków; równiny położone na wschód od Kości są bardziej suche i mniej żyzne od Morza Dothraków, trawa rośnie tam rzadsza i trudniej wykarmić konia. Dlatego ci wschodni koczownicy jeżdżą na zorsach, wytrzymałych stworzeniach wyhodowanych przez krzyżowanie koni z egzotycznymi, podobnymi do nich zwierzętami, żyjącymi w południowych częściach Yi Ti oraz na wyspie Leng. Zorsy Jogos Nhai to wredne zwierzaki o skórze w czarno-białe pasy, słyną jednak z wytrzymałości i ponoć potrafią przeżyć wiele cykli księżyca tylko na chwastach i diabelskiej trawie oraz pokonywać długie dystanse bez wody i paszy.

W przeciwieństwie do Dothraków, których *khale* prowadzą przez stepy wielkie *khalasary*, Jogos Nhai wędrują w małych grupach złożonych z blisko ze sobą spokrewnionych ludzi. Każdą grupą dowodzi *jhat*, czyli wódz wojenny, oraz księżycowa śpiewaczka, łącząca role kapłanki, uzdrowicielki i sędziego. *Jhat* sprawuje władzę podczas wojen, bitew i wypraw łupieżczych, o wszystkich innych sprawach decyduje zaś księżycowa śpiewaczka.

Dothraccy *khale* toczą między sobą nieustanne wojny, gdy tylko znajdą się poza swym świętym miastem, Vaes Dothrak, natomiast bogowie Jogos Nhai zakazują swemu ludowi przelewu krwi współplemieńców. (Młodzi mężczyźni kradną kozy, psy i zorsy innym grupom, ich siostry porywają zaś mężów, są to jednak rytuały uświęcone przez bogów równin i podczas ich odprawiania nie wolno przelewać krwi).

Cudzoziemcom owi dosiadający zorsów koczownicy pokazują jednak zupełnie inną twarz, żyją bowiem w stanie nieustannej wojny ze wszystkimi otaczającymi ich ludami. Ich ataki na N'ghai, starożytną krainę położoną na północny wschód od domeny Jogos Nhai, spowodowały, że to dumne ongiś królestwo ogranicza się obecnie do tylko jednego miasta (Nefer) wraz z jego otoczeniem. Według legendy to właśnie Jogos Nhai, prowadzeni przez *jhattara – jhata jhatów* i wodza wojennego całego ludu – zabili ostatnich kamiennych olbrzymów, Jhogwinów, w bitwie na Wyjących Wzgórzach.

Przed Czasami Suszy i powstaniem Wielkiego Morza Piasku Jogos Nhai stoczyli też wiele krwawych wojen granicznych z Patriarchatem Hyrkoonu. Zatruwali rzeki i studnie, palili miasta i miasteczka, a także uprowadzali tysiące ludzi w niewolę na równinach. Natomiast Hyrkoonowie składali dziesiątki tysięcy jeźdźców zorsów w ofierze swym mrocznym, głodnym bogom. Po dziś dzień między nomadami a wojowniczkami z Kości utrzymuje się uporczywa wrogość i w ciągu stuleci dziesiątki *jhattarów* wkraczało ze swymi armiami na Stalowy Szlak. Do tej pory wszystkie te ataki rozbijały się o mury Kayakayanai, księżycowe śpiewaczki nie przestają jednak śpiewać o chwalebnym dniu, który nadejdzie, gdy Jogos Nhai zwyciężą i przeleją się przez góry, by zdobyć żyzne ziemie na zachodzie.

Nawet potężne Złote Cesarstwo Yi Ti nie jest bezpieczne przed łupieżczymi napadami Jogos Nhai. Wielu yitijskich lordów i książątek przekonało się o tym na własnej skórze. Ataki na cesarstwo są dla koczowników sposobem na życie, źródłem złota oraz klejnotów zdobiących szyje bądź ramiona księżycowych śpiewaczek i *jhatów*, a także niewolników, którzy służą Jogos Nhai i zajmują się ich stadami. Od dwóch tysięcy lat jeźdźcy zorsów z północnych równin

---

Wśród Jogos Nhai *jhatami* zostają zwykle mężczyźni, a księżycowymi śpiewaczkami kobiety, ale zdarzają się również kobiety *jhatowie* oraz księżycowi śpiewacy. Dla obcych nie zawsze jest to oczywiste, ponieważ dziewczyna, która wybiera ścieżkę wojownika, ubiera się i żyje jak mężczyzna, natomiast chłopak, który chce zostać księżycowym śpiewakiem, musi się ubierać i żyć jak kobieta.

PO PRAWEJ | *Jogos Nhai dosiadający zorsów*

obrócili w gruzy kilkanaście yitijskich miast i setkę miasteczek, a także zniszczyli niezliczone pola i gospodarstwa rolne.

Przez ten czas wielu cesarskich generałów oraz trzech boskich cesarzy prowadziło swe armie na równinę, by dać nauczkę koczownikom. Historia uczy nas, że podobne próby rzadko kończą się szczęśliwie. Najeźdźcy mogą wyrżnąć stada należące do nomadów, spalić ich namioty i jurty oraz zdobyć trybut w złocie, towarach i niewolnikach od grup, które uda im się dopaść, a nawet zmusić garstkę *jhatów*, by złożyli przysięgę wiecznej wierności boskiemu cesarzowi i raz na zawsze wyrzekli się ataków na jego terytoria… ale większość Jogos Nhai ucieka przed cesarskimi zastępami, nie chcąc stanąć do bitwy, prędzej czy później generał albo cesarz traci więc cierpliwość i zawraca, po czym wszystko wraca do normy.

Podczas panowania Lo Hana, czterdziestego drugiego szkarłatnego cesarza, trzy podobne inwazje na równiny zakończyły się w wyżej opisany sposób, a mimo to pod koniec jego panowania Jogos Nhai byli jeszcze śmielsi i bardziej drapieżni niż w czasie, gdy wdziewał on cesarskie regalia. W związku z tym po śmierci cesarza jego syn Lo Bu postanowił raz na zawsze wyeliminować groźbę stwarzaną przez koczowników. Ów młody i śmiały cesarz zgromadził potężny zastęp, składający się ponoć z aż trzystu tysięcy żołnierzy, i przekroczył granice, za jedyny cel stawiając sobie rzeź. Trybuty nie skłaniały go do zmiany zdania, podobnie jak zakładnicy, przysięgi lenne i propozycje pokoju. Jego olbrzymia armia przecinała równiny niczym kosa, niszcząc wszystko i pozostawiając ze sobą tylko spalone pustkowia.

Gdy Jogos Nhai uciekli się do swej tradycyjnej taktyki, rozpraszając się na jego widok, Lo Bu podzielił ową ogromną armię na trzynaście części i wysłał je na wszystkie strony, by ścigały koczowników. Pisze się, że z rąk jego żołnierzy zginęło milion Jogos Nhai.

W końcu koczownicy, postawieni przed groźbą zagłady swej rasy, zrobili coś, czego nie czynili nigdy dotąd. Tysiąc konkurencyjnych klanów połączyło siły i wybrało *jhattar*, odzianą w męską kolczugę kobietę imieniem Zhea, znaną jako Zhea Bezpłodna, Zhea Zorsowa Gęba bądź Zhea Okrutna. Już wtedy słynęła ona ze sprytu, a w Złotym Cesarstwie Yi Ti pamięta się o niej po dziś dzień. Matki szepczą tam jej imię, by nastraszyć nieposłuszne dzieci.

Jeśli chodzi o odwagę, męstwo i biegłość, Lo Bu nie miał sobie równych, ale sprytem z pewnością nie mógł się mierzyć z Zheą. Wojna między młodym cesarzem a podstarzałą *jhattar* trwała niespełna dwa lata. Zhea izolowała wszystkie trzynaście armii Lo Bu, pozabijała ich zwiadowców i furażerów, odcięła je od prowiantu i wody, prowadziła na pustkowia i w pułapki, a wreszcie zniszczyła je kolejno. Na koniec jej szybcy jeźdźcy uderzyli na zastęp samego cesarza. Nastała noc rzezi i mordów tak straszliwych, że wszystkie strumienie w promieniu sześćdziesięciu mil wypełniła krew.

Wśród zabitych był też sam Lo Bu, czterdziesty trzeci i ostatni szkarłatny cesarz. Gdy Zhei przyniesiono jego głowę, rozkazała zedrzeć ciało z kości, a czaszkę pokryć złotem i zrobić z niej puchar. Od tego czasu każdy *jhattar* Jogos Nhai pił sfermentowane zorsowe mleko z pozłacanej czaszki Stanowczo Zbyt Śmiałego Chłopaka, pod takim bowiem przydomkiem historia zapamiętała Lo Bu.

LENG

Na północny wschód od Yin, na ciepłych, zielonych wodach Morza Nefrytowego, leży kwitnąca wyspa Leng, dom „dziesięciu tysięcy tygrysów i dziesięciu milionów małp", jak twierdził ongiś Lomas Obieżyświat. Wielkie małpy z Leng słyną na całym świecie. Są wśród nich cętkowane garbusy, ponoć niemal dorównujące inteligencją ludziom, i małpy kapturowe, wielkie jak olbrzymy i tak silne, że urywają ludziom kończyny z równą łatwością, jak chłopcy odrywają skrzydełka muchom.

Historia Leng sięga w przeszłość niemal równie głęboko, jak dzieje samego Yi Ti, ale na zachód od Nefrytowych Cieśnin wie się na jej temat bardzo niewiele. W sercu porastającej wyspę dżungli można znaleźć osobliwe ruiny: potężne budynki, które dawno już stoją opuszczone i zapadły się w ziemię tak głęboko, że na powierzchni widać jedynie gruzy… ale pod ziemią ciągną się ponoć bezkresne labirynty tuneli prowadzących do ogromnych komór, a wykute w skale stopnie schodzą setki stóp pod ziemię. Nikt nie wie, kto i kiedy wybudował owe miasta. Mogą one być wszystkim, co pozostało po jakimś zaginionym ludzie.

Obecni mieszkańcy Leng dzielą się na dwie grupy, tak bardzo od siebie różne, że musimy je uważać za całkowicie odrębne nacje.

Przez większą część najnowszej historii Leng było częścią Złotego Cesarstwa Yi Ti i władano nim z Yin albo z Jinqi. Podczas tych epok dziesiątki tysięcy żołnierzy, kupców, poszukiwaczy przygód i najemników wyemigrowało z cesarstwa na wyspę, by szukać tam szczęścia. Choć przed czterystu laty Leng zdobyło niepodległość, potomkowie yitijskich najeźdźców nadal dominują nad dwoma trzecimi obszaru wyspy od północy.

DO INNYCH ZNACZĄCYCH WYSP NA MORZU NEFRYTOWYM, WEDŁUG LISTÓW CORLYSA VELARYONA, ZALICZAJĄ SIĘ:

Wyspa Słoni, której *shan* mieszka w pałacu z kości słoniowej.

Marahai, rajska wyspa, zielony półksiężyc położony w pobliżu dwóch bliźniaczych wysp ognia, których gorejące góry dniem i nocą wyrzucają z siebie fontanny stopionej skały.

Wyspa Biczów, posępna i jałowa stacja przystankowa, na której handlarze niewolników z rozmaitych krajów kupują, sprzedają, rozmnażają, ćwiczą i piętnują swój towar, by potem wysłać go w dalszą drogę.

Dla cudzoziemca są oni nieodróżnialni od mieszkańców Złotego Cesarstwa; mówią dialektem tego samego języka, modlą się do tych samych bogów, jedzą te same potrawy i przestrzegają identycznych zwyczajów, a nawet szanują lazurowego cesarza z Yin… choć cześć oddają tylko własnej boskiej cesarzowej. Ich najważniejsze miasta, Leng Yi i Leng Ma, są znacznie bardziej podobne do Yin i Jinqi niż do położonego na południu Turrani.

Południową część Leng zamieszkują potomkowie tych, których z północy wyparli najeźdźcy ze Złotego Cesarstwa. Rdzenni Lengijczycy są być może najwyższą ze wszystkich ras ludzkości. Wielu tamtejszych mężczyzn osiąga siedem stóp wzrostu, a niektórzy nawet osiem. Są smukli i długonodzy, o skórze odcienia naoliwionego drewna tekowego. Mają też wielkie, złote oczy, a ich wzrok jest ponoć lepszy i sięga dalej od wzroku innych ludzi, zwłaszcza nocą. Choć lengijskie kobiety są straszliwie wysokie, słyną z gibkości i uważa się je za nadzwyczaj piękne.

Przez większą część swej historii Leng było wyspą spowitą mgłą tajemnicy. Tubylcy rzadko oddalali się poza zasięg wzroku od własnych brzegów, a inni żeglarze pływający po Morzu Nefrytowym spotykali się z chłodnym przyjęciem, gdy odważyli się wysiąść na brzeg wyspy. Lengijczycy nie byli zainteresowani cudzoziemskimi bogami, cudzoziemskimi towarami, cudzoziemskimi potrawami, strojami ani zwyczajami. Nie pozwalali też, by obcy wydobywali ich złoto, ścinali ich drzewa, zbierali ich owoce czy łowili ryby na ich morzach. Tych, którzy próbowali to robić, czekał szybki i krwawy koniec. Leng stało się znane jako wyspa demonów i czarnoksiężników, niedostępne miejsce, którego lepiej unikać. Trwało to przez wiele stuleci.

Wreszcie marynarze ze Złotego Cesarstwa otworzyli Leng na handel, lecz wyspa nadal pozostawała niebezpieczna dla cudzoziemców, wiedziano bowiem, że cesarzowa Leng utrzymuje stosunki z Przedwiecznymi, bogami mieszkającymi w głębinach ruin starożytnych miast, a Przedwieczni od czasu do czasu nakazują jej stracić wszystkich cudzoziemców na wyspie. Jeśli wierzyć *Nefrytowemu kompendium* Colloquo Votara, w dziejach wyspy zdarzyło się to co najmniej cztery razy.

Dopiero Jar Har, szósty cesarz odcienia morskiej zieleni, podbił Leng ogniem i stalą, wcielając je do swego cesarstwa, co raz na zawsze położyło kres owym rzeziom.

W ciągu czterech stuleci od zrzucenia yitijskiego jarzma wyspa rozkwitła pod panowaniem długiego szeregu boskich cesarzowych. W żyłach pierwszej władczyni z obecnej dynastii, wciąż wysławianej na wschodzie jako Khiara Wielka, płynęła czysta lengijska krew. Chcąc zadowolić swoich poddanych, Khiara wzięła sobie dwóch mężów – jednego Lengijczyka i jednego Yitijczyka. Jej córki i córki jej córek podtrzymały ten zwyczaj. Zgodnie z tradycją pierwszy z cesarskich małżonków dowodzi armiami swej żony, drugi zaś jej flotami.

Według uporczywie się utrzymujących legend Przedwieczni nadal mieszkają pod ziemią w dżungli na Leng. Bardzo wielu spośród wojowników, którym Jar Har kazał zejść pod ziemię, wróciło obłąkanych bądź nie wróciło w ogóle, i boski cesarz w końcu zdecydował, że wejścia do wielkich podziemnych miast powinno się zamurować i zapomnieć o nich. Po dziś dzień nie wolno do nich wchodzić pod groźbą tortur i śmierci.

PO LEWEJ | *Yitijski mężczyzna i lengijska kobieta*

ASSHAI PRZY CIENIU

Tak oto dotarliśmy prawie na sam koniec świata. A przynajmniej do granic naszej wiedzy.

Starożytny port Asshai, wysunięty najdalej na wschód i na południe ze wszystkich wielkich miast znanego świata, jest położony na końcu długiego klina lądu, na przylądku, przy którym Morze Nefrytowe spotyka się z Cieśninami Szafranowymi. Jego początki zaginęły w pomroce dziejów. Nawet sami Asshai'i nie twierdzą, że wiedzą, kto zbudował ich miasto. Mówią tylko, że stoi tu ono od początku świata i będzie stało aż do jego końca.

W znanym świecie niewiele jest miejsc tak odległych jak Asshai, a jeszcze mniej takich, które byłyby równie złowrogie. Podróżnicy mówią nam, że miasto zbudowano wyłącznie z czarnego kamienia: domy, baraki, świątynie, pałace, ulice, mury, bazary, wszystko. Niektórzy dodają też, że kamień z Asshai jest nieprzyjemnie oleisty w dotyku i wydaje się spijać światło, osłabiając blask świec, pochodni oraz ogni na kominkach. Wszyscy się zgadzają, że noce w Asshai są wyjątkowo czarne, a nawet najpogodniejsze dni lata robią wrażenie szarych i posępnych.

Asshai jest wielkim miastem, ciągnie się całymi milami na obu brzegach czarnej rzeki zwanej Popiołem. Na obszarze otoczonym przez jego gigantyczne mury zmieściłyby się Volantis, Qarth oraz Królewska Przystań, i zostałoby jeszcze miejsce dla Starego Miasta.

Mimo to Asshai nie przerasta liczbą mieszkańców przeciętnego miasteczka targowego. Nocami jego ulice są opustoszałe i tylko w jednym budynku na dziesięć pali się światło. Nawet w samym środku dnia nie widuje się tłumów Nie ma tam handlarzy głośno zachwalających swe towary na gwarnych targowiskach ani kobiet plotkujących przy studni. Ci, którzy chodzą po ulicach Asshai, noszą maski i zasłony na twarzy, i poruszają się ukradkowo. Z reguły spacerują samotnie albo przemieszczają się po mrocznych ulicach w niesionych przez niewolników lektykach z hebanu i żelaza, ukryci za ciemnymi zasłonami.

W Asshai nie ma też dzieci.

Mimo otaczającej je złowrogiej aury Asshai przy Cieniu od wielu stuleci jest kwitnącym portem. Statki kupieckie z całego znanego świata pokonują rozległe, pełne sztormów morza, by tam dotrzeć. Większość z nich przywozi żywność i wino, w obrębie murów Asshai wyrasta bowiem niewiele roślin poza zjawotrawami, których szkliste, świecące źdźbła nie nadają się do jedzenia. Gdyby nie żywność sprowadzana drogą morską, Asshai'i umarliby z głodu.

Każda kraina pod słońcem potrzebuje owoców, zboża i jarzyn, można by więc zapytać, po co marynarze żeglują na koniec świata, skoro łatwiej byłoby im sprzedać swoje towary bliżej domu. Odpowiedzią jest złoto. W Asshai trudno o żywność, ale złota i klejnotów mają tam pod dostatkiem, choć niektórzy powiedzieliby, że złoto z Krainy Cienia jest na swój sposób równie niezdrowe, jak rosnące tam owoce.

Mimo to statki przybywają. Po złoto, klejnoty i inne skarby, po pewne rzeczy, o których mówi się tylko szeptem; rzeczy, których nie można znaleźć nigdzie na świecie poza czarnymi bazarami Asshai.

Mroczne miasto przy Cieniu jest pełne czarów. Czarownicy, czarodzieje, alchemicy, księżycowe śpiewaczki, czerwoni kapłani, czarni alchemicy, nekromanci, aeromanci, piromanci, magowie krwi, oprawcy, inkwizytorzy, truciciele, boże żony, nocni wędrowcy, zmiennokształtni, czciciele Czarnego Kozła, Bladego Dzieciątka i Lwa Nocy, wszyscy oni są mile widziani w Asshai przy Cieniu, gdzie nic nie jest zakazane. Mogą tam swobodnie praktykować swe czary bez łamania prawa czy obawy przed karą, odprawiać obsceniczne rytuały oraz parzyć się z demonami, jeśli tego właśnie pragną.

Najbardziej złowrogimi ze wszystkich czarnoksiężników z Asshai są władcy cieni, noszący lakierowane maski, które ukrywają ich twarze przed wzrokiem bogów i ludzi. Tylko oni ośmielają się pływać w górę rzeki, w samo serce ciemności.

Raport arcymaestera Marwyna potwierdza relacje mówiące, że w Asshai nikt nie jeździ konno – ani wojownicy, ani kupcy, ani książęta. W mieście nie ma koni, brak też słoni, mułów, osłów, zorsów, wielbłądów i psów. Zwierzęta przywiezione tam na statkach nie żyją długo. Sugerowano, że winny temu jest złowrogi wpływ zanieczyszczonych wód Popiołu. Jak wykazał Harmon w swym dziele *O miazmatach*, zwierzęta są bardziej wrażliwe na plugastwo wydzielane przez tego typu wodę, nawet jeśli jej nie piją. Septon Barth snuje śmielsze domysły, odwołując się do wyższych tajemnic, ale przedstawia niewiele dowodów.

PO PRAWEJ | *Asshai przy Cieniu*

Po drodze z Gór Jutrzenki do morza Popiół przemyka z głośnym rykiem przez wąską górską szczelinę między wyniosłymi urwiskami, tak wysokimi i bliskimi siebie, że rzeka przez cały czas kryje się w cieniu, pomijając ledwie kilka chwil w południe, gdy słońce stoi w zenicie. W jaskiniach przeszywających te klify mają swe leża demony, smoki i jeszcze gorsze stworzenia. Im dalej od Asshai, tym bardziej ohydne i wypaczone stają się owe stwory, aż wreszcie wędrowiec staje przed drzwiami Stygai, miasta trupów położonego w sercu Cienia, do którego nawet władcy cieni boją się zapuszczać. Tak przynajmniej mówią opowieści. Czy w tych złowrogich bajkach przynoszonych z końca świata przez minstreli, marynarzy i tych, którzy parają się czarami, kryje się ziarno prawdy? Któż to wie? Lomas Obieżyświat nigdy nie widział Asshai przy Cieniu. Nawet Wąż Morski nie dotarł tak daleko, a ci, którzy dotarli, nie wrócili, by nam o tym opowiedzieć.

Dopóki ktoś tego nie dokona, Asshai, Kraina Cienia, oraz lądy i morza, które mogą leżeć dalej, muszą pozostać zamkniętą księgą dla mędrców i królów. Zawsze jest coś nowego do poznania, zobaczenia oraz zrozumienia. Świat jest wielki, niezwykły i pełen cudów, a pod gwiazdami więcej jest rzeczy, niż się ich śniło maesterom z Cytadeli.

Posłowie

W ciągu lat, które minęły od chwili, gdy po raz pierwszy dotknąłem piórem papieru, wiele się zmieniło w Westeros i poza nim. Czytelnicy muszą zrozumieć, że podobnego dzieła nie tworzy się w kilka tygodni... czy nawet kilka lat. Zacząłem planować tę księgę za panowania dobrego króla Roberta, pragnąc zadedykować Robertowi i jego następcom historię krainy i świata, które odziedziczyli.

Tak jednak nie miało się stać, śmierć szlachetnego namiestnika Jona Arryna wywołała bowiem w krainie szaleństwo zdrady, pychy i przemocy. Ów obłęd pozbawił Westeros Roberta oraz jego szlachetnego syna i dziedzica, Joffreya. Musimy wszyscy modlić się o to, by dobry król Tommen panował długo i sprawiedliwie, prowadząc nas z ciemności z powrotem w światło.

PO LEWEJ | *Smoki narodzone na nowo?*

Drzewo Genealogiczne Targaryenów

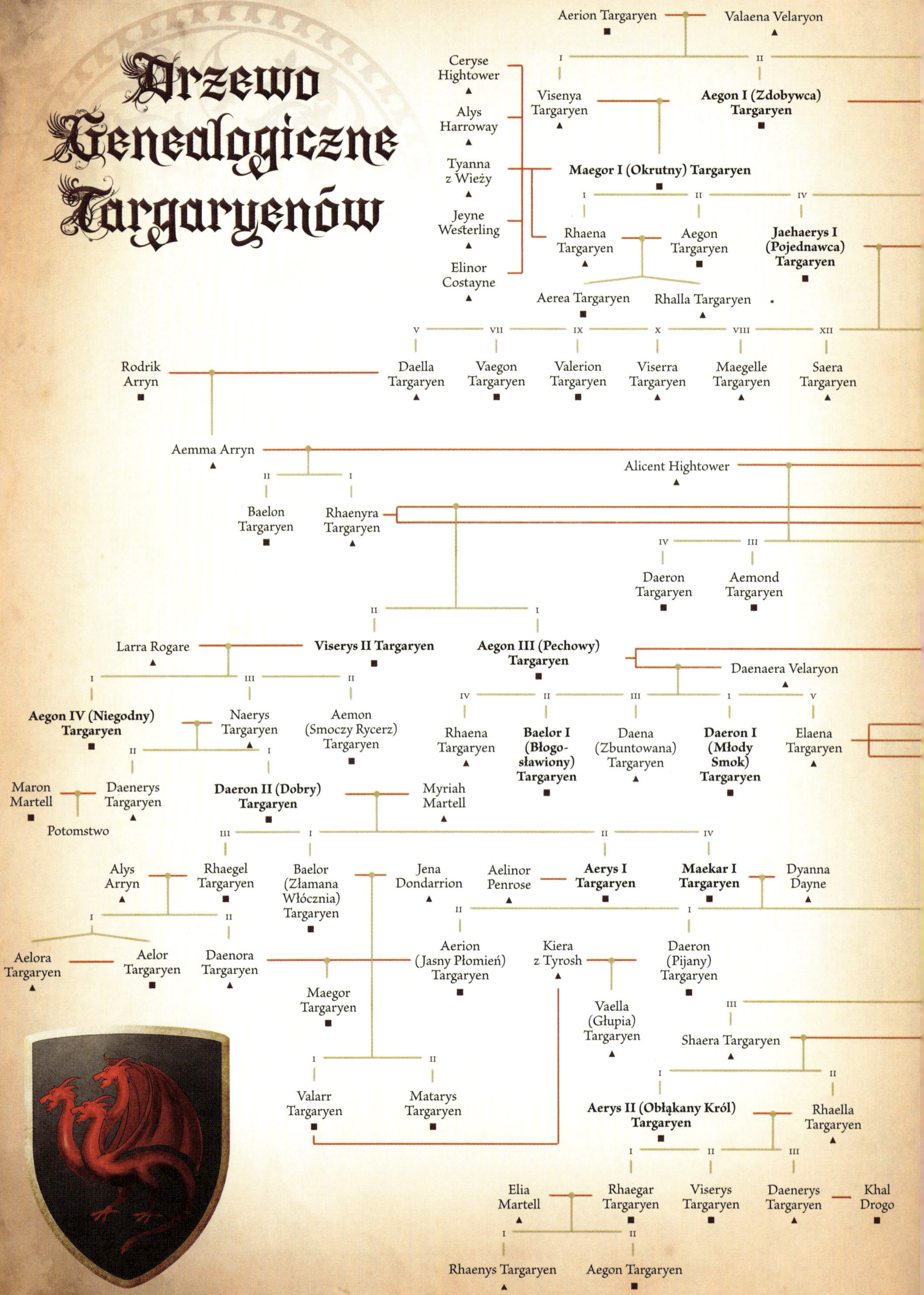

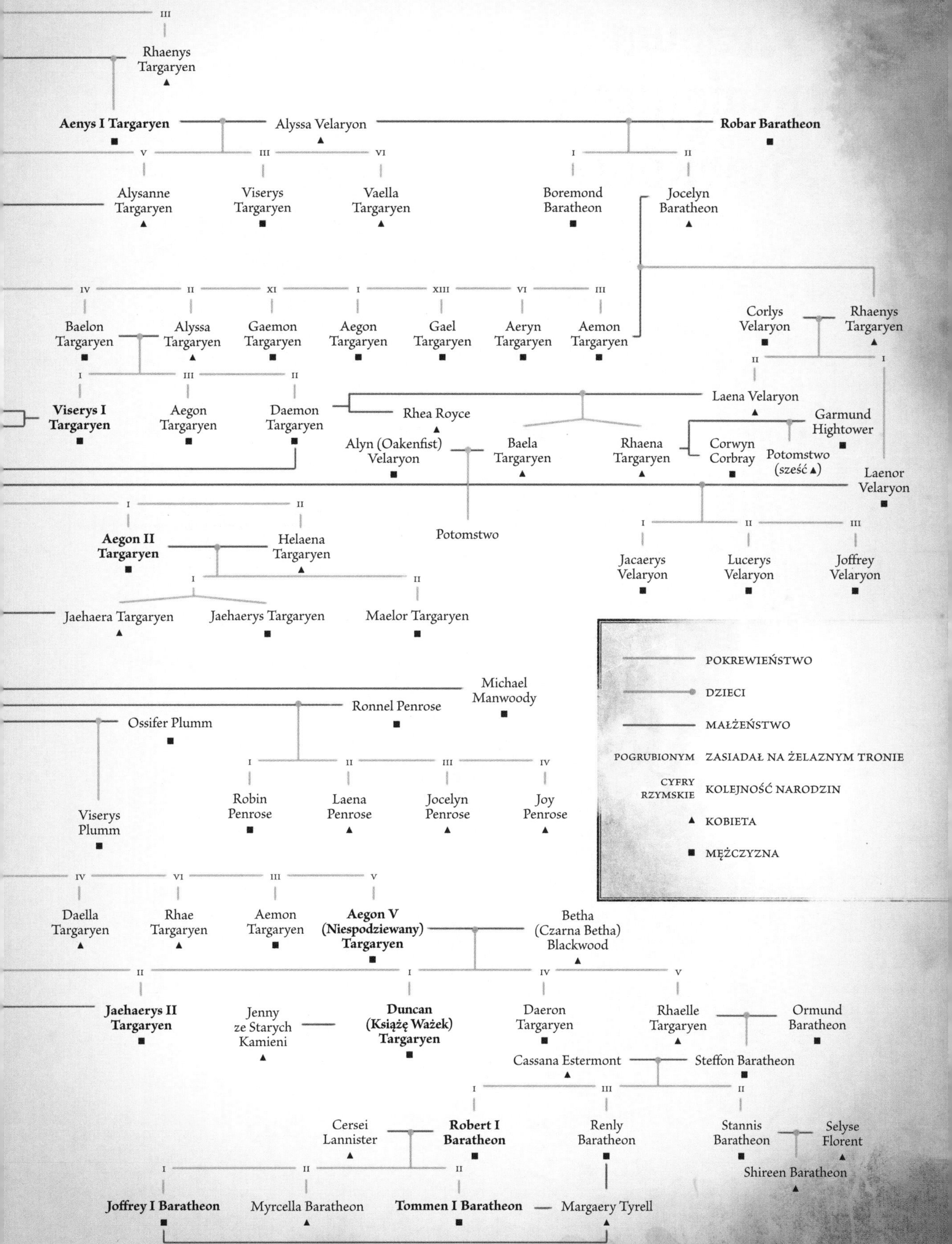
III
Rhaenys Targaryen ▲
Aenys I Targaryen ■
Alyssa Velaryon ▲
Robar Baratheon ■
V
III
VI
I
II
Alysanne Targaryen ▲
Viserys Targaryen ■
Vaella Targaryen ▲
Boremond Baratheon ■
Jocelyn Baratheon ▲
IV
II
XI
I
XIII
VI
III
Baelon Targaryen ■
Alyssa Targaryen ▲
Gaemon Targaryen ■
Aegon Targaryen ■
Gael Targaryen ■
Aeryn Targaryen ■
Aemon Targaryen ■
Corlys Velaryon ■
Rhaenys Targaryen ▲
I
III
II
II
I
Viserys I Targaryen ■
Aegon Targaryen ■
Daemon Targaryen ■
Laena Velaryon ▲
Rhea Royce ▲
Garmund Hightower ■
Alyn (Oakenfist) Velaryon ■
Baela Targaryen ▲
Rhaena Targaryen ▲
Corwyn Corbray ■
Potomstwo (sześć ▲)
Laenor Velaryon ■
I
II
Aegon II Targaryen ■
Helaena Targaryen ▲
Potomstwo
I
II
III
Jacaerys Velaryon ■
Lucerys Velaryon ■
Joffrey Velaryon ■
I
II
Jaehaera Targaryen ▲
Jaehaerys Targaryen ■
Maelor Targaryen ■
Michael Manwoody ■
Ronnel Penrose ■
Ossifer Plumm ■
I
II
III
IV
Robin Penrose ■
Laena Penrose ▲
Jocelyn Penrose ▲
Joy Penrose ▲
Viserys Plumm ■
POKREWIEŃSTWO
DZIECI
MAŁŻEŃSTWO
POGRUBIONYM ZASIADAŁ NA ŻELAZNYM TRONIE
CYFRY RZYMSKIE KOLEJNOŚĆ NARODZIN
▲ KOBIETA
■ MĘŻCZYZNA
IV
VI
III
V
Daella Targaryen ▲
Rhae Targaryen ▲
Aemon Targaryen ■
Aegon V (Niespodziewany) Targaryen ■
Betha (Czarna Betha) Blackwood ▲
II
I
IV
V
Jaehaerys II Targaryen ■
Jenny ze Starych Kamieni ▲
Duncan (Książę Ważek) Targaryen ■
Daeron Targaryen ■
Rhaelle Targaryen ▲
Ormund Baratheon ■
Cassana Estermont ▲
Steffon Baratheon ■
I
III
II
Cersei Lannister ▲
Robert I Baratheon ■
Renly Baratheon ■
Stannis Baratheon ■
Selyse Florent ▲
Shireen Baratheon ▲
I
II
II
Joffrey I Baratheon ■
Myrcella Baratheon ▲
Tommen I Baratheon ■
Margaery Tyrell ▲

Drzewo Genealogiczne Starków

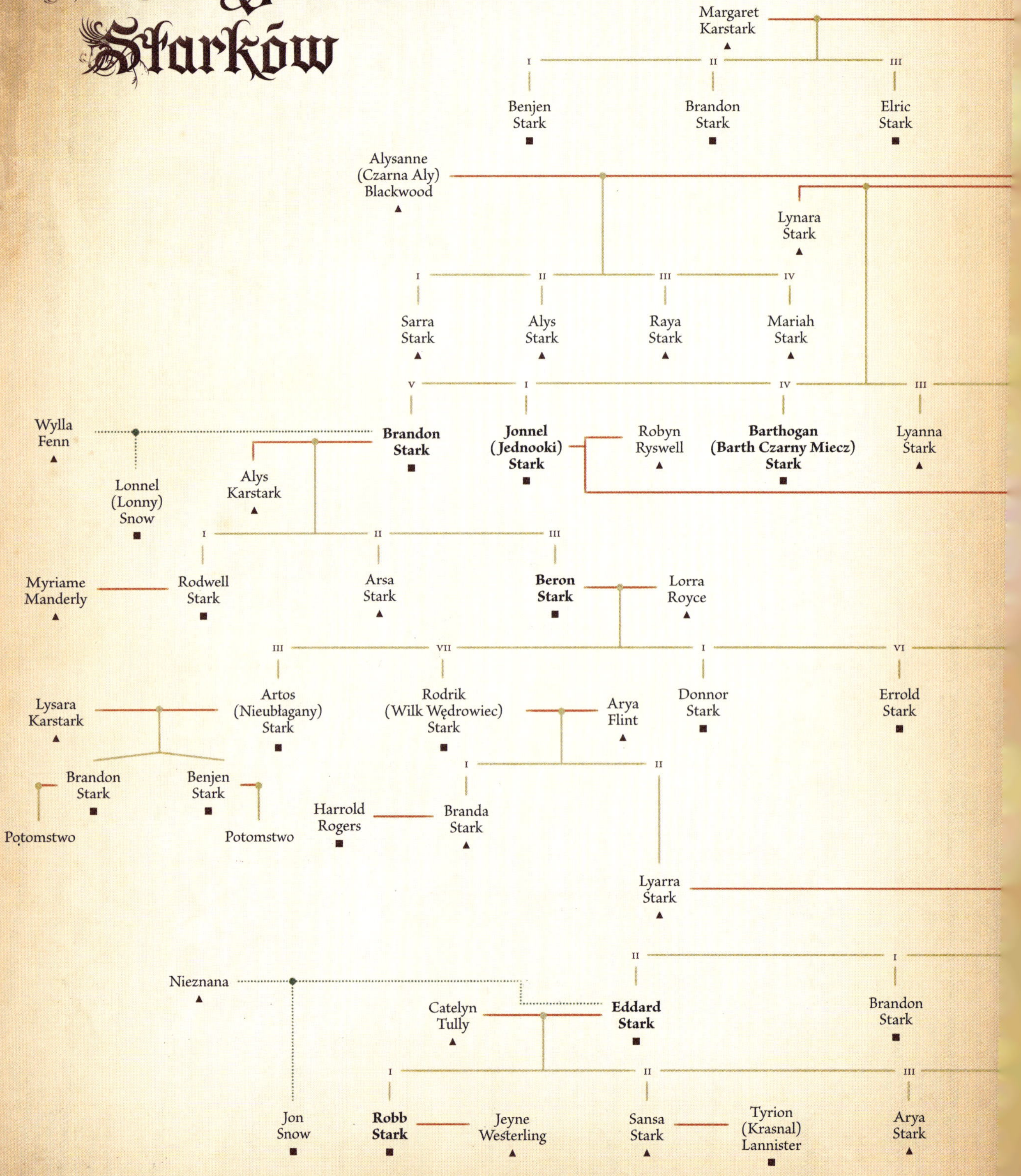

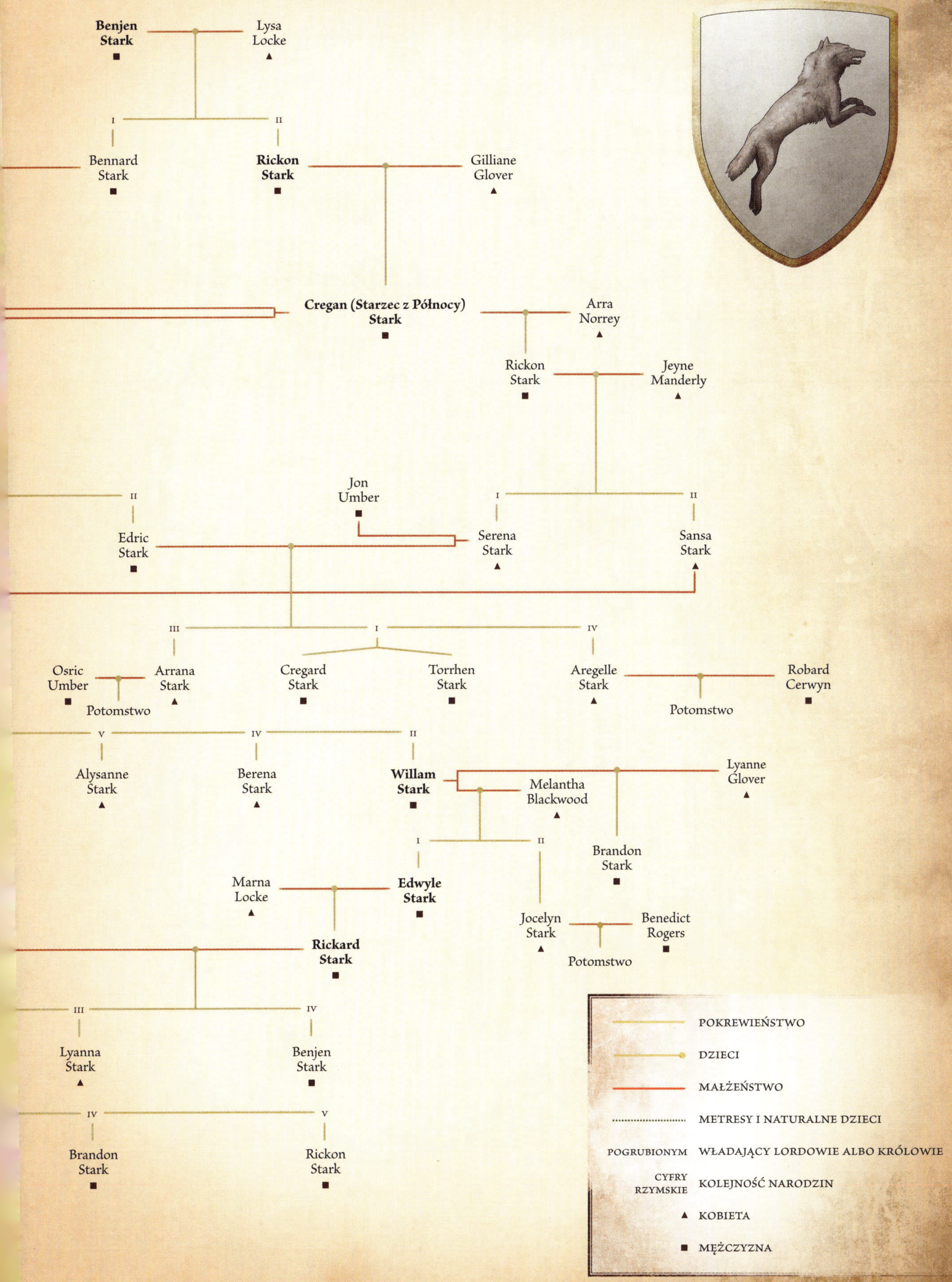
Benjen Stark
Lysa Locke
I
II
Bennard Stark
Rickon Stark
Gilliane Glover
Cregan (Starzec z Północy) Stark
Arra Norrey
Rickon Stark
Jeyne Manderly
II
Jon Umber
I
II
Edric Stark
Serena Stark
Sansa Stark
III
I
IV
Osric Umber
Arrana Stark
Potomstwo
Cregard Stark
Torrhen Stark
Aregelle Stark
Robard Cerwyn
Potomstwo
V
IV
II
Alysanne Stark
Berena Stark
Willam Stark
Melantha Blackwood
Lyanne Glover
I
II
Brandon Stark
Marna Locke
Edwyle Stark
Jocelyn Stark
Benedict Rogers
Potomstwo
Rickard Stark
III
IV
Lyanna Stark
Benjen Stark
IV
V
Brandon Stark
Rickon Stark
POKREWIEŃSTWO
DZIECI
MAŁŻEŃSTWO
METRESY I NATURALNE DZIECI
POGRUBIONYM
WŁADAJĄCY LORDOWIE ALBO KRÓLOWIE
CYFRY RZYMSKIE
KOLEJNOŚĆ NARODZIN
KOBIETA
MĘŻCZYZNA

Drzewo Genealogiczne Lannisterów

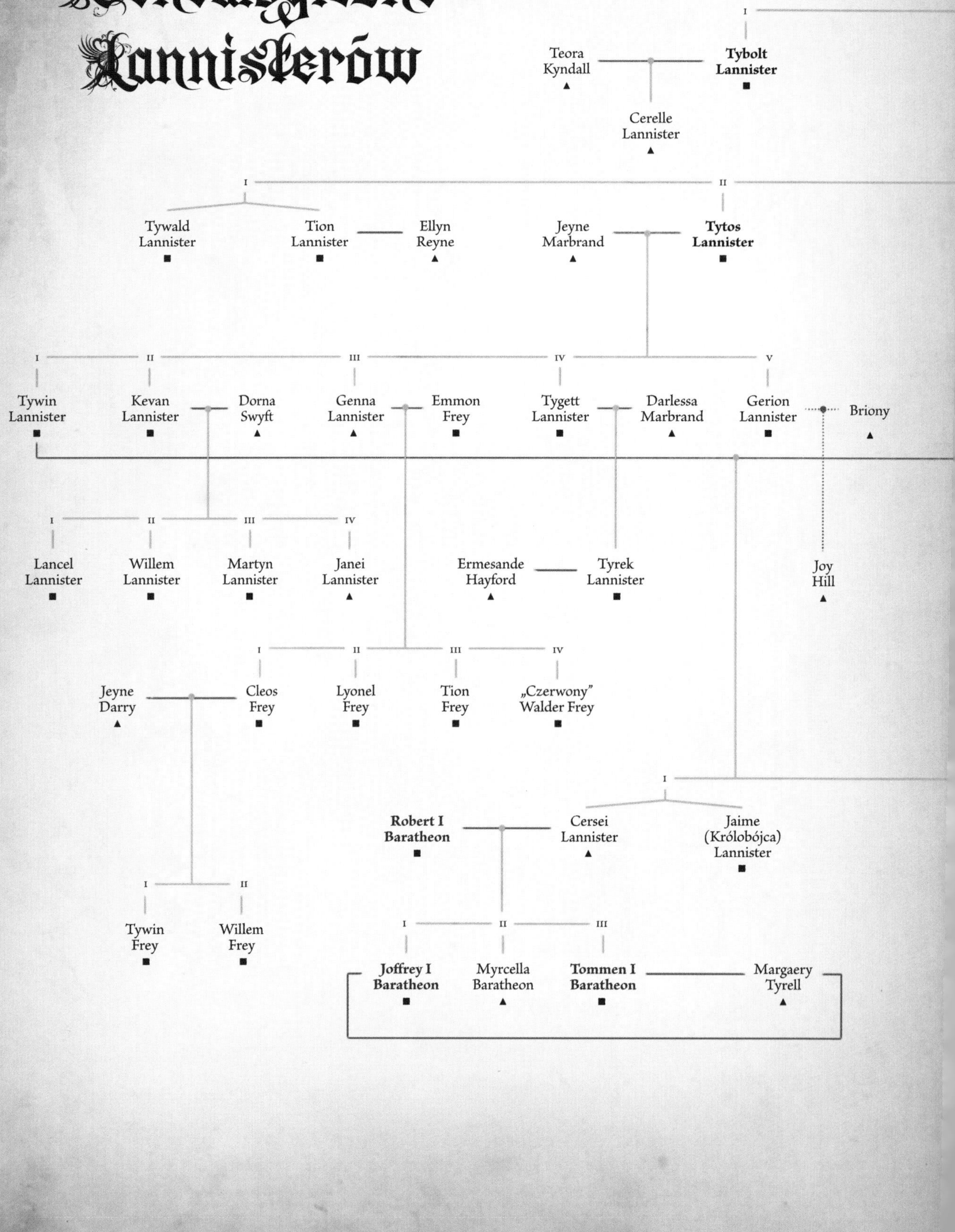

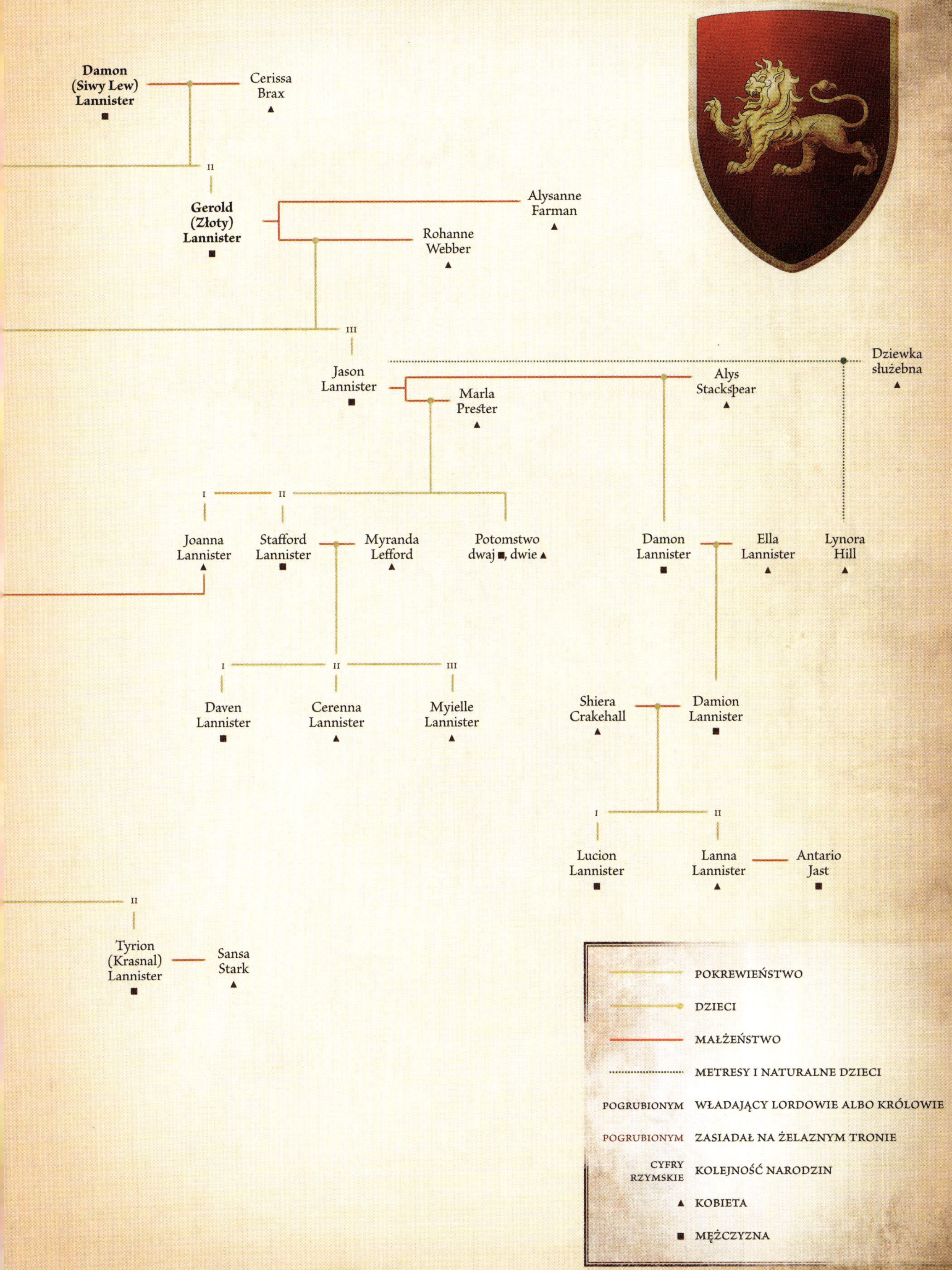
Damon (Siwy Lew) Lannister ■
Cerissa Brax ▲
II
Gerold (Złoty) Lannister ■
Alysanne Farman ▲
Rohanne Webber ▲
III
Jason Lannister ■
Marla Prester ▲
Alys Stackspear ▲
Dziewka służebna ▲
I
Joanna Lannister ▲
II
Stafford Lannister ■
Myranda Lefford ▲
Potomstwo dwaj ■, dwie ▲
Damon Lannister ■
Ella Lannister ▲
Lynora Hill ▲
I
Daven Lannister ■
II
Cerenna Lannister ▲
III
Myielle Lannister ▲
Shiera Crakehall ▲
Damion Lannister ■
I
Lucion Lannister ■
II
Lanna Lannister ▲
Antario Jast ■
II
Tyrion (Krasnal) Lannister ■
Sansa Stark ▲
POKREWIEŃSTWO
DZIECI
MAŁŻEŃSTWO
METRESY I NATURALNE DZIECI
POGRUBIONYM WŁADAJĄCY LORDOWIE ALBO KRÓLOWIE
POGRUBIONYM ZASIADAŁ NA ŻELAZNYM TRONIE
CYFRY RZYMSKIE KOLEJNOŚĆ NARODZIN
▲ KOBIETA
■ MĘŻCZYZNA

DOLINA
KRAINY KORONY
DORZECZE REACH
WĄSKIE MORZE
KRAINY BURZY
Wickenden
ZATOKA KRABÓW
SZCZYPCOWY PRZYLĄDEK
Szczypcowa Wyspa
Harrenhal
Staw Dziewic
Gawronia Wieża
Smocza Skała
Driftmark
GARDZIEL
Ostry Przylądek
Poroże
KRÓLEWSKI TRAKT
Duskendale
Rosby
KRÓLEWSKA PRZYSTAŃ
TRAKT DO ROSBY
CZARNA ZATOKA
ZŁOTY TRAKT
Czerwona Twierdza
CZARNY NURT
Stonedance
HAK MASSEYA
Tumbleton
RÓŻANY TRAKT
WENDWATER
Haystack Hall
Spiżowa Brama
Felwood
KRÓLEWSKI TRAKT
Wieczorny Dwór
Koniec Burzy
LEGENDA
WAŻNIEJSZE ZAMKI
ZAMKI
MIASTA
MIASTECZKA
ZBOŻE
TRAKTY

Panowanie Targaryenów

Panowanie Baratheonów

Indeks

Numery stron ilustracji zapisano kursywą

PO PRAWEJ | *Jon Snow i Duch*

AUTORZY ILUSTRACJI

RENÉ AIGNER: strony 185, 298, 309

RYAN BARGER (Fantasy Flight): strona 38

ARTHUR BOZONNET (Studio Hive): strony 8, 18, 19, 23, 80, 89, 90, 106, 125, 139, 176, 226, 260, 274, 276, 282

JOSÉ DANIEL CABRERA PEÑA: strony 85, 103, 112, 148–149, 239

JENNIFER SOL CAI (Velvet Engine): wewnętrzne wyklejki, strony VIII, 51, 78, 88, 96, 187, 137, 156, 169, 187, 199, 217, 227, 240, 312, 315, 317, 319

THOMAS DENMARK (Fantasy Flight): strona 136

JENNIFER DRUMMOND: strony 24, 114

JORDI GONZÁLEZ ESCAMILLA: strony II, III, X, 10, 28–29, 54, 76–77, 178, 225, 232, 254–255, 262–263, 270, 301

MICHAEL GELLATLY: strony 4, 134, 150, 162, 174, 194, 206, 220, 234, 318

TOMASZ JEDRUSZEK (Fantasy Flight): strony 181, 188–189, 230–231, 248, 293

MICHAEL KOMARCK: strony 48, 58, 116 (Fantasy Flight), 118, 157, 243, 247

JOHN McCAMBRIDGE: strony 37, 164–165, 213, 258, 284

MOGRI (Velvet Engine): wewnętrzne wyklejki, strony VIII, 137, 169, 227, 240, 315

TED NASMITH: strony v, 16, 30, 50, 130, 132–133, 142, 144, 158, 161, 171, 192, 205, 215, 219, 249, 323

KARLA ORTIZ: strony 66, 87, 107, 127, 241

RAHEDIE YUDHA PRADITO (Velvet Engine): strony 51, 78, 88, 96

DHIAN PRASETYA: strony 85, 103, 112, 148–149, 239

PAOLO PUGGIONI: strony 79, 122–123, 173, 222–223, 272–273, 290–291

JONATHAN ROBERTS: strony 146, 275, 277, 284, 294–295

THOMAS SIAGIAN (Velvet Engine): wewnętrzne wyklejki, strony VIII, 156, 187, 199, 312, 317, 319

MARC SIMONETTI: strony 11, 14, 27, 35, 46–47, 56–57, 61, 62–63, 67, 92 (Fantasy Flight), 97, 102, 104–105, 110, 121, 155, 183, 266, 279, 281, 304–305

CHASE STONE: strony 2–3, 20–21, 42–43, 68–69, 74, 229, 245

PHILIP STRAUB: przednia wyklejka, strony 250–251

JUSTIN SWEET: strony 86, 310, 325, tylna wyklejka

NUTCHAPOL THITINUNTHAKORN (Studio Hive): strony 197, 212, 236, 252, 286

MAGALI VILLENEUVE: strony 9, 12, 32, 44, 52, 59, 64, 70, 82, 91, 95, 98–99, 100, 128, 153, 159, 160, 200, 202, 210, 261, 264, 265

DOUGLAS WHEATLEY: strony VI, VII, 6, 7, 34, 40, 72, 81, 140, 147, 208, 269, 306, 320–321

WYKLEJKA | *Rhaegar Targaryen i lord Robert Baratheon spotykają się na Rubinowym Brodzie podczas bitwy nad Tridentem*